MY GRANDMA
LIVED IN
GOOLIGULCH

MY GRANDMA
LIVED IN
GOOLIGULCH

Graeme Base

Puffin Books

My Grandma lived in Gooligulch,
  Near Bandywallop East,
A fair way north of Murrumbum
  (Five hundred miles at least).

A little west of Lawson's Rest,
  And south of Johnson's Gap,
But nowhere much near anywhere
  That shows up on the map.

Now Gooligulch has got a pub,
  A mainstreet with a hall,
A petrol pump that doesn't work –
  And not much else at all.

Except for Grandma; dear old Gran,
  And this I say with pride,
For Gran it was that made old Gooli'
  Famous far and wide.

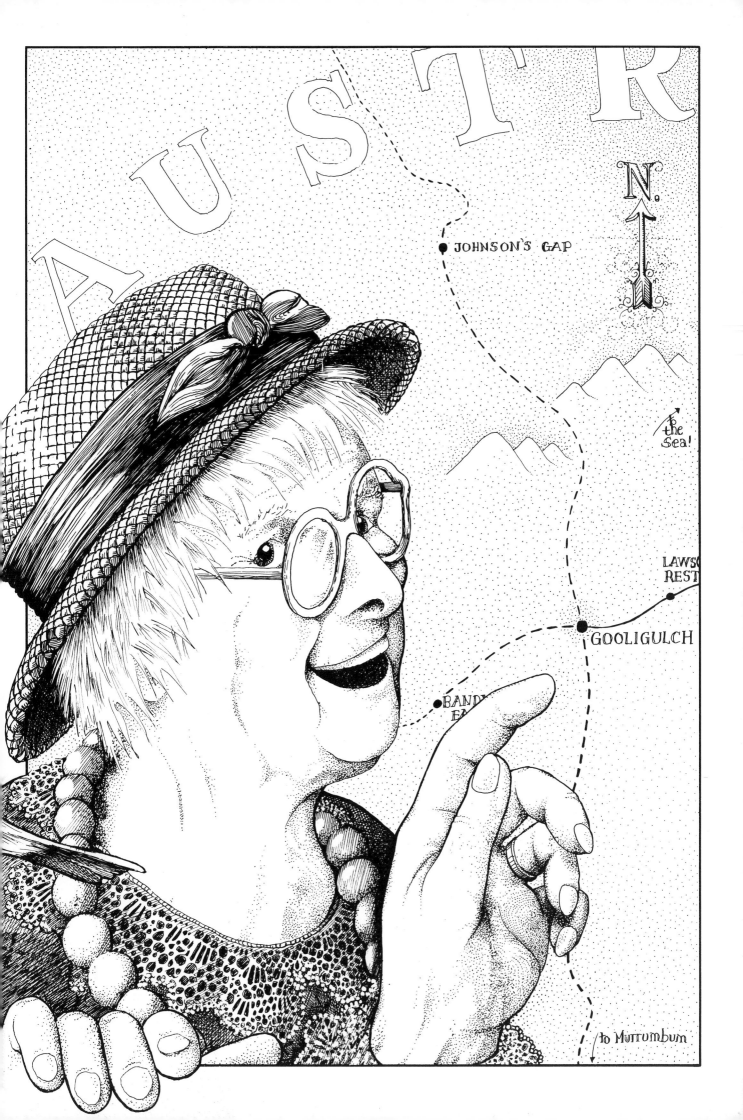

In Sydney and in Melbourne Town,
   They all knew Grandma's name,
And all about the animals
   That Grandma used to tame.

And if a stranger came to town
   (Perhaps just passing through),
He'd see my Grandma riding by
   Atop a kangaroo.

Or sometimes in a two-wheeled gig,
   A wombat at the bit,
And next to Grandma in the back,
   A bandicoot would sit.

The townsfolk thought it very odd,
   But Grandma took no heed.
She said that she enjoyed the view,
   Upon her hopping steed.

And as for training wombats, well,
   It took no time at all
To teach them how to pull a gig
   And come and go at call.

Now Grandma lived just out of town,
    A mile beyond the pub,
Down by a little billabong
    That nestled in the scrub.

Upon a hillside, ringed with trees,
    Her rambling 'mansion' stood –
A jumbled maze of tin and canvas,
    Bits of string and wood.

And from a window out the back,
    She'd sit and watch galahs
Fly down beside the pool and drink,
    Beneath the evening stars.

In years gone by the house was full
	Of birds both big and small.
Rosellas, eagles, coots and magpies
	Roosting in the hall.

While in the tiny living-room
	An old goanna sat,
And played a game of two-up
	With a dingo and a rat.

My Grandma whiled the hours away
	Conversing with a coot,
Or listening to the wombat
	Play a tune upon his lute.

There was a time, the locals say,
    When emus came to dine,
And stood about all evening
    Drinking eucalyptus wine.

They dressed for the occasion
    (Looking rather out of date),
And were spreading idle gossip,
    In a less than sober state.

But then a frill-necked lizard
    Gave one ancient bird a scare,
And the dinner guests all panicked,
    Running madly here and there.

Some kookaburras heard the noise
    And came to watch the show,
And laughed so much that
    Grandma sternly told them all to go.

By the time the fuss was over
    There was not a guest in sight,
But then that's the way with emus –
    Grandma said they're not too bright.

One year when it was very hot,
Old Grandma went away,
And took the wombat with her
On a seaside holiday.

She didn't go by elephant,
Or on a polar bear,
(Besides, you ought to know,
You don't find elephants up there).

She didn't own a camel,
And they cost too much to buy,
So Grandma bought some goggles,
And decided she would fly.

The eagle wouldn't take them,
And the coot was far too weak,
But a pelican consented,
So they climbed into its beak.

And off they flew, quite low at first,
Then climbing very high,
And as they turned towards the sea,
The wombat waved goodbye.

They flew across the desert sands,
  And over mountains too,
Until at dusk they reached a place
    Where giant tree-ferns grew.

The pelican came gliding down
    To land beside a creek,
And Grandma and the wombat
    Climbed down gladly from its beak.

Then while the pelican relaxed
    And Grandma cooked the tea,
The wombat wandered down the creek
    To see what he could see.

The trees were full of creatures
  With unfriendly, glowing eyes,
And giant furry spiders hunted
  Giant furry flies.

A baby tree-snake slithered by
  And gave him such a start,
That poor old wombat turned and fled
  With terror in his heart.

And so they spent the night there,
  But the wombat stayed awake,
Looking nervously around him
  For a wombat-eating snake.

When morning came they journeyed on,
　　And reached the sea at last.
The rolling waves came crashing in —
　　The tide was running fast.

But undeterred my Grandma donned
　　Her frilly bathing gear,
And dived into the foaming surf
　　Without a trace of fear.

She sat upon her blow-up horse,
　　While wombat went to sleep.
The pelican went fishing
　　Where the sea was not so deep.

But when the wombat woke
　　The tide had carried her away. . .
And no-one's seen my Grandma,
　　Even to this very day.

And yet, I have a feeling,
That my Grandma's still alive,
Having drifted to an island,
Where she'd manage to survive.

From there perhaps she made her way,
To England or to Spain,
Or maybe San Francisco,
On a Western Railway train.

She could be taming tigers,
In the jungles of Tingoor…

...But *I* think she's back in Gooligulch,
Just like before.

PUFFIN BOOKS

Published by the Penguin Group
Penguin Group (Australia)
707 Collins Street,
Melbourne, Victoria 3008, Australia
(a division of Penguin Australia Pty Ltd)
Penguin Group (USA) Inc.
375 Hudson Street, New York, New York 10014, USA
Penguin Group (Canada)
90 Eglinton Avenue East, Suite 700, Toronto ONM4P 2Y3, Canada
(a division of Penguin Canada Books Inc.)
Penguin Books Ltd
80 Strand, London WC2R 0RL, England
Penguin Ireland
25 St Stephen's Green, Dublin 2, Ireland
(a division of Penguin Books Ltd)
Penguin Books India Pvt Ltd
11, Community Centre, Panchsheel Park, New Delhi-110 017, India
Penguin Group (NZ)
67 Apollo Drive, Rosedale, Auckland 0632, New Zealand
(a division of Penguin New Zealand Pty Ltd)
Penguin Books (South Africa) (Pty) Ltd
Rosebank Office Park, Block D, 181 Jan Smuts Avenue, Parktown North,
Johannesburg 2196, South Africa
Penguin (Beijing) Ltd
7F, Tower B, Jiaming Center, 27 East Third Ring Road North,
Chaoyang District, Beijing 100020, China

Penguin Books Ltd, Registered Offices: 80 Strand, London WC2R 0RL, England

First published by Thomas Nelson Australia, 1983
Published in Puffin, 1988

27 29 31 33 32 30 28

Cover design by Adam Laszczuk © Penguin Group (Australia)
Printed and bound in China by South China Printing Company

National Library of Australia
Cataloguing-in-Publication data:

Base, Graeme, 1958- .
My grandma lived in gooligulch.
I. Children's poetry, Australian. I. Title
ISBN 978 0 14050 9410.

A823.3

puffin.com.au

Polyglott-Reiseführer geben Ihnen klar und übersichtlich alle Informationen, die Sie für Ihre Urlaubsreise brauchen.

Die mehr als 30jährige Erfahrung des Verlags dokumentiert sich in der übersichtlichen Gliederung des Bandes: Praktische Hinweise, Land und Leute, Geschichte, Kultur, Städtebeschreibungen. Der ausgefeilte Routenaufbau bzw. die Besichtigungswege bei Städten erschließen einerseits Unbekanntes, andererseits ist mit Hilfe des umfangreichen Registers der rasche Zugriff zu jeder Sehenswürdigkeit möglich, und das Wissen über bereits Bekanntes kann vertieft werden.

Zahlreiche Tips und Hintergrundinformationen, eine speziell auf die Bedürfnisse des Benutzers ausgerichtete thematische Kartographie, viele Illustrationen und Farbabbildungen tragen bei zur optimalen Information über das Reisegebiet. Ein 3-Sterne-Bewertungssystem der Sehenswürdigkeiten erleichtert die Planung Ihrer Besichtigungstouren. Alles zusammengenommen ergibt das unverwechselbare, praktische, millionenfach bewährte Polyglott-System.

Die eingespielte Polyglott-Redaktion reagiert schnell auf Veränderungen im touristischen Markt; mehr als 70 freie Mitarbeiter weltweit sorgen für gleichbleibende Qualität und ständige Aktualität.

DER GROSSE POLYGLOTT

DÄNEMARK

mit Färöer-Inseln und Grönland

*Mit 47 Abbildungen und
27 Karten in Farbe und Schwarzweiß*

POLYGLOTT-VERLAG MÜNCHEN

6. Auflage · 1989/90
© 1977 by Librairie Hachette, Paris, für die französische Ausgabe
© 1982 by Polyglott-Verlag Dr. Bolte KG, München, für die
deutsche Ausgabe
Druck: Druckhaus Langenscheidt, Berlin
Printed in Germany / 1/2 + 11/12 C,l. / 3-10 L,w. IV. Zl.
ISBN 3-493-60015-1

VORWORT

Dänemark, das „Übergangsland" von Mitteleuropa zur skandinavischen Halbinsel mit Norwegen und Schweden, wird als Brücke nach Nordeuropa viel durchreist. Aber dieses Land ist durchaus auch selbst eine Reise wert. Für deutsche, österreichische und Schweizer Touristen – im Vergleich etwa mit den großen Entfernungen zum Nordkap und nach Lappland – relativ schnell und leicht erreichbar, liegen hier weißstrandige Meeresküsten in fast endloser Ausdehnung mit Tausenden von Ferienhäusern für den Erholungsuchenden ebenso direkt vor der norddeutschen Tür wie zahllose vorgeschichtliche Stätten, alte Dorf- und Rundkirchen, prächtige Schlösser, Herrenhöfe und reichhaltige Museen aller Sammlungsrichtungen im Binnenland für den kunstgeschichtlich interessierten Urlauber. Daß Wassersport jeder Art hier ganz groß geschrieben wird, braucht bei 7300 Kilometern Uferlinie des Insel- und Halbinsel-Staates Dänemark kaum besonders erwähnt werden, doch bietet das Land mit seinen Feldern und Weiden, Fichten- und Buchenwaldungen, kleinen Seen und Teichen sowie zum Teil malerischen Dörfern und Provinzstädtchen auch viel Gelegenheit zu echten Wanderferien. Die wenigen größeren Städte runden mit der Vielfalt ihrer Sehenswürdigkeiten das Bild der dänischen Urlaubslandschaft ab, wobei neben der Hauptstadt Kopenhagen natürlich Odense, die Stadt des weltbekannten dänischen Märchendichters H. C. Andersen, ein besonderer Anziehungspunkt ist.

In der Reihe der „Großen Polyglott-Reiseführer" ist dieser Band nach Skandinavien, Norwegen und Schweden der vierte Titel, der dem nordwärts strebenden Reisenden ein nordisches Land nahebringen und erschließen will. Er zeigt die Wege auf die zwischen Nordsee, Skagerrak und Kattegat gelegene Halbinsel Jütland ebenso wie in die Welt der zahlreichen großen und kleinen dänischen Inseln.

Die am Beginn des Bandes stehenden „Allgemeinen Praktischen Hinweise" bieten eine Vielzahl von Informationen, die bei der Vorbereitung wie bei der Durchführung einer Reise nach Dänemark von Nutzen sind. Die Kapitel „Landes- und Volkskunde", „Geschichte" und „Kunst und Kultur" machen den Leser mit dem Land, seinen Menschen, ihrer Lebensweise und ihrer historischen Entwicklung bekannt. Eingehende Beschreibungen sind den Städten Kopenhagen, Aalborg, Århus, Odense und Roskilde gewidmet. Von den zwölf Reiserouten erschließen die ersten Jütland in seiner ganzen Länge und Breite; dann folgen Fahrtstrecken auf den Hauptinseln Fünen und Seeland, Falster und Lolland mit vielen Abstechern, unter anderem zu den Kreidefelsen von Møn und auf die schmale Insel Langeland. Nicht von Routen erfaßte, weil abseits gelegene Inseln wie Ærø vor Fünen, Bornholm sowie Læsø im Kattegat, Samsø zwischen Jütland und Seeland, schließlich die Färöer-Inseln und Grönland werden im Inselkapitel einzeln vorgestellt.

Stadtpläne und Routenkarten ergänzen die Informationen dieses Führers, in dem die jeweiligen Sehenswürdigkeiten nach einem Drei-Sterne-System gewertet werden.

Die „Speziellen Praktischen Hinweise" nennen vor allem Verkehrsverbindungen nach und Unterkunftsmöglichkeiten in allen Orten, die in den Hauptteilen des Reiseführers wegen ihrer Bedeutung als Ferienplatz oder als Standort besonderer Sehenswürdigkeiten beschrieben werden. Das den Band beschließende Register leistet beim Nachschlagen wertvolle Dienste.

DIE POLYGLOTT-REDAKTION

Herausgeber:	Die Polyglott-Redaktion in Zusammenarbeit mit Les Guides Bleus (Übersetzerin: Beatrice Rath).
Textbearbeitung:	Jürgen E. Rohde
Karten und Pläne:	Franz Huber und Gert Oberländer
Illustrationen:	Vera Solymosi-Thurzó
Umschlag:	Toni Blank
Fotos:	Dänisches Fremdenverkehrsamt (S. 104, 204 oben, 302 oben), Angelika Frenzel (S. 65, 68, 101, 201 unten, 204 unten, 301, 302 unten, 303 oben, 303 unten, 304), Arnulf Milch (S. 201 oben). Klimadaten auf S. 15: Deutscher Wetterdienst, Offenbach/Main
Wir danken:	Dem Dänischen Fremdenverkehrsamt in Hamburg und München für die uns bereitwillig gewährte Unterstützung.
Zuschriften:	Ergänzende Anregungen, für die wir jederzeit dankbar sind, bitten wir zu richten an: Polyglott-Verlag, Redaktion, Postfach 40 11 20, 8000 München 40. Alle Angaben (ohne Gewähr) vom Stand Mai 1989.

Wertung der Sehenswürdigkeiten

*** kennzeichnen Sehenswürdigkeiten ersten Ranges. Sie wurden nach einem strengen Maßstab im Vergleich mit gleichzubewertenden Sehenswürdigkeiten Europas ausgewählt. Sie aufzusuchen, ist eine Reise wert.
** kennzeichnen bedeutende Landschaften, Orte, Gebäude oder Kunstwerke. Diese Klassifizierung ist am beschriebenen Gebiet orientiert. **-Sehenswürdigkeiten lohnen gegebenenfalls einen Umweg.
* kennzeichnet sehenswerte Objekte. Diese sind durchaus beachtlich, denn auch die in diesem Buch beschriebenen Orte, Landschaften, Gebäude und Kunstwerke, die nicht mit Sternen gekennzeichnet sind, stellen bereits eine relative strenge Auswahl dar.

Zeichenerklärung

 ⛴ Eisenbahnverbindungen
 ⛴ Schiffsverbindungen
 ✈ Flugverbindungen
 ⌂⌂⌂ Sehr gute Hotels

 ⌂⌂ Gute Hotels
 ⌂ Einfache Hotels und Pensionen
 ⚠ Campingplätze
 ⚠ Jugendherbergen

Die in eckigen Klammern hinter den Namen von Sehenswürdigkeiten stehenden Ziffern decken sich mit den in den entsprechenden Plänen eingezeichneten.

Kilometerangaben hinter Ortsnamen zeigen, sofern nichts anderes vermerkt ist, die Entfernung vom Beginn der jeweiligen Route aus an.

INHALTSVERZEICHNIS

Aussprache des Dänischen

Die dänische Orthographie ist im wesentlichen historisch und gibt die heutige Aussprache nur unvollkommen wieder. Viele Wörter lassen sich jedoch mit den folgenden Hinweisen richtig aussprechen.

å (oder *aa*) wie o in Nord
æ wie ä
ø wie ö
aj, ej, øj wie ai, ei, eu
ch ungefähr wie sch, in *Christian* wie k
d zwischen Vokalen und im Auslaut wie engl. *th* in *the*, vor *s* und *t* und nach *l, n* und *r* meist stumm
g zwischen Vokalen häufig wie der stimmhafte Reibelaut g in norddeutsch Wagen
gj wie j
hj, hv wie j und w
s wie ß in naß
v wie w
y wie ü
egn, ogn wie ä-in, o-un

Nicht aufgeführte Buchstaben werden wie im Deutschen ausgesprochen

ALLGEMEINE PRAKTISCHE HINWEISE

Es folgt hier zunächst ein alphabetisches Stichwortverzeichnis. Erfordert ein Stichwort nur eine kurze Erläuterung, wird sie in diesem Verzeichnis gegeben; sonst wird auf die Seite (und gegebenenfalls auf das übergeordnete Stichwort) hingewiesen, auf der das Stichwort ausführlich behandelt wird.

Angeln siehe Seite 33.

Autofahrer siehe Seite 21 u. 23.

Bedienungs- und Trinkgelder

Die Rechnungen in Hotels und Restaurants umfassen auch das Bedienungsgeld von 15%, so daß es nicht erforderlich ist, ein zusätzliches Trinkgeld zu geben, es sei denn, man möchte einen besonderen Service anerkennen. Trinkgelder sind auch nicht üblich beim Friseur, im Theater oder im Kino; in öffentlichen Toiletten zahlt man manchmal 1 bis 2 dkr für die Benutzung des Waschbeckens.

Trinkgelder für Taxifahrer sind in Kopenhagen nicht üblich, in der Provinz erwartet man 10 bis 15% des Taxameterbetrages. Gepäckträger haben feste Preise.

Bootssport siehe Seite 35.

Camping siehe Seite 30.

Devisen siehe Seite 17.

Diplomatische Vertretungen siehe Seite 17.

Einreise siehe Seite 15.

Feiertage

Neben den bei uns bekannten kirchlichen Feiertagen und Neujahr ist in Dänemark auch der Gründonnerstag ein Feiertag, der Buß- und Bettag fällt auf den 4. Freitag nach Ostern; als nationaler Feiertag wird der Verfassungstag („Grundlovsdag") am 5. Juni ab 12 Uhr begangen (Banken und Behörden haben oft den ganzen Tag geschlossen), der 1. Mai ist ebenfalls ein halber Feiertag (ab 12 Uhr).

Geld siehe Seite 19.

Geschäftszeiten siehe „Öffnungszeiten".

Gottesdienste

Die dänische Kirche ist protestantisch (evangelisch-lutherisch); der Gottesdienst findet im allgemeinen sonntags um 10 Uhr statt. Über Gottesdienstzeiten der anderen Religionen geben die Touristenbüros Auskunft.

Hotels siehe Seite 28.

Hunde siehe Seite 17.

Informationen siehe Seite 14.

Jugendherbergen siehe Seite 29.

Katzen siehe Seite 17.

Klima siehe Seite 14 und 39.

Konsulate siehe Seite 17.

Krankenversicherung

Alle Besucher des Landes mit zeitlich begrenztem Aufenthalt haben Anspruch auf eine kostenlose Behandlung in Krankenhäusern und Unfallstationen.

Besucher aus der Bundesrepublik sowie aus Österreich oder einem anderen EG-Land sollten sich von ihrer Krankenkasse einen Auslandskrankenschein besorgen und diesen im Krankheitsfall dem behandelnden Arzt in Dänemark zur Kostenverrechnung vorlegen. Wird er von diesem nicht akzeptiert, so müssen die Urlauber die Behandlungskosten selbst tragen.

Kreditkarten

Persönliche Schecks, die auf eine ausländische Bank ausgestellt sind, werden im allgemeinen nicht angenommen.

Euroschecks, bestätigte Reiseschecks und Kreditkarten können in den Banken eingelöst werden, Reiseschecks und internationale Kreditkarten auch in einigen Geschäften.

Maße und Gewichte

In Dänemark gilt das metrische System.

Mehrwertsteuer

Die Mehrwertsteuer heißt in Dänemark „Moms" und beträgt 22 Prozent für alle Waren. Sie ist meist im Preis inbegriffen.

Wenn man als ausländischer Besucher beim Kauf teurer Gegenstände und Andenken die Mehr-

wertsteuer nicht bezahlen will, läßt man sich die Ware vom Geschäft direkt ins Heimatland schicken.

Netzspannung

Dänemark hat im allgemeinen 220 Volt Wechselspannung, jedoch gibt es auf einigen Campingplätzen noch 110 Volt.

Notruf

Notanrufe von öffentlichen Fernsprechzellen sind unentgeltlich. Man muß die Nummer 000 wählen und angeben, ob Feuerwehr, Polizei oder Krankenwagen benötigt wird.

Öffentliche Verkehrsmittel

In Kopenhagen gibt es als Hauptverkehrsmittel die S-Bahn, dazu regelmäßigen Linienbus-Verkehr; eine Zonentarifgemeinschaft umfaßt alle Bus- und Bahnlinien in der Hauptstadt und in Nordseeland.

Der Stadtverkehr in den anderen größeren Städten und der Verkehr auf den Inseln werden neben den bestehenden Bahnlinien ebenfalls hauptsächlich durch Autobusse bestritten.

Öffnungszeiten

Die Geschäfte sind montags bis donnerstags von 9 bis 17.30, freitags meist bis 19 oder 20, und samstags bis 12 oder 14 Uhr geöffnet. In Kleinstädten wird oft eine Mittagspause (12 bis 14 Uhr) eingehalten.

An Samstagnachmittagen, Sonn- und Feiertagen (meist nur vormittags) sind in größeren Städten einige Bäcker- und Smørrebrød-Läden, Süßwaren- und Blumengeschäfte sowie Kioske geöffnet. Supermärkte im Hauptbahnhof Kopenhagen, in Aalborg und Århus sowie im Flughafen Kastrup halten täglich von 8 bis 24 Uhr offen.

Banken haben montags bis freitags von 9.30 bis 16, donnerstags bis 18 Uhr Geschäftszeit, Wechselstuben wochentags auch bis 22 oder 24 Uhr. In der Provinz machen die Banken oft eine Mittagspause von 12 bis 14 Uhr, sind dann aber abends etwas länger geöffnet.

Außerhalb der Schalterstunden können die Verkehrsbüros oft ausländisches Geld einwechseln.

Paß und Visum siehe Seite 15.

Post und Telefon

Zur Zeit beträgt das Porto in die Bundesrepublik Deutschland, nach Österreich und in die Schweiz, wie auch innerhalb der skandinavischen Länder, für eine Postkarte und für einen Brief bis 20 g einheitlich 2,80 dkr.

Die Postämter sind von 8, 9 oder 10 bis 17 oder 18, samstags zum Teil noch bis 12 Uhr geöffnet (einige Postämter sind samstags bereits ganz geschlossen).

Bei allen Postämtern in Dänemark kann man vom bundesdeutschen Postsparbuch täglich bis zu 1000 DM, innerhalb von 30 Tagen höchstens 2000 DM abheben. Das Geld bekommt man in Dänischen Kronen ausbezahlt. Die Auszahlung erfolgt nur an den Sparer selbst (Personalausweis!).

Die dänischen Telefone sind voll automatisiert. Für ein Ortsgespräch sind 2×25 Øre erforderlich. In Telefonzellen mit Durchwahl sollte man am besten erst nur 25 Øre einwerfen, da keine Geldrückgabe erfolgt (bei Auslandsgesprächen, auch wenn die Nummer besetzt ist!).

Die dänischen Buchstaben Å oder Aa, Æ und Ø stehen im Alphabet, also auch im Telefonbuch, an letzter Stelle.

Die Telefon-Vorwahlnummer von Dänemark in die Bundesrepublik ist 0 09 49, in die Schweiz 0 09 41 und nach Österreich 0 09 43.

Reisezeit siehe Seite 14.

Schecks siehe Kreditkarten.

Sport siehe Seite 33.

Taxi

Grüner Leuchttext ,,FRI" zeigt an, daß der Wagen frei ist. In Kopenhagen ist das Trinkgeld im Fahrpreis inbegriffen, in der Provinz erwartet der Fahrer ein Trinkgeld von 10 bis 15% der Fahrtkosten.

Telefon siehe Post und Telefon.

Unterkunft siehe Seite 28.

Verkehrsbestimmungen siehe Seite 23.

Verpflegung siehe Seite 30.

Währung siehe Seite 19.

Zeit

In Dänemark gilt mitteleuropäische Zeit (MEZ) bzw. Sommerzeit.

Zoll siehe Seite 16.

Informationen vor der Reise

Auf briefliche, telefonische oder persönliche Anfragen erteilen die folgenden dänischen Fremdenverkehrsämter Auskunft:

Dänisches Fremdenverkehrsamt, Glockengießerwall 2, 2000 Hamburg 1, Tel. 0 40/32 78 03; Immermannstr. 56, 4000 Düsseldorf 1, Tel. 02 11/35 81 03; Sonnenstr. 27, 8000 München 2, Tel. 0 89/55 52 02.

Die Büros des Dänischen Fremdenverkehrsamtes in Wien und Zürich sind seit 1989 geschlossen. Österreicher und Schweizer erhalten Informationen bei den obengenannten Büros in der Bundesrepublik.

SAS Scandinavien Airlines System, Kurfürstendamm 209, 1000 Berlin 15, Tel. 0 30/8 81 70 11; Flughafen, Geb. 130, 2000 Hamburg 63, Tel. 0 40/5 07 10 80; Am Hauptbahnhof 2, 6000 Frankfurt/

Main, Tel. 0 69/2 64 61; Flughafen Riem, Töginger Str. 400, 8000 München 87, Tel. 0 89/90 87 60.

Hier erhält man jede gewünschte Auskunft ebenso wie Hotelverzeichnisse, Fahrpläne und anderes Prospektmaterial.

Ist man bereits im Land selbst, so helfen die örtlichen Auskunftsstellen. Die Anschriften der lokalen Informationsbüros *(Inf.)* stehen im Teil „Spezielle Praktische Hinweise" ab Seite 346. Alle größeren Orte sind dort in alphabetischer Reihenfolge aufgeführt.

Die dänische Zentrale für Tourismus ist unter den folgenden Anschriften zu erreichen:

Danmarks Turistråd, DK-1620 Kopenhagen, Vesterbrogade 6D (Tel. 01/11 14 15) und DK-1553 Kopenhagen, H.-C.-Andersen-Boulevard 22 (Tel. 01/11 13 25).

Reisezeit

Die günstigste Zeit für eine Reise nach Dänemark ist von Mai bis September, aber auch im Oktober gibt es oft noch gutes Reisewetter für den Besuch des Landes. Die dänische Hauptstadt ist darüber hinaus während des ganzen Jahres beliebtes Reiseziel.

Klima und Kleidung

Dänemark hat ein ausgesprochenes Inselklima mit milden Wintern und nicht zu heißen Sommern. Von Juni bis August liegt die Tagesdurchschnittstemperatur zwischen 15 und 17 Grad, das Meerwasser erwärmt sich in der Hauptsaison bis auf 19 Grad. Das Wetter ist oft wechselhaft, und ein plötzlicher Regenschauer kann auch an schönen Sommertagen überraschen.

Regenmantel, Schirm, auch ein Pullover für kühle Sommerabende sollten im Gepäck deshalb nicht fehlen.

Der Däne ist in der Regel meist zwanglos gekleidet, auch im Theater und Restaurant gibt es keine Kleidungsvorschriften; nur in einzelnen Nachtlokalen wird das Tragen einer Krawatte verlangt.

Klimadaten

		April	Mai	Juni	Juli	August	September
Aalborg	I	10,2	16,2	19,5	21,8	20,9	17,1
	II	1,4	5	8,7	11,2	11	8,2
	III	–	–	–	–	–	–
	IV	6	8	9	8	7	5
	V	38	34	51	76	72	73
Kopenhagen	I	10,5	16,1	19,8	21,8	21,2	17,5
	II	3,1	7,5	11,2	13,6	13,5	10,5
	III	5	9	14	16	16	14
	IV	6	8	8	8	6	6
	V	38	42	47	71	66	62
Odense	I	10,7	16,2	19,5	21,4	20,9	17,5
	II	2,3	6	9,3	11,7	11,7	9,2
	III	5	10	14	16	16	14
	IV	6	8	8	8	6	6
	V	35	39	46	64	80	56
Ringkøbing	I	10,6	16,4	19,1	21,1	20,7	17,3
	II	1,4	5	8,6	11,1	10,9	8,4
	III	–	–	–	–	–	–
	IV	6	7	8	7	6	5
	V	42	40	51	90	95	86
Sandvig	I	8,3	12,8	17,6	20,3	19,7	16,7
	II	2,5	6,2	11,2	14,5	14,7	11,9
	III	4	7	12	16	17	15
	IV	6	9	9	8	7	6
	V	31	34	43	58	58	55
Tønder	I	11,2	16,5	19,5	21,2	20,9	17,7
	II	2,6	6,3	9,8	12,3	11,9	9
	III	6	10	13	17	17	15
	IV	6	7	8	7	6	6
	V	45	47	48	80	102	88

I = mittlere tägliche Maximumtemp. (°C); II = mittlere tägliche Minimumtemp. (°C); III = mittlere Wassertemp. (°C); IV = mittlere Sonnenscheindauer (Std. pro Tag); V = mittlerer Niederschlag (in mm).

Einreisebestimmungen

Paß und Visum

Innerhalb der nordischen Länder ist die Paßkontrolle aufgehoben, so daß man den Ausweis nur bei der Ein- und Ausreise, nicht aber bei Grenzüberschreitungen zwischen den einzelnen Ländern vorzuzeigen braucht. Ein gültiger Personalausweis (auch Kinder benötigen einen Ausweis) genügt zur Einreise für Staatsangehörige der Bundesrepublik Deutschland, Österreichs und der Schweiz.

Abgelaufene Pässe oder Ausweise dürfen nicht benutzt werden.

Gruppen von wenigstens zehn bis höchstens 50 Personen, die einer Schulklasse oder einem Sportklub angehören oder aber Studierende sind, können sich einen Sammelpaß ausstellen lassen.

Familienpässe sind gültig, jedoch müssen alle darin eingetragenen Personen gleichzeitig ein- oder ausreisen.

Reisende können sich bis zu drei Monaten in Dänemark (bzw. im ganzen nordischen Paßgebiet zusammen) aufhalten, wenn sie dort keine bezahlte Arbeit übernehmen; wer Arbeit im Lande annehmen will, muß eine Arbeitsgenehmigung – am besten schon beim zuständigen dänischen Konsulat in seiner Heimat – beantragen.

Autofahrer

brauchen keine besonderen Grenzdokumente zur ,,vorübergehenden Einfuhr'' ihres Fahrzeugs nach Dänemark neben den üblichen nationalen Papieren und dem ovalen Nationalitätenkennzeichen am Wagen.

Die ,,Grüne Versicherungskarte'' wird bei der Einreise nicht mehr verlangt, ihre Mitnahme ist jedoch nach wie vor empfehlenswert, da sie die Verhandlungen bei einem eventuellen Unfall wesentlich erleichtert.

Wasserfahrzeuge

Dänemark verlangt für Sportboote, die während eines touristischen Aufenthalts im Land benutzt werden, keine besonderen Grenzdokumente. Auch die Ein- und Ausfuhr aller dazugehörigen Ausrüstungen ist zollfrei möglich.

Zoll

Die Zollvorschriften sind im Touristenverkehr weitgehend gelockert; unverzollt bleiben neben Kleidung und Reiseutensilien auch Sport- und Campingausrüstung, zwei Foto- oder Filmkameras, Fernglas, Reiseschreibmaschine, Kofferradio sowie Tonbandgerät oder Plattenspieler mit zehn Bändern bzw. Platten, Fahrräder und Schmuck.

Besucher aus EG-Ländern dürfen bei der Einreise bei einem Aufenthalt von über 24 Stunden oder Durchreise in ein anderes Land unter anderem 300 Zigaretten oder 150 Zigarillos oder 75 Zigarren oder 400 g Tabak, 1,5 l Spirituosen oder 3 l Südwein, 4 l Tischwein, 1000 g Kaffee oder 400 g Pulverkaffee oder 2 kg Zucker mit sich führen; Besucher aus anderen europäischen Ländern nur 200 Zigaretten oder 100 Zigarillos oder 50 Zigarren oder 250 g Tabak, 1 l Spirituosen oder 2 l Südwein, 2 l Tischwein, 500 g Kaffee oder 200 g Pulverkaffee und 2 kg Zucker. Der ,,Erwachsene'' beginnt in Dänemark für Alkohol und Tabakwaren erst bei 17 Jahren und für Kaffee bei 15 Jahren.

Medikamente sind nur für den eigenen Bedarf, als Rauschmittel eingestufte Medikamente nur für fünf Tage und unter Vorlegung eines ärztlichen Attestes erlaubt.

Für Nahrungsmittel gilt die Regel, daß sie nur eingeführt werden dürfen, soweit sie ,,zum persönlichen Verzehr auf der Reise bis zum Zielort'' bestimmt sind.

Andere Waren (inkl. Bier) können bei der Ein- und Ausreise bis zu einem Gesamtwert von 2750 dkr für Besucher aus EG-Ländern, von 275 dkr für Besucher aus anderen europäischen Ländern mitgeführt werden.

Mitnahme von Schußwaffen

Bei einem Besuch bis zu höchstens drei Monaten und auch bei der Durchreise können Jagdgewehre und Sportbüchsen mit Kugellauf und Munition frei ein- und ausgeführt werden. Man muß die Waffen mit Zubehör an der Grenze deklarieren und den Waffenschein oder eine Bescheinigung, daß ein solcher im Heimatland nicht obligatorisch ist, vorzeigen.

Devisenvorschriften

Ein- und Ausfuhr von dänischen oder ausländischen Banknoten, Reiseschecks und anderen Zahlungsmitteln ist in unbegrenzter Höhe gestattet. Bei der Ausfuhr von mehr als 50 000 dkr muß nachgewiesen werden können, daß dieser Betrag den eingeführten Betrag an dänischer oder ausländischer Währung nicht übersteigt.

Hunde, Katzen und andere Haustiere

Für Hunde und Katzen benötigt man nur das internationale Green Cross Formular, den Gelben Impfpaß, aus dem hervorgeht, daß das Tier innerhalb der letzten 12 Monate gegen Tollwut geimpft wurde.

Kanarienvögel, Meerschweinchen, Hamster oder Schildkröten dürfen ohne jegliche Formalität mitgenommen werden.

Für Pferde, Kaninchen und Hasen sowie Papageien und Wellensittiche braucht man eine Einreiseerlaubnis vom Veterinärdirektorat, Frederiksgade 21, DK-1265 Kopenhagen K.

Bei anderen Tieren fragt man am besten vor der Reise beim zuständigen Dänischen Fremdenverkehrsamt nach.

Wer die dänische Insel Bornholm auf dem Anreiseweg über Südschweden besuchen will, kann wegen der sehr strengen schwedischen Bestimmungen (längere Quarantänezeiten) seine Haustiere nicht mitnehmen.

Diplomatische Vertretungen

Vertretungen der Bundesrepublik Deutschland in Dänemark:

2100 Kopenhagen (Botschaft), Stockholmsgade 57, Telefon 26 16 22.

6200 Åbenrå, Kystvej 18, Tel. 62 14 64.

9000 Aalborg, ,,Emborg Hus", Hasserisvej 139, Tel. 13 12 33.

8100 Århus, Havnegade 4, Tel. 12 32 11.

6700 Esbjerg, Amerikavej 1, Tel. 12 31 33.

9900 Frederikshavn, Rimmensgade 9−11, Tel. 42 00 11.

4220 Korsør, Batterievej 7, Tel. 57 05 86.

4700 Næstved, Vestre Kaj 16, Tel. 73 18 11.

4800 Nykøbing/Falster, ,,Mer-
kurgården", Frisegade 26, Tel.
85 27 00.

5000 Odense, Slotsgade 18−22,
Tel. 14 14 14.

3700 Rønne (Bornholm), Store
Torv 12, Tel. 95 22 11.

5700 Svendborg, Kuopiovej 11,
Tel. 21 15 15.

7100 Vejle, Sydkajen 12, Tel.
82 00 11.

FR-100 Tórshavn (Färöer Inseln), Dalavegur 8, Tel. 1 20 94.

*Österreichische Vertretung in Dä-
nemark:*

2100 Kopenhagen (Botschaft)
Grønningen 5, Tel. 12 46 23.

*Schweizerische Vertretung in Dä-
nemark:*

2100 Kopenhagen (Botschaft),
Amaliegade 14, Tel. 14 17 96.

*Dänische Vertretungen in der
Bundesrepublik:*

5300 Bonn 1 (Botschaft), Pfälzer
Str. 14, Tel. 02 28/72 99 10.

1000 Berlin 33 (Militärmission),
Bitterstr. 23, Tel. 0 30/-
8 32 40 01.

2800 Bremen 1, Schlachte 15−18,
Tel. 04 21/1 76 81.

4000 Düsseldorf, Sternwartstr.
54, Tel. 02 11/39 20 35.

2390 Flensburg (General-Kons.),
Nordergraben 19, Tel. 04 61/
2 33 05.

6000 Frankfurt/Main 90 (Generalkonsulat), Am Leonhards-
brunn 20, Tel. 06 11/77 03 91.

2000 Hamburg 13 (Generalkonsulat), Heimhuder Str. 77, Tel.
0 40/44 70 57.

3000 Hannover, Schiffgraben 55,
Tel. 05 11/31 12 31.

2300 Kiel 1, Kehdenstr. 26, Tel.
04 31/9 80 41 50.

2400 Lübeck, Fackenburger Allee 67, Tel. 04 51/4 16 03.

8000 München 22 (Generalkonsulat), Maximilianstr. 22, Tel.
0 89/22 04 41.

7000 Stuttgart 11, Bolzstr. 6, Tel.
07 11/29 01 37.

*Dänische Vertretungen in Öster-
reich:*

1015 Wien (Botschaft), Führich-
gasse 6, Tel. 02 22/52 79 04.

1011 Wien (Generalkonsulat),
Dr.-Karl-Lueger-Ring 6−8, Tel.
02 22/63 46 01.

6021 Innsbruck, Museumsstr. 4,
Tel. 0 52 22/2 23 16.

4021 Linz, Landstr. 49 II., Tel.
0 72 22/7 40 74.

5020 Salzburg, Imbergstr. 15,
Tel. 0 62 22/7 14 85.

*Dänische Vertretungen in der
Schweiz:*

3006 Bern (Botschaft), Thunstr.
95, Tel. 0 31/44 40 40.

4010 Basel, Sternengasse 21, Tel.
0 61/23 11 33.

1211 Genève (Genf), Rue du
Stand 60, Tel. 0 22/20 66 40.

6901 Lugano, Via al Forte 2, Tel.
0 91/23 23 58.

1009 Lausanne-Pully, Avenue
Samson Reymondin 26, Tel.
0 21/29 77 46.

8035 Zürich (Generalkonsulat),
Stampfenbachstr. 73, Tel. 01/
3 63 52 22.

Währungs- und Umrechnungskurse

Die dänische Währung ist die
Krone (Einzahl *Krone,* Mehrzahl
Kroner; abgekürzt dkr), 1 Krone
= 100 Øre.

Im Umlauf sind Banknoten zu
10, 20, 50, 100, 500 und 1000
Kronen und Münzen zu 1, 5 und
10 Kronen sowie 5, 10 und 25

Øre. Die neue 10-Kronen-Münze
ist etwas kleiner als das 5-
Kronen-Stück!

1 dkr entspricht etwa 0,26 DM,
2 öS oder 0,22 sfr.

1 DM sind etwa 3,7 dkr, 1 öS 0,54
dkr und 1 sfr 4,48 dkr.

Reisen nach Dänemark

MIT DEM FLUGZEUG

Von allen deutschen, österreichischen und Schweizer Flughäfen
bestehen – zum Teil direkte –
Flugverbindungen nach Kopenhagen mit zahlreichen Anschluß-
möglichkeiten innerhalb des Landes. Kopenhagens internationaler Flugplatz liegt in Kastrup (ca.
10 km von der Innenstadt entfernt, ständige Busverbindung
zum Air Terminal am Hauptbahnhof).

Dänemark hat mit Norwegen
und Schweden eine gemeinsame
Fluggesellschaft, die SAS (Scandinavian Airlines System).

Der Flug (Richtpreise!) nach Kopenhagen kostet in der Econo-
myklasse von

Berlin	DM	403,–
Frankfurt	DM	590,–
Hamburg	DM	328,–
München	DM	715,–

Wien	öS	6230,–
Zürich	sfr	736,–

Die Flugzeiten liegen zwischen
einer und zwei Stunden (von Ber-
lin-West über Hamburg). – Wei-
terflugmöglichkeiten in Dänemark s. S. 22. Von Mitte Juni bis
Mitte September besteht an jedem Wochenende eine Flugverbindung zwischen Hamburg sowie Düsseldorf und Rønne auf
Bornholm.

MIT DER EISENBAHN

Auf dem Schienenweg ist außer
den Städten auf Jütland und Fünen kein dänischer Ort direkt zu
erreichen. Alle internationalen
Züge, die Mitteleuropa mit Kopenhagen verbinden, werden
deshalb mit einer Eisenbahnfäh-
re übergesetzt, die meisten im
Verlauf der ,,Vogelfluglinie"
vom deutschen Puttgarden auf
Fehmarn nach Rødby Færge
(Rødbyhavn) auf Lolland in Dä-

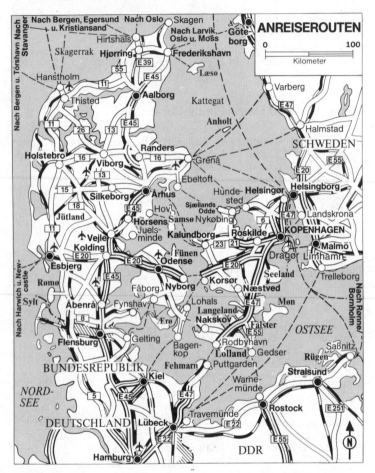

nemark, einzelne auch via Jütland über die dänischen Inseln
Fünen und Seeland (Fähre Nyborg – Korsør).

Durch die DDR fahrende Züge
werden von Rostock-Warnemünde nach Gedser auf die Insel Falster übergesetzt.

Die Fahrzeiten einiger direkter
internationaler Schnellzüge betragen auf der „Vogelfluglinie"

nach Kopenhagen beispielsweise
von Hamburg 5 bis 6 Stunden,
von Köln 10 bis 12 Stunden, von
München 13 bis 15 Stunden. Aus
der Schweiz braucht man von Basel 14 bis 18 Stunden, von Zürich
15 bis 19 Stunden und von Genf
18 bis 22 Stunden. Aus Österreich beträgt die Fahrzeit von
Salzburg 15 bis 19 Stunden, von
Innsbruck 17 bis 20 Stunden und
von Wien 20 bis 22 Stunden.

Einige Richt-Fahrpreise 2. Klasse (Regeltarife):

Von		Kopenhagen	Aalborg	Århus	Odense
Berlin	(DM)	94,90	153,60	141,90	136,–
Frankfurt	(DM)	190,90	202,60	190,90	185,–
Hamburg	(DM)	82,90	89,60	77,90	72,–
Köln	(DM)	178,90	187,60	175,90	170,–
München	(DM)	251,90	261,60	249,90	244,–

Es gibt diverse verbilligte Bahntarife. Auskunft darüber erteilen die Deutsche Bundesbahn und einschlägige gute Reisebüros.

Zur Verkürzung der Straßenanfahrt verkehren in der Hauptreisezeit Autoreisezüge von Lörrach, Karlsruhe, Sonthofen, München sowie Chiasso (Schweiz) und Villach (Österreich) nach Hamburg.

MIT DEM AUTO

Ebenso wie mit der Bahn, sind auch mit dem Auto nur Jütland und Fünen (sowie die an Fünen mit Straßenbrücken angeschlossenen kleinen Inseln Tåsinge und Langeland) direkt zu erreichen, sonst ist die Anreise mit einer Fährfahrt verbunden. Dies gilt außer für viele kleinere Inseln auch für die Inselgruppe Falster-Lolland-Seeland mit der dänischen Hauptstadt. Dorthin führt als schnellste Verbindung die „Vogelfluglinie" Puttgarden (Fehmarn) – Rødbyhavn (Lolland; Fahrzeit 1 Std.).

Die Hauptanfahrtsstraßen in der Bundesrepublik Deutschland nach Dänemark sind die Autobahnen A7 (E45) Hamburg – Flensburg mit dem Abzweig A 215 nach Kiel (Fähre Kiel–Bagenkop auf Langeland mit Anschlußfähre Lohals – Korsør) sowie A1 (E22/47) zur Insel Fehmarn (Fäh-

re „Vogelfluglinie" Puttgarden – Rødbyhavn) mit Abzweig A 226 nach Lübeck-Travemünde (Fähren nach Gedser auf Falster und nach Rønne auf Bornholm).

MIT DEM SCHIFF

Zur besseren Übersicht haben wir alle Fährlinien nach Dänemark und zwischen den Inseln sowie andere Fähren innerhalb des Landes nicht in Anreisemöglichkeiten und innerdänische Verbindungen getrennt, sondern den gesamten Schiffsverkehr im gleichnamigen Abschnitt auf den Seiten 24–28 zusammengefaßt.

GRENZÜBERGÄNGE

Die direkte Einreise nach Dänemark auf dem Landweg ist nur an den deutsch-dänischen Grenzübergängen zwischen Schleswig-Holstein und Jütland möglich. Hier liegen die Hauptgrenzstationen bei Flensburg und an der Westküstenstraße.

Im grenzüberschreitenden Fährverkehr gibt es manchmal getrennte Durchgänge oder Fahrspuren, wobei „Grün" ohne anmeldepflichtige Waren und „Rot" mit anmeldepflichtigen Waren zu benutzen ist. Meit erhält man in diesem Fall vorher an Bord des Fährschiffes ein entsprechendes Merkblatt mit Erläuterungen.

Reisen in Dänemark

MIT DEM FLUGZEUG

In Dänemark bestehen von Kopenhagen-Kastrup regelmäßige Verbindungen (Flugzeit 30–55 Min.) nach Aalborg, Århus, Billund, Esbjerg, Karup, Odense (Fünen), Rønne (Bornholm), Skrydstrup bei Haderslev, Stauning, Sønderborg (Alsen) und Thisted. Einige Orte haben bis zu zehn Verbindungen täglich; alle Flughäfen sind auf Zubringerstraßen leicht erreichbar.

Einzelflüge kosten 350 bis 450 dkr, auf einige der sogenannten „Grünen Flüge" gibt es beim Kauf der Tickets in Dänemark 50% Ermäßigung, außerdem „Standby Tickets" für bestimmte Personengruppen.

Taxiflüge werden zu den Inseln Ærø, Anholt, Læsø und Samsø regelmäßig mit Copenhagen Airtaxi vom Flughafen Roskilde bei Kopenhagen durchgeführt, der auch von Privatflugzeugen bei Flügen innerhalb des Landes benutzt wird.

Privatflugzeuge aus dem Ausland fliegen die internationalen Plätze an. Innerhalb des Landes gibt es etwa 50 private Flugplätze.

Ausführliche Angaben zu allen Fragen der Flugtouristik erteilt der Kongelig Dansk Aeroklub, Flughafen Kopenhagen-Roskilde, DK-4000 Roskilde.

MIT DER EISENBAHN

In Dänemark wird der Fahrpreis auf den Dänischen Staatsbahnen (DSB), die das Land mit einem relativ dichten Liniennetz überziehen, wie üblich nach einem Tarif berechnet, der sich mit der Länge der Strecke zunehmend ermäßigt. Für die Blitz-Züge („Lyntog") zwischen Kopenhagen und den Hauptstädten von Jütland und Fünen sowie der Intercity-Schnellzüge ist die Vorbestellung von Platzkarten erforderlich; sie kosten 20 bzw. 10 dkr, Karten für Liegewagen 30 und für Schlafwagen 100 dkr.

Die Fahrpreise der Ersten Klasse liegen innerhalb Dänemarks 50% über denen der Zweiten Klasse. Kinder von vier bis zu zwölf Jahren zahlen die Hälfte. Besondere Ermäßigungen gibt es für Gruppen von drei Personen, von denen eine unter 21 Jahre alt ist, sowie für Personen über 65 (Seniorenpaß nicht erforderlich).

Für Jugendliche unter 26 Jahre sowie für Senioren bieten sich auch bei Dänemarkreisen die Rabattmöglichkeiten der Interrail und Rail-Europa an.

Die Eisenbahnen der skandinavischen Länder geben eine Skandinavien-Netzkarte „Nordturist" aus; sie gilt 21 Tage für beliebig viele Fahrten auf allen Bahnstrecken Dänemarks, Schwedens, Norwegens und Finnlands sowie für einige Fährstrecken und kostet (Stand 1989) für die Zweite Klasse 377, für die Erste Klasse 566 DM. Die Karte ist bereits im Ausland zu kaufen.

Gepäck wird nur mit einigen Zügen befördert; man sollte es deshalb besser schon am Vortag aufgeben; bei Blitzzügen genügt die Abgabe des Gepäcks noch 15 Minuten vor Abfahrt des Zuges. Gepäckträger können in Kopenhagen und bei der Fähre Puttgarden-Røbyhavn bestellt werden.

Rundreisen in Skandinavien

Nordische Rundreisen per Bahn, Bus oder Schiff für drei Wochen oder zwei Monate oder individuelle Rundreisen in einem oder mehreren der skandinavischen Länder werden von den Dänischen Staatsbahnen arrangiert.

MIT DEM AUTO

In Dänemark entspricht der hervorragende Zustand der Haupt- und Nebenstraßen völlig den in Mitteleuropa gewohnten Verhältnissen. Leider gibt es bisher noch keine durchgehenden Autobahnen, wenngleich eine Reihe von Engpässen bereits durch Fertigstellung von Teilstrecken entschärft ist. – Beachtenswert ist, daß auf den dänischen Straßen trotz der Motorisierung auch heute die Radfahrer noch eine wesentliche Rolle spielen und Rücksichtnahme gewohnt sind.

Verkehrsbestimmungen

Es gilt Rechtsverkehr; die meisten Verkehrszeichen entsprechen den internationalen Regeln.

Innerhalb bebauter Gebiete darf als Höchstgeschwindigkeit 50 km/h, auf Landstraßen 80 km/h und auf Autobahnen 100 km/h gefahren werden; sonstige vorgeschriebene Höchstgeschwindigkeiten werden durch Verkehrsschilder angekündigt.

Für Personenwagen mit Wohnanhänger gelten grundsätzlich als Höchstgeschwindigkeit 70 km/h. Wohnanhänger dürfen bis 12 m lang und 2,50 m breit sein; wenn der Anhänger mehr als 20 cm breiter ist als der Zugwagen, muß seine Vorderseite mit eigenem Licht gekennzeichnet sein.

Ein Warndreieck muß mitgebracht werden, Sicherheitsgurte sind bei Personen über 150 cm Größe und einem Alter von über 15 Jahren vorgeschrieben.

Motorradfahrer sind zum Tragen des Sturzhelms verpflichtet.

Das Fahren unter Alkoholeinfluß ist in Dänemark verboten!

Parken

Es darf nur in Fahrtrichtung geparkt oder angehalten werden; auf Hauptlandstraßen und Autobahnen ist das Parken nicht erlaubt. ,,Datostop" bedeutet, daß an Tagen mit einem geraden Datum nur auf der Straßenseite mit geraden Hausnummern und umgekehrt geparkt werden darf.

Für Parkuhren sind werktags von 9 bis 18 und samstags von 9 bis 13 Uhr (bei einer Parkdauer von höchstens 3 Std.) 1-Kronen- und 25-Øre-Münzen (je nach Parkzeit) erforderlich.

Die Straßenwacht des Dänischen Automobilklubs FDM erreicht man für Jütland und Fünen unter 13 33 99 in Århus, für Seeland und Lolland/Falster unter 13 33 99 in Kopenhagen.

Der Abschleppdienst Falck & Zonen ist unter der Telefonnummer 14 22 22 in Kopenhagen zu erreichen.

Die Adresse des Automobilklubs FDM (Forenede Dansk Motorejere) ist: Kopenhagen, Blegdamsvej 124, Tel. 38 21 12.

Autoreparaturen/Unfallschäden

Für alle internationalen Automarken findet man in Dänemark eine Service-Station; auf Reparaturen wird Mehrwertsteuer berechnet, die beim Verlassen des Landes nicht ersetzt wird.

Wird man als Tourist in einen Unfall verwickelt, für den man ganz oder teilweise verantwortlich ist, wende man sich an die Dansk Forening for International Motorkøretøjsforsikring, Amaliengade 10, Kopenhagen, Tel. 13 75 55.

Autoverleih

Einen Wagen mit oder ohne Fahrer kann man in ganz Dänemark leihen, u.a. an allen größeren DSB-Stationen.

Wagen ohne Fahrer werden nur an Personen mit Führerschein (Mindestalter 18 Jahre, Verleihfirmen können aber die Altersgrenze auf 20 bis 25 Jahre festsetzen) vermietet.

Benzinpreise (Stand Anfang 1989)

Normalbenzin kostet dkr 6,27−6,37 Bleifrei (Blyfri) 92 Oktan, 6,35−6,45 Bleifrei 95 Oktan, 6,54−6,64 Bleiarm (Medium) 96 Oktan, 6,79−6,89 Super (Premium) 98 Oktan, 4,04−4,09 Diesel je Liter.

Auch in Dänemark gibt es preisgünstige SB-Tankstellen sowie die meist noch etwas billigeren Münztanks, deren moderne Ausführungen auch 100-Kronen-Scheine annehmen.

MIT DEM SCHIFF

Bei allen nachfolgend aufgeführten Fähren kann man mit seinem Wagen selbst im „Roll-on-rolloff"-Verkehr an oder von Bord des jeweiligen Fährschiffes fahren. Die Fahrpläne unterliegen natürlich ebenso wie die Fähr-

preise laufenden Veränderungen. Die hier genannten Preise sind deshalb nur als Richtwerte für eine Planung zu betrachten.

Ausführliche Auskunft hinsichtlich der Fahrzeiten und Reisekosten geben die Informationsstellen der Bundesbahn (für einige Hauptverbindungen) sowie die Reisebüros.

Die angegebene Häufigkeit der Routenbedienung bezieht sich auf die „normale" Reisezeit, also auf die Sommermonate.

Es werden, wenn nicht ausdrücklich Abweichungen erwähnt werden, nur die reinen Beförderungspreise der Touristenklasse in der Hauptsaison angegeben, also ohne zusätzliche Kosten für die Erste Klasse, Schlafsessel, Kabinenbetten, Mahlzeiten an Bord und ähnliches, aber auch ohne mögliche Ermäßigungen.

Fährverkehr zwischen Deutschland und Dänemark

List − Havneby (Rømø-Sylt-Linie): 45 Min. / 5- bis 8mal täglich / 3 DM / Pkw einschl. Insassen 36 DM

Gelting − Fåborg (Fåborg-Gelting-Linien): 2 Std. 10 Min. / 2- bis 3mal täglich / 10 DM / Pkw einschl. Insassen 30 DM

Kiel − Bagenkop (Langeland-Kiel-Linien): 2 Std. 30 Min. / 2- bis 3mal täglich / 8 DM / Pkw einschl. Fahrer 26,50 DM

Puttgarden − Rødby Færge (DB/DSB): 1 Std. / 28- bis 42mal täglich / 13,20 DM / Pkw einschl. Insassen So−Do 71, Fr + Sa 107 DM

Lübeck-Travemünde − Gedser (GT-Link): 3 Std. 30 Min. / 4- bis 6mal täglich / 10 DM / Pkw

einschl. Insassen So—Do 62, Fr
+ Sa 92 DM

Lübeck-Travemünde – Rønne/
Bornholm (Polferries/Polish Baltic Shipping: 10 Std. / 1mal wöchentlich im Sommer am Wochenende / 160 DM / Pkw 160
DM

Rostock-Warnemünde – Gedser
(DB/DSB): 2 Std. / 2- bis 4mal
täglich / 14 DM / Pkw einschl. Insassen 62 DM

Saßnitz/Rügen – Rønne/Born-
holm (Deutsche Reichsbahn): 4
Std. / 1- bis 4mal wöchentlich im
Sommer am Wochenende / 50
DM / Pkw einschl. Fahrer 170
DM

**Fährverkehr zwischen Großbri-
tannien und Dänemark**

Harwich – Esbjerg (Scandinavian
Seaways): 20 Std. / 4- bis 5mal
wöchentlich / 750 dkr / Pkw
einschl. Insassen 2390 dkr

Newcastle – Esbjerg (Scandinavian Seaways): 20 Std. / 2mal wöchentlich / 750 dkr / Pkw einschl.
Insassen 2390 dkr

Harwich – Hirtshals (Fred. Olsen
Lines): 24 Std. / 1mal wöchentlich im Sommer / 663 dkr / Pkw
einschl. Fahrer 379—568 dkr

**Fährverkehr zwischen Norwegen
und Dänemark**

Bergen – Stavanger – Hirtshals
(Fred. Olsen Lines): 18 Std. 30
Min. bzw. 11 Std. 30 Min. / 2- bis
3mal wöchentlich / 78—121 DM /
Pkw 68—110 DM (je nach Ab-
fahrtstermin und Wochentag)

Kristiansand – Hirtshals (Fred.
Olsen Lines): 4 Std. 30 Min. / 1-
bis 2mal täglich / 38—76 DM /

Pkw 55—93 DM (je nach Ab-
fahrtstermin und Wochentag)

Egersund – Hirtshals (Fred. Olsen Lines): 10 Std. 30 Min. / 1mal
wöchentlich / 38—76 DM / Pkw
55—93 DM (je nach Saison und
Wochentag)

Larvik – Frederikshavn (Larvik
Line): 6—10 Std. / 1- bis 2mal täg-
lich / 46—70 DM / Pkw 60—105
DM (je nach Saison)

Oslo – Hirtshals (Fred. Olsen Lines): 9—11 Std. / 4mal wöchentlich / 41—49 DM / Pkw 55 DM

Oslo – Frederikshavn (Stena Line): 10—12 Std. / 1mal täglich /
60—90 DM / Pkw 60—90 DM (je
nach Saison)

Oslo – Kopenhagen (Scandinavian Seaways): 16 Std. / 1mal täglich / ab 166 DM / Pkw einschl.
Fahrer 65 DM

Moss – Frederikshavn (Stena Line): 7 Std. / 1mal täglich / 40—70
DM / Pkw einschl. Insassen
130—220 DM (je nach Saison)

**Fährverkehr zwischen Schweden
und Dänemark**

Göteborg – Frederikshavn (Stena
Line): 3 Std. / 5- bis 8mal täglich /
100 dkr / Pkw 480 dkr einschl.
Fahrer

Varberg – Grenå (Lion Ferry):
4 Std. / 3mal täglich / 120 dkr /
Pkw 780 dkr einschl. Personen

Halmstad – Grenå (Lion Ferry):
4 Std. / 2mal täglich / 120 dkr /
Pkw 410—780 dkr einschl. Personen

Helsingborg – Grenå (Lion Ferry): 3 Std. 45 Min.—4 Std. 30
Min. / 2- bis 3mal täglich / 120 dkr
/ Pkw 410—780 dkr einschl. Personen

Helsingborg – Grenå (Lion Ferry): 3 Std. 45 Min. –4 Std. 30 Min. / 2- bis 3mal täglich / 110 dkr / Pkw 410 – 735 dkr einschl. Personen

Helsingborg – Helsingør (Zwei Linien): 20 – 25 Min. / 54- bis 72mal täglich / 18 dkr / Pkw 175 dkr einschl. Fahrer

Landskrona – Kopenhagen/Tuborg Havn (Scarlett Line): 1 Std. 30 Min. / 6- bis 8mal täglich / 22 dkr / Pkw 124 dkr einschl. Fahrer

Limhamn b. Malmö – Dragør b. Kopenhagen (Scandinavian Ferry Lines): 55 Min. / 19- bis 20mal täglich / 30 dkr / Pkw 215 dkr einschl. Fahrer

Ystad – Rønne/Bornholm (Bornholmstrafikken): 2 Std. 30 Min. / 2- bis 5mal täglich / 80 dkr / Pkw 235 dkr einschl. Fahrer

Fährverkehr zwischen Polen und Dänemark

Swinoujscie/Swinemünde – Kopenhagen (Vindrose Rejser): 9 Std. 30 Min. / 5mal wöchentlich / 240 dkr / Pkw 240 dkr einschl. Fahrer

Innerdänischer Fährverkehr

Von Jütland nach Seeland

Grenå – Hundested (Grenå-Hundested-Linjen): 2 Std. 40 Min. / 6mal täglich

Ebeltoft – Sjællands Odde (Mols Linien): 1 Std. 40 Min. / 6- bis 10mal täglich

Århus – Kalundborg (DSB Dänische Staatsbahnen): 3 Std. / 5mal täglich

Von Jütland nach anderen Inseln

Esbjerg – Fanø (DSB): 20 Min. / 30- bis 34mal täglich

Frederikshavn – Læsø (Andelsdampskibsselskabet): 1 Std. 30 Min. / 2- bis 4mal täglich

Grenå – Anholt (Grenå-Anholt-Færgefart): 2 Std. 30 Min. / 4mal wöchentlich

Hov – Samsø (Hov-Samsø-Ruten): 1 Std. 20 Min. / 10- bis 12mal täglich

Snaptun – Endelave (Horsens Stevedoreforretning): 1 Std. 10 Min. / 1- bis 3mal täglich

Snaptun – Hjarnø (Hjarnø Færgefart): 6 Min. / 1- bis 2mal stündlich

Årøsund – Årø (Årø Færgefart): 7 Min. / 16mal täglich

Ballebro – Hardeshøj (Nord-Als Færgefart): 10 Min. / 29- bis 33mal täglich

Esbjerg – Tórshavn/Färöer (DFDS): 21 Std. 30 Min. / 1mal wöchentlich

Hanstholm – Tórshavn/Färöer (Smyril Line): 31 Std. / 1mal wöchentlich nur im Sommer

Jütländische Fähren

Mellerup – Voer (Mellerup-Voer-Overfart): 5 Min. / von 7 bis 23 Uhr nach Bedarf

Udbyhøj-Nord – Udbyhøj-Syd (Udbyhøj Færgefart): 5 Min. / von 7 bis 23 Uhr nach Bedarf

Hals – Egense (Hals-Egense Færgerute): 5 Min. / 80mal täglich

Mors – Thy/Feggesund (Limfjordens Færgeri): 5 Min. / 30- bis 34mal täglich

Mors – Thy/Næssund (Limfjordens Færgeri): 5 Min. / 30- bis 34mal täglich

Branden – Fur (Fuursund Færgeri): 5 Min. / über 100mal täglich

Hvalpsund – Sundsøre (Hvalpsund-Sundsøre-Færgerute): 10 Min. / 30- bis 34mal täglich

Kleppen – Venø (Venø Færgefart): 3 Min. / 55mal täglich

Thyborøn – Agger (Thyborøn-Agger-Færgefart): 12 Min. / 15- bis 19mal täglich

Von Fünen nach Seeland

Knudshoved – Halsskov (DSB) 1 Std. / 15- bis 28mal täglich

Nyborg – Korsør (Vognmandruten): 1 Std. 15 Min. / 12mal täglich

Von Fünen nach anderen Inseln

Assens – Bågø (Assens-Bågø-Færgen): 35 Min. / 4- bis 6mal täglich

Bøjden – Fynshav (DSB): 50 Min. / 8- bis 9mal täglich

Fåborg – Avernakø – Lyø (Øfærgen): 30 bzw. 60 Min. / 6mal täglich

Fåborg – Søby/Ærø (Hurtigruten Fåborg/Ærø): 1 Std. / 6mal täglich

Svendborg – Skarø – Drejø (Dampskibsselskabet Ærø): 60 bzw. 65 Min. / 4mal täglich

Svendborg – Ærøskøbing (Dampskibsselskabet Ærø): 1 Std. 15 Min. / 5mal täglich

Fährverkehr zwischen kleineren Inseln

Rudkøbing/Langeland – Marstal/Ærø (Marstalfærgen): 1 Std. / 5- bis 6mal täglich

Rudkøbing/Langeland – Strynø (Strynø-Rudkøbing Færgefart): 35 Min. / 7mal täglich

Mommark/Als – Søby/Ærø

(Søby-Mommark-Ruten): 1 Std. 5 Min. / 2- bis 4mal täglich

Von Seeland nach anderen Inseln

Havnsø – Sejerø (Sejerø-Havnsø Færgefart): 1 Std. / 6mal täglich

Kalundborg – Samsø (DSB): 2 Std. / 5- bis 6mal täglich

Korsør – Lohals/Langeland (Sydfyenske Dampskibsselskab): 1 Std. 15 Min. / 6- bis 8mal täglich

Stignæs – Agersø (Agersøfærgen): 15 Min. / 15mal täglich

Stignæs – Omø (Omø Færgefart): 40 Min. / 9mal täglich

Isefjord-Schiffahrt

Hundesteg – Rørvig (Hundested-Rørvig-Motorfærgefart): 25 Min. / 22mal täglich

Kulhuse – Sølager (Kulhusfærgen): 8 Min. / nach Bedarf ab 7.30 Uhr

Hammer Bakke – Orø (Østre Færge): 6 Min. / nach Bedarf

Holbæk – Orø (Orø-Holbæk Færgefart): 30 Min. / 7- bis 10mal täglich

Von Lolland/Falster nach anderen Inseln

Tårs/Lolland – Spodsbjerg/Langeland (SFDS): 45 Min. / 16- bis 18mal täglich

Kragenæs/Lolland – Fejø (Fejø-Kragenæs Færgen): 15 Min. / 20mal täglich

Kragenæs/Lolland – Femø (Femø-Kragenæs Færgen): 50 Min. / 7- bis 8mal täglich

Bandholm/Lolland – Askø: 30 Min. / 6mal täglich

Stubbekøbing/Falster – Bogø/-Møn (Bogø-Stubbekøbing Over-

fart): 15 Min. 18- bis 20mal täglich
Von Kopenhagen nach Rønne/Bornholm
Kopenhagen – Rønne/Bornholm (Bornholmstrafikken): 7 Stunden

/ 1- bis 2mal täglich
Eine weitere Verbindung von Kopenhagen nach Bornholm führt durch Schweden, benutzt zuerst eine Sundfähre und dann die Fähre Ystad/Rønne.

Unterkunft

HOTELS

In diesem Reiseführer sind im Teil ,,Spezielle Praktische Hinweise", der auf Seite 346 beginnt, für alle größeren und touristisch bedeutenden Orte einige Hotels aufgeführt, deren Auswahl kein Werturteil bedeutet. Sie sind in ,,Sehr gute Hotels" ♨♨♨, ,,Gute Hotels" ♨♨ und ,,Einfache Hotels, Gasthöfe, Pensionen" ♨ eingeteilt.

Die *Übernachtungskosten* sind sehr unterschiedlich, sie liegen im allgemeinen über den entsprechenden Preisen in Mitteleuropa. Bei allen Differenzen, die sich nach Landschaft und Lage sowie auch innerhalb der einzelnen Häuser nach Zimmer und Komfort ergeben, kann die grobe Richtschnur gelten, daß eine Übernachtung außerhalb der Hauptstadt Kopenhagen im ♨♨ über 300–350 dkr kostet, während in der Gruppe ♨ noch Preise unter 50 dkr zu finden sind.

In den Badeorten gibt es viele gemütliche Badehotels und Pensionen. Entlang der Küsten sind aber in der letzten Zeit auch verschiedene moderne Ferienzentren entstanden; sie sind oft eine Mischung von Hotel, Ferienhäusern und Ferienwohnungen. Hier gibt es fast immer auch Schwimmbäder und Tennisplätze; man kann reiten, und viele

andere Sport- und Unterhaltungsmöglichkeiten werden geboten.

Auch gibt es in Dänemark einige Hotelketten (z. B. Inter DK, Hvide Hus, Romantikhotels), die man an vielen Orten und immer mit dem gleichen Komfort vorfindet, und bei denen man meistens kostenlose Reservierungsmöglichkeiten von Haus zu Haus hat.

In vielen dänischen Städten, auch in Kopenhagen, gibt es ,,Missionshotels"; sie sind von unterschiedlichem Standard, aber immer gleich ordentlich und gepflegt. Alkoholische Getränke werden in diesen Häusern nicht serviert.

Der dänische ,,Kro" ist ein Landgasthof mit Tradition; in den alten, sehr gepflegten Gasthöfen findet man oft besonders gemütliche Restaurationsräume; die Zimmer sind dem modernen Komfort angepaßt.

,,Urlaub auf dem Bauernhof"

Diese Ferienart ist in Dänemark noch verhältnismäßig neu, aber in den letzten Jahren doch schon sehr beliebt geworden. Die Bauernhöfe verfügen über modernen Komfort; es wird vorausgesetzt, daß die Gäste ihre Betten selbst machen und die Zimmer aufräumen. Eine Woche ist der Mindestaufenthalt, der Preis pro Person und Tag beträgt für Unterbringung und Pension um 185 (Halbpens. 160) dkr, wobei für Kinder unter 3 Jahren 75%, von 4 bis zu 11 Jahren 50% Ermäßigung gewährt wird.

Außerdem gibt es auf dem Land noch Ferienwohnungen und Ferienhäuser, die oft zu einem Bauernhof gehören. Die Wohnungen oder freistehenden Häuser sind möbliert. Sie haben mindestens vier Betten, auch Bettzeug ist vorhanden, aber Bettwäsche und Handtücher müssen mitgebracht werden. In der Küche gibt es Geschirr, Bestecke und Töpfe. Der Aufenthalt in diesen Wohnungen oder Häusern kostet pro Woche für 4–6 Personen um 1350 dkr in der Hauptsaison, sonst um 1050 dkr.

Ferienhäuser

In ganz Dänemark werden einzelstehende Ferienhäuser vermietet, die meist im Wald, an einem See oder an einem Strand liegen. Sie sind mit einem großen Wohnraum, Schlafzimmer, Küche, Dusche oder Bad und WC ausgestattet und selbstverständlich auch möbliert; in der Küche ist das nötige Koch- und Eßgeschirr vorhanden, auch Bettzeug im Schlafzimmer und zumeist Gartenmöbel gehören dazu. Hier muß man ebenfalls lediglich seine Bettwäsche und Handtücher mitbringen.

Diese Häuser gibt es in drei verschiedenen Kategorien. Sie kosten für bis zu vier Personen etwa 1200 dkr, für 4 bis 6 Personen etwa 1600 dkr und mit drei Schlafzimmern je zwei Betten ab 2000 dkr je Woche in der Hochsaison.

Sie werden für mindestens eine Woche vermietet; Umziehtag ist fast immer der Samstag.

Jugendherbergen

In den Routenbeschreibungen dieses Bandes sowie in den „Speziellen Praktischen Hinweisen" (s. ab S. 346) wird durch das Zeichen ⚠ auf das Vorhandensein einer Jugendherberge oder eines Wanderheims hingewiesen.

In Dänemark gibt es fast 100 Jugendherbergen (Ungdomsherberger), die in verhältnismäßig geringen Abständen über das ganze Land, einschließlich fast aller größeren Inseln, verteilt sind. Sie sind durch das blauweiße internationale Jugendherbergsschild gekennzeichnet; an den Straßen finden sich häufig Hinweisschilder.

Die Gäste – es sind Einzelgäste ebenso willkommen wie Familien oder Gruppen – sind keiner Altersgrenze unterworfen und können mit jedem beliebigen Verkehrsmittel, also auch mit dem Auto anreisen. Wer keinen nationalen Jugendherbergsausweis besitzt, kann für 90 dkr einen Jahresgästeausweis (18 dkr für eine Nacht) kaufen.

Eine Übernachtung kostet 32 bis 51 dkr, für Familienzimmer (Eltern mit Kindern unter 15 J.) wird mitunter ein geringer Zuschlag berechnet.

In den meisten Jugendherbergen kann man (nach Vorbestellung) auch die Mahlzeiten einnehmen, das Frühstück kostet 28 dkr, das Mittagessen 35 dkr. Wer selbst kochen will, kann das in der gemeinsamen Gästeküche tun; Kochgeschirr ist dort vorhanden, aber Teller und Bestecke müssen mitgebracht werden.

Campingplätze

Ebenso wie die Jugendherbergen, haben in diesem Reiseführer auch die Campingplätze ein eigenes Symbol ⚠, das bei der Fülle von Zeltmöglichkeiten in den Routenbeschreibungen aber nur für die wichtigsten an den Routen liegenden Plätze eingesetzt werden konnte. Auch bei den Orten im Teil „Spezielle Praktische Hinweise" (s. ab S. 346) ist nur auf die wichtigsten der anerkannten Plätze hingewiesen.

In Dänemark gibt es nämlich über 500 solche anerkannten Campingplätze, von denen etwa 100 Plätze das ganze Jahr geöffnet sind. Sie sind fast alle für motorisierte Touristen zugänglich und die meisten nehmen auch Wohnwagen auf. Wer keinen internationalen Campingpaß CCI (Carnet Camping International) besitzt, kann sich von jedem dänischen Lagerleiter ein Ersatz-Carnet ausstellen lassen; dieses gilt während des ganzen Kalenderjahres auf allen anerkannten dänischen Campingplätzen für Einzelpersonen (21 dkr), für Familien (42 dkr) oder für Gruppen (88 dkr). Freies Zelten ist in Dänemark nicht erlaubt!

Die dänischen Campingplätze sind in drei Kategorien aufgeteilt, mit einem, zwei oder drei Sternen, wobei man bei einem Dreisterne-Platz alle Anforderungen an sanitäre Einrichtungen, den Platz selbst, Einkaufsmöglichkeiten, Restaurationen usw. stellen kann. Die Preise richten sich nach dem jeweiligen Standard und liegen im Schnitt zwischen 18 und 28 dkr für Erwachsene für eine Nacht, Kinder bis zu zwölf Jahren zahlen die Hälfte.

Auf einem Drittel aller Campingplätze gibt es auch Übernachtungshütten oder einfache Zimmer.

Verpflegung

DIE MAHLZEITEN

Die dänische Küche ist als gut, kräftig und relativ vielseitig bekannt. Von der deutschen, österreichischen und schweizerischen unterscheidet sie sich vor allem dadurch, daß kalte Gerichte eine wesentlich größere und Gemüse eine kleinere Rolle (vor allem als in Deutschland) spielen.

Die erste Mahlzeit, das Frühstück *(morgenmad),* wird im allgemeinen zwischen 7.30 und 10 Uhr serviert und ist meist ein „kontinentales" Frühstück, also Kaffee oder Tee, Brot, Brötchen, Butter, Konfitüre, gelegentlich eine Scheibe Wurst und sehr oft ein Kopenhagener Gebäck. In vielen Häusern gibt es aber auch ein reichhaltiges Frühstücksbüfett mit Selbstbedienung; das Frühstück ist meistens im Übernachtungspreis inbegriffen.

Das Essen zur Mittagszeit, zwischen 12 und 14 Uhr *(frokost, lunch),* besteht vielfach aus den bekannten belegten Broten (smørrebrød); beliebte Auflagen sind Fische in jeder Form, Krabben, Schinken, Braten, Eier und

Tomaten sowie Käse. Manchmal folgt darauf noch ein warmes Gericht; in Restaurants stehen oft mehrere kleine warme und auch kalte Gerichte zur Auswahl. Dann gibt es die beliebte „Platte" (eine Art Minibüfett) mit einer Heringsspezialität, Fischfilet, einer warmen Boulette (Karbonade), Wurst, Leberpastete sowie etwas Käse. Eine solche Platte kann sehr verschieden ausfallen, von der einfachen Gasthofplatte bis zur Luxusplatte mit Garnelen, Lachs, Räucheraal, gebratenem Schweinefilet, Hähnchen oder Ente und mehreren Käsesorten. Oft stellt sie die Spezialitäten der betreffenden Gegend vor.

In größeren Hotels und Restaurants ist um diese Zeit meist ein reichhaltiges Lunchbüfett aufgebaut, an dem man sich selbst bedienen und für einen Einheitspreis soviel nehmen kann, wie man mag.

Die Hauptmahlzeit, das dänische Mittagessen *(middag)*, wird zwischen 18 und 20 Uhr eingenommen. Sie besteht meist aus einer Suppe, einem oder zwei warmen Gerichten (Fleisch oder Fisch) und einem Nachtisch. Häufig werden vorher ausgezeichnete kalte Vorspeisen gereicht (Fisch, Salate o. ä.); zum Abschluß ißt man oft Käse.

Getränke

Das ausgezeichnete dänische Bier *(øl)* ist trotz seines relativ hohen Preises gleichsam das Nationalgetränk des Landes. Besonders zum Lunchbüfett, einem fetten Essen, zu Hering oder Käse trinkt man gern einen Aquavit *(akvavit)*. Aber auch Wein (Weißwein = *hvidvin,* Rotwein = *rødvin*), Mineralwasser *(mineralvand)* oder Milch *(mælk)* sind überall zu haben. Nach dem Essen trinkt man oft einen Kaffee *(kaffe).* Sehr beliebt ist auch der Kirschlikör *(cherry brandy).*

Spezialitäten

Außer den bereits erwähnten belegten Broten *(smørrebrød)* sind als typisch dänische Gerichte zu nennen: Schweinebraten *(flæskesteg),* Gänsebraten *(gåsesteg),* Frikadellen *(frikadeller)* – dänisches Beefsteak aus gehacktem Rindfleisch – mit Spiegelei oder Zwiebeln *(spejlæg* oder *løk),* Erbsensuppe *(gule ærter),* Scholle *(rødspætte)* sowie Schalen- und Krustentiere oder auch Wildgerichte.

RESTAURANTS

Die dänischen Hotels haben meist auch Restaurants, wo man alle Mahlzeiten einnehmen kann. In den Städten gibt es außerdem zahlreiche separate Restaurants oder auch Cafeterias, in denen man oft Selbstbedienung vorfindet. Die großen Warenhäuser haben häufig eine Cafeteria, in der man mittags ein schnelles und preiswertes Gericht essen kann, die aber nur zu den Ladenzeiten offen hat.

Außerdem gibt es noch die dänischen *Landgasthöfe,* die den Namen „Kro" (= Krug) führen; sie sind meist Gaststätten mit echtem Lokalkolorit, und man lernt dort fast immer eine typisch dänische Küche mit den Spezialitäten der Gegend kennen.
Wer ganz schnell etwas essen will, kann an einem der dänischen *Wurstwagen* ein gekochtes

oder geröstetes Würstchen mit verschiedenen Beilagen „erstehen".

Die meisten dänischen Restaurants führen Kindermenus; sonst können Kinder meist auch halbe Portionen bekommen.

Preise

Den verschiedenen Hotel- und Restaurationsgruppen entsprechend ist die Differenz der Preise für die einzelnen Mahlzeiten von Haus zu Haus ziemlich groß.

Das *Frühstück* ist oft im Übernachtungspreis enthalten; es kostet sonst 40 bis 50 dkr. Ein warmes „frokost"-Essen bekommt man im allgemeinen für 60 bis 120 dkr als Menü. À la carte kann es erheblich teurer werden; hier kosten oft schon die Suppen um 30, andere Vorspeisen um 40 dkr. Ein Tagesgericht *(dagens ret)* erhält man dagegen oft für 70 bis 100 dkr. Das DAN-MENU wird von vielen Gaststätten zum Einheitspreis von 75 dkr (1989) angeboten.

Für ein vollständiges *Abendessen* (middag) muß man meist zwischen 150 und 200 dkr ausgeben, in Kopenhagen und überhaupt in Restaurants der gehobenen Klasse natürlich häufig auch mehr. Getränke sind dabei noch nicht eingerechnet und kosten in Dänemark erheblich mehr als in Deutschland, Österreich und der Schweiz. Dies gilt nicht nur für Alkoholika, sondern auch für die qualitativ meist sehr guten alkoholfreien Erfrischungsgetränke.

Auf der Speisekarte findet man:

Einige Fischarten *(fisk):* Hering *(sild)*, Dorsch *(torsk)*, Forelle *(ørred)*, Aal *(ål)*, Lachs *(laks)*.

Der Fisch kann gekocht *(kogt)* oder gebraten *(stegt)* sein. Andere Meerestiere: Hummer *(hummer)*, Krebs *(krebs)*, Krabbe oder Garnele *(reje)*.

Fleisch *(kød)* vom Hammel *(bede)*, Schwein *(svin)*, Kalb *(kalv)*, Lamm *(lam)* oder Rind *(okse)*. Braten heißt *steg*, Hammelbraten *fåresteg* und Schweinebraten *flæskesteg*.

Gemüse *(grønsager)* und Kartoffeln: Blumenkohl *(blomkål)*, Bohnen *(bønner)*, Erbsen *(ærter)*, Gurke *(agurk)*, Kartoffeln *(kartofler)*, Bratkartoffeln *(braskartofler)*, Salzkartoffeln *(kogte kartofler)*, Pellkartoffeln *(pillede kartofler)*, Kohl *(kål)*, Kopfsalat *(hovedsalat)*, Rotkohl *(rødkål)*, Tomate *(tomat)*.

Als Nachtisch *(dessert)* Eierkuchen *(pandekager)*, rote Grütze mit Sahne *(rødgrød med fløde)*, Eis *(is)*, Kompott *(kompot)* oder frisches Obst *(frisk frugt)*, z.B. Äpfel *(æbler)*, Apfelsinen *(appelsiner)*, Birnen *(pærer)*, Erdbeeren *(jordbær)*, Himbeeren *(hindbær)*, Kirschen *(kirsebær)*, Pflaumen *(blommer)* oder Preiselbeeren *(tyttebær)* und als Abschluß dänischen Käse *(ost)*.

Noch einige Wörter, deren Kenntnis in einem Restaurant beim Studium der Speisekarte und bei der Bestellung nützlich sind: Brot *(brød)*, Roggenbrot *(rugbrød)*, Graubrot *(surbrød)*, Weißbrot *(franskbrød)*, Brötchen *(rundstykke)*, Butter *(smør)*, Marmelade *(marmelade)*, Honig *(honning)*, Zucker *(sukker)*, Salz *(salt)*, Essig *(eddike)*, Öl *(olie)*, Reis *(ris)*, Nudeln *(nudler)*, hartgekochtes Ei *(hårdkogt æg)*, weichgekochtes Ei *(blødkogt æg)*, Spiegelei *(spejlæg)*.

Sport in Dänemark

Von den vielseitigen Sportmöglichkeiten Dänemarks verdienen vor allem die Sportfischerei, der Bootssport, das Wandern und das Radfahren eine besondere Erwähnung. Baden und Schwimmen im Meer, Fliegen, Golf, Jagen, Reiten, Tennis und Surfen (s. S. 35: Windsurfen) ergänzen das Angebot sportlicher Betätigung für die Besucher des Landes.

ANGELN

In Dänemark ist das Sportangeln im Meer längs der gesamten, 7300 km langen Küste für jedermann kostenlos erlaubt.

Das Angeln mit Licht oder Strom sowie mit Fischspeeren oder anderen Spießgeräten ist verboten; das Fischen mit Netz oder Reuse unterliegt besonderen Bestimmungen; an Touristen werden dafür keine Genehmigungen erteilt. Selbstverständlich sollte die Einhaltung der Schonzeiten und Mindestgrößen sein; die Bestimmungen darüber sind sehr vielfältig, so daß man sich am besten an Ort und Stelle informiert.

Lachs, Meeresforelle, Dorsch, Hornhecht, Makrele, Steinbutt, Scholle, Aal, Köhler und Barsch sind einige der Fische, die man an der gesamten Meeresküste von Dänemark fangen kann. Die Küstenstrecken sind frei zugänglich, aber man darf nur öffentliche Wege benutzen und sich nicht näher als 50 m an einem Wohnsitz aufhalten.

Innerhalb von 500 m vor einer Flußmündung in das Meer oder in eine Förde (Fjord) darf nicht geangelt werden.

Hochseefischerei

In vielen dänischen Häfen liegen Fischerboote, die Sportfischer für 70 bis 80 dkr zum Hochseefischen mitnehmen.

Während der Hauptsaison finden auch regelmäßig Bootsfahrten mit Touristen statt, im Øresund das ganze Jahr über.

Der Dorsch kommt in großen Mengen in den dänischen Gewässern vor, aber zu den schon erwähnten Fischarten kommen weiter außerhalb noch Leng, Flunder, Kliesche, Knurrhahn, Seewolf, Haifisch, Rochen und Schellfisch.

Süßwasserfischerei

Das Angelrecht in den dänischen Seen und an den Flüssen ist stets privat; einige größere Seen gehören dem Staat oder einer anderen Institution. Für gewöhnlich ist das Angelrecht an Sportfischervereine verpachtet, die für etwa 20 bis 40 dkr pro Tag und 75 bis 100 dkr pro Woche Tages- oder Wochenkarten ausgeben. Diese Karten erhält man in den Verkehrsbüros; auch einige Hotels und Gasthöfe geben an ihre Gäste solche Karten aus. Oft kann man ein Boot inklusive Angelschein mieten.

Meeres-, Bach- oder Regenbogenforellen, aber auch Äschen, kommen in vielen kleinen Flüssen Jütlands vor. Lachse gibt es nur wenige, aber man braucht keinen Aufpreis zu zahlen, wenn einer anbeißt.

In den dänischen Seen gibt es Hechte, Barsche und auch Zander, manchmal auch Forellen;

Aale kommen in Seen und Wasserläufen mit Zugang zum Meer vor.

BADEN UND SCHWIMMEN

Die Küsten Jütlands und der dänischen Inseln sind mehr als 7300 km lang. Man kann nicht überall zum Baden geeignete Strände erwarten, doch es gibt so viele Strandabschnitte mit guten Bademöglichkeiten, daß man nicht auf die betriebsamen Strände beschränkt bleibt; man findet auch außerhalb der eigentlichen Badeorte viele ruhige Plätzchen zum Baden und Sonnen.

Das Nacktbaden ist an vielen Stränden geduldet, aber auch an einigen (z. B. in Holmslands Klit und bei Hennestrand) verboten. Zutritt zu den organisierten Freikörperkultur-Stränden haben nur FKK-Anhänger, die einen INF-Ausweis oder eine INF-Marke vorweisen können.

Der bekannteste und größte dänische Strand ist die Nordseeküste Jütlands von der Insel Rømø bis nach Skagen, dem nördlichsten Punkt Dänemarks. Weitere schöne Strände gibt es in Jütland am Limfjord und entlang der Ostseeküste sowie natürlich auf fast allen Inseln.

An der Nordküste Seelands und an der Ostküste von Falster erstrecken sich schöne weiße Sandstrände. Bornholm hat als einzige Insel Dänemarks teilweise eine Felsenküste, aber an der Südküste auch den feinsten weißen Sand. Das Wasser ist überall sauber – es kann im Hochsommer eine Temperatur von 18 bis 20 Grad erreichen – und wird ständig auf Verschmutzungen kon-

trolliert; an Hafenausfahrten und an den wenigen Stellen von natürlicher Verschmutzung, die durch Schilder gekennzeichnet sind, sollte nicht gebadet werden.

Fast alle Strandgebiete, die man auf öffentlichen Wegen erreichen kann, sind frei benutzbar; Kurtaxe wird in Dänemark nicht erho-

Auto-Strand auf Fanø

ben. Man darf im allgemeinen kein Zelt am Strand aufschlagen, auf jeden Fall muß es aber über Nacht entfernt werden. Sandburgen sind in Dänemark nicht beliebt. Wenn in den Dünen keine Fußwege angelegt sind, benutzt man nur die natürlichen Pfade und reißt keine Pflanzen wie Strandhafer o. ä. ab.

Am Strand von Fanø und an der jütländischen Westküste zwischen Blokhus und Løkken kann man mit dem Auto entlangfahren und auch dort parken, um zum Baden ins Wasser zu gehen; bei Dunkelheit sind jedoch dort Autos nicht mehr erlaubt.

Der Tauchsport wird in Dänemark so gut wie gar nicht ausgeübt.

Zum Abschluß noch ein Hinweis: Das Meer ist unberechenbar, deshalb stets die örtlichen Baderegeln beachten!

BOOTSSPORT

Die dänischen Gewässer sind für einen Urlaub mit Boot, sei es Segelboot oder Motorjacht, wie geschaffen. Mehr als 600 Sporthäfen liegen an Dänemarks Küsten; die wenigen Binnenseen und Flüsse sind dagegen nur für kleine Jollen oder Kanus geeignet; hier sind Motorboote nicht zugelassen.

Im Sommer bläst vorwiegend Westwind, doch ist auch längere Zeit anhaltender Ostwind möglich. Es gibt speziell für den Sportschiffer angefertigte Seekarten, die den Weg durch die gut gekennzeichneten (Betonnung) Gewässer zeigen.

Man beachte die Bestimmungen über militärische Sperrgebiete und Tiefwasserwege; in einigen Gebieten darf nicht gekreuzt oder geankert werden. Berufsschiffahrt und Fähren haben immer Vorfahrt.

Die dänischen Gewässer werden von öffentlichen Küstenfunkstationen überwacht; eine UKW-Sprechfunkanlage ist deshalb empfehlenswert. Einen Monat vor der Einreise muß für ihre Benutzung aber eine Genehmigung beantragt werden bei P+T Radioteknisk Tjeneste, Islands Brygge 83 C, DK-2300 Kopenhagen S.

Boote mieten kann man bei vielen dänischen Bootsvermietungen (u. a. in Kopenhagen, Klampenborg, Odense, Svendborg, Jyllinge, Herning und Aalborg). Die Preise für eine Woche liegen für Segelboote bei 3000−16000 dkr, für Motorboote bei 2500 bis 14000 dkr, und für Motorsegler bei 3000 bis 14000 dkr.

Kanus

Für Flußferien kann man an verschiedenen Orten auch Kanus mieten, so in Silkeborg für die Gewässer des Gudenå (Wassersportverbot zwischen Morsø und Tørring aus Naturschutzgründen von Januar bis Mitte Juni), in Skive für Karup Å, in Næstved für Suså und in Vester Mølle Dambrug für Skjern Å.

Schoner „Isefjord"

Wer gern einmal das Leben an Bord eines alten Schoners kennenlernen will, kann sich von Mai bis September für drei bis vier Stunden an Bord von Dänemarks ältestem Schoner an allen anfallenden Arbeiten beteiligen. Zweimal täglich (Juni−August auch „Sunset Cruise") fahren von März bis Oktober der 1874 gebaute Schoner „Isefjord" oder der Schoner „Lilla Dan" unter voller Besegelung von Kopenhagen (Admiral Hotel) hinaus: Mittag- bzw. Abendessen gibt es auf Wunsch an Bord.

Windsurfen

Bei dieser Sportart sollte man die geschützten Buchten und Förden bevorzugen; Surfgelegenheit bieten die Nord- und Ostseeküste vor Jütland einschließlich des Limfjordes sowie die Ufer aller größeren Inseln.

FLIEGEN

Auf den Flughäfen Roskilde (Beeline Flight Academy, Tel. 39 00 39), und Kopenhagen-Skovlunde (Copenhagen Air Taxi, Tel. 91 11 14), besteht für ICAO-Piloten die Möglichkeit, Flugzeuge zu mieten.

GOLF

Es gibt in Dänemark viele Möglichkeiten Golf zu spielen. Das Land bietet über 50 Golfplätze (mit 9 und auch mit 18 Löchern). Man findet solche Plätze in Jütland, auf Fünen, Seeland, Falster und Bornholm. Alle liegen in abwechslungsreicher Umgebung, oft in der Nähe einer größeren Stadt.

Gäste sind in allen dänischen Golfklubs willkommen, wenn sie Mitglied eines anerkannten Golfklubs ihres Heimatlandes sind; die Mitgliedskarte genügt als Ausweis.

Man zahlt werktags zwischen 50 und 100 dkr, samstags, sonntags oder feiertags bis 150 dkr. Einige Klubs haben Wochenendpreise oder berechnen eine ganze Woche.

Offene Turniere finden in der Zeit von Mai bis September statt, für internationale Meisterschaften gibt es einen Veranstaltungskalender bei Danmarks Turistråd, Vesterbrogade 6 d, DK-1620 Kopenhagen V.

JAGEN

Das Jagdrecht in dänischen Wäldern und auf dänischen Feldern ist privat, das Jagen ohne Zulassung und Jagdschein ist deshalb untersagt. Den Antrag auf einen Jagdschein richtet man unter Beifügung eines nationalen Jagdscheins oder einer Waffenerlaubnis an die Landbrugsministeriets Vildtforvaltning, Strandvejen 4, DK-8410 Rønde.

RADFAHREN

Wer in seinem Urlaub radfahren will, findet in Dänemark die idealsten Voraussetzungen dafür. Es gibt nur geringe Höhenunterschiede, und ein dichtes Netz kleiner Nebenstraßen, die weniger vom Autoverkehr berührt werden, durchzieht das Land. Die Entfernungen sind relativ klein, und man ist häufig in Meeresnähe. Die meisten Wälder in Dänemark sind öffentlich zugänglich, und der Autoverkehr ist dort meistens untersagt.

Die örtlichen Verkehrsbüros haben Streckenvorschläge zur Verfügung. Wer einen richtigen „Fahrradurlaub" machen will, kann unter 30 Pauschalangeboten „Ferien auf zwei Rädern" wählen; im Preis sind dann auch Fahrradmiete (sonst 30 bis 50 dkr pro Tag, 60 bis 250 dkr pro Woche), Schiffskarten, Eintrittsgelder und Rücktransport des Fahrrades (wenn man nicht zum Ausgangspunkt zurückkehren will) enthalten.

REITEN

In Dänemark gibt es sowohl für Anfänger als auch für geübte Reiter viele Gelegenheiten zur Ausübung dieses Sports. In den zahlreichen Reitschulen kann man auch Pferde leihen. Eine Reitstunde kostet gewöhnlich 170 dkr (halbe Stunde 95 dkr). Auch viele Hotels haben Verbindung zu einem nahegelegenen Reitstall.

Man kann auch pauschale Reitferien buchen; in Jütland und auf Seeland gibt es außerdem Reitlager für Jugendliche. Mit Pferden haben ebenfalls Angebote wie „Wildwest im Präriewagen" auf der Insel Samsø sowie „Ferien im Präriewagen" auf Langeland zu tun.

TENNIS

Die Möglichkeiten, in Dänemark Tennis zu spielen, sind vielfältig. Zahlreiche Hotels und Ferienzentren haben ihre eigenen Plätze. In allen größeren Städten gibt es Vereine oder Klubs, bei denen man als Gast spielen kann; Auskünfte darüber erteilen die örtlichen Verkehrsvereine. In Kopenhagen ist bei den folgenden vier Klubs eine Gastmitgliedschaft möglich: Hellerup Idrætsklub, Hartmannsvej 37, Hellerup (Tel. 62 14 28); Kjøbenhavns Boldklub, Peter Bangsvej 147 (Tel. 71 41 80); Kjøbenhavns Boldklub, Pile Allé 14 (Tel. 30 23 00). Der Preis für eine Spielstunde liegt um 100 dkr.

WANDERN

Dänemark ist ein ideales Land für Wanderungen. Es gibt schöne und abwechslungsreiche, vielfach auch markierte Wanderwege in Waldgebieten sowie auf den kleinen Inseln und an den kilometerlangen Stränden entlang.

Sehr beliebt sind in Dänemark die Volksmärsche; der zweitätige „Hærvejsmarchen" (= Heerwegsmarsch) ab Viborg ist der bekannteste, und an ihm nehmen alljährlich Ende Juni oft mehrere Tausend Teilnehmer aus der ganzen Welt teil.

Ebenfalls Ende Juni/Anfang Juli wird in jedem Jahr eine große dreitägige Wanderung rund um Bornholm durchgeführt.

Auskünfte und Termine für weitere Volksläufe erhält man beim Marchforeningen „Fodslaw", St. Sct. Hansagade 9, DK-8800 Viborg.

WINTERSPORT

ist in Dänemark so gut wie gar nicht möglich. In Kopenhagen gibt es mehrere Eislauf-Hallen, die vom 1. Oktober bis zum 31. März geöffnet sind.

In Grönland werden winterliche Hundeschlittenfahrten und Safaris auf Langlaufskiern veranstaltet.

LANDES- UND VOLKSKUNDE

Das im Norden von Mitteleuropa gelegene Dänemark (dän. Danmark) bildet die Brücke zwischen dem mitteleuropäischen Kontinent und Skandinavien. Es besteht aus der festländischen Halbinsel Jütland und 483 größeren und kleineren Inseln, von denen allerdings nur rund einhundert bewohnt sind. – Die Färöer-Inseln und Grönland seien hier zunächst ausgeklammert; ihnen sind am Ende dieses Buches eigene Kapitel gewidmet.

Geographischer Überblick

Größe und Bodengestalt

Mit einer Oberfläche von 43 069 km^2 ist Dänemark nur wenig größer als die Schweiz (41 324 km^2). Die Gesamtlänge seiner Küsten beträgt 7300 km.

Jütland (Jylland) nimmt mit 29 630 km^2 flächenmäßig mehr als zwei Drittel des dänischen Territoriums ein und ist der nördlichste Ausläufer des europäischen Festlandes. Die Nordseeküste im Westen sowie die Skagerrakküste im Norden von Jütland sind den Weststürmen der Nordsee schutzlos preisgegeben. Dort gibt es auch einige flache, durch Dünenstreifen vom Meer getrennte und nur durch schmale Fahrrinnen und Schleusen mit diesem verbundene Buchten. Die geschützter gelegene Kattegat-Küste im Osten wird von tiefen, mehr oder weniger breiten Förden – im dänischen als Fjorde bezeichnet – unterbrochen. Einer von ihnen, der Limfjord, erstreckt sich auf einer Länge von fast 160 km von Ost nach West und trennt das nördliche Jütland vom restlichen Teil dieser Halbinsel.

Die Insel Fünen (Fyn; 2984 km^2) liegt zwischen dem Kleinen und dem Großen Belt (Lille und Store Bælt). Von der Insel Langeland trennt sie der Langelandsbælt. Die Insel Seeland (Sjælland; 7014 km^2) weist die abwechslungsreichste Bodengestalt auf. Auf die fördenzerschnittene Küste im Norden folgt eine lange, flache Küstenlandschaft; das gleiche gilt für die Ost- und die West-, d. h. die Øresund- und die Store-Bælt-Küste. Eine solche Formation der Kreidefelsen wie im Südosten dieser Insel sowie auf der Insel Møn mit ihren hohen, steilen Abbrüchen findet man sonst nirgends in Dänemark. Mit den Nachbarinseln Falster und Lolland ist Seeland seit Jahrzehnten durch die Stortrømsbro verbunden, die nun, Mitte der achtziger Jahre, in der neuen Autobahnbrücke über die kleine Insel Farø eine Ergänzung gefunden hat.

An keinem Punkte Dänemarks ist man mehr als 50 km von der Küste entfernt. Die einzige Landgrenze besteht – nur 67 km lang – zu Deutschland.

Geologisch betrachtet ist Dänemark die Fortsetzung der an die südliche Ostseeküste grenzenden Ebenen; abgesehen von der Insel Bornholm als deren südlichstem Ausläufer gehört Dänemark nicht zum skandinavischen Plateau. Die von der Eiszeit geschaffene Oberflächenform ist wenig ausgeprägt und doch abwechslungsreich, was auf die Moränenablagerungen zurückzuführen ist. Am Ende der letzten Eiszeit bedeckte das Inlandeis nur noch die nördlichen und östlichen Teile Dänemarks. Das Land hat einige kleine Seenketten (wie z. B. in der Umgebung von Silkeborg) und Teiche sowie zumeist inzwischen trockengelegte Torfmoore und Sümpfe.

Zentraljütland und der nördlichste Teil von Seeland sind ehemalige Flußebenen, an denen während der letzten Eiszeit die Gletschergrenze verlief, und heute vielfach Heidelandschaften. In Jütland ist der Verlauf der Gletschergrenze – zwischen der flachen Sandlandschaft Westjütlands und dem tonhaltigen Boden Ostjütlands – am besten zu erkennen. Diesseits und jenseits dieser Grenze haben sich zwei verschiedene Siedlungsformen entwickelt; im Westen trifft man häufiger auf einsam gelegene Gehöfte und Weiler, im Osten hingegen mehr auf Städte und größere Ortschaften.

Hier und dort ragen Moränenhügel auf. Der höchste ist die 173 m hohe Yding Skovhøj südwestlich von Skanderborg (Jütland). Der Aborrebjerg auf der Insel Møn ist 143 m und der Rytterknægten auf der Insel Bornholm 162 m hoch.
Die zahlreichen Förden (dän:

Fjorde) der jütländischen Ostküste und der Inseln sind vom Meer überflutete und durch Erosion erweiterte Gletscherrinnen. Den Südwestteil Jütlands bilden jedoch flache Poldergebiete, die durch lange Deiche und Dämme, wie den Rømø-Damm, gegen Sturm und Überschwemmungen geschützt wurden.
In vorgeschichtlicher Zeit war der größte Teil Dänemarks von riesigen Eichenwäldern bedeckt, die später von Buchenwäldern – die Buche ist der Nationalbaum Dänemarks – verdrängt wurden und deren Überreste Rold Skov in Jütland, Grib Skov auf Seeland und Almindingen auf der Insel Bornholm sind.
Flüsse spielen naturgemäß in Dänemark keine besondere Rolle. Der längste Fluß des Landes ist der 158 km lange Gudenå (Götterfluß), der in Mitteljütland entspringt und an der Ostküste in den Randers-Fjord mündet.

Klima

Am Rand des eurasischen Kontinents gelegen, hat Dänemark dank des Einflusses warmer Meeresströmungen ein relativ gemäßigtes Klima. Die mittlere Jahrestemperatur schwankt zwischen 7° und 8°. Um 0° liegt die mittlere Wintertemperatur, zwischen 15° und 17° beträgt die mittlere Temperatur im Sommer. Durch schnell wechselnde Windrichtungen kann es jedoch zu erheblichen Schwankungen kommen. Der Frühling hält erst relativ spät seinen Einzug, doch der Sommer dauert oft bis in die Herbstzeit hinein. Die hier naturgemäß noch wenig spürbaren helleren Nächte beginnen im Mai und dauern drei Monate.

Niederschläge sind häufig, halten sich jedoch mit einem Jahresmittel von 600 mm in Grenzen; aufgrund der vorherrschenden West- und Südwestwinde werden die stärksten Niederschläge in Südwestjütland verzeichnet. Im Herbst und Winter ist die Luft sehr feucht, im Sommer wird der Luftfeuchtigkeitsgrad jedoch durch die Sonneneinstrahlung verringert (siehe auch Seite 14).

Flora und Fauna

Die Pflanzen- und die Tierwelt in Dänemark unterscheiden sich naturgemäß nur wenig von der Flora und Fauna in Norddeutschland. Etwa zehn Prozent des Landes sind mit Wald (überwiegend Laubwald) bedeckt, wobei es sich fast ausschließlich um angepflanzte Wälder (dän.: Plantage) handelt. Nadelwälder findet man nur im Innern von Jütland und in Nordseeland.
Weitere knapp acht Prozent des dänischen Bodens bestehen aus Dünen, Heide und Moorflächen; sie liegen zumeist auf der Halbinsel Jütland, wo diese Gebiete allerdings durch Kultivierung ständig verringert werden.

Bevölkerung

Dänemark zählt heute 5,1 Millionen Einwohner; das entspricht 119 Einwohnern pro km^2.

Die Bevölkerungsdichte ist allerdings von Insel zu Insel sehr unterschiedlich, wie man aus diesen Zahlen sieht: Seeland 186, Fünen 100, Lolland-Falster 75, Bornholm 78 und Halbinsel Jütland 77.

Kopenhagen hat heute 700 000 Einwohner. Rechnet man jedoch die 21 Vorortgemeinden hinzu, dann leben in Großkopenhagen 1 300 000 Menschen.

Außer der Hauptstadt haben derzeit drei dänische Städte mehr, mit Vororten in ihren Großräumen sogar erheblich mehr als 100 000 Einwohner: Aalborg, Århus und Odense. Esbjerg, wo noch vor hundert Jahren nicht mehr als zwanzig Häuser standen, hat heute rund 70 000 Einwohner. Um die 50 000er Marke liegen dann noch fünf weitere Städte: Helsingør, Horsens, Kolding, Roskilde und Vejle. Die genauen Einwohnerzahlen sind bei den jeweiligen Ortsbeschreibungen zu finden.

Die einzige nichtdänische Minderheit ist die in Nordschleswig ansässige, etwa 40 000 Personen ausmachende, deutsche Bevölkerung.

Die Zahl der ausländischen Gastarbeiter in Dänemark ist ungefähr genauso hoch.

Religion

Volkskirche ist die 1536 in Dänemark eingeführte evangelisch-lutherische Kirche, aber die Verfassung von 1849 garantiert völlige Glaubensfreiheit. Der größte Teil der Bevölkerung gehört der Volkskirche an (gut 98%), 25 000 Menschen bekennen sich zur römisch-katholischen, wenige auch zur griechisch-katholischen Kirche. Außerdem leben in Dänemark einige tausend Juden.

Das Land ist in zehn protestantische Diözesen unterteilt; die Städte Kopenhagen, Roskilde und Helsingør (Seeland), Nyköbing (Lolland-Falster), Oden-se (Fünen), Aalborg, Århus, Haderslev, Ribe und Viborg (Jütland) sind Bischofssitze. Der katholische Bischof residiert in Kopenhagen.

Wirtschaft

Die industrielle Expansion, die seit 1957 in Dänemark stattgefunden hat, wirkte sich vor allem dahingehend aus, daß der innerhalb der Volkswirtschaft von der Landwirtschaft gehaltene erste Platz an die Industrie abgetreten werden mußte.

Landwirtschaft

Die landwirtschaftlich tätige Bevölkerung ist stark zurückgegangen und macht heute nur noch knapp 9% (rund 450 000) der Gesamtbevölkerung aus. Allerdings konnte die Ertragsfähigkeit aufgrund ständiger Verbesserungen und weitreichender Mechanisierung verdoppelt werden.

Die landwirtschaftlich genutzte Fläche beträgt etwa zwei Drittel der dänischen Landfläche; 60% davon dienen dem Getreideanbau, gut 25% entfallen auf Grünfutterproduktion, und fast 15% werden für den Zuckerrüben-, Kartoffel- und Gemüseanbau genutzt. Gartenbau wird vor allem in Südjütland, Fünen und Südseeland betrieben. Die meisten Höfe sind zwischen 10 und 60 ha groß.

Da Dänemark über weite und fette Weideflächen verfügt, treibt man dort sehr viel Viehzucht. Die in erster Linie auf die Milchproduktion, aber in steigendem Maße auch auf die Fleischproduktion ausgerichtete Rinderzucht macht 45 bis 50% der gesamten Viehzucht aus; auf die Schweinezucht entfallen 40 bis 45%, der Rest auf Geflügel, wobei interessant ist, daß 400 landwirtschaftliche Betriebe in Dänemark eine Hühnerzucht mit mehr als 5000 Hühnern unterhalten.

Im Gegensatz zu vielen anderen Ländern sind zwei Drittel der landwirtschaftlichen Produktion Dänemarks für den Export bestimmt; so wird z. B. fast die Hälfte des in Großbritannien verzehrten Schinkens aus Dänemark importiert. Auch ein großer Teil der dänischen Butter wird nach England ausgeführt. Abnehmerländer für dänische Landwirtschaftsprodukte sind aber fast alle EFTA- und EG-Staaten.

Forstwirtschaft

Der Waldbestand von rund 470 000 ha entspricht gut 10% der Landfläche. Zwei Drittel der Wälder und Forste sind in privater Hand; von den über 30 000 Forstbetrieben haben 3% mehr als 50 ha und nur 0,4% mehr als 500 ha Waldfläche.

Zur Verarbeitung der landwirtschaftlichen Erzeugnisse wurden neue Industriezweige geschaffen: Brennereien, Zuckerraffinerien, Mühlen, Kondensmilch- bzw. Milchpulverfabriken und Fleischkonservenfabriken. Und dabei nicht zu vergessen: die berühmten dänischen Brauereien.

Fischfang

Naturgemäß ist der Fischfang eine der Haupteinnahmequellen des Landes. Wie auf anderen Gebieten, so hat sich auch hier im Laufe der letzten Jahre eine sehr deutliche Entwicklung abgezeichnet. Die kleinen Ein- oder Zweimannboote haben fast überall großen, modernen Kuttern mit weiterem Aktionsradius und größerer Kapazität Platz gemacht. Der Fischfang konzentriert sich immer mehr auf die großen Hafenstädte, was langsam aber sicher dazu führt, daß die kleinen Fischerdörfer entlang der Küsten ihren ursprünglichen Charakter verlieren. Die meistgefangenen Fischsorten sind Schollen, Kabeljaus, Heringe und Sprotten (vor allem in der Umgebung von Bornholm).

Ein Teil der Fänge wird lebend in die Nachbarländer exportiert. Man geht jedoch mehr und mehr dazu über, den Fisch vor der Ausfuhr in Fischfabriken zu verarbeiten, so durch Herstellung von frischen und tiefgefrorenen Fischfilets, von gesalzenem und Räucherfisch (vor allem auf Bornholm, das für seine Räucherfabriken bekannt ist), von Fischkonserven, zu denen auch die berühmten Muschelkonserven der Firma Glyngøre gehören, und von Tran.

Industrie

Aufgrund seiner geologischen Beschaffenheit hat Dänemark keinerlei Rohstoffvorkommen. Vorhanden sind lediglich Gestein, Sand, Ton und Kaolin; die Zementproduktion nimmt daher ständig zu. Die internationale Konjunktur, die verstärkten wirtschaftlichen Beziehungen mit den anderen nordischen Staaten sowie der Beitritt Dänemarks zur EFTA und zur EG haben jedoch eine Intensivierung der industriellen Fertigung ermöglicht. So konnten die Industrieexporte in den letzten zwanzig Jahren fast verzehnfacht werden. Derzeit deckt die dänische Industrie 65% der Gesamtexporte des Landes.

Die wichtigsten Industriezweige sind die Eisen- und Metallindustrie sowie die Werften, denn Dänemark ist eine der bedeutendsten Schiffbaunationen der Welt. Hinzu kommen der Bau von Kühlschränken, landwirtschaftlichen und elektronischen Maschinen sowie die Herstellung von pharmazeutischen und chemischen Produkten; außerdem gibt es Möbel- und Schuhindustrie. Die Porzellanherstellung ist einer der ältesten und international bekanntesten Industriezweige Dänemarks, und auch das dänische Kunsthandwerk findet auf der ganzen Welt Beachtung.

Gesellschaft und Staat

DAS BILDUNGSWESEN

Die europäischen Vorstellungen über die Notwendigkeit einer allgemeinen Schulbildung fielen bei den dänischen Reformern schon früh auf fruchtbaren Boden. Während derartige Pläne in vielen anderen Ländern infolge von Revolutionen und Kriegen noch lange ein frommer Wunsch blieben, erging bereits in Dänemark am 29. Juli 1814 ein königlicher Erlaß, der die Einrichtung von Grundschulen sowohl in den Städten als auch in den Dörfern vorsah. Die gesamte Bevölkerung sollte eine Grundschulausbildung erhalten – zweifellos ist hierin der entscheidende Grund dafür zu sehen, daß Dänemark seinen Bewohnern bereits seit langer Zeit einen relativ hohen Lebensstandard bieten kann.

Volkshochschulen

Wenn auch die Erkenntnis, daß eine allen zugängliche Grundschulausbildung für das Wachstum einer Nation unerläßlich ist, aus dem Ausland nach Dänemark gelangte, so ist doch der Gedanke an eine ständige Weiterbildung in Dänemark geboren oder zumindest weiter entwickelt und verwirklicht worden. Die übrigen nordischen Länder folgten sehr rasch diesem Beispiel. Um die Mitte des 19. Jahrhunderts entwarfen der Bischof und Dichter N. F. S. Grundtvig und der Pädagoge Christen Kold den Plan für eine ,,lebenslange Schule" und setzten ihn in die Tat um. So entwickelte sich in Dänemark die sogenannte Volkshochschule.

Der Unterricht an der Folkehøjskole war nicht mit Prüfungen verbunden und bestand im wesentlichen aus dem Dialog zwischen den Schülern und ihren Lehrern, die die Menschen mit der Kultur ihres Landes vertraut machten. Der Erfolg war überwältigend. Ohne die Einrichtung der Volkshochschule wäre es nie möglich gewesen, das Bildungsniveau der Dänen in dem Maße zu heben, wie es diese Højskole vermochte.

Erica Simon, die Leiterin eines Skandinavischen Instituts im Ausland schrieb 1960 in ihrer Doktorarbeit über das Thema ,,Entstehung der nordischen Højskole" unter anderem: ,,An dem Tag, an dem das ,lebendige Wort' sich in den Dienst der von Grundtvig propagierten Bildung stellte, die er als volksnah, national und universell bezeichnete, wurde die Højskole geboren."

Heute spielt die Volkshochschule eine bedeutende Rolle im dänischen Kulturleben, und zahlreiche ihrer Besucher beteiligen sich aktiv an den Diskussionen der Massenmedien oder anderer Institutionen über das Bildungswesen. Sehr oft ist der Beitrag der Højskole richtungweisend für die öffentliche Meinungsbildung. Unbestreitbar ist, daß sie keine verstaubte Institution aus dem letzten Jahrhundert ist, sondern daß sie auf dem Gebiet des Volksbildungswesens stets eine Pionierrolle gespielt hat.

Ein Kurs auf der Volkshochschule dauert normalerweise sechs Monate, manchmal auch weniger lange. Während dieser Zeit sind die Schüler in der Schule untergebracht, wodurch die Möglichkeit für einen ständigen Dialog geschaffen wird. Inzwischen gibt es auch eine Reihe von Fach-Volkshochschulen; einige wurden von den Gewerkschaften eingerichtet, bei anderen steht mehr eine sportliche Ausbildung im Vordergrund. Während des Sommers veranstalten viele Volkshochschulen Sonderkurse für Familien, alte Menschen und Ausländer. ,,Ferien in der Højskole" sind in Dänemark Wirklichkeit geworden.

Bibliotheken

Waren die Volkshochschulen in Dänemark kultureller Mittelpunkt im 19. Jahrhundert, so sind es im 20. Jahrhundert die öffentlichen Bibliotheken. Bereits in der Zeit zwischen den beiden Weltkriegen war die Bibliothek ein wesentlicher Bestandteil des örtlichen Lebens; dort traf man sich, diskutierte, las und lieh Bücher aus. Kinder kamen, um dem Bibliothekar beim Vorlesen zuzuhören, Erwachsene nahmen abends an Arbeitsgemeinschaften über literarische, gewerkschaftliche, politische oder andere Themen teil, die mit Hilfe des Bibliothekars organisiert und im Rahmen der Bibliothek abgehalten wurden.

Inzwischen sind diese Bibliotheken noch aktiver geworden, vielen ist sogar eine Leihdiskothek angeschlossen. Alle öffentlichen Bibliotheken führen kulturelle Veranstaltungen durch, wie Dichterlesungen, Ausstellungen, Konzerte, Filmvorführungen, Amateurtheaterabende u. a. m.

Obwohl die meisten Bibliotheken verkehrsgünstig gelegen sind, gibt es doch immer wieder Leute, die sie aus dem einen oder anderen Grund nicht aufsuchen können. Dann kommt die Bibliothek ins Haus, und zwar in Gestalt eines Büchereibusses. Man trifft ihn oft auf den Landstraßen und Dorfplätzen kleiner Marktflecken.

Die Einrichtung von Büchereien wurde durch den Staat angeordnet, und die Gemeinden haben sich eifrig bemüht, eine oder – je nach Größe der Gemeinde – mehrere Bibliotheken aufzubauen. Sie sind jedem zugänglich, und die Ausleihe ist gebührenfrei. Ende der siebziger Jahre wurden per anno mehr als 80 Millionen Bücher ausgeliehen – das sind im Durchschnitt etwa 16 pro Einwohner; Hauptkunden (mit 59%) waren dabei die Kinder. Wer als Tourist an einer dieser Büchereien vorbeikommt – das Schild ist nicht zu übersehen, und das dänische Wort für Bücherei ist ,,bibliotek" –, sollte hineingehen; man ist dort jederzeit willkommen.

In einem Rechnungsjahr belaufen sich die Kosten für diese Einrichtungen auf etwa 800 Millionen Kronen; davon übernimmt der Staat 200 Millionen, den Rest müssen die Gemeinden aufbringen. Anders ausgedrückt, die Unterhaltskosten für diese Bildungszentren betragen pro Einwohner rund 160 dkr im Jahr.

Dezentralisierte Bildungspolitik

Man kann sagen, daß Volkshochschulen und Büchereien die Verwirklichung eines der Hauptprinzipien dänischer Bildungspolitik sind, der Dezentralisierung. Die Volkshochschulen entstanden im ganzen Land aufgrund von Privatinitiativen und stellen auch heute noch unabhängige Einrichtungen dar, die zwar einen gemeinsamen Ursprung haben, jedoch keinerlei Einmischung seitens der Behörden erfahren. Die Bibliotheken sind nicht ganz so unabhängig, doch jede Gemeinde hat die Möglichkeit, die ihren weitgehend den örtlichen Gegebenheiten anzupassen. Das Prinzip der Dezentralisierung ist nicht nur geographisch von Bedeutung, sondern auch dort, wo es sich um Entscheidungen bezüglich staatlich unterstützter Bildungsmaßnahmen handelt. Hier wird eine Trennung zwischen der Staatsgewalt und der Anwendung örtlicher Entscheidungen vorgenommen, d. h. Regierung und Parlament legen alljährlich die der Förderung von Kunst und Bildung dienenden Summen fest. Doch hier hört die politische Macht auf, denn der Kultusminister hat keinen Einfluß mehr auf die Verteilung der zur Verfügung gestellten Gelder.

Kunstförderung

Seit langem, d. h. vor allem seit dem 18. Jahrhundert und der ersten Hälfte des 19. Jahrhunderts, leistet Dänemark auch einen beachtlichen Beitrag zur Förderung der schönen Künste. Bereits zur Zeit der absoluten Monarchie ließ der Staat Künstlern aus allen Bereichen hohe Subventionen zukommen. Dieser Zeitabschnitt wird z. B. als das goldene Zeitalter der dänischen Literatur bezeichnet. Es wäre ohne staatliche Hilfsmittel nicht möglich gewesen. Das eindrucksvollste Beispiel hierfür bleibt der Märchendichter Hans Christian Andersen. Jeder weiß, daß er von Mäzenen gefördert wurde, doch deren Hilfe bestand in erster Linie darin, die Aufmerksamkeit des Königs auf dieses Talent zu lenken.

Als 1849 die Demokratie eingeführt wurde, gestalteten sich die Dinge etwas schwieriger. Der Staat verweigerte den Künstlern seine Hilfe zwar nicht, doch diese fiel wesentlich weniger großzügig aus. Kunstverständnis und Politik liegen ja meist sehr weit voneinander entfernt.

Um so bemerkenswerter ist die Haltung Dänemarks in den Jahren nach dem Zweiten Weltkrieg. Materielle Schwierigkeiten hatten die Künstler in eine äußerst prekäre Lage versetzt, die Hilfsmaßnahmen dringend erforderlich machte. 1961 wurde ein Ministerium für kulturelle Angelegenheiten gegründet und drei Jahre später das Gesetz über den Nationalfonds für Dänische Kunst verabschiedet. Wie in vielen anderen Ländern auch, hatte man bis zu diesem Zeitpunkt in Dänemark im Rahmen des Finanzgesetzes anerkannten Künstlern bestimmte Summen zukommen lassen. Dank des Nationalfonds für Dänische Kunst ist es nun möglich, jungen Talenten schon zu dem Zeitpunkt zu helfen, zu dem ihr Entfaltungsvermögen noch voll entwicklungsfähig ist.

Im Verlauf der letzten zehn Jahre hat der Nationalfonds auf dem Gebiet der Kunst, insbesondere im Bereich der Literatur, eine bedeutende Rolle gespielt. Es ist kein einfaches Los, in einem Sprachraum, in dem nicht mehr als 5 Millionen Menschen leben, Schriftsteller zu sein. Doch die direkt den Autoren (und nicht den Verlegern) zukommende Unterstützung des Staates kann als entscheidender Faktor für die eindrucksvollen schriftstellerischen Leistungen gewertet werden, die unter anderen Umständen sicherlich nicht hätten erbracht werden können.

Die beispielsweise während eines Rechnungsjahres gewährten Subventionen beliefen sich auf 6,8 Millionen Kronen, was einem Anteil am Staatshaushalt von 0,01% entsprach; von dieser

Summe entfielen 3,7 Millionen Kronen auf Preise oder Stipendien. Die restlichen 3,1 Millionen wurden für den Ankauf von Kunstwerken und für die Verschönerung öffentlicher Gebäude verwendet. Außerdem wurde ein Betrag von 5,2 Millionen Kronen bereitgestellt, mit dem einigen Künstlern als Dank für besondere Verdienste eine Art Beihilfe auf Lebenszeit gesichert wird.

Wie man sieht, handelt es sich hier nicht um übermäßig hohe Summen, doch trotzdem rufen sie den Protest der Steuerzahler hervor. Obwohl diese Proteste bis ins Parlament vorgedrungen sind, konnten sie gegen die starke Mehrheit der Befürworter eines Nationalfonds nichts ausrichten.

Außergewöhnlich an diesem Fonds ist im übrigen das bei der Auswahl der jeweiligen Künstler angewandte Verfahren. Für jede Kunstrichtung wird eine Kommission gebildet, der drei für die Dauer von drei Jahren – dieses Mandat kann nicht verlängert werden – ernannte Fachleute angehören. Diese Kommissionen verwalten das ihnen vom Ministerium zugewiesene Budget in eigener Regie, und weder der Minister noch irgendein politisches Organ kann auf die Wahl der Stipendiaten Einfluß nehmen.

Auch das vom Staat gegründete Dänische Filminstitut erhält eine derartige Subvention.

In diesem Fall verwaltet der vom Ministerium unabhängige Verwaltungsrat des Instituts die für die Filmproduktion bestimmten Gelder. In einem Rechnungsjahr erhielt das Institut 6,4 Millionen Kronen; die Produktion belief sich auf 17 Spielfilme.

Das Theaterleben

Wer in Kopenhagen eine Theateraufführung besuchen will, wird sehr schnell feststellen, daß Theaterkarten hier nicht so teuer sind wie in vielen anderen Weltstädten. Was die Theaterdirektoren betrifft, so sind sie der Meinung, daß die Theater ohne Subventionen nicht leben können, d. h. auch hier müssen Staat und Gemeinden Zuschüsse leisten, denn ein kulturelles Leben ohne Theater wäre wohl undenkbar.

Das Königliche Theater, in dem Opern-, Schauspiel- und Ballettaufführungen stattfinden, verfügt über zwei große Bühnen und eine kleinere, die dem Experimentiertheater vorbehalten ist. Außerdem veranstaltet es Tourneen durch die Provinz. In einem Rechnungsjahr beliefen sich die staatlichen Subventionen hier auf 95 Millionen Kronen. Allein in Kopenhagen gibt es aber noch zwölf weitere Bühnen. Drei davon werden staatlich subventioniert, und die neun anderen leben von staatlichen und Gemeindezuschüssen. Das Defizit der Regionaltheater in Århus, Odense und Aalborg wird vom Staat und der jeweiligen Gebietskörperschaft ausgeglichen. In einem Jahr erhielten die Theater (mit Ausnahme des Königlichen Theaters) staatliche Mittel in Höhe von 35 Millionen Kronen.

Hinzu kommen Vergünstigungen für das Publikum, die natürlich auch für die Theater von Vorteil sind, weil auf diese Weise die Zuschauerzahlen steigen. Wenn man für mindestens drei Vorstellungen in drei verschiedenen Theatern Karten kauft, bezahlt man nur den halben Preis; außerdem erhält man eine Ermäßigung von 33%, wenn man ohne Kartenvorbestellung eine Aufführung besucht. Diese Regelung beschränkte sich zunächst auf die Theater der Hauptstadt, wurde aber später mit großem Erfolg auch in der Provinz eingeführt. Die Hälfte der gewährten Ermäßigungen werden vom Staat und von den Gebietskörperschaften übernommen.

Dank dieser staatlichen Subventionen erlebte der Theatersektor einen beachtlichen Aufschwung.

Lebendige Kunst

Dänisches Kulturleben ist jedoch nicht nur eine Angelegenheit des Staates und der Gemeinden. Fast alle Dänen sind Mitglieder zahlreicher Vereinigungen mit ausschließlich oder hauptsächlich kulturellem Betätigungsfeld, denn in Dänemark gibt es – vor allem auch innerhalb von Großunternehmen – eine erhebliche Anzahl von Kunstvereinen. Die Mitglieder dieser Vereine zahlen einen kleinen Beitrag, der zum Ankauf von Kunstwerken, wie z. B. Bildern, Lithographien, Skulpturen, Keramikgegenständen usw., verwendet wird, die dann in der Werkskantine ausgestellt werden. Einmal im Jahr verlost der Verein diese Kunstwerke unter seinen Mitgliedern. Im allgemeinen müssen die Gewinner dann zwei bis drei Jahre warten, bevor sie wieder an dieser Lotterie teilnehmen können, so daß jeder die Chance hat, einmal zu gewinnen. Dies erklärt, weshalb in vielen einfachen dänischen Wohnungen zeitgenössische Originalkunstwerke anzutreffen sind.

Außerdem gibt es in Dänemark zahlreiche private Kunstsammler, die ihre Liebe zur Kunst mit der Umwelt teilen wollen. So gehören seit 100 Jahren die Carlsberg-Brauereien zu den Mäzenen der schönen Künste, und ihr Beispiel hat Schule gemacht. Ein bekannter Kaufmann kreierte Ende der 50er Jahre einen völlig neuen Museumsstil; in Humlebæk, 35 km nördlich von Kopenhagen, ließ er im Park seiner Villa Louisiana ein kleines Museum für Moderne Kunst errichten. Er leitet „Louisiana" noch heute, und nicht nur in Dänemark, sondern in ganz Nordeuropa nimmt dieses Museum einen bedeutenden Platz innerhalb der kulturellen Szene ein.

Ein anderer Industrieller hat die Wände seiner Fabriken in Herning mit moderner Kunst geschmückt. In den vom Surren der Nähmaschinen erfüllten Werkstätten hängen zeitgenössische Gemälde, und die Rasenflächen der Fabrikhöfe schmücken Skulpturen. Diese Firma wird in Kürze ein riesiges Museum sein, dessen Sammlungen laufend ergänzt werden, denn der Besitzer setzt seinen ganzen Ehrgeiz darein, moderne Kunst aus allen Ländern der Welt anzukaufen.

Das Nordjütländische Kunstmuseum in Aalborg hingegen ist eine rein städtische Einrichtung. Das großartige Gebäude wurde von dem verstorbenen finnischen Architekten Alvar Aalto entworfen und spielt heute eine bedeutende Rolle im Bereich des kulturellen Lebens.

DER DÄNE UND DIE RELIGION

Die Dänen sind Christen, weil der nordfranzösische Benediktinermönch Ansgar Dänemark in den Jahren 826 bis 865 christianisierte. Sie sind Protestanten, weil König Christian III. im Jahre 1536 einige Vorteile darin sah, mit Rom zu brechen und in seinem Königreich die Lehre Luthers verbreiten zu lassen. Heute bestimmt in Dänemark die Verfassung, daß ,,die evangelisch-lutherische Kirche die dänische Staatskirche ist und als solche vom Staat unterstützt wird". Dies bedeutet jedoch nicht, daß es sich hierbei um eine verstaatlichte Kirche handelt. Nur der König bzw. die Königin sind verpflichtet, der evangelisch-lutherischen Kirche anzugehören. Als er die damalige Kronprinzessin Margrethe heiratete, mußte Graf Monpezat mit Erlaubnis des Papstes zur evangelischen Kirche übertreten. Jeder andere Bürger des Landes kann aus der Kirche austreten, wodurch er von der Zahlung der Kirchensteuer befreit wird; er braucht lediglich die zuständige Behörde von diesem Entschluß zu unterrichten. Was die anderen Konfessionen anbetrifft, so garantiert die Verfassung absolute Glaubensfreiheit (siehe auch ,,Religion" auf Seite 40).

Auch innerhalb der 23 000 Einzelkirchen wird nach demokratischen Grundsätzen verfahren. Im Abstand von vier Jahren wählt jede Pfarrei – so bestimmt es das Gesetz – ihren Kirchenrat; wählen kann jedes Mitglied der Volkskirche, wenn es die Voraussetzungen für das allgemeine, d. h. das politische, Wahlrecht erfüllt.

Dänemark hat nur wenige Kathedralen, doch zahlreiche Kirchen, deren Besichtigung sich lohnt. Viele Dorfkirchen wurden zwischen dem 11. und 13. Jahrhundert erbaut. Ihr Stil ist einfach und klar, man könnte fast sagen zweckbestimmt. Zahlreiche dieser Kirchen wurden im Mittelalter mit Wandmalereien ausgeschmückt, die man nach der Reformation übertünchte. Doch den Experten des Nationalmuseums ist es gelungen, sie fast alle wieder freizulegen. In den letzten Jahrzehnten sind sehr viele neue Kirchen entstanden, und auch diese modernen Bauten, insbesondere die Kirche von Grundtvig am Stadtrand von Kopenhagen, lohnen eine Besichtigung.

PRESSEFREIHEIT AUF DÄNISCH

Presse- und Bücherzensur wurden schon durch die Verfassung aus dem Jahre 1849 abgeschafft, jedoch erst nach dem Zweiten Weltkrieg entfielen auch Film- und Theaterzensur.

Außerdem wurden die Strafbestimmungen in bezug auf Pornographie aufgehoben. Da politische Freiheit ohne Meinungsfreiheit undenkbar ist, war die Abschaffung der Pressezensur seinerzeit ein sehr bedeutender Schritt, doch in unserer Zeit ist es für eine demokratische Regierung genau so wichtig, alle Vorbedingungen für die freie Entfaltungsmöglichkeit eines jeden Individuums zu schaffen. Als einzige Einschränkung in diesem Zusammenhang gilt, daß aus dieser

Freiheit kein Schaden für andere resultieren darf. Den Dänen erscheint es einfach absurd, daß eine Gruppe von Bürgern – Kritiker, Polizeibeamte, Richter – darüber befinden soll, was die anderen tun und lassen bzw. hören oder nicht hören sollen.

So hat z. B. ein konservativer dänischer Minister die Pornographie „entkriminalisiert", und das lebhafte Echo, das diese Aktion im Ausland gefunden hat, läßt keinen Zweifel daran, daß Dänemark auf diesem Gebiet eine Pioniertat vollbracht hat.

Vorher hatte eine Sachverständigenkommission festgestellt, daß es keine Beweise für einen Zusammenhang zwischen Pornographie und Kriminalitätsanstieg gibt und eventuelle Auswirkungen einer Aufhebung des Pornographieverbotes eher darin bestehen könnte, daß potentiellen Sexualverbrechern auf diese Weise eine Möglichkeit gegeben wird, sich über die Pornographie von ihren Komplexen zu befreien.

Inzwischen konnte in diesem Bereich der Kriminalität in Dänemark eine leicht rückläufige Tendenz festgestellt werden. Die Achtung gegenüber den Gefühlen der anderen gebietet es, keine Abbildungen auszustellen oder auszuhängen, die den Vorübergehenden schockieren könnten.

Der ausländische Tourist wird deshalb sehr rasch feststellen, daß die Sexshopstraßen hier nicht geschmackloser sind – eher ist das Gegenteil der Fall – als etwa in Paris oder anderen europäischen Metropolen.

GEWERKSCHAFTEN UND GENOSSENSCHAFTEN

Ein hohes Bruttosozialprodukt bedeutet nicht automatisch Wohlstand für alle, doch im Fall Dänemark trifft dies in weitem Umfang zu. Ein wesentlicher Grund hierfür ist die Organisation des Arbeitsmarktes. Nur wenige Dänen sind nicht Mitglied einer Gewerkschaft – ganz gleich, ob es sich nun um Arbeitnehmer oder Arbeitgeber handelt. Nach dem Beginn des Industriezeitalters, im letzten Viertel des 19. Jahrhunderts, wurden auch hier Arbeitergewerkschaften gegründet, die um das Verhandlungsrecht kämpften, bessere Arbeitsbedingungen durchsetzen zu können. Die Arbeitgeber haben sich daraufhin ihrerseits auch in einer Gewerkschaft organisiert. Nach einem langen und aufreibenden Kampf erkannten diese beiden Parteien sich im Jahre 1899 als gleichwertige Verhandlungspartner an.

Heute gibt es praktisch für jeden Berufsstand eine Gewerkschaft. Zu den stärksten gehören die Ärztegewerkschaft und die der höheren Beamten. In Industrie und Handwerk ist es zweifellos für alle von Vorteil, daß die Arbeiter in einer einzigen Gewerkschaftszentrale organisiert sind. Allerdings gibt es auch einige kleine Gewerkschaften, die unabhängig geblieben sind. Die Gewerkschaftszentrale L.O. zählt heute mehr als eine Million Arbeitnehmer zu ihren Mitgliedern. Kollektivverträge sind im allgemeinen zwei Jahre gültig. Nicht immer sind die Verhandlungen erfolgreich, manchmal kommt es zu Streiks – trotzdem hat man in

Dänemark wesentlich weniger Arbeitstage aus Streikgründen eingebüßt als in zahlreichen anderen Ländern –, jedoch gelingt es immer, eine sehr breitgestreute Verteilung der Gewinne zu gewährleisten.

Das Genossenschaftswesen auf dem Agrarsektor, das bereits fünfzig bis siebzig Jahre vor den Arbeitergewerkschaften ins Leben gerufen wurde, sieht zwar auch eine Gewinnverteilung vor, doch ist hier das Prinzip grundlegend anders; im Gegensatz zu den Mitgliedern der Arbeitergewerkschaften, die normalerweise nichts anderes besitzen als ihre Arbeit, handelt es sich hier ja um Grundbesitzer. Molkereien, Schlachthöfe, genossenschaftliche Maschinenparks landwirtschaftlicher Fahrzeuge sowie Ankaufs- und Verkaufsgenossenschaften garantieren dem einzelnen Landwirt einen optimalen Gewinnanteil. Dem Genossenschaftswesen, das die Begriffe Privatunternehmen und Solidarität in sich vereint, kommt in moralischer Hinsicht zweifellos eine sehr große Bedeutung zu, da es nicht nur rein ökonomische Gesichtspunkte berücksichtigt.

DIE DÄNEN UND DIE POLITIK

Liberalismus und Sozialdemokratie

Die Dänen sind der Meinung, daß sie vielleicht weniger zögern, einen Gedanken in die Tat umzusetzen als ihre schwedischen oder norwegischen Nachbarn. Ihre Reaktionen sind vielleicht unvorhersehbarer – auch auf der politischen Szene, die ständig in Bewegung ist.

Ausländische Beobachter neigen dazu, Dänemark für ein sozialistisches oder zumindest sehr sozialdemokratisches Land zu halten. Es stimmt, daß Dänemark – die erste sozialdemokratische Regierung wurde 1924 gebildet – innerhalb der letzten 50 Jahre 35 Jahre lang sozialdemokratisch regiert wurde. Doch dabei handelte es sich entweder um Minderheitsregierungen oder um Koalitionen zwischen Sozialdemokraten und einer bzw. mehreren anderen Parteien des sogenannten bürgerlichen Flügels. Die Sozialdemokraten haben niemals die absolute Mehrheit erreicht. Das beste Ergebnis wurde im Jahre 1935 mit 46% der Stimmen erzielt; heute sind es ungefähr 30%.

Man konnte jedoch ein einziges Mal, d. h. für die Dauer von 14 Monaten – Ende 1966 bis Anfang 1968 –, von einer sozialistischen Mehrheit im Parlament sprechen, denn damals verfügten die sozialdemokratische Partei und die Partei der Volkssozialisten zusammen über mehr als 49% der Stimmen im Parlament. Doch diese beiden Parteien, die in bezug auf wichtige Fragen der Außenpolitik, insbesondere die Mitgliedschaft Dänemarks in der NATO, uneins waren, haben es nicht geschafft, eine gemeinsame Regierung zu bilden.

Wer Wert darauf legt, Politik und Wirtschaft des Landes genauer zu beschreiben, der sollte auch von Liberalismus sprechen. Dies bezieht sich nicht nur auf die Handhabung des Wahlrechts, sondern auch auf die Tatsache, daß das Wirtschaftsleben von den Privatunternehmen bestimmt wird. Sieht man einmal von den Eisenbahnen sowie von der Gas-

und Elektrizitätserzeugung ab, gibt es in Dänemark keine verstaatlichten Unternehmen. Weder eine Bank noch irgendein Industriezweig gehören dem Staat. Die Telefongesellschaft wird zu 50% aus privaten Geldern finanziert, und was die Fluggesellschaft SAS betrifft – gemeinsames Eigentum Norwegens, Schwedens und Dänemarks –, so gehören auch hier 50% des Kapitals Privataktionären.

Fortschrittliche soziale Maßnahmen

Natürlich hat die sozialdemokratische Partei Einfluß auf die Entwicklung genommen, doch muß erwähnt werden, daß einige der heute vom Staat und von den Gemeinden erbrachten sozialen Leistungen zunächst in kleinerem Maßstab von privaten Gruppen praktiziert wurden, so z. B. Kranken- und Arbeitslosenversicherung. Im Laufe der Jahre konnten diese Vorteile dank der politischen Bemühungen um Finanzierungsbeihilfen, die nach und nach den größten Teil abdeckten, vergrößert werden. Die Krankenkassen wurden durch eine von Steuergeldern finanzierte öffentliche Einrichtung abgelöst. Bleibt noch hinzuzufügen, daß die Sozialreformen heutzutage von mehreren und manchmal auch allen politischen Parteien mit großer Mehrheit im Folketing beschlossen werden.

Das Unterstützungsgesetz

Die jüngste Neuerung auf diesem Gebiet ist das 1976 in Kraft getretene Unterstützungsgesetz. Es stellt einen Schritt auf dem Wege der Rationalisierung des Sozialwesens dar mit dem Hauptziel, dem Staatsbürger in schwierigen Situationen rascher und wirksamer helfen zu können. Man könnte auch sagen, daß früher nur demjenigen Hilfe zuteil wurde, der bereits in den Brunnen gefallen war, heute hingegen versucht wird, noch vor Passieren des Brunnenrandes einzuschreiten. Man hofft, auf diese Weise dem einzelnen besser helfen zu können und dadurch auch den Interessen der dänischen Wirtschaft besser zu dienen.

An dieser Stelle seien einige wesentliche Punkte dieses Gesetzes herausgegriffen: Hilfe im Krankheitsfall, Altersheime, finanzielle Unterstützung im Falle unvorhergesehener Schwierigkeiten, Haushaltshilfen bei Krankheit von Müttern und alten Menschen, Mütterberatung während der ersten beiden Lebensjahre des Kindes, Hauskrankenschwestern, Heime; Erstellung von Wohnungen, die den Bedürfnissen älterer oder behinderter Menschen angepaßt sind, verschiedene Formen der Altenhilfe wie Seniorentelefon oder Transporthilfen.

Früher mußte sich ein Hilfesuchender an mehrere Behörden wenden, die heutige Politik zielt auf Vereinfachung, Vereinheitlichung und Reduzierung der Behördengänge ab, damit sich der betroffene Staatsbürger so wenig wie möglich gedemütigt fühlt; er kann z. B. telefonisch einen Termin vereinbaren, damit er nicht stundenlang in einem Vorzimmer warten muß. Es hat sich herausgestellt, daß auf diese Weise nicht nur der Antragsteller in den Genuß von Erleichterungen und Vergünstigungen kommt, sondern auch Kosteneinsparungen für die Verwaltung und damit für die Gesellschaft zu verzeichnen sind.

1933 wurde in Dänemark die erste große Sozialreform durchgeführt, und viele Dänen sind der Ansicht, daß sich das 1976 verabschiedete Gesetz als genau so bedeutsam herausstellen wird. 1933 wurde das sogenannte ,,Gnadenbrot" in verschiedenen Bereichen zu einem Recht erhoben. 1976 sollte es für einen in Schwierigkeiten geratenen Staatsbürger genau so selbstverständlich sein, um Hilfe nachzusuchen, wie es für einen Geschäftsmann ist, wenn er bei seiner Bank einen Kredit beantragt. Die Sozialversicherung sorgt dafür, daß niemand auf seine alten Tage Not leiden muß, und das ganze Land ist von einem modernen, leistungsfähigen sowie ständig verbesserten Krankenhausnetz überzogen, d. h. bei einem Unfall oder bei Ausbruch einer Krankheit sind unverzüglich Ärzte zur Stelle und Krankenhäuser in nächster Nähe.

Die Volksrente

Die Einkünfte der Rentner werden in entscheidendem Maße durch die ,,Volksrente" bestimmt. Sie wird in Abhängigkeit von der Region und dem Preisindex festgelegt und steht jedem zu, dem Millionär genau so gut wie dem Bettler. 1976 betrug der Mindestbetrag 2092 Kronen für ein Ehepaar und 1332 Kronen für eine alleinstehende Person; der Höchstbetrag, der dann gezahlt wird, wenn keinerlei andere Einkünfte vorhanden sind, betrug 2668 Kronen für ein Ehepaar und

1618 Kronen für eine alleinstehende Person.

Das Prinzip ,,Volksrente für alle" beruht auf der Absicht, diese Rente nicht als eine Art Almosen, sondern als eine Versicherung, die allen Staatsbürgern zusteht, anzusehen. Allerdings ist es schwierig, dieses Prinzip in die Realität umzusetzen; die erforderlichen Beträge werden durch Steuergelder finanziert, und aufgrund der anhaltenden Inflation war es bislang noch keiner Generation möglich, ihre eigene Rente abzudecken.

Abschließend sei gesagt, daß die Dänen auf dem Gebiet des Sozialwesens sehr gut abgesichert sind.

Finanzierung der Soziallasten

Doch die oben beschriebene soziale Absicherung der dänischen Staatsbürger ist kein Geschenk des Himmels. Obwohl von vielen Schultern getragen, empfindet sie der einzelne manchmal doch als Last. 21 Milliarden von den sich in einem Haushaltsjahr beispielsweise auf 49 Milliarden Kronen belaufenden Gesamtstaatsausgaben wurden vom Ministerium für das Sozialwesen ausgegeben, 7,7 vom Ministerium für das nationale Bildungswesen, 4,3 vom Innenministerium und 3,6 Milliarden vom Verteidigungsministerium, um nur einmal die ,,teuersten" Ministerien zu nennen. Hinzuzuzählen sind die Gesamtausgaben der Gemeinden, die sich in der Höhe von 47 Milliarden Kronen (der Staat erstattete hiervon 26 Milliarden zurück) bewegten und für soziale Hilfeleistungen einschließlich der Volksrente aufgewendet wurden.

Die mit Hilfe von Steuern und sonstigen Abgaben finanzierten globalen öffentlichen Ausgaben betrugen in diesem Haushaltsjahr ungefähr 70 Milliarden Kronen, das sind fast 18 000 Kronen pro Steuerzahler. Zwei Drittel dieser Summe werden durch direkte Steuern abgedeckt. Das restliche Drittel setzt sich aus Mehrwert- und anderen Steuern zusammen.

Doch die Schwere dieser Steuerlast kann man erst dann ermessen, wenn man die Höhe der Einkommen kennt. Laut Statistik betrug Mitte der siebziger Jahre das durchschnittliche jährliche Bruttoeinkommen eines Beamten etwas mehr als 60 000 Kronen, das eines Angestellten in der Industrie etwas mehr als 56 000 Kronen, das eines Arbeiters im öffentlichen Dienst 38 000 Kronen und das eines Industriearbeiters 42 000 Kronen. Somit ist es augenscheinlich, daß auch die kleinen Einkommen einen großen Beitrag zur Finanzierung der öffentlichen Ausgaben leisten, und dies erklärt auch die überraschenden politischen Veränderungen während der letzten Jahre in Dänemark.

DAS PARTEIENSYSTEM

Seit der Verfassungsreform, mit der im Jahre 1953 das Einkammernsystem eingeführt wurde, verfügt das „Folketing" – das dänische Parlament – über 179 Sitze. Zwei davon sind Grönland und zwei den Färöer-Inseln vorbehalten. Die Abgeordneten werden für die Dauer von vier Jahren gewählt, doch kann der Premierminister der Königin jederzeit vorschlagen, das Folke-

ting aufzulösen. Bei normalem Verlauf hätten während der letzten zwölf Jahre drei Parlamentswahlen stattfinden müssen; in Wirklichkeit waren es fünf.

Lange Zeit waren nur fünf oder sechs Parteien im Folketing vertreten: die vier „alten Parteien" (Sozialdemokraten, Sozialliberale, Liberale und Konservative) sowie eine oder zwei „jüngere" Parteien, wie z. B. die Kommunisten und die Georgisten. Letztere sind die Verfechter der Theorie von Henry George, die davon ausgeht, daß alle öffentlichen Ausgaben über eine Bodensteuer finanziert werden müßten.

Ende der 50er Jahre kam Bewegung in die Politik. Die bis zu diesem Zeitpunkt moskautreue Kommunistische Partei kam in eine Krise und spaltete sich in zwei Parteien. Es entstand eine neue Partei, die sich Sozialistische Volkspartei nannte; als sie 1960 zum ersten Mal an Parlamentswahlen teilnahm, erhielt sie 11 Sitze, und die alte kommunistische Partei mußte ihren Platz im Folketing räumen, in das sie erst 13 Jahre später wieder zurückkehren konnte.

Bei diesen Wahlen im Dezember 1973 wurden alle Vorstellungen von dänischer Politik über den Haufen geworfen. Der kurz vor den Wahlen noch völlig unbekannte Rechtsanwalt Mogens Glistrup wurde durch eine Fernsehsendung schlagartig im ganzen Land berühmt, denn im Verlauf dieser Sendung erklärte er, jeder könne leicht die Steuervorschriften ausnutzen, um die Höhe der Einkünfte zu vermindern und infolgedessen weniger Steuern zu zahlen; ja, es sei sogar möglich, ein negatives steuerpflichtiges Einkommen zu erzielen. Diese Sendung spaltete die Nation in zwei Lager; die eine Seite war empört, die andere beeindruckt. Schließlich gründete Glistrup die Fortschrittspartei. Er bezeichnete das Prinzip der Einkommensbesteuerung als unmoralisch und zog gegen die Bürokratie der Behörden zu Felde. Beamtenstellen sollten in großem Umfang abgebaut, Außen- und Verteidigungsministerium abgeschafft werden. Desgleichen sollten Subventionen für kulturelle Zwecke künftig entfallen. Nach seiner Meinung ließe es sich durch eine Wirtschaftsstruktur ohne öffentlichen Dienst, den er für überflüssig hält, vermeiden, direkte Steuern zu zahlen.

Bei den folgenden Wahlen erhielt die Fortschrittspartei fast 16% der Stimmen und 28 Sitze im Parlament; das hatte es bislang in Dänemark noch nie gegeben. Und sie hatte später immerhin noch 11% der Stimmen und 20 Sitze.

Außerdem zogen noch zwei weitere neue Parteien ins Parlament ein: die Demokratische Zentrumspartei (mit 3,2% und 6 Sitzen) und die Christliche Volkspartei (mit 2,6% und 5 Sitzen). Letztere wurde vor einigen Jahren aus Protest gegen die Freigabe des Abtreibungsparagraphen und der Verbreitung von Pornographie gegründet. Des weiteren kehrten die Kommunisten (mit 1,9% ohne Sitz) und die Georgisten vorübergehend wieder ins Folketing zurück.

Die vier alten Parteien und die Sozialistische Volkspartei mußten damals Sitze an die neuen und an die erneut im Folketing vertretenen Parteien abgeben. Am stärksten waren die Sozialdemokraten und die Konservativen betroffen. Auch nach den Wahlen von 1975, 1979 und 1981 waren noch 10 Parteien im Folketing vertreten, und von einem Projekt zum anderen muß die Regierung sich nun um eine Majorität bemühen bzw. – wenn es sich um weniger wichtige Fragen handelt – unbefriedigende Entscheidungen akzeptieren.

Nach den Wahlen von 1981 standen die Sozialdemokraten mit 33% und 59 Sitzen weiterhin an der Spitze der Parteien, vor den Konservativen (14%), den Liberalen (11%) und der Sozialistischen Volkspartei (11%).

Die Ergebnisse der letzten vier Wahlen sind Ausdruck einer starken Unzufriedenheit. Als Erklärung hierfür kann nicht die wirtschaftliche Rezession angeführt werden, denn – abgesehen von der Energiekrise – war 1973 von einer Rezession in Dänemark noch kaum etwas zu verspüren. Eher dürften die mehr und mehr drückenden Steuerlasten der Grund sein. Hinzu kommt die immer stärkere Entfremdung zwischen Parteiführungen und Bevölkerung, die auch in anderen technisch hochentwickelten Gesellschaftsstrukturen zu beobachten ist; die Existenz einer Technokratie schließt bereits ein Kommunikationsproblem mit ein.

Wie dem auch immer sei, es gibt viele, die glauben, daß die Dänen anfangen, an einer für die Demokratie sehr gefährlichen Krankheit zu leiden – an einer Aversion gegen das Parlament.

DÄNEMARK UND EUROPA

Dänemark hat sich eindeutig für Europa entschieden. Der Volksentscheid vom 2. Oktober 1972 hat gezeigt, daß eine starke Mehrheit den Vorschlag des Folketings bezüglich eines Beitritts Dänemarks zur EG ab 1. Januar 1973 bejahte. Die Wahlbeteiligung war sehr groß (90,1%); 63,3% stimmten für einen Beitritt und 36,7% dagegen. Diese 36,7% entsprechen 32% der Wahlberechtigten. Es ist wohl unbestritten, daß die meisten der Ja-Stimmen aus wirtschaftlichen Überlegungen heraus abgegeben wurden, wohingegen die Nein-Stimmen aus einer Besorgnis im Hinblick auf eventuelle politische Konsequenzen resultierten.

Die Dänen sind ausschließlich vom Außenhandel abhängig, denn die Natur hat ihr Land nicht mit Rohstoffvorkommen ausgestattet. Früher exportierten sie in erster Linie Agrarprodukte, doch nach dem Zweiten Weltkrieg hat die Industrie einen solchen Aufschwung erfahren, daß heute drei Viertel (bezogen auf den Wert) der Exporte aus Industrieprodukten bestehen. Es gibt jedoch eine ausgeglichene Wechselwirkung zwischen Agrarwirtschaft und Industrie. 1950 waren 21% der arbeitenden Bevölkerung in der Landwirtschaft beschäftigt, heute sind es nur noch 7%. Da Dänemark nach wie vor das Dreifache dessen produziert, was für die Ernährung seiner Bevölkerung erforderlich ist, kann man sagen, daß die Landflucht mit einer bedeutenden Ertragssteigerung einherging. Außerdem wäre die Industrie nicht das geworden, was sie heute ist, wenn sie sich dieser Arbeitskräfte aus der Landwirtschaft nicht hätte bedienen können. Der Bevölkerungsrückgang in den ländlichen Gebieten konnte lange Zeit durch steigende Mechanisierung und Rationalisierung kompensiert werden.

Davon abgesehen wurde in Dänemark auch eine gewisse Anzahl ausländischer Arbeitskräfte beschäftigt, doch wie in vielen anderen Ländern, geht inzwischen auch hier das Gespenst der Arbeitslosigkeit um. Hinzu kommt, daß aufgrund der Exporte von Agrarprodukten zwar ausgesprochen hohe Deviseneinnahmen zu verzeichnen sind, die Industrie aber Rohstoffe und Maschinen auch in großem Umfang importieren muß. Der Export von Agrarprodukten ist somit eine wesentliche Voraussetzung für die Entwicklung der Industrieexporte.

Trotz der industriellen Expansion hätte es für Dänemark sehr schwerwiegende Konsequenzen gehabt, wenn die Rolle des dänischen Bauern sich auf die eines Zuschauers bei der Entwicklung der EG beschränkt hätte, vor allem nach dem Beitritt von Großbritannien zum Gemeinsamen Markt, denn gerade Großbritannien und die Bundesrepublik Deutschland sind die Hauptabnehmer für dänische Agrarprodukte. Man braucht kein Wirtschaftswissenschaftler zu sein, um zu verstehen, daß es für Dänemark günstig war, zum gleichen Zeitpunkt wie Großbritannien der EG beizutreten. Seit diesem Zeitpunkt konnte ein starkes Ansteigen der dänischen Agrarexporteinnahmen verzeichnet werden.

Einige Dänen, in erster Linie linksgerichtete, sind auch heute noch der Meinung, daß Dänemark besser daran getan hätte, dem Gemeinsamen Markt nicht beizutreten, doch die meisten sind froh, daß die Dänen sich in diesem Fall als wahre Europäer erwiesen haben. Natürlich betrachten sie sich als zur Familie der Nordländer gehörig, die auf kultureller und wirtschaftlicher Ebene zahlreiche Kontakte pflegen, offizielle ebenso wie persönliche; doch gleichzeitig sind sie geographisch und wesensmäßig Teil des europäischen Kontinents. Somit ist es nicht überraschend – wenn auch bedauerlich –, daß Dänemark bisher das einzige skandinavische Land innerhalb der EG ist. Die Daseinsberechtigung des Gemeinsamen Marktes liegt dänischer Meinung nach in dem Streben nach einer Verbesserung der Lebensbedingungen in den Mitgliedsländern, und die Dänen sind der Auffassung, daß die Solidarität zwischen diesen Ländern Garant für eine zufriedenstellende wirtschaftliche Basis ist. Allerdings sind sie manchmal ein wenig enttäuscht, wenn sie sehen, wie die Lösung wichtiger wirtschaftlicher Probleme kompliziert wird, obwohl sie durch eine engere Zusammenarbeit mit Leichtigkeit gelöst werden könnten.

Ganz gleich, ob es sich um Fragen der Beschäftigung, Energie, fester Wechselkurse, Devisenreserven, Entwicklungsländer-Politik, des Verbraucherschutzes, der Kontrolle multinationaler Gesellschaften oder um Fragen der Preisstabilität handelt, Dänemark ist im Zusammenhang mit jedem dieser Punkte stets unge-

duldiger Befürworter raschen gemeinsamen Handelns. Was die Agrarpolitik und den Fischfang betrifft, verteidigt es natürlich weiterhin mit Vehemenz die Grundprinzipien der Römischen Verträge. Leider sind die auf diesen Gebieten gemachten Fortschritte recht bescheiden, und manchmal rufen die Ausführungen europäischer Freunde über die Notwendigkeit einer konzertierten Aktion bei den Dänen erstauntes Stirnrunzeln hervor, sind diese doch noch nicht einmal in der Lage, sich zu einigen, wenn es sich um die Lösung alltäglicher Probleme innerhalb der EG-Familie handelt.

LEBEN IN DÄNEMARK

Wohlstand auf dänisch

Der Däne gehört zu den wohlhabendsten Europäern. Das Bruttosozialprodukt pro Kopf der Bevölkerung ist das höchste innerhalb der Länder des Gemeinsamen Marktes. Im allgemeinen sind die Wohnverhältnisse recht gut – 60% der dänischen Familien besitzen ein Eigenheim, 40% wohnen zur Miete, und etwa jede zehnte Familie verfügt über eine Zweitwohnung. Fast 70% der Familien sind Besitzer eines Personenwagens und 80% haben Telefon.

Viele Dänen erreichen ihr Urlaubsziel über die europäischen Autobahnen, doch Hunderttausende fliegen mit Chartermaschinen in die Mittelmeerländer, nach Afrika oder sogar nach Asien, und zwar dorthin, wo sie mit Sicherheit ihr Bedürfnis nach Sonne stillen können. Diese vorübergehende Landflucht ist das Ergebnis steigenden Wohlstands und der Einrichtung leistungsfähiger Reisegesellschaften. Die bekanntesten sind Tjæreborg (Gründer und Geschäftsführer ist der Pastor einer kleinen jütländischen Pfarrei) und Spies, deren Gründer und Inhaber gleichen Namens eine recht bekannte extravagante Persönlichkeit ist.

Beide Gesellschaften wurden nach dem Zweiten Weltkrieg gegründet. Heute verfügen sie über eigene Fluggesellschaften mit ansehnlichen Düsenflotten.

Als Ausländer in Dänemark

Obwohl Dänisch eine offizielle EG-Sprache ist, sprechen es nur die wenigsten Besucher dieses Landes. Es ist keine sehr melodische Sprache, und viele Ausländer haben Schwierigkeiten mit der Aussprache, durch die manchmal der Sinn eines Wortes vollständig verändert werden kann, und deren Besonderheit der sogenannte Stoßlaut ist. Doch man braucht keine Angst zu haben, denn viele Dänen sprechen Englisch oder Deutsch.

Dänen sind sehr zugängliche Menschen. Förmliches Vorstellen ist nicht erforderlich. Sie können ohne weiteres mit Ihrem Bus- oder Tischnachbarn ein Gespräch beginnen. Zur Vermeidung von Mißverständnissen sei den Herren der Schöpfung an dieser Stelle gesagt, daß Däninnen nicht wegzusehen pflegen, wenn man sie anschaut. Sollte also in einer Kopenhagener Straße oder irgendwo in Dänemark eine Dänin den Blick eines Mannes erwidern, so ist dieses Verhalten nicht unbedingt als Einladung aufzufassen. Es bedeutet lediglich, daß die dänischen Frauen sich seit Jahrhunderten als gleichberechtigt fühlen. Natürlich bleibt in bezug auf Chancen- und Lohngleichheit noch einiges zu tun, doch dies ändert nichts daran, daß die dänische Frau als Individuum wesentlich freier ist als viele andere Frauen in Ländern der westlichen Hemisphäre. Bereits im Jahr 1915 wurde ihr das Wahlrecht zuerkannt.

Der Däne bei Tisch

Der Däne ist nirgendwo glücklicher als bei Tisch. Den Ausländer überraschen zum Beispiel immer wieder die schier unzähligen Arten der Heringszubereitung, und er stellt verblüfft fest, daß sogar gesüßter Hering schmeckt. Was das „smørrebrød" betrifft, so ist zu Beginn ein wenig Selbstkontrolle angebracht, um spätere Magenbeschwerden zu vermeiden. Zu einem solchen „smørrebrød" gehören u. a. Wurstwaren, Eier, Mayonnaise, Radieschen und Krabben. Dazu trinkt man Bier, und vor allem Aquavit. Der darf nicht aus dem Kühlschrank, sondern muß aus dem Eisfach kommen. Wenn man sein Glas hebt, schaut man sein Gegenüber, seinen Nachbarn oder seine Nachbarin an, und sagt „skål". Nachdem man getrunken hat, schaut man dieselbe Person wieder an und erst dann setzt man sein Glas ab. „Skål" bedeutet ganz einfach „Schale", und niemand weiß genau, warum gerade dieses Wort verwendet wird.

Monarchie und Demokratie

Die Dänen machen nur eine Ausnahme, nämlich für ihre Könige und Königinnen. Seit mehreren Jahrhunderten ruhen die däni-

schen Monarchen in ihren prunk-
vollen Sarkophagen in der Kathedrale von Roskilde, u. a. auch
Margrethe I. (1353–1412), die
durch den Vertrag von Kalmar
Dänemark, Norwegen und
Schweden vereinte – diese Union
dauerte mehr als hundert Jahre.

Seit 1972 ist wieder eine Frau auf
dem dänischen Thron, nämlich
Margrethe II. Sie wurde am 16.
April 1940, eine Woche nach der
Besetzung Dänemarks durch hit-
lersche Truppen, geboren. Während der Besatzung wurde sie
zum Symbol der Hoffnung des
dänischen Volkes auf bessere Tage. Ihre Popularität ist immer
noch außerordentlich groß. Sie
hat sowohl in Dänemark als auch
im Ausland eine hervorragende
Ausbildung genossen, spricht
fließend englisch wie französisch
und zeigt lebhaftes Interesse an
allem, was Kunst und Kultur betrifft. 1967 heiratete sie den französischen Grafen Henri de Laborde de Monpezat, jetzt Prinz
Henrik von Dänemark. Mit den
Prinzen Frederik und Joachim ist
die königliche Familie das unbe-
strittene Symbol der dänischen
Nation. Die Königin hat zwar
keinen wirklichen politischen
Einfluß, doch der Beitrag, den
sie leistet, um königliche Tradition und moderne Demokratie
im ältesten Königreich Europas
in Einklang zu bringen, ist sehr
beachtlich und findet in der Bevölkerung ein weites Echo.

Die dänische Sprache

Dänisch gehört zu den nordger-
manischen oder skandinavischen
Sprachen. Die ältesten Runeninschriften, z. B. die von Flemløse
und Helnæs auf der Insel Fünen,
reichen bis ins 9. Jahrhundert zurück. Ungefähr zweihundert der
in Dänemark und Schonen gefundenen Runeninschriften stammen aus der Zeit zwischen 800
und dem Ende des 12. Jahrhunderts. Das Dänische der ersten
Runeninschriften ist dem gemeinsamen Nordischen noch sehr
verwandt, doch durch einige sehr
deutliche mundartliche Beson-
derheiten unterscheidet es sich
bereits vom Westskandinavi-
schen (norwegisch, isländisch).

Die ersten dänischen Handschriften, die erst gegen Ende des 12./
Anfang des 13. Jahrhunderts entstanden sind, lassen sehr viel größere Unterschiede erkennen –
das Dänische hat sich in der Zwischenzeit selbständig weiterent-
wickelt. Doch die mittelalterlichen Texte (vor allem Rechtstex-
te und lokale Gesetze) lassen vermuten, daß es im Mittelalter
noch keine vereinheitlichte dänische Sprache gab, sondern vielmehr eine Reihe von dänischen
Dialekten. Dies wird verständlich, wenn man die Landschaften
des damaligen dänischen Sprach-
bereichs betrachtet: Schonen
(heute Südschweden), die Inseln
und Jütland sind durch Meeresar-
me voneinander getrennt. Jede
Gegend pflegte (bzw. pflegt, was
die Umgangssprache betrifft,
noch heute) ihre sprachlichen Eigenarten.

Die Macht des Herrscherhauses,
die Autorität der lutherischen
Volkskirche und schließlich die
geistige Ausstrahlung der Hauptstadt Kopenhagen haben dem
seeländischen Dialekt im Laufe
der Zeit eine gewisse Vormachtstellung verschafft und die Einheit der dänischen Sprache be-
wirkt. Erwähnt werden muß, daß

sich der dänische Sprachbereich im Laufe der Geschichte gewandelt hat. In Südjütland mußte sich das Dänische gegen die Konkurrenz der deutschen Sprache zur Wehr setzen. In den Provinzen Schonen, Halland und Blekinge (die nach dem Vertrag von Roskilde dann zu Schweden kamen) mußte Dänisch im 17. Jahrhundert dem Schwedischen weichen.

Während des Barocks und im Zeitalter der Aufklärung wurde das Dänische ziemlich stark von anderen Sprachen unterwandert, doch puristischem Eifer ist es gelungen, die Sprache zunehmend wieder von fremden Elementen zu säubern. Einer derjenigen, die sich im 18. Jahrhundert am meisten um die dänische Sprache verdient gemacht haben, ist Ludvig Holberg; der in Bergen geborene dänisch-norwegische Komödiendichter und Historiker gehört zu den Meistern des europäischen Komödientheaters. Während des 19. Jahrhunderts war die dänische Sprache auch das Sprachrohr des sprühenden Geistes eines Sören Kierkegaard. Die Märchen von H. C. Andersen sind in der ganzen Welt bekannt. Die geschmeidige und nuancenreiche Sprache des 20. Jahrhunderts ist einem Instrument vergleichbar, dessen vielfältiger Resonanzen sich sowohl die Lyriker (Tom Kristensen, die Dichter des Heretica-Kreises) als auch die Erzähler (von Pontoppidan und Johannes V. Jensen bis hin zu Karen Blixen, H. C. Branner, Panduro und Scherfig, Martin A. Hansen und Rifbjerg) und die Dramatiker (Kaj Munk, Kjeld Abell und Carl Soya) zu bedienen wußten. .

VERFASSUNG UND VERWALTUNG

Das Königreich Dänemark ist nach seiner seit mehr als einhundert Jahren gültigen Verfassung eine konstitutionelle Monarchie; durch eine Verfassungsänderung von 1953 wurde die weibliche Thronfolge ermöglicht (s. auch „Geschichte" auf S. 78).

Nach der Verfassung liegt die Gesetzgebung beim König und dem Parlament, dem „Folketing", während der König die Exekutive durch die von ihm ernannten Minister ausübt.

Verwaltungsmäßig ist Dänemark in die folgenden Amtsbezirke (dän.: Amtskreds) eingeteilt, wobei in eckigen Klammern, wo erforderlich, die entsprechenden deutschen Namen ergänzt und in runden Klammern die jeweiligen Bezirkshauptorte miteingefügt sind.

København [Kopenhagen]
Frederiksborg/Nord-Seeland (Hillerød)
Roskilde/Ost-Seeland (Roskilde)
Vestjælland [West-Seeland] (Sorø)
Storstrøm/Süd-Seeland, Møn, Falster, Lolland (Nykøbing/Falster)
Bornholm, Insel (Rønne)
Fyn [Fünen], Langeland, Ærø (Odense)
Sønderjylland [Süd-Jütland] (Abenrå)
Ribe/West-Jütland (Ribe)
Vejle/Ost-Jütland (Vejle)
Ringkøbing/West-Jütland (Ringkøbing)
Århus/Ost-Jütland (Århus)
Viborg/Nordw.-Jütland (Viborg)
Nordjylland [Nord-Jütland] (Aalborg)

GESCHICHTE

Während der mehr als eine Million Jahre dauernden Eiszeiten gab es für Menschen eigentlich keinen Platz in Dänemark. Ein in der Umgebung von Hollerup, nahe bei Randers, gefundenes Häufchen Damhirschknochen beweist jedoch, daß vor der letzten Eiszeit bereits einmal Menschen hier lebten; diese Knochen sind so gespalten worden, daß das Knochenmark zum Essen herausgeholt werden konnte. Das war vor etwa 50 000 Jahren. Einige zehntausend Jahre später, um 12 000 v. Chr., geriet die enorme Eisschicht dann endgültig in Bewegung, wich zurück und gab das Land für Menschen und Tiere frei. Die Feuersteinspitzen und -messer der ausgehenden älteren Steinzeit stammen von einem von der Jagd lebenden Nomadenvolk. Die Behausungen aus der mittleren Steinzeit – in den Wäldern, aber auch in der Nähe von Seen – gehörten Jägern und Fischern; Auerochsen, Wölfe, Bären und Hirsche bevölkerten diese weiten Landstriche, in denen der Mensch ums Überleben kämpfte. Zahlreiche Funde künden vom Leben des Steinzeitmenschen. Die Feuersteinwaffen waren inzwischen vervollkommnet worden, und die Wohnstätten wiesen bereits jene längliche Form auf, die noch Jahrhunderte später in Nordeuropa verwendet wurde. Im Sumpfgebiet von Maglemose fand man Bernsteinschnitzereien, denen wahrscheinlich eine magische Kraft zugeschrieben wurde. Doch in erster Linie sind es die unzähligen megalithischen Funde, die als Kult- und Bestattungsstätten dienenden Dolmen und Riesenhöhlen (jættesstuer), die Aufschluß geben über das Leben der frühen Vorfahren der heutigen Dänen.

Die in Torfmooren und Grabanlagen gemachten Funde sind sogar so aufschlußreich, daß uns die dänische Bronzezeit bekannter und vertrauter ist als einige spätere Epochen. Wertvolle Funde wie fünfunddreißig Luren – das sind Bronzetrompeten, die wahrscheinlich als Kultgegenstände dienten –, wie der Sonnenwagen von Trundholm, die Grabwagen aus der Dejbjerg-Heide und vor allem 3000 Jahre alte, gut erhaltene Leichname sowie viele Schmuckstücke – größtenteils wahre Kunstwerke – und Grabgaben, die den Verstorbenen auf dem Weg ins Jenseits begleiteten, geben hervorragend Aufschluß über diese Zeit.

Beginn des geschichtlichen Zeitalters

Die keltische Eisenzeit beginnt um 400 v. Chr. Bahnbrechende Neuerungen brachte sie nicht, doch die Techniken des vorangegangenen Zeitalters wurden weiter perfektioniert. In den beiden letzten Jahrhunderten v. Chr. verstärkten sich dann die Beziehungen zur Außenwelt. Die Wald-, Feld- und Küstenbewohner wohnten der Ankunft fremder Menschen bei, die teilweise von sehr weit herkamen, und wagten sich selbst in unbekannte Gegenden vor. In Dänemark hat es niemals eine römische Besatzung gegeben; alle Ausgrabungsfunde aus römischer Zeit sind lediglich das Ergebnis von Handelsbeziehungen oder auch Reisesouvenirs, wie das in Hoby auf Langeland gefundene silberne Tafelgeschirr mit Szenen aus der Ilias und der Odyssee; auf dem Kessel befindet sich das Zeichen eines Schmiedes aus Capua.

Zu Beginn der germanischen Eisenzeit (400−800 Jahre n. Chr.) sah Dänemark bereits ungefähr so aus, wie wir es heute kennen, und auch die meisten der heutigen Dörfer existierten zu dieser Zeit schon. Dänemark erstreckte sich damals ebenfalls über Schonen und Halland östlich des Øresund – heute der südwestliche Teil Schwedens – sowie über die von einer Reihe kleiner Inseln umgebenen Inseln Fünen und Seeland und im Westen über die Halbinsel Jütland und Schleswig. Damals gab es noch kein dänisches Königreich, sondern mehrere kleine Königreiche oder, besser gesagt, Distrikte, deren Anführer sich durch Mut und Tapferkeit ausgezeichnet hatten.

Das Ende der germanischen Eisenzeit fiel in die Zeit der Völkerwanderung, die sich als einzigartiger und faszinierender Schmelztiegel von Völkern erwies, die aus der Tiefe der Steppen kamen und deren Ungestüm erst der Atlantik aufzuhalten vermochte. Auch die skandinavischen Völker begaben sich mit auf die Wanderung.

Viele Ereignisse aus dieser bewegten Zeit sind im Laufe der Jahrhunderte in Vergessenheit geraten, doch die Namen zweier Könige haben die Zeiten überdauert, Sigfred und Godfred, die sogar in die internationalen Geschicke eingriffen; als Karl der Große um das Jahr 800 endlich den Widerstand der Sachsen brechen konnte – was ihm allerdings

Eisenzeitsiedlung in Lejre

erst nach zwanzig Feldzügen gelang –, fand der Sachsenführer Widukind auf der anderen Seite des Eiderflusses bei den Dänen Sigfreds Asyl. Sigfred bot ihm seinen Schutz an, und als er die fränkische Gefahr an seinen Grenzen heraufziehen sah, ließ er den ersten Verteidigungswall bauen. Es war der Danewerk-(Danevirke-)Wall, der durch alle Jahrhunderte der dänischen Geschichte hindurch eine wichtige Rolle gespielt hat und tausend Jahre später umkämpfter Schauplatz des Deutsch-Dänischen Krieges sein sollte.

811 schlossen Franken und Dänen Frieden. Die nordische, noch lange Zeit heidnische Welt blieb jedoch außerhalb des Einflußbereiches der christlich-germanischen Welt, über die Karl der Große regierte. Aber die Grenze war und blieb Jahrhunderte hindurch die Ursache für Streitigkeiten in dem Gebiet zwischen Dänisch-Jütland und dem deutschen Fluß Eider.

Die Wikinger und die Zeit der Feudalherrschaft

Als Wikinger bezeichnet man die entlang der Ostsee- und Nordseeküsten ansässigen germanischen Volksstämme, deren Sprache das Altnordische war, und die sowohl Angst und Schrecken als auch Bewunderung unter ihren Zeitgenossen hervorriefen. Professor Ivarsson charakterisierte sie scherzhaft so: ,,Die Wikinger waren kein Volk, sondern ein Handwerk.'' Diese Nordlandmänner, die mit brutaler Gewalt ferne Küsten stürmten, waren während einiger Monate im Jahr friedliche Bauern und geschickte Handwerker, was die gefundenen Waffen und schön verarbeiteten Schmuckstücke bezeugen.

Damals waren die Unterschiede zwischen Schweden, Norwegern und Dänen weniger ausgeprägt als heute, und obwohl sie alle ihre eigenen Wege gingen, kam es doch vor, daß diese sich kreuzten. Die Schweden folgten den langen russischen Flüssen bis nach Byzanz, die Norweger wagten sich unerschrocken bis nach Island vor und von dort gelangten sie nach Grönland. Doch wenden wir uns den Dänen zu, denn sie interessieren hier ja in erster Linie. Ihre Ziele waren zwar weniger weit, dafür jedoch höher gesteckt.

Zwischen 850 und 911 haben die Wikinger wiederholt versucht, Paris einzunehmen, doch jedesmal hielt die Stadt mit dem Mut der Verzweiflung diesen Angriffen stand. Während dieser Zeit tauchten die Wikingerschiffe oft an den Küsten des Ärmelkanals auf. Sie fuhren die Flüsse hinauf und hinterließen zerstörte und geplünderte Schlösser und Ortschaften. Wenn ihnen das Land gefiel, ließen sie sich dort nieder, wie z. B. in der Normandie.

911 unterzeichnete Rollo mit Karl dem Einfältigen den Vertrag von Saint-Clair-sur-Epte, durch den ihm die heutige Normandie als Lehen zufiel, und seine Mannen, in der Mehrzahl Dänen, machten sich mit dem gleichen Eifer, mit dem sie ihre zerstörerischen Raubzüge durchführten, daran, dieses Land zu besiedeln. Dank ihrer außerordentlichen Anpassungsfähigkeit verstanden sie es, einerseits mit anderen Kulturkreisen zu verschmelzen, andererseits in ihnen, falls erforderlich, ihre Vorstellungen von sozialer, politischer und wirtschaftlicher Ordnung zu verwirklichen. Das gleiche gilt für die Rechtsprechung, denn diese mutigen Seeleute, verwegenen Siedler und verbissenen Haudegen taten nichts lieber, als Gesetze zu erlassen. Als Sven Estridsen mit der Eroberung Englands begann, über die dann sein jüngster Sohn regierte – der älteste, Harald, war zu dieser Zeit König von Dänemark –, führte er dort die glei-

che Rechtsstruktur ein wie in Dänemark; der dänischem Gesetz unterstellte Teil Englands hieß Danelag.

DAS ENDE DER GÖTTER

Bei diesen Eroberungszügen wurden die Dänen mit der christlichen Kultur konfrontiert, doch für diese Menschen, deren Gesellschaftsordnung auf dem Prinzip der Gleichheit basierte (,,Wir haben keine Führer, wir sind alle gleich"), war der Übergang vom Heiden- zum Christentum lang und beschwerlich, und Rückschläge waren nicht selten. Nach Verhandlungen mit Ludwig dem Frommen über Gebiete im Rhein- und Moseltal sowie in Norddeutschland trat der dänische König Harald Klak zum Christentum über und brachte den aus der Picardie stammenden Ordensmann Ansgar, der als ,,Apostel des Nordens" in die Geschichte eingehen sollte, mit nach Dänemark. Ansgar baute die erste Kirche von Ribe, doch es vergingen Jahrzehnte, bevor das Christentum endgültig den Sieg davontrug.

Wenn auch die Sprache der Runensteine mehr und mehr einen christlichen Einfluß verriet und das Kreuz Christi immer häufiger – sogar neben dem Hammer des Thor – auftauchte, so haben diese wilden Nordlandmänner doch lange zwischen ihren Göttern, mit deren Sprache und Verhalten ihr Volk seit tausend Jahren vertraut war, und dem einen Christengott, der eine für sie fremde Zunge sprach, geschwankt. Doch schließlich mußten Odin, Thor und Freyr diesem Gott weichen. Nachdem Harald Blåtand (Ha-

rald Blauzahn) sich 985 in Jelling öffentlich zum neuen Glauben bekannt hatte, nahm der Bau der bis dahin nur vereinzelt und in äußerst schlichter Ausführung vorhandenen Gotteshäuser rasch zu. 1104 wurde Lund Sitz eines autonomen und unabhängigen Erzbistums. Bis zu diesem Zeitpunkt war – seit dem 9. Jahrhundert – der nordische Klerus zunächst dem Erzbistum Hamburg und anschließend dem Erzbistum Hamburg-Bremen unterstellt gewesen. Im 12. und 13. Jahrhundert entstanden dann die zahlreichen Dorfkirchen, die zum festen Bestandteil der dänischen Landschaft geworden sind.

VON DER WIKINGER- ZUR FEUDALGESELLSCHAFT

Der Zerfall der germanischen Herrschaft, die Entwicklung von Ackerbau und Fischfang, die Gründung kleiner Städte sowie der Stadt Kopenhagen im Herzen des Königreichs (man darf nicht vergessen, daß damals auch die an der Øresund östlich angrenzenden Provinzen unter dänischer Herrschaft standen), das durch die Zisterzienser bewirkte Vordringen abendländischer Kultur und die Entstehung einer Adelsschicht, die zwar von der Steuerzahlung befreit, dafür jedoch zur Verteidigung des Landes verpflichtet war, bewirkten eine Umstrukturierung des sozialen Gefüges. Im Verlauf des 11. Jahrhunderts vollzog sich der Übergang von der Wikingergesellschaft, deren Oberhaupt gewählt wurde und, wenn es sich als unfähig oder ungerecht erwies, auch wieder abgesetzt werden konnte, zum Feudalsystem. In diesem wurde die Königswürde allmählich vererbbar, bedurfte jedoch nach wie vor der Zustimmung des Adels und des Klerus; die das Volk und eine erst im Keim vorhandene Bürgerschicht beherrschende Aristokratie strebte danach, die Macht des Königs einzuengen und die eigene auszudehnen.

Seit Gorm dem Alten wurde Dänemark von einem einzigen König regiert, doch das ganze frühe Mittelalter war ein blutiger Kampf zwischen Thronanwärtern, von denen jeder der Ansicht war, die größeren Rechte auf den Thron zu haben. Diese ständigen Bruder- bzw. Sippenfehden brachten Unsicherheit und Elend über das Land. Nach der kurzen und turbulenten Herrschaft der fünf unehelichen Söhne von Sven Estridsen war es dann höchste Zeit, daß ein energischer und tatkräftiger Mann die Geschicke des Landes in die Hand nahm: Waldemar I., genannt der Große (Valdemar den Store), gelangte an die Macht, und unter seiner Herrschaft erlebte das ausgeblutete Land seine erste glanzvolle Epoche.

BLÜTEZEIT VON 1157 BIS 1230

Mit Hilfe seines Freundes Absalon (Bischof von Roskilde und später Erzbischof von Lund, der oft mit einem Schwert in der Hand abgebildet wird) bezwang Waldemar die Wenden, einen slawischen Volksstamm, der an der deutschen Küste lebte und bei seinen Plünderungszügen auch in Dänemark einfiel. Er ließ den Verteidigungswall Danewerk wieder aufbauen und an den strategisch wichtigen Punkten des Landes Festungen errichten. Zu seiner engsten Umgebung gehör-

ten zwei Prälaten: Absalon, der erste große Baumeister Dänemarks, gründete am Ufer des Øresund Kopenhagen; auf der anderen Seite des Sundes lag das Erzbistum Lund, in dem sein Vorgänger Eskil als Erzbischof residierte. Eskil ist eine der großen Gestalten des nordischen Mittelalters. Er hatte in Deutschland studiert, war dann nach Frankreich gegangen und hatte dort mit Bernhard von Clairvaux Freundschaft geschlossen. Eskil verbrachte einige Zeit in Clairvaux, und als er zum Erzbischof von Lund ernannt wurde, nahm er eine Gruppe zisterziensischer Baumeister dorthin mit. Nach einem religiös und politisch reich erfüllten Leben gestattete man ihm, sich von seinen Ämtern zurückzuziehen. Er ging 1177 nach Clairvaux zurück, wo er 1181 starb.

Auch der Nachfolger Waldemars, sein Sohn Knud, der ihm im Jahr 1182 auf den Thron folgte, versuchte die Unabhängigkeit Dänemarks zu sichern. Durch eine große Seeschlacht fielen ihm Pommern und ein großer Teil von Mecklenburg zu. Unter König Waldemar II., genannt der Sieger (Valdemar Sejr; 1202 bis 1241) wurde das heutige Holstein erobert; 1219 erfolgte die Eroberung Estlands. Es war dies der Höhepunkt der dänischen Macht im baltischen Raum. Jedoch war dieser Höhepunkt nur von kurzer Dauer, denn Waldemar wurde 1223 gefangengenommen, und niemand war in der Lage, die

Der von alten Häusern gesäumte und von Fischerbooten genutzte Kopenhagener Hafenarm ,,Nyhavn" endet am Kongens Nytorv.

Einheit des Königreichs und die eroberten Gebiete zu erhalten.

Seit dem Beginn des 13. Jahrhunderts mußte Dänemark, das um seine politische und wirtschaftliche Vormachtstellung im baltischen Raum kämpfte, sich auch gegen die wachsende Macht Lübecks und der anderen Hansestädte zur Wehr setzen. Der König brauchte häufig neue militärische Befehlshaber, die sich aus den Reihen des Adels rekrutierten. Dieser wiederum war ständig darauf bedacht, seine Macht zu erweitern, und 1282 gelang es ihm in Nyborg, gegen Erik Klipping das erste Grundgesetz durchzusetzen, d. h. eine Charta,

mit der sich der König verpflichtete, die alle Vorrechte des Adels beinhaltenden ,,Waldemarschen Gesetze" zu respektieren. Seit Beginn des 14. Jahrhunderts regierte der König mit einem aus Edelleuten bestehenden Rat, dem ,,Danmarks Riges Råd" (Rat des Dänischen Reiches). Dem letzten Waldemar, Waldemar IV. Atterdag (um 1320 – 1375), gelang es dank seiner starken Autorität, das Land aus dem ständigen Krisenzustand, in den es diese Kämpfe zwischen Adel und König gebracht hatten, zu befreien. Seine Tochter Margrethe war die Begründerin der Kalmarer Union.

Von der Kalmarer Union bis 1848

Man weiß nicht sehr viel über die erstaunliche Persönlichkeit von Margrethe I., deren Züge uns nur über die prachtvolle Skulptur des Doms von Roskilde bekannt sind. Sie war mit Håkon VI., dem letzten König eines unabhängigen Norwegen und Sohn des Schwedenkönigs Magnus Eriksson, verheiratet. Aus dieser Verbindung ging ein Sohn hervor, Oluf, der 1387 eines frühen Todes starb. Nach dem Tod Håkons VI. im Jahr 1380 übernahm Margrethe die Krone und regierte das Land mit Geschick und politischem Sachverstand. Sie ähnelt hierin einer anderen berühmten skandinavischen Frauengestalt, der um einige Jahre älteren heiligen Brigitta.

Margrethes einziger Gedanke galt der Vereinigung der drei nordischen Königreiche unter einem einzigen Szepter, nämlich dem ihrigen. In diesem Fall wurde der persönliche Ehrgeiz der Königin durch die Tatsache unterstützt, daß Dänemark und Norwegen der Macht der Hansestädte eine starke Front entgegensetzen mußten. 1397 ließ Margrethe den von ihr ausgewählten Nachfolger, ihren Neffen Erich den Pommern, in Kalmar zum König der drei Königreiche krönen. Aus einem unerklärlichen Grund wurde die Kalmarer Union niemals offiziell bekanntgegeben, ja, sie wurde noch nicht einmal urkundlich festgehalten. Es ist, als ob die kluge Herrscherin sich für die Zukunft eine gewisse Handlungsfreiheit hätte vorbehalten wollen. Zur Union gehörten Dänemark mit dem heutigen Schleswig-Holstein, Norwegen, Schweden, die

Der Gefion-Brunnen von 1908 ist der größte und imposanteste Springbrunnen der Hauptstadt. Seine Figuren symbolisieren eine Legende.

Färöer-Inseln, Island, Grönland, die Orkney-Inseln und die Hebriden. Zu Beginn des 16. Jahrhunderts schied Schweden aus der Union aus, Norwegen wurde erst 1814 und Island 1920 von Dänemark getrennt; die Färöer und Grönland sind auch heute noch dänisch.

Erich der Pommer, der sehr viel weniger Scharfsinn als seine Tante besaß und gegen den Thronrat revoltierte, wurde 1439 abgesetzt. Sein Neffe Christoph von Bayern folgte ihm als Christoph III. auf den Thron und regierte das Land bis 1448. In diesem Jahr bestieg Christian I., der mütterlicherseits von Erik Klipping abstammte, den Thron. Mit ihm begann die Dynastie der Oldenburger, der auch das heutige Herrscherhaus – allerdings in einer Seitenlinie – angehört. 1460 wurde Christian I. in Ribe zum Herzog von Schleswig-Holstein ernannt. Als die Linie der Herzöge von Schleswig 1375 ausstarb, bemühten sich nämlich die Grafen von Holstein, ihre Herrschaft auf das Gebiet nördlich des Flusses Eider, der als natürliche Grenze zwischen den dänischen und den germanischen Landen galt, auszudehnen. Doch als fast ein Jahrhundert später, im Jahr 1460, auch das Herrscherhaus der Grafschaft Holstein ausstarb, bot der holsteinische Adel Christian I. an, ihn als ,,Herzog von Schleswig und Graf von Holstein" anzuerkennen, unter der Bedingung, daß er die Untrennbarkeit dieser beiden Länder gelobe. Dies war der Beginn der schleswig-holsteinischen Wirren. Der Grund hierfür war, daß ein dänischer Herrscher über das ,,für immer mit Holstein verbundene" Schleswig – das jedoch dänisches Gebiet war – und über deutsches Gebiet, nämlich Holstein regierte.

Während der Regierungszeit der Könige Christian I., Hans und Christian II. beschränkte sich das politische Leben auf schreckliche Machtkämpfe zwischen der Krone und dem Adel, der aufgrund seiner Privilegien der wahre Herrscher des Landes war. In Schweden schaltete Christian II. die mächtigsten Herren des Landes aus und zog sich damit den Haß des unterdrückten Volkes zu; in Dänemark stützte er sich auf die Bauern und unteren Volksschichten sowie auf das gerade erwachende Bürgertum und brachte so den Adel gegen sich auf, der auch nicht die geringste Einschränkung seiner Macht zuließ. Am 26. März 1522 setzte dieser beim Ting von Viborg Christian II. ab, schickte ihn ins Exil und berief Christians Onkel, Friedrich I., der von 1523 bis 1533 regierte, auf den Thron.

Nach seinem Tod versuchten Bauern und Bürger den hitzigen Christian II. wieder an die Macht zu bringen, doch man wählte den Sohn Friedrichs, Christian III., zum neuen König. Christian III. unterdrückte mit Mühe und Härte den beginnenden Bürgerkrieg. Er hielt Christian II. von 1539 bis 1549 im Burgfried von Sønderborg gefangen; von dort wurde der Gefangene 1549 nach Kronborg verlegt, und starb dort 1559, nachdem er alle seine Feinde überlebt hatte.

Während der Regierungszeit Christians III. wurde die Macht des Königshauses gefestigt, und das von inneren Kriegen zerrüttete Land kam zur Ruhe. Außerdem gelang es diesem König, die

Macht des Klerus einzuschränken, denn er, der leidenschaftliche Lutheraner, brach mit Rom und leitete im Jahr 1536 die Reformation ein. 1550 erschien in Ribe die erste Bibelübersetzung in dänischer Sprache, die Bibel Christians III.

Gegen Ende des 16. Jahrhunderts begann für Dänemark eine Epoche reger Betriebsamkeit auf allen Gebieten. Der Adel, dessen Vorteil in Reichtum und Ehre bestand, das Bürgertum, das Gewerbe und Handel ausbaute, und dank der Steuern und Sund-Wegegelder auch das an Einfluß und Macht gewinnende Königshaus, profitierten von dieser bemerkenswerten wirtschaftlichen Blütezeit. Was den dänischen Bauern betrifft, so war dessen Stunde noch nicht gekommen, denn er blieb immer noch unterprivilegiert. Dann begann die Herrschaft Christians IV.

CHRISTIAN IV. UND FRIEDRICH III.

In der Geschichte der Menschheit trifft man selten auf eine Persönlichkeit, die sich trotz so vieler katastrophaler Niederlagen ein solches Ansehen bewahrt hat und als großer König in der Geschichte weiterlebt. Seine starke Persönlichkeit, seine Kreativität und Aktivität sowie sein Name, der mit so vielen nordischen Städten verbunden ist, sind die Gründe dafür, daß Christian IV. trotz des Fehlschlags der meisten seiner außenpolitischen Unternehmungen als einer der größten dänischen Herrscher in die Geschichte einging. Auf dem Gebiet der Architektur und der Kunst war er der Begründer der nordischen Renaissance. Er entwik-

kelte den Seehandel, finanzierte Expeditionen, gründete eine grönländische Handelsgesellschaft, steigerte den Weizenexport nach Mittel- und Südeuropa sowie die Importe wertvoller Güter aus Amerika und dem Orient; trotzdem blieb ihm noch Zeit, ein von Leidenschaften geprägtes Privatleben zu führen, Schlösser zu entwerfen, sich um das Wohlergehen seiner Studenten zu kümmern – in dieser Epoche war er mit Sicherheit der einzige, der dies tat – und die Werke des Komponisten Schütz, den er an seinen Hof kommen ließ, anzuhören.

Doch er verwickelte sein Land in den unheilvollen Dreißigjährigen Krieg. Dieser Krieg konfrontierte ihn mit der Armee Gustav Adolfs, die er unterschätzt hatte; Schritt für Schritt wurde das dänische Heer im Verlauf heftiger Kämpfe zurückgedrängt. Jütland wurde besetzt und Dänemark gezwungen, die Inseln Øsel und Gotland sowie die Provinz Bohuslän an Schweden abzutreten. Die letzten Jahre im Leben des Königs wurden überschattet von privaten Tragödien und von einer schweren Wirtschaftskrise des Landes, einer Folge von Preisstürzen und Exportrückgängen. Bei seinem Tod im Jahr 1648 war das Königreich völlig zugrunde gerichtet, und sein Sohn, Friedrich III., machte sich die verworrene politische Lage zunutze, um mit Hilfe des Bürgertums die absolute Monarchie einzuführen.

Friedrich III., ein verschlossener und undurchsichtiger Mensch, der sich zu wissenschaftlicher Forschung, Alchimie und politischen Spielereien hingezogen fühlte, jedoch auch einen ausgeprägten Sinn für bürokratische Organisation besaß, gelang es besser als seinen Vorgängern, die administrative Einheit des Königreichs herzustellen. Er ließ Straßen bauen, vereinheitlichte Maße und Gewichte, reformierte das lokale Verwaltungssystem, die Marine und die Justiz. Außerdem führte er eine neue Grundsteuer ein. Unglücklicherweise verwickelte er sein Land nun in einen Krieg mit Schweden.

Sein Gegner, Carl X. Gustav – Nachfolger der eigenwilligen und hitzköpfigen Königin Christine –, lieferte in diesem Zusammenhang einen Beweis für seine außerordentliche Kühnheit; im Januar 1658 führte er seine Truppen über den zugefrorenen Belt, quer durch Fünen, Tåsinge, Langeland, Lolland und Falster, bis er schließlich in Vordingborg Seeland erreichte. Vor ihm lag nun die Straße nach Kopenhagen. In der Stunde der Not erwies Friedrich III. sich als geschickter Führer und stellte sich, unterstützt von der Kopenhagener Bevölkerung, der schwedischen Armee entgegen. Allerdings konnte er nicht umhin, im 1658 in Roskilde geschlossenen Friedensvertrag die östlich des Øresund gelegenen Provinzen für immer an Schweden abzutreten. Zur Beilegung der politischen Krise, die aus diesem unglücklichen Krieg erwachsen war, berief Friedrich III. 1660 die Generalstände ein. Hier entbrannte ein harter Kampf zwischen dem Klerus und dem Bürgertum einerseits und dem Adel andererseits, was den König veranlaßte, ein neues „Kongeloven" (Königliches Gesetz) zu erlassen. Dem Haus Oldenburg wurde die Erb-

monarchie zuerkannt, und Dänemark erhielt eine absolute Monarchie.

Im Jahre 1700 entfachte Friedrich IV., der kurz darauf starb, erneut die Feindseligkeiten um das Herzogtum Schleswig, das Prinz Friedrich III. von Holstein-Gottorp – er entstammte einer jüngeren Linie des Könighauses – von der Krone losgelöst hatte. Die Bündnisse Dänemarks und die Vorliebe Karls XII. von Schweden für das Kriegshandwerk stürzten das Land in einen erneuten Konflikt mit Schweden. Doch durch den Vertrag von 1720 kam Schleswig wieder zu Dänemark. Ein neues skandinavisches Gleichgewicht war hergestellt.

DAS 18. JAHRHUNDERT

Der Tod Karls XII. und die kritische Lage Schwedens verringerten die schwedische Gefahr, und die Ermordung des Zaren Peter III. sowie der tragische Tod Pauls I. befreiten Dänemark, zumindest im 18. Jahrhundert, von der russischen Bedrohung. Doch während der ganzen ersten Hälfte des 18. Jahrhunderts litt das Land unter einer schweren Landwirtschaftskrise. Durch Steuerung der Agrarwirtschaft und Zwangsdomizilierung – die Knechte wurden gezwungen, in ihrem Heimatbezirk zu arbeiten – versuchte man, der Lage Herr zu werden. Gleichzeitig förderte die Regierung die Entwicklung von Industrie und Handwerk; doch trotz eines sehr strengen Schutzzollsystems für ausländische Güter waren die Ergebnisse so unbefriedigend, daß man sich entschließen mußte, die Importrestriktionen zu lockern. Andererseits verstanden die dänisch-norwegischen Händler es, von den Möglichkeiten, die sich durch die zahlreichen englisch-französischen Seekriege eröffneten, zu profitieren; sie eroberten einen großen Teil des Weltmarktes, und durch die Entwicklung des dänisch-norwegischen Handels erlebte das Land eine neue Blüte.

Die großen Kriege und das Wachstum der europäischen Bevölkerung schufen außerdem in der zweiten Hälfte des 18. Jahrhunderts neue Absatzmärkte für dänische Agrarprodukte. Die Zwangsdomizilierung wurde im Jahr 1788 abgeschafft. Des weiteren wurden die Anbaumethoden modernisiert, und ein großer Teil des Pachtzinses entfiel. Eine neue soziale Schicht, die der unabhängigen Grundbesitzer, legte den Grundstein für ein modernes dänisches Agrarsystem, das nun das Rückgrat der dänischen Wirtschaft bildete. Christian IV. war ein sehr strenger Herrscher, der sein Volk zu Frömmigkeit und Tugend anhielt. Doch nicht so sein Sohn Friedrich V. Während dem Vater mit all seinen Tugenden niemals die geringste Sympathie entgegengebracht wurde, vergötterte das Volk den Sohn trotz seiner Ausschweifungen und Zügellosigkeit. Ihm verdankt Kopenhagen eines der schönsten Baudenkmäler dieser Epoche, Schloß Amalienborg, das zur Erinnerung an den 300. Jahrestag der Herrschaft des Hauses Oldenburg errichtet wurde.

Das Ende des 18. Jahrhunderts wurde durch die private und politische Tragödie des wahnsinnigen Königs Christian VII. überschat-

tet. Der Leibarzt des Königs war der Deutsche Johann Struensee, der mit seiner einfachen, jedoch fortschrittlichen Therapie ausgezeichnete Ergebnisse erzielte. Sein Einfluß war so groß, daß der König ihn zu seinem Premierminister ernannte und so den Adel aus seiner Umgebung verbannte. Außerdem vertrat Struensee auf dem Gebiet der Pädagogik, der Justiz, des Gesundheitswesens und der Wissenschaften Vorstellungen, die in jener Zeit in Dänemark, obwohl man im Zeitalter der Aufklärung lebte, nicht auf Gegenliebe stießen. Dieses Gedankengut war den reaktionären Kreisen bei Hofe und innerhalb des dänischen Adels ein Dorn im Auge, und das Liebesverhältnis zwischen dem Arzt und der jungen Königin Caroline-Mathilde, der Schwester Georgs III. von England, diente seinen Gegnern als Vorwand für die Beseitigung des Ministers, der auf gefährliche Weise die absolute Monarchie bedrohte. Diese Affäre endete als Tragödie, denn der Arzt wurde auf so grausame Weise umgebracht, daß dieser Mord den Abscheu aller westlichen Nationen hervorrief. Die Königin, die man zunächst in Kronborg gefangengehalten und dann nach Celle ins Exil geschickt hatte, starb im Alter von dreiundzwanzig Jahren.

DIE NAPOLEONISCHEN KRIEGE

1801 wurde Dänemark von England gezwungen, aus dem Bund der neutralen Staaten auszutreten, den die nordeuropäischen Staaten gegründet hatten, um Handel und Seefahrt gegen die Übergriffe der kriegsführenden Mächte zu schützen. Nach dem Tilsiter Treffen, in dessen Verlauf Napoleon den Friedensvertrag mit Rußland und Preußen unterzeichnete, befürchtete England, Napoleon könne sich der dänisch-norwegischen Kriegsflotte bemächtigen. 1807 stellte es Dänemark ein Ultimatum und verlangte die sofortige Übergabe dieser Flotte. Die Weigerung Dänemarks beantwortete England mit der Beschießung Kopenhagens, wodurch Dänemark seine Flotte und die Kontrolle über die territorialen Gewässer verlor. Dann verbündete es sich im Seekrieg gegen die britische Regierung mit Napoleon, doch die wenigen umgeleiteten und aufgebrachten englischen Schiffe waren nur ein unzureichender Ausgleich für den wirtschaftlichen und maritimen Verfall, vor allem im Vergleich zu den politischen Konsequenzen, die diese Wirtschaftsmisere und das Bündnis mit Napoleon haben sollten.

Von allen Feinden Napoleons bedrängt, mußte Friedrich VI. im Jahr 1814 den Kieler Vertrag unterzeichnen, in dem er die norwegische Krone an Schweden abtrat, das seinerseits Finnland an die Russen verloren hatte. Grönland, Island und die Färöer-Inseln verblieben bei Dänemark. Die wirtschaftliche Lage war katastrophal: 1813 war eine Inflation über das Land hereingebrochen, der Staat hatte Bankrott gemacht, und nach dem Kieler Vertrag war der Außenhandel völlig zusammengebrochen, die Handelsflotte war größtenteils zerstört. Durch eine schwere Landwirtschaftskrise in den Jahren 1815 bis 1830 verschlechterte sich die Lage weiter. Die einzige tiefgreifende Reform jener Zeit war das Gesetz, mit dem die Schulpflicht für Kinder im Alter zwischen 6 und 14 Jahren eingeführt wurde.

DAS ENDE DES ABSOLUTISMUS

Um 1830 machte sich eine Wiederbelebung der Wirtschaft bemerkbar, die einherging mit einem neuerwachten Interesse für das politische Geschehen. Durch die Julirevolution gewarnt, führte Friedrich VI. im Jahr 1834 die Beratenden Provinzstände ein, zwei für das Königreich, einen für Schleswig und einen für Holstein. Dadurch weckte er in den oberen Gesellschaftsschichten der Nation, die tiefgreifende wirtschaftliche und soziale Reformen forderten, eine größere Bereitschaft zur aktiveren und effektiveren Mitarbeit an der Regierung des Landes. Zur gleichen Zeit machte die nationale und unabhängigkeitsorientierte Strömung, von der ganz Europa erfaßt war, natürlich auch vor den beiden Grenzherzogtümern Schleswig und Holstein nicht halt; den nördlich gelegenen Herzogtum Schleswig, das bereits seit langem dänisch war – doch der Einfluß der deutschen Kultur war hier sehr groß – und dem südlicheren Holstein, dessen Bewohner deutsch dachten und sprachen, aber ebenfalls der dänischen Krone unterstellt waren. Das Problem wurde durch die Tatsache, daß sich die Oppositionspartei der Liberalen aus dänisch- und deutschdenkenden Liberalen zusammensetzte, besonders erschwert. Die jungen holsteinischen Liberalen forderten ein freies und vereintes, an den Deutschen Bund angeschlossenes Schleswig-Holstein, was die dänischen Verfechter der absoluten Monarchie erschreckte.

Das moderne Zeitalter

GEBURT EINER LIBERALEN MONARCHIE (1848–1864)

Als durch die Revolution des Jahres 1848 die überall in Europa schwelenden nationalen Bestrebungen offen zum Ausbruch kamen, verschlimmerte sich die Lage in Dänemark derart, daß man dort zu den Waffen griff. Die Holsteiner forderten eine freie Verfassung für Schleswig-Holstein, was heftige politische Unruhen in Kopenhagen, die Abschaffung der absoluten Monarchie, eine vom Volk gewählte Regierung und die Ablehnung der holsteinischen Forderungen zur Folge hatte. Friedrich VII. (1848–1863) gab nach, und die Regierung wurde durch ein liberal-nationales Kabinett abgelöst.

Der Aufstand der Schleswig-Holsteiner führte 1848 zum Ersten Schleswigschen Krieg, der sich zu einer europäischen Angelegenheit ausweitete, da Preußen und die deutschen Staaten für Holstein Partei ergriffen und Schweden, Norwegen und Rußland zu Dänemark hielten, das am 25. Juli 1850 in Isted einen blutigen Sieg davontrug. Trotzdem blieb die Verfassung auf Dänemark beschränkt. Für die gemeinsamen Angelegenheiten des dänischen Königreichs und der beiden Herzogtümer wurde eine Sonderverfassung ausgearbeitet, und es wurde ein neues Parlament gegründet. Holstein und die deutsche Bevölkerung von Schleswig sabotierten diese Maßnahme. Bereits im November 1863 mußte die Verfassung reformiert werden. Bismarck zog Nutzen aus dieser Situation, indem er Österreich und die deutschen Staaten gegen Dänemark verbündete.

Dänemark hatte es versäumt, seine Verteidigungsmöglichkeiten weiter auszubauen. Allein leistete es den gut ausgerüsteten verbündeten deutschen Truppen sechs Monate lang Widerstand. Beim Frieden von Wien (Oktober 1864) verlor Dänemark sowohl Schleswig als auch Holstein, d. h. zwei Drittel seines Territoriums mit einer Million Einwohnern, von denen sich 200 000 als Dänen fühlten.

Dieser unglückselige Ausgang war wie ein Schock für das Land, denn er bedeutete einen Bruch mit allem, was bisher gewesen war, und zwar nicht nur auf politischer Ebene, sondern auch in bezug auf Brauchtum und Kultur. In dieser Zeit entstanden die politischen Begriffe „links" („venstre") und „rechts" („højre"), wobei der Linkskurs mit wachsender Entwicklung der Sozial-Demokratie stärker wurde, zu deren Anhängern Agrarpächter, einige Intellektuelle und eine immer größere Zahl von Fabrikarbeitern gehörte.

Einer der wesentlichen politischen Aspekte der zweiten Hälfte des 19. Jahrhunderts war die Entwicklung der Landbevölkerung. Nachdem sie jahrhundertelang die Bürde der landwirtschaftlichen Produktion getragen hatte, ohne jemals auch nur den geringsten Nutzen daraus gezogen zu haben, schlossen sich die Bauern jetzt sehr viel enger zusammen. Der Ackerbau wurde rationalisiert, die Milch- und

Fleischverwertung erreichte industrielle Ausmaße, landwirtschaftliche Genossenschaften schossen wie Pilze aus dem Boden. Die freie Wahl des Arbeitsplatzes wurde eingeführt, und Monopole wurden abgeschafft.

Zur gleichen Zeit erfüllte der Bau von Eisenbahnlinien die Provinzen mit neuem Leben; man baute auch Häfen, und die immer zahlreicher werdenden Banken gaben günstige Kredite. Künstler und Schriftsteller der ersten Stunde, Thorvaldsen, Andersen und Grundtvig, die Dänemark in den Vordergrund der internationalen Szene geschoben hatten, wurden von einer nicht minder hoffnungsvollen Generation abgelöst.

DIE KONSTITUTIONELLE MONARCHIE VON 1866 BIS 1914

Die 1864 durch den unglückseligen Frieden von Wien hervorgerufene schwere politische und geistige Krise mündete 1866 in eine neue Verfassung, mit der das Zweikammersystem eingeführt wurde. Obwohl in der Zwischenzeit wiederholt abgeändert, bildet sie noch heute die Grundlage der derzeitigen Regierungsform.

Bis 1901 waren im Landsting, dem Oberhaus der legislativen Versammlung, die Konservativen (in der Mehrzahl Großgrundbesitzer) beherrschend. 1872 schlossen sich die Volksparteien zusammen, um die Mehrheit im Folketing, dem Unterhaus, zu erreichen. Die gesamte Regierungsdauer der Konservativen, deren Präsident J. B. S. Estrup (1875−1894) war, stand unter dem Zeichen einer sterilen

Hemmpolitik, und die Opposition schwächte sich selbst durch die Zersplitterung in mehrere Parteien. Der zahlenmäßig stärksten, jedoch gemäßigten Landwirtschaftspartei gehörten die Bauern an, die durch Rationalisierung und Industrialisierung der Landwirtschaft sowie durch den Export von landwirtschaftlichen Erzeugnissen die große Agrarkrise überlebt hatten. Die liberale Bürgerpartei, deren Anhänger in erster Linie aus der Stadtbevölkerung kamen, war ein scharfer Gegner der Militärpolitik der Regierung im allgemeinen und des Baus von Festungsanlagen in Kopenhagen im besonderen. Die damals zahlenmäßig kleine dritte Oppositionspartei war die der Sozialdemokraten, deren Mitglieder in erster Linie aus der Arbeiterschicht − als Folgeerscheinung der Industrialisierung − und aus Intellektuellenkreisen stammten.

Diesen drei Parteien gelang·es, sich zur Venstrereformpartiet zusammenzuschließen. Sie erlangte die Mehrheit im Folketing und bildete 1901 die Regierung. Diese verwirklichte eine Reihe von liberalen Reformen, blieb jedoch uneins, was die Fragen der nationalen Verteidigung betraf, denn nur eine Minderheit war Verfechter einer Abrüstungspolitik.

DER ERSTE WELTKRIEG

1915, also mitten im Ersten Weltkrieg, in dessen Verlauf Dänemark neutral blieb, wurde die konservative Verfassung aus dem Jahr 1866 in liberalem Sinne abgeändert; das Unterhaus (Folketing) übernahm die Rolle des Oberhauses (Landsting), dessen Privilegien abgeschafft wurden.

Für beide Kammern wurde das Verhältniswahlsystem eingeführt, den Frauen und Dienstboten das Wahlrecht zuerkannt. 1916 entstand eine neue Zivil- und Strafprozeßordnung, und eine Agrarreform ermöglichte die Aufteilung des Großgrundbesitzes. Auf dem Gebiet der Außenpolitik wurde die von einer Linksregierung (1913–1920), die von den Sozialdemokraten unterstützt wurde, gewollte dänische Neutralität auf eine harte Probe gestellt, denn je mehr Deutschland der Katastrophe zusteuerte, um so stärker wurde der Druck seitens dieses Nachbarn. Obwohl sie neutral war, hatte die dänische Flotte im Unterwasserkrieg erhebliche Menschen- und Materialverluste zu verzeichnen. Aufgrund der ernsten Wirtschaftslage bildeten sich Extremistengruppen. Die Folge war eine politische Krise, die wegen Schleswig entbrannte.

Im Versailler Vertrag war vereinbart worden, daß die Bewohner von Schleswig in einer Volksabstimmung über ihre Staatszugehörigkeit entscheiden sollten. Die Nordschleswiger, die sich als Dänen fühlten, stimmten zu 75% für einen Anschluß an Dänemark. Die deutschfreundlichen Südschleswiger jedoch entschieden sich mit 80% der Stimmen für einen Anschluß an die neue deutsche Republik. Am 10. Juli 1920 hielt König Christian X. (er regierte von 1912 bis 1947) seinen Einzug in die wiedererlangten Gebiete. Bereits 1917 war der Verkauf der Dänischen Antillen an die USA erfolgt, und 1918 hatte Island im Rahmen einer Personalunion mit Dänemark seine Unabhängigkeit erlangt.

DIE DÄNISCHE SOZIALDEMOKRATIE

Um 1930 machte die große Weltwirtschaftskrise auch vor Dänemark nicht halt; der Staat nahm eine strenge Reglementierung der Produktion vor und veranlaßte Devisenkontrollen. 1933 schlossen die Sozialdemokraten, die Linksradikalen und die Linke ein Abkommen, um die verheerenden Auswirkungen der weltweiten Wirtschaftslage einzudämmen.

An der Spitze der Sozialdemokratischen Partei hat Thorvald Stauning (1873–1942) die dänische Innenpolitik im Augenblick des Übergangs vom bürgerlichen Liberalismus zum skandinavischen Sozialismus entscheidend geprägt. Die Persönlichkeit Staunings und mehr als 30 Jahre politischer Aktivität bewirkten, daß fast die gesamte Bevölkerung des Landes hinter ihm stand. Im Jahr 1933 wurden Gesetze verabschiedet, die Dänemark zu einem fortschrittlichen Sozialstaat machten, und im Verlauf desselben Jahres erkannte der Haager Schiedsgerichtshof Dänemark die von Norwegen bestrittene Oberhoheit über das gesamte grönländische Territorium zu.

DER ZWEITE WELTKRIEG

Als Hitler 1933 an die Macht kam, tauchte einmal mehr das Gespenst der deutschen Gefahr auf. 1939 unterzeichnete Dänemark nicht ohne Zögern den von der Reichsregierung vorgeschlagenen Nichtangriffspakt, was Deutschland jedoch nicht daran hinderte, am 9. April 1940 in Dänemark einzumarschieren und das Land zu besetzen. Eine

Übergangsregierung wurde gezwungen, mit den deutschen Machthabern einen modus vivendi zu unterzeichnen, der die Dänen jedoch schon lange vor der Entstehung von Widerstandsbewegungen nicht davon abhielt, auf mehr oder weniger gefährliche Weise ihre feindselige Gesinnung gegenüber dem Naziregime deutlich zu machen. Schließlich war das Wirtschaftsleben völlig zusammengebrochen; die Folge davon war die Einführung einer Zwangswirtschaft. Der dänische Gesandte in Washington gestattete auf seine Verantwortung den Vereinigten Staaten die Errichtung von Militärbasen auf Grönland.

Die deutschen Forderungen nahmen ein derartiges Ausmaß an, daß die dänische Obrigkeit sich außerstande sah, ihnen nachzukommen, wenn sie nicht Gefahr laufen wollte, ihr Ansehen bei der Bevölkerung und vor der gesamten Weltöffentlichkeit aufs Spiel zu setzen. Am 29. August 1943 kam es zum endgültigen und offiziellen Bruch zwischen der Besatzungsmacht und der dänischen Regierung. Regierung, König und Parlament traten zurück. Von diesem Zeitpunkt an war der „Freiheitsrat" in den Augen der Bevölkerung die einzig legitime Regierung des Landes; der König wurde in seinem Schloß Sorgenfri von den Deutschen gefangengehalten. Streiks und Demonstrationen flammten im ganzen Land auf.

Am 5. Mai 1945 marschierten britische Truppen in Dänemark ein, und die deutschen Truppen kapitulierten. Für die Übergangszeit bis zur Wiederherstellung des Friedens wurde eine aus den Vorsitzenden der einzelnen Parteien und den Führern der Widerstandsbewegung bestehende Koalitionsregierung eingesetzt. – Die von den Russen im Mai 1945 besetzte Insel Bornholm wurde ein Jahr später an Dänemark zurückgegeben. Island hatte sich 1944 als unabhängige Republik konstituiert. 1948 wurde den Färöer-Inseln, 1979 auch Grönland eine Teilautonomie zuerkannt.

DÄNEMARK HEUTE

Der wirtschaftliche Wiederaufschwung vollzog sich trotz energischer Maßnahmen zur Sanierung der Finanzen und der Unterstützung durch den Marshall-Plan zur Intensivierung der für die Wiederankurbelung der Industrie unbedingt erforderlichen Rohmaterialimporte nicht so rasch, wie man es erhofft hatte. 1953 wurde die Verfassung erneut überarbeitet; hieraus resultierte die Einführung des Einkammersystems und die Abschaffung des alten Landsting. Die Zahl der Abgeordneten im Folketing wurde erhöht, so daß auch Grönland und die Färöer-Inseln von nun an dort vertreten waren. Außerdem wurde das Thronfolgegesetz dahingehend abgeändert, daß weibliche Mitglieder der Königsfamilie nicht mehr von der Thronfolge ausgeschlossen waren. Auf Regierungsebene waren ständige Machtwechsel zwischen der Rechten und der Linken oder Minderheitskoalitionen an der Tagesordnung. Es ist ziemlich bezeichnend, daß der größte Teil der bedeutenden Gesetze von den drei oder vier alten traditionellen Parteien erst nach Erarbeitung einer Kompromißlösung verabschiedet werden konnte, denn keine dieser Parteien verfügte jemals über die absolute Mehrheit.

Am 20. April 1947 starb König Christian X. In der Geschichte Dänemarks wird er als Symbol für die Einheit und die während der deutschen Besatzungszeit gewahrte Würde des dänischen Volkes weiterleben. Sein ältester Sohn, Frederik IX., der die Tochter des schwedischen Königs Gustav VI. Adolf geheiratet hatte, folgte ihm auf den Thron. Nach seinem Tod im Jahr 1971 bestieg seine älteste Tochter Margrethe, die am 10. Juni 1967 den französischen Grafen Henri de Laborde de Monpezat geheiratet hatte, als Margrethe II. von Dänemark den dänischen Thron. Aus dieser Ehe sind zwei Söhne hervorgegangen.

Dänemark ist Mitglied der UNO. 1959 trat es mit Großbritannien und den anderen nordischen Ländern der EFTA (European Free Trade Association) bei, und 1962 beantragte es die Mitgliedschaft im Gemeinsamen Markt. Unter der Bedingung, daß Großbritannien ebenfalls Mitglied würde, trat Dänemark 1973 der EG bei.

Der „Nordische Rat" dient den Regierungen und Nationalversammlungen der nordischen Völker auf wirtschaftlicher und kultureller Ebene als beratendes Organ.

Die Bewohner des dänischen Staatsteils Grönland beschlossen 1984 in einer Volksabstimmung den Austritt aus der EG mit Beginn des Jahres 1985 (siehe auch im Grönland-Kapitel die Seite 336).

KUNST UND KULTUR

ARCHITEKTUR

„Hünengräber" aus der Steinzeit sind die ältesten Baudenkmäler, die wir heute noch in verschiedenen Teilen des Landes finden.

Auch von den Festungsbauten der Wikinger gibt es noch einige Reste, u. a. Trelleborg (bei Korsør) und Fyrkat (bei Hobro).

Dagegen sind die Holzbauten des frühen Mittelalters in Dänemark – im Gegensatz zu Norwegen – fast völlig verschwunden. Sehr reich ist das Land dafür aber an Steinbauten der romanischen Zeit. Zu nennen sind hier vor allem die Dome von Ribe und Viborg und die Klosterkirchen von Sorø und Ringsted. Dazu kommen zahlreiche aus Quadersteinen erbaute und meist weiß gekalkte romanische Dorfkirchen (s. auch S. 48) aus der Zeit von etwa 1200 bis 1400. Besonders beachtenswert sind die eigenartigen Rundkirchen, die man zum Beispiel auf der Insel Bornholm findet.

An der Schwelle zur Zeit des gotischen Stils steht der prachtvolle Dom von Roskilde. Als bedeutendster gotischer Bau des Landes gilt die St.-Knud-Kirche in Odense. Erwähnenswert sind ferner die gotischen Dome in Århus, Haderslev und Maribo.

Die Zeit der Renaissance bringt unter Frederik II. und Christian IV. den Höhepunkt der dänischen Baukunst. Zunächst entsteht das Schloß Kronsborg (in Helsingør), dann das noch prächtigere Schloß Frederiksborg (in Hillerød). In Kopenhagen werden zur selben Zeit Schloß Rosenborg, Börse, Zeughaus und Runder Turm aufgeführt. Zu den schönsten Privathäusern der Renaissance zählt in Dänemark Jens Bangs Stenhus in Aalborg.

Aus der Barockzeit seien die Schlösser Amalienborg und Fredensborg und die Erlöserkirche in Kopenhagen erwähnt.

Die Zeit des Klassizismus wird durch die Bauten des großen Architekten C. F. Hansen geprägt (u. a. Frauenkirche in Kopenhagen).

Im 20. Jahrhundert treten mehrere Architekten, u. a. Kai Fisker und Arne Jakobsen, hervor.

PLASTIK UND KUNSTHANDWERK

Aus der vorgeschichtlichen Zeit wurden in Dänemark viele bedeutende kunsthandwerkliche Funde gemacht, deren wichtigste im Kopenhagener Nationalmuseum und in den Museen von Århus und Odense aufbewahrt werden.

Unter den Werken der romanischen Skulptur, die in Dänemark erhalten blieben, stehen die geschnitzten oder in Kupfer getriebenen Altäre an erster Stelle.

Aus der gotischen Zeit ist der Flügelaltar von Claus Berg in der St.-Knud-Kirche in Odense zu nennen.

In der Zeit der Renaissance und des Barock entstehen prachtvolle Grabmäler (u. a. im Dom von Roskilde) und Denkmäler. Die Zeit des Klassizismus endlich wird durch Bertel Thorvaldsen bestimmt, dessen wichtigste Werke heute im Thorvaldsen-Museum und in der Frauenkirche in Kopenhagen stehen.

Malerei

Vorgeschichtliche Felsmalereien und -zeichnungen wurden in Dänemark weit seltener als etwa in Schweden entdeckt. Aus romanischer und gotischer Zeit dagegen haben sich viele schöne Fresken besonders in den dänischen Dorfkirchen erhalten.

ZUR GESCHICHTE DER DÄNISCHEN FRESKENMALEREI

Die ersten Kirchen wurden um die Mitte des 10. Jahrhunderts aus Holz gebaut. Abgesehen von einigen Balken, die heute im Nationalmuseum aufbewahrt werden und bereits Spuren einer Bemalung aufweisen, ist von ihnen nichts übriggeblieben. Erst in der zweiten Hälfte des 11. Jahrhunderts begann man mit dem Bau von Steinkirchen, die zum Teil an der Stelle früherer Gotteshäuser entstanden, von denen der Grundriß oder einige andere Elemente übernommen wurden. Ab dem 12. Jahrhundert erreichte dieser Kirchenbau eine hohe Blüte. Das Kircheninnere schmückte man mit kunstvollen Bemalungen. Heute gibt es in Dänemark noch fast 1800 Bauwerke, deren Gewölbe und Mauern die meist restaurierten und vom Putz, der sie vor Schmutz und Feuchtigkeit schützte, befreiten Fresken – Kostbarkeiten mittelalterlicher dänischer Kunst – zieren.

Ausländische Künstler, Franken oder Lombarden, brachten die Freskenmalerei nach Dänemark. Sie kamen im Gefolge der Äbte und diplomatischen Gesandten oder wurden ganz einfach durch den Zufall, der in jener Zeit den Weg so vieler Künstler auf den Straßen Europas lenkte, hierher verschlagen. Später waren es jedoch in erster Linie dänische Künstler, die von ihren Reisen aus Italien den romanischen Stil in ihre Heimat mitbrachten. Die folgenden Generationen gingen nach Frankreich, Deutschland und in die Niederlande. Von dort übernahmen sie den „schönen Stil", d. h. die Gotik und später die Renaissance.

Bei den Fresken handelt es sich ausnahmslos um al secco-Malerei: Die in Wasser aufgelösten Farben, die als einziges Bindemittel Kalk enthielten, wurden auf den trockenen Putz aufgebracht. Man hat elf verschiedene Farbtöne feststellen können. Die hellsten Farben wurden durch die Beimischung von Kalkmilch erzielt, wohingegen die dunklen Töne durch Auftragen der Farben auf eine schwarze Unterschicht zustande kamen. Das schöne Malachitgrün ist nur in einigen Kirchen zu finden (Råsted, Vilslev, Hornslet, Give).

Die romanischen Fresken entstanden in der Zeit zwischen 1100

und 1250. Ihre leuchtenden Farben blau, grün und rot sind so aufgebracht, daß sie den Anschein von Mosaiken erwecken; die Personen umgeben goldene Heiligenscheine, die ein wenig an Ikonenmalerei erinnern. Gottvater und Christus als König (letzterer in der Apsis) mit den vier Evangelisten – Matthäus, Markus, Lukas und Johannes –, die heilige Jungfrau und die Erzengel sind die am häufigsten aufgegriffenen Themen. Man findet sie in Sønder Jærnløse, Hagested, Tveje Merløse und Sæby. In anderen Kirchen, so z. B. in Målov oder in Skt. Ib in Roskilde bzw. in den jütländischen Orten Randers und Spentrum, ist die Christusgestalt der Gemeinde – auf dem Triumphbogen – nähergerückt. Zum Teil werden ganze Bildergeschichten dargestellt: die Leidensgeschichte, das Leben der Heiligen oder auch Kampfszenen. Letztere sind jedoch nur in ostjütländischen Kirchen sowie in Ål bei Ribe anzutreffen. Vermutlich stellen sie Szenen aus dem Alten Testament dar, wobei allerdings Kleidung und Rüstungen den dänischen Krieger jener Zeit erkennen lassen.
Die ältesten Kirchen, die zu Beginn des 12. Jahrhunderts entstanden, stehen in Westjütland. Zur Zeit der beiden Waldemar (s. S. 64) erlebte dann die Freskenmalerei auf Seeland eine erstaunliche Blüte, was wohl nicht zuletzt auf die Freigebigkeit der mächtigen Familie Hvide zurückzuführen ist; doch hier mag auch die Existenz der Richtung, die wir heute als seeländische Schule bezeichnen würden und die gegen Ende der Romanik in der ganzen Provinz arbeitete, eine Rolle gespielt haben.

Wahrscheinlich unter dem Einfluß aus Sachsen zugewanderter Künstler verfeinerte sich dann der kraftvolle romanische Stil. Der Rahmen, die Farben und die Themen büßten zunächst nichts von ihrer Ausdruckskraft ein, doch die Figuren verloren ihre Steifheit, sie wirken lockerer, ursprünglicher. Um 1300 ließ man den bis zu diesem Zeitpunkt stets gemalten Hintergrund und die Ornamentik weg. Die Szenen wurden fast ausnahmslos auf weißem Untergrund und mit großen, raschen und leichten Pinselstrichen ausgeführt. Der Teufel, Alltagsdetails und Tiere traten in Erscheinung, ein weites Feld für bäuerliche Phantasie und Gedankenwelt.

In der Zeit, die dänische Kunsthistoriker als Hochgotik (Højgotik) bezeichnen, feierte die Gotik Triumphe, und in der zweiten Hälfte des 14. Jahrhunderts traten erneut ausländische Einflüsse zutage. Der Hintergrund der äußerst lichtvoll wirkenden Fresken aus dieser Zeit ist oft mit goldenen Sternen übersät. Doch mehr als die Hälfte der erhaltenen Fresken stammt aus der Zeit zwischen 1400 und 1525. Es war dies eine Zeit verschwenderischer Fülle: Sterne, Blumen, Rankenwerk, griechische Motive, biblische oder historische Gestalten, Bilder von Heiligen, Königen und Kriegern schmücken alle nur irgendwie bemalbaren Flächen. Unzählige Gestalten beleben Mauern, Pfeiler, Gewölbe sowie Tür- und Fensteröffnungen: die heilige Jungfrau, Maria-Magdalena, die heilige Anna, andere Heiligengestalten, zerlumpte Henker, Teufel, Bäuerinnen beim Buttern, rechtsprechende oder reitende Lehensherren – hier wird eine ganze Epoche wieder lebendig. Einige Malereien sind so stark individualisiert, daß man fast von Porträts sprechen kann.

Obwohl 1536 die lutherische Reformation offiziell durchgeführt wurde, hörte man nicht schlagartig auf, die Kirchen mit Wandmalereien zu schmücken. Allerdings wurden die Heiligen nach und nach durch Propheten abgelöst. Die Malereien der Kirche von Gudum lassen erkennen, daß der Künstler mit großer Wahrscheinlichkeit die Illustrationen der Bibel Christians III. (1550) gekannt hat. Tier- und Pflanzenfriese nehmen dort ebenfalls einen bedeutenden Platz ein. In dieser Epoche wurden auch einige öffentliche Gebäude, insbesondere Schlösser, mit Fresken geschmückt, doch erhalten geblieben sind nur wenige, darunter einige gemalte Draperien im Schloß Tjele bei Viborg, Jagdszenen in Hesselagergård oder auch eine Reihe von Wappen auf Schloß Kronborg.

DÄNISCHE MALER DES 18. BIS 20. JAHRHUNDERTS

Was die eigentliche Malerei betrifft, kann man sagen, daß es sie in Dänemark vor Ende des 18./Anfang des 19. Jahrhunderts gar nicht gab, denn bis zu diesem Zeitpunkt hatten Könige und Edelleute holländische Maler wie Karel van Mander III. und Abraham Wuchters oder den Esten Michel Sittow beschäftigt. Im 18. Jahrhundert waren die Blicke aller auf Frankreich gerichtet, und in Kopenhagen sowie in den Schlössern der Umgebung begegnete man auf Schritt und Tritt Namen wie Jardin, Abraham-César Lamoureux, Louis Tocqué, Hyacinthe Rigaud und Jean-François Saly, der lange Zeit Direktor der neugegründeten Königlichen Akademie der Schönen Künste war und in dieser Eigenschaft zahlreiche Künstler ausbildete.

Der erste dänische Maler, dessen Werk die Zeit überdauerte, war Nicolai Abraham Abildgaard (1743–1809), der sich von den antiken Schätzen Roms inspirieren ließ und als reiner Klassiker zu bezeichnen ist. Doch trotz seines „großen Stils" besaß er ein sehr ausgeprägtes Gefühl für Farben, Raumaufteilung und Humor. Zur gleichen Zeit lebte Vigilius Erichsen, der eine Zeitlang als bevorzugter Maler am Hofe von Sankt Petersburg tätig war. Er gilt als einer der besten dänischen Porträtmaler, obwohl seine Stellung als Hofmaler ihn wohl dazu verleitete, seine Modelle zu verschönern. Der größte Maler des 18. Jahrhunderts aber war zweifellos Jens Juel, der oft mit seinem amerikanischen Zeitgenossen John Singleton Copley verglichen wird. Seine sehr nuancierten und subtilen Werke lassen eine meisterhaft beherrschte Technik, einen untrüglichen Sinn für Schönheit und sehr viel menschliche Wärme erkennen.

Das 19. Jahrhundert begann mit C. W. Eckersberg (1783–1853), der in Paris unter dem bereichernden Einfluß von J. L. David und J. D. Ingres sowie in Rom unter dem seines berühmten Landsmannes Bertel Thorvaldsen arbeitete. Es war die Zeit der Ruinen, der neo-antiken Bauwerke und der Beschwörung mythologischer Szenen, doch die besten Arbeiten dieses Malers sind vielleicht seine sensiblen und nuancenreichen dänischen Landschaftsbilder. Einer seiner Schüler, Christian Købke (1810 bis 1848), war ein „geborener Maler". Seine Beobachtungsschärfe und sein Raumgefühl machten ihn zu einem der besten Maler der dänischen Schule. Der Landschaftsmaler mit dem ausgeprägten Empfinden für die Übergänge zwischen Wasser, Himmel und Erde und ausgezeichnete Porträtist steht den Künstlern der holländischen Schule nahe.

Ein anderer Schüler Eckersbergs war Constantin Hansen (1804 bis 1880), der die Technik von Jens Juel bis weit ins 19. Jahrhundert hinein fortsetzte, sich jedoch im Laufe seines langen Lebens auch in sämtlichen anderen Stilrichtungen versuchen konnte. Er malte in erster Linie historische Szenen.

Wilhelm Marstrand ist der Schöpfer reizvoller dänischer Landschaftsbilder; Dankvart Dreyer bevorzugte die dramatische Landschaft der jütländischen Westküste. Seine Bilder zeigen endlose windgepeitschte Strände unter einem ebenso endlosen weiten Himmel. In der zweiten Hälfte des 19. Jahrhunderts trat die Familie Skovgaard in Erscheinung, deren Mitglieder alle in irgendeiner Weise künstlerisch begabt waren.

Theodore Philipsen (1840–1920) fühlte sich von den Malern der Schule von Barbizon angezogen (Rousseau, Millet, Corot) und war einer der ersten dänischen Künstler, die in die impressionistische Revolution miteinstimmten.

Im allgemeinen wird von Camille Pissarro, einem der bekanntesten Impressionisten, angenommen, er sei Franzose gewesen. In Wirklichkeit war er jedoch Zeit seines Lebens dänischer Staatsbürger, denn er wurde auf den damals zu Dänemark gehörenden Jungferninseln geboren. Ein dänischer Maler, F. Melbye, brachte ihn nach Paris und machte ihn mit dem kleinen Kreis der Impressionisten bekannt. Außerdem waren damals Pissarro und seine dänischen Freunde die einzigen in Kopenhagen, die in der schweren Zeit zu Paul Gauguin hielten, als dieser bei der Familie seiner Frau in Dänemark weilte. Bemerkenswert ist auch, daß die erste Ausstellung französischer Impressionisten 1889 in Kopenhagen stattfand.

Die Skagener Maler

Skagen war ein kleines Fischerdorf an der Nordspitze Jütlands, als dort in den letzten Jahren des 19. Jahrhunderts einige Maler ihre Staffeleien aufbauten und versuchten, mit einer dem Impressionismus mehr oder weniger verwandten Technik das Wechselspiel von Licht und Wasser auf der Leinwand festzuhalten. Die bekanntesten waren P. S. Krøyer (1851–1909), Karl Madsen (1855–1938), Julius Poulsen (1860–1940), Viggo Hansen (1851–1935) und Michael Ancher (1849–1927). Letzterer heiratete bald ein junges Mädchen aus dieser Gegend, Anna Brøndum, die mit dem Maler auch die Malerei heiratete. Von der gesamten Skagener Gruppe ist nämlich das von Anne Brøndum-Ancher hinterlassene

Werk das ursprünglichste und vor allem das authentischste; sie, die aus dieser Gegend stammte, verzichtete auf das folkloristische Element, das teilweise bei den anderen anzutreffen ist.

Das Jahr 1893 brachte ein Ereignis von entscheidender Bedeutung für die Entwicklung der dänischen Malerei; die Kopenhagener Van Gogh-Gauguin-Ausstellung in der Frie Udstilling (wörtlich: Freie Ausstellung), einer Kunstgalerie, die der eigenwillige Künstler Johan Rohde gegründet hatte, um einen Ausgleich für das mangelnde Interesse der sehr konservativen Akademie der schönen Künste am aktuellen Kunstgeschehen zu schaffen. Die Öffentlichkeit war weniger beeindruckt, doch für die Künstlerwelt kam diese Ausstellung einer Offenbarung gleich. Deshalb ist es nicht verwunderlich, daß der Maler Jens Ferdinand Willumsen sich der Gruppe von Pont-Aven anschloß. – Auf dem Gebiet der religiösen Malkunst ist in Dänemark vor allem Joachim Skovgaard (1856–1933) zu nennen.

In der ersten Hälfte des 20. Jahrhunderts haben Wilhelm Hammershøi (1864–1916; seine in matten Farben gehaltenen Bilder strahlen sehr viel Harmonie aus), Niels Bjerre (1864–1942) und Einar Nielsen (1872–1956) interessante Bilder geschaffen, die der an der Schwelle zum 20. Jahrhundert entstandenen, in Dänemark als ,,Skönvirke‘‘, in anderen Ländern als Jugendstil, Modern Art oder Art Nouveau bezeichneten Bewegung zuzuordnen sind.

Nach Karl Isakson, einem schwedischen Künstler, der in Dänemark Karriere machte, wo er zu den ersten ,,Fauves‘‘ gehörte, sind Niels Larsen Stevns mit seinen großen dekorativen Kompositionen und Harald Giersing, dessen Bilder zum Teil (mit braunen Konturen) an die Tradition des nordischen Expressionismus anknüpfen, die bekanntesten Maler der Zeit zwischen den beiden Weltkriegen. Wilhelm Freddie, dessen Ausstellungen stets gleichbedeutend mit Skandal waren, schloß sich der internationalen Strömung des Surrealismus an. Dali nahestehend und geistiger Bruder von Luis Bunuel, ist Freddie unbestritten einer der originellsten Vertreter der dänischen Schule des 20. Jahrhunderts.

Nach 1945 schlossen sich die dänischen Maler immer stärker internationalen Strömungen an, so daß man ab diesem Zeitpunkt von einer nationalen dänischen Malerei im echten Sinn kaum noch sprechen kann. Es besteht kein Zweifel daran, daß die Generation, die nach 1935 von sich reden machte, außergewöhnlich war. Maler wie Egill Jacobsen, Richard Mortensen, Robert Jacobsen (in erster Linie Bildhauer) und Asger Jorn sind die wichtigsten Vertreter der dänischen, aber auch der internationalen abstrakten Kunst. Die teils überspitzten, teils burlesken Phantasien von Lars Bo machen diesen zu einem zwar verspäteten, doch authentischen Vertreter des Surrealismus. Was die Künstler der jungen Generation wie Hugo Arne Buch, Søren Hansen, Preben Jørgensen und Ole Heerup betrifft, so bekunden sie eine sehr enge Bindung zur Gruppe Cobra und deren illustrem Mitbegründer Asger Jorn.

LITERATUR

Aus der Vorreformationszeit sind Rittertanzlieder und Heldenlieder die ersten Zeugnisse dänischer Volkskultur. Ins 16. und 17. Jahrhundert gehören die Bibelübersetzung von Chr. Pedersen (1550) sowie eine aufblühende geistliche Dichtung.

Der eigentliche Begründer eines dänischen Schrifttums ist Holberg (1684–1754). Ende des 18. Jahrhunderts gewann die deutsche Aufklärung eine Vorherrschaft, die jedoch nicht ohne Gegenströmung blieb. Das 19. Jahrhundert brachte erst die deutsche Romantik und später die Trennung der norwegischen (Holberg war Norweger) und der dänischen Literatur. Von den vielen Namen dieser und der späteren Zeit können nur wenige genannt werden, deren Bedeutung weit über die Grenzen Dänemarks hinausreichte.

Heiberg (1791–1860) brachte den Aufschwung des dänischen Theaters; Hans Christian Andersens (1805–1875) Märchen kennt man fast auf der ganzen Welt; Brandes (1842–1927) forderte die Verknüpfung der Literatur mit der Gesellschaft; Gjellerup (1857–1919), Romancier und Dramatiker, erhielt 1917 den Literatur-Nobelpreis zusammen mit dem Dichter Pontoppidan (1857–1943); Andersen-Nexø (1869–1954) schilderte die Entwicklung der Arbeiterbewegung; der Erzähler Jensen (1873–1950) wurde 1944 Nobelpreisträger.

MUSIK

Auf dänischem Boden sind viele Luren, alte Blasinstrumente der Germanen, gefunden worden. Im allgemeinen folgte die Entwicklung der dänischen Musik der in den Nachbarländern; so waren es auch vor allem deutsche Musiker, die um 1800 dänische Lieder, Singspiele und Opern pflegten. In der dänischen Kunstmusik sind die Chor- und Instrumentalwerke von Gade (1817 bis 1890) hervorzuheben. Nielsen (1865–1931) schrieb Sinfonien, Kammermusik und zwei Opern.

Berühmte Persönlichkeiten aus Kunst und Wissenschaft

Hans Christian Andersen (1805–1875), Dänemarks größter Dichter, Sohn eines Schuhmachers in Odense; am bekanntesten sind seine Märchen.

Martin Andersen-Nexø (1869 bis 1954), Schriftsteller; sein Hauptwerk ist der vierteilige Roman „Pelle der Eroberer".

Niels Bohr (1885–1962), Physiker und einer der führenden Atomforscher der Erde; Nobelpreis 1922.

Tyge (Tycho) Brahe (1546 bis 1601), weltberühmter Astronom, arbeitete auf der (heute schwedischen) Insel Hven im Øresund; seine Beobachtungen ermöglichten die spätere Entdeckung der „Keplerschen Gesetze" durch seinen Schüler Johannes Kepler.

Niels R. Finsen (1860–1904), Arzt und Begründer der modernen Lichtbehandlung (besonders bei Hauttuberkulose); Nobelpreis 1903.

Svend Fleuron (1874–1966), Schriftsteller; bekannt vor allem durch seine zahlreichen Tiergeschichten.

Nicolai F. S. Grundtvig (1783 bis 1872), Theologe, Dichter, Historiker und Erzieher; begründete das dänische Volkshochschulwesen.

Christian Frederik Hansen (1756–1845), der größte klassizistische Architekt Nordeuropas; schuf u. a. die Frauenkirche in Kopenhagen.

Ludwig Holberg (1684–1754), in Bergen (Norwegen) geborener Komödiendichter; gilt als Begründer der dänischen Nationalliteratur.

Sören (dän. Søren) Kierkegaard (1813–1855), Theologe, großer Philosoph und Psychologe, einer der Vorläufer der Existentialphilosophie.

Hans Christian Ørsted (1771 bis 1851), Physiker; entdeckte den Elektromagnetismus.

Joakim Skovgaard (1858–1933), Maler; berühmte Monumentalgemälde, Fresken und Mosaike; Museum in Viborg.

Bertel Thorvaldsen (1768 bis 1844), Bildhauer, einer der berühmtesten Künstler seiner Zeit, arbeitete fast 50 Jahre lang in Rom.

J. F. Willumsen (1863–1957), der bekannteste moderne Maler des Landes; viele seiner Werke im Willumsen-Museum in Frederikssund (Seeland).

***KOPENHAGEN

Kopenhagen (dän. *København),* die Hauptstadt des Königreichs Dänemark, hat selbst nur 700 000 Einwohner, bildet aber zusammen mit 21 weiteren selbständigen Gemeinden *Groß-Kopenhagen,* welches auf einer Fläche von 570 km² 1,3 Mio. Bewohner zählt. Kopenhagen ist Residenzstadt der Königlichen Familie, Sitz der Regierung, des Parlaments, des evangelisch-lutherischen und des katholischen Bischofs sowie Universitäts- und Industriestadt.

,,The wonderful Copenhagen'', sagen die Angelsachsen über diese Stadt, und die Dänen sind (natürlich) der gleichen Meinung. Diese Überzeugung geht konform mit der Atmosphäre der Heiterkeit, welche die Stadt so liebenswert macht. Es bedarf schon sintflutartiger Wolkenbrüche, eisiger Schneestürme oder einer ausgesprochen ernsten politischen Krise, um diese Heiterkeit, welche die Gesichter der Bewohner und die Straßen Kopenhagens gleichermaßen prägt, aus ihnen verschwinden zu lassen.

Falsch wäre es aber zu glauben, daß ernsthafte Dinge hier nicht, wenn erforderlich, auch mit dem nötigen Ernst behandelt würden. Man weigert sich in Kopenhagen lediglich, allzu viele Großstadtmanieren an den Tag zu legen. Man hastet hier vielleicht nicht ganz so sehr wie in anderen Metropolen und versucht soweit wie möglich seine Nerven trotz allen Trubels zu schonen – man bummelt, ist jederzeit bereit, Ortsfremden Auskünfte zu erteilen und ihnen zu zeigen, daß sie willkommen sind. Hier schlagen skandinavische Zurückhaltung und Würde bald in altmodischen und distinguierten Charme, bald in laute, fröhliche Jovialität um. Leichtfertigkeit und Zügellosigkeit jedoch sind dabei nie im Spiel, eher kann man von Lebenskünstlern sprechen, die eben der Freundlichkeit und Harmonie bedürfen, mit denen die Straßen Kopenhagens in so reichem Maße ausgestattet sind.

Der Stadtkern Kopenhagens ist von Vierteln umgeben, durch die schnurgerade, von alten Villen oder modernen Wohnblocks gesäumte Hauptstraßen führen. Die Altstadt selbst ist sehr komplex, und die Viertel sind schwer gegeneinander abzugrenzen. Der Teil, in dem die Schlösser und Botschaften stehen, grenzt an Docks, Tätowierläden und Werften. Am Gammel Strand liegen Fischrestaurants neben einer avantgardistischen Galerie oder einem bezaubernden Antiquitätenladen, wo man vielleicht gerade das Stück findet, nach dem man schon seit Jahren auf der Suche ist. Und einen Katzensprung vom ,,Strøget'', der geschäftigen Hauptschlagader Kopenhagens, entfernt liegen kleine, von weinlaubenbewachsenen Mauern begrenzte Gäßchen, die nicht mehr so recht zu wissen scheinen, zu welchem Jahrhundert sie gehören. Und dann ist Kopenhagen ja auch noch die Stadt der patinaüberzogenen Kupferdächer und der vergoldeten Turmspitzen, die in den wohl alle Ostseestädte kennzeichnenden zumeist leicht dunstigen Himmel ragen.

GESCHICHTE

Die Menschen der Stein-, Bronze- und Eisenzeit haben an zahlreichen Stellen des Terrains der heutigen Hauptstadt ihre Spuren hinterlassen. Während dieser langen, im geschichtlichen Dunkel liegenden Zeit gab es hier stets Menschen, die vom Heringsfang oder vom Handel lebten, denn es war schon damals ein ausgesprochen günstig gelegener Platz mit einigen schützend vorgelagerten Inseln.

1043, d. h. in dem Jahr, in dem Magnus, Sohn König Olavs des Heiligen, König von Dänemark wurde, wird zum ersten Mal ein Ort namens „Hafnia" (= Hafen) erwähnt. Ein Jahrhundert später macht König Waldemar I. Hafnia und die nach Norden angrenzenden Ländereien Bischof Absalon, dem Gründer und ersten großen Baumeister Kopenhagens, zum Geschenk. Absalon, Absolvent der Sorbonne, läßt zum Schutz gegen Bedrohungen von der Seeseite her die Burg Slotsholmen errichten. Fundamentreste dieser Befestigungsanlagen sind heute noch in Christiansborg zu sehen. 1167 wird Hafnia in „Købmandenes havn" (= Kaufmannshafen) umbenannt, und es dauert nicht lange, da spricht man nur noch von „København".

Auf die von den Lübeckern, denen der Aufschwung der jungen Stadt ein Dorn im Auge ist, gelegten Brände der Jahre 1249, 1362 und 1369 folgt eine weitere Feuersbrunst, deren Urheber der König der Wenden ist – doch Kopenhagen ersteht stets aufs neue.

Bis zur Regierungszeit der Königin der skandinavischen Union, Margrethe I., ist Kopenhagen verwaltungsmäßig den mächtigen Bischöfen von Roskilde unterstellt, doch 1416 macht Erich der Pommer, der Neffe und Nachfolger der Königin, Kopenhagen zu seiner Residenz und zur Hauptstadt des Königreichs. Mit der Gründung der Universität im Jahre 1479 wird die Stadt auch zum kulturellen Mittelpunkt des Landes. Aufgrund seiner günstigen Lage am Øresund wächst die Bedeutung des Hafens ständig, was zur Folge hat, daß Kopenhagen Handelsbeziehungen mit sämtlichen nordischen und baltischen Staaten unterhält. Im Jahre 1500 hat die Stadt 10 000 Einwohner, eine für diese Zeit recht beachtliche Zahl.

Der zweite große Baumeister nach dem oben erwähnten Bischof Absalon ist Christian IV., dem so viele nordische Städte ihre Gründung und ihr schönes Stadtbild verdanken. Nur wenige dänische Könige haben Kopenhagen einen so persönlichen Stempel aufgedrückt wie er. Die Börse, der Runde Turm, Schloß Rosenborg und der Königliche Garten, das Studentenheim Regensen und die Nyboder-Häuser haben Feuersbrünste und Kriege überstanden. Unter der Herrschaft Christians IV. wird Kopenhagen um ein neues großes Stadtviertel erweitert: Christians-

havn auf der Nordspitze der Insel
Amager; man beginnt mit dem
Bau eines neuen Befestigungs-
walls, der jedoch erst nach dem
Schwedenkrieg   fertiggestellt
wird. Es folgen der Bau der Zita-
delle und die Eingemeindung der
ursprünglich selbständigen Stadt.
Aus dieser Zeit stammen auch
viele Paläste und vornehme Bürgerhäuser.

Die zweite Hälfte des 17. Jahrhunderts bringt die Ablösung des
Renaissancestils in der Kopenhagener Bautätigkeit durch das
Barock. Zu Beginn des 18. Jahrhunderts fallen 22 000 Bewohner
der Stadt einer Pestepidemie zum
Opfer, und 1728 legt eine vier
Tage während Feuersbrunst die
Fachwerkbauten in Schutt und
Asche. Einige Jahre später werden durch eine weitere Feuersbrunst mehr als tausend Häuser
zerstört, und 1807 wird Kopenhagen von der englischen Flotte
bombardiert; einige Häuser aus
dieser Zeit tragen noch heute die
Spuren englischer Kanonenku-
geln. Um die Mitte des 18. Jahrhunderts beeinflußt der Rokoko-
Stil die Bauarbeiten im Amalien-
borg-Viertel, das anläßlich des
300jährigen   Regierungsjubiläums der Oldenburger errichtet
wird.

Erst nach 1840 beginnt Kopenhagen, das uns heute bekannte
Aussehen anzunehmen. Der Bau
von Befestigungsanlagen wird
eingestellt, und man gestaltet die
ehemaligen Wallanlagen in Plätze oder Parkanlagen um. Eine
Reihe von Vororten wird einge-
meindet, und um das Stadtzentrum herum werden breite Boulevards angelegt. Der Stadtkern
selbst erfährt bis Ende des Zweiten Weltkrieges kaum Verände-

rungen. Dann macht man aus den
Straßen, die den Rathausplatz
mit dem Kongens Nytorv verbinden, eine Fußgängerzone – es ist
dies der erste Versuch dieser Art
in Europa.

Im Verlauf der letzten hundert
Jahre hat diese Stadt, die zuvor
in erster Linie vom Seehandel
lebte, eine energische Industrialisierung erfahren. Die Industrie-
und Handelsmetropole Kopenhagen mit ihrem prachtvollen
und gut ausgerüsteten Hafen ist
mit ihrer alten Universität, den
Instituten, Bibliotheken, zahlreichen Museen, unerschöpflich
scheinenden Kunst- und archäologischen Sammlungen und den
Schatten ihrer berühmten Männer, denen man hier auf Schritt
und Tritt begegnet, jedoch auch
der geistige Mittelpunkt des
Landes.

SEHENSWÜRDIGKEITEN

Es ist kaum möglich, Kopenhagen in weniger als einer Woche
richtig kennenzulernen, denn die
Straßen, die zu einem Bummel
einladen, und die Museen und
Schlösser sind überaus zahlreich.

Außerdem ist es kaum vorstell-
bar, in Kopenhagen gewesen zu
sein, ohne die Schlösser Frederiksborg und Kronborg sowie
einige Herrenhäuser der Umgebung gesehen oder ohne vielleicht einige Stunden in Louisiana verbracht zu haben. Für die
einzelnen hier beschriebenen
Wege ist jeweils ein Vor- oder
ein Nachmittag einzukalkulieren,
so daß der Kopenhagen-Besu-
cher sein Tagesprogramm ohne
große Schwierigkeiten nach eigenem Geschmack und unter Be-
rücksichtigung der ihm zur Ver-

fügung stehenden Zeit zusammenstellen kann.

Allerdings sollte er dabei nicht übersehen, daß fast alle hier vorgeschlagenen Besichtigungswege auf dem Strøget enden, wo es immer irgend etwas zu sehen gibt.

Denjenigen, die nicht mehr als einen Tag für Kopenhagen Zeit haben, wird nichts anderes übrig bleiben, als sich einer der von Reiseleitern begleiteten Stadtrundfahrten anzuschließen; doch auch dann sollte ihr Abendprogramm einen kleinen Streifzug über den ,,Strøget", der nur zu Fuß zu durchwandern ist, beinhalten.

Stadtrundfahrten und Rundtouren in die Umgebung von Kopenhagen mit Autobussen beginnen stets am Rathausplatz, gegenüber dem Palast-Hotel, nahe bei der Säule mit den Lurenbläsern. Im Stadtbereich gibt es eine ,,Kurze Stadtrundfahrt", eine ,,Große Stadtrundfahrt" und eine Fahrt ,,Kopenhagen bei Nacht", außerdem eine ,,Rundfahrt im königlichen Kopenhagen", eine Sozial- und eine Kunstindustrie-Tour sowie (mit Bus und Boot) eine ,,Stadt- und Hafenrundfahrt". Hafen- und Kanalrundfahrten starten am Gammel Strand sowie am Kongens Nytorv, Ecke Nyhavn. – Hauptziele der Ausflugsfahrten sind die nordseeländischen Schlösser.

Die einzelnen Stadtteile Kopenhagens sind, wie schon erwähnt, zum Teil etwas ineinander verschachtelt und infolgedessen manchmal schwer voneinander abzugrenzen, was die Aufteilung in einzelne Besichtigungswege naturgemäß erschwert.

Die Altstadt Kopenhagens liegt direkt am Meer; ein Arm des Øresund trennt sie von den Docks und Kanälen des Stadtteils Christianshavn. Seen, Parkanlagen und Boulevards umschließen den ältesten Teil der Stadt und trennen ihn von den sich ständig weiter ausdehnenden neuen Stadtvierteln.

Weg 1: Im Zentrum von Kopenhagen zwischen *Rathausplatz und **Kongens Nytorv

Die Nähe von Hauptbahnhof, Air Terminal und Tivoli sowie zahlreiche Cafés, Restaurants und die Verlagshäuser der Zeitungen machen den

Rathausplatz (Rådhuspladsen) [1], auf dem sich etliche Buslinien kreuzen, zum geschäftigsten Mittelpunkt der Hauptstadt. Die unzähligen Leuchtreklamen dieses kommerziellen Knotenpunktes wirken wie ein Perpetuum mobile. Der Drachenspringbrunnen (Dragespringvandet) in der Mitte des Platzes ist ein Werk der beiden Künstler J. Skovgaard und Th. Bindesbøll.

Vor dem zwischen 1892 und 1905 in historisierendem Stil, einer Mischung von nordischem Mittelalter und lombardischer Renaissance, errichteten

Rathaus (Rådhus) erstreckt sich eine lange Terrasse; die Fassade schmücken mehrere Statuen, u. a. die des Bischofs Absalon, der in der Rechten sein Schwert und in der Linken den Krummstab hält.

Im Innern des Gebäudes ist besonders die *Astronomische Uhr (Verdensur)* von Jens Olsen sehenswert. Verschiedene Büsten berühmter Söhne des Landes (Martin Nyrop – Erbauer des Rathauses –, Thorvaldsen, Andersen u. a.) schmücken die „Große Halle". Die beiden Treppenaufgänge, *Borger trappen (Bürgertreppe)* links und *Præsident trappen* rechts, sind mit Wandteppichen und Wandmalereien geschmückt, die die Geschichte Kopenhagens illustrieren. Ein großer Teil der zweiten Etage wird von einem riesigen Festsaal, der „Großen Halle", eingenommen.

Von der Höhe des *Rathausturms* (105 m; Zugang über die Bürgertreppe) genießt man einen herrlichen Blick über die Stadt und den Sund.

Der schöne *Bärenspringbrunnen (Bjørnespringvandet)* im Innenhof ist, wie der schon genannte Drachenspringbrunnen, das Werk von J. Skovgaard und Th. Bindesbøll, zwei zu Beginn dieses Jahrhunderts sehr gefragten Bildhauern.

Rings um den *Rathausplatz

Auf der breiten *Vesterbrogade* reihen sich Geschäfte, Cafés, Restaurants und Kinos aneinander, und unter den zuckenden Leuchtreklamen dieser Straße reißt der Strom der sich in beiden Richtungen dahinschiebenden Menschen und Fahrzeuge nur selten ab. In unmittelbarer Nachbarschaft liegt der Vergnügungspark

**Tivoli [2], der in aller Welt bekannteste Teil der Stadt, auf den die Kopenhagener besonders stolz sind.

Der Tivoli-Park ist eine kleine Welt für sich. 1843 wurde er von Georg Carstensen auf dem Gelände der ehemaligen Festungs- und Wallanlagen (der heutige See ist ein ehemaliger Wassergraben) angelegt. Es gibt hier ein sehr bekanntes *Pantomimetheater,* Konzert- und Ausstellungsräume, eine Ballettbühne, etwa 25 Restaurants, Geschäfte, Karussells, Achterbahnen, Spiegelkabinette und vieles andere mehr.

Hinter dem Tivoli zweigt links die *Bernstorffsgade* ab. Über sie gelangt man zur *Hauptpost* [3] und zum [4] *Polizeipräsidium* am Polititorvet (unter den Arkaden eine *Statue* des Physikers *Ole Rømer,* des Begründers der Kopenhagener Polizei).

In der Höhe der *Freiheitsstatue (Frihedstøtten)* befinden sich auf der rechten Seite der Vesterbrogade die Stadtbüros der Fluggesellschaften, das Hotel „Royal" und das „SAS-Gebäude" (von Arne Jacobsen) sowie linker Hand der *Hauptbahnhof (Hovedbanegården)* [5].

Wenig weiter lag 50 Jahre lang „Den Permanente", ständige Verkaufsausstellung dänischen Kunsthandwerks, seit 1982 als Geschäft auf rein kommerzieller Basis arbeitend.

Folgt man weiter der Vesterbrogade, so gelangt man zum Städtischen Museum und nach Frederiksberg (s. Weg 7).

Man kehrt nun zum Rathausplatz zurück, wo man in Höhe des Drachenspringbrunnens in den *H.-C.-Andersen-Boulevard* einbiegt. Dieser begrenzt den Tivoli-Park im Nordosten. Gegenüber dem Rathaus findet man im Haus Nr. 22 die *Touristeninformation* des Dänischen Fremdenverkehrsamtes, wo alle erforderlichen Auskünfte ebenso zu erhalten sind wie Prospektmaterial. Im gleichen Gebäude ist das *Louis-Tussaud-Wachsfigurenmuseum* untergebracht. Der Boulevard erreicht dann den *Danteplatz (Dantes Plads).* Hier liegen die *Königlich Dänische Gesellschaft der Wissenschaften (Det Kongelige Danske Videnskabernes Selskab)* und die *Neue Carlsberg-Glyptothek (Ny Carlsberg Glyptotek; s. S. 95)* [6], die beide Ende des 19. Jahrhunderts mit Unterstützung des Carlsbergfonds gegründet wurden. In der Mitte des Danteplatzes erhebt sich eine antike Säule, die mit den von Utzon Franck geschaffenen Bildnissen von Dante und Beatrice geschmückt und ein Geschenk der Stadt Rom ist.

Vom *Rathausplatz zum **Königlichen Neumarkt

Diese beiden bedeutenden, jedoch völlig verschiedenen Plätze sind durch eine Reihe von ineinander übergehenden Fußgängerstraßen, die ***Strøget* („Der Strich") genannt werden, miteinander verbunden.

Der Strøget war der erste Versuch, nur für Fußgänger bestimmte Straßen mit Straßencafés, Musikanten, Trottoirmalern und anderen Attraktionen zu schaffen. In Kopenhagen war dieser Versuch erfolgreich.

Ein Bummel über den Strøget gehört zum Pflichtprogramm jedes Kopenhagen-Besuchers. Er ist sowohl unterhaltsam als auch instruktiv, denn der Strøget gehört zu den Straßenzügen in Kopenhagen, in denen man den Pulsschlag der Hauptstadt am deutlichsten spürt. Ständig wimmelt es hier von Menschen, deren einzige Beschäftigung darin zu bestehen scheint, von einem Ende zum anderen zu flanieren. Links und rechts reihen sich Souvenirläden (besonders in der Nähe des Rathauses), Cafés, Boutiquen, in denen dänische, isländische und grönländische Strickwaren angeboten werden, die anspruchsvollen „Illum"-Kaufhäuser (Design, Mode), die Geschäfte der Königlichen Porzellanmanufaktur sowie Antiquitäten-, Schmuck- und Pelzgeschäfte aneinander. Diskret verstreut findet man selbst in diesem altehrwürdigen Stadtviertel, zumeist in den Untergeschossen, die auch im Ausland viel diskutierten Kopenhagener „Sex Shops". Im Sommer wächst die Menschenmenge zu einem unübersehbaren Strom an: Zu den einheimischen Flaneuren gesellen sich ausländische Touristen sowie Hippies aus der Neuen und der Alten Welt.

Der Strøget beginnt mit der *Frederiksberggade,* die in eine Art Kreuzung mündet: Links liegt der *Alte Markt (Gammeltorv)* [7] und rechts der *Neue Markt (Nytorv)* [8]. Jahrhundertelang wurde der größte Kopenhagener Markt am Gammeltorv abgehalten, wo der Besucher Häuser im Barockstil (Nr. 14, 18, 22) und den Renaissancebau eines Bankinstituts bewundern kann. Von diesem Platz führt die *Nørregade* zur *Liebfrauenkirche* (Dom) und in das Universitätsviertel (s. Weg 4, S. 124).

An der Südecke des Nytorv liegt das ehemalige Rathaus. Heute ist das von einer dorischen Säulenreihe geschmückte Haus der *Justizpalast* von Kopenhagen. Sören Kierkegaard wohnte im Nachbarhaus.

Vom Nytorv führt die *Rådhusstræde* nach *Christiansborg* und über den Frederiksholmskanal zum *Nationalmuseum* (s. Weg 3, S. 118). Den nächsten Teil des Strøget bildet die kurze *Nygade,* an die sich die enge *Vimmelskaftet* anschließt. Dann gelangt man zum *Amagertorv,* an dem, umgeben von einem schönen Garten, die

Heiliggeistkirche *(Helligåndskirke)* [9] liegt. Der zwischen 1672 und 1674 errichtete Bau ist eine ehemalige Klosterkirche. Von dem Kloster ist nur noch das *Heiliggeisthaus (Helligåndshuset)* erhalten, in dem sich heute eine öffentliche Bibliothek befindet. Die Kirche wurde mehrmals restauriert. Das Granitportal stammt von der Börse, die Altarwand aus dem alten Kopenhagener Schloß, und der Taufstein wurde von Thorvaldsen geschaffen. – Auf dem Rasen vor der Kirche ist eine Gedenkplatte zur Erinnerung an die Unbekannten Zwangsverschleppten.

Am Amagertorv kann man die eleganten Auslagen der Königlichen Porzellanmanufaktur, die in einem der ältesten Herrschaftshäuser Kopenhagens (Nr. 6) untergebracht ist, bewundern. Man sollte nicht vergessen, dem klei-

nen *Museum der Königlichen Porzellanmanufaktur* im ersten Stock dieses Hauses einen Besuch abzustatten.

Der *Højbroplads* [10] erstreckt sich bis zum *Gammelstrand.* Dahinter beginnt *Slotsholmen* (s. Weg 3, S. 112). Auf dem Platz steht ein *Reiterdenkmal* des Bischofs *Absalon.*

Die linke Straßenseite der *Østergade* wird zum größten Teil von einem der exklusiven ,,Illum''-Kaufhäuser eingenommen. Dort findet man die elegantesten und schönsten Kreationen nordischer Designerkunst.

Angesichts des pulsierenden Menschenstroms vergißt man leicht, daß die Østergade früher einmal ein sehr intellektuelles Viertel war. Hier lebten und arbeiteten der Märchendichter Hans Christian Andersen (1805–1875), der Philosoph Sören Kierkegaard (1813–1855), der Literaturhistoriker Georg Brandes (1842–1927), der hier auch geboren wurde, der Dichter Holger Drachmann (1846 bis 1908), der stets in ein langes Cape gehüllt einherging, der kosmopolitische Erzähler Hermann Bang (1857–1912), der schwedische Dichter und Dramatiker August Strindberg (1849–1912) sowie der norwegische Dichter Bjørnstjerne Bjørnson (1832 bis 1910) und sein nicht minder berühmter Landsmann, der Erzähler Knut Hamsun (1859–1952).

Auf der rechten Seite der *Østergade,* am *Nikolaiplatz (Nicolajplads)* liegt, umgeben von einem Gewirr kleiner Sträßchen, die in den Jahren 1915 bis 1917 an der Stelle der alten, 1795 abgebrannten Kirche als Rekonstruktion errichtete

Nikolaikirche *(Nicolaj Kirke)* [11]. Von der alten Kirche ist nur noch der massive Turm übriggeblieben. Heute dient das Gebäude nicht mehr als Kirche, sondern wird für wechselnde Ausstellungen genutzt. – Vorbei an der *Schwanenapotheke (Svaneapotheket)* gelangt man dann in der Nähe des Hotels „Angleterre" zum

**Königlichen Neuen Markt *(Kongens Nytorv)* [12], mit dessen ausführlicher Beschreibung der Weg 2 auf S. 107 beginnt.

**Ny Carlsberg Glyptothek

Die am Danteplatz (s. S. 93) gelegene Glyptothek [6] ist ein Geschenk von Carl und Ottilia Jacobsen an den dänischen Staat. Der Bierbrauer und Doktor der Philosophie Carl Jacobsen war Besitzer der berühmten Carlsberg-Brauereien. Jahrelang sammelte er auf seinem Privatbesitz in Valby Kunstwerke, die er nach seinem persönlichen Geschmack auswählte. Sein besonderes Interesse galt der Kunst der Antike, was den außergewöhnlich großen Wert dieser Abteilung der Sammlung erklärt. Die Bestände der Glyptothek wurden weiter ergänzt, und zu Beginn dieses Jahrhunderts mußten Erweiterungsbauten errichtet werden, die durch einen Wintergarten im Stil der Belle Epoque mit den ursprünglichen Gebäuden verbunden wurden. Vor allem die griechischen und römischen Skulpturen, die Gemälde der französischen Impressionisten und die außerhalb der Grenzen Frankreichs größte Sammlung von Skulpturen französischer Bildhauer, die vom Sohn des Gründers zusammengetragen wurde, machen den Besuch der Glyptothek für jeden kunstinteressierten Kopenhagen-Reisenden zu einem höchst eindrucksvollen Erlebnis.

Mit ihren Säulen, den riesigen Treppen und dem schönen Garten, in dem Palmen wachsen, erweckt die Glyptothek den Eindruck, als habe sich in ihr seit Beginn dieses Jahrhunderts nichts verändert. Doch dieser Eindruck täuscht gewaltig, denn die Sammlungen wurden – nicht zuletzt dank der laufenden Stiftungen des Carlsberg-Fonds – ständig erweitert, und heute ist die Antikensammlung weltweit bekannt: Es gibt nur wenige Orte, an denen sich die Entwicklung des in Stein gehauenen Porträts besser verfolgen ließe als hier.

Was die Abteilung für dänische Malerei betrifft, so umfaßt diese in erster Linie Werke aus dem 19. Jahrhundert. Die französische Abteilung mit Gemälden von David bis Bonnard ist sehr reichhaltig. Innerhalb dieser Abteilung sind die Impressionisten und Neoimpressionisten (Gauguin) besonders gut vertreten.

Außerdem besitzt das Museum eine berühmte Sammlung kleiner Bronzeplastiken von Degas.

DIE ANTIKENABTEILUNG

Die antiken Kunstwerke befinden sich im Erdgeschoß des Museums.

Säle 1—4: Ägyptische Altertümer.
Die ägyptische Kunst war eng mit
dem Götterkult und dem Glauben an das Überleben der Seele
verbunden, der mit der tiefver-
wurzelten Überzeugung einherging, Vorbedingung hierfür sei
ein gut konservierter Leichnam.
Deshalb sind in dieser Kunst
Gräber, Tempel, Totenkult und
die Abbildungen der Verstorbenen von vorrangiger Bedeutung.

Verschiedene Wandreste von
Grabkammern. — Koloß des Pha-
raos Ramses II. und des Gottes
Ptah (Memphis; 1275 v. Chr.). —
Anubis auf seinem Thron sitzend
(Fundort Luxor; 1400 v. Chr.);
hierbei handelt es sich um das
größte bekannte Bildnis dieses
mit einem Hundekopf dargestellten Gottes, der als Totengott verehrt wurde. — Statue des Erdgot-
tes Gebu (aus dem Amon-Tem-
pel in Karnak).

,,Mastaba" (,,Bankgrab") - Saal
mit der Grabkammer der Kapelle
von Kaëmrehu (5. Dynastie;
2500 v. Chr.). — Sarkophage,
Mumien, Stelen und Porträts aus
dem Gebiet des Fayûm (grie-
chisch-römische Epoche).

Keramiken, Alabastergegenstän-
de, Vasen, Krüge und verschiedene Gegenstände, u. a. ein höl-
zerner Schminklöffel und ein
Deckel, auf dem eine junge Skla-
vin in einem Papyrusbusch dargestellt ist (1400 v. Chr.); der Gott
Thot in der Gestalt des heiligen
Vogels Ibis.

Kleine ägyptische Statuen. Dieser
herrliche Saal enthält einige sehr
wertvolle Stücke, darunter mehrere **Nilpferddarstellungen.
Das Nilpferd hat jahrtausende-
lang die Phantasie der Bewohner
des Niltals beschäftigt. Besonders hervorzuheben ist hier eine
5000 Jahre alte Alabasterfigur.
Dieses blaue Fayence-Nilpferd
gilt als das bedeutendste Werk,
das aus dieser, dem Pyramiden-
zeitalter vorausgehenden Epoche
erhalten ist. — Alabasterkopf des
Königs Khephren (um 2500), der
älteste historische Bildniskopf
der Sammlung. — Verschiedene
Porträt-Skulpturen; Bronzefiguren der Götter Anubis, Amon
und Seth sowie der Könige Sesostris III., Tut-anch-Amon, dargestellt als Gott Amon, und Arsi-
noe III. — Votivinschriften.

In der Ägyptischen Rotunde ist
das Prunkstück dieser Abteilung
zu sehen: der wunderschöne
Kopf eines unbekannten Königs
(um 600 v. Chr.) aus schwarzem
Stein, der die Krone Oberägyp-
tens trägt. — Porträt-Skulpturen
von Sesostris III.

Saal 5: Orientalische Kunst. Diese kleine Abteilung ist nicht so
bedeutend wie die vorher beschriebene, doch auch sie enthält
einige Meisterwerke: Sumerische
Skulpturen (2500 v. Chr.). —
Große Alabaster-Flachreliefs aus
dem Palast des Königs Assurna-
sirpal in Nimrud; auf einem dieser Flachreliefs ist der König
selbst dargestellt. — Farbige
Flachreliefs aus glasiertem Zie-
gelstein von der Prozessionsstra-
ße in Babylon. — *Bronzedreifuß
mit einer Frau, die einen Krug
auf dem Kopf trägt (aus der Gegend von Urartu im armenischen
Bergland). — Mosaiken, **Silber-
schalen, Porträt-Skulpturen, he-
thitische Statuetten. — Phönizi-
sche Sarkophage und Skulpturen
aus Zypern.

Säle 6–17: Griechische und römische Kunst. Carl Jacobsen, der im Geiste Thorvaldsens erzogen wurde und ein begeisterter Anhänger der Antike war, hat versucht, eine nahezu lückenlose Sammlung über die Entwicklung der Porträt-Skulptur in der Antike zusammenzustellen, so daß der Besucher auf seinem Gang durch die einzelnen Räume diese Entwicklung vom 6. Jahrhundert v. Chr. bis zum Zerfall des Römischen Reiches verfolgen kann.

Saal 6: Großer griechischer Saal. Sehr schöner **Kopf aus Naxos aus dem frühen 6. Jahrhundert, der ägyptischen Einfluß erkennen läßt; Kopf aus Thasos. – Frontalstatuen aus der archaischen Epoche. – Zither spielende Sphinx, Sirenen mit Menschenköpfen u. a. m. – Grabstatuen und Flachreliefs von Grabdenkmälern des 5. und 4. Jahrhunderts v. Chr. – *Flachreliefs aus Rhodos mit der Darstellung eines auf einem Thron sitzenden Mannes. – Terrakotta- und Fayence-Arbeiten aus Korinth und Ostgriechenland. – Attische Votivstelen. – Sechs archaische attische Skulpturen. Eine dieser Skulpturen, nämlich der Kopf eines Jünglings, der auch als **Rayet-Kopf bezeichnet wird, war die erste von Jacobsen erworbene antike Skulptur. Er kaufte sie 1879 auf einer Auktion der Olivier-Rayet-Sammlung. – Metope eines griechischen Tempels auf Sizilien (570 v. Chr.), auf der ein junges geflügeltes Mädchen dargestellt ist. – Zahlreiche kleine Skulpturen, Fläschchen und Spiegel; besonders bemerkenswert ist der Spiegel, eine Trägerfigur ein junges mit einem dorischen Peplos bekleidetes Mädchen ist. – Kunst Spartas und des Peloponnes.

Saal 7: Saal der Niobiden. Die beiden großen Statuen, die zwei Kinder der Niobe darstellen (ein flüchtendes Mädchen und einen sterbenden Jüngling), sowie andere Statuen, bei denen ein attischer Einfluß erkennbar ist, stammen aus den Gärten des Sallustius. – *Kämpfender Jüngling (5. Jh. v. Chr.) aus der Sammlung der Herzöge von Alba. – Marmorstatuette eines jungen Mädchens und zwei marmorne bärtige Hermesköpfe, die die Fortsetzung des archaischen Stils darstellen.

Säle 8 und 9: Römische Kopien griechischer Meisterwerke. Anakreon und Apollo (mit langen Haaren) sind Kopien von Jugendwerken des Phidias. – **Frauenstatue ohne Kopf. Das Original dieser Statue entstand um 460 v. Chr. – Die *Trauernde Penelope läßt orientalische Einflüsse vermuten. – Kopien von Götter- und Athletenstatuen des Polyklet, insbesondere ein Lanzenträger und eine Heraklesstatue. – Kopien einer Heraklesstatue von Lysippos sowie eines ruhenden Satyrs von Praxiteles. – Andere Werke lassen erkennen, daß die römischen Künstler sich allmählich immer mehr vom Zwang ihrer Zeit zur Überbetonung der didaktischen und historisierenden Komponenten in der Kunst lösten und heterogene Elemente in ihr Schaffen mit einbezogen. Die begabtesten unter diesen Künstlern kreierten einen eigenen, unverwechselbaren Stil, so daß man hier nicht mehr von Kopien sprechen kann. Ihre

Werke sind bereits als Originale anzusehen.

Saal 9: Iphigenien-Saal. Hier steht eine Monumentalskulptur aus den Gärten des Sallustius. Sie zeigt Artemis, die versucht, Iphigenie vor ihrem Schicksal zu bewahren. – Hellenistische Skulptur.

Saal 10: Büsten berühmter Griechen. Äschylos, Euripides, Sophokles (griechische Werke aus dem 3.–2. Jh. v. Chr.). – Homer (römische Kopie einer griechischen Skulptur aus dem 3. Jh.). – Statue des Anakreon, für die wahrscheinlich die von Phidias stammende Statue auf der Athener Akropolis als Vorbild diente und die wohl auch das älteste Stück dieser Abteilung ist. – Demosthenes (römische Kopie der 280 v. Chr. auf der Agora aufgestellten Statue) und seine Zeitgenossen Äschines, Hyperides und dessen Feind Philipp v. Mazedonien. – Mehrere Büsten Vergils.

Saal 11: Mausoleum. Zahlreiche römische Grabstätten und Büsten römischer Herrscher von Julius Cäsar (100–44 v. Chr.) bis Julius Nepos (gest. 480 n. Chr.). – Statuette des Herakles.

Saal 12 (und die folgenden Säle): Büsten berühmter Römer und römische Bildhauerkunst. **Büste des Pompejus (106–48 v. Chr.). – Vergil-Kopie, die unter der Herrschaft des Kaisers Augustus nach einem Original aus dem Jahre 19 v. Chr. entstand, und Agrippa-Kopie, beide in hellenistischem Stil. – 13 Büsten der Familien des Licinius Crassus und des Calpurnius Pison. – Büsten Cäsars, Livias und ihres Adoptivsohns Tiberius, der Nachfolger des Augustus werden sollte. Die-

se drei Büsten wurden im Amphitheater von Fayûm (Ägypten) gefunden. – Weitere Tiberius-Büsten. – Livia (1. Jh. n. Chr.), Caligula (37 n. Chr.). – Die Glyptothek ist im Besitz von zwei Nero-Büsten; eine zeigt ihn als Kind und die andere als Jüngling. – Agrippina d. Jüngere. – **Kopf des Lucius Domitius Ahenobarbus (Großvater Neros; das bemerkenswerte Kunstwerk stammt aus Megara). – Relief, auf dem ein Bauer und Kühe dargestellt sind.

Saal 13: Von Vitellius bis Trajan. Büsten von Vitellius, Vespasianus, Julia, der Tochter des Titus, Domitilla, Domitianus und Nero (96–98 n. Chr.; in hellenistischem Stil). – Zwei Trajan-Büsten.

Saal 14 (Saal der Antoninen): Büste des Kaisers Hadrian. – Sabina und Antinous, der Liebling Kaiser Hadrians, der ihn nach seinem mysteriösen Tod (er ertrank 130 n. Chr. im Nil) göttlich verehren ließ. – Antoninus Pius, Marc Aurel, der Kaiser und Philosoph. – Lucius Verus, Commodus, Faustina, die Gattin des Antoninus, und Faustina, die Tochter des Antoninus, die später Marc Aurel heiratete. – Drei bemerkenswerte Büsten, die in einem Grab gefunden wurden; bei einem Kind soll es sich um Lucius Verus handeln. – Im Trastevere-Viertel gefundener überlebensgroßer Minerva-Kopf. – **Sarkophag von Bacchus und Ariane. – Sammlung römischer Münzen.

Saal 15 (Severussaal): Büsten des aus Afrika stammenden Septimius Severus und seiner Gattin Julia Domna, einer sehr gebildeten Syrerin. – Geta, der von seinem Bruder Caracalla umgebracht wurde, und auch eine interessante Büste des letzteren. – Mehrere Frauenbüsten, unter anderem die einer weinenden Frau.

Saal 16 (Saal der Soldatenkaiser): Diese Kaiser regierten in den Wirren des 3. Jahrhunderts, in dem die Grenzen des römischen Imperiums ständig bedroht wurden. Büsten von Maximinus von Thrakien, Philipp dem Araber, Trebonianus Gallus sowie mehrere Büsten des Kaisers Gallienus (orientalischer Einfluß) und eine Büste des Kaisers Valerian.

Saal 17: Büsten von Diokletian, Galerius und, mit Raubvogelgesicht, Konstantin dem Großen. – Büsten der Mutter Konstantins, Helena, und der Aelia Flacilla, der ersten Gattin des Kaisers Theodosius. – Büsten Unbekannter.

Etruskische und palmyrische Sammlungen

Vom *Ehrensaal,* dessen Fußboden ein römisches Mosaik (1. Jh. n. Chr.) mit der Darstellung der Entführung der Europa ziert, führt eine Treppe hinab ins Untergeschoß, wo in den Räumen 19a bis 25 die Abteilungen für etruskische Altertümer und Skulpturen aus Palmyra untergebracht sind.

Die etruskischen Altertümer findet man in den Räumen 19a bis 23. Sie enthalten eine Fülle von Gegenständen, die von diesem aus Afrika stammenden Volk, dem ersten Kulturvolk der italienischen Halbinsel, gefertigt wurden. Die Jacobsen-Sammlung enthält zahlreiche kleine Bron-

zen, Statuen, Sarkophage und mehrere Kopien von Grabkammer-Wandmalereien.

Saal 19a: Dieser Raum wird auch „Bucchero-Saal" genannt. (Bucchero ist eine spezifisch etruskische Gattung von Tonwaren (8.–4. Jh. v. Chr.) mit schwarzglänzender Oberfläche und schwarzem Bruch und oft mit erhabenem oder eingepreßtem Relief verziert.) Man findet hier Keramik, Bronzen, Vasen, mehrfarbige Amphoren, deren Henkel oft als Menschen- oder Tierköpfe ausgearbeitet sind. – Der Einfluß des griechischen geometrischen Stils zeigt sich in einem **Krater (Weinmischgefäß) aus dem 7. vorchristlichen Jahrhundert. – **Leuchter in Form eines Greifs. – Helkion-Schalen (= Bucchero-Schalen mit in den feuchten Ton mittels einer Rolle hineingepreßten Bildern) – Dekorative Bronzegegenstände, unter anderem zwei Möbelzierstücke mit je fünf Abbildungen der Potnia Theron, der großen orientalischen Naturgöttin.

Saal 19: Aschenurnen in Form eines Reliquiars. – Basreliefs aus Chiusi, wo die Künstler den dort vorkommenden Stein verarbeiteten. – Tempelfriese, Vasen, Sphinx, Amphoren, zum Teil mit schwarzen Figuren. – Bronzehydren. – Urnen aus Villanova.

Saal 20: Sammlung von Amphoren, Vasen und Duftbehältern, die durch eine herrliche **Schmucksammlung, Schminkkästchen und weitere Bronzen ergänzt wird. – Sehr schöner *Bronzedreifuß aus Vulci. – Räuchergefäß, dessen Trägerfigur eine auf einem Dreifuß sitzende Frau ist.

Saal 21: Alabastersarkophage und Aschenurnen aus der hellenistischen Epoche. – Hervorragende Bildhauerkunst. – Auf einem der Sarkophagdeckel ein *Bildnis einer Unbekannten.

Saal 22: Kunst aus Kampanien (hier ist der griechische Einfluß nicht zu übersehen). Töpferwaren aus Capua, wo die ersten bemalten und mit plastischen Ornamenten geschmückten Terrakotten gefertigt wurden. – Antefix-Sammlung (Antefix = Schmuck des Dachrandes oder Firstes) von Medusenmasken und einem Mänadenkopf. – Seltenes Stück einer **doppelten Sphinx. – Giebelverzierung mit der Maske des Acheloos. – Votivstelen, die aus einem in der Nähe des elften Meilensteins der Via Laurentii gelegenen Sanktuarium stammen.

Saal 23: Griechische Kunst aus Süditalien. Bemerkenswerter **Bronze-Ephebe (vermutlich 5. Jh. v. Chr.). – Archaische Grabaltäre, deren Ornamente auf sizilianische Herkunft schließen lassen. – Tarentinische Terrakottastatuetten und Terrakotten aus Apulien. – Außergewöhnlich schöne **Amphore, auf der der Kampf der Amazonen dargestellt ist. – Vier Klageweiber aus Canosa di Puglia. – Frauenköpfe aus dem Demeter-Malophoros-Tempel in Selinunte.

Säle 24 und 25: In diesen Sälen befindet sich die von Carl Jacobsen erworbene *Sammlung von Werken aus Palmyra.* Die aus Kalkstein gearbeitete bunten Figuren stammen so gut wie alle von Grabdenkmälern. Die strenge Formgebung ist weit von der

natürlichen Darstellungsweise der hellenistischen Kunst entfernt und nimmt damit Züge der byzantinischen Kunst voraus.

DIE GEMÄLDEABTEILUNG

Das Interesse Carl Jacobsens galt in erster Linie der Antike und der Bildhauerkunst. Seinem Sohn hingegen verdankt die Glyptothek eine sehr schöne Sammlung französischer Malerei des 19. Jahrhunderts.

Französische Malerei

Von Neuklassizismus über die Schule von Barbizon und die großen Namen des Impressionismus bis hin zum Nachimpressionismus sind hier alle Richtungen vertreten.

Saal 26: Von David bis Manet.
Neuklassizismus: Jacques-Louis David mit dem ,,Porträt des Grafen von Turenne". – *Romantik:* Théodore Géricault mit ,,Die weiße Katze" und Eugène Delacroix, der jedoch auf der einen Seite zu unerbittlich scharfsichtig war, um als reiner Romantiker bezeichnet werden zu können, und andererseits für einen Klassiker zu viel Ungestüm besaß, mit ,,Mirabeau antwortet Dreux-Brézé" und der Skizze zu ,,Der Tod Karls des Kühnen" (das Bild befindet sich im Museum von Nancy). – Die *Maler der Schule von Barbizon* waren die ersten, die sich in ihren Werken von der

Wer Århus mit der Fähre von Kalundborg erreicht, wird am Kai schon von der alles überragenden Turmspitze der Domkirche begrüßt. ▶

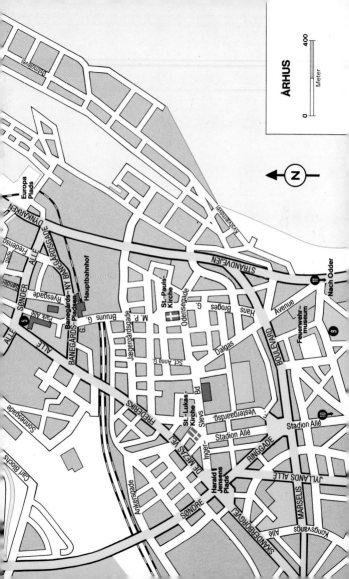

realistisch-exakten Wiedergabe der Landschaft abwandten und stattdessen ihre Stimmung einzufangen versuchten. Sie waren damit Wegbereiter des Impressionismus: Théodore Rousseau, Lépine, Nino Diaz de la Pēna, Millet (Fontainebleau-Periode) und Charles Daubigny sind in der Glyptothek durch Landschaften vertreten, die nicht mehr im Atelier, sondern als Pleinairmalerei, das heißt in der freien Natur, entstanden sind. – Werke regionaler Maler wie Decamps, Lépine und vor allem Ravier und Paul Guigou. – Auch die drei besten Maler des *Realismus* sind hier vertreten: Jean-François Millet (*„Nähende Frau", *„Sitzende Frau", *„Der Tod und der Holzfäller"), Honoré Daumier (**„Don Quichotte und Sancho Pansa") und Gustave Courbet (**„Selbstbildnis", *„Stilleben", *„Drei junge Engländerinnen", **„Im Wald von Fontainebleau").

Die Glyptothek besitzt mindestens elf sehr schöne Gemälde von Corot, der ebenfalls als ein Vorläufer und Anreger der Impressionisten gilt.

Von Edouard Manet sieht man hier drei Bilder: **„Absinthtrinker" (die Schwarz- und Grautöne verraten die Bewunderung, die Manet für Velasquez hegte), *„Porträt der Mademoiselle Lemonnier", ein rein impressionistisches Werk, und den Entwurf zu „Hinrichtung Maximilians", der zweifellos von Goya beeinflußt ist.

Die Mühle von Dybbøl erinnert an den tapferen Verteidigungskampf dänischer Truppen gegen die deutsche Übermacht 1864.

Saal 27: Kleine Skulpturen von Barye, Dalou und Daumier.

Carpeaux-Galerie: Zahlreiche Büsten, von denen das **„Porträt der Herzogin von Mouchy" und das **„Porträt von Watteau" besonders bemerkenswert sind.

Säle 28, 29 und 30: Impressionisten und Nachimpressionisten

Impressionisten: Berthe Morizot, die begabteste Schülerin von Manet: *„Julie Manet und ihre Amme Angèle", *„Junge Bäuerin beim Wäscheaufhängen", *„Junges Mädchen beim Kämmen". Dieses letztgenannte Bild erinnert an Renoir. – Auguste Renoir: *„Gabrielle mit gestreiftem Rock", *„Landschaft auf Guernsey", *„Ruhende Odaliske". – Alfred Sisley: **„Obstgärten", **„Überschwemmung in Port-Marly", *„Die Mühle von Bougival". Alle diese Bilder lassen erkennen, wie sehr die Künstler bemüht waren, den sensoriellen Eindruck und das Flüchtige des Augenblicks in ihren Werken festzuhalten. – Claude Monet: *„Der schlafende Sohn (Jean) des Künstlers", **„Schatten über dem Meer", **„Zitronenbäume in Bordighera", **„Die Felsen von Belle-Isle", **„Das Haus auf den Felsen von Varengeville". – Edgar Degas: Einige Ballettbilder in den für den Künstler typischen Grün- und Blautönen; große Sammlung kleiner **Bronzen. – Zeichnungen von Jean-François Millet und Honoré Daumier. – Bilder von Guillaumin, Bastien-Lepage und Toulouse-Lautrec. – *Nachimpressionisten (Gruppe der Nabis und Cézanne):* Paul Cézanne:

*„Stilleben", **„Badende", **„Selbstbildnis mit Melone". Das Werk des Malers Cézanne ist unabhängig von jeder Stilrichtung, denn er hatte seinen eigenen, ganz persönlichen Stil. Seine das Objekt auflösende Sehweise gab der Malerei neue Impulse, und seine Neigung zur Vereinfachung leitete zum Kubismus über. Die **„Badende" wurde der Glyptothek anläßlich ihres 50jährigen Bestehens am 27. Juni 1956 vom Carlsbergfonds überreicht. – Werke von Vuillard und Bonnard. – Vincent van Gogh: **„Porträt des Père Tanguy", **„Landschaft von Saint-Rémy" aus dem Jahr 1889 und *„Rosafarbene Rosen", eins seiner letzten Werke. – Toulouse-Lautrec: **„Porträt des Monsieur Delaporte". Im Saal 29 werden abwechselnd *Zeichnungen von Millet und Daumier ausgestellt.

**Gauguin-Sammlung. Die Gauguin-Sammlung der Glyptothek ist weltweit bekannt. Sie umfaßt fünfundzwanzig Gemälde, von denen einige zum internationalen Erbe des Malers gehören, und drei Holzreliefs. Anhand dieser Sammlung läßt sich die Entwicklung des Künstlers vom begabten „Sonntagsmaler" bis zur Meisterschaft seiner letzten auf Tahiti entstandenen Werke, von der impressionistischen Sehweise bis hin zu den großen exotischen, gleichermaßen dekorativ und geheimnisvoll wirkenden Kompositionen verfolgen. Es hängen hier unter anderem die Bilder „Landschaft in der Normandie", *„Blumenstilleben", **„Nähende Frau", **„Der Strand von Dieppe" und **„Tahitianerin mit Gardenie" aus dem Jahr 1891.

Am 22. November 1873 heiratete Paul Gauguin (1848–1903) die junge Dänin Mette Gad, die aus einer angesehenen Kopenhagener Bürgerfamilie stammte. Gauguin hatte zu diesem Zeitpunkt eine gute Stellung als Bankkaufmann und betätigte sich lediglich als Sonntagsmaler, der allerdings begabter war als die übrigen. Von 1884 bis 1885 hielt er sich in Kopenhagen auf. Damals ahnte Mette bereits, daß der Tag nicht mehr fern war, an dem ihr wohlsituierter Mann Frau, Kind, Heim, Beruf und Komfort verlassen würde, um sich ausschließlich seiner einzigen Leidenschaft, der Malerei, zu widmen. Was Gauguin betraf, so bedurfte es damals für ihn nur noch eines letzten Anstoßes.

Die Kontakte Gauguins zu Dänemark waren von großer Bedeutung für die Entwicklung der dänischen Malerei des ausgehenden 19. und des 20. Jahrhunderts. Seine Begegnungen mit Johan Rohde und Theodor Philipsen sowie die Gauguin- und van Gogh-Ausstellung im Jahre 1893 in der „Frie Ud" machten die Dänen mit den Werken der beiden Maler bekannt, die die Entwicklung der modernen Kunst in Europa einleiteten.

Dänische Malerei

Da die dänische Malerei im Zusammenhang mit dem *Staatlichen Kunstmuseum* ausführlich beschrieben wird, soll an dieser Stelle nicht auf die einzelnen Schulen eingegangen werden. Die Glyptothek vermittelt einen vollständigen Überblick (Säle 48–53) über die Malerei in Dänemark: Porträts von Jens Juel,

Landschaftsbilder von Nikolai Abildgaard, italienische und dänische Landschaften sowie Seestücke von Christoffer Eckersberg, Genreszenen, historische Szenen und Landschaften von Constantin Hansen, Porträts von Christian Købke, einem der besten Künstler der dänischen Schule, Landschaften von Joachim Skovgaard und von Johan Thomas Lundbye, von dem auch ein schönes *Selbstporträt zu sehen ist.

Saal 53: Dieser Saal ist in erster Linie den Malern der ersten Hälfte des 20. Jahrhunderts vorbehalten. Zahlreiche Bilder von Theodor Philipsen, der als einziger dänischer Impressionist gilt, und von Harald Giersing.

Säle 41–46, 54 und 55: Dänische Skulpturen, Büsten und Reliefs.

Weg 2: Zwischen **Kongens Nytorv, **Amalienborg und dem *Nyhavn

Am östlichen Ende des *Strøget* (s. S. 93) liegt

Kongens Nytorv [12], der ,,Königliche Neumarkt‘‘. Er kann als das Zentrum der Aristokratie, der Diplomatie und des Luxus bezeichnet werden. In der Mitte des Platzes erhebt sich die 1688 von César Lamoureux geschaffene *Reiterstatue Christians V.* Das 1755 gegründete *Hotel d'Angleterre* hat seitdem berühmte Persönlichkeiten der Neuen wie der Alten Welt in seinen Mauern beherbergt. Hier hielt der Literaturhistoriker und Kritiker Georg Brandes (1842–1927), ein Wegbereiter des Naturalismus in der dänischen Literatur, seine literarischen Versammlungen ab.

An der Südseite des Platzes steht *Das Königliche Theater (Det Kongelige Teater),* dessen Eingang die Statuen der dänischen Dichter und Dramatiker Ludwig Holberg (1684–1754) und Adam Oehlenschlæger (1779–1850) schmücken. Es umfaßt die 1872 bis 1874 geschaffene, reich verzierte Alte Bühne, die mit der Neuen Bühne aus dem Jahr 1931, einer von den Kopenhagenern ,,Stærekassen‘‘ (Starenkasten) genannte Rundkonstruktion, durch eine Galerie verbunden ist. In seinen Anfängen war dieses Theater die Wiege der Ballettkunst, die seit jeher in Dänemark besonders gepflegt wurde. – Das *Palais Harsdorff*, Kongens Nytorv 3–5, stammt aus dem ausgehenden 18. Jahrhundert.

Direkt daneben, Ecke Kongens Nytorv und Nyhavn, liegt das **Schloß Charlottenborg. Es entstand in den Jahren 1672 bis 1683 und ist einer der bedeutendsten Barockbauten Dänemarks, ein Werk des holländischen Architekten Evert Janssen. Nach dem Vorbild dieses Schlosses entstanden in Dänemark mehrere Palais und Herrenhäuser. Bauherr war Fürst Ulrik Frederik Gyldenløve, Statthalter in Norwegen und Bruder König Christians V. Im Jahr

1700 kaufte Königin Charlotte Amalie (daher der Name) das Schloß. 1753 stellte es Frederik V. der Königlichen Akademie der Schönen Künste zur Verfügung, die hier auch heute noch ihren Sitz hat. Die Ausstellungsgebäude und die Bibliothek der Akademie liegen hinter dem Schloß (Eingang Kongens Nytorv 1).

Unmittelbar östlich des Kongens Nytorv liegt der *Nyhavn;* er ist am Ende dieses Weges, auf Seite 111, beschrieben.

An der Ecke Bredgade und Store Strandstræde steht das ankergeschmückte *Kanneworff-Haus.* Von den weiteren Herrschaftshäusern, die die Strandstræde schmücken, sei das *Haus Nr. 3* genannt, deren einstige Bewohner, die Familie Collin, dem Märchendichter Hans-Christian Andersen in Freundschaft verbunden waren.

An der Ecke Bredgade und Kongens Nytorv erhebt sich das 1683 bis 1686 von einem unbekannten Architekten für den berühmten Admiral Niels Juel (gest. 1697) errichtete eindrucksvolle

*Palais Thott. Der Bau wurde um 1760 von Nicolas Henri Jardin erweitert und verschönert, nachdem er vorher in den Besitz des Grafen Otto Thott gelangt war. Heute ist hier die *Französische Botschaft* untergebracht.

In der *Bredgade*, der *Breiten Straße*, findet man mehrere bekannte Antiquitätengeschäfte. Dieses Viertel zwischen der Bredgade und dem Hafen, dem Kongens Nytorv und der Esplanade ist das Botschaftenviertel der dänischen Hauptstadt.

Die Bredgade quert den Straßenzug *Sankt Annæ Plads (Sankt-Anna-Platz)*, an dem die *Garnisonskirche,* die *Schwedische Botschaft* und die *Britische Botschaft* stehen und der direkt zum Hafen führt. Den Rasen in der Mitte des Platzes zieren zahlreiche Statuen. Die

Garnisonskirche *(Garnisonskirke)* [13] wurde in den Jahren 1703 bis 1706 erbaut. Der helle Innenraum des kreuzförmigen Baus mit Türen über dem Westarm hat an allen Wänden zweistöckige Emporen. Die Fahne unter der Königsloge ist ein Geschenk König Frederiks IX. anläßlich der Wiedereröffnung der Kirche im Jahr 1961 nach mehrjährigen Restaurierungsarbeiten.

Das *Palais Lindencrone,* Ecke Bredgade und Sankt Annæ Plads, stammt aus dem Jahr 1751; es ist heute Sitz der *Britischen Botschaft.* Das ein wenig weiter in der Bredgade gelegene

Odd-Fellow-Palais [14], ehemaliges *Palais Schimmelmann,* entstand in den Jahren 1750 bis 1755 und gehört heute den Odd Fellows, einer im 18. Jahrhundert in England gegründeten, in Organisation und Zielsetzung den Freimaurern verwandten Gesellschaft mit humanitären Zielen.

Ihm schräg gegenüber, Ecke Bredgade und *Dronningens Tværgade,* liegt das

Palais Moltke, das Anfang des 18. Jahrhunderts für die Familie Gyldenløve errichtet wurde. Das Palais ist heute Sitz des *Handwerkerverbandes.*

In der *Frederiksgade* stößt man dann auf zwei spiegelgleiche Palais: *Palais Bernstorff* (auch: *König-Georg-Palais*) und *Palais Dehn*, die beide 1756 vollendet wurden. Ersteres gehörte verschiedenen Fürsten, bevor es 1881 an König Georg I. von Griechenland verkauft wurde. Heute ist der Bau, den eine herrliche Barocktreppe schmückt, Sitz der bedeutenden *Versicherungsgesellschaft Baltica*.

Auf einem kleinen, von Barockhäusern gesäumten Platz an der Bredgade steht die

*Marmorkirche (Marmorkirken oder *Frederikskirken)* [15]. Frederik V. ließ sie anläßlich des dreihundertjährigen Regierungsjubiläums des Hauses Oldenburg errichten. Begonnen wurde mit den Bauarbeiten 1749 unter der Leitung des Architekten Eigtved, Jardin führte sie nach dessen Tod 1754 fort, doch dann wurden die Arbeiten unterbrochen, und die halbfertige Kirche war mehr als ein Jahrhundert lang dem Verfall preisgegeben. Dank der Initiative des Bankiers Tietgen wurden die Arbeiten 1874 wieder aufgenommen, und 1894 wurde die Kirche eingeweiht.

Der Bau ist mit zahlreichen Statuen bedeutender Persönlichkeiten der Kirche und des öffentlichen Lebens geschmückt. Man sieht dort unter anderem den heiligen Ansgar, den ,,Apostel des Nordens'', den Grönlandmissionar Hans Egede, den Dichter Brorson, Knut den Heiligen, Luther und Sören Kierkegaard. Die freskengeschmückte riesige Kuppel ist fast so groß wie die Kuppel der Peterskirche in Rom. – Vom Turm bietet sich ein sehr schöner Ausblick.

In der Bredgade 53 ragen die goldenen Kuppeltürme der russischen *Alexander-Newski-Kirche* [16] auf. Der Bau der im Jahr 1883 geweihten Kirche wurde von Zar Alexander III. finanziert.

Die Ecke *Fredericiagade* und Bredgade gelegene *Sankt-Ansgar-Kirche* ist eine der katholischen Kirchen Kopenhagens. – Das

*Kunstindustriemuseum (Kunstindustrimuseet) [17] befindet sich in den Gebäuden des in den Jahren 1752 bis 1757 von N. Eigtved und L. de Thurah erbauten und 1921 bis 1926 restaurierten ehemaligen Frederik-Hospitals.

Dieses 1890 gegründete Kunstgewerbemuseum bietet einen Überblick über die Entwicklung des dänischen Kunsthandwerks vom Mittelalter bis in die Gegenwart. Darüber hinaus besitzt das Museum einige einzigartige Kunstgegenstände: ein Reliquiar und ein Gemellion (emaillierter Kupferteller; Limoges, 13. Jh.), einen Wandteppich aus Tournai (15. Jh.), das Modell einer Reiterstatue Ludwigs XIV. von Desjardins sowie der Welt größte Sammlung von Toulouse-Lautrec-Plakaten. Zu dem Museum gehört eine sehr gute Bibliothek.

In der Bredgade 70 erinnert eine Gedenkplatte daran, daß Sören Kierkegaard, der von 1813 bis 1855 lebte, am 11. November 1855 in diesem Haus starb. Sein Vater stammte aus Westjütland und lebte dort lange Zeit recht kümmerlich als Landarbeiter. Nachdem er eine kleine Erbschaft gemacht hatte, ging er nach Kopenhagen, wo er bald zu Reichtum gelangte und gleichzei-

tig ein streng religiöses Leben
führte. In dieser gottesfürchtigen
und strengen Umgebung wuchs
der junge Sören auf, und Zeit seines Lebens vermochte er die Last
dieser seine Jugend überschat-
tenden Atmosphäre nicht abzu-
schütteln. Durch den ständig do-
zierenden Ton seines Vaters fühlte er sich ,,für alles untauglich gemacht", was sich auch in seinen
mangelhaften Leistungen in der
Schule niederschlug. 1838 starb
Sörens Vater und hinterließ ihm
ein großes Vermögen, das es ihm
erlaubte, das Leben eines mon-
dänen Dandys zu führen. Er ent-
schloß sich aber schließlich, dem
Wunsch des Toten nachzukommen und das Theologiestudium
aufzunehmen.

Lange Zeit war Kierkegaard mit
Regine Olsen, einem jungen
Mädchen aus dem Kopenhagener
Bürgertum, verlobt. Als diese
Verlobung schließlich auseinan-
derging, war er endgültig davon
überzeugt, daß er ,,in jeder Be-
ziehung untauglich" sei. Außerdem quälten ihn ständig der Gedanke an die Sünde, das Gefühl,
von einem unseligen Fluch verfolgt zu sein sowie seine angebo-
rene Melancholie. Nach einem
längeren Aufenthalt in Berlin
kehrte er nach Kopenhagen zurück und verwandte die wenigen
Jahre, die ihm noch zu leben blieben, auf die Vervollständigung
seines theologisch-philosophi-
schen Werkes, eines Werkes, das
nach dem Ersten Weltkrieg zur
Grundlage der dialektischen
Theologie und der Existenzphi-
losophie werden sollte.

Die Bredgade endet an den Straßen *Grønningen* und *Esplanaden*
(s. Weg 6, auf S. 135).

Man geht nun bis zur Fredericiagade zurück und auf ihr ostwärts
hinüber in die parallel zur Bredgade verlaufende vornehme
Amaliegade, an der unter anderem mehrere schöne Häuser von
N. Eigtved, einem führenden dänischen Architekten des 18. Jahrhunderts, stehen. Die größte architektonische Sehenswürdigkeit
in der Amaliegade ist jedoch
zweifellos

**Schloß Amalienborg [18] mit
seinen vier Palais. Von der
Schloßanlage hat man über die
Bredgade hinweg einen Blick auf
die Marmorkirche und in entgegengesetzter Richtung auf den
Hafen. Den Schloßplatz ziert ein
von dem Franzosen J. F. Saly,
dem ersten Direktor der Königlichen Akademie, geschaffenes
Reiterstandbild Frederiks V. Die
architektonische Ausgewogen-
heit und Harmonie dieses Platzes
machen ihn zu einem der schönsten Plätze des europäischen 18.
Jahrhunderts.

Die vier ursprünglich für adelige
Familien von N. Eigtved und
nach Plänen von N. H. Jardin im
Rokoko-Stil erbauten Palais wurden, nachdem Schloß Christiansborg 1794 abgebrannt war, vom
König für seine Residenz erworben.

Im Nordwesten des Platzes steht
das *Palais Levetzau,* auch *Palais
Frederik VIII.* genannt. Dieser
Bau entstand im Jahr 1760 und ist
heute Wohnsitz der Königinwit-
we Ingrid. Das an der Nordostek-
ke des Platzes gelegene *Palais
Brockdorff* (oder *Palais Christian
VIII.*) stammt aus dem gleichen
Jahr. Es ist derzeit Wohnsitz des
Prinzen Knud. Das *Palais Moltke*

(oder *Palais Christian VII.*) im Südwesten des Schloßplatzes wird bei Festveranstaltungen oder bei Empfängen des Königshauses benutzt. Es wurde 1754 von Eigtved erbaut und auch von ihm eingerichtet. Die meisten Sopraporten (= Wandfelder mit Gemälden oder Reliefs über Türen in Rokoko-Räumen) im Schloßinnern sind das Werk des französischen Malers François Boucher.

Im Südosten des Platzes schließlich sieht man das 1755 erbaute *Palais Løvenskjold;* es wird auch *Palais Christian IX.* genannt und ist heute die Residenz der Königin Margrethe II.

Wenn sich die Königin in Kopenhagen aufhält, findet täglich um 12 Uhr die Wachablösung der Königlichen Garde, die *Vagtparad,* statt. Das Musikkorps nimmt folgenden Weg: Schloß Rosenborg (Abmarsch 11.30 Uhr) – Købmagergade – Østergade – Kongens Nytorv – Amalienborg Plads (s. auch S. 126).

Von der Südseite des Schloßplatzes führt die Amaliegade wieder zur Straße *Sankt Annæ Plads.* In der Amaliegade stehen zahlreiche schöne Häuser, ehemals Wohnhäuser begüterter Handwerker und Kaufleute, die um die Mitte des 18. Jahrhunderts von N. Eigtved entworfen wurden. Die Pläne für das *Gelbe Palais* (Nr. 18), das heute zum Außenministerium gehört, wurden um 1760 von N. H. Jardin angefertigt.

Über die *Lille Strandstræde* oder die *Store Strandstræde* gelangt man zum Kongens Nytorv zurück.

*NYHAVN

In unmittelbarer Nähe der Paläste des **Kongens Nytorv liegt in Richtung auf den Hafen zu, dessen Kräne hier allgegenwärtig sind, das Seemannsviertel von Kopenhagen, die Doppelstraße Nyhavn, deren Nordseite als Fußgängerstraße den Strøget zum Wasser hin verlängert, auf beiden Seiten des gleichnamigen Hafenbeckens. Hier findet man weder Palais noch Herrschaftshäuser, sondern eine Fülle kleiner Boutiquen, meist Kellerläden, in denen alles angeboten wird, was fremde Kontinente zu bieten haben: Kleidungsstücke, Schmuck, Korallen, diverse Raritäten, ausgestopfte und lebende Papageien und anderes mehr. In einigen dieser Boutiquen kann man sich tätowieren lassen, andere sind als Cafés eingerichtet, und wenn sich hier oder dort eine Tür öffnet, dringen bisweilen Fetzen von Matrosenliedern nach draußen.

Übrigens begegnet dem Besucher von Nyhavn auf Schritt und Tritt der Schatten Hans Christian Andersens. Der große dänische Märchendichter hat dieses Stadtviertel, das auch heute nichts an Faszination verloren hat, seit seiner Übersiedlung nach Kopenhagen im Jahr 1819 geliebt. Die holprigen Pflaster der Kaianlagen haben seine schlaksige Silhouette gekannt, und mehrere der Häuser, von der schmutzigen Mansarde bis zur komfortablen kleinen Wohnung, haben ihm als Wohnstätte gedient.

Fast zwanzig Jahre lang (von 1845 bis 1864) wohnte er im Haus Nr. 67.

Es sei in diesem Zusammenhang gesagt, daß die rechte Straßenseite im Laufe der letzten Jahre eine Veränderung erfahren hat. Die Wohnungen auf dieser „anstän-digen Seite" (mit den geraden Nummern) sind sehr gefragt und entsprechend teuer. So ist Nyhavn heute eine Straße mit zwei Gesichtern.

Weg 3: Schloß Christiansborg – Thorvaldsen-Museum – **Nationalmuseum

Den historischen Kern Kopenhagens bildet *Slotsholmen,* die Schloßinsel (s. Plan auf Seite 113), denn hier ließ Bischof Absalon im Jahr 1167 jene Festung errichten, die Seeland vor feindlichen Übergriffen schützen sollte.

Man beginnt seinen Entdeckungsgang durch Slotsholmen am besten an der alten *Holmens-brücke (Holmensbro),* nahe der *Holmenskirche.* Ganz gleich, welche Richtung man von hier aus einschlägt, man sollte es nicht versäumen, mal auf den Straßen entlang der Kanäle zu bummeln. *Nybrogade, Gammelstrand* und *Ved Stranden* bieten zahlreiche interessante Boutiquen und Geschäfte, darunter vor allem Fischgeschäfte, Galerien, Antiquitäten- und Trödlerläden.

Man kann Schloß Christiansborg und die angrenzenden Gebäude auf verschiedenen Wegen erreichen. Wer vom Strøget oder vom Rathausplatz [1] bzw. vom Andersen-Boulevard kommt, fährt durch die Straße *Frederiksholms-kanal;* aus Richtung Strøget kann man auch über den *Højbroplads* [10] dorthin gelangen, und vom Kongens Nytorv aus erreicht man Christiansborg über die beiden Holmensbrücken. Wer von Christianshavn kommt muß über die *Knippelsbro* fahren. – Die

*Holmenskirche *(Holmenskirke)* [19], ursprüngliche Marine-Ankerschmiede, wurde 1619 unter Christian IV. als Kirche eingerichtet. In den Jahren 1641 bis 1643 ließ dieser König einen Chor und ein Querschiff anbauen. Zunächst war das Gotteshaus die Kirche der Matrosen und Offiziere der dänischen Kriegsflotte. Es wurde mehrere Male restauriert, zuletzt 1970.

Der älteste Teil der Holmenskirche ist der zum Kanal hin liegende Renaissancegiebel, der bereits die alte Schmiede zierte. Das schöne Hauptportal stammt aus dem Dom in Roskilde. Die Innenausstattung der Kirche hat sich seit der Regierungszeit Christians IV. kaum verändert: Altarwand, Kanzel und die Statuen der Propheten stammen von dem berühmten Holzschnitzer Abel Schröder. Sie entstanden in der Zeit, in der dieser als Organist an der Sankt-Morten-Kirche in Næstved wirkte. Die übrigen Statuen hat Thorvaldsen, der in dieser Kirche konfirmiert wurde, geschaffen. Unter dem alten Barockorgelgehäuse aus dem Jahre 1742 verbirgt sich eine moderne

Orgel, die 1956 gebaut wurde. Die beiden Schiffsmodelle stellen die Kriegsschiffe „Holstein" und „Christianus Quintus" dar. Außerdem sind hier zwei abstrakte Gemälde von Richard Mortensen zu sehen.

Die Beisetzung des Admirals Niels Juel, der die Schweden entscheidend schlug, war die eindrucksvollste, die jemals in der Holmenskirche stattgefunden hat: Allein die Trauerrede dauerte vier Stunden. In dieser Kirche heiratete Königin Margrethe II. im Jahre 1967 den Grafen Henri de Laborde de Montpezat.

Im Laufe der Jahre ist aus der *Großen Kapelle* eine Art Sarkophag-Museum geworden: Hier sind unter anderem Niels Juel (s. oben) und dessen Frau, Admiral Tordenskjold (17. Jh.) und der Komponist Niels Wilhelm Gade (1817–1890) beigesetzt. „Tordenskjold" (deutsch ‚Donnerschild') ist der Ehrenname, den der norwegisch-dänische Seeheld Peter Wessel von Frederik IV. für seine großen Siege über die Schweden erhielt. Niels Wilhelm Gade, Schüler von Schumann und Mendelssohn und nach dem Tod des letzteren Dirigent der Leipziger Gewandhauskonzerte, gilt als der bedeutendste dänische Komponist des 19. Jahrhunderts.

Auf einer der Kirche benachbarten Rasenfläche wurde eine Gedenkplatte zur Erinnerung an die im Zweiten Weltkrieg gefallenen Marinesoldaten angebracht.

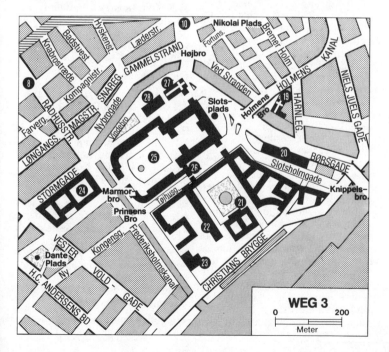

Über die *Holmensbrücke (Holmensbro)* gelangt man zum

Schloßplatz *(Slotsplads),* den ein Standbild Frederiks VII. schmückt (Bissen, Vater und Sohn). Hinter dieser Statue liegt Schloß Christiansborg, das jedoch erst auf Seite 115 beschrieben wird, da es wohl besser ist, chronologisch vorzugehen, das heißt, die Besichtigung von Slotsholmen mit einem Besuch der Ruinen zu beginnen.

Hinter der Statue sieht man drei Eingänge: Der erste führt ins Außenministerium, der zweite in die Empfangsräume der Königin, und wenn man durch den dritten geht, gelangt man zu den

Burgruinen. Die zu Beginn des 20. Jahrhunderts freigelegten und bis 1979 mit erheblichem Aufwand restaurierten Ruinen gehören vor allem zur ersten, von Bischof Absalon im 12. Jahrhundert gegründeten Festung. Zu sehen sind noch die Brunnen sowie das Fundament des *Blauen Turms.* Er ist eng mit dem Schicksal Leonora Christinas, der Lieblingstochter Christians IV., verbunden, die mit Corfitz Ulfeldt verheiratet wurde. Nach dem Tod Christians IV. wurde das Ehepaar das Opfer übler Attacken seitens der eifersüchtigen und haßerfüllten Königin Sophia-Amalie sowie König Frederiks III. Als Ulfeldt sich des Hochverrats schuldig machte, beeilte man sich, auch Leonora Christina zu verdächtigen und warf sie in den Blauen Turm, wo sie zweiundzwanzig Jahre lang gefangengehalten wurde. Diese intelligente und gebildete Frau schrieb während ihrer Gefangenschaft das bedeutendste dänische Prosa-

werk des 17. Jahrhunderts: ,,Jammersminde" (,,Schmerzvolle Erinnerungen").

Nach der Besichtigung der Burgruinen wieder auf dem Schloßplatz, setzt man nun hier den Besichtigungsgang durch das Slotsholmen-Viertel fort. Man biegt nach rechts in die *Slotsholmsgade* ein. Auf der rechten Straßenseite befinden sich die Gebäude einiger Ministerien, auf der linken Seite liegt die *Börse.* Die Ministerien sind in Herrenhäusern (*gårds*) und Palais aus dem 17. Jahrhundert untergebracht. *Stormskegård, Wurttemberg-Palais, Schackegård* und insbesondere *Den røde Bygning,* ein roter Backsteinbau, in dem sich seit eh und je, das heißt seit seiner Entstehung in den Jahren 1715 bis 1720, die Kanzlei befindet. Es handelt sich hier im übrigen um das einzige Gebäude, dessen Bestimmung stets dieselbe geblieben ist.

Die ehemalige

**Börse [20] – die heutige liegt in der Nähe der Sankt-Nicolas-Kirche – gehört zu den schönsten Bauwerken, die König Christian IV. in Kopenhagen errichten ließ. Sie entstand in den Jahren zwischen 1619 und 1625; die Brüder Lorenz und Hans van Steenwinkel schufen den Gebäudeschmuck und die schön gearbeiteten Zwerchgiebel. Außerdem krönten sie das hohe Satteldach mit einem Turm, der aus vier Drachen gebildet wird, deren Schwänze zur Turmspitze hin ineinandergezwirbelt sind. Dieser Drachenturm ist eines der Wahrzeichen Kopenhagens.

Wir gehen denselben Weg wieder zurück und biegen linker Hand in die am Schloß Christiansborg entlangführende *Tøjhusgade* ein. Zunächst kommen wir am *Reichsarchiv (Rigsarkivet)* vorüber, das im *Proviantgård* untergebracht ist.

Dann gehen wir links unter den Arkaden hindurch in einen romantischen, statuengeschmückten Garten (u. a. Statuen von Demosthenes und Sören Kierkegaard), hinter dem die

Königliche Bibliothek *(Kongelige Bibliotek)* [21] liegt. Die von Frederik III. gegründete Bibliothek wurde im Jahr 1793 der Öffentlichkeit zugänglich gemacht. Mit ihren 1 700 000 Bänden gehört sie zu den bedeutendsten Bibliotheken Europas. Außerdem enthält sie mehrere Sammlungen: 100 000 Abhandlungen, 53 000 abendländische Handschriften, 4500 orientalische Handschriften, 4500 Wiegendrucke und eine Abteilung für hebräische Schriften. Des weiteren befinden sich hier eine Handschrift aus der Chronik des Saxo Grammaticus und handgeschriebene Aufzeichnungen des Astronomen Tycho Brahe. – In dem langgestreckten Gebäude neben der Bibliothek ist das sehenswerte

Zeughausmuseum *(Tøjhusmuseet)* [22] untergebracht. Dieses bedeutende Museum für Militärgeschichte konnte im Jahr 1928 dank nationaler und privater Sammlungen gegründet werden. Das Museum besteht aus einem riesigen Saal, dem ,,Lange Tøjhus''; zu sehen sind hier zahlreiche Waffen, Sättel, Uniformen, Fahnen, Trophäen, Stiche usw. Im *Museumsgarten,* der an die Straße Christians Brygge

grenzt, wurde nach 1945 der 1864 eroberte Löwe von Isted wieder aufgestellt.

Die Tøjhusgade endet am Frederiksholmskanal und der gleichnamigen Straße auf beiden Kanalseiten.

Linker Hand führt die Straße auf der Ostseite zum

Alten Brauhaus Christians IV. *(Christians IV's Gamle Bryghus)* [23] mit seinem eindrucksvollen Ziegeldach und zur Christians Brygge, einer Straße, die seit Jahrzehnten im Wandel begriffen ist; heute reihen sich hier Lagerhäuser, Autowerkstätten, Handelsunternehmen und mechanische Betriebe aneinander, und der Verkehr hat beängstigende Ausmaße angenommen.

Rechts führt der Frederiksholmskanal zum jenseits gelegenen *Nationalmuseum* [24] und zur *Marmorbrücke (Marmorbro).* Um den Rundgang nicht unterbrechen zu müssen, sollte man das Museum erst später besuchen und zunächst einmal das

Schloß Christiansborg [25] besichtigen. An der Stelle des alten, oft restaurierten Schlosses ließ König Christian VI. in den Jahren 1731 bis 1745 ein weitläufiges Gebäude und die Arkaden des Innenhofes errichten. Von dieser Anlage existieren heute nur noch zwei Flügel, ein herrliches Beispiel barocker Baukunst. Der Südflügel hat einige geringfügige Veränderungen erfahren, als König Christian VII. ein Theater bauen ließ. Heute befindet sich hier das *Theatermuseum* [26]. Nach der Brandkatastrophe im Jahr 1794 wurde mit dem Bau eines zweiten Schlosses begonnen, das ebenfalls (1884) ein Raub der Flammen wurde und von dem nur das Gebälk und die Ställe übrigblieben.

Das dritte Schloß Christiansborg entstand erst in den Jahren 1907 bis 1920. Heute ist es Sitz des *Folketing,* des dänischen Parlaments, des *Obersten Gerichtshofes* und des *Außenministeriums.* Außerdem enthält es die Repräsentationsräume der Königin und des Regierungschefs. Über die ebenfalls unter Christian VI. erbaute Marmorbrücke gelangt man in den Hof von Schloß Christiansborg.

Wir beginnen die Besichtigung mit den Stallungen *(Staldmestergården)* und der Reithalle mit Königsloge. Das *Königliche Hoftheater (Kongelige Hofteater)* im hinteren Teil des Hofes (dem Säulengang bis Nr. 18 folgen) wurde 1766 von Jardin eingerichtet. Heute beherbergt es das schon erwähnte *Theatermuseum* [26] mit Kostüm- und Modellsammlungen sowie Erinnerungen an berühmte Schauspieler vom 16. Jahrhundert bis heute.

Danach kommen wir in einen weiteren Hof. Im *Reichstagsgebäude (Rigsdagsgården)* befinden sich hier, wie bereits gesagt, Parlament, Oberster Gerichtshof und die prachtvoll ausgestatteten Repräsentationsräume.

Durch das *Prins-Jørgen-Tor* gelangt man wieder auf den Slotsplads und geht dort nach links zur

Schloßkirche *(Slotskirke)* [27], einem neoklassizistischen, der römischen Antike nachempfunde-

nen Bauwerk. Den Innenraum schmücken Engel des Bildhauers Thorvaldsen, dessen Museum neben der Kirche liegt. – Das

**Thorvaldsen-Museum [28] ist wohl das Museum des berühmtesten dänischen Künstlers; es wurde zwischen 1839 und 1848 nach Vorschlägen Thorvaldsens unter

Börse und Schloß Christiansborg

der Leitung des Architekten Bindesbøll erbaut. Man ist geneigt, es eher für ein Mausoleum als für ein Museum zu halten, und das Grab Thorvaldsens im Innenhof des Museums wirkt wie eine Mahnung, den Künstler nicht von seinen Werken zu trennen. Das Museum enthält nicht nur eigene Arbeiten (Originale und Kopien), die der Künstler dem dänischen Staat vermachte, sondern auch dessen gesamte Privatsammlung mit antiken Kunstwerken, Medaillen, Münzen und Schmuckgegenständen.

Bertel Thorvaldsen wurde 1770 in Kopenhagen geboren. Sein Vater war ein aus Island eingewanderter Holzschnitzer. Thorvaldsen erhielt eine ausgezeichnete Ausbildung an der Kunstakademie, und 1796 gewährte ihm die Akademie ein Reisestipendium für einen Italienaufenthalt.

Die Ankunft in Rom war der wichtigste Augenblick seines Lebens. Er wurde mit der römischen und hellenistischen Kunst des Altertums konfrontiert. Selten hat ein Künstler es vermocht, die Lektionen der antiken Meister mit mehr als 2000 Jahren Abstand so perfekt zu assimilieren. Manchmal scheint es, als habe er versucht, in ihre Haut zu schlüpfen, um ihren Blick, ihren Zeitgeist und ihr Gefühl für Schönheit und Harmonie wiederzufinden.

In den ersten Jahren seines Aufenthalts fühlte Thorvaldsen sich Phidias und den Künstlern des 5. vorchristlichen Jahrhunderts sehr eng verbunden, doch in der Folgezeit näherte sich sein Stil dem des Praxiteles. Klassizismus und Naturalismus, Kraft und Grazie bilden bei ihm ein harmonisches Ganzes.

Mit seinem ersten großen Werk, der Statue des Jason, begann er im Jahr 1803. An ihm arbeitete er fünfundzwanzig Jahre lang; der englische Kunstsammler Thomas Hope, der den Jason erwerben wollte, wartete geduldig diese fünfundzwanzig Jahre ab. Als Canova die Statue sah, sagte er, der „Stil sei gewaltig und neu". Das Museum erwarb das Werk im Jahr 1907 von den Nachkommen Thomas Hopes.

Nach dem Jason erlebte Thorvaldsen eine rastlose Schaffensperiode. Die Nachwelt verdankt ihm zahlreiche Statuen von bedeutenden Persönlichkeiten aus der ersten Hälfte des 19. Jahrhunderts. Vor dem herrlichen Standbild der Prinzessin Barjatinskij begreift man, daß ganz Europa sein Augenmerk auf den Dänen richtete. Hieraus erklärt sich, daß Thorvaldsen nach 1820 mehr als vierzig Bildhauer in seinem römischen Atelier, dem Zentrum der europäischen Künstlerwelt, beschäftigte. Trotz dieser reichen Produktion verlor das Werk des Künstlers nichts von seiner Anmut und Schönheit der Linienführung, beide Ausdruck einer unbestreitbaren Begabung, doch auch einer angeborenen Eleganz des Geistes.

Nachdem ihm höchster Ruhm zuteil geworden war, wartete der Künstler mit seiner Rückkehr nach Kopenhagen – abgesehen von dem einen Jahr, das er dort verbrachte, um die Statuen der Vor Frue Kirke zu schaffen –, bis sein Land ihn in gleicher Weise anerkannte wie das übrige Europa. Doch darauf mußte er lange warten. Nach einundvierzigjährigem Aufenthalt in Rom kehrte Thorvaldsen 1838 nach Kopenhagen zurück und lebte dort bis zu seinem Tod am 24. März 1844.

An der Außenseite des Museums findet man auf der zum Kanal zeigenden Fassade einen *Fries,* der in einer recht einzig dastehenden Farbputztechnik geschaffen wurde (nicht aufgemalt, sondern mit durchgefärbtem Zementputz aufgemauert). Dargestellt sind die Rückkehr Thorvaldsens nach Kopenhagen und die Überführung seiner Werke und Sammlungen ins Museum.

Im Innern des Gebäudes: Galerie monumentaler Skulpturen mit Darstellungen von Schiller, Eu-

gen v. Lichtenberg, Joseph Poniatowski, Pius VII., Maximilian
v. Bayern u. a.

Die Porträtgalerie (mit einem von
Büsten umgebenen Reiterstandbild von Joseph Poniatowski) belegt mehrere aneinandergrenzen-
de kleine Räume, in denen im
allgemeinen jeweils nur ein einziges Werk oder in die Wand ein-
gelassene Basreliefs zu sehen
sind.
Im *Christus-Saal* findet man Modelle der in der Kopenhagener
Frauenkirche aufgestellten Statu-
en sowie griechische Götter, jedoch auch Porträts des Prinzen
Potocki und Thorvaldsens, dänischer sowie europäischer Könige
und Prinzen und ein Byron-Por-
trät.

Die *Thorvaldsen-Sammlungen*
umfassen dänische, vorwiegend
aber norwegische Maler des 18.
und 19. Jahrhunderts; Werke der
Künstler, mit denen er in Rom
zusammenarbeitete; Porträts des
Bildhauers von Christian Vogel
von Vogelstein und Horace
Vernet.

Ein Raum ist mit den Möbeln aus
Thorvaldsens Wohnung ausgestattet. Außerdem sieht man
Thorvaldsens Sammlungen ägyp-
tischer und etruskischer Kunst-
und Gebrauchsgegenstände, eine
Münzensammlung, Bilder alter
italienischer Maler bzw. solche
von Meistern des 16. und 17.
Jahrhunderts (Bassano, Guerci-
no, Lorenzo Monaco) sowie eine
Sammlung griechischer Vasen
mit roten und schwarzen Figuren.

Vom Thorvaldsen-Museum kann
man über den Frederiksholmskanal schnell zum nahegelegenen
Nationalmuseum gelangen.

DAS **NATIONALMUSEUM

Das Museum [24] liegt am Frederiksholmskanal, gegenüber von
Schloß Christiansborg.

Das erste dänische Museum ist
das Werk des Mediziners und Archäologen Ole Worm (1588 bis
1654); es war dies das *Museum
Wormianum*, eines jener Kuriosi-
tätenkabinette, die zu dieser Zeit
in Europa sehr verbreitet waren.
Nach seinem Tode wurde die
Sammlung Dr. Worms in die von
Frederik III. im Kopenhagener
Schloß 1807 eingerichtete *Königi-
liche Kunstkammer (Det kongelige Kunstkammer)* überführt;
1821 wurde dann die Kunstkammer aufgelöst und ihre Sammlungen wurden auf verschiedene
Museen verteilt.

Das *Königliche Museum für
Nordische Altertümer (Det Kongelige Museum for Nordiske Old-
sager)* kam zunächst in die Dreifaltigkeitskirche – in der sich zu
dieser Zeit schon die Universi-
tätsbibliothek befand –, 1832
dann nach Schloß Christiansborg
und 1855 schließlich in das *Prin-
zenpalais;* in diesem 1684 erbauten Palais hatte der spätere König Christian IV. als Kronprinz
gelebt. Dort waren bereits das
Historische Museum und das *Ethnographische Museum* untergebracht. Die anderen Gebäudetei-
le des heutigen Nationalmuseums
stammen aus der Mitte des 18.
Jahrhunderts und der Arkaden-
anbau in der Stormgade von
1925. 1867 wurde auch die *Me-
daillen- und Münzensammlung*
von Rosenborg hierher verlegt,
und 1897 wurden die einzelnen
Abteilungen unter dem Oberbe-
griff „Danmarks Nationalmuseum" zusammengefaßt.

Zum Nationalmuseum gehören auf Verwaltungsebene ebenfalls das Freiluftmuseum von Lyngby, das Wikingerschiff-Museum in Roskilde und das Widerstandsmuseum am Churchillplatz.

Das Nationalmuseum enthält folgende Abteilungen:

1. *Dänische Antiken – vor- und frühgeschichtliche Funde;*

2. *Vom Mittelalter bis zur Mitte des 18. Jahrhunderts;*

3. *Von der Mitte des 18. Jahrhunderts bis in die Gegenwart;*

4. *Münzen- und Medaillensammlung;*

5. *Ägyptische, griechische und römische Antiken und Antiken aus dem Nahen Osten;*

6. *Ethnographische Abteilung* (Eskimos und Indianer, asiatische und tropische Kulturen).

1. Dänische Antiken – vor- und frühgeschichtliche Funde

Im *Museumshof* sind vier verschiedene Grabtypen aus der Steinzeit zu sehen: ein Ganggrab *(galgal),* ein Einzelgrab, ein Steinsarg und eine Dolmenkammer *(dysser).* Kataloge, archäologische Veröffentlichungen und Nachbildungen von Schmuckstücken werden verkauft.

Saal 1: *Paläolithikum* (240 000–6300 v. Chr.). Jäger. Älteste Spuren einer menschlichen Besiedlung Dänemarks während der Zwischeneiszeit; der einzige paläolithische Wohnplatz aus Bromma (Seeland). Rentierjäger; *Maglemosezeit:* Wohnplatzfunde von Mullerup, Sværborg, Holmegard; Auerochse aus Vig.

Saal 2: *Paläolithikum* (Fortsetzung; 6300–4200 v. Chr.). An den Küsten siedelnde Jäger und Fischer; *Ertebølle-Kultur.* Kunst der Jäger.

Saal 3: *Neolithikum* (4200–2800 v. Chr.). Feuersteintechnik; trepanierter Schädel. Beginn des Ackerbaus.

Saal 4: Anfänge des Ackerbaus; Jagd; Holzkunst.

Saal 5: Anfänge des Ackerbaus; geschäftete Feuersteinbeile; Dolmen; Wohnplatzfund aus Havnelev; ***Bernsteinfunde.

Saal 6: Die Religion der ackerbautreibenden Völker; sorgfältig bearbeitete Äxte; Opfergaben; erste Tongefäße; verschiedene Grabtypen; Grab eines Mannes; Opfermahl; Opferstätten.

Saal 7: *Neolithikum* (2800–1800 v. Chr.). Audiovisuelle Vorführung über die Veränderungen, die durch die Einwanderung eines neuen Volkes hervorgerufen wurden; erste Metallfunde; Beginn des Handels mit Metall; Einzelgräber und Ganggräber.

Saal 8: *Ältere Bronzezeit* (1800 bis 1000 v. Chr.). Ackerbau und Metallverarbeitung: Waffen und Schmuck; Wohnplatzfund; Goldschmuck.

Saal 9: *Ältere Bronzezeit* (1800 bis 1000 v. Chr.). Moorleichen; Opfergaben; bemerkenswert gut erhaltene weibliche Kleidungsstücke, die in einem Moor gefunden wurden; Felsmalerei. Besonders hervorgehoben sei der **Sonnenwagen von Trundholm. Zu jener Zeit glaubten die Menschen, die Sonne werde mit Pferd und Wagen über den Himmel gezogen. Dieser Sonnenwagen gehört zu den wertvollsten Schätzen Dänemarks; er wurde an einer ehemaligen Kultstätte gefunden.

Saal 10: Funde aus Eichensarggräbern: Borum Eshøj, Egtved, Skrydstrup (alle in Jütland); gut erhaltene Kleider und Stoffe.

Saal 11: Luren-Sammlung; **gehörnter Helm aus Viksø, der bei Ritualopfern Verwendung fand; *Schilde.

Raum 13: *Jüngere Bronzezeit* (900–500 v. Chr.). Große **Schilde aus dem Svenstrup- (im Himmerland) und dem Tarup-Moor (Insel Falster); verschiedene Dolmen.

Saal 14: *Keltische Eisenzeit* (= Latènezeit, 500 v. Chr. – Chr. Geb.). Großes Getreidegefäß; Grabfunde aus Jütland; *Felsmalerei;* radförmiges Kreuz und Bootsfund.

Saal 15: *Eisenzeit* (500 v. Chr. – 400 n. Chr.); diese Zeit kann als Vorbereitungszeit für die Wikingerzeit angesehen werden. Nachbildung eines Wohnplatzes; Schleifsteine, landwirtschaftliche Geräte; Krüge und Trinkgefäße.

Saal 16: Frauengrab aus Juelling auf der Insel Lolland; Grabfunde; der **Dejbjerg-Wagen (Jütland) mit Goldbeschlag; Schmuck und Silbergeschirr; römische Importwaren (die Zeit der Völkerwanderung, der Händler und der ersten Pilger hat bereits begonnen).

Saal 17: *Römische Eisenzeit* (200–400 n. Chr.). Grabfunde aus Jütland und aus der Umgebung von Odense; *reliefgeschmücktes Silbergeschirr mit der Darstellung von Göttern,

Prozessionen und Menschenopfern (u. a. der berühmte **Silberkessel aus Gundestrup, der höchstwahrscheinlich keltischen Ursprungs ist, denn er weist eine Darstellung des keltischen Gottes Kernunnos auf); eine der ältesten dänischen Runeninschriften.

Saal 18: *Römische Eisenzeit.* Grabfunde aus Seeland; römische Importwaren; Frauengrab aus Himlingøje mit Schmuck und anderen Grabbeigaben.

Saal 19: *Germanische Eisenzeit* (400–1000 n. Chr.); sie entspricht der Wikingerzeit. Schmuck; Fibeln, Broschen, Ketten und Armringe; Kopie der berühmten ziselierten Goldhörner von Gallehus (Jütland), die zu Beginn des 19. Jahrhunderts gestohlen wurden.

Saal 20: *Wikingerzeit.* Massiver Silberschmuck, u. a. **Armring und **Broschen aus Gummersmark und Vedstrup; Silberfund aus Terslev; Waffen und Rüstungsteile.

Saal 21: *Wikingerzeit.* Winkingerschiffe und ihre Schätze; Gebrauchsgegenstände, Waffen und Schmuck; Grabfunde aus Jelling und der Inhalt des bei Ladby gefundenen Wikingerschiffs; Funde vom Danevirke; die ersten dänischen Könige; die Festungen (Modell von Trelleborg); Reliquiar in Form eines Hauses.

Saal 22: *Runensteine.* Runen sind die ältesten nordischen Schriftzeichen. Sie waren zugleich Zauberzeichen. Das Runenalphabet wird nach den ersten sechs Zeichen dieses Alphabets Futhark genannt. Um das Jahr 700 hatte es 24 Zeichen. Um 800 bis 900 vollzog sich der Übergang zu dem Runenalphabet mit nur 16 Zeichen. Ab Ende des 11. Jahrhunderts und bis zum 14. Jahrhundert wurden die Runen parallel zu den lateinischen Schriftzeichen verwandt. – Ole Worm war der erste, der sich zu Beginn des 17. Jahrhunderts mit dem Studium der Runensteine befaßte. 1643 veröffentlichte er die ,,Danicorum monumentorum libri sex", in denen er 144 Runensteine beschrieb und deren Inschriften übersetzte. – Unter den Runensteinen des Museums befindet sich der Sørup-Stein, dessen Inschrift bis heute noch nicht vollständig gedeutet werden konnte.

2. Vom Mittelalter bis zur Mitte des 18. Jahrhunderts

Saal 23: *Romanik.* Reliefs; Taufbecken; Portalfragmente; Tympanon eines Portals. Beachtenswert ist die Bedeutung des Löwen in der romanischen Bildhauerkunst.

Säle 24, 25, 26: Grabsteine; romanische Kapitelle; Granitskulpturen von Aposteln und Heiligen; das Kruzifix aus der Kirche von Åby (1050–1100) soll nach dem Jellingstein die älteste dänische Christusdarstellung aufweisen.

Saal 27: Vergoldete Altarwände. Zu den schönsten zählt der **Altar von Lisbjerg (in der Nähe von Århus), der zwischen 1100 und 1150 geschaffen wurde. Altarverzierungen; kleeblattförmiges Taufbecken aus Gotland-Sandstein; wertvolle Kultgegenstände.

Saal 28: Kirchenschätze aus dem 13. und 14. Jahrhundert. Reliquiar aus der Kirche von Vatnaas

(Norwegen); bemalte Vorderseite eines Holzaltars, auf der die Kindheit Jesu und der Tod Mariens dargestellt sind; französische Arbeiten aus Emaille und Elfenbein; mehrere Mariendarstellungen.

Saal 29: Profane mittelalterliche Kunst. Waffen; Siegel; Rüstungen; Hörner-Sammlung.

Saal 30: Elfenbeinschnitzereien, die französischen Einfluß erkennen lassen; die Anbetung der Heiligen Drei Könige (1250) gehörte zur Worm-Sammlung. Hochaltar mit einer Darstellung der Heiligen Jungfrau aus der Kirche von Boeslunde. Dieser Altar wurde 1425 in Lübeck angefertigt.

Saal 31: Kirchenschätze aus dem ausgehenden Mittelalter. Stoffe; Chormäntel; irische Stickerei (1350); um 1430 bis 1440 in Deutschland entstandener **Hauptaltar. Sehr interessant ist ein Triptychon (1475–1500). In seiner Mitte ist eine Kreuzigung dargestellt, auf den beiden Seitenflügeln das Leben des heiligen Johannes des Täufers. Es stammt aus der Kirche von Nordlunde (Lolland).

Saal 32: Altartischvorseiten aus dem 16. Jahrhundert; bemaltes und geschnitztes Holz; Triptychon mit einer Darstellung des Jüngsten Gerichts (um 1550).

Saal 33: *Spätgotik.* Altarwände; Truhen; Chorgestühl; Hauptaltar (1511) mit der Heiligen Dreifaltigkeit, dem heiligen Augustinus und der heiligen Monika (die beiden Figuren links und rechts des Kruzifixes auf dem Altar werden dem Lübecker Meister Claus Berg zugeschrieben).

Saal 34: St. Georg mit dem Drachen; eigenwillige Interpretation dieses Themas von Hans Brüggemann um 1520. – Die Heilige Jungfrau und Johannes der Täufer sind ein Werk des Lübeckers Claus Berg aus dem Jahre 1525.

Saal 35: *Anfänge der Reformation.* In einem Schaukasten ist der Hausaltar von Herluf Trolle und Brigitte Gøye zu sehen. – Um 1535 entstand in Belgien ein schönes Elfenbeinrelief mit der Darstellung der Heiligen Familie. – Dänische Bibel von Christian III. (um 1550); silbernes Reliquiar mit Darstellungen aus der Leidensgeschichte.

Säle 36 und 37: Wandteppiche, Truhen, Waffen und prunkvolle Rüstungen.

Saal 37 B: Stubeneinrichtung (Geschirr, Bett usw.).

Saal 38: **Silberne Altarwand aus Schloß Husum; das mit AH signierte Werk des Augsburger Meisters Albrecht von Horn entstand 1620 und stellt eine Kreuzigungsszene dar. – Silberne Tischplatte von Bartholomeus Spranger; **Kreuz aus Bergkristall.

Saal 39: Nachbildung einer Kapelle aus der Zeit Christians IV. im Stil der nordischen Renaissance.

Säle 41, 42, 44: Stubeneinrichtungen aus der Zeit Christians IV.

Saal 43: Silberschatz aus dem 17. Jahrhundert. Dieser Schatz wurde während des Dreißigjährigen Krieges und der Auseinandersetzungen mit Schweden (1625–1660) vergraben. – Silber- und Goldwaren sowie insbesondere eine **Sammlung alter Uhren.

Saal 45: Fayencen, Porzellan und Glaswaren aus Deutschland und den Niederlanden.

Saal 45 A: Bürgerliche Einrichtung aus der Zeit um 1700; bemalte Holzwände.

Saal 46: Mobiliar im Régence-Stil; bemalte Wandverkleidungen im chinesischen Stil.

Saal 47: *Holländisches Barock* (1675–1720).

Saal 48–53: Diese Räume befinden sich in einem von Nicolas Eigtved 1743 bis 1744 für den damaligen Kronprinzen und späteren König Frederik V. erbauten Teil des Prinzenpalastes; die Originalausstattung dieser Räume blieb erhalten, desgleichen die Goldledertapeten aus Cordoba.

Saal 53: Das Mobiliar dieses ehemaligen *Rittersaales des Prinzenpalastes* stammt aus dem Thott-Palais; bei den Kronleuchtern handelt es sich um eine erst in jüngerer Zeit angefertigte venezianische Kopie.

3. Von der Mitte des 18. Jahrhunderts bis in die Gegenwart (2. Stock)

Saal 54: Raumkunst aus der 2. Hälfte des 18. Jahrhunderts.

Saal 54 A: Festliche Roben und Brautkleider aus der Zeit von 1760 bis 1950.

Saal 55: Silberwaren, Email-Uhren und Ketten (18.–19. Jh.).

Saal 56: Ansichten von Kopenhagen aus dem 18. Jahrhundert.

Saal 57: Raumkunst des Rokoko; *Sänfte aus Schloß Gammel Estrup; Fayenceofen aus dem Jahr 1776.

Saal 58: *Religiöse Kunst des 18. Jahrhunderts.*

Saal 59: Porzellan und Fächer aus dem 18. Jahrhundert.

Säle 60, 61, 62: *Kopenhagener Rokoko.*

Saal 63: Pfeifen-, Tabakdosen- und Geldbeutel-Sammlung.

Saal 67: Mobiliar aus dem 19. Jahrhundert; Dänisch-Indien zur Zeit Christians IX. (um 1900).

Saal 68: Kinderkleidung aus der Zeit von 1700 bis 1910; Damenkleider aus dem 19. und 20. Jahrhundert; Arbeitszimmer von Martin Andersen Nexø.

4. Münzen- und Medaillensammlung (2. Stock links; Aufzug)

5. Ägyptische, griechische und römische Antiken und Antiken aus dem Nahen Osten (2. Stock rechts)

Saal 1: *Ägyptische Antiken.* Votivstelen und Statuen.

Saal 2: Mumien, Amulette, Waffen und Schmuck; **Porträt aus der Gegend von Fayûm.

Saal 3: Großer phönizischer **Marmorsarkophag.

Saal 4: Amphoren, Schalen, Vasen und Urnen; Schmuck, Keramiken und Bronzen; assyrische Alabasterreliefs.

Saal 5: Bedeutende **Sammlung griechischer Vasen mit roter Bemalung.

Säle 6 und 8: *Griechische Bildhauerkunst und griechische Bronzen.* **Marmorkopf von Rhodos; der Hellenismus; Kriegerausstattung aus Bronze (400–200 v. Chr.).

Saal 7: Tonwaren und griechische Waffen.

Saal 9: Großer Bronzeschild aus Mittelitalien, der in Vejle gefunden wurde.

Saal 10: *Etruskische Antiken.* Figuren, Dreifuß aus Bronze, Armleuchter.

Saal 11: *Römische Antiken.* Mosaikfragmente, Sarkophage und Votivstelen; Exponate aus einem römischen Tempel in Lindos auf Rhodos (99 n. Chr.).

6. Ethnographische Abteilung (Eingang: Ny Vestergade 10.)

Mit der völkerkundlichen Sammlung des Nationalmuseums wurde 1841 begonnen. Seitdem wurde sie ständig erweitert und zählt heute zu den bedeutendsten Sammlungen der Welt. Obwohl alle Kulturkreise hier vertreten sind, kommt den Kulturen der grönländischen und kanadischen Eskimos sowie der Indianer die größte Bedeutung zu.

Grönländisches Winterzelt mit Inneneinrichtung; Sommerzelt vom Beginn des 20. Jahrhunderts; Kunsthandwerk, Religion, Riten; Jagd und Fischfang.

Indianische Kulturen. Totempfähle, Zeremoniell, Alltag.

Auch die *Afrikaabteilung* ist ziemlich groß und kann als fast vollständig bezeichnet werden, denn die Sammlungen umfassen die Kulturen des afrikanischen Kontinents von Ägypten über die Tuaregs der Sahara, den Südsudan, Kenia, die Massai, Matabeleland, die Aschanti und Benin usw. bis Südafrika.

Asiatische, indonesische und *polynesische Kunst.*

Weg 4: Im Universitätsviertel mit Liebfrauenkirche, Universität und Rundem Turm

Hier befinden wir uns im Kopenhagener Studentenviertel mit seinen unzähligen Buchhandlungen, Kunstgewerbe- und Trödelläden und der Liebfrauenkirche. Vom Gammeltorv [7] gelangt man durch die Nørregade, in der mehrere nach dem Brand des Jahres 1758 errichtete Barockbauten erhalten sind, zur

Liebfrauenkirche *(Vor Frue Kirke)* [29]. Nach der Bombardierung der Stadt durch die Engländer im Jahr 1807 wurde die Kirche von 1811 bis 1829 im Stil des Neuklassizismus wieder aufgebaut. Seit die Diözese Seeland 1924 zwischen Roskilde und Kopenhagen aufgeteilt wurde, ist die Liebfrauenkirche die Domkirche der Diözese Kopenhagen.

Den Eingang des Bauwerks, das keine Apsis hat, schmückt eine dorische Säulenreihe (Moses-Statue von Bissen und David-Statue von Jérichau). Trotz der zahlreichen Werke des Bildhauers Thorvaldsen (Christus, die zwölf Apostel, das Taufbecken) wirkt die Kirche im Innern ziemlich kalt. Den eckigen Turm ziert eines der für Kopenhagen so typischen grünen Dächer. – Das *Bischöfliche Palais* befindet sich Ecke Nørregade und Studiestræde.

Die *Studiestræde*, über die man – anschließend in die Vester Voldgade abbiegend – zum Rathausplatz gelangen kann, ist wegen ihrer zahlreichen Antiquariatsbuchhandlungen und alten Läden

recht interessant. Von 1824 bis zu seinem Tode wohnte der Physiker Hans Christian Ørsted (1777–1851) im Haus Nr. 6. Im *Studiegården* liegen Seminarräume, Auditorien und Mensaräume der Universität.

Folgt man weiter der *Nørregade*, so gelangt man zur Sankt-Petri-Kirche *(Sankt Petri Kirke)* und zur Universität. – Die

Sankt-Petri-Kirche [30] ist seit dem 16. Jahrhundert die Kirche der deutschen Gemeinde in Kopenhagen und zweifellos auch die älteste Kirche der Stadt, denn sie wird bereits in den Chroniken des Jahres 1304 erwähnt. Das mehrfach zerstörte und wiederhergestellte Gotteshaus präsentiert sich in dem Stil, in dem es 1816 restauriert wurde; der hohe Turm blieb allerdings aus dem 18. Jahrhundert erhalten. Im Garten hinter der Kirche stehen mehrere Statuen und Denkmäler. – Die gegenüberliegende

Universität *(Universitet)* [31] wurde im Jahr 1479 von Christian I. gegründet, doch die Gebäude, die wir heute sehen, wurden erst im 19. Jahrhundert in dem majestätischen Stil der großen englischen Universitäten am *Frue Plads* errichtet. Hier befinden sich die juristische, die philologische, die philosophische und die theologische Fakultät sowie die Fakultät der politischen Wissenschaften. Die naturwissenschaftliche und die medizinische Fakultät sind in neuen Gebäuden im

Nørre-Fælled-Viertel untergebracht.

Ein wenig zurück liegt hier die
Fiolstræde mit ihren kleinen Geschäften und Trödlerläden. Im
Haus Nr. 1 befindet sich die 1482
gegründete *Universitätsbiblio-
thek,* die im Laufe der Jahrhunderte in verschiedenen Gebäuden untergebracht war, u. a.
auch im Runden Turm (s. u.).

Die Nørregade, in der noch das
Fernmeldeamt und das *Volks-
theater (Folketeater)* liegen, mündet in die *Nørre Voldgade,* und
zwar zwischen dem großen
Ørsted-Park und der *Nørreport
Station.*

Die *Krystalgade* führt an der *Syn-
agoge* vorbei zum Runden Turm
und nach *Regensen* [32], einem
der zweifellos ältesten Studen-
tenheime der Welt, denn es wurde schon im 17. Jahrhundert von
Christian IV. für mittellose Studenten erbaut.

Gegenüber, an der Kreuzung
Krystalgade und *Købmagergade,*
steht der berühmte

***Runde Turm** (Runde Tårn)* [33],
den Christian IV. in den Jahren
1637 bis 1642 als Sternwarte für
die Astronomen der Universität
erbauen ließ. Heute befindet sich
hier auch ein kleines *Tycho-Bra-
he-Museum* zur Erinnerung an
den berühmten Wissenschaftler.
Das Innere des Turmes besteht
aus einer Wendelrampe zum
Dach hinauf. Zar Peter der Große soll hier hinaufgeritten sein,
und hinter ihm soll die Zarin mit
der Kutsche bis auf die Plattform
hinaufgefahren worden sein, von
der man einen schönen Rundblick über die Stadt hat.

Neben dem Runden Turm liegt
die *Dreifaltigkeitskirche (Trinitatis Kirke),* die ebenfalls von Christian IV. erbaute Studentenkir-
chē. In dieser Kirche, deren drei
Schiffe alle dieselbe Höhe aufweisen, sind ein kunstvoll gear-
beiteter Hauptaltar und eine
Kanzel aus dem Barock sowie
mehrere holländische Kronleuch-
ter zu sehen.

In diesem etwas altmodisch an-
mutenden, doch sehr reizvollen
Stadtviertel sollte man sich die
Zeit nehmen, durch *Landemar-
ket, Pilestræde* und *Store Kanni-
kestræde* zu flanieren; sie haben
ein eigenes Gepräge, das man in
den nordischen Ländern als
„Idylle" bezeichnet; das ist ein
Ort ohne geschichtliche Vergangenheit und ohne besondere
Baudenkmäler, dem jedoch ein

Runder Turm

gewisses Etwas, einige bunte
Häuschen, kleine Fenster mit ihren indiskreten Spionen, ein
Türmchen und von wildem Wein
überrankte Mauern einen zwar
undefinierbaren, aber unbestreitbaren Charme verleihen.

Über die *Købmagergade* und die
Skindergade kann man jetzt zum
von Gebäuden aus dem 18. Jahrhundert gesäumten *Gråbrødre-
torv* gelangen. Im Haus Nr. 3 befindet sich das kleine *Wesselmu-
seum (Wesselstuerne)* mit Erinnerungen an den Dichter Johan
Hermann Wessel, der diese Räume von 1761 bis 1777 bewohnte.
– Früher stand auf diesem Platz

auch das schöne Palais von Corfitz und Leonora Christina Ulfeldt, das die Königin vor Neid
erblassen ließ. Als die Tragödie
ruchbar wurde, beeilte man sich,
das Palais abzureißen (1663).

Am *Illum-Warenhaus* zwischen
Amagertorv und Østergade er-
reicht die Købmagergade den
Strøget.

Weg 5: **Schloß Rosenborg – **Staatliches Kunst-museum – Hirschsprung-Sammlung

Auf diesem Besichtigungsgang
entfernt man sich etwas weiter
vom Stadtzentrum. Um zu Fuß
nach Schloß Rosenborg zu gelangen, folgt man am besten der am
Kongens Nytorv [12] beginnenden langen und ein wenig farblo-
sen *Gothersgade*, die nach der
Kronprinsessegade am *Kongens
Have* und dann an den *Kasernen
der Leibgarde (Livsgardens Kasernen)* vorbeiführt. Um 11.30
Uhr bricht von hier die Leibgarde zur Wachablösung am Schloß
Amalienborg (s. S. 110) auf. Begleitet von einem Spielmannszug
nimmt sie folgenden Weg: Rosenborg, Købmagergade, Østergade, Kongens Nytorv, Bredgade, Sankt Annæ Plads, Amalienborg.

**SCHLOSS ROSENBORG

Christian IV. ließ dieses schöne
Renaissanceschloß [34] – es liegt
inmitten des *Königsgartens (Kongens Have)* mit Eingang von der
Øster Voldgade – in den Jahren
1610 bis 1625 als Sommerresidenz
errichten. Nachdem es lange Zeit

als bevorzugter Aufenthaltsort
der dänischen Könige gedient
hatte, wurde 1833 die seit 1660
bestehende Sammlung der dänischen Königshäuser, u. a. auch
die Kronjuwelen, Kroninsignien,
Kunstsammlungen, Gold- und
Silberwaren, Gemälde und
Skulpturen, die sich im Besitz der
königlichen Familie befanden,
hierher verlegt. 1975 wurde im
Palais Christians IX. in Amalienborg eine neue Abteilung
eröffnet.

Leider ist es nicht möglich, an
dieser Stelle eine genaue Beschreibung jedes einzelnen dieser
prunkvoll in historischer und
chronologischer Reihenfolge mit
dem jeder Regierungszeit entsprechenden königlichen Mobiliar eingerichteten Räume vorzunehmen. Juwelen sind in Hülle
und Fülle vorhanden, und jedes
Stück verdient es, genau betrachtet zu werden, desgleichen die
seidenbespannten Wände, die
bemalten Decken, die Stuckarbeiten und wertvollen Steine, die
Raritäten, Silber, Gold und
Bergkristall.

Erdgeschoß

Raum 1 (Arbeitszimmer Christians IV.): Die Decken- und Türbemalung stammt aus der Zeit dieses Herrschers; in zwei Vitrinen sind zahlreiche wertvolle Stücke ausgestellt, u. a. (Nr. 60) ein aus vergoldetem Silber gefertigtes **Trinkhorn, auf dem zahlreiche Figuren dargestellt sind. Es handelt sich um eine deutsche Arbeit aus dem Jahr 1470. Dieses Horn gehörte Christian I., dem ersten König des Hauses Oldenburg. Nr. 3, 10, 107: Trinkgefäße Christians IV. und seiner Schwester Augusta aus emailliertem Gold.

Raum 2: Dieser als „Winterzimmer" Christians IV. bezeichnete Raum enthält: flämische Gemälde aus der Zeit um 1615; eine in Straßburg gefertigte astronomische Uhr mit Figuren und Glokkenspiel aus dem Jahr 1594; kleines Reiterstandbild (Nr. 363) Christians IV. aus vergoldetem Silber, das in mehrere Teile zerlegt werden kann, wobei jedes Teil als Trinkgefäß dient; Bronzebüste (Nr. 348) Christians IV. von Dieussart; in einer Vitrine sind die blutbefleckten Kleidungsstücke zu sehen, die der König im Jahr 1644 bei der Seeschlacht vor der Kolberger Heide trug.

Raum 3 (Schlafzimmer Christians IV.): Holztäfelung und Stuckdecke aus dem 17. Jahrhundert; mit Steinen und Diamanten geschmücktes Zaumzeug Christians IV. sowie dessen diamantenbesetztes Schwert. Hier sind auch die Ohrringe zu sehen, die die Mätresse Christians IV., Vibeke Kruse, aus den Metallsplittern anfertigen ließ, durch die der Kö-

Schloß Rosenborg

nig ein Auge verlor, ein Amulett, von dem der König sich nie trennte.

Raum 5: Stuckdecke im Barockstil.

Raum 6: In einer Vitrine in der Mitte des Raumes befinden sich die Kronjuwelen: Nr. 1419 Krone der Königin (1731) und Schmuck, den die dänische Königin heute noch trägt; Nr. 1402 Krone Christians IV.; außerdem Krönungsschmuck, der noch im 19. Jahrhundert verwendet wurde.

Erster Stock

Raum 8: Silbernes Toilettennecessaire (Paris 1675).

Raum 9 (Turmzimmer): Dieser Raum ist im chinesischen Stil aus der Zeit um 1665 ausgestattet.

Raum 18: Schreibtisch Christians IX. aus Schloß Amalienborg.

Raum 20: Zwei große vergoldete Bronzeservice von Thomire nach Thorvaldsen.

Zweiter Stock

Großer Festsaal mit gewölbter Stuckdecke aus der Zeit Frederiks IV.; Krönungsthron aus Elfenbein und Narwalzahn (er wurde von 1871 bis 1940 verwendet); vor dem Thron drei Silberlöwen (1665) und Silbermobiliar, u. a. ein Brunnen aus der Zeit Christians IV.

Die anderen Räume enthalten Glas- und Porzellansammlungen, u. a. das berühmte, in den Jahren 1790 bis 1802 in Kopenhagen gefertigte ,,Flora Danica"-Service sowie ein blaues Sèvres-Service, ein Geschenk Ludwigs XV. an Christian VIII. aus dem Jahr 1768. Außerdem kann man hier eine der schönsten **Sammlungen venezianischer Glasbläserkunst und schließlich Orientstoffe und -teppiche aus dem 17. Jahrhundert sehen.

*

In der Höhe des Schlosses, doch links von der Gothersgade, befindet sich in der kleinen alten Straße Abenrå (Nr. 34) das *Musikhistorische Museum (Det Musikhistorisk Museum),* das einen Überblick über die Geschichte der Musikinstrumente quer durch die Jahrhunderte bietet.

Rings um das Schloß Rosenborg erstrecken sich die Rasenflächen und Blumenbeete des Kongens Have, der von der Gothersgade, der Øster Voldgade, der Sølvgade und der Kronprinsessegade begrenzt wird. Gegenüber dem Kongens Have liegt auf der anderen Seite der Øster Voldgade der *Botanische Garten (Botanisk Have),* der im 19. Jahrhundert an der Stelle ehemaliger Befestigungsanlagen angelegt wurde. In den Gewächshäusern (Palmehus) wachsen Palmen und exotische Pflanzen. In diesem schönen Park steht auch das *Mineralogi-*

sche Museum (Mineralogisk Museum) [35], Eingang Øster Voldgade 7.

An der Ecke Øster Voldgade und Sølvgade trifft man auf das schöne Portal der ehemaligen *Sølvgade-Kasernen.* Sie entstanden in den Jahren 1765 bis 1771 unter der baulichen Leitung von Jardin. Heute sind hier der Verwaltungssitz der Dänischen Eisenbahn und das *Eisenbahnmuseum (Jernbanemuseum)* untergebracht, in dem in erster Linie Eisenbahnmodelle gezeigt werden.

Die *David'sche Sammlung (Davids kunstsamling)* [35 A] in der Kronprinsessegade 30 enthält Sammlungen europäischen Kunsthandwerks aus dem 18. Jahrhundert und mittelalterlicher persischer Kunst. – In der Kronprinsessegade 16 wohnte der Dichter Jens Baggesen.

Die *Østre Anlæg* wurde wie der Botanische Garten und der Ørsted-Park an der Stelle angelegt, wo sich ehemals die Stadtbefestigung befand. Die drei Seen waren Teile des Festungsgrabens. In der Südecke dieser Anlage liegt an der Sølvgade das

**STAATLICHE KUNSTMUSEUM

Das Museum *(Statens Museum for Kunst)* [36] war ursprünglich für die Privatsammlungen der dänischen Könige vorgesehen. Diese Sammlungen schmückten zunächst die königlichen Schlösser und wurden später in der ,,Kongelige Kunstkammer" aufbewahrt, wo sie bis 1821 blieben; in diesem Jahr brachte man sie nach Christiansborg. Hier wurden sie mehr oder weniger ungeordnet auf die Schloßanlage verteilt. Nach dem Brand des Schlosses im Jahr 1884 erwies sich der Bau eines richtigen Museums als unerläßlich. Somit entstand unter der Leitung des Architekten Dahlerup ein Museum, das 1896 offiziell eingeweiht wurde, sich aber sehr schnell als zu klein erwies. Man erweiterte, fand Notlösungen, um dieses Gebäude brauchbar zu machen; jedoch erst nach umfangreichen Arbeiten, die 1969 abgeschlossen wurden und durch die die Ausstellungsfläche fast verdoppelt wurde, sowie nach der grundlegenden Umgestaltung der Sammlungen wurde das ,,Statens Museum for Kunst'' zu einem der bedeutendsten Museen Kopenhagens.

Das Museum enthält eine Abteilung für dänische Malerei, eine für ausländische Malerei, in der Matisse dominiert, eine recht bemerkenswerte Abteilung für Stiche und Schnitte sowie eine zwar kleine, doch gute Abteilung für Bildhauerkunst.

Nach einer Renovierung findet der Besucher hier nicht nur große und helle Räume, sondern auch eine Bibliothek, einen Konferenzraum, eine Cafeteria und einen Informationsstand mit Werken über die dänische und die französische Malerei vor.

Die zeitgenössischen dänischen Gemälde hängen zum Teil in einem Nebengebäude des Museums im Kastelvej 18.

Abteilung für ausländische Malerei

Die Bilder sind nach Schulen und in chronologischer Reihenfolge gehängt.

Man beginnt den Gang durch die Ausstellungsräume mit den Sälen 56 und 57 (Aufzug).

Säle 56 und 57: *Italienische Malerei:* ,,Die Ermordung des Zacharias auf Befehl des Königs Herodes''; der unbekannte Maler dieses sehr alten Bildes war noch stark von der byzantinischen Kunst beeinflußt. – Das Thema ,,Jungfrau mit Kind'' wurde von einem Maler aus Citta del Castello, Jacopo de Cione (14. Jh.), Girolamo di Bernardino da Udine, Spinello Aretino und Antonio, einem Venetier aus der ersten Hälfte des 16. Jahrhunderts, aufgegriffen. – Dazwischen sieht man eine *Sammlung griechischer Ikonen.*

Florentiner Schule (Anfang des 14. Jh.): *,,Die heiligen Frauen am Grab''. – *Bologneser Schule* (14. Jh.): ,,Christus am Kreuz mit der Heiligen Jungfrau, Maria-Magdalena und dem heiligen Johannes''. – *Atelier des Lorenzo Monaco:* ,,Heiliger Benedikt, Engel der Verkündigung und betende Nonne''.

Saal 58: Die bedeutendsten Werke dieses Raumes sind die Porträts von Jacopo Tintoretto und El Greco. Von Tintoretto: ,,Christus und die Ehebrecherin''. – Von El Greco: ein sehr schönes **,,Porträt eines Mannes'', von dem man lange Zeit angenommen hat, es handle sich um ein Selbstporträt von Tintoretto. Doch dann stellte sich heraus, daß es sich um das Porträt des Giovanni Battista Porta handelt, das El Greco während seines Aufenthaltes in Venedig malte, wohin er zunächst von Kreta aus ging. – Bilder im Stile des

Manierismus von Parmigiano
und Moussu Desiderio.

Was das 17. Jahrhundert betrifft,
ist die italienische Malerei vor allem mit dem ,,Porträt eines Mannes" aus den ersten römischen
Jahren Caravaggios vertreten.

Saal 59: *Holländische Schule.*
Landschaften und Seestücke von
Simon de Vlieger, Philips de Ko-
ninck, Jacob van Ruisdaël, Mein-
dert Hobbema sowie Stilleben
von Willem Kalf und Abraham
van Beyeren. Doch besonders
hervorzuheben sind hier die Bilder von Rembrandt und das mei-
sterhafte ,,Porträt von Frans
Hals". – Rembrandt (1606 bis
1669): **,,Christus in Emmaus"
aus dem Jahr 1648 (ein ähnliches
Gemälde hängt im Louvre);
*,,Porträt eines Mannes";
**,,Porträt einer Frau mit Nelke"
aus dem Jahr 1656 (ursprünglich
war das Bild höchstwahrscheinlich größer); **,,Porträt (im Pro-
fil) eines Greises", das in den
Jahren 1628 bis 1630 entstanden
sein dürfte, und **,,Porträt einer
alten Frau". Diese beiden letztgenannten Werke sind charakteristisch für die Mischung aus Ver-
geistigung und Realismus, die die
großen Bildnisse Rembrandts
auszeichnen. Was die anderen
Bilder betrifft (Orientale, stehen-
der Ochse, Jugendselbstbildnis),
so wird stark bezweifelt, ob diese
wirklich von Rembrandt stammen. – Frans Hals: **,,Porträt eines Mannes" und Entwurf für
,,Descartes", dessen Ausführung
im Louvre hängt.

Saal 60: *Flämische Schule.* Die
flämische Schule ist sehr gut vertreten. Mehrere Stilleben von
Frans Snyders und Joris van Son.
Mythologische Gemälde von Ja-

cob Jordaens, insbesondere
*,,Der Apostel Petrus findet ei-
nen Schatz im Maul eines Fi-
sches", ,,Äneas wird von Venus
gekrönt", ,,Susanne und die beiden Alten" sowie ,,Herakles und
Acheloos". Bei den hier ausgestellten Rubens-Bildern handelt
es sich in erster Linie um religiöse Motive oder um Porträts:
**,,Christus am Kreuz", ,,Por-
trät eines Dominikaners", ,,Por-
trät des Priors vom Kloster Saint-
Michel" (in Antwerpen) und
,,Das Urteil Salomons"; Kopien
des letztgenannten Bildes hängen
in den Rathäusern von Rouen,
Delft und Kortrijk sowie in der
Kathedrale von Sevilla und in der
Sammlung der Prinzen von Lich-
tenstein in Wien. Das schöne
*,,Porträt eines Mannes" sowie
,,Der Gang nach Golgotha"
scheinen jedoch nicht von der
Hand des größten Barockmalers
zu stammen.

In diesem flämischen Saal findet
man auch Bilder, die Ferdinand
Bol, ein holländischer Maler
des ,,Goldenen Jahrhunderts",
schuf: ,,Admiral van Ruijter",
,,Porträt einer Dame" und ,,Die
Frauen am Grabe Christi"; das
letztere Bild ist ein für Bol ungewöhnliches Werk, da es im Unterschied zu seinen anderen Gemälden, die mehr statisch aufgebaut sind, sehr dramatisch wirkt.

Saal 61: *Niederländische Schule*
(des Nordens und des Südens, also vor ihrer Trennung). Besonders fällt hier der Blick auf die
,,Auferstehung des Lazarus"
vom Meister der ,,Legende der
heiligen Magdalena" (Ende 15./
Anfang 16. Jh.); es ist Teil eines
Triptychons, dessen andere Stük-
ke in Budapest, Philadelphia und

Wien sind. – Marten van Heemskerck: ,,Christus, Sieger über Sünde und Tod".

Saal 62: *Flämische Schule.* Viele Werke von Joost de Momper und Paul Bril. ,,Christus jagt die Händler aus dem Tempel" von Peter Breughel d. Ä. erinnert sehr an ein ähnliches Werk, das man Jérôme Bosch zuteilt und das sich in Glasgow befindet.

Saal 63: *Flämische Schule.* Landschaften von Rœlant Savery und David Vinckboons; von Rubens die Porträts *,,Franz I. v. Medici" und ,,Johanna von Österreich"; Bilder von Anthonis van Dyck.

Säle 64, 65, 66: Diese Räume enthalten fast ausschließlich Werke flämischer Landschaftsmaler wie Joost de Momper, Frederik und Isaac de Moucheron, Jan Both und Allaert van Everdingen. Von den ebenfalls hier vertretenen holländischen Landschaftsmalern ist vor allem Salomon van Ruysdaël zu nennen. – Seestücke von Simon de Vlieger; Blumenbilder mit der ganzen erotischen Symbolik dieser Epoche von Jan Huysum; Stilleben von Jan I. David de Heem und je ein **Porträt eines Mannes und einer Frau von Gerrit Terborch.

Säle 67, 68, 69: *Das holländische Goldene Zeitalter.* Diese Räume bieten einen Überblick über die holländische Malerei des 17. Jahrhunderts, zu deren beliebtesten Themen Porträts, Stilleben und Genreszenen zählten, was die Vorliebe der Holländer für das Reale, Solide und Dauerhafte erkennen läßt. Rembrandt mit seinen Bibelszenen und seiner

leidenschaftlichen Unkörperlichkeit stellt die geniale Ausnahme dar. – Porträts von Thomas de Keyser und Bartholomeus van der Helst; Genreszenen von Abraham Calraet, Simon Kick und insbesondere Pieter de Hooch, dem wohl originellsten der drei Maler. – Typische Landschaften von Albert Cuyp, der die fetten Weiden aus der Gegend von Dordrecht malte, Isaak van Ostade und Aert van der Neer.

Die bedeutendsten unter diesen Landschaftsmalern waren jene, die es verstanden haben, die Bewegung des Himmels, die von Feuchtigkeit erfüllte Luft und die bedrückende Einsamkeit in ihren Bildern festzuhalten, wie z. B. Jan van Goyen mit seiner Vorliebe für Beigetöne und blaugrüne Himmel. Er hat es meisterhaft verstanden, das Ineinanderübergehen von Himmel, Wasser und Land auf die Leinwand zu bringen. – Mehrere Landschaften von Jacob van Ruysdaël. – Eine andere Art der Malkunst, die fast als holländische ,,Spezialität" bezeichnet werden kann, ist die Architekturmalerei (Kircheninterieurs), deren Vertreter Emmanuel de Witte und Saenredam sind.

Saal 70: *Niederländische Primitive.* In diesem bemerkenswerten Raum sind im wesentlichen Bilder anonymer Künstler ausgestellt. Man findet hier so herrliche Werke wie **,,Porträt eines Unbekannten" und *,,Rast auf der Flucht nach Ägypten". – Doch sind auch Werke so berühmter Künstler wie *Herri met de Bles* – seine Signatur ist eine Eule – hier zu finden. Von ihm stammt **,,Landschaft mit der Heiligen Familie während der

Flucht nach Ägypten". Ein weiteres Bild, das die Aufmerksamkeit auf sich zieht, ist *„Dorf mit
Felsen und Wäldern" von Anton
Mirou. Jan Mostaert schuf
*„Porträt eines jungen Mannes
mit Theatermaske". – Die drei
wohl schönsten Bilder dieses
Raumes aber sind **„Geburt
Christi" und *„Porträt eines jungen Mannes" von Hans Mem-
ling, dem Schüler von Rogier van
der Weyden, sowie die Altartafel
**„St. Antonius und ein Stifter"
von Petrus Christus, bei dem
man die Farbgebung des Jan van
Eyck wiedererkennt.

Saal 71: *Deutsche Schule.* In diesem Raum befinden sich mehrere
Bilder von Lucas Cranach d. Ä.;
im wesentlichen handelt es sich
um Männer- und Frauenporträts,
jedoch fehlen auch andere Bilder
nicht, die von der dem Maler eigenen Symbolik geprägt sind:
*„Venus mit Amor und Bienen"
(die Sammlung Borghese enthält
ein ähnliches Gemälde); *„Melancholie"; *„Das Urteil des Paris". – Auch Bilder eines Künstlers, gegen den die Nachwelt sich
bislang ungerecht verhalten hat,
von Michel Sittow, hängen hier,
darunter das „Porträt Christians
II.". Der estnische Maler wurde
um 1490 in Reval geboren und
starb dort um 1525. Er hat in Dänemark sowie am Hofe von Spanien und Burgund gearbeitet.
Die letzten Jahre seines Lebens
verbrachte er im Gefängnis.

Saal 72: *Europäische Schule des
17. und 18. Jahrhunderts.* Von
den zahlreichen Bildern sind insbesondere die Werke von Fran-
cesco Guardi und die schönen
**Landschaften von Claude Gel-
lée le Lorrain sowie ein Tierkopf

von Goya (in dem diesem eigenen realistischen Stil) hervorzuheben. – Werke von Giandome-
nico und Gianbattista Tiepolo sowie von Alexandro Magnasco
*„Betender Mönch am Meer"
und *„Pulcinella und Colombi-
ne". Diese Bilder lassen den
Hang des Malers zum Phantasti-
schen erkennen; sie nehmen
gleichsam die Romantik und sogar den Belgier Ensor vorweg.

Saal 73: *Französische Schule des
20. Jahrhunderts.* Gegenständli-
che Malerei von Maurice Estève,
von dem das Museum ungefähr
zehn Bilder besitzt, und abstrakte
Gemälde von Jean Bazaine, Jac-
ques Villon, Soulages und Poliakoff.

Saal 74: *Französischer Expressionismus* mit Georges Rouault und
den „Fauves" von Chatou, darunter Marquet („Der Kai in
Rouen" und „Die Terrasse in
Estaque"); Maurice de Vlaminck
und André Derain. Von letzte-
rem befindet sich eine ziemlich
bedeutende Sammlung im Besitz
des Museums. Besonders erwähnenswert sind *„Italienische
Frauen" und das berühmte Bild
der **„Beiden Schwestern". Das
bedeutendste Werk dieses Raumes jedoch ist **„Der Zigeuner"
von Chaim Soutine. Der Litauer
gehört der Pariser Schule an und
vertritt die „brutalste" Form des
Expressionismus.

Saal 75: *Georges Braque und
Henri Matisse.* Von Braque:
**„Die Bäume" und *„Der Me-
tronom". Die außergewöhnliche
Matisse-Sammlung gehört zu den
bedeutendsten außerhalb Frank-
reichs. Mit ihren prachtvollen
Zeichnungen (s. Abteilung

Drucke und Stiche) und den farbenprächtigen Bildern ist sie Ausdruck der Schaffensfreude dieses Künstlers und Beweis seines großen zeichnerischen Könnens. Bei Matisse gibt es weder Unordnung noch Gewalt. Seine Graphiken sind das Ergebnis rastloser Arbeit, durch die er sowohl seine zeichnerische Geschicklichkeit bis zur Virtuosität entwickelte als auch lernte, mit einem Blick das Wesentliche zu erfassen.

Saal 76: *Französische und Pariser Schule.* Dieser Raum vermittelt eine Art Überblick über die Malerei der ersten Hälfte des 20. Jahrhunderts. Pablo Picasso: **,,Umarmung" und *,,Haus in einer Provinzstraße". – Juan Gris: **,,Der Gitarrespieler" und **,,Stilleben". Man erkennt hier die Strenge der Pinselführung und gleichzeitig auch die Schönheit der Farbtöne des Malers, der als der reinste und unnachgiebigste Kubist bezeichnet werden kann. – Raoul Dufy: ,,Interieur mit Frau". – Roger de la Fresnaye: ,,Stilleben". – Marcel Gromaire: ,,Porträt von Paulette", ,,November", ,,Der grüne Rock". Diese drei Bilder sind charakteristisch für den persönlichen Expressionismus des Malers. – Louis Marcoussis: ,,Stilleben", gemalt im Stil des Kubismus. – Chagall: ,,Mutterfreuden" (Holzstatue).

Saal 77: *Französische Malerei des 18. Jahrhunderts.* Es war dies das Jahrhundert der Porträtmaler par excellence. Hier hängen Bilder von Perronneau, Tocqué, Louis Boilly, Joseph Duplessis, Antoine Pesne und Hyacinthe Rigaud. – Nattier: ,,Louise-Elisabeth de France". Dieses Porträt entstand 1749 in Compiègne, und zwar ein Jahr nach der Hochzeit des Modells mit dem Herzog von Parma. – Fragonard: *Porträt seiner' Frau. – Der Schwede Alexander Roslin wird zu den französischen Malern gezählt, denn er verbrachte den größten Teil seiner beruflichen Laufbahn in Frankreich. Er war dort sogar so berühmt, daß er ein Appartement im Louvre bewohnte und 1753 in die Académie Française gewählt wurde. Zwischen 1765 und 1770 schuf er mehr als hundert Porträts, die alle Frische, Spontaneität, Esprit und Eleganz ausstrahlen. Im Besitz des Kunstmuseums befinden sich seine Porträts des Grafen und der Gräfin de Vauxelles.

Saal 78: Kleine italienische und dänische Bronzen. Besonders beachtenswert sind die Bronzen von Jean de Bologne.

Saal 79: *Norwegische und schwedische Malerei.* Einige Werke von Edvard Munch, den man als den ,,Vater des deutschen Expressionismus" bezeichnet hat. Doch die Bilder in diesem Raum kennzeichnen eher den Porträtisten Munch, denn den Maler von Angst, Krankheit und Tod. – Bilder von Christian Krohg, der als der Meister des norwegischen Naturalismus gilt. – Außergewöhnliche **Landschaften von August Strindberg, dessen erst vor einigen Jahren entdeckte zeichnerische Hinterlassenschaft der literarischen in nichts nachsteht. – Bilder des schwedischen Malers Ernst Josephson.

Saal 80: Landschaften von Johan Christian Dahl, dem berühmte-

sten Vertreter der norwegischen
Nationalromantik.

Abteilung für dänische Malerei

Säle 81 und 82: Bilder von Abildgaard und Jens Juel. Von letzte-
rem sieht man Porträts bedeutender Persönlichkeiten, so das des
Bildhauers Saly (er schuf auch
die Reiterstatue Frederiks V. in
Amalienborg).

Säle 83 und 84: Landschaften von
Lundbye, P. S. Skovgaard und
Dankvart Dreyer.

Saal 85: *Landschaften und
**Porträts von Christian Købke.

Säle 86 und 87: Porträts von Jens
Juel und anderen dänischen Malern des 18. Jahrhunderts.

Säle 88, 89, 90: *Landschaften
(vor allem italienische) von Christoffer Vilhelm Eckersberg; mehrere schöne Seestücke; *Porträts
von Jensen.

Säle 91, 92, 93, 94: *Landschaften und Porträts von Constantin
Hansen, der während seines langen Lebens mehreren Stilrichtungen angehört hat.

Saal 95: Skovgaard-Raum. Bei
den Skovgaards kann man fast
von einer Dynastie sprechen. P.
C. Skovgaard (1817–1875) ist
vor allem für seine weiten, fried-
vollen Waldlandschaften bekannt. Die beiden Söhne Joachim (1856–1933) und Niels
(1858–1938) sind in Dänemark
sehr bekannt, der eine für seine
Bibelszenen und der andere für
seine Zeichnungen und Stiche.

Säle 96, 97, 98: Dänische Maler
zu Beginn des 20. Jahrhunderts.

Saal 99: Die Skagener Schule:
Michael und Anna Ancher, Vig-
go Hanssen, Peter Severin
Krøyer.

Säle 100–104: *Dänische Malerei
aus den ersten 30 Jahren des 20.
Jahrhunderts.*

Erdgeschoß

Hier befinden sich eine Bibliothek, ein Arbeitsraum, mehrere
Ausstellungsräume für temporä-
re Ausstellungen sowie die Werke der *Gruppe Cobra* und der berühmtesten dänischen abstrakten
Maler von den 30er Jahren bis
heute.

Säle 4 und 5: Harald Giersing
und Edvard Weie, deren Bilder
einen deutlichen Einfluß der
„fauves", insbesondere von Vlaminck und Derain (Chatou-
Gruppe), erkennen lassen, sind
stellvertretend für den nordischen Expressionismus.

Saal 6: Niels Larsen Stevns:
Landschaften, jedoch auch drei
unbeschönigte Selbstporträts.

Saal 7: Skulpturen von Gerhard
Henning.

Säle 8, 9, 10, 11: Bilder von E.
Borregaard, Karl Bovin, Søren
Hjorth Nielsen und Lauritz
Hartz.

Saal 12: *Die Gruppe Cobra:* Carl
Henning Pedersen und vor allem
Asger Jorn. – Einige abstrakte
Bilder von Egill Jacobsen und Ri-
chard Mortensen.

Saal 13: Skulpturen von Robert
Jacobsen. – Die Bilder der Maler
der jungen Generation hängen,
wie bereits gesagt, im Nebengebäude Kastelvej 18.

Abteilung für Drucke und Stiche

Diese Sammlung gehörte lange Zeit zur Königlichen Bibliothek und erhielt gleich nach der Fertigstellung ihren Platz im Kunstmuseum. Sie umfaßt mehr als 17 000 dänische (insbesondere von Mortensen und Pedersen) und mehr als 6000 Werke ausländischer Künstler ab dem 15. Jahrhundert: Donatello, Bramante, Dürer, Rembrandt, Picasso, Matisse u. a.

Es wird jeweils nur ein Teil der Sammlung ausgestellt, auf Anfrage ist es jedoch möglich, die gesamte Sammlung zu besichtigen.

*

Ebenfalls in der Østre Anlæg, aber an der *Stockholmsgade* am Nordwestrand des Parks, befindet sich unweit des Kunstmuseums die

Hirschsprungsche   Sammlung *(Hirschsprungske Samling)* [37]. Der Tabakfabrikant Heinrich Hirschsprung vermachte sie 1902 dem dänischen Staat.

Es handelt sich um eine Sammlung von Bildern, Skulpturen und Kunstgegenständen aus dem 19.

Jahrhundert. Die Räume sind im Stil des ausgehenden 19. Jahrhunderts möbliert und ausgestattet.

Es soll an dieser Stelle auf eine Beschreibung der einzelnen Räume verzichtet werden, denn die Künstler, deren Landschaften und Porträts hier zu sehen sind, sind die gleichen, die schon bei der Beschreibung der Exponate des Kunstmuseums genannt wurden; es sei lediglich darauf hingewiesen, daß die Räume 19 und 20 der *Skagener Schule* und Raum 21 dem *dänischen Jugendstil* gewidmet sind.

Stockholmsgade und Øster Voldgade stoßen beide in nordöstlicher Richtung auf den *Oslo Plads* mit der *Østerport Station*. In dem Viertel südlich des Platzes, also etwas näher zur Stadtmitte hin, liegen zwischen Kronprinsessegade, Borgergade und Store Kongensgade die

Nyboder *(Nyboders Mindestuer)* [38]. Es sind dies Zeugen einer vergangenen Epoche und einer bestimmten sozialen Schicht, nämlich Häuschen, die den Seeleuten der königlichen Marine während ihres Landaufenthaltes als Unterkunft dienten.

Weg 6: Langelinie und die **Kleine Meerjungfrau

Dieser Spaziergang verläuft etwas außerhalb des Stadtzentrums am Rande des Øresund. Vom *Kongens Nytorv* [12] kommend, erreicht man durch die Bredgade die Straßenecke *Esplanaden/Grønningen* und biegt nach

rechts in die Esplanaden ein. Hier liegt am Churchillpark, Ecke Amaliegade, das

Freiheitsmuseum *(Frihedsmuseet)* [39]. Es wurde zur Erinnerung an den Untergrundkampf des däni-

schen Volkes in den Jahren 1940
bis 1945 eingerichtet. Das Gebäude und die Sammlungen sind
ein Geschenk des Widerstands-
komitees an den dänischen Staat.

Die nördlich des Museums gelegene *St.-Alban-Kirche* [40] aus
dem 19. Jahrhundert ist die angli-
kanische Kirche der englischen
Gemeinde in Kopenhagen. – Dahinter liegt der gewaltige

Gefion-Brunnen. Das Kunstwerk
läßt die Wikingersage von der
Göttin Gefion aufleben, der König Gylfe all das Land verspro-
chen hatte, das sie an einem Tag
pflügen könne. Gefion – so die
Sage – verwandelte ihre vier Söhne in Zugochsen, spannte sie vor
den Pflug und pflügte die Insel
Seeland aus dem damals schwedischen Königreich, noch ehe die
Sonne unterging. Ein ganzseiti-
ges Farbbild dieses eindrucksvollen Brunnens zeigt die Seite 68
dieses Bandes.

Hier beginnt nun die bekannte
Kopenhagener *Langelinie,* eine
hübsche Seepromenade am Øresund, hinter der das

Kastell [41] mit seinen Gartenan-
lagen liegt. Die ursprünglich 1640
unter Christian IV. errichtete Zi-
tadelle wurde kurze Zeit später
unter Frederik III. neu erbaut.
Sie ist heute zum Teil zerstört,
doch das sternförmig angelegte
eigentliche Kastell ist noch erhalten. Wir betreten die Anlage entweder durch *Kongeporten* (auch
Sjællandsporten) oder *Norges-
porten.* Das Kommandantenhaus
und die *Kastellkirche* (1703 bis
1704), die so angelegt war, daß
die Gefangenen von ihren Zellen
aus den Gottesdienst verfolgen

konnten, sind ebenfalls erhalten,
desgleichen das Gefängnis.

Die Langelinie schmücken zahlreiche Skulpturen und Denkmäler berühmter Persönlichkeiten,
wie z. B. von Ivar Huitfeldt, der
sich bei der Seeschlacht von
Køge mit seiner Fregatte „Danebrog" in die Luft sprengte. Doch
die berühmteste Statue an der
Langelinie, die berühmteste Statue Dänemarks überhaupt, ist die

Die „Kleine Meerjungfrau"

**Kleine Meerjungfrau [42]. Seit
1913 sitzt sie auf einem unmittelbar vor dem Ufer gelegenen Felsen, grazil, zerbrechlich und so
klein, daß man bei den Men-
schenmengen, die im Sommer
die Langelinie bevölkern,
manchmal Mühe hat, sie überhaupt zu Gesicht zu bekommen.
Die Vorübergehenden erinnert
die von Edvard Eriksen geschaffene „Lille Havfrue" an das Andersen-Märchen und an die Bedeutung des Meeres für Dänemark.

Weg 7: Stadtmuseum – Schloß Frederiksberg – Zoologischer Garten

Auf diesem Rundgang lernt man vom Kopenhagen des 19. Jahrhunderts vor allem den Stadtteil Frederiksberg kennen. Die *Frederiksberg Allé* ist noch immer genauso vornehm wie früher, doch der *Gammel Kongevej* ist seit Beginn dieses Jahrhunderts wesentlich volkstümlicher geworden. Wenn man später über den *Sønder Boulevard* wieder ins Stadtzentrum zurückkehrt, wird man noch ein weiteres Gesicht Kopenhagens entdecken, das der Brauereien und Fabriken. Mehrere Museen, u. a. das Stadtmuseum, runden diesen Spaziergang ab.

Hinter dem *Hovedbanegårdspladsen* ändert die *Vesterbrogade* schnell ihr Gesicht. Hier findet man weniger große Kaufhäuser und Bürohochhäuser, dafür mehr kleine, dicht an dicht gedrängte Geschäfte oder Supermärkte. – Bald gelangt man westwärts zum *Vesterbrotorv* und zum

Stadtmuseum *(Bymuseum)* [43]. Es befindet sich in einem schönen Gebäude aus dem Jahre 1787, das zu diesem Zeitpunkt – als hier noch keine Vesterbrogade verlief und diese Gegend noch sehr ländlich war – der Schützengesellschaft gehörte. Heute wirkt das vornehme Haus fast ein wenig deplaziert inmitten der Häuser und Geschäfte dieses eher volkstümlichen Stadtviertels. 1901 wurde hier die Sammlung zur Kopenhagener Stadtgeschichte eingerichtet.

Mit Hilfe von Bildtafeln, Photos, Stichen, Zeichnungen und zahlreichen Gegenständen wird die Geschichte der Stadt von ihren Anfängen bis heute veranschaulicht. Die Räume sind sehr geschmackvoll eingerichtet, und es wäre wirklich schade, wenn man an diesem Museum, das man allzu leicht übersieht, achtlos vorüberginge. Vor allem das 18. und das 19. Jahrhundert sind durch die Nachbildung von Straßen und Inneneinrichtungen sehr gut wiedergegeben. Hier sieht der Besucher auch das erste Quartier Andersens in Kopenhagen (Holmensgade 8) sowie zahlreiche Schiffsmodelle, Aushängeschilder und Modelle längst zerstörter Bauwerke. In einem Raum sind die im Besitz der Stadt Kopenhagen befindlichen Juwelen ausgestellt (z. B. die Verlobungskrone der Königin Dorothea, in der jeder Stein eine symbolische Bedeutung hat). Auf mehrere Räume verteilt findet man Gegenstände, Manuskripte, Veröffentlichungen, Abhandlungen und Zeichnungen von Sören Kirkegaard.

An demselben kleinen Platz liegt das *Dänische Post- und Telegrafenmuseum (Dansk Post- og Telegraf-Museum),* das der Geschichte des Postwesens, der drahtlosen Telegraphie und des Radios gewidmet ist; es zeigt auch Briefmarkensammlungen.

Man folgt weiter der Vesterbrogade, die hier schon etwas weniger belebt ist und die dem 1976 verstorbenen Schriftsteller Tove Ditlevsen als Rahmen für sein Werk und sein eigenes Leben diente.

Hinter dem großen Kaufhaus Haveman gabelt sich dann die Hauptstraße. Sie verläuft linker Hand weiter als Vesterbrogade in Richtung Carlsberg-Brauereien. Leider ist das *Mechanische Musikmuseum,* das bis 1981 hier in der Vesterbrogade 150 lag, dem Abbruch des Gebäudes zum Opfer gefallen. Die zum Teil einzigartigen mechanisch betriebenen Musikinstrumente, wie Klavierautomaten, Drehorgeln und Spieldosen, wurden versteigert.

Man biegt nun schräg rechts in die *Frederiksberg Allé* ein; sie ist eine sehr breite, baumbestandene Straße, die man sich gut zu Beginn dieses Jahrhunderts vorstellen kann, als statt der Autos hier Kaleschen entlangfuhren. Heute gibt es an der Allee einige sehr elegante Geschäfte – Mode und Antiquitäten –, doch vor allem auch noch sehr schöne Häuser aus dem ausgehenden 19. und aus den ersten Jahren des 20. Jahrhunderts. Je weiter sie sich von der Stadtmitte entfernt, um so vornehmer wird die Frederiksberg Allé, die am *Frederiksberg Runddel,* gegenüber dem Haupteingang des Frederiksberg Parks, endet. Links liegt hier die

Frederiksberg Kirche *(Frederiksberg Kirke)* [44], ein reizvolles kleines achteckiges Bauwerk aus den Jahren 1730 bis 1734, das im großen und ganzen erhalten ist. Lediglich die Sakristei ist jüngeren Datums. Im Innern, wo man sich fast in eine Dorfkirche versetzt fühlt, befindet sich eine Ge-

denktafel für Øhlenschlæger, der auf dem angrenzenden Friedhof ruht.

Adam Øhlenschlæger, der Sohn des Gutsverwalters von Frederiksberg, verbrachte seine Jugend vor den Toren der Großstadt, in der herrlichen Umgebung des Parks. Zunächst wollte er Schauspieler werden, dann Rechtsanwalt, doch schließlich bestimmten Goethe und die deutschen Romantiker seine Entwicklung zum lyrischen Dichter. Er beschäftigte sich mit der germanischen und der nordischen Mythologie, und wie sein Freund Thorvaldsen war auch er ein Anhänger der Antike. Sein in einer kraftvollen Sprache geschriebenes episches Werk wirkt eher europäisch als dänisch. – Der

Frederiksberg-Park *(Frederiksberg Have)* [45], an dessen Eingang die Statue Frederiks VI. (von Bissen) steht, entstand zur gleichen Zeit wie das Schloß. Die schattigen Alleen und die mit den Statuen der Dichter Holger Drachmann, Meïr Aaron Goldsmidt und Hans Vilhelm Kaalund geschmückten Rasenflächen sind zu jeder Jahreszeit ein angenehmer Aufenthaltsort. Hier besteht kaum die Gefahr, unangenehmen Zeitgenossen zu begegnen. Das einzige, was man in diesem Park antrifft, sind Liebespaare, Friede und große, alte Bäume.

Im Parkgebiet liegen mehrere sehr bekannte Restaurants, insbesondere das ,,Lorry‘‘ und das ,,Josty‘‘, außerdem ein Chinesischer Pavillon und das *Fasanenhaus (Fasansgård),* in dem Øhlenschlæger lebte. Auf einer Anhöhe im Süden des Parks steht

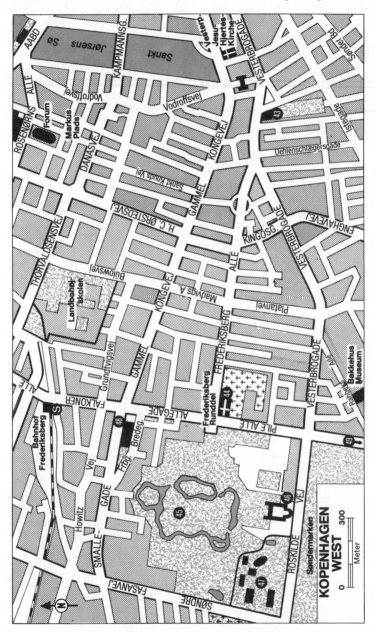

Schloß Frederiksberg *(Frederiks-berg Slot)* [46], das Frederik IV. in den Jahren 1700 bis 1710 im italienischen Stil erbauen ließ. Das Schloß, in dem heute die Militärakademie untergebracht ist, war die Lieblingsresidenz Frederiks VI. – Der

Zoologische Garten *(Zoologisk Have)* [47] im Südwestteil des Frederiksberg-Parks (am *Roskildevej)* beherbergt zahlreiche interessante Tiere. – Südlich des Roskildevej, über den man nach Roskilde und Korsør gelangt, schließt der Park *Søndermarken* an.

Vom *Frederiksberg Runddel* (s. S. 138) kann man auf verschiedenen Wegen wieder ins Stadtzentrum gelangen.

Während südwärts die *Pile Allé* zu den Carlsberg-Brauereien (s. S. 141) führt, biegen wir zunächst nach Norden in die *Allégade* ein. Sie verläuft entlang dem kleinen zum Frederiksberg-Park gehörenden *Vergnügungspark Lorry* und endet inmitten des Stadtteils Frederiksberg, der hier ein eigenes

Rathaus [48] besitzt. Dieses Gebäude mit dem großen Brunnen davor entstand zwischen den beiden Weltkriegen.

Frederiksberg ist auch der Stadtteil zweier zeitgenössischer Autoren: Helle Stangerup, Kriminalschriftsteller, dessen Bücher in zahlreiche Sprachen übersetzt wurden, und Henrik Stangerup. Im Krankenhaus von Frederiksberg starb am 20. März 1968 der Regisseur von ,,Ordet", der ,,Passion der Jeanne d'Arc" und von ,,Dies Irae", Carl Dreyer.

Hinter dem Rathaus gelangt man links über die *Smallegade* in den Nordteil des Frederiksberg-Parks und geradeaus durch die *Falkoner Állé,* die Fortsetzung der Allégade, zum Bahnhof Frederiksberg, zum *Falkoner Center* (ein großes Kongreß- und Ausstellungszentrum) sowie zur Fabrik der *Königlichen Porzellanmanufaktur.*

Die *Kongelige Porcellænsfabrik* wurde 1779 von Königin Juliana-Maria, der Gattin Frederiks V., gegründet und 1882 in eine Aktiengesellschaft umgewandelt. Von Anfang an hat man hier höchsten Wert darauf gelegt, Porzellan in äußerster Vollkommenheit herzustellen. Die Königliche Porzellanmanufaktur gewann Preise und Ruhm in aller Welt und wurde zu einer Institution Dänemarks.

*

Um wieder ins Stadtzentrum zurückzugelangen, biegt man an der Rathaus-Kreuzung nach rechts in den *Gammel Kongevej* ein. Hier liegt auf beiden Seiten der Straße ein Geschäft neben dem anderen, und die Trödlerläden sind besonders zahlreich. Es ist dies ein etwas graues, kleinstädtisch anmutendes Viertel, in das sich selten Touristen verirren; Hausfrauen tätigen hier ihre Einkäufe, und Rentner führen ihre Hunde spazieren.

Vom Gammel Kongevej links ab führt der *Bülowsvej* zur *Hochschule für Veterinärmedizin und Landwirtschaft (Landbohøjskolen),* deren Gebäude wiederholt erweitert wurden. Hinter den Gärten, Labors und Versuchsgeländen liegen das *Staatliche Labor für Veterinärserologie (Sta-*

tens Veterinær Serum-laborato-rium) und der Sitz der Dänischen Gesellschaft für Landwirtschaft.

Der Gammel Kongevej führt an der *Jesu Hjertes Kirke* und am Südende des *Sankt Jørgens Sø* vorüber. Man befindet sich jetzt bereits im ,,Flug''-viertel *Vester-port* (es wird vom SAS-Building, in dem die Niederlassungen sämtlicher Fluggesellschaften un-tergebracht sind, überragt) und damit in unmittelbarer Nähe von Hauptbahnhof und Rathausplatz.

*

Wenn man am *Frederiksberg Runddel* (s. S. 138) statt in die Allégade in entgegengesetzter Richtung in die *Pile Allé* einbiegt, gelangt man zum *Ny Carlsberg-vej*. Vorher liegt in der links ab-zweigenden *Rahbeks Allé* noch das *Bakkehus Museum*. Es ist das ehemalige Haus des Kritikers und Essayisten *Knud Rahbek,* der mit seiner Frau Kahma dort einen der ersten literarischen Sa-lons Dänemarks gründete. Er wurde zu einem Treffpunkt der Kopenhagener Literaten- und Künstlerszene. Øhlenschlæger war mit der Schwester der Haus-herrin verheiratet. – Die

*Carlsberg-Brauereien *(Carls-berg Bryggerierne)* [49], die zu den bedeutendsten Brauereien der Welt gehören, bestehen aus der 1847 von J. C. Jacobsen ge-gründeten ,,Gammel Carlsberg'' und der 1870 von seinem Sohn errichteten ,,Ny Carlsberg''. Seit dieser Zeit haben viele Millionen von ,,Carlsberg''-Flaschen von hier aus ihre Reise in alle Welt angetreten.

J. Christian Jacobsen (1811 bis 1887), der ein sehr großes Ver-mögen besaß, gründete 1876 den Carlsberg-Fonds für die Förde-rung und Entwicklung der Wis-senschaft in Dänemark; bei sei-nem Tode im Jahr 1887 vermach-te er die Brauerei diesem Fonds. Sein Sohn, Dr. Carl Jacobsen (1842–1914), der Begründer der Ny Carlsberg-Brauerei, die er mit der Brauerei seines Vaters zusammenlegte, schuf seinerseits den Ny Carlsberg-Fonds zur För-derung der dänischen Künste (s. auch die Glyptothek auf S. 95).

Die von den beiden Brauereien erwirtschafteten Gewinne er-möglichen es den *Stiftungen,* In-stitute und Laboratorien großzü-gig zu unterstützen, Reisestipen-dien für wissenschaftliche Expe-ditionen zu verteilen und Wissen-schaftlern bei ihren Forschungs-arbeiten Hilfestellung zu leisten. Nach dem Willen der Gründer der Fonds werden die Gelder je-doch nur für dänische Belange bewilligt. Gemäß dem Wunsch von J. C. Jacobsen ging sein 1852 im pompejanischen Stil erbautes und prunkvoll ausgestattetes Pri-vathaus mitsamt dem es umge-benden Park beim Tod seines Sohnes (1914) in den Besitz der Königlichen Akademie der Wis-senschaften über, und zwar sollte es jeweils einem dänischen Wis-senschaftler als Altersruhesitz dienen. Die Gärten schmücken verschiedene Denkmäler und Statuen, wie die von Ottilia, der Frau von Carl Jacobsen, und die ihres Sohnes Vagn. Ein Teil der Anlagen reicht in den Vorort Valby herein.

Im 1875 von J. C. Jacobsen ge-gründeten *Carlsberg-Laborato-rium,* das dem Fortschritt der Wissenschaft dienen sollte, haben die berühmtesten Wissenschaftler gearbeitet: Pasteur führte hier 1876 seine Untersuchungen über das Bier (Gärung, Krankheiten usw.) durch. – Südlich der Brauereien und der Eisenbahnlinie liegen der *Westfriedhof (Vestre Kirkegård)*, auf dem zahlreiche Wissenschaftler und Forscher beerdigt sind, ein katholischer Friedhof, der neue jüdische Friedhof und das *Westgefängnis (Vestre Fængsel)*.

Vom Ny Carlsbergvej fährt eine Buslinie durch die Vesterbrogade zum Rathausplatz.

Man kann jedoch auch dem *Sønder Boulevard* folgen, der in den Halmtorv übergeht. Rechts liegt dann *Kødbyen*, das heißt „die Fleischstadt", deren sehr moderne Anlagen ein großes Areal bedecken. So kommt man in die Helgolandsgade und zum Hauptbahnhof.

Weg 8: Durch Christianshavn, den Nordteil der Insel Amager

Über die *Knippelsbro* hinter der Börse gelangt man in das von Hafenbecken, Kanälen und Docks durchzogene, 1618 von Christian IV. gegründete Stadtviertel Christianshavn. Der Schein trügt in diesem Viertel. Fischer bessern nach wie vor ihre Netze auf den Kaianlagen aus, und noch findet man viele buntbemalte Häuser mit kleinscheibigen Fensterreihen. Innenhöfe, in denen das Leben seit Beginn dieses Jahrhunderts stillzustehen scheint, und breite, prachtvolle Hauseingänge aus dem 17. Jahrhundert umrahmen das Treiben der Fabriken sowie der Lager- und Handelshäuser, die in den meisten Fällen eng mit dem Seehandel verknüpft sind.

Im grauen Hinterhof einer sehr belebten Straße wurde der große Arbeiterschriftsteller Martin Andersen Nexø (1869–1954) geboren, der seine Studien nur dank der Großherzigkeit reicher Privatleute absolvieren konnte. Er erkrankte an Tuberkulose, die er in Spanien ausheilen wollte. Das ungestüme, leidenschaftliche Spanien war für ihn wie eine Offenbarung. Nexø, der 1922 der Kommunistischen Partei beigetreten war, emigrierte während des Zweiten Weltkriegs nach Schweden und verbrachte die letzten Jahre seines Lebens in Dresden. Er führte ein sehr bescheidenes Leben, doch sein Werk ist großartig, voller Brüderlichkeit und menschlicher Solidarität, ein Ideal, dem er Zeit seines Lebens treu geblieben ist; er lieferte den dänischen Beitrag zur Arbeiter-Weltliteratur.

Die geschäftige *Torvegade* durchquert den Stadtteil in seiner ganzen Länge, und der *Christianshavnstorv* erscheint wie eine Art geographischer Mittelpunkt. Von diesem Platz kann man durch *Dronningensgade* oder *Prinsessegade* zur

Erlöserkirche *(Vor Frelsers Kirke)* [50], Eingang Prinsessegade, gelangen. Lambert van Haven baute diese große Kirche in den Jahren 1692 bis 1696 im Stil des nordischen Barocks. Der Turm entstand nach den Plänen von Laurids de Thurah. Auf einem viereckigen Unterbau ruht ein schlankes achteckiges Mittelgeschoß, von dem sich die berühmte, grüne und goldverzierte, in der Sonne blitzende Turmspitze in den Himmel schraubt. Auf diesen *Turm,* dessen Spitze ein großer goldener Globus mit der Statue des Erlösers schmückt, gelangt man über eine auffällige *Außenwendeltreppe* mit vergoldetem Geländer.

Nach dem ziemlich anstrengenden Aufstieg (400 Stufen; wer nicht schwindelfrei ist, sollte besser auf die Besteigung verzichten) wird man mit einem herrlichen Blick über Kopenhagen, den Hafen und den Sund bis hin zur schwedischen Küste belohnt.

Im Kircheninnern besichtige man den eindrucksvollen *Marmoraltar* mit Holzschnitzarbeiten von 1732 im Stil des italienischen Barocks; Kanzel und Taufstein entstanden ebenfalls in der Barockzeit.

*

Links und rechts des Christianshavnstorv liegen *Overgaden neden vandet* und *Overgaden oven vandet.* Alte Herrschaftshäuser, die unschwer den Reichtum vergangener Tage erraten lassen, säumen beide Straßen. In den Häusern Overgaden oven vandet Nr. 8 und 10 wurde ein kleines *Museum* eingerichtet, ein für Liebhaber unerschöpflicher Raritätenquell; es heißt *Brøste's Samling ,,Christianshavn før og nu"* (*Brøste-Sammlung Christians-*

havn früher und heute). Gleichzeitig ist dieses Museum auch ein Antiquitätengeschäft, und noch vor einigen Jahren erteilte hier ein abenteuerlich gekleideter Museumsführer und Verkäufer (der leider nicht mehr da ist), eine richtige Romanfigur, freundlich alle gewünschten Auskünfte.

Doch in Christianshavn gibt es noch mehr ungewöhnliche Museen, so in der Strandgade 4 das *B. og W. Museet,* das auch als *Schiffs- und Maschinenbaumuseum (Skibs- og maskinbygningsmuseet)* bezeichnet wird, und das *Dänische Filmmuseum (Det Danske Filmmuseum)* in der St. Søndervoldstræde mit mehr als 6000 Filmen, etwa 22 000 Kinozeitschriften und Veröffentlichungen sowie alten Fotoapparaten und Kameras. Vom Anfang September bis Ende Mai finden hier täglich Filmvorführungen statt.

Christianshavn ist nicht nur das Viertel der Fabriken und Lagerhäuser, sondern auch das der Kasernen und des Zeughauses; allerdings wurden die Wallanlagen inzwischen in öffentliche Parkanlagen umgewandelt.

Hier ist jetzt am Refshalevej, in der ,,Quinti Lynette", der alten Befestigungsanlage am *Stadsgraven (Stadtgraben),* auch das früher in der Nikolaikirche untergebrachte *Marinemuseum* mit seinen Schiffsmodellen aus 300 Jahren sowie Waffen und Gemälden zu finden.

Der Weg dahin ist nach einem Besuch der Erlöserkirche nicht zu verfehlen. Man folgt der Prinsessegade weiter nordwärts, bis der Refshalevei dann – am *Trangraven* entlang – rechts abzweigt.

Die Umgebung von Kopenhagen

Eine meist auch landschaftlich schöne, auf jeden Fall aber immer abwechslungsreiche und interessante Umgebung vervollständigt das Bild, das der Besucher von der dänischen Hauptstadt Groß-Kopenhagen mit nach Hause nimmt. Einige Vororte sind auch gut als Erholungsplätze geeignet, andere vereinen Kunstwerke oder historische Erinnerungen mit einer reizvollen Lage. In den ersten Abschnitten dieses letzten Kopenhagener Abschnittes werden Ziele in der näheren Umgebung des Stadtkerns beschrieben, für deren Besichtigung meist nur einige Stunden bis zu einem halben Tag anzusetzen sind. Bei den anschließenden Ausflügen in die weitere Umgebung muß dagegen mindestens ein halber, besser aber oft ein voller Tag eingeplant werden.

ZUR *GRUNDTVIGSKIRCHE IM NORDWESTEN

Wer ohne eigenen Wagen ist, kann mit dem Bus vom Kongens Nytorv oder vom Rathausplatz zu dieser sehenswerten Kirche hinausfahren. Man kommt entweder zwischen dem *Peblinge Sø* und dem *Sortedams Sø (See der Schwarzen Damen)* über die *Dronning Louise Bro,* dann durch die *Nørrebrogade* und den *Frederikssundvej,* oder in der Mitte des Sortedams Sø über die *Fredensbro* und durch die anschließenden Straßen *Fredensgade* und *Tagensvej.*

Auf der rechten Seite des Tagensvej liegen mehrere Kranken-

häuser – insbesondere das sehr moderne und große *Rigshospitalet* und etliche wissenschaftliche Institute, darunter das *Niels-Bohr-Institut,* an der Ecke Tagensvej und Nørre Allé die *Universitäts-Bibliothek* und dahinter das *H.-C.-Ørsted-Institut.*

Die Nørrebrogade führt am *Assistens Kirkegård* (der außerdem vom Kapelvej und Jagtvej begrenzt wird) vorüber. Es ist der bekannteste Friedhof von Kopenhagen, denn hier haben viele berühmte Männer des 19. Jahrhunderts ihre letzte Ruhestätte gefunden: u. a. *Andersen,* der Bildhauer *Bissen,* der Maler *Ekkersberg, Sören Kierkegaard* und der Wissenschaftler *H. C. Ørsted.*

Zwischen der Nørrebrogade und dem Tagensvej liegt „*Den gamle By*", eine Seniorenstadt, die seinerzeit als Modellfall galt; die Gebäude waren auf die Bedürfnisse älterer Menschen zugeschnitten, doch nach wie vor sind hier Bewohner aller Altersgruppen anzutreffen. Die ganze Anlage wirkt sehr freundlich und gefällig.

Es folgt ein etwas weniger dicht besiedeltes und uninteressantes Gelände, bis man in das Vorstadtviertel *Bispebjerg* gelangt, wo einige Fabriken und öffentliche Parkanlagen einander ablösen. Hinter den eindrucksvollen Gebäuden des Bispebjerg-Krankenhauses liegt dann die

*Grundtvigskirche. Sie wurde nach dem Pädagogen, Wissenschaftler und Schriftsteller Grundtvig benannt und hat viel von sich reden gemacht. Die eindrucksvolle Kirche wurde nach den Plänen des Architekten P. V. Jensen-Klint in gelbem Backstein errichtet. Die Grundsteinlegung erfolgte bereits 1921, doch es vergingen fast 20 Jahre, bis ise eingeweiht werden konnte (1940).

Umgeben von Häusern, die der obengenannte Architekt im gleichen Stil erbaute, ragt die mächtige Fassade auf. Die treppenförmigen Giebel des im Stil dänischer Dorfkirchen errichteten Baus erinnern an die Umrisse einer gigantischen Orgel.

Hinter der großen Kreuzung Tagensvej/Frederiksbergvej liegt der Eingang zum *Bispebjergkirkegård;* hier ruhen während der Zwangsverschleppung verstorbene Politiker und Widerstandskämpfer. Man sieht mehrere Denkmäler.

DIE INSEL AMAGER

Die große *Langebro* verbindet das Zentrum Kopenhagens mit der Insel Amager. Wenn man aus Christianshavn kommt, kann man auch durch die *Torvegade,* an die sich hinter dem *Christmas Møllersplads* die *Amagerbrogade* anschließt, in den Süd- und Hauptteil der Insel gelangen.

Im Laufe der letzten dreißig Jahre hat sich Amager gewaltig verändert. Gegen den früher völlig flachen Horizont hebt sich heute schon von weitem die hohe Silhouette des SAS-Hotels ab. Es handelt sich hier um ein völlig neues Stadtviertel, wie sie oft am Rande von Großstädten anzutreffen sind.

Rechts vom *Amager Boulevard* liegen das *Neue Zeughaus (Ny Tøjhus)* und das *Serologische Institut,* links die *Königliche Münze.* – Das

Serologische Institut *(Statens Seruminstitut)* ist eine nationale Einrichtung, die in einem 1902 errichteten und 1927 dank der Unterstützung durch die Rockefeller-Stiftung vom Staat erweiterten Gebäudekomplex untergebracht wurde. Mehrere Abteilungen sind mit der Herstellung von Seren beschäftigt, während in den Forschungslaboratorien Infektionskrankheiten aller Art untersucht werden. Das Institut ist inzwischen weit über die Grenzen Dänemarks hinaus bekannt. – In der 1922 erbauten

Königlichen Münze *(Den Kongelige Mønt)* wird das gesamte dänische Münzgeld geprägt.

Weite, unbewohnte Areale (vor allem im Westen) wurden von der Kommunalverwaltung zu Erholungsgebieten bestimmt. Hier befindet sich auch das *Bella Center,* das jüngste und größte dänische Kongreß- und Ausstellungszentrum. Doch Amager wird vor allem durch den internationalen *Flughafen Kastrup* geprägt, der internationales Leistungsniveau bietet.

Zehn Kilometer vom Stadtzentrum entfernt liegt in der Höhe des Flughafens

Tårnby. Seine romanische *Kirche* gehört zu den ältesten des Landes. Kostbarstes Stück des Kirchenschatzes ist ein Silberschmuck. Den Boden des Chors bedeckt ein herrlicher Perserteppich, und außerdem ist hier ein byzantinischer Kelch zu sehen, an dem der islamische Halbmond durch das Kreuz Christi ersetzt wurde. Das mit grönländischem Marmor verkleidete *Rathaus* von Tårnby ist ein Beispiel zeitgenössischer Architektur. – Zwei Kilometer weiter südlich kommt man nach

Store Magleby. Hier kann man das kleine, in einem ehemaligen Fachwerkbauernhaus untergebrachte *Amagermuseum* besichtigen; es zeigt Möbel und Trachten der Insel Amager sowie Gegenstände, Werkzeuge und Instrumente, die das Leben der Landbevölkerung im Lauf der Jahrhunderte veranschaulichen. – Nun folgt – 13 Kilometer von der Stadtmitte an der Ostküste von Amager gelegen –

Dragør. Sein Besuch kommt einer Reise in die Vergangenheit gleich, denn man fühlt sich um etwa 300 Jahre zurückversetzt. Diese kleine Ortschaft war ursprünglich zu einem großen Teil von holländischen Siedlern bewohnt, die im 13. Jahrhundert dort einwanderten. Heute befindet man sich hier – nur wenige Autominuten vom Lärm der Innenstadt entfernt – in reizenden Straßen (einige stehen unter Denkmalschutz), über deren Buckelpflaster und niedrigen, von Klematis überwucherten oder hinter grünen Hecken versteckten Häuschen die Zeit stillzustehen scheint. – Das kleine *Heimatmuseum* mit englischen Fayencen und lokalen archäologischen Ausgrabungsfunden lohnt einen Besuch.

Die Amager vorgelagerte *Insel Saltholm* ist ein Vogelschutzgebiet. Es wird nicht schwer sein, einen alten „Seebären" zu finden, der den daran Interessierten hinüberfährt.

CHARLOTTENLUND – ORDRUP – KLAMPENBORG

Man verläßt jetzt die Innenstadt von Kopenhagen nach Norden und folgt dem *Strandvej*, einer kilometerlangen Promenadenstraße, die fast ohne Unterbrechung und mehr oder weniger dicht am Ufer des Øresund entlang von Kopenhagen nach Helsingør (s. Route 9) führt. Große Villen, Herrenhäuser, Ferienhäuser, Hotels, Strände, Parkanlagen, Gärten und Waldstücke folgen in ständigem Wechsel aufeinander, und auf der anderen Seite schimmert das blaue oder auch manchmal graue Wasser des Sundes.

Es ist eine, vor allem natürlich bei schönem Wetter, herrliche Fahrt, die vielleicht sogar noch eindrucksvoller sein kann, wenn Schnee und Weihnachtswetter diese Landschaft in eine Märchenszenerie verwandeln. 5 km von der Innenstadt wird

Hellerup erreicht. Hier wechseln Wohnviertel mit den großen Gebäuden der 1873 gegründeten Tuborg-Brauerei, die fast genauso berühmt ist wie die Carlsberg-Brauereien und einen eigenen Hafen besitzt.

Im Hochwald des *Mindelund (Gedächtniswald)* liegen die Gräber von Zwangsverschleppten aus dem Zweiten Weltkrieg, und auf einer großen Lichtung ruhen diejenigen, die an dieser Stelle erschossen wurden; in die Grabsteine wurden Zeilen aus dem dänischen Partisanenlied eingemeißelt. – Im folgenden

Charlottenlund (8 km) liegt an der Kreuzung von Strandvej und *Jægersborg Allé*, gegenüber dem Strand von Charlottenlund,

*Dänemarks Aquarium *(Danmarks Akvarium).* Es wurde 1974 beträchtlich erweitert, und heute befinden sich in den mehr als 100 Salzwasser-, Süßwasser-, Warm- und Kaltwasserbecken über 3000 Fische und Wassertiere aus allen Weltmeeren.

Man kann Charlottenlund auch mit der S-Bahn-Linie vom Hauptbahnhof erreichen.

Die Jægersborg Allé führt zum

Schloß Charlottenlund *(Charlottenlund Slot).* Es wurde für Charlotte-Amalie, die Schwester Christians VI., errichtet. Das mehrfach erweiterte und verschönerte Schloß war die Sommerresidenz Frederiks VI., und heute befindet sich hier der Sitz von *Danmarks Fiskeri- og Havundersøgelser og Det internationale Havundersøgelsråd,* also des Dänischen und Internationalen Rates für Unterwasserforschung und Fischfang. – Der Zugang zum Schloß ist frei.

Die lange und schöne Allee endet in der Gemeinde *Gentofte,* in der das elegante kleine *Schloß Bernstorff* steht. Dieses Schloß war ein Geschenk Frederiks V. an seinen Außenminister Graf Bernstorff. Es wurde in den Jahren 1752 bis 1760 von dem französischen Architekten Nicolas Jardin im klassizistischen Stil erbaut. Die ehemalige Sommerre-

sidenz Christians IX. dient heute als Luftwaffenschule. – Auch hier ist der Zugang zum Park frei.

Man fährt weiter auf dem Strandvej. Rechts liegt der *Øresund* und links der *Wald von Charlottenlund.* Er bedeckt 80 Hektar und bildet den *Forstbotanischen Park (Forstbotanisk Have),* der zur Landwirtschaftlichen Hochschule Kopenhagen gehört und dessen Bäume zum Teil aus Japan und Westamerika stammen. – Im Norden des Waldes liegt die *Trabrennbahn.*

*

Nach dem Vergnügungspark *Charlottenlund Strandpark* erreicht man *Skovshoved* (9 km), einen kleinen Jachthafen. Kurz darauf führt links der lange *Klampenborgvej* nach

**Ordrupgård. In dieser eindrucksvollen Villa am Vilvordevej 110, die früher dem Staatsrat Wilhelm Hansen gehörte, befindet sich heute ein *Museum für französische und dänische Kunst des 19. Jahrhunderts.* Die Sammlung der Impressionisten ist sehr umfangreich, und außerdem machen die Inneneinrichtung und die Kunstgegenstände Ordrupgård zu einem interessanten kunsthistorischen Museum, das den Geist einer Epoche widerspiegelt. Zur Gemäldesammlung gehören u. a. folgende Werke:

Eugène Delacroix: Mehrere Gemälde, deren bedeutendstes das ****Porträt von George Sand** ist (ursprünglich war das Bild wesentlich größer, denn es zeigte George Sand, die dem Klavierspiel von Chopin lauscht; um 1873 wurde das Gemälde zerschnitten, und das Porträt von Chopin befindet sich heute im Louvre).

C. Corot: „Die Mühle"; das Werk stammt aus der ersten Schaffensperiode des Künstlers.

E. Degas: Neun Bilder und Pastellmalereien, u. a. *,,Die Familie Bellelli", eine Arbeit, bei der es sich um einen Entwurf für das Porträt der mit der Familie Degas verwandten Familie Bellelli handelt, das sich heute im Museum für impressionistische Kunst in Paris befindet.

A. Sisley: Einige schöne Landschaftsbilder, u. a. **,,Landschaft am Ufer der Seine"; die Formen scheinen sich hier im Vibrieren und Flimmern des Lichts aufzulösen.

C. Monet: Mehrere Bilder, u. a. *,,Pfad im Wald von Fontainebleau". Das Bild entstand um 1865, als Monet, Sisley und Renoir in der freien Natur arbeiteten.

P. *Cézanne:* **,,Badende". Hierbei handelt es sich um eine Version des von Cézanne wiederholt aufgegriffenen Themas. Eine andere Variante ist in der Glyptothek zu sehen.

In Ordrupgård wird außerdem eine schöne Sammlung dänischer Kunstwerke des 19. Jahrhunderts gezeigt.

*

Klampenborg (10 km) ist ein stark frequentierter Badeort zwischen dem Øresund und dem schönen Wald des ,,Dyrehaven".

Dyrehaven, was wörtlich ,,Tiergarten" bedeutet, hier aber als Hirschgarten verstanden wird, ist eine Art Nationalpark, in dem Wiesen und Hochwald miteinander abwechseln und Hirsche, Damwild und Rehe in freier Wildbahn leben.

Vom Eingang *Klampenborgport* aus durchquert die große *Fortunvej-Allé* den Park von Osten nach Westen. Linker Hand liegen der *Vergnügungspark Dyrehavsbakken* (Restaurant, Schaukeln, Karussells, Achterbahnen u. a.) und *Kirsten Piils Kilde,* eine Quelle in der Nähe des Kildesees (Kildesø). Rechts führt der Ulvedalsvej zum *Freilichttheater (Friluftsteater).* Vom Fortunvej biegt links eine Allee zum Eingang *Rødeport* im Süden des Parks ab, und der Fortunvej selbst endet nach vier Kilometern am Eingang *Fortunport.*

Von Fortunport gelangt man über den *Kongevej,* der Dyrehaven von Südwesten nach Nordosten durchquert, in gut 45 Minuten zum *Jagdschloß Eremitagen,* das 1736 von L. de Thurah für Christian VI. auf einer über einer Lichtung gelegenen Anhöhe erbaut wurde (sehr schöner Ausblick über den gesamten Dyrehaven und den Øresund). Dieses Schloß, das niemals bewohnt wurde, öffnet alljährlich seine Tore, wenn die Jagd beginnt.

Hinter der Eremitage ändert der Kongevej seine Richtung; er verläuft nun südsüdöstlich zu Fortunvej und Kongeport (etwa 4 km). Vorbei an der *Galopprennbahn* und über den Dyrehavevej gelangt man zum Bahnhof von Klampenborg.

Von Klampenborg nach Helsingør (32 km) geht es weiter in der Route 9 auf Seite 270.

LYNGBY UND SCHLOSS SORGENFREI MIT *FREILICHTMUSEUM

Gut 10 km Kilometer nördlich der Innenstadt erreicht man über die *Øster Allé* und den *Lyngbyvej*

Lyngby. In diesem Vorort liegen das Freilichtmuseum, Schloß Sorgenfrei (Sorgenfri), das Herrenhaus Sophieholm und eine interessante Kirche. – Im

*Freilichtmuseum *(Frilandsmuseum)* findet der Besucher auf einem 36 ha großen Parkgelände Häuser aus dänischen Dörfern, Werkstätten, Handwerker-Läden, verschiedene Haustypen (darunter einen Hof von den Färöer-Inseln) und Mühlen; man hat diese Gebäude aus allen Provinzen Dänemarks hierhergeholt und versucht, die unmittelbare Umgebung jedes Hauses der des alten Standorts anzugleichen. Das Museum zeigt auch Sammlungen von Werkzeugen und landwirtschaftlichen Geräten. Das am Kongevejen 100 gelegene Freilichtmuseum gehört zum Nationalmuseum.

Innerhalb des Museumsgeländes befindet sich ein Restaurant. Es werden gelegentlich Volkstänze vorgeführt. Die Besichtigungen können auch mit einem Führer erfolgen.

Das Nationalmuseum hat die in der Nähe des Freilichtmuseums gelegene ehemalige Brede-Fabrik erworben, in der jetzt historische und kulturelle Ausstellungen stattfinden (Cafeteria).

Schloß Sorgenfrei *(Sorgenfri).* Dieses kleine Schloß wurde 1705 für den Grafen Ahlefeldt erbaut

und 1742 von Laurids de Thurah für den Kronprinzen Frederik teilweise umgebaut. Heute ist es eine Residenz des Prinzen Knud und seiner Familie.

Das 1803 in der Nähe des *Bagsværd-Sees* errichtete *Herrenhaus Sophieholm* wurde von der Gemeinde Lyngby für Ausstellungszwecke erworben (Cafeteria). – Die im alten Teil der Ortschaft gelegene *Kirche* schmücken interessante Fresken.

*

AUSFLÜGE ZU MODERNER ARCHITEKTUR

An dieser Stelle sei auf einige architektonische Sehenswürdigkeiten am Rande der dänischen Hauptstadt hingewiesen, die für Liebhaber moderner Architektur von Interesse sein können. Sie liegen in:

Glostrup (10 km Richtung Westen; 20 000 Einwohner). Das *Krankenhaus* gehört zu den bedeutendsten in Skandinavien; es wurde 1958 von den finnischen Architekten Ragnar und Martta Ypyä und Veikko Malmio erbaut.

Bagsværd (12 km in nördlicher Richtung). Hier findet man inmitten einer Seen- und Waldlandschaft eine bemerkenswerte *Wohnanlage.*

Lundehus (nördlicher Vorort von Kopenhagen). Die *Kirche* aus dem Jahr 1957 ist beachtenswert.

Rødovre (westlicher Vorort). Sein sehenswertes *Rathaus* wurde 1965 von Arne Jacobsen erbaut.

*AALBORG

Mit seinen, einschließlich des eingemeindeten Nørresundby und anderer Vororte, 155 000 Einwohnern, großen Industriekomplexen und einem sehr aktiven Hafen gehört Aalborg (oder Ålborg) zu den großen Städten des Nordens. Der Kontrast zwischen dieser geschäftigen Stadt, die seit einiger Zeit eines der schönsten Museen Skandinaviens besitzt, und den beiden Landstrichen *Himmerland* und *Vendsyssel*, die sie im Süden und Norden begrenzen, ist deutlich spürbar. Ein großer Kontrast besteht auch zwischen dem Zentrum, das sehr klein ist und daher immer übervölkert wirkt, mit seinen alten ehrwürdigen Gebäuden und den neuen Stadtteilen mit ihren modernen Bauten.

GESCHICHTE

Aalborg ist eine sehr alte Stadt, die früher *Alabur* hieß; das bedeutet „Stadt am Fluß". Seit dem 11. Jahrhundert wurde der Ort urkundlich erwähnt, und als er im Jahr 1342 Stadtrechte erhielt, war er bereits ein bedeutender Handelsplatz, ein Knotenpunkt an den Wasser- und Landstraßen, die Westeuropa mit Skandinavien verbanden. Hier starb 1513 König Hans von Dänemark und Norwegen.

Unter dem von „Skipper Klement" (Schiffskapitän Klement) organisierten Aufstand, in dem sich ein Teil der Bevölkerung den königstreuen Bürgern entgegen-

stellte, hat die Stadt stark gelitten. Klement nahm die Stadt ein und trug einen weiteren Sieg in Svandrup davon, doch am 18. Dezember 1534 eroberte Johan Rantzau an der Spitze königstreuer Truppen die Stadt zurück, die in Schutt und Asche gelegt wurde. Klement wurde gefangengenommen und in Kolding enthauptet, während Aalborg blutige Vergeltungsmaßnahmen über sich ergehen lassen mußte.

Der Wiederaufbau dauerte bis 1624, doch kurz darauf brachten der Dreißigjährige Krieg und die Kriege mit Schweden (1646 und 1657) neue Zerstörungen.

Erst ab dem 19. Jahrhundert konnte die Stadt, sowohl hinsichtlich der Industrialisierung als auch der Urbanisierung einen beachtlichen Aufschwung verzeichnen.

Als Industriestadt entwickelte sie sich mit Tabakverarbeitung (schon seit 1787), der Herstellung von Eisenbahnmaterial, Mehlfabriken, Werften, Textilindustrie, Verarbeitung der aus dem Norden importierten Papiermasse, und mit der Produktion von Aalborg Akvavit, einem in der ganzen Welt bekannten dänischen „Klaren".

SEHENSWÜRDIGKEITEN

Wer die im Laufe der letzten 20 Jahre großzügig angelegten Stadtviertel mit dem Auto besichtigen und auch das Kunstmuseum besuchen will, braucht schon mindestens einen ganzen Tag, um Aalborg kennenzulernen.

Das Zentrum von Aalborg ist zwar klein, doch befinden sich hier auf engem Raume so viele Straßen und Sträßchen und so zahlreiche sehenswerte Baudenkmäler, daß die Orientierung oft etwas schwer fällt.

Man beginnt am besten mit der *Fußgängerzone,* die von Vesterbro, Algade, Slotsgade und dem Hafen begrenzt wird. Innerhalb dieses ungleichmäßigen Rechtecks erstrecken sich noch alte Straßen, wie z. B. die Gravensgade mit ihren niedrigen blumengeschmückten Häuschen und ungewöhnlichen Boutiquen, die zum Teil für sehr viel Geld von der hier ansässigen eleganten und wohlhabenden Künstlerwelt erstanden wurden. In diesem Viertel, über das einige große Kaufhäuser und die Stahl- und Aluminiumriesen der Banken und Handelsgesellschaften hinausragen, befinden sich die meisten sehenswerten Bauten von Aalborg.

Die dem heiligen Botulphus (englischer Abstammung) geweihte

***Sankt-Budolfi-Kirche** [1] ist seit 1554 die *Domkirche* der Diözese. Sie ist zwar nicht so groß wie die Dome von Århus, Ribe und Odense, doch trotz ihrer bescheideneren Ausmaße sehr reizvoll.

Bei Ausgrabungsarbeiten während des Krieges stieß man hier auf Reste von zwei weiteren Kirchen, einer *Holzkirche,* bei der es sich um die älteste Kirche der Stadt handelt, und einer *Steinkirche,* deren Grundmauern in der

Krypta zu erkennen sind. Die heutige Kirche wurde 1399 erstmals urkundlich erwähnt, doch scheint sich der Bau sehr lange hingezogen zu haben, denn die barocke Turmspitze stammt erst aus dem Jahr 1779.

Unter der Vorhalle sind recht gut erhaltene *Fresken* zu sehen: die Symbole der vier Evangelisten, die heilige Katharina von Alexandrien (Westwand) mit Schwert und Rad; Papst Gregor und ein Kirchenlehrer; die Opferung Isaaks und die Flucht nach Ägypten.

Die bemalten *Emporen* im Inneren der Kirche entstanden im 18. Jahrhundert, als letzte die „Königsempore" im nördlichen Seitenschiff. Die *Altarwand* schuf Lauritz Jensen d'Essenbæk; es handelt sich um ein Renaissancewerk, doch die gedrehten Säulen sind bereits vom Barock geprägt; zwischen den Säulen erkennt der Betrachter Moses mit den Gesetzestafeln, Sankt Markus mit dem Löwen, Sankt Johannes den Täufer mit dem Lamm und Sankt Lukas mit dem Ochsen.

Die *Kanzel* hingegen ist reiner Renaissancestil; 10 Reliefs erzählen die Leidensgeschichte Christi. Die Kanzel wird von Moses getragen, und über ihr ist Christus als König dargestellt. Der *Barock-Taufstein* aus schwarzem Marmor wurde im 18. Jahrhundert in Italien angefertigt. Die große *Orgel* von 1749 hingegen zeigt deutliche Rokokoeinflüsse. Obwohl sie in der Zwischenzeit erweitert wurde, hat man das Original-Orgelgehäuse (mit Monogramm Friedrichs V. und seiner Gattin) beibehalten. Neben der Kirche liegen an der Algade das Hauptpostamt und Aalborgs

Historisches Museum [2]. Es ist in einem Ende des 19. Jahrhunderts im Stil der Neurenaissance errichteten Bau untergebracht.

Nachdem die Gemälde- und Skulptursammlungen in den Besitz des Nordjylland-Museums übergewechselt sind, hat man eine Neugestaltung des Historischen Museums vorgenommen. Hier finden auch regelmäßig Ausstellungen statt.

Die Sammlungen zur Regionalgeschichte enthalten Funde, die bei Ausgrabungen in Aalborg zutage gefördert wurden und erkennen lassen, wie groß die Bedeutung dieser Stadt im Mittelalter war; eine andere Abteilung zeigt Aalborger Wohnkultur mit einer Stubeneinrichtung aus dem Jahr 1602.

Entweder über die Gravensgade und Bispensgade oder durch kleine Sträßchen gelangt man nun zum

*Heiliggeistkloster *(Helligåndskloster)* [3]. Es wurde 1431 gegründet und gehört zu den ältesten sozialen Einrichtungen Dänemarks. Zudem ist es das besterhaltene Kloster des Landes. Sozialhilfeempfänger können hier ihren Lebensabend verbringen. Zu besichtigen sind der *Speisesaal,* das *Priorzimmer,* die *Wandelhalle* der Mönche und der *Kapitelsaal* mit bemerkenswerten Fresken aus dem 15. Jahrhundert.

Was dieses Viertel so besonders reizvoll macht, sind die engen, gewundenen Sträßchen mit ihren bunt bemalten Häusern. Die Mauern der Innenhöfe sind mit Friesen geschmückt, so in der *Klokkerstøbergade* (Glockengießerstraße). Die *Jomfru Anegade* ist eine recht abwechslungsreiche kleine Straße mit Gaststätten und Diskotheken; in Nr. 23 befindet sich ein *Experimentiertheater.* – Das

*Rathaus *(Rådhus)* [4] am *Gammel-Torv* zeigt mit seiner Frontseite zur Nordfassade von Sankt Budolfi (s. S. 151). Es entstand an der Stelle des alten Rathauses aus dem Jahr 1762. Über dem Eingangsportal sieht man Büste und Wahlspruch (,,Prudentia et Constantia"; ,,Klugheit und Festigkeit") Frederiks V. Das Innere schmücken eine schöne Rokokotreppe und Stuckarbeiten an der Decke des Ratssaales.

Die breite *Østeragade* ist eine der ältesten Straßen von Aalborg. Hier steht auch (Nr. 1) das ehemalige Bürgerhaus, das der reiche Reeder und Großkaufmann Jens Bang 1623/24 erbauen ließ.

**Jens Bangs Steinhaus *(Stenhus)* [5] ist ein wunderschöner sechsstöckiger Renaissancebau, der als das eleganteste bürgerliche Bauwerk aus der Zeit Christians IV. gilt. Im Erdgeschoß und in den Kellerräumen befindet sich ein bekanntes Restaurant.

Ein weiteres schöne Renaissancehaus (1580–1616) ist der ebenfalls in der Østeraagade gelegene **Jørgen Olufsensgård.* – Das

Aalborghaus *(Aalborghus)* [6] am *Slotsplads* wurde in den Jahren 1534 bis 1540 errichtet und ist zum größten Teil gut erhalten. Das ursprünglich als Festung und

Rathaus gebaute Schloß ist heute Verwaltungssitz, der von Fachwerkbauten umgebene Schloßhof für die Öffentlichkeit zugänglich. Es wird behauptet, daß unterirdische Gänge von den zahlreichen Kellern aus zum Fjord führen.

Bevor man dieses Viertel verläßt, sei noch an das farbenprächtige und lebhafte Treiben dänischer Märkte erinnert, deren Besuch man nicht versäumen sollte. In der Stadt gibt es zwei Märkte, einen in der *Østeraagade* und einen in der *Nyhavnsgade* (hinter dem Schloß).

Die *Slotsgade* führt zur

Liebfrauenkirche *(Vor Frue Kirke)* [7], einer einstigen Klosterkirche. Von dem ursprünglichen Bauwerk ist heute jedoch nur noch der in anglo-normannischem Stil erbaute Westgiebel übriggeblieben, den zahlreiche Skulpturen zieren.

Jens Bangs Steinhaus

Die breite Straße *Vesterbro* durchquert die Stadt von Nord nach Süd; sie ist eine lebhafte Geschäftsstraße mit zahlreichen Hotels, Restaurants und Geschäften. Hier findet man auch SAS-Terminal, Theater und das ,,Gänsemädchen", eine Skulptur, die 1937 von Gerhard Henning geschaffen und von der C.-W.-Obels-Tabakfabrik der Stadt geschenkt wurde.

Über die Vesterbro-Straße gelangt man rasch zum *Kildepark* mit der

Aalborghalle [8]. Sie entstand in den Jahren 1949 bis 1953 und gehört zu den größten und schönsten Kongreßzentren Europas. Da ihre Einrichtungen höchsten Ansprüchen gerecht werden, wurde sie 1972 in die International Association of Congress Palais aufgenommen. Das Foyer wurde 1973 von Richard Mortensen ausgeschmückt. Außerdem befindet sich hier das *Nordjütländische Musikkonservatorium*, und es werden Theateraufführungen veranstaltet.

Am Rande des Kildeparks liegt an der Straße Vesterbro der 16stöckige Glas- und Marmorpalast des Hotels ,,Hvide Hus". Eine Abbildung dieses imposanten Hotelgebäudes ist im Verlauf der Route 1 dieses Bandes auf Seite 199 zu sehen.

Wenn man den Park durchquert, gelangt man zum *Bahnhof* [9] und zum *Busbahnhof.*

Auf der anderen Seite der Vesterbro liegt die *Sankt-Ansgar-Kirche.* Dahinter, in der Anlage *Skovbakken,* befinden sich die Freilichtbühne und der

Aalborgturm *(Aalborgtårn)* [10]. Aus 105 m Höhe hat man einen sehr schönen Blick über die Stadt und den Limfjord (Restaurant).

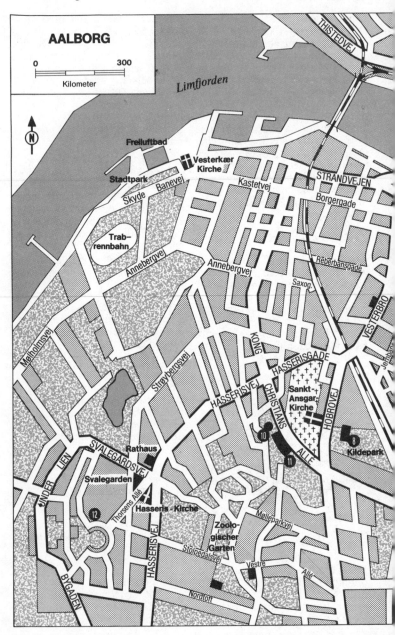

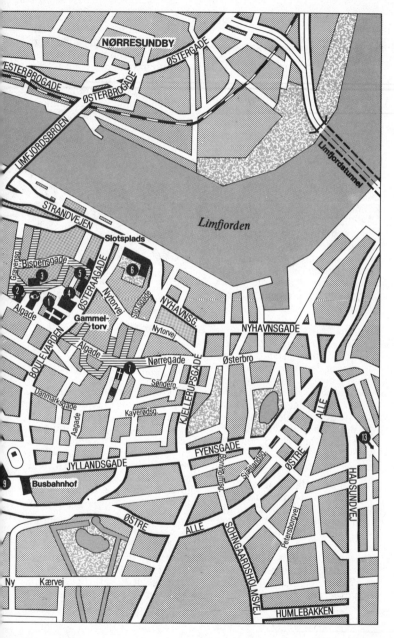

**Nordjyllands Kunstmuseum [11]

ist eine der schönsten dänischen Errungenschaften der jüngeren Zeit. Viele Jahre waren erforderlich, bevor dieses bereits vor dem Zweiten Weltkrieg geplante Projekt Gestalt annehmen konnte. Man wollte ein Museum bauen, in dem einige hundert Bilder und Skulpturen, für die – insbesondere nach Erhalt der Anne-und-Kresten-Krestensen-Stiftung – im Städtischen Museum kein Platz mehr war, ausgestellt werden konnten und das außerdem einen Überblick über die aktuellen Kunstrichtungen vermitteln sollte. Fest steht, daß im Hinblick auf die verschiedenen Kunstrichtungen, welche die Malerei nach Kriegsende prägten, die Cobra-Gruppe nirgends so gut vertreten ist wie hier.

Das am Südrand der Stadt, an der *Kong Christians Allé* 50, gelegene Nordjütländische Museum wurde von dem finnischen Architekten-Ehepaar Elissa und Alvar Aalto sowie ihrem dänischen Mitarbeiter, dem Architekten Jean-Jacques Baruel, entworfen. Mit den Arbeiten wurde im Februar 1968 begonnen, die offizielle Einweihung fand 1972 statt.

Das ganze Gebäude besteht aus carrarischem Marmor, dem Lieblingsmaterial des finnischen Meisters. Es umfaßt ein sehr großes Foyer, sieben Säle mit seitlichem Lichteinfall und einen sehr großen Saal, der mit Deckenlicht ausgestattet ist und mittels mobiler Wände jederzeit anders aufgeteilt werden kann. Die in der Mitte gelegene Halle ist vorübergehenden Ausstellungen sowie

Konzert- und Filmveranstaltungen vorbehalten. Auf derselben Etage befinden sich außerdem ein Kammermusiksaal, eine Skulpturensammlung und die einzelnen Verwaltungsstellen. Das Untergeschoß enthält zwei Konferenzräume, ein Dokumentationszentrum und eine Selbstbedienungs-Cafeteria. Skulpturen findet man auch überall in der das Museum umgebenden Anlage.

Im Nordjütischen Kunstmuseum

Es ist kaum möglich, dieses Museum genau zu beschreiben; die Kunstwerke sind nämlich so zahlreich, daß sie nur in ständigem Wechsel ausgestellt werden können. Somit bleibt nichts anderes übrig, als einige Hauptwerke und die Künstler zu nennen, die durch das eine oder andere Werk hier vertreten sind.

Im Foyer sieht man Skulpturen des englischen Künstlers Lynn Chadwick. Ihm, einem Architekten, gelingt es, sein Material – in erster Linie Metall – mit großer Genauigkeit zu verarbeiten, ganz gleich, ob es sich um abstrakte oder figürliche Darstellungen handelt.

Das Museum besitzt zahlreiche Werke von Richard Mortensen: ,,Frauen mit drei Vögeln", ,,Einsame Gestalt" (beide tendieren zum Surrealismus); ,,Vierundzwanzig versteinerte Formen", ,,Lyrische Manifestationen", ,,Bewegung der Natur" (diese und andere Werke sprechen eine kubistische Sprache); ,,Schlangenbewegung" und weitere abstrakte Gemälde.

Wenngleich seine ersten Werke den Einfluß des deutschen Nach-Expressionismus erkennen lassen, so tendierte Richard Mortensen (geb. 1910) bereits zu Beginn seiner Laufbahn zur abstrakten Malerei. In der Folgezeit wurde sein Werk von den beiden Richtungen der abstrakten Kunst bestimmt, der frei malerischen Richtung von 1935 bis 1948 und dem Konstruktivismus ab 1948.

Dänische Malerei zu Beginn des 20. Jahrhunderts: Ejnar Nielsen, Niels Larsen Stevns; Genrebilder von Willumsen; Landschaftsbilder von Albert Gottschalk; Bilder von Jens Sørensen und Helmuth Thomsen; Werke von Svend Guttorm, Michael Ancher, Karl Isakson und Peter Hansen. – *Dänische Bildhauerkunst von Thorvaldsen bis heute.*

Porträts von Olaf Rude; Stilleben, Porträts und Landschaften von Axel P. Jensen und P. Rostrup Bøyesen; Genrebilder von Kay Kristensen, Landschaften von Erik Hoffe und Porträts von Axel Bentzen.

John Christensen, Niels Lergaard, Sven Engelund, Harald Giersing (expressionistische Malerei); Jens Søndergaard (zahlreiche Landschaften); Wilhelm

Lundstrøm (heftiger und satirischer Expressionismus einerseits, Kubismus andererseits); Bilder von Sven Johansen, Karl Larsen und Axel Salto; abstrakte oder surrealistische Werke von Egil Jacobsen; abstrakter Expressionismus von Else Alfelt.

Metallplastiken, u. a. zwei außergewöhnlich große Stahlplastiken, von Robert Jacobsen (geb. 1912), im Freundeskreis ,,der dicke Robert" genannt; er ist zweifellos einer der bedeutendsten Künstler seiner Epoche. In seinem Werk manifestiert sich das neoplastische Reinheitsideal, dessen Realisierung er einerseits mit Hilfe verschiedener, außerordentlich rigoros angewandter Ausdrucksmittel, andererseits mit der Leidenschaftlichkeit des ,,Cobra"-Geistes erreicht.

Die gesamte *Cobra-Gruppe* (s. auch Kunstmuseum Silkeborg, S. 230) ist hier vertreten: Karel Appel, Corneille, Pierre Alechinsky, Carl Henning Pedersen, Asger Jorn, Atlan, Constant und Doucet.

Kinetische Werke von Vasarely, kubistische von F. Léger, surrealistische von Max Ernst (,,Bonjour Satanas") und Pablo Picasso (,,Visage d'étoile"). – Bilder von Jean Deyrolles, Auguste Herbin und Serge Poliakoff. – Außerdem befinden sich hier zwei Werke des französischen Malers Jean Dewasne sowie Plastiken von Lynn Chadwick, Mogens Andersen und Preben Hornung.

*

Die Stadt ist in ständigem Wachstum begriffen, und dort, wo es vor Jahren nichts anderes als

freie Felder gab, sind jetzt ganze
Stadtviertel neu aus dem Boden
geschossen, so das *Schulviertel*
mit Gymnasien, technischen Instituten, Pädagogischer Hochschule und einer Taubstum-
menschule. 1974 wurde ein *Uni-
versitätszentrum* gegründet. In
diesem Viertel liegt auch das
Auswanderer-Archiv mit Doku-
menten, Briefen, Fotografien
und Zeitungen, die dänische
Auswanderer nach Hause schick-
ten und die einen Einblick in das
Leben jener Menschen während
der Besiedlung Amerikas vermitteln.

Nicht unerwähnt bleiben soll
auch das

Hasseris-Viertel [12], ein vornehmes Wohnviertel am Rande der
Stadt. Seine *Kirche* stammt aus
dem Jahr 1956, das *Rathaus* dieses Viertels wurde 1958 erbaut.
Im Zuge der Sanierung des Aalborger Stadtzentrums wurde das
bis dahin am Nytorv gelegene

schöne Wohnhaus *Svalegård* aus
dem 17. Jahrhundert abgerissen
und in Hasseris wieder aufgebaut.

*

Südöstlich von Aalborg liegen
die beiden Kirchen von Tranders,
die

Nørre Tranders Kirke [13], eine
Dorfkirche mit **Fresken von
hohem künstlerischem Wert, und

Søndre Tranders Kirke [13], eine
an der Straße nach Hadsund gelegene romanische Dorfkirche.

*

Nørresundby, am Nordufer des
Limfjords, ist durch eine Eisen-
bahn- und eine Straßenbrücke
mit Aalborg verbunden. Außerdem wird der Verkehr durch einen breiten sechspurigen Tunnel
geleitet, durch den auch die E3/
A10, unsere Route 1, führt. Die
ausführliche Beschreibung der
heute nach Aalborg eingemeindeten Vorstadt ist auf Seite 205
zu finden.

*ÅRHUS

Århus (oder *Aarhus*) gehört mit seinen 250 000 Einwohnern einschließlich der Vororte im Großraum zu den wenigen dänischen Großstädten. Zwar mutet es einerseits etwas kleinstädtisch an, dann aber hat man in bestimmten Vierteln und zu bestimmten Uhrzeiten wieder den Eindruck, sich in einer modernen Großstadt zu befinden. Der Besucher merkt nicht sofort, daß Århus sowohl eine wichtige Hafen- als auch eine Universitätsstadt ist, denn in den ruhigen Straßen fallen ihm weder Matrosen noch Studenten auf. Doch in der Fußgängerzone nahe der Sankt-Clemens-Kirche verleihen exklusive Boutiquen, die auch in London, Paris oder Amsterdam stehen könnten, zahlreiche Galerien, Luxusläden und das Treiben in den Straßen, die abends um 10 Uhr belebter sind als um die Mittagszeit, dieser Stadt einen ganz besonderen Reiz.

GESCHICHTE

Århus ist aus einer alten Wikingersiedlung entstanden, die früher den Namen *Åros* (das bedeutet Flußmündung) trug. Durch ihre Lage an der Kattegatbucht war sie von außerordentlicher strategischer Bedeutung und gleichzeitig auch ein Zentrum des Handels und des Handwerks.

Urkundlich wird Åros zum ersten Mal in germanischen und französischen Schriften erwähnt, die berichten, daß der Bischof von Århus an der Synode von Ingelheim teilnahm. Das Bistum Århus wurde 948 gegründet. Die zahlreichen überkommenen Runensteine geben keinerlei Aufschluß über die Geschichte der Stadt; sie wurden alle zur Erinnerung an Unbekannte errichtet. Man weiß auch, daß sich hier gegen Ende der Wikingerzeit eine Münze befand. Zur Zeit der Reformation stellte sich ein gewisser Verfall der Stadt ein, doch bereits im 17. Jahrhundert blühte der Handel wieder auf, der Hafen gewann an Bedeutung, und die Gewerbebetriebe nahmen ständig zu. Seit dem Zweiten Weltkrieg wächst Århus unaufhörlich und drängt die umgebenden Wälder und Felder immer weiter zurück.

WIRTSCHAFT UND KULTUR

Die bekanntesten Industrieunternehmen von Århus sind die Werften, die Frichs-Werke (Waggons und Motoren für Lokomotiven) sowie Århus Oliemølle (Margarine und Öl).
Was die kulturellen Belange betrifft, so genießen die Universität und ihre verschiedenen Institute in den nordischen Ländern einen ausgezeichneten Ruf. Sie unterstützen auch die *Kulturtage im September,* zu denen berühmte Künstler nach Århus kommen. Auf dem Programm stehen Ausstellungen und Konzerte. Das *Kongreßzentrum Scanticon* mit seiner bemerkenswerten Architektur hat in den letzten Jahren

mehr und mehr an Bedeutung gewonnen. Zum Schluß sei noch erwähnt, daß die Stadt auch für ihre ausgezeichneten Jazzbands bekannt ist.

In Århus wurde der Physiker und
Astronom Ole Rømer (1644 bis
1710) geboren. Nachdem ihm die
Bestimmung der Lichtgeschwin-
digkeit in Paris zu Berühmtheit
verholfen hatte, wurde er zum
Hauslehrer des französischen
Thronfolgers, des Sohns Ludwigs
XIV., ernannt. Er ist nicht nur
der Vater des Hydraulikmaschi-
nen-Projektes für die Wasserver-
sorgung im Versailler Schloßpark, sondern er schuf, als er
nach Dänemark zurückgekehrt
war, auch einen neuen Kataster
sowie ein System für Maße und
Gewichte. Schließlich baute er
noch die Kopenhagener Feuerwehr auf. Es scheint jedoch, als
habe die Ernennung zum Polizei-
präfekten der Hauptstadt, die als
die Krönung seiner Karriere angesehen wurde, seinen der Forschung zugewandten Erfinder-
geist eher beeinträchtigt.

SEHENSWÜRDIGKEITEN

Man benötigt schon zwei Tage,
um Århus kennenzulernen, denn
zu einer Besichtigung dieser
Stadt gehören sowohl der abend-
liche Spaziergang im Zentrum als
auch der Besuch von Moesgård
und seinen archäologischen Kostbarkeiten 10 km südlich der
Stadt.

Was man in Århus gesehen haben muß

Bei Interesse an Archäologie und
an der Geschichte der Wikinger:
Moesgård und das kleine Wikingermuseum.

Wenn man die dänische Malerei
kennenlernen   möchte: das
Kunstmuseum.

Wenn man das Århus von einst
wieder lebendig werden lassen
will: Den gamle By sowie das
Viertel um Store Torv und Lille
Torv.

Wer einen Abendbummel liebt,
dem bietet sich die Fußgängerzone bei Licht an. Wer morgendli-
che Geschäftigkeit sucht, findet
sie am Hafen und am Markt.

Das Zentrum der Stadt ist der
Store Torv, der Große Platz, an
dem auch der *Dom steht. Wer
mit dem Auto kommt, fährt
durch die Frederiks Allé bis zum
Rådhusplads. Es empfiehlt sich,
den Wagen dort stehenzulassen
und den Weg durch die Fußgängerzone   fortzusetzen.   Vom
Bahnhof aus gelangt man zu Fuß
durch die Ryesgade und die
Søndergade auf dem direktesten
Weg zum Store Torv.

Die Fußgängerstraßen (gågader),
die Søndergade, Frederiksgade
und ganz besonders die kleine
Sanct Clemensstræde, sind alle-
samt sehr abwechslungsreich und
interessant. Im Sommer sind es
die roten Luftballons und die
Blumen und im Winter die großen roten Herzen und lichterge-
schmückten Tannenbäume, die
der Fußgängerzone einen ständigen festlichen Anstrich verleihen, und die Boutiquen halten
so manche Überraschung bereit.

*

*Dom (Domkirken) [1]. Die
Grundsteinlegung für dieses romanische Bauwerk, das in der
Folgezeit ständig erweitert und
ausgeschmückt wurde, erfolgte

im Jahr 1201. Im 15. Jahrhundert wurde die Kirche von Grund auf im Stil der Gotik umgebaut, Ende des 19. Jahrhunderts umfangreiche Restaurierungsarbeiten vorgenommen, und in den 20er Jahren erhielt der Glockenturm eine neue Spitze.

Wir betreten den Dom von der Bispetorv-Seite. Mit seinen 93 m ist das *Kirchenschiff* das längste Dänemarks, und das Gewölbe ist 22,5 m hoch. Der Besucher wird sofort feststellen, daß diese Kirche, in der seit Jahrhunderten lutherische Gottesdienste abgehalten werden, immer noch wie ein katholisches Gotteshaus aussieht. In Nordeuropa trifft man selten auf eine derart ausgeprägte westliche Gotik, auch wenn im Querschiff auf jeder Seite des Chores romanische Kapellen an die ursprüngliche Kirche erinnern. Der *Taufstein* stammt aus dem Jahr 1481, und die *Kanzel* wurde Ende des 16. Jahrhunderts geschaffen. Wertvollstes Stück ist das herrliche **Triptychon (1479) über dem Altar – ein Meisterwerk des Lübeckers Bernt Notke. An den Wänden findet man *Fresken* aus dem 16. Jahrhundert. Die *Orgelfassade* ist im reinsten Barockstil gehalten; sie wurde von Lambrecht Daniel Carsten geschaffen und vor einigen Jahren nach Entwürfen Albert Schweitzers restauriert. Hinter dem Altar sieht man das höchste Fenster nordischer *Glasmalerei*, ein Werk des norwegischen Künstlers Emmanuel Vigeland.

In den *Kapellen* befinden sich die Gräber der Familie Marselis (nördlich des Turms) und der Familie Sehested (mit schönem schmiedeeisernem Gitter).

Jeden Mittwoch- und Samstagvormittag findet ein *Blumen- und Gemüsemarkt* vor dem Stadttheater gegenüber der Domkirche statt.

Wikingermuseum *(Vikingemuseet)* [2]. Das Wikingermuseum liegt in der Nähe des Domes am Sanct Clemenstorv 6, und zwar in den Untergeschossen des Bankhauses *Handelsbanken*. An der Stelle, über der sich heute das Bankhaus erhebt, wurden Teile der ehemaligen Stadtbefestigung von Århus gefunden.

Das Museum enthält Schmuckgegenstände und die bei Ausgrabungen an dieser Stelle gemachten Funde. Der größte Teil der Wikingersammlung befindet sich jedoch in Moesgård (siehe dieses weiter unten).

Vom Store Torv gelangt man zum *Lille Torv,* auf den eine große Geschäftsstraße, die *Vestergade,* mündet. Am Lille Torv steht ein sehr schöner Wohnsitz aus den ersten Jahren des 19. Jahrhunderts. Hier wohnten, bevor ihnen Schloß Marselisborg geschenkt wurde, die dänischen Könige, wenn sie Århus besuchten.

Liebfrauenkirche *(Vor Frue Kirke)* [3]. Dieses um das Jahr 1100 erbaute Gotteshaus ist die älteste Kirche von Århus. Bei Restaurationsarbeiten an der heutigen Kirche stieß man auf die dreischiffige Krypta des ersten, aus Tuffstein errichteten Baus. Sein Architekt war Sven Estridsen, und die Kirche war dem heiligen Nikolai geweiht. Unter dem heutigen Chor führt eine Treppe in dieses „unterirdische Gotteshaus", das zu den ältesten Gewölben des Nordens gehört und außerdem eine der vier Krypta-Kirchen (neben Lund in Schweden sowie Viborg und Odense in Dänemark) Skandinaviens ist.

In der 1976 restaurierten Kirche befindet sich ein sehr schöner geschnitzter **Flügelaltar (1520) des Lübecker Meisters Claus Berg; zu erkennen sind die Überreste einiger Fresken (insbesondere ein Bauer) aus dem frühen 16. Jahrhundert. In der Nähe des Westportals führt eine Tür in einen Hof, in dem noch die Überreste des ehemaligen *Dominikanerklosters* zu sehen sind; heute ist hier ein Altersheim, und der Kapitelsaal wurde zu einer Kirche umgestaltet.

An der Kreuzung Vestergade und Vesterallé liegt die *Volksbibliothek (Folkbibliotek)*. In entgegengesetzter Richtung gelangt man von dieser Kreuzung aus nach

*Den gamle By *(Die alte Stadt)* [4]. Die Anfahrt erfolgt über den Viborgvej und dann rechts in den Eugen Warmingsvej einbiegend oder mit dem Autobus ab Busbahnhof bzw. der dem Hauptbahnhof gegenüber gelegenen Haltestelle.

Den gamle By wurde 1914 in einem sehr schönen Park angelegt, zu dem auch der *Botanische Garten* gehört. Hier wurden 55 alte Gebäude aus verschiedenen Gegenden Jütlands mit größter Sorgfalt und historisch getreu wiederaufgebaut. Die *Handwerkerläden* (Uhrmacher, Goldschmied, Böttcher u. a.) geben einen guten Einblick in das dänische Kleinstadtleben der vergangenen Jahrhunderte. Wohnkultur und Mode im Wandel der

Zeiten werden dem Besucher im Innern dieser Häuser gezeigt. Im alten *Theater von Helsingør* werden noch Stücke von Holberg aufgeführt und Konzerte mit Werken alter Meister veranstaltet. Während des *Århus-Festivals* steht dieser Teil der Stadt ganz besonders im Mittelpunkt.

In der ,,alten Stadt"

Von der oben genannten Kreuzung führt die Vesterallé, vorbei an den *Jütland-Archiven*, zum

Rathaus *(Rådhus)* [5], das zu den modernen Bauwerken der Stadt gehört. Es wurde in den Jahren 1936 bis 1941 aus norwegischem Marmor erbaut. Die Architekten Arne Jacobsen und Erik Møller vollendeten den Bau zum 500jährigen Stadtjubiläum von Århus, das 1441 Stadtrechte erhalten hatte. Die Wände des Ratssaales sind mit kubanischem Mahagoniholz verkleidet. Eine dieser Wände bedeckt ein 250 m^2 großer Wandteppich, auf dem die Geschichte der Stadt dargestellt ist. Vom 60 m hohen *Turm* hat man einen weiten Blick über die Stadt, die angrenzenden Wälder und das Meer.

Vom Rådhus gelangt man durch die Park Allé zum *Hauptbahn-*

hof, zur *Post* und zu den Hafenanlagen. – Der

Hafen [6], in dem 5000 Menschen
arbeiten, erstreckt sich über 113
ha. Zu ihm gehören acht Hafenbecken und 13 km Kaigelände.
Die Perfektion der technischen
Anlagen wird durch moderne Lagerhäuser ergänzt.

Im *Vennelyst-Park*, nördlich des
Stadtzentrums, liegen das Kunst-
museum und die Universität. –
Das

***Kunstmuseum** [7] wurde 1858
gegründet und zunächst im alten
Rathaus untergebracht, das inzwischen abgerissen wurde. Dort
erfolgte im Jahr 1859 die Eröffnung. Da die Sammlungen von
Jahr zu Jahr umfangreicher wurden, baute man 1967 im südlichen Teil des Vennelyst-Parks
ein neues Museumsgebäude, dessen Architektur sehr gut mit der
benachbarten Universität harmo-
niert. Die ständigen und die zeitlich begrenzten Ausstellungen
verteilen sich über schöne helle
und gut angeordnete Ausstellungsräume.

Die ständigen Ausstellungen um-
fassen in erster Linie *Werke däni-
scher Meister:* Abildgaard und
Jens Juel sind Vertreter der älte-
sten Schule; Genre-Szenen und
Landschaften von Michael und
Anna Ancher, den Begründern
der Skagener Schule (s. Skagen,
S. 208); realistische Porträts von
W. Hammershøi (1864–1916);
Landschaftsmalerei von Janus la
Cour (1837–1909); Porträts von
Constantin Hansen (1804–1880),
Viggo Johansen (1851–1935),
Krøyer (1851–1909) und Chri-
stian Købke (1810–1848); Gen-
reszenen von Vilhelm Marstrand
(1810–1873); zahlreiche Werke

der Malerfamilie Skovgaard, deren berühmtestes Mitglied Joachim Skovgaard (1856–1933)
war; kubistische Gemälde von
Preben Hornung (geb. 1919) und
Harald Giersing (1881–1927);
abstrakte und kubistische Werke
von Richard Mortensen; Gemälde von Carl Henning Pedersen
und Asger Jorn, Vertretern der
Cobra-Gruppe. Zu den jüngeren
Erwerbungen des Museums gehören ein Meisterwerk Jorns,
,,Sankt Hans II.", ein Gemälde
von Wilhelm Freddie, eine Keramik von Jorn sowie Stiche von
Jorn und Richard Mortensen.

Von den *Skulpturen* verdienen
vor allem die Eisen- und Stahl-
kompositionen von Robert Jacobsen Beachtung.

Bei den *ausländischen Meistern*
findet man eine große holländische Landschaft von Allart van
Everdingen und einen schönen
*,,Wintertag" des Norwegers
Frits Thaulow (1847–1906). –
Von Alberto Magnelli (1888 bis
1971) in kubistischer Manier
,,Conversation Nr. 3". – *Gemäl-
de-Skulpturen* von Lynn Chadwick und Clæs Oldenburg.

Zum Besitz des Museums gehören auch umfangreiche *Sammlungen von Zeichnungen und Stichen,* die allerdings nur nach vor-
heriger Anmeldung eingesehen
werden können.

*

Hinter dem Museum liegen die
Institute und Laboratorien der

Universität [8], die 1934 offiziell
eröffnet wurde und seit 1970
Staatsuniversität mit rund 18 000
Studenten ist.

Das Hauptgebäude, in dem die Gestapo sich während des Zweiten Weltkrieges eingerichtet hatte, wurde bei einem englischen Bombenangriff schwer beschädigt und nach dem Krieg wieder aufgebaut. Außerdem entstanden weitere Gebäude, deren klare Architektur mit dem Grün der Parkanlagen verschmilzt. Der Campus der Universität wurde rings um einige kleinere Seen angelegt.

Die in erster Linie auf reine Wissenschaften und medizinische Wissenschaften ausgerichtete Universität umfaßt auch eine *Journalistenschule* und ein *Institut für Musikwissenschaften*.

Im Park der Universität, in der Nähe der Laboratorien, liegt das in den Jahren 1937 bis 1941 erbaute *Museum für Naturgeschichte* mit nacheiszeitlichen Gesteinssammlungen und einer zoologischen Abteilung; Dioramen zeigen die Tierwelt in ihrer natürlichen Umgebung.

*

Im Norden der großen Bucht von Århus lädt der *Riisskov (Riiswald)* mit seinen Restaurants, Cafeterias, Campingplätzen und diversen Sporteinrichtungen zu einem Ausflug ein.

*

Verläßt man das Stadtzentrum in südlicher Richtung, d. h. über *Strandvejen* (schöne Strecke), *Stadion Allé* oder *Jylland Allé*, so gelangt man zur Parkanlage

Tivoli-Freiheit *(Tivoli Friheden)* [9], dem Vergnügungspark der Stadt. Dahinter liegen die großen Sportanlagen und Stadien. Daran

schließen sich die schönen Ländereien von

Schloß Marselisborg [10] an. Das Schloß und der wildreiche Park sind ein Hochzeitsgeschenk des dänischen Volkes an König Christian X. und Königin Alexandra. Da das Schloß zu den Privatresidenzen der dänischen Königin Margrethe II. gehört, kann es nicht besichtigt werden, doch hat die volksverbundene Königin verfügt, daß der Park während ihrer Abwesenheit den Kindern der Stadt Århus zum Spielen zur Verfügung gestellt werden soll.

Hinter Schloß Marselisborg fällt der *Mindepark* sanft zur Bucht von Århus ab. Auf einer großen Rasenfläche wurde hier eine eindrucksvolle Gedenkstätte für die 4000 dänischen Opfer des Ersten Weltkrieges angelegt. In die Mauer aus französischem Euville-Kalkstein sind die Namen der Gefallenen eingemeißelt. Die Reliefs stammen von dem Bildhauer Axel Poulsen.

*Moesgård und das *Prähistorische Museum [11].

Das 10 km von der Stadtmitte entfernt mitten im Wald gelegene Rittergut wurde Anfang des 18. Jahrhunderts in der traditionellen Bauweise nordischer „gårds" errichtet. Seit 1970 beherbergt es (in einer der ehemaligen Scheunen) das Prähistorische Museum von Århus, das Institut für Archäologie, Vorgeschichte und Ethnographie der Universität Århus und den Verwaltungssitz der Jütländischen Archäologischen Gesellschaft. In anderen Gebäuden befinden sich die ethnographischen Abteilungen und verschiedene Universitätsdienst-

stellen. Im Herrenhaus selbst
wurden die Bibliothek und die
Verwaltung untergebracht.

Zum Museum gehören auch eine
Cafeteria sowie eine Verkaufs-
stelle von Schmuck, Reproduktionen und archäologischen Veröffentlichungen. Das

*Prähistorische Museum (Nov. –
einschl. Febr. geschl.) bietet einen kulturgeschichtlichen Überblick, der von der Steinzeit bis
zur Wikingerzeit reicht.

Aus der Steinzeit: Ausgrabungen
von Klosterlund; erste Werkzeuge und Waffen der Jagd und
Fischfang treibenden Völker;
umfangreiche Bernsteinfunde;
Ausgrabungen vom Norsminde-
fjord; Steinzeitbehausung der
seßhaft gewordenen Menschen.

Um 1500 v. Chr.: Überblick über
die Entwicklung der Beile. Bereits bei den seßhaften Steinzeitmenschen taucht der Typ des
Handwerkers auf; er gehört der
Oberklasse an, denn er ist unent-
behrlich.

*Aus der frühen Bronzezeit
(1500–500 v. Chr.):* Grabbeigaben, Werkzeuge, Gebrauchsgegenstände, gebietsfremde Waffen, kopierte Waffen, Waffen aus
der Umgebung. Auf Schautafeln
sind die bewohnten und die un-
bewohnten Gegenden darge-
stellt. – Schönheitspflege;
Schmuck.

Töpferei: Bis zum Mittelalter,
d. h. bis zur Entdeckung der
Töpferscheibe haben sich die
Techniken nicht verändert.

Schiffsgräber und *Ganggräber.*

Der ***Grauballemann,* der am
26. April 1952 im Nebelgård-

Moor, 1 km von Grauballe entfernt, gefunden wurde, ist eine
von vielen in den dänischen Torfmooren gefundenen Leichen.
Derzeit sind es etwas mehr als
200, doch man weiß erst seit kurzem, wie man sie konservieren,
d. h. in dem Zustand belassen
kann, in dem sie gefunden wurden. Der letzte Fund war der
obengenannte Grauballemann,
der aufgrund der den Zerset-
zungsprozeß stoppenden im
Moor enthaltenen Humin- und
Gerbsäuren ausgesprochen gut
erhalten ist. Die verschiedenen
Untersuchungen und Autopsien
sowie ein Test mit Kohlenstoff 14
im Leberbereich lassen den
Schluß zu, daß dieser Mann aus
der Zeit um 100 vor Christus
stammt, 1,75 m groß gewesen ist,
keine körperlichen Arbeiten ver-
richtet hat (Fingerabdrücke und
Zierlichkeit der Hand) und ungefähr 34 Jahre alt war, als er starb;
außerdem konnte man feststellen, daß er in den 24 Stunden vor
seinem Tod kein Fleisch, jedoch
einen Brei gegessen hat, für dessen Zubereitung 66 Pflanzen verwendet worden sind, und daß er,
wie alle Moorleichen, eines ge-
waltsamen Todes gestorben ist;
man hat ihm mehrere Schläge
versetzt, ihn dann umgebracht
und in ein Wasserloch geworfen.
Es wird angenommen, daß der
Grauballemann – genau wie die
anderen Moorleichen auch – von
seinen Mitmenschen als Opfer
ausgewählt wurde, um die Götter
zu versöhnen. In jener Zeit lebten die Menschen in einer Welt
voller Tabus und Rituale, in der
man glaubte, daß zornige, belei-
digte und unerbittliche Götter
nur durch das Darbringen eines
Menschenopfers wieder zu versöhnen waren.

Ein weiteres Kleinod des Prähistorischen Museums ist der **Brå-Kessel**. Allerdings scheint es sich hierbei nicht um eine dänische Arbeit zu handeln. Man nimmt vielmehr an, daß er am Unterlauf der Donau entstanden ist und dann während der Völkerwanderung nach Jütland, dem Land der einstigen Kimbern, gelangte. Die Reliefs dieses 43 cm hohen Silberkessels, dessen Durchmesser 75 cm beträgt, stellen Prozessionen, Menschenopfer und Stierkämpfe dar.

Vasen, Krüge, Schalen und eine Reproduktion der berühmten ,,Goldenen Hörner"; diese von dem romantischen Dichter Adam Oehlenschläger besungenen Hörner wurden in Südjütland gefunden. Im Jahr 1802 wurden sie gestohlen, so daß das Nationalmuseum heute nur noch im Besitz einer Kopie davon ist, die glücklicherweise vor dem Verschwinden der Originale angefertigt wurde.

Der Ackerbau während der Eisenzeit.

Runenstein-Sammlung: Mehrere Runensteine weisen eine rote Inschrift auf, doch historisch gesehen sind sie lediglich von anekdotischem und künstlerischem Wert.

Die Zeit der Wikinger (800–1050): Waffen, Schmuckstücke und Gebrauchsgegenstände aus den großen jütländischen Wikingersiedlungen Hedeby (heute in Deutschland), Ribe, Århus, Aalborg und Viborg.

Die *Ethnographische Abteilung* umfaßt kleine Sammlungen über Grönland und Nuristan (in der Nähe von Afghanistan).

Der mehrere Kilometer lange ,,prähistorische Pfad" im Park von Moesgård führt an Nachbildungen bronze- und eisenzeitlicher Häuser vorüber und endet am Strand der Bucht von Århus.

**ODENSE

Mit 170 000 Einwohnern einschließlich der Vororte ist Odense als Hauptstadt der Insel Fünen die drittgrößte Stadt des Landes und eine der ältesten Nordeuropas. Durch den Bau eines Kanals konnte 21 Kilometer vom Meer entfernt ein Hafen entstehen, der es Odense ermöglichte, sich im Laufe der Jahrhunderte zu einer Industriestadt zu entwickeln. Zum anderen gehört diese Stadt aufgrund ihrer langen Vergangenheit zu den bedeutenden geistigen Mittelpunkten des Landes.

GESCHICHTE

Der Name der Stadt kommt von Odin, dem Gott der nordischen Mythologie, dessen Heiligtum sich an der Stelle des heutigen Ortes befand. Bereits 1020 war Odense Sitz eines Bischofs. Im Stadtzentrum hat man die vierte der dänischen Wikingerfestungen, Nonnenbakken, gefunden; wie Trelleborg und Aggersborg entstand sie um 950 bis 1035. Da sie sich jedoch mitten im neuen Teil der Stadt befindet, kann sie nicht so erforscht werden, wie es unter anderen Umständen der Fall wäre. Während des Bauernaufstands im Jahr 1086, als die Bauern sich weigerten, ihren Zins an die Kirche zu entrichten, wurde König Knud der Heilige in der Sankt-Albani-Kirche, die nicht mehr existiert, ermordet. Sie befand sich an der Stelle des heutigen Albani Torv (eine Statue steht heute an der Stelle, an

der der Mordanschlag verübt wurde). Nach seiner Heiligsprechung wurde Odense ein stark besuchter Wallfahrtsort, so daß der Stadt während des ganzen Mittelalters große religiöse Bedeutung zukam. Der Beweis hierfür sind die dort noch vorhandenen zwölf Kirchen und Klöster. 1527 verkündete Frederik I. vor dem versammelten Staatsrat die Glaubensfreiheit und erkannte somit die Lehre Luthers an, die in Fünen von Hans Tausen verbreitet wurde. Doch erst 1536, unter der Herrschaft Christians III., wurde der Protestantismus zur Staatsreligion erhoben; durch ein Dekret beschlagnahmte der Staat sämtliche Ländereien und Besitztümer der katholischen Kirche.

Für den heutigen Besucher ist der Name der Stadt Odense vor allem untrennbar verbunden mit Namen und Werk des Märchendichters Hans Christian Andersen. Die Pilger, die zu Tausenden an die Stätte strömten, an der das Blut Knuds des Heiligen vergossen wurde, haben Tausenden von Touristen aus aller Herren Länder Platz gemacht, die dort auf den Spuren des großen Zauberers ihrer Kindheit wandeln.

Auch der Musiker Carl Nielsen, der ebenfalls über die Grenzen Dänemarks hinaus bekannt ist, stammt aus dieser Gegend.

Die 1966 gegründete dritte dänische Universität hat die Bedeutung dieser Stadt noch verstärkt.

SEHENSWÜRDIGKEITEN

Wer einen richtigen Eindruck
von Odense bekommen will, muß
mindestens einen ganzen Tag dafür vorsehen. Die Andersen-Stät-
ten, Kirchen und Museum liegen
zwar alle dicht beieinander, doch
ist die Stadt sehr weiträumig angelegt, denn hier baut man noch
nicht in die Höhe. Viele Häuser
sind von weiten Rasenflächen
umgeben. Außerdem befindet
sich das Freilichtmuseum mit seinem fünischen Spezialitätenre-
staurant weit außerhalb des
Stadtzentrums.

Die meisten Straßen zwischen
Slotsgade und Vestergade sind
Fußgängerstraßen, und dort gibt
es auch die schönsten Geschäfte.
Die kleinen Sträßchen am Grå-
brødreplads sind ebenfalls für
den Autoverkehr gesperrt; man
kann sie nicht verfehlen, wenn
man den Hinweisschildern
,,Domkirke" und ,,Albani Torv"
folgt. Am Sankt-Knuds-Plads
stehen sich Dom und Rådhus gegenüber. Das gegen Ende des
letzten Jahrhunderts erbaute

Rathaus *(Rådhus)* [1] wurde 1955
innen vollständig renoviert. Die
Räume, insbesondere der Ratssaal und der Sitzungssaal der
Stadtausschüsse sind modern,
schmucklos und doch relativ auf-
wendig ausgestattet.

Die originellen Teppiche wurden
in einem Odenser Atelier von
Hand gefertigt; die Decken und
Wände sind teak- und palisander-
verkleidet. Den großen Saal im
Erdgeschoß schmückt die Kup-
fergruppe ,,Fünischer Frühling"
des Bildhauers Yan nach einem
Werk von Carl Nielsen.

An der Rathausseite, die an den
Albani Torv grenzt, steht an der
Stelle, wo der König (der zu seinen Lebzeiten weit davon entfernt war, als Heiliger angesehen
zu werden) ermordet wurde, die
hohe Statue Knuds des Heiligen.

Knud war einer der fünf unehelichen Söhne des Svend Estridsen.
Bevor er von seinem Volk als
Heiliger verehrt wurde, war er
ein Pirat im wahrsten Sinne des
Wortes und ein solcher Tyrann,
daß ihn seine Bauern, die dieses

Rathaus

Joch nicht länger ertragen wollten, im Jahr 1086 ermordeten.
Seine nach seinem Tod erfolgte
Heiligsprechung ist mit Sicherheit darauf zurückzuführen, daß
er die Kirchen und Klöster seines
Königreiches, insbesondere das
von ihm gegründete Benediktinerkloster in Odense, in dem
englische Mönche aus Eversham
lebten, reich beschenkte. Als seine sterblichen Überreste in der
Krypta des Domes beigesetzt
wurden, verteilte Edel, die Gattin Knuds (sie war die Tochter

von Robert von Flandern) einen Teil ihrer Schätze, um ihren Gatten im nachhinein zu glorifizieren, und in derselben Absicht unternahm sein Bruder Eric Ejegod eine Wallfahrt nach Bari. Auf diesem Weg gründete er in Lucca und Piacenza Armenhäuser.

*Sankt-Knud-Kirche *(Sankt Knuds Kirke* oder auch *Domkirke)* [2]. Die Kirche wurde im 13. Jahrhundert durch den Bischof Gisico unmittelbar neben der Sankt-Alban-Kirche, in der Knud ermordet wurde, erbaut. Von dieser frühen Kirche, deren Bau um 1086 begonnen und die um 1100 fertiggestellt wurde, ist fast nichts erhalten geblieben. Die Sankt-Knud-Kirche ist eins der schönsten gotischen Bauwerke Dänemarks. Vom aussichtsreichen Turm erklingt täglich mehrmals ein Glockenspiel.

Im Innern erhellen hohe Fenster das Hauptschiff und die beiden Seitenschiffe mit der Walckendorf-Kapelle und der Ahlefeldt-Kapelle, die durch herrliche schmiedeeiserne Gitter vom übrigen Kirchenraum getrennt sind. Das Taufbecken stammt aus dem Jahr 1620 und die Rokoko-Kanzel von 1750. Wertvollstes Stück der Kirche ist jedoch die prachtvolle **Altarwand, die 1521 von Claus Berg geschaffen wurde; unter den dort dargestellten Personen ist auch die junge Gattin Christians II., Elisabeth von Holland-Habsburg, die schon im Alter von 26 Jahren starb.

In der *Krypta werden die Reliquien des heiligen Knud und seines Bruders Benedikt aufbewahrt. Außerdem befinden sich hier die Gräber von König Hans I. (1455–1513), seinem Sohn

Christian II. (1481–1559), Königin Christine (1461–1521), deren Sohn Frands sowie von Königin Elisabeth (1501–1526) und ihrem Sohn Hans.

Durch den romantischen *Park* hinter der Kirche, der nach H. C. Andersen, dem berühmtesten Bürger Dänemarks, benannt wurde, schlängelt sich der *Odense-Bach* mit seinen kleinen, schattigen Inseln.

Von der Domkirche aus kann man durch die *Munkemølle-stræde* zu dem nahen Haus gelangen, in dem Andersen seine Jugend verbrachte, dem

H.-C.-Andersen-„Kindheitsheim" *(Barndomshjem)* [3]. In diesem kleinen Haus lebte Andersen von seinem zweiten bis zu seinem fünfzehnten Lebensjahr. Hier wurden seine Träume vom Theater und der großen Welt geboren, hier entfaltete sich inmitten von Armut und Elend seine unerschöpfliche Phantasie.

Hinter der Domkirche und dem Albani Torv liegt Ecke Albanigade und Albani Torv die katholische *Sankt-Albani-Kirche.* – Die *Overgade,* eine Geschäftsstraße, führt zur

*Liebfrauenkirche *(Vor Frue Kirke)* [4]. Sie wurde Ende des 12. Jahrhunderts im romanischen Stil aus Backstein errichtet, später jedoch im gotischen Stil umgebaut. Taufbecken und Kanzel wurden um 1600 von Anders Mortensen geschaffen. Den hohen Glockenturm schmückt ein typisch dänisches Kupferdach.

Nun geht man wieder zurück in die Overgade, in der einige sehr schöne Häuser zu sehen sind, und biegt dann rechts in die

Møntestræde (Münzstraße) [5] ein; sie ist eine Art Museumsstraße, denn in ihr stehen typische Wohnhäuser aus dem 16. und 17. Jahrhundert. Besonders bemerkenswert sind: *Møntergården*, ein kulturhistorisches Museum (1646) mit großer Münz- und Medaillensammlung; *Eiler Rønnowsgård* (1547); *Pernille Lykkes Boder* (Häusergruppe aus dem Jahr 1617); *Østerbyesgård* (1631). Alle diese Häuser wurden mit Mobiliar (aus Bürgerhäusern und bäuerlichen Interieurs), Kunstgegenstände und Haushaltsgeräten aus dem 15.–18. Jahrhundert ausgestattet.

Die Møntestræde endet am *Sortebrødretorv* (Dominikanerplatz), auf dem der Markt abgehalten wird. Durch ein Gewirr kleiner Sträßchen gelangt man zur *Hans Jensensstræde*. Auf dem Stadtplan mag dies etwas verwirrend aussehen, doch da der Weg ausgeschildert ist, kann man sich nicht so leicht verlaufen.

In einem Haus in der Hans Jensensstræde wurde Andersen nach eigener Aussage geboren, doch gibt es auch Leute, die das bezweifeln. Früher war dieser Teil der Stadt ein Armenviertel. Inzwischen hat man die bescheidenen niedrigen, blumengeschmückten Behausungen mit ihren kleinen Fenstern modernisiert und restauriert; sie werden für teures Geld verkauft oder vermietet und sind heute ein vornehmes Viertel von Odense.

**HANS-CHRISTIAN-ANDERSEN-HAUS [6].

In dem (als solches umstrittenen) durch Anbauten erweiterten Geburtshaus des Märchenerzählers

hat die Stadt Odense ein *Andersen-Museum* eingerichtet.

Andersens Jugend

Hans Christian Andersen ist der erste große Däne, der weder Pfarrer noch Aristokrat oder Beamter war. Seine Mutter war Wäscherin, eine praktisch veranlagte Frau, und sein Vater, von Beruf Schuhmacher, besaß eine sehr nordische Vorstellungskraft. Begeistert von den napoleonischen Heldentaten, schloß der arme Schuhmacher aus Odense sich der mit seinem Idol verbündeten dänischen Armee an. Als er aus dem Krieg zurückkehrte, war er lungenkrank. Den Rest seines kümmerlichen Lebens verbrachte er in Odense. Bereits als Kind zeigte Hans Christian Andersen mehr Interesse für die Kulissen des Odenser Theaters – es war das beste dänische Provinztheater, und es bescherte dem Dichter unvergeßliche Stunden vollkommenen Glücks – als für die Schule. Bald machte er sein eigenes Theater. Im Alter von fünfzehn Jahren schnürte er sein Bündel und bestieg die Postkutsche nach Kopenhagen – seine Mutter hatte ihn zu diesem Schritt ermutigt. Pathetisch, linkisch, schwächlich und abgemagert verbrachte er dort seine Tage am Königlichen Theater, klopfte an alle Türen und Logen, war zwischen den Kulissen anzufinden, versuchte sich als Sänger wie als Schauspieler, doch alles mißlang ihm. Schließlich erregte er die Aufmerksamkeit des hohen Beamten und Kunstfreundes Jonas Collin. In den unmöglichen und unspielbaren Stücken des ausgehungerten und halsstarrigen Träumers erkannte Collin die unbestreitbar originellen und erstaunlichen Anlagen des jungen Mannes. Dies veranlaßte ihn, Andersen auf eine Schule zu schicken.

Die Zeit des Elends war nun zwar endgültig vorbei, doch es bestand auch kein Grund zur Euphorie. Andersen wurde Schüler am Gymnasium von Slagelse und wohnte bei dem strengen Direktor Meisling, der nicht über ein Jota Humor verfügte. Sein fortgeschrittenes Alter, sein Wissensrückstand und seine ewige Ungeschicklichkeit machten ihn zum Gespött seiner Klassenkameraden, zum ,,häßlichen Entlein". Noch war er weit davon entfernt, sich in einen Schwan zu verwandeln. Doch auch die schwierigen Jahre gingen vorüber, und es kam die Zeit, in der seine Novellen und Gedichte veröffentlicht wurden. Zuerst stellte sich der Erfolg in Dänemark ein, und einige Jahre später war sein Name in ganz Europa bekannt.

sehr viel tiefsinniger sind, als es den Anschein hat und deren wesentlichstes Element die unnachahmliche Sprache Andersens ist. Diese aus kindlicher Vorstellungskraft in Verbindung mit dem Symbolismus des reifen Mannes geborenen Werke, in denen die strikte Einhaltung der Realität Teil eines poetischen Universums wird, beinhalten die Philosophie ihres Autors, kein Schicksalsschlag sei so groß, daß man ihn nicht mit Arbeit, Geduld

Andersen-Haus

Andersen als Autor

Andersen hat niemals aufgehört, Theaterstücke zu schreiben – ein Gebiet auf dem er sich immer verkannt glaubte –, und außerdem ist er Autor mehrerer Romane, von denen unter anderen ,,Der Improvisator" (1835) und ,,Nur ein Geiger" (1837) erwähnenswert sind. Seine Reisebeschreibungen spiegeln seine Begeisterung und sein Beobachtungstalent für die Menschen und Dinge wider, die ihn umgaben, sei es in Griechenland, in Spanien, in der Türkei, in Portugal, in Schweden oder in Paris. Doch erst die Märchen haben ihn berühmt gemacht, Märchen, die

und Mut bewältigen könnte. Sein wechselhafter und subtiler Stil mag manchmal naiv erscheinen – und einige Übersetzer mögen sich hier auch geirrt haben –, doch er paßt sich allen Situationen an.

,,Das Märchen meines Lebens" lautet der Titel seiner Autobiographie. Weder seine Kindheit noch seine Mutter, die sich damit aufrieb, anderer Leute Wäsche zu waschen, und für die er das Märchen ,,Sie war zu nichts zu gebrauchen" schrieb, hat er je vergessen, doch ebenso wenig die schrecklichen Kopenhagener Jahre, die Zeit, bevor er an europäischen Fürstenhöfen und in dänischen Herrenhäusern glänzende Aufnahme fand, bevor er einen Ruhm kennenlernte, wie er selten einem Dichter zuteil wurde.

Dieser Ruhm ist heute vielleicht ein wenig verblaßt, doch sein 100. Todestag im Jahr 1975 wurde nicht nur in Dänemark, sondern auch in zahlreichen anderen Ländern, sogar in der Sowjetunion, mit außergewöhnlichem Aufwand gefeiert. In der Sowjetunion wurde in diesem Zusammenhang die Stadt Andersengrad gegründet, eine nach den Plänen des Architekten Sawtschenko gebaute Kinderstadt in der Nähe von Leningrad. Die Märchenbücher wurden im übrigen in alle Sprachen übersetzt, in Dänemark und in anderen Ländern wurden einige Märchen von berühmten Künstlern illustriert, andere wiederum von Strawinsky und Honegger vertont.

Das Museum

In der Rotunde illustrieren große Wandgemälde von Niels Larsen Stevns (1864−1941) die wichtigsten Stationen im Leben des Schriftstellers: das Elternhaus in Odense; Abschied von Odense im Jahr 1819; Abitur im Jahr 1828 (er wurde von dem Physiker Ørsted geprüft); Reise nach Neapel; in der Familie Collin; im Schloß Nysø mit der Baronin Stampe, Oehlenschläger und Thorvaldsen; mit Jenny Lind in Weimar; Feierlichkeiten anläßlich seiner Ernennung zum Ehrenbürger der Stadt u. a. Das Museum enthält auch Räume, in denen die persönlichen Gegenstände des Dichters ausgestellt sind: Originalhandschriften, Manuskripte, Zeichnungen, Skizzen, Fotografien, Porträts, ausländische Ausgaben seiner gesamten Werke; Möbel, Nippsachen und seine berühmte Reisetasche.

Seit 1950 findet alljährlich am Geburtstag Andersens eine Dichterlesung statt, bei der ein bekannter dänischer oder ausländischer Schauspieler ein Werk des Dichters vorträgt.

Vom Andersen-Museum gelangt man leicht in die Nørregade, über die man in das Geschäftsviertel von Odense zurückkehrt. Bei dieser Gelegenheit kommt man auch an der

Sankt-Hans-Kirche [7] vorüber. Das um 1400 im gotischen Stil errichtete Bauwerk gehörte dem Johanniterorden. Über dem romanischen Taufbecken, das vor 1200 entstand, wurde Andersen getauft. Als einziges dänisches Gotteshaus hat die Sankt-Hans-Kirche eine Predigtkanzel an der Außenseite.

Hinter der Kirche liegt der schöne *Königsgarten (Kongens Have)*, eine große Parkanlage. Im Süden reicht er bis an das alte *Schloß* von Odense, das heute Wohnsitz des Landrats ist, im Norden wird er durch den *Bahnhof* und im Westen durch die Jernbanegade begrenzt. Wenn man diesen Park durchquert, gelangt man also in die Jernbanegade, in der

Fyns Stiftsmuseum [8] liegt, das eine große vorgeschichtliche Abteilung und eine Abteilung für Malerei enthält.

Vorgeschichtliche Abteilung: Die zahlreichen Gegenstände sind in hellen und luftigen Räumen nach

jüngsten museographischen Er-
kenntnissen ausgestellt.

Kultur der Jäger und Fischfänger:
Beile, Harpunen und Speere aus
dem Paläolithikum; Funde aus
der sogenannten Ertebølle-Kultur (4500 v. Chr.); Krug aus dem
Moor von Sludegård (2300−1800
v. Chr.); Funde aus dem Bereich
der ersten ackerbautreibenden
Völker; Dolmen, Ganggräber,
Steinsetzungen; Grabfunde.

Bronzezeit: Zahlreiche bearbeitete Gegenstände, Schmuck,
Armreifen, Halsreifen, Luren.

Keltische Eisenzeit (500 v. Chr):
Funde aus fünischen Gräbern. −
Römische Eisenzeit (0−400
n. Chr.): Gegenstände aus der
großen Nekropole von Mølte-
gårdsmarken in der Nähe von
Gudme; Waffen, Schmuck, Glaswaren u. a. − *Germanische Eisenzeit* (400−800/900 n. Chr.).

In der *Abteilung für Malerei* findet man in erster Linie Bilder fü-
nischer Maler, insbesondere Arbeiten des Malers Johannes Larsen. Zahlreiche Wanderausstellungen vermitteln einen Überblick über die zeitgenössische internationale Malerei.

Ein weiteres interessantes Mu-
seum von Odense ist das in der
Danebrogsgade hinter dem
Bahnhof gelegene

*DSB-Eisenbahnmuseum (DSB-
Jernbanemuseum)* [9]. Dieses Eisenbahnmuseum der Dänischen
Staatsbahnen ist das jüngste der
Odenser Museen, denn es wurde
erst 1975 eröffnet. Es ist eine sehr
technisch und wissenschaftlich
ausgerichtete Sammlung. Hier
werden nicht wie in den meisten
anderen Museen dieser Art ver-

kleinerte Modelle, sondern richtige Eisenbahnwagen seit der
Zeit der ersten Lokomotiven gezeigt.

Am Lille Glasvej 20 zeigt die
*Glasbläserei Kastrup-Holme-
gaard* eine Ausstellung mit Produkten − zum Teil handelt es sich
um wahre Kunstwerke − ihrer berühmten Fabrikation.

*

Im Süden der Stadt liegen [10]
am Søndre Boulevard der

Zoologische Garten mit mehr als
1800 Tieren und der

Tivoli-Vergnügungspark mit seinen Restaurants. Auch Bootsfahrten auf dem Odense-Bach
bringen den Besucher zu diesen
Zielen. An den Zoo schließt sich
der *Botanische Garten* an.

Nachdem man den *Hunderup
Skov* und anschließend den *Sejr-
skov* durchquert hat, gelangt man
zum

„Fünischen Dorf" *(Den fynske
Landsby)* [11] am Sejrskovvej.
Das mitten im Grünen gelegene
Museum ist eines der bedeutend-
sten Freilichtmuseen Däne-
marks.

Das Museum besteht aus zwanzig
Gebäuden aus der Provinz Fünen
(Bauernhöfe, Wassermühle,
Windmühle; im Gasthof *Sortebro
Kro* werden fünische Gerichte
serviert), die hier wieder aufge-
baut und mit altem Mobiliar aus-
gestattet wurden. Im *Freilicht-
theater* finden im Sommer an
Sonntagen Volkstanzvorführun-
gen statt; außerdem werden hier
Andersen-Märchen aufgeführt.

**ROSKILDE

Die 50 000-Einwohner-Stadt, die nach ihrer historischen Entwicklung zu den wichtigsten Städten des Landes gehört, hat – seitdem die Könige die Bischöfe in den Hintergrund gedrängt haben – keine politische Bedeutung mehr, doch einige Zeugen der großen Vergangenheit sind bis heute erhalten, vor allem der Dom mit den Königsgräbern.

GESCHICHTE

Der Name Roskilde soll eine Zusammensetzung aus dem Namen des legendären Königs *Ro* oder *Roar* und dem Wort *Kilde* (= Quelle) sein. Einer der ersten bekannten Könige, Harald Blåtand, der in der zweiten Hälfte des 9. Jahrhunderts regierte, besaß hier bereits einen *Kongsgård* – ein königliches Absteigequartier, wenn man so sagen will –, und die Macht der Bischöfe war so groß, daß Roskilde bis 1445 die Hauptstadt des dänischen Königreichs war. Die Bischöfe des im 10. Jahrhundert gegründeten Bistums regierten über diesen Teil von Seeland, und der berühmteste, Bischof Absalon, war gleichermaßen Kriegsherr, Politiker und Baumeister wie auch Priester. Als Erik der Pommer, der Nachfolger der großen Königin Margrethe I., den Sitz der Monarchie nach Kopenhagen verlegte – zweifellos tat er dies, um sich von der drückenden und bedrängenden Vormundschaft der Bischöfe zu befreien –, verlor Roskilde an Bedeutung. Dieser Niedergang wurde noch deutlicher, als während der Reformation auch der Bischofssitz nach Kopenhagen verlegt wurde. Mit dem Bau der Eisenbahn im Jahr 1847 begann dann aber auch für diese Stadt eine neue Epoche, das Zeitalter der Industrie (Gießereien, Werkzeugmaschinen), des Handels und des Tourismus. Darüber hinaus ist Roskilde heute auch ein sehr bekanntes wissenschaftliches Forschungszentrum; in jüngster Zeit wurde hier ein Atomreaktor in Betrieb genommen, und 1971 öffnete eine experimentelle Universität ihre Tore. Der neue Flughafen von Roskilde dient der Entlastung des Flughafens von Kopenhagen-Kastrup.

SEHENSWÜRDIGKEITEN

In der Nähe des Bahnhofs liegt die *Liebfrauenkirche (Vor Frue Kirke)* [1], die ehemalige Klosterkirche eines Benediktinerinnenklosters, das Absalon 1176 in das einzige jemals in Dänemark vorhandene Zisterzienserinnenkloster umwandelte.

Das Zentrum von Roskilde ist jedoch der große *Ständeplatz (Stændertorv)* [2], an dem der ehemalige *Königspalast (Kongsgård)* [3], der später als Bischofssitz diente (s. auch linke Spalte), der *Verkehrsverein* und das *Rathaus (Rådhus)* liegen. Das Rathaus entstand erst im 19. Jahrhundert, sein gotischer Turm (1470) aber ist der einzige Überrest der

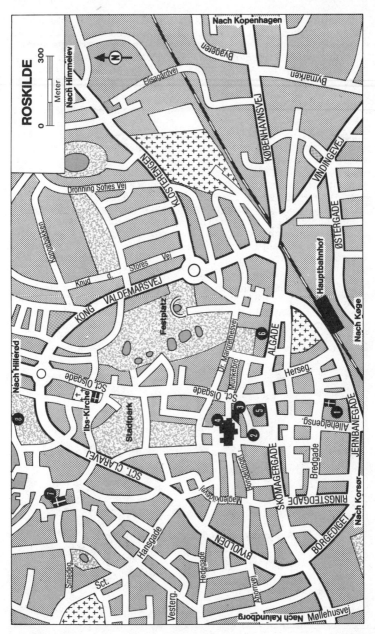

Laurentiuskirche – einer der zwölf mittelalterlichen Kirchen von Roskilde –, die durch eine Brandkatastrophe im Jahre 1537 vollständig zerstört wurde und deren Ruinen (12. Jh.) heute besichtigt werden können. Die 1931 entdeckten unterirdischen

Ruinen der Laurentiuskirche sind von außerordentlicher Bedeutung für die Geschichte der skandinavischen Kunst. Diese Kirche war die größte der rings um den Dom gelegenen zwölf Pfarrkirchen von Roskilde. Anhand der Fundamente läßt sich feststellen, daß das Straßenniveau im Laufe der letzten 900 Jahre um 1,80 m angehoben wurde.

Von dem ursprünglichen, aus Kalktuff errichteten Bauwerk aus dem Jahr 1100 sind nur noch die Ruinen des Chors und der Apsis sowie der Altartisch vorhanden. Um 1500 wurde die Kirche erweitert. Sie erhielt einen gotischen

Backsteinturm mit typisch dänischen Ornamenten. Doch dieser neue Bau wurde schon während der Reformation wieder abgerissen und die Straße nivelliert.

Überreste des ersten Gotteshauses sind in einem Gewölbe erhalten. Die dicken Mauern sind 1,60 m hoch; die roten und schwarzen (ursprünglich weißen und schwarzen) Bodenfliesen stammen aus der ersten Phase der Geschichte dieser Kirche. In der Folgezeit wurden zwei weitere Fußböden aufgebracht; ihre braunen und grünen Mosaiken sind heute im Stadtmuseum zu sehen. Der Raum zwischen den Böden wurde mit Sarkophagen ausgefüllt, von denen einige noch vorhanden sind.

Das Dach, das zunächst aus Holz bestand, wurde im 12. Jahrhundert durch eine Backsteinwölbung ersetzt. Bei den Ausgrabungsarbeiten wurden Fragmente dieser Wölbung gefunden.

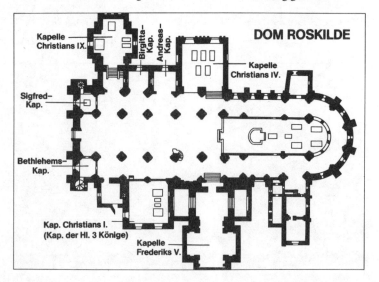

Kapelle Christians IX.

Birgitta-Kap.

Andreas-Kap.

DOM ROSKILDE

Kapelle Christians IV.

Sigfred-Kap.

Bethlehems-Kap.

Kap. Christians I. (Kap. der Hl. 3 Könige)

Kapelle Frederiks V.

DER ***DOM [4]

Das jetzige große (zweitgrößte dänische Kirche nach dem Dom von Århus), halb romanische, halb gotische Bauwerk aus Backstein und Granit wurde nach zwei Vorgängerbauten um 1170 herum unter Bischof Absalon errichtet. Leider wurde der Margrethenturm 1968 bei einem Brand stark beschädigt. Derzeit sind Restaurationsarbeiten im Gange. Beginnend mit Königin Margrethe I. ruhen in diesem Dom fast alle dänischen Könige und Königinnen.

Zwei eckige Türme, die man bereits von weitem aus der Ebene aufragen sieht, rahmen ein Rundbogenportal mit Giebeldreieck ein. Die hohe Fassade mit gezackten Wimpergen (gotischen Spitzgiebeln) wurde im 15. Jahrhundert fertiggestellt. Das auch als *Oluf-Mortensen-Portal* bezeichnete Nordportal aus dem Jahr 1440 mit seinen sieben runden, kupferdachgeschmückten Türmchen ist zweifellos eines der schönsten Beispiele gotischer Kunst in Dänemark. Die Turmspitzen entstanden 1635, während der Regierungszeit Christians IV.

Innenraum

Der dreischiffige Innenraum wird von Rundbogenfenstern erhellt, von denen jeweils drei in einem Bogen angeordnet sind. Das mittlere dieser drei Fenster ist höher als die beiden Seitenfenster. Das lange Mittelschiff wird durch zwei aus sieben eckigen Säulen bestehenden Säulenreihen von den Seitenschiffen getrennt; die beiden ersten Säulen auf der Westseite sind in die Mauern der Türme eingelassen,

die beiden letzten auf der Ostseite sind Teil des Chors. Die *Loge König Christians IV.* (zwischen der 3. und 4. Nordsäule, links gegenüber dem Chor) schmücken prächtige Renaissance-Skulpturen. Gegenüber dieser Loge befinden sich die herrliche *Orgel* aus dem Jahr 1555 und die mit Alabaster verzierte *Sandsteinkanzel.*

Der Dom von Roskilde

Die *Apsis hinter den Königsgräbern wirkt leicht und luftig. Die Backsteinmauern werden von zwei Rundsäulenreihen gestützt. Die untere bildet den Umgang und die obere ein mit einem Geländer versehenes Triforium; darüber sieht man Darstellungen von Aposteln und Heiligen.

Das 1610 gegossene bronzene *Taufbecken* befindet sich am Eingang zum Chor. Das *Chorgestühl* im Altarraum stammt aus dem Jahr 1420; die Reliefs des auf der Südseite befindlichen Chorgestühls stellen Szenen aus dem Alten Testament und die des Gestühls auf der Nordseite Szenen aus dem Neuen Testament dar. Die *Altarwand des Hauptaltars* entstand um 1580 in Antwerpen, und zwar im Stil der nordischen Renaissance. Dahinter befindet sich das aus schwarzem Marmor gefertigte *Grabmal der Königin Margrethe I.;* die Königin wollte neben ihrem Vater und ihrem Sohn in Sorø beigesetzt werden, doch ihr Kanzler ließ den Sarg eigenmächtig nach Roskilde bringen.

Hier befinden sich auch die *Grabstätten* von König Frederik IV. (gest. 1730), Königin Louise (gest. 1720), Christian V. (gest. 1699), Königin Charlotte Amalie (gest. 1714) und schließlich auch die Grabstätte von Herzog Christoffer.

Rings um den Dom wurden im Laufe der Zeit die

Königskapellen angebaut, so daß der Bau des Querschiffs bereits in den Anfängen steckenblieb.

Nordseite:

Kapelle Christians IV. Ihr Baumeister war Lorentz Steenwinkel. Die Kapelle ist durch ein sehr schönes schmiedeeisernes Gitter vom Kirchenraum getrennt. Hier befinden sich die Grabmäler von König Christian IV., dessen Sohn Christian, der nicht regierte, seiner ersten Frau Anna Catherina, König Frederik III. und Königin Sophia Amalie. Die große Statue des Königs wurde von Thorvaldsen geschaffen. Das wunderschöne schmiedeeiserne *Gitter (1618) ist das Werk eines Meisters aus Helsingør.

Die *Andreas-Kapelle* wurde 1387 unter dem Bischof Niels Jesper

Ulfeldt errichtet und im Jahr 1511 mit Wandmalereien geschmückt.

Die *Kapelle der heiligen Birgitta* ließ Bischof Oluf Mortensen, dessen Grabstein in den Boden eingelassen ist, erbauen. Hier fallen diverse Holzschnitzarbeiten auf, u. a. eine Statue des heiligen Johannes (1500) und Chorgestühl. Das Gewölbe wurde 1511 ausgemalt.

Kapelle Christians IX. Sie entstand in den Jahren 1917 bis 1923 und enthält die Sarkophage der letzten dänischen Könige: Christian IX. (gest. 1906), Königin Louise (gest. 1898), König Frederik VIII. (gest. 1912), Königin Louise (gest. 1926), König Christian X. (gest. 1947), Königin Alexandrine (gest. 1952) und König Frederik IX. (gest. 1972).

Kapelle des heiligen Sigfred. In dieser am Nordturm gelegenen Kapelle ruhen die sterblichen Überreste der Königin Anne Sophie, der zweiten Gattin König Frederiks IV., sowie von dreien ihrer Kinder.

Südseite:

Bethlehemskapelle. Sie liegt am Südturm, wurde 1411 im Auftrag der Königin Margrethe errichtet und ist die Grabkapelle der Familie Krag.

Kapelle Christians I. Diese Kapelle, die auch als ,,Kapelle der Heiligen Drei Könige" bezeichnet wird, wurde 1459 unter Christian I., dem ersten regierenden Mitglied des Hauses Oldenburg, erbaut. Die Fresken des gotischen Gewölbes stammen aus dieser Zeit. In der Kapelle befindet sich ein prachtvolles *Ädikulagrab (Ädikula = Tempelchen, Häuschen) aus Marmor und Alabaster, das in den Jahren 1569 bis 1576 von dem Antwerpener Meister Cornelius Floris de Vriendt für Christian III. geschaffen wurde; die liegenden Figuren und die allegorischen Statuen sind typisch für die durch die Schule von Fontainebleau beeinflußte holländische Renaissance.

Etwa um die gleiche Zeit entstanden in einer holländischen Werkstatt die Ädikulagräber von König Frederik II. und Königin Sophie.

Kapelle Frederiks V. Diese große und eindrucksvolle Kapelle stammt aus der zweiten Hälfte des 18. Jahrhunderts; fertiggestellt wurde sie 1825 im Empire-Stil. Sie enthält das Grabmal von König Frederik V. (gest. 1766) sowie die Grabstätten seiner beiden Frauen Königin Louise und Königin Juliane Marie. Diese Grabstätten sind das Werk des flämischen Meisters Diderik Gercken.

Wenn man zurückgeht, kommt man an den Grabstätten von Frederik VI. (gest. 1839) und seiner Gattin Marie Sophie Friederike (gest. 1852) sowie an den Gräbern von Christian VIII. (gest. 1848), seiner Frau Caroline Amalie (gest. 1881) und seiner Schwester Louise-Charlotte vorüber. In der links vom Eingang gelegenen Seitennische steht der Marmorsarkophag von König Christian VI. (gest. 1746), in der rechten Nische der seiner Frau, der Königin Sophie Madeleine (gest. 1770).

Weitere Königsgräber befinden sich in der *Krypta,* insbesondere die des Sohnes der Schwieger-

tochter von König Christian IX., Valdemar und Marie d'Orléans.

Auf einer Säule sind die Körpergrößen dänischer und ausländischer Könige und Prinzen vermerkt.

*

Auf der Südseite des Doms befinden sich die *Lateinschule* und das *Bischöfliche Palais,* ein schönes klassizistisches, von Laurids de Thurah im Jahr 1733 geschaffenes Bauwerk; es handelt sich um den ehemaligen *Kongsgård* (s. S. 174), der durch den sogenannten *Absalonbogen* mit dem Dom verbunden ist.

Stadtmuseum [5]. Das in einem Bürgerhaus aus den ersten Jahren des 19. Jahrhunderts in der *Sanct Olsgade* 18 untergebrachte Museum enthält Sammlungen zur mittelalterlichen Geschichte von Roskilde und zum lokalen Brauchtum sowie Ausgrabungsfunde aus der Laurentiuskirche.

Das *Adelige Jomfrukloster (Kloster für adelige Fräulein)* [6] in der *Algade* 31, dessen älteste Teile aus dem 16. Jahrhundert stammen, enthält einen sehr schönen Rittersaal, den Ledertapeten aus Cordoba und historische Wandmalereien schmücken.

*

Die im Nordwesten der Stadt gelegene ehemals selbständige Ortschaft *Sanct Jørgensbjerg,* die heute zur Gemeinde Roskilde gehört, lebte früher ausschließlich vom Fischfang. Die dortige Kirche [7] entstand um das Jahr 1100. Der Landschaftsmaler L. A. Ring (1854–1933), der auf dem Friedhof der *Sankt-Ib-Kirche (Jakobskirche,* frühes 12. Jh.)

in der Nähe des Hafens, beerdigt ist, fand seine Motive in Sanct Jørgensbjerg. Unter der Kirche wurden Spuren von zwei älteren Holzkirchen gefunden.

**Wikingerschiffsmuseum *(Vikingeskibshallen)* [8].

Schon allein dieses in der Nähe des Hafens gelegene Museum ist eine Reise nach Roskilde wert. Es ist eine der schönsten zeitgenössischen Errungenschaften, sowohl was die innere Gestaltung als auch was die Architektur betrifft.

Eine Überlieferung berichtete von einem Schiff der Königin Margrethe I., das im Roskildefjord gesunken und mit Steinen völlig zugedeckt worden sei. Auf diese Weise wäre unter Wasser ein Damm entstanden, den die Fischer recht gut kannten. Dann fanden jedoch Archäologen des Nationalmuseums, die in den Jahren 1957 bis 1959 in der Höhe des Dorfes Skuldelev Unterwasserausgrabungen machten, daß es sich hier um einen der in der Wikingerzeit häufig angelegten strategischen Dämme handelte. Es konnte auch festgestellt werden, daß um das Jahr 1000 vor Roskilde ein Damm zum Schutz gegen feindliche Überfälle errichtet worden war. Man hatte hier zunächst drei Schiffe, die höchstwahrscheinlich für die Seefahrt nicht mehr tauglich waren, und einige Zeit später zwei weitere Schiffe versenkt.

Jahrelang haben Archäologen und freiwillige Helfer an der Bergung der Wracks gearbeitet. Die Arbeit wurde durch die Tatsache sehr erschwert, daß sich das Holzwerk im Laufe der mehr als 900jährigen Unterwasserlagerung völlig mit Wasser vollgesogen hatte. Um die Teile nicht vollständig zu zerstören, legte man einen Staudamm an und pumpte das Wasser ab. Dann wurde jedes Stück mehr oder weniger lange in eine Konservierungsflüssigkeit getaucht. Die derart präparierten Schiffsteile sowie die in der Nähe gefundenen Gegenstände, Geräte und Werkzeuge sind heute im Museum zu sehen.

Zunächst sieht man ein „Knarr", das man als Frachtschiff der Wikinger bezeichnen könnte; die gedrungenen und robusten Schiffe wurden für den Warenaustausch mit England, Island und Grönland verwendet. Das andere kleine Handelsschiff, das wohl eher für die Küstenschiffahrt in der Ostsee eingesetzt wurde, benötigte nur fünf bis sechs Mann Besatzung.

Das „Drakkar" war das gefürchtete Kriegsschiff, dessen Höhe und Breite im Verhältnis zur Länge sehr gering waren. Die Rudermannschaft war 24 Mann stark. Der geschnitzte Bug des Drakkar von Skuldelev läuft weniger spitz zu und ist gerader als der der Schiffe in Oslo.

Das kleinste der fünf gehobenen Schiffe, für deren Bau Kiefern-, Eichen- und Birkenholz verwendet worden ist, hat keine Brücke, sondern nur zwei Querbalken. Das längste der Schiffe ist mit 28 Metern für die damalige Zeit ausgesprochen groß. Es ist eins jener typischen leichtgebauten Kriegsschiffe jener Epoche, die von 50 Männern gut zu manövrieren waren und drei Jahrhunderte lang

Angst und Schrecken an Europas
Küsten verbreiteten.

Im Museum ist ein Film über die
Bergungsarbeiten zu sehen, der
in dänischer, englischer, deut-
scher und französischer Sprache
kommentiert wird (man sollte
sich am Eingang oder beim Verkehrsverein nach den Auffüh-
rungszeiten für die gewünschte
Sprache erkundigen); andere Fil-
me informieren über den Bau der
Schiffe oder befassen sich mit
weiteren   schiffahrtsbezogenen
Themen. Außerdem gibt es im
Museum eine Cafeteria und einen Verkaufsstand, an dem u. a.
sehr schöne Reproduktionen von
Wikingerschmuck erhältlich sind.

Route 1: (Flensburg–) Kruså – Åbenrå – Haderslev – Kolding – Vejle – Horsens – *Århus – Randers – *Aalborg – Frederikshavn – *Skagen – Grenen (390 km)

Diese Route führt von Süden nach Norden durch den Ostteil der Halbinsel Jütland. Man lernt auf ihr eine ganze Reihe von kleineren und mittleren Orten, aber auch zwei der größten Städte Dänemarks, Århus und Aalborg, kennen. Außerdem wird diese Strecke viel als Zufahrtsstraße nach Norwegen und Schweden, d. h. zu den Fährhäfen Frederikshavn und Hirtshals, benutzt.

Man gelangt aus Deutschland entweder auf der westlich an Flensburg vorbeiführenden Autobahn A7/E3 (BRD) bzw. E3/A10 (DK) nach Jütland hinein oder man durchquert Flensburg und fährt dann bei Kruså über die Grenze. Die Autobahn ist in Dänemark bis in die Höhe von Åbenrå fertiggestellt. Diese Route aber folgt durch Kruså der alten dänischen A10. In Kruså kreuzt man die Route 4 dieses Führers (s. S. 242), die von Tønder über die Inseln Als und Fyn zum Großen Belt verläuft.

Nach einer Fahrt durch Wald- und Weideland gelangt man zum *Søgård-See,* 12 km, an dem die Straße entlangläuft.

Links zweigt eine kleine Nebenstraße nach dem 3 km entfernten *Kliplev* (Hotels) ab, dessen *Kirche aus dem 13. Jahrhundert stammt und eine alte Wallfahrtskirche des heiligen Hjaelper ist. Bis zu Beginn dieses Jahrhunderts fand hier alljährlich am 14.

September eine Prozession zur Verehrung des Heiligen Kreuzes statt. Besondere Beachtung verdient der schöne barocke Altaraufsatz.

Bei der Weiterfahrt auf der Hauptstraße kommt man über *Lundsbjerg Kro* (⌂), 17 km, nun in die erste größere dänische Stadt, nach

Åbenrå (20 000 Einw.), 24 km. Mit ihren in der Altstadt teilweise engen Straßen und niedrigen blumengeschmückten Häusern macht diese von Wald umgebene und am Ufer einer (in Dänemark „Fjord" genannten) Förde liegende Stadt einen recht schmukken und doch etwas altmodischen Eindruck. Auch ist Åbenrå (auf deutsch *Apenrade*), das von verschiedenen Nahrungsmittelindustrien lebt, wegen seiner Orgelbauer bekannt.

Von Åbenrå fuhren im 17. und 18. Jahrhundert Schiffe nach Island und in die Fernen Osten, und seit jeher gehört diese Stadt zu den florierenden Ostseehäfen. Es war hier, wo der schwedische Graf Folke Bernadotte der Verhandlungen mit den Deutschen aufnahm, die schließlich im März/April 1945 zur vorzeitigen Befreiung dänischer und norwegischer Deportierter führten.

Schön ist es, durch die Fußgängerzone, die „gågade", der Altstadt zu schlendern, wo der Besu-

cher zahlreiche Häuser mit schön
bearbeiteten Giebeln bewundern
kann, insbesondere in der *Slotsgade,* am *Vægterpladsen,* in der
Fiskergade, der *Skibbrogade* (Nr.
9) und der *Storegade* (Nr. 24 Or-
gelfabrik). – Das *Städtische Museum* in der H.-P.-Hansensgade
33 enthält Ausgrabungsfunde
und Ausstellungsstücke zur Regionalgeschichte, eine mehr als
200 Stücke umfassende Sammlung von Flaschenschiffen und
Werke dänischer Maler.

Das von Frederik VI. erbaute
Rathaus (Rådhus) am Store Torv
enthält eine Sammlung königlicher Porträts. In der nahebei gelegenen *St. Nikolaikirche (Sankt
Nikolaj Kirke)* befindet sich eine
barocke Altarwand aus dem Jahr
1642. Im *Lille Kolstrupgård,* Tof-
ten 15, wurde ein kleines technisches Museum unter dem Namen
,,Jacob Michelsens Slægtsgård
Samlinger" mit Werkzeugen,
Webwaren und Möbeln aus der
Gegend eingerichtet.

Schloß Brundlund, das im Jahr
1411 mit breiten Wassergräben
und mächtigen Türmen für Margrethe I. errichtet, und Anfang
des 19. Jahrhunderts restauriert
wurde, gehört heute der Stadt
und ist ein Amtssitz.

Åbenrå über Nørreport und Haderslevvej, an dem die *St.-Ge-
orgs-Kirche* liegt, verlassend,
führt die alte A10 an der zwischen *Åbenrå-Fjord* und *Genner-
Bucht* gelegenen Halbinsel *Løjt*
(⌂, ⚠) vorbei.

Über *genner* (⌂), 31 km, mit
Ausblick auf die gleichnamige
Bucht geht es nun weiter nach

Haderslev (20 000 Einw.), 48 km.
Da die E3/A10 die Stadt, die auf

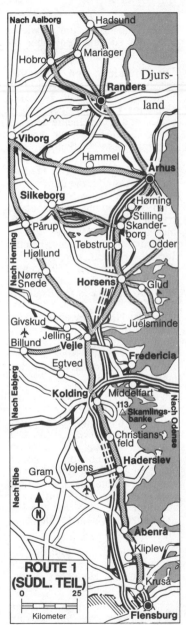

deutsch *Hadersleben* heißt, umgeht, muß man, um in deren Zentrum zu gelangen, über die Sønderbro fahren.

Die Gründung von Haderslev, das bereits 1292 Stadtrechte erhielt, soll unter der Regierung Waldemars des Großen erfolgt sein. Mit der Geschichte des Landes ist diese Stadt durch mehrere Ereignisse eng verbunden: 1448 unterzeichnete Graf Christian VIII. von Oldenburg in Haderslev die Urkunde, die ihn ermächtigte, unter dem Namen Christian I. die dänische Krone zu tragen. 1532 wurde Frederik II. hier geboren, 1595 der spätere Reformator Norwegens, Bischof Jørgen Erichsen, und 1602 Frederik III. Im Jahr 1597 schloß Christian IV. hier die Ehe mit Anna-Katharina von Brandenburg.
Heute ist Haderslev eine sehr lebendige Industrie- und Handelsstadt. Außerdem wird es mehr und mehr von Touristen, in erster Linie von Deutschen und Niederländern, besucht.

Die Backsteingotik des *Liebfrauendoms (Domkirke Vor Frue)* im Zentrum der Stadt weist Spuren älterer Bauwerke auf. Das schmale, kurze Kirchenschiff mündet in einen von 16 hohen Fenstern erhellten, eindrucksvollen Chor. Von der Ausstattung sind vor allem das *Taufbecken aus dem Jahr 1485 und die Barockkanzel aus dem 17. Jahrhundert beachtenswert.

Westlich des Doms und der Bispegade liegen die Parkanlagen und Seen, die Haderslev besonders reizvoll machen.

Das *Haderslev Amts Museum im Osten der Stadt, am Åstrup-

vej 48, ist ein Freilichtmuseum *(Frilandsmuseum)*, das eine beachtliche Sammlung regionaler Ausgrabungsfunde zeigt, darunter den in einem Torfmoor gefundenen Eichensarg von Jels, verschiedene Kultgegenstände aus dem Ejsbøl-Moor und dem Vejstrupskov sowie eine Sammlung alter Werkzeuge, Häuser aus der Gegend um Haderslev und Windmühlen.

Auch die Umgebung von Haderslev mit Stränden in *Årøsund* (⌂, ⚓) und *Kelstrupstrand* (⚓) ist reizvoll. In *Starup* findet man eine frühmittelalterliche Kirche mit Holzschiff; davor steht ein Runenstein aus der Zeit um 900. 10 km südöstlich der Stadt liegt in der Nähe des Meeres die *Kirche von Halk* mit Wandmalereien von 1550 und schönen Holzschnitzereien.

Am Stadtausgang von Haderslev geht man wieder auf die E3/A10 über und kommt bald nach

Christiansfeld (2 200 Einw.), 60 km, das im Jahr 1773 von der aus Sachsen eingewanderten Herrnhuter Brüdergemeinde *(dänisch: Herrnhutterne)*, die von der dänischen Krone Land erworben hatte, gegründet wurde. Im Leben dieser Gemeinde spielte die Musik eine wichtige Rolle. Vieles in diesem Ort erinnert noch an die Herrnhuter Brüder und ihre Spezialität, der berühmte Lebkuchen, wird hier heute noch hergestellt. Der Vater Søren Kierkegaards war ein Anhänger ihrer Lehre.

Christiansfeld sollte man von Osten nach Westen besichtigen. In der *Lindegade* und am *Kirkeplads* (Kirchplatz) stehen mehrere unter Denkmalschutz stehende Häuser. – Die

Kirche der Herrnhuter Brüder ist ungewöhnlich groß, sie faßt 2 000 Personen. In dem recht nüchtern wirkenden Bau gibt es weder Kanzel noch Altar. Rings um einen langen Tisch, an dem der Priester den Gottesdienst abhält, sind entlang den Wänden weiß lackierte Bänke aufgestellt. – Das *Museum der Herrnhuter Brüdergemeinde (Brødremenighedens Museum)* in der Nähe der Kirche besteht im wesentlichen aus einer großen ethnographischen Abteilung. Die hier gezeigten Gegenstände haben die Brüder von ihren Weltreisen mitgebracht.

Außerdem befindet sich in Christiansfeld das *Südjütländische Feuerwehrmuseum (Sønderjysk Brandværnsmuseum)*, ein Feuerlöschpumpenmuseum. Es ist dies das erste von vielen kuriosen Museen, die der Besucher in Dänemark entdecken wird.

Nördlich von Christiansfeld liegt an der Kongensgade der immer geöffnete *Gudsageren* (Gottesakker) der Brüdergemeinde; im Westen sind die Frauen, im Osten die Männer beerdigt.

Nahebei sieht man am *Genforeningplads* ein von Niels Skovgaard an der Stelle, an der am 10. Juli 1920 König Christian X. mit den dänischdenkenden Bewohnern Nordschleswigs zusammentraf, errichtetes Denkmal.

Man geht nun wieder auf die A10 oder auf die Autobahn, auf der es vor Kolding mehrere Ausfahrten gibt. Die A10 führt nach einer Fahrt von 72 km über die Koldingå-Brücke, ein architektonisches Meisterstück, hinein nach

KOLDING.

Die 42 000 Einwohner zählende Stadt Kolding liegt, von Hügeln umgeben und im Schutze des gleichnamigen Fjords, an beiden Ufern des Kolding-Flusses. Aufgrund ihrer grenznahen Lage hat die Stadt im Laufe der Jahrhunderte oft unter den Kriegswirren gelitten. Im Mittelalter war Kolding eine reiche Stadt mit mehreren Klöstern, heute ist sie eine moderne, hochindustrialisierte und stark expandierende Stadt. Von den Metall- und Textilfabriken sowie den industriell genutzten Schlachthöfen lebt das gesamte Hinterland. Kolding ist auch für seine kunsthandwerklichen Erzeugnisse, insbesondere seine Silberwaren, bekannt.

Am Ufer des *Schloßsees (Slotssø)* steht das wuchtige

Schloß Koldinghaus *(Koldinghus Slot)*. Die erste Festung entstand hier schon im 13. Jahrhundert, doch das Gebäude ist mehrfach wieder aufgebaut und erweitert worden, zunächst von Königin Margrethe I., dann von Christian III., Christian IV. und Frederik IV. Am 29. März 1808 wurde es von spanischen Truppen in Brand gesetzt; damals blieben nur ein Teil des *Burgfrieds* und ein großes *Herkules-Standbild* verschont. 1890 wurde das Schloß wiedererrichtet, und 1935 gestaltete man einige Räume zum *Kulturgeschichtlichen Museum* um. Gezeigt werden hier Ausgrabungsfunde von den Ufern des Fjords und eine Sammlung zu den Deutsch-Dänischen Kriegen. In einem Flügel des Schlosses, dessen restaurierte Räume bereits eine Sehenswürdigkeit für

sich sind, findet man dänische
Malerei und Bildhauerkunst.

Sehenswerte alte Häuser stehen
vor allem in der *Helligkorsgade*
(insbesondere Nr. 18 und 20) und
am *Akseltorv*. Rings um das *Rathaus* und die *St.-Nikolai-Kirche*
wurde eine Fußgängerzone angelegt; dort sind auch zahlreiche
kleine Kunstgewerbeboutiquen
mit Silberwaren u.a. anzutreffen.
– Die aus dem 13. Jahrhundert
stammende, in Backsteingotik
aufgeführte St.-Nikolai-Kirche
schmücken seit 1950 große buntbemalte Fenster.

Schloß Koldinghus

Die südöstlich des Stadtzentrums
am Ågtrupvej gelegene *Brændkjærkirke* wurde 1970 erbaut. –
Ein wenig weiter liegen in der
Christian IV.- Gade der *Geographische Garten* und der *Rosengarten*, beliebte Ziele sowohl
der Koldinger Bevölkerung als
auch der Besucher dieser Stadt.
Zu den Attraktionen des Geographischen Gartens gehören ein
Bambusgehölz sowie Baumarten
aus Tibet, China, der Mongolei,
Kanada und Kalifornien.

Der Hafen von Kolding ist übrigens der größte dänische Transithafen für Kühe.

Die Umgebung von Kolding

11 km südöstlich der Stadt liegt

Skamlingsbanken, der höchste
Punkt Südjütlands (113 m), mit
wunderschöner Aussicht auf die
Wälder, das Meer und die Insel
Fünen. Skamlingsbanken diente
in der Zeit zwischen 1843 und
1859 der dänischen Sprach- und
Kulturgemeinschaft als Versammlungsplatz. Ein Glockenspiel, von dem täglich um 12, 15
und 18 Uhr die ersten Takte des
Prinz-Georg-Marsches erklingen,
erinnert an 82 junge Dänen, die
während des Zweiten Weltkrieges ums Leben kamen. Rings um
eine Tribüne stehen die Pavillons der fünf nordischen Staaten
sowie fünf diese Staaten symbolisierende Bäume.

Im 20 km nordwestlich von Kolding gelegenen

Egtved wurde 1921 das ,,Mädchen von Egtved" gefunden. Der
Leichnam des Mädchens (aus den
ersten Jahrhunderten unserer
Zeitrechnung) war durch ständige Feuchtigkeit (Tonerde) und
die Gerbstoffe des Eichenholzsarges sowie die darüber befindliche Humusschicht hervorragend
konserviert. Das ,,Mädchen von
Egtved" befindet sich heute im
Nationalmuseum.

*

Die E3/A10 führt durch Wald-
und Weidelandschaft sowie einige wenige Dörfer weiter in nördlicher Richtung nach Vejle, 98
km.

VEJLE

Die am Ende des gleichnamigen
Fjords und am Fuße hoher, zer-

klüfteter Klippen gelegene Stadt (42 000 Einw.) ist in vollem industriellem Aufschwung begriffen. Anzahl und Bedeutung der Industrieanlagen, von denen etwa 100 000 Menschen leben, machten eine neue Hotelinfrastruktur erforderlich, so daß Vejle heute auch als Kongreßzentrum von Bedeutung ist. Die Firmen Tulip (Fleisch- und Wurstkonserven) und Lego in Billund (Spielzeug) exportieren in alle Welt.

Die bereits im 13. Jahrhundert bedeutende Stadt wurde von Herzog Abel (1218–1252), der mit seinem Bruder im Streit lag, in Brand gesteckt. Im 16. und 17. Jahrhundert brachen Feuersbrünste, Pestepidemien und die schwedische Besatzung über die Stadt herein. Nach dem Krieg von 1660 bestand die Stadt nur noch aus 30 Häusern. – An der

St.-Nikolai-Kirche aus dem 13. Jahrhundert sind im 19. Jahrhundert umfangreiche Restaurierungsarbeiten vorgenommen worden. Hier befindet sich der Sarg mit den sterblichen Überresten der Königin Gunhild. Diese Königin, die zu Beginn unserer Zeitrechnung gelebt haben soll, war sowohl wegen ihrer Schönheit als auch wegen ihrer Grausamkeit bekannt. Ihre Leiche wurde 1835 in einem Torfmoor, dem Gunhild-Moor, der alten königlichen Domäne Jelling (s. S. 188), gefunden. Leider ist sie weitaus weniger gut erhalten als die Funde von Grauballe und Tollund. – Die berühmte

Orgel der St.-Johannes-Kirche von Vejle wird auch für Konzerte und Schallplattenaufnahmen benutzt. – Das *Museum* der Stadt enthält neben Münzsammlungen

Zeichnungen und Stiche dänischer Künstler sowie Ausgrabungsfunde aus der Umgebung.

Die Umgebung von Vejle

Munkebjerg. 6 km nach Südosten führt eine breite Straße auf den *Munkebjerg-Hügel* über dem Fjord; das *Munkebjerg-Hotel* dient als Rahmen für Kongresse.

Institute bei Vejle. Die Stadt ist auch wegen zahlreicher bedeutender Institute in der waldreichen Umgebung bekannt. Besondere Erwähnung verdienen das *Institut Vejlefjord*, eine allgemeine Lehranstalt, und das *Jydsk Ride Institut*, ein großes Reitzentrum für die Jugend. In der *Jydsk Idrættskole* (Jütländische Sportschule) finden auch Kongresse und Ausstellungen statt.

Billund mit den Lego-Werken und *Legoland (30 km westlich). *Legoland* ist ein riesiges Parkgelände, auf dem die berühmten dänischen Schlösser und Herrenhäuser, nordische Holzhäuser, eine norwegische Stabkirche, die Eremitage, Schloß Amalienborg, ein Wildwest-Camp u. v. a. in Miniaturausgaben zu besichtigen sind. Außerdem gibt es hier ein *Marionettentheater*, eine *Puppensammlung* und eine Sammlung mechanischen Spielzeugs. Den besten Überblick bekommt man bei einer Rundfahrt mit dem *Legolandzug*. Auch Restaurant, Teestube und Cafeteria sind vorhanden.

Givskud mit dem *Löwenpark Safariland (22 km nordwestlich an der A18, hinter Jelling, das auf S. 188 beschrieben ist).

Jelling (11 km nordwestlich über die A18). Der 1 800 Einwohner zählende Ort liegt in der Nähe des *Vejleå-Tals* und war der erste Wohnsitz der Könige von Dänemark. Während des Jahrzehnte dauernden Übergangs vom Heiden- zum Christentum war Jelling politisches und religiöses Zentrum des Landes. Die kleine Kirche, die Hügelgräber, die Runen- und Grabsteine kennzeichnen die historische und geistige Entwicklung Jellings.

Die Hügelgräber. Im nördlichen Grab wurde König Gorm bestattet. Es bestand aus einer großen, aus Rundholz errichteten Doppelgrabkammer, die auf der Mittelachse V-förmig angeordneter Grabsteine lag. Das zweite, im Süden gelegene Grab war das von Harald Blauzahn; es befand sich in dem von den beiden Grabsteinreihen gebildeten Winkel.

*Die **Runensteine.* Der erste Stein wurde 965 von Gorm auf der oben erwähnten Mittelachse errichtet und trägt folgende Inschrift: ,,Gorm hat dies für Thyra, seine Frau, die Zierde Dänemarks, getan''. Die aus Runen- und Grabsteinen bestehende Anlage wurde höchstwahrscheinlich in der Zeit, in die Gorms Tod fällt, als Ahnenkultstätte gebaut. In diesem besonderen Fall waren Ahnen- und Königskult miteinander verflochten. Der zweite, im Jahr 983 errichtete Runenstein beurkundet die Einführung des Christentums in Dänemark – er wurde zwar zur Erinnerung an den Übergang vom Heiden- zum Christentum aufgestellt, doch der ,,König, der die Dänen zu Christen machte'', hat hier ein Denkmal reinster heidnischer Tradition hinterlassen. Zwei der drei Flächen dieses enormen Steinblocks sind mit Ritzzeichnungen geschmückt: der Drache und Christus halten das Universum. Die Inschrift besagt: ,,König Harald setzte diesen Stein zur Erinnerung an seinen Vater Gorm und seine Mutter Thyra. Harald, der ganz Dänemark und Norwegen eroberte und die Dänen zu Christen machte''. Hierbei handelt es sich um das erste Dokument dänischer Geschichtsschreibung. Auch wird Christus hier zum ersten Mal von vorn dargestellt, allerdings umgeben von nordischen Fabelwesen.

Die Kirche. Die Kirche von Jelling liegt zwischen den beiden Hügelgräbern und wurde Ende des 16. Jahrhunderts in romanischem Stil erbaut. Unter dem Chor befinden sich jedoch die Überreste von zwei weitaus älteren Bauwerken. Der dänische Archäologe Ejnar Dyggve nimmt an, daß der älteste Teil der heidnische ,,Hov'' aus der Zeit des Königs Gorm war und zu der oben erwähnten Kultstätte gehörte. Bei dem zweiten Bauwerk scheint es sich um die erste Kirche Dänemarks, die anläßlich seiner Bekehrung errichtete Kirche Harald Blauzahns, zu handeln. Es war dies eine der primitiven Stabkirchen, ein durch horizontale ,,staver'' (Stäbe) begrenztes Rechteck; die Stäbe dienten als Stütze für die Wandbohlen. Vier dicke Balken in der Mitte des Schiffs trugen das Dach, und in dem kleinen nach Osten gerichteten Chor mit flacher Apsis hat Dyggve einen herrlichen granatbesetzten Granitblock gefunden, den damaligen und heutigen Altar dieser Kirche.

Abstecher von Vejle nach Viborg (91 km)

Auf der A 13 erreicht man über

Lindved (11 km) nach 26 km die alte *Heerstraße (Hærvej)*, die an der heutigen deutsch-dänischen Grenze beginnt und über Vejen und Randbøl bis in die Nähe von Viborg führt. Hier gibt es zahlreiche prähistorische Zeugnisse und Überreste aus der Zeit der Völkerwanderung. Das Nationalmuseum fördert ständig neue Ausgrabungsfunde zutage. Der Hærvej steht im ganzen unter Denkmalschutz. Er hat auch die nordischen Pilger auf ihrer Reise nach Rom oder ins Heilige Land gesehen und über ihn kamen die ersten Missionare, die Licht in diese verworrenen und blutigen Jahrhunderte bringen wollten, in den Norden.

Der nächste größere Ort an der A 13 ist

Nørre Snede (1700 Einw.; 🏠, 🏕), 35 km. Seine ursprünglich romanische Kirche wurde in gotischem Stil wiederaufgebaut. Das mit einköpfigen Doppellöwen geschmückte Taufbecken gehört zu den Meisterwerken jütländischer Kunst.

Auf der A 13 gelangt man dann bald in die Heidegebiete von *Vrads Sande* (🏠). Diese weite, während der Eiszeit entstandene Landschaft mit zahlreichen Grabhügeln aus heidnischer Zeit ist typisch für Mitteljütland. Nach Durchquerung der Heidestücke kommt man in den herrlichen Tannenwald der *Gludsted Plantage*. – Über das von Wald umgebene *Hjøllund* (47 km) geht die Fahrt weiter. Bei *Pårup*(55 km; 🏕) kreuzt man die A 15, die

links nach Herning und Ringkøbing, rechter Hand nach Silkeborg und Århus führt (s. Route 3 A auf S. 227). – Es folgt an der A 13

Torning (800 Einw.; 73 km), wo der Schriftsteller Steen Steensen Blicher Pastor war; nach ihm wurde hier ein kleines *Museum* benannt. 8 km östlich von Torning liegt die größere Ortschaft *Kjellerup* und 10 km in entgegengesetzter Richtung der *Flughafen Karup*. – Im nächsten Ort an der Hauptstraße, in

Lysgård (80 km), steht noch die Schule, die Blicher einst besuchte. Steen Steensen Blicher (1782–1848) gehört zu den Klassikern der dänischen Literatur. Er wurde in der Nähe von Viborg geboren und war als Pfarrer in mehreren mitteljütländischen Pfarreien tätig. Ruhelos, gequält von dem Gedanken an die Vergänglichkeit und bedrückt über die Not der Bauern in dieser unfruchtbaren Gegend, durchstreifte er die Heide und die Wälder. Seine eindrucksvollen Werke – Prosa, Lyrik und Epen, zum Teil in jütländischem Dialekt geschrieben – sind eine Welt für sich.

Vorbei am Seeufer des *Hald Sø* mit Schloß und Ort *Hald* jenseits des Sees kommt man jetzt nach

Viborg (91 km), wo dieser Abstecher an der Route 3 B endet; bei der Beschreibung der Querroute ist auf Seite 236 auch die Ortsbeschreibung von Viborg zu finden. Man kann der Hauptstraße A 13 auch über Viborg hinaus nordwärts folgen und sie so in ganzer Länge als Alternativstrecke zur

Route 1 zwischen Vejle und Aalborg benutzen.

*

Folgt man weiter der Route, so verläßt man Vejle über den Horsensvej und gelangt auf der E3/A10 nach *Hedensted,* 108 km, und – am alten Gasthof *Ølsted Kro* vorüber – schließlich nach insgesamt 124 km Fahrt nach Horsens.

HORSENS

Am Ende des von Inseln übersäten Fjordes gelegen, ist Horsens mit seinen 47 000 Einwohnern eine typische mittelgroße Provinzstadt mit großzügig angelegten Stadtvierteln, weiten Parkanlagen und steilen Straßen, die in den kleinen alten Stadtkern führen.

Wenn man über die Sønderbrogade nach Horsens gelangt, kommt man zunächst an der *Sønderbro-Kirche,* deren hohe weiße Silhouette seit 1971 in den Himmel ragt, vorbei. Kurz darauf hat man das Zentrum von *Alt-Horsens* mit den Wohnsitzen dänischer Adeliger, einem vornehmen Palais und einem Labyrinth kleiner Sträßchen, die die heutige Fußgängerzone bilden, erreicht. – Das

**Lichtenberg-Palais in der *Søndergade* wurde 1744 von Baron Lichtenberg im Barockstil erbaut. Zwischen 1780 und 1807 richteten sich hier mehrere adelige russische Familien, die bei Katharina II. in Ungnade gefallen waren, mit ihrem Gefolge ein, wodurch das gesellschaftliche Leben in Horsens einen gewaltigen Aufschwung nahm. Anschlie-

ßend wohnte die Mutter Friedrichs VII., Prinzessin Charlotte Fredericia, in diesem Palais. Heute beherbergt es ein über die Grenzen Dänemarks hinaus bekanntes Hotel.

Ebenfalls in der Søndergade steht die alte *Helm-Apotheke;* das Haus stammt aus dem Jahr 1736. – Die

Erlöserkirche *(Vor Frelsers Kirke)* am Marktplatz wurde 1225 errichtet, doch später im gotischen Stil neu erbaut. Sie hat eine große, reich verzierte Kanzel (1670). Im Våbenhus befindet sich der Grabstein der Eltern von Vitus Bering (1681–1741), dem großen Sohn der Stadt Horsens; er war es, der die Meerenge entdeckte, die heute seinen Namen trägt.

Ecke Åboulevard und Borgergade steht die

Klosterkirche. Sie wurde Anfang des 13. Jahrhunderts von Franziskanern (Gråbrøderne) erbaut. Das geschnitzte Chorgestühl und das schöne Diptychon des Hauptaltars stammen aus dem 15. Jahrhundert. Die größte Kapelle war die der ,,Russen von Horsens''. –

Am Åboulevard, der zum Hafen führt, findet man auch verschiedene alte Fachwerkhäuser.

Westlich des Vitus-Bering-Platzes liegt der sehr schön angelegte *Vitus-Bering-Park* mit Rhododendron-Sträuchern, Rasenflächen und Statuen. Hinter dem Bahnhof, auf der anderen Seite des Flusses, gelangt man über den *Bygholm Parkvej* nach

Schloß Bygholm, einem 1313 von Erik Menved erbauten ehemaligen Königsschloß, von dem nur noch Ruinen vorhanden sind. Das heutige Schloß Bygholm stammt aus dem Jahr 1775 und gehört der Stadt Horsens. Sehenswert ist der große Rittersaal. Über die Schloßterrasse kommt man zu einem verwunschenen See, und der große Park lädt zu schönen Spaziergängen ein.

Am anderen Ende der Stadt, am Sundvej im *Caroline Amalielund,* liegt das

Städtische Museum, in erster Linie ein Museum für Archäologie und Regionalgeschichte, das aber auch eine Abteilung für Malerei von 1800 bis heute enthält.

Ebenfalls am Sundvej liegt der *Claus Corsensgård* aus dem Jahr 1716, ein typisches Beispiel für den dänischen Herrenhausstil dieser Epoche.

Rundfahrt Horsens – Juelsminde – Schloß Palsgård – Horsens (50 km)

Man fährt dazu nach

Juelsminde (2200 Einw.; 24 km), einem inmitten einer Wiesen- und Dünenlandschaft gelegenen Bade- und Fährort am Nordufer des *Vejle-Fjords.* Die Straße, die man dann in Richtung Norden benutzt, schlängelt sich zwischen Dünen und Meer dahin und bringt einen nach *Schloß Palsgård* (30 km); der englische Park dieses neoklassizistischen Bauwerks (Anf. 19. Jh.) kann besichtigt werden. Die Rundfahrt führt über *Glud* (Freilichtmuseum) wieder nach Horsens (50 km) zurück.

*

Nach Århus über Odder (49 km)

Dieser kaum längere Weg als die Hauptstraße führt durch eine sehr reizvolle Landschaft und ist für alle gedacht, die über ausreichend Zeit verfügen und kleine „Umwege" lieben.

Odder (6 000 Einw.; 27 km) ist eine Kleinstadt mit strohgedeckten Fachwerkhäusern, modernen Villen und vielen Grünanlagen. Das *Museum* befindet sich in der alten *Mühle von Sandager;* es enthält in erster Linie Ausgrabungsfunde (Smederup) und vermittelt einen Überblick über die regionale Bauernkultur.

Die Straße führt von Odder nordwärts nach

*Århus (49 km; ausführliche Stadtbeschreibung s. S. 159ff.).

*

Folgt man weiter der Route, so verläßt man Horsens über die

Im Freilichtmuseum von Århus

Nørrebrogade oder den Schüttesvej und fährt auf der E 3/A 10 über *Tebstrup,* 139 km. Links biegt eine Straße zur 3 km entfernten *Ejer Bavnehøj* (171 m) und zur *Yding Skovhøj* (173 m) ab; von diesen beiden Hügeln – es sind die höchsten Erhebungen in Jütland – genießt man einen weiten Blick über Wälder, Heide und Meer.

Wenig später erreicht man den *Skanderborgsee* (142 km), an dessen Ufer die Straße nach

Skanderborg (10 400 Einw.), 146 km, verläuft. Die von Weideland und Hügeln umgebene Stadt liegt am Nordende des Sees und entstand rings um das Schloß, das den dänischen Königen im Mittelalter oft als Residenz diente.

Skanderborg ist das ehemalige, häufig in dänischen Balladen vorkommende *Skanderup* (seit 1176). Friedrich II., dessen Lieblingsresidenz Skanderborg war, verlieh ihm Stadtrechte, und Christian IV. ließ die Stadt während des Dreißigjährigen Krieges mit Befestigungsanlagen versehen. Auch fand hier die Hochzeit zwischen Friedrich IV. und Anne-Sophie Reventlow statt – der Abschluß einer Romanze in bester Abenteuerroman-Manier, wobei weder die Leiter noch die Komplizin in Gestalt der Kammerzofe fehlten, und die damit begann, daß Friedrich IV. Anne-Sophie Reventlow während eines Maskenballs im Schloß von Kolding entführte.

Vom Skanderborger Schloß existiert nur noch die *Schloßkapelle*, die Friedrich II. im Jahr 1572 errichten ließ und die heute als Pfarrkirche dient. Im *Schloßpark* steht eine von Thorvaldsen geschaffene Büste Friedrichs IV. – Ein kleiner *Tierpark* liegt im Süden der Stadt.

Abstecher nach Silkeborg (32 oder 35 km)

Man fährt zunächst bis

Ry (3300 Einw.). Von diesem Erholungsort geht es dann entweder nördlich an mehreren kleinen Seen vorbei nach Silkeborg, oder man nimmt den etwas längeren Weg südlich der Seen über *Gammel Rye* (s. auch S. 233), der am Westhang des ,,*Himmelbjerg*" entlangführt.

Doch unabhängig von der gewählten Route ist zunächst noch ein kleiner Umweg zum *Mossø* und zu den Ruinen der Zisterzienserabtei

Øm-Kloster zu empfehlen. 1172 kam eine Gruppe von Zisterziensermönchen in diese schöne, damals verlassene Gegend und erhielt vom Bischof von Århus Land für den Bau eines Klosters (das Grab des Bischofs, auf dem das Jahr 1191 eingemeißelt ist, wurde 1941 bei Ausgrabungsarbeiten gefunden). 1257 erweiterte man das Kloster um eine neue Kirche, deren Grundmauern freigelegt werden konnten. Nach der Reformation wurden (1561) sämtliche Gebäude beschlagnahmt und zerstört. 1911 fand man bei Ausgrabungsarbeiten der Historischen Gesellschaft Skelette, von denen mehrere Spuren einer Knochenkrankheit aufwiesen; deshalb nimmt man an, daß diesem Kloster ein Krankenhaus angeschlossen war. Diese Knochenfunde sowie Mosaiken und runengeschmückte Steine sind in einem *Museum* zu besichtigen.

*

Die E 3/A 10 verläuft von Skanderborg bis Århus als Autobahn parallel zur alten A 10, etwas weiter landeinwärts. Beide Straßen sind etwa gleichlang und führen, ohne unterwegs besondere Sehenswürdigkeiten zu berühren, über *Stilling*, 152 km, mit einem alten bekannten Gasthaus, von Südwesten hinein nach

*Århus, 173 km, das auf Seite 159 ff. ausführlich beschrieben ist.

Århus: Konferenzzentrum Scanticon

Abstecher nach Viborg (65 km)

Wie von Vejle (s. S. 189) führt auch von Århus eine interessante Nebenstraße durch Wälder, Heideland und Weiden nach der zentral in Nordjütland gelegenen Stadt Viborg. Nach 26 km steht in der 1 km rechts gelegenen Ortschaft *Hammel* (⌂) eine romanische Kirche; in die Mauer ist einer der ältesten dänischen Runensteine eingelassen. – Über *Fårvang* (33 km; ⌂), mit einem kleinen Tierpark, geht es weiter.

Wenig später gelangt man an eine Kreuzung (38 km), von der links eine Straße zur **Kirche von Grønbæk abzweigt. Die Apsis dieses bemerkenswerten spätromanischen Bauwerks schmücken Fresken aus dem Jahr 1225, die Christus (in einer Mandorla) umgeben von Engeln, Löwen,

Schlangen und Ochsen darstellen.

Der *Taufstein in Form eines vierblättrigen Kleeblatts ist das Werk eines vermutlich von der Insel Gotland stammenden schwedischen Meisters.

Man überquert dann den *Guden-Fluß (Gudenå)* und erreicht (44 km) den *Tanga-See (Tanga Sø)* – Der Abstecher endet in

Viborg, 65 km (s. Route 3 auf S. 236).

*

Man verläßt Århus über die Nørrebrogade, die am Vennelyst-Park vorbeiführt, folgt dem Randersvej und kommt bald zu einer Kreuzung (180 km), bei der rechter Hand eine Landstraße zur **Kirche von Todbjerg abbiegt. Sie wurde im 12. Jahrhundert vollständig mit Wandmalereien ausgeschmückt, heute sind nur noch die ,,Vertreibung aus dem Paradies`` und ,,Adam und Eva auf der Erde`` zu sehen. Diese Szenen heben sich von einem grünumrandeten blauen Untergrund ab. – Später, nach 201 km auf der Route, zweigt ebenfalls nach rechts eine kleine Straße ab zum prachtvollen

**Schloß Clausholm. Conrad Reventlow, dessen Tochter Anne-Sophie während eines Maskenballs auf Schloß Kolding von Frederik IV. entführt wurde, ließ dieses Schloß in den Jahren 1693 bis 1722 auf den Grundmauern eines ehemaligen Schlosses aus dem 14. Jahrhundert in prunkvollem Barockstil erbauen. Nach dem Tod des Königs kehrte Anne-Sophie nach Clausholm zurück, wo sie auch starb. Das Schloß besitzt eine reiche Innenausstattung mit Stuckwerk, Skulpturen, Mobiliar und Teppichen aus dem 18. Jahrhundert.

Der terrassenförmig angelegte Park, kleine Seen mit Schwänen und von Linden gesäumte Alleen tragen zum Reiz dieses Schlosses bei. Auch die Schloßkapelle ist einen Besuch wert.

RANDERS

Die an der Mündung des *Guden-Flusses* in den *Randers-Fjord* und am Kreuzungspunkt von 13 Straßen gelegene Stadt, die man nach 209 km Fahrt vom Ausgangsort der Route erreicht, gehört mit 59 000 Einwohnern zu den größeren Orten Dänemarks.

Geschichte

Bereits im Mittelalter war Randers ein recht bedeutender Ort, der die Vorteile seiner Lage wohl zu nutzen wußte und in dessen Mauern sich mehrere Kirchen und Klöster befanden. Kriege und Feuersbrünste vermochten die Entwicklung der Stadt nicht zu hemmen, die in erster Linie vom Lachsfang und den damit zusammenhängenden Industriezweigen, aber auch von der Handschuhfabrikation und – seit dem Zweiten Weltkrieg – von Fabriken für Eisenbahn- und Agrarprodukte sowie Möbelfabriken lebt.

Henrik Pontoppidan verbrachte seine Jugend in Randers. Doch der Held dieser Stadt ist Niels Ebbesen; die Ballade, in der erzählt wird, wie er am 31. März 1340 den deutschen Tyrannen

Gerhard von Rendsburg tötete, wurde zum Symbol des dänischen Widerstandes während der Besetzung durch die Deutschen.

Sehenswürdigkeiten

Was Randers so reizvoll macht, sind vor allem die den Fußgängern vorbehaltenen alten Straßen im Zentrum der Stadt. In der Fußgängerzone wurden in einigen der kleinen Sträßchen Terrassen angelegt, was diesem Teil der Stadt einen leicht südländischen Anstrich verleiht.

Am *Rådhustorv,* wo sich die Statue von Niels Ebbesen erhebt, der Jütland von der Herrschaft der Herzöge von Holstein befreite, steht das älteste Haus von Randers, *Påskesønnerns Gård.* Das Rathaus in der gleich daneben gelegenen Rådhusstræde stammt aus dem Jahr 1778; 1930 wurde es aus verkehrstechnischen Gründen um 3 m versetzt.

Gleich in der Nähe, am Erik Menvedsplads, steht das 1436 erbaute *Heiliggeisthaus (Helligåndshus).* Das aus Holz und Ziegeln errichtete Gebäude mit den schönen Giebeln gehörte früher zum Heiliggeistkloster (Helligåndskloster) und ist heute eines der größten spätgotischen Gebäude des Landes.

In der Kirkegade liegt die im 15. Jahrhundert für die Mönche des Heiliggeistklosters errichtete *St.-Martins-Kirche (Sankt-Mortens-Kirke).* In ihrer König-Hans-Kapelle im südlichen Querschiff steht ein Taufstein, der ebenso wie die reichverzierte Kanzel gegen Ende des 17. Jahrhunderts entstanden ist. Altarwand und Orgel, beide im Barockstil gehal-

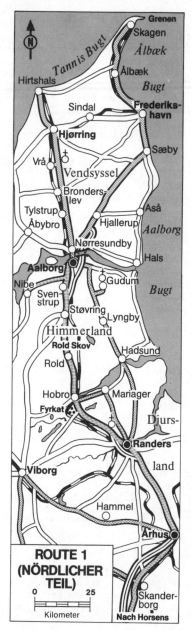

**ROUTE 1
(NÖRDLICHER
TEIL)**

0   25

Kilometer

ten, stammen aus der Mitte des
18. Jahrhunderts.

In der *Brødregade* fallen mehrere
alte Fachwerkhäuser mit schön
gearbeiteten Giebeln (Nr. 24, 25,
26) auf. Ein weiteres, im 16.
Jahrhundert gegründetes *Kloster*
in der Jernbanegade dient heute
als Altersheim. Der Fachwerkbau *Niels Ebbesensgård* steht in
der Storegade.

Hinter dem Omnibusbahnhof
liegt in der Fischersgade (Eingang Stemmannsgade 2) das

*Haus der Kultur, ein sehr schönes Beispiel zeitgenössischer Architektur mit einem Keramikre-
lief von Asger Jorn. Außer der
Stadtbibliothek sind hier auch
das Kunstmuseum und das Historische Museum untergebracht.
Das

Kunstmuseum enthält in erster
Linie Werke dänischer, insbesondere jütländischer Maler. Doch
auch Werke von Alechinsky und
eine Farblithographie von Miró
sind hier zu finden. Im

Historischen Museum sind archäologische und historische
Sammlungen zur Lokalgeschichte
sowie eine Ausstellung über
Wohnkultur mit Originalmobili-
ar, -ausstattung und -bildern
(Rembrandt, Ostade, Dürer) zu
sehen.

In Randers gibt es zwei große öffentliche Parkanlagen, den *Dok-
torpark* mit Tierpark im Westen
und den *Mindespark* (Gedenkpark) mit Gedenkstätten im Norden der Stadt.

Abstecher nach Mariager (23 km)

Die Fahrt geht durch eine reizvolle Landschaft. Über eine nach

8 km abbiegende Straße gelangt
man zur *Kirche von Spentrup
(⌂) mit ihren bemerkenswerten
**Wandmalereien (Jungfrau und
St. Johannes).

Mariager (1700 Einw.; 23 km),
die am Ende des gleichnamigen
Fjords gelegene Stadt, hat ihren
reizvollen mittelalterlichen Charakter bewahrt. Die Ursprünge
gehen auf die 1420 erfolgte Gründung des Klosters zurück, das
dem   Brigittenorden   gehörte.
Dieses im Südwesten der Stadt
gelegene *Kloster* war früher einmal sehr reich. Im Jahr 1588 wurde es zweckentfremdet, und seit
1644 hat es des öfteren die Besitzer gewechselt; 1891 wurde es restauriert. Derzeit dient es als Bü-
rogebäude.

Mariager: Kirche

· Die Krypta aus dem 15. Jahrhundert ist gut erhalten und kann
während der Bürozeiten besichtigt werden. Die große dreischiffige ehemalige Klosterkirche von
1470 wurde kürzlich restauriert. –
In der Kirkegade findet man ein
Museum mit Sammlungen zur
Lokalgeschichte. Man kan von
Mariager auch am Fjord entlangfahren und zur Hauptroute in
Hobro (s. S. 197) wieder Anschluß gewinnen.

**Alternativstrecke nach *Aalborg
über Hadsund (75 km)**

Auf einer näher am Meer verlaufenden Nebenstraße führt diese
Alternativroute durch Wald- und
Wiesenlandschaften;   sie   quert
mehrere kleine Flüsse und den
Mariagerfjord. Schon nach 8 km
zweigt rechts eine Straße ab zum
5 km entfernten *Schloß Støvring-
gård,* das um 1600 bis 1630 im
Stile der nordischen Renaissance
errichtet wurde. Nur die großen
terrassenförmig angelegten Gar-
tenanlagen sind zugänglich.

Hadsund (4000 Einwohner; 32
km) lebt vom lokalen Handel
und mittelständischen Unternehmen. Der Ort liegt an der
schmalsten Stelle des Mariager-
fjords.

Von Hadsund gelangt man über
eine Gemeindestraße zum 4 km
nordöstlich gelegenen, ebenfalls
im nordischen Renaissancestil erbauten schönen *Schloß Visborg-
gård,* das sich aber in Privatbesitz
befindet. Zwischen dem Bau des
ältesten Teils, nämlich des Süd-
flügels (1575), und dem des Ost-
und des Westflügels (Ende des
18. Jh.) liegen mehr als 200
Jahre.

Hinter *Lyngby* wird die Strecke
sehr schön, und kurz vor der
Überquerung des *Lindenborg-
Flusses* ist *Schloß Lindenborg* zu
sehen. Es entstand 1583 und wurde im 17. Jahrhundert restauriert
und erweitert. Seit dieser Zeit ist
es im Besitz der Familie Schimmelmann.

Wenig später (60 km) geht rechts
eine Straße zur 3 km entfernten
Kirche von Gudum ab; ihr Schiff
und der Chor sind romanisch.

Das Chorgewölbe zieren Fresken, von denen einige (1550) den Kampf zwischen David und Goliath und die Geschichte von Jonas und dem Walfisch darstellen; andere wiederum sind eine Illustration der Bibel Christians III. Diese Alternativstrecke führt dann von Osten hinein nach

*Aalborg (75 km) und trifft dort wieder mit der Hauptstraße (s. u.) zusammen.

*

Randers über den Hobrovej verlassend, der im Nordwesten der Stadt mit der kurzen Umgehungsautobahn zusammentrifft, erreicht man auf der E3/A10 die

*Kirche von Råsted, 216 km. Durch das schöne *Säulenportal gelangt man in ein romanisches Kirchenschiff, dessen Fresken als die umfassendsten Dänemarks gelten. Sie scheinen in der zweiten Hälfte des 12. Jahrhunderts entstanden zu sein. Die Art der Darstellung läßt die Verbindung zur internationalen Gotik erkennen, von der die Experten sagen, daß sie von den Küsten des Ärmelkanals ausging. Über dem Triumphbogen ist Christus als König dargestellt, neben ihm die Heiligen Petrus und Paulus und ringsum die Apostel. Auf der linken Seite des Bogens erkennt man die Jungfrau mit dem Kind, rechts den heiligen Michael, den Drachentöter.

Die nächste größere Stadt ist

Hobro (9000 Einw.), 235 km. Der alte wasserumgebene Ort am Mariagerfjord lebt von Nahrungsmittelindustrie (Fleischkonservenfabriken, Brauereien und Schnapsbrennereien) und Maschinenfabriken. – Das

Hobro-Museum in der Vestergade 21 enthält in erster Linie archäologische Funde. Da das Gebiet um den Mariagerfjord bereits seit Jahrtausenden besiedelt ist, befinden sich hier zahlreiche prähistorische Fundstätten mit den Ausgrabungen von Rorbæk, Horby und Bredemose. Das Museum enthält u. a. eine sehenswerte Silber- und Porzellansammlung.

Abstecher nach Fyrkat (3 km)

3 km südwestlich von Hobro liegt

**Fyrkat, wo Archäologen des Nationalmuseums bereits seit Jahren bemerkenswerte Ausgrabungen vornehmen. Auf dem Wasserwege leicht zu erreichen, war Fyrkat eine bedeutende Wikingerfestung, ähnlich wie die in Trelleborg. Auch größenmäßig ist es mit Trelleborg vergleichbar. Es hat jedoch den Anschein, als wären Fyrkat und Aggersborg (s. Route 2 auf S. 225) das Werk derselben Baumeister, z. B. sind die Holzrahmen innerhalb des Erdbauwerks die gleichen, und hier wie dort war kein befestigtes Lager vorhanden (ausführliche Angaben über Wikingerfestungen s. bei Trelleborg auf S. 253). Im Sommer werden in Fyrkat Führungen organisiert.

*

Kurz hinter Hobro gelangt man in das *Himmerland* mit einem veränderten Landschaftsbild. Das Himmerland erstreckt sich zwischen Kattegat und Nordsee und wird im Norden und Westen durch den Limfjord begrenzt.

Hier entdeckt der Besucher die unendlichen Sand- und Heideflächen einer der wenigen Gegenden Dänemarks, die noch weitgehend unbewohnt sind.

Gleich hinter *Rold,* 250 km, wo seit 1982 durch den Wiederaufbau des Reithauses der dänischen Zirkusfamilie Miehe die Voraussetzungen für das erste Zirkusmuseum des Landes geschaffen werden, beginnt der herrliche *Rold Skov (Rold-Forst) mit sei-nen uralten Bäumen sowie zahl-reichen Seen und Quellen. Im Laufe der Jahrhunderte diente er als Zufluchtsstätte und Schlupfwinkel, aber auch als Hintergrund zahlreicher Volksmärchen. – Den Nordteil des 8800 ha großen Forstes bildet der

1951 eröffnet wurde. Es vermittelt einen Überblick über das häusliche Leben in dieser Gegend.

Bei der Weiterfahrt gelangt man nach *Støvring,* wo die Hauptstraßen E3/A10 und A13 von Viborg zusammenlaufen. 6 km weiter beginnt dann die ,,doppelgleisige" Zufahrt nach Aalborg. Linker Hand zieht die alte Hauptstraße über *Svenstrup* (✿), 272 km und *Skalborg,* 278 km (heute südlicher Vorort von Aalborg), beide am Westufer der Østerå gelegen, nordwärts, während die Autobahn E3/A10 auf der Ostseite dieses Flüßchens verläuft und später in einem Straßentunnel den Limfjord im Nordosten von Aalborg unterquert.

*Rebild-Nationalpark, der sich über 170 ha erstreckt. Er ist ein Geschenk aus dem Jahr 1912 von Amerikanern dänischer Abstammung. Alljährlich am 4. Juli, dem Jahrestag der amerikanischen Unabhängigkeit, findet hier ein dänisch-amerikanisches Festival statt. Am Hang eines Hügels hat man eine naturgetreue Nachahmung des Holzhauses errichtet, in dem Lincoln seine ersten Lebensjahre verbrachte. Für den Bau dieses Hauses hat jeder Staat der Vereinigten Staaten einen Baumstamm geliefert. Heute befindet sich hier ein *Museum,* in dem Gegenstände aus der Pionierzeit, Indianerausrüstungen u. ä. gezeigt werden.

Nordöstlich des Museums steht ein Stein mit folgender Inschrift: ,,Von diesem Punkt brachen die Kimbern auf, um das Land zu verlassen". – Ganz in der Nähe liegt ein weiteres *Museum,* das

Lincoln-Blockhaus

Abstecher von Skalborg nach Nibe (15 km)

Durch eine ziemlich öde Landschaft gelangt man zunächst nach

Sønderholm (8 km). Über seiner aus Granit erbauten romanischen *Kirche* ragt ein gotischer Turm auf. In der Kirche sind die Renaissance-Kanzel (1550) und Fresken mit Darstellungen aus dem Alten Testament ebenso beachtenswert wie mehrere *Dolmen* im Gebiet des Pfarrbereichs des Ortes Sønderholm.

Unweit der Kirche von Sønderholm befindet sich einer der eindrucksvollsten Dolmen Dänemarks, die ,,Troldkirke" (der Name verbindet die beiden Begriffe Magie = trold und Heiligtum = kirke miteinander). Der geweihte Bereich, in dem die eigentliche Zeremonie stattfand, ist durch senkrecht im Boden verankerte Steine abgegrenzt, über denen ein mächtiger Deckstein liegt.

Die kleine Stadt

Nibe (3000 Einwohner; 15 km), am Nibe-Bredning des Limfjords, lebt seit eh und je vom Heringsfang. Die gotische *Kirche* des Ortes stammt aus der ersten Hälfte des 15. Jahrhunderts; im Kircheninnern findet man eine Darstellung der Leidensgeschichte und als kurioses ,,Kirchenschiff" einen Heringskutter aus dieser Gegend.

*

Die Hauptroute führt vom Vorort Skalborg nun hinein nach

*Aalborg, 284 km, dessen ausführliche Beschreibung mit Stadtplan auf Seite 150 ff. zu finden ist.

Abstecher nach Hjørring und Hirtshals (48 bzw. 65 km)

Von Aalborg fährt man über die Brücke oder durch den Tunnel nach *Nørresundby* (⌂, ⚐) und dort auf die A14. Auf ihr gelangt man in ein weites, windgepeitschtes Land, nach *Vendsyssel,* Erste Stationen sind *Sulsted* (12 km), wo die niemals übermalten

*Fresken der romanischen Kirche die Leidensgeschichte Christi erzählen, und links der Hauptstraße das Dorf *Tylstrup* (⌂; 17 km) am Rand des *Store Vildmose,* das zu den größten Torfmooren Nordjütlands gehört.

Dann folgt

Brønderslev (10 000 Einw.; 27 km), eine moderne Stadt, die von Maschinenfabriken, Glockengießereien und der Nahrungsmittelindustrie lebt. Seine mit schönen Fresken geschmückte *Kirche* wurde jedoch schon im Jahr 1150 erbaut, Altarwand und Kanzel stammen aus der Zeit der Renaissance.

Bei einer späteren Kreuzung (35 km) kann man links abbiegen zur 3 km entfernten **Kirche von Vrå,* deren Fresken sowohl historisch als auch künstlerisch interessant sind. Sie sind um 1500 entstanden und weisen recht unterschiedliche Motive auf: An der Nord-

Kongreßhotel ,,Hvide Hus" in Aalborg

wand des Kirchenschiffs sind in einem großen Kreis Tod und Auferstehung Christi dargestellt, im Chorgewölbe makabre Szenen oder Phantasiegebilde (u.a. ein zitherspielendes Schwein). Die Altarwand entstand gegen Ende des 15. Jahrhunderts.

Biegt man wenig später rechts ab, so gelangt man nach 2 km zum *Vrejlev Kloster og Kirke*. Von dem 1253 gegründeten Kloster ist nur noch der Nordflügel erhalten. Im 14. Jahrhundert wurde nördlich des Hauptgebäudes eine Kirche errichtet, in der außer den reich mit Eisen beschlagenen Gräbern eine Kanzel und ein Taufstein – eine Gabe des Admirals Jens Juel – zu sehen sind.

Hjørring (23 000 Einw.; 48 km) ist dann der Hauptort des Vendsyssel-Gebietes. Dieser alte Marktflecken besaß bereits im Jahr 1243 Stadtrechte, doch die Entwicklung im Laufe der folgenden Jahrhunderte verlief langsam. Erst in der Mitte des 20. Jahrhunderts erlebte Hjørring einen spektakulären Aufschwung – insbesondere seitdem hier 1971 eine Fabrik für militärische Zwecke in Betrieb genommen wurde.

Zur Fußgängerzone der Stadt gehören die drei Geschäftsstraßen *Strømgade, Østergade* und *Nørregade*, in deren unmittelbarer Nähe das alte Hjørring aus dem 18. und 19. Jahrhundert liegt. – Im

Historischen Museum von Vendsyssel (Vendsyssels Historiske Museum), das im ehemaligen Presbyterium in der Museumsgade 2 eingerichtet wurde, sind (auf sechs Räume verteilt) prähistorische und historische Sammlun-

gen zu sehen. Besonders interessant ist eine merkwürdige Darstellung des Gottes Njord, eines der Göttin Nerthus verwandten Gottes der Fruchtbarkeit; es handelt sich hier um die elementarste Darstellung dieses Gottes, denn sie besteht einzig und allein aus einem phallusförmigen Eichenast. Früher stand er im Spangeholm-Moor, umgeben von Dutzenden von Tongefäßen, die Opfergaben enthielten. Ferner ist das wiederhergestellte ehemalige Presbyterium von Sindal aus dem Jahr 1600 erwähnenswert.

An der Ecke Vestergade/Kirkestræde liegt die dreischiffige romanische *St.-Katharinen-Kirche,* die um 1250 aus rotem Backstein errichtet wurde.

Im *Kunstmuseum* in der Brick-Seidelinsgade 10 findet man Werke von Malern aus dem Vendsyssel-Gebiet und Freskomalerei von Niels Larsen Stevns. – Auf dem neuen Friedhof kann man acht vorgeschichtliche Grabstätten besichtigen. In Hjørring kreuzt dieser Abstecher die von der jütländischen Westküste kommende Route 2 dieses Führers (s. S. 209), die nach Frederikshavn (s. S. 206) weiterführt. – 14 Kilometer nordöstlich der Stadt kann in *Mygdal* eine Bernsteinschleiferei mit kleinem Bernsteinmuseum besucht werden.

Hinter Hjørring verläuft die A14 weiter in nördlicher Richtung. Die Landschaft wird immer eindrucksvoller, und man spürt bereits die Nähe des Meeres. Das Vendsyssel-Gebiet hat neben Westjütland die niedrigste Bevölkerungsdichte Dänemarks. – In

Hirtshals (6800 Einw.; 65 km) endet der Abstecher. Der Ort

Mit Liegeplätzen für 450 Hochseekutter ist der Fischerhafen von Esbjerg
der größte „Fiskerihavn" an Dänemarks langer Küstenlinie.

Unter den alten Gebäuden des jütländischen Freilichtmuseums Hjerl
Hede steht auch dieses Kaufmannshaus aus Svinsager bei Horsens.

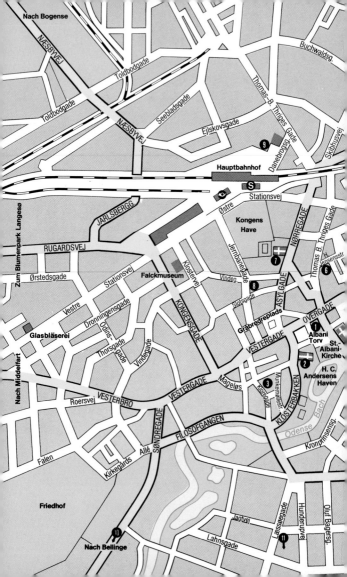

Die Lille-Bælt-Bro, nur ein Beispiel für viele dänische Brückenbauten, verbindet als moderne Autobahnbrücke Jütland mit der Insel Fünen.

Im Pulverturm, dem einzigen Rest der Festung von Frederikshavn, ist eine umfangreiche Waffensammlung aus der Zeit nach 1600 zu sehen.

liegt inmitten einer großartigen
Küstenlandschaft und ist ein bedeutender Fischerhafen mit fisch-
fangorientierter Industrie (Konservenfabriken, Herstellung von
Netzen, Werftanlagen). Da ab
Hirtshals regelmäßig Fährschiffe
nach Norwegen verkehren, ist
diese an sich abgelegene Stadt
doch sehr belebt.

Im Osten erstreckt sich entlang
der Nordseeküste eines der für
Nordjütland so charakteristischen weiten Heidegebiete.

Lindholm Høje

*

Von Aalborg fährt man entweder
über die Limfjord-Brücke oder
durch den Straßentunnel hinüber
auf die Nordseite des Wassers,
nach

Nørresundby, das heute zur Stadt
Aalborg gehört. Zur Zeit der Wikinger war dieser jetzt sehr lebhafte Industrievorort eine ebenso
aktive Siedlung und während des
Dreißigjährigen Krieges ein
wichtiger strategischer Stützpunkt. In den Fußgängerstraßen,
u.a. der *Vestergade,* die Plastiken
und Gemälde schmücken,
herrscht ein buntes Treiben. In
der *Østergade* sind noch einige alte Häuser, darunter der *Brygger-
gård (Brauhof),* ein langgestreck-
tes, niedriges Gebäude aus dem
15. Jahrhundert, zu sehen. Die
Kirche stammt aus dem Jahr
1219, doch ihr Aussehen wurde
im Laufe mehrerer Restaurie-
rungsabschnitte verändert.

Wer in Nørresundby ist, darf auf
keinen Fall den Besuch des Wikin-
ger-Friedhofs *Lindholm Høje
versäumen (auf den Hinweisschildern ist teilweise auch „Vi-

kingepladsen" angegeben). Hier
wurden 1952 bedeutende Wikin-
gergrabstätten gefunden. An dieser Stelle kreuzten sich früher der
Nord-Süd- und der Ost-West-
Seeweg der Wikinger. Bis heute
wurden 682 Gräber festgestellt,
bei denen es sich in den meisten
Fällen um Urnengräber handelt,
die von schiffsförmigen Stein-
kreisen umgeben waren (nur die
Häuptlinge wurden in richtigen
Schiffen beigesetzt). 30 weitere
Gräber waren als normale Erd-
bestattungsgräber angelegt, und
in einem von ihnen fand man
Münzen aus Koufa, der ehemaligen Hauptstadt der 16 Kalifen an
einem der Euphrat-Arme (im
heutigen Irak); dies läßt erahnen,
welch riesige Strecken die Wikinger auf ihren Handelszügen zu-
rücklegten. Außerdem sind einige Fundamente der Wikingersiedlung zu erkennen (Häuser,
Höfe, Scheunen, Bäder; zahlreiche Hausratgegenstände).

Man fährt dann von Nørresundby
auf der E3/A10 in nordöstlicher
Richtung weiter. Es geht über
Hjallerup (Hotels), 299 km, wei-

ter, wo 9 km östlich *Dronning-lund* (Hotels) liegt. Hier kann die Kapelle eines heute in Privatbesitz befindlichen Klosters besichtigt werden; sie ist mit **Fresken geschmückt, die um das Jahr 1500 entstanden und Krieger und Helden darstellen: Hektor von Troja, Alexander den Großen, Julius Cäsar (heidnische Helden), Josua, David und Judas Makkabäus (Helden des Alten Testaments), König Arthur, Karl den Großen und Gottfried von Bouillon (christliche Helden).

Später biegt bei *Flauenskjold* (â), 311 km, eine Straße nach dem nahegelegenen

*Schloß Voergård ab. Der schöne Renaissancebau wurde 1590 für Ingeborg Steel errichtet und zwar an der Stelle des 1534 abgebrannten Schlosses, das dem Bischof von Børglum gehörte. Die Mauern sind reich mit Granitornamenten verziert; sie zeigen Personen, Blattwerk und Tiere, insbesondere am Westportal. Das Schloß wurde 1892 von den Grafen Scavenius restauriert und nach dem Zweiten Weltkrieg erneut instandgesetzt. Heute gehört es den französisch-dänischen Grafen Oberbech-Clausen.

Vor Sæby führt die Hauptstraße durch den *Sæbygård-Forst (Sæbygård Skov)* mit eisenhaltigen Quellen, Thermalanlagen und Restaurant.

Sæby (6 600 Einw.), 335 km, liegt dann direkt an der Küste. Blumengeschmückte und von niedrigen Häuschen gesäumte Straßen machen den kleinen Badeort an der Mündung des gleichnamigen Flußes in das Kattegat besonders reizvoll. Er hat einen

sehr schönen Strand mit Hotels und Pensionen.

Vom ehemaligen *Karmeliterkloster* (1469) ist nur noch die Kapelle, die heutige Pfarrkirche, übriggeblieben. Sie ist reich mit *Fresken aus dem Jahr 1500 geschmückt, die die Jungfrau Maria und musizierende Mönche darstellen. Die Altarwand holländischer Schule stammt von 1520, das Chorgestühl aus dem Jahr 1500 (vielleicht haben gelangweilte Mönche die daran angebrachten Zeichnungen eingeritzt) und die Kanzel aus dem ausgehenden 16. Jahrhundert.

Das *Vendsyssel-Museum* in der Søndergade enthält prähistorische und historische Sammlungen.

Die Straße verläuft nun bis Frederikshavn in Küstennähe. Auf gleicher Höhe liegt draußen im Kattegat die *Insel Læsø* (s. Seite 321; Fähre von Frederikshavn).

Frederikshavn (25 000 Einw.), 347 km, ist die größte Stadt des Vendsyssel-Gebiets. Die bereits im 16. Jahrhundert unter dem Namen ,,Fladstrand" als Fischerhafen bekannte Stadt verdankt ihren Aufschwung zum größten Teil dem Skandinavientourismus. Jährlich passieren mehr als zwei Millionen Reisende nach Schweden und Norwegen bzw. aus diesen Ländern den Hafen von Frederikshavn. Er ist auch als Fischerhafen nicht unbedeutend. Die kulinarische Spezialität ,,Schollenfilet à la Frederikshavn" ist für Kenner ein Begriff. Im übrigen tragen die fischfangorientierten Industriezweige (zwei Werften, Gefrierfabriken und die Findus-Werke) sowie Werkzeugfabriken und eine Al-

fa-Diesel-Motorfabrik   zum
Wohlstand der Stadt bei. Das alte
Fladstrand rings um den heute als
Waffenmuseum eingerichteten
Festungsrest,   den   *Pulverturm,*
hat sich im Laufe der letzten
Jahrhunderte wenig verändert;
weißgetünchte Häuser aus dem
17. Jahrhundert in engen Straßen
und in den Höfen gelegentlich
noch zum Trocknen aufgereihte
Fische prägen das Ortsbild.

3 km südwestlich der Innenstadt
steht inmitten eines großen
Parks, der wiederum von einem
Forst umgeben ist, das *Herrenhaus von Bangsbo.* Das Hauptgebäude wurde um 1750 errichtet,
und seitdem haben zahlreiche dänische Literaten auf Bangsbo gewohnt. Der bekannteste war der
Naturalist Hermann Bang.

Heute ist das *Bangsbo-Museum*
eine der Hauptsehenswürdigkei-
ten von Frederikshavn. Es enthält u. a. Dänemarks größte
Sammlung von Gallionsfiguren,
Schiffsmodellen und Schiffsge-
mälden, außerdem das größte dänische Widerstandsmuseum neben dem in Kopenhagen. Besonders beachtenswert ist auch das
Ellingå-Schiff, ein Handelsschiff
aus dem frühen Mittelalter. Eine
seltene Sammlung von Haar-
schmuck von der Steinzeit bis
zum Beginn des 20. Jahrhunderts
sowie alte Pferdewagen und landwirtschaftliche Geräte in einer
Scheune von 1630 zählen ebenfalls zu den Anziehungspunkten.

Bei Bangsbo liegen auch das
Stenhave-Museum mit etwa 1000
verarbeiteten Steinen aus allen
Zeiten vom Altertum bis heute
sowie ein kleiner Tierpark mit
verschiedenen Hirscharten. Der
Aussichtspunkt   *Pikkerbakken*

unweit von Bangsbo gewährt einen weiten Blick auf die Stadt.

Der *Cloosturm (Cloostårnet)* –
ein weiterer Aussichtspunkt –
liegt 4 km westlich von Frederikshavn. Von diesem Aussichtsturm
hat man einen herrlichen Blick
über das Vendsyssel-Gebiet und
das Meer.

Wenn man bereits bis Frederikshavn gekommen ist, sollte man
auch nach Skagen weiterfahren,
denn abgesehen von ihrer herrlichen Lage, spielt diese Stadt eine
bedeutende Rolle in Dänemarks
Kunst- und Literaturgeschichte.

Hinter Frederikshavn verläuft
die A10 (das dänische Teilstück
der E3 endet in Frederikshavn)
weiter in unmittelbarer Küstennähe und über Ålbæk (⌂, ⚠)
quer durch eine herrliche Dü-
nen-, Strand- und Heidelandschaft. Zwischen der Straße und
der westlichen Küste liegt die
Råbjerg Mile, eine bis zu 50 m
hohe und unter Naturschutz stehende Wanderdüne am Ska-
gerrak.

Bevor man nach Skagen gelangt,
fährt man dicht an der 1755 von
Flugsand verschütteten *St.-Lau-
rentius-Kirche (Sanct Laurentii
Kirke)* vorüber, die heute „Ver-
sandete Kirche" („Tilsandede
Kirke") genannt wird.

*Skagen (12 000 Einw.), 387 km,
liegt an der Nordspitze Jütlands.
Das „Alte Skagen" liegt (westlich) am Skagerrak und die neue
Stadt (östlich) am Kattegat (Per-
sonenfähre nach Arendal/Norwe-
gen).

Skagen erhielt 1413 Stadtrechte
und war zu diesem Zeitpunkt bereits ein bedeutender Hafen.
Jetzt befinden sich hier moderne

Fischverarbeitungs- und Versandanlagen. Die Fischereiflotte umfaßt mehr als 500 Schiffe. Ihr Jahresfang beträgt mehr als ein Viertel der gesamtdänischen Fangmenge. Das geschäftige Treiben im Hafen und die bunte Vielfalt der Fischhalle gehören zu den Eindrücken, die man sich nicht entgehen lassen sollte. Doch Skagen ist auch für seinen herrlichen Nordseebadestrand bekannt.

Seit mehr als einem Jahrhundert zieht die Umgebung dieser Stadt zahlreiche Künstler in ihren Bann, so daß man um die Jahrhundertwende sogar von einer ,,Skagener Schule" sprechen konnte. Es handelte sich hierbei um eine von Michael und Anna Ancher angeführte Gruppe von Malern, die versuchte, die wilde Küstenlandschaft, die grellen Farben der Sonnenuntergänge und das harte Leben der Fischer darzustellen. Hans Christian Andersen war nur einmal in Skagen und zwar einen Tag lang im August 1859; er war so beeindruckt von dieser Gegend, daß er sie als Schauplatz für eine seiner schönsten Erzählungen, ein Dünenmärchen, wählte.

Holger Drachmann, eine Art Hoherpriester dieser Künstlerkolonie, hat die letzten Jahre seines Lebens in Skagen verbracht. Sein Grab befindet sich in Grenen (s. S. 209).

Das *Städtische Museum* am Brøndums Vej 4 besitzt eine sehr bedeutende Gemäldesammlung von Malern der Skagener Künstlerkolonie, insbesondere Werke von Krøyer (1851—1909), Michael (1849—1927) und Anna (1859—1935) Ancher und Lorcher. Vor dem Museum stehen eine Büste des norwegischen naturalistischen Malers Christian Krohg und eine von Astrid Noack geschaffene Statue Anna Anchers. – Seit dem Tod ihrer Tochter im Jahr 1965 ist das Haus von Michael und Anna Ancher am Markvej 2 ein kleines Museum.

Skagens Fortidsminder ist ein historisches Museum und enthält archäologische Sammlungen sowie Sammlungen zur Geschichte des Fischfangs an der Skagerrak- und Kattegatküste; außerdem sind dort Wohnungseinrichtungen aus Fischerhäusern zu sehen.

Sehenswert sind auch die *Stadtbücherei* und das *Rathaus* (Architekt Ejnar Borg), das *Haus des Dichters Holger Drachmann* sowie *Haus Brøndum,* der frühere Treffpunkt der Skagener Künstlerwelt.

Holger Drachmann (1846 bis 1906), der zuerst Maler war, hat auch ein gewaltiges lyrisches Werk hinterlassen, ein Werk, das durch Leidenschaftlichkeit und durch Sensibilität gleichermaßen geprägt ist. Als Freund ehemaliger Kommunarden, die er während seiner Pariser Aufenthalte kennengelernt hatte, strebte er Zeit seines Lebens einem revolutionären Ideal nach. Dieses und die Liebe zur Natur bilden das Fundament seines Werkes.

Südlich der Stadt liegt in der Nähe der Dünen *Klitgården,* die Sommerresidenz des Prinzen Knud. Nach 3 km Fahrt in nordöstlicher Richtung erreicht man schließlich

Grenen (wörtlich: Zweig), 390 km, die von Nordsee- und Ostseewasser umspülte nördlichste Spitze Jütlands. Wind und Meer,

Strand und Dünen sowie zahllose kreischende Seevögel machen Grenen zu einem der eindrucksvollsten Orte Dänemarks. Seinem Wunsch entsprechend wurde der Dichter Holger Drachmann in den Dünen von Grenen beigesetzt. Das *Grenen Museet* des Axel-Lind-Kulturfonds (mit Restaurant) ist besuchenswert.

Route 2: Tønder – *Ribe – (Esbjerg –) Varde – Skjern – Holstebro – Thisted – Hjørring – Frederikshavn (400 km)

Westjütland ist sehr viel herber als Ostjütland, doch unbestreitbar auch grandioser – auf weiten Strecken führt diese Route durch eine wirklich reizvolle Landschaft. Das Land ist flach mit endlos weiten Heideflächen, kleinen Gewässern, in denen sich der vielleicht gerade schäfchenbewölkte Himmel spiegelt, und an der Küste natürlich mit kilometerlangen Dünen und Stränden. Kleine Städte, in denen die Uhren langsamer zu laufen scheinen, und andere, größere, deren Vitalität überrascht, findet man hier ebenso wie hübsche Dörfer entlang der schnurgeraden Straßen und Fischersiedlungen, die seit Jahrhunderten Stürmen und Überschwemmungen trotzen. Das uralte Gesetz nordischer Gastfreundschaft lebt hier fort, und wer eine kräftige Brise voller Seegeruch nicht scheut, wird von dieser Route schöne Erinnerungen mit nach Hause bringen.

Die A11 ist die Fortsetzung der deutschen B5, die kurz vor dem nordschleswigschen Tondern (dän. Tønder) Dänemark erreicht.

Tønder (7 500 Einw.) besitzt wie viele dänische Städte einen alten Stadtkern aus dem 17. Jahrhundert. Hier scheint die Zeit zwischen Fachwerkhäusern, Erkern, kunstvoll gearbeiteten Giebeln und blumengeschmückten Gäßchen stillzustehen; doch rings um diesen alten Kern entstehen neue, moderne Stadtviertel.

Tønder wird bereits in den Chroniken des Mittelalters erwähnt und ist seit 1243 kommerzieller Mittelpunkt von Südjütland. Wohlhabende Bürger dieser Stadt haben die schönen Renaissancebauten errichtet und karitative Einrichtungen gegründet. Von 1650 bis 1850 war Tønder berühmt für seine kunsthandwerklichen Erzeugnisse; Holzschnitzerei, Goldschmiedekunst und insbesondere die Klöppelindustrie gehörten zu den wichtigsten Einnahmequellen dieser Gegend. Seit jeher ist Tønder auch für seine pädagogischen Einrichtungen bekannt.

Am *Marktplatz (Torvet)* steht das im 17. Jahrhundert im Stil der nordischen Renaissance errichtete *Rathaus*. – Mit dem Bau der

Christuskirche (Kristkirke) in der nahegelegenen Østergade wurde zwar bereits 1592 begonnen, doch in Wirklichkeit ist sie ein Konglomerat verschiedener, nacheinander errichteter Bauwerke: Einziger Überrest der ersten Kirche aus dem 12. Jahrhundert ist der Turm; Chor und Schiff stammen aus dem Jahr 1625, das Mobiliar und die dekorativen Elemente hingegen stellen eine Mischung von Renaissance und Barock dar. Barock ist ebenfalls das schöne Triptychon von 1695. Die Kanzel und das Chorgestühl entstanden Ende des 16. Jahrhunderts und der Taufstein aus belgischem Marmor in den Jahren 1619 bis 1620. In Stein gehauene oder bemalte Grabplatten künden von den reichen Bürgern dieser Stadt.

Am Eingang steht eine Büste des Dichter-Pfarrers Hans Brorson, der von 1729 bis 1737 (er wohnte in der Storegade 28) hier wirkte. Die Lyrik seiner Psalmen brachte ein völlig neues Element in die dänische Literatur ein.

Hinter der Kristkirke liegt in der Nørregade das *Pfarrmuseum*, das einen Überblick über den Verlauf der Reformation in dieser Gegend vermittelt.

Das *Kulturgeschichtliche Museum (Kulturhistorisk Museum)* und das *Südjütländische Kunstmuseum (Sønderjyllands Kunstmuseum)* wurden im Torturm (1530) des mittelalterlichen Schlosses *Tønderhus* und in einem neuen Gebäude eingerichtet. Das

Historische Museum am Kongevej enthält verschiedene Sammlungen zur Geschichte dieser Stadt im Laufe der Jahrhunderte, angefangen von Eichensärgen über Silberschmiedekunst, Möbel, Fayence-Kacheln (eine der größten Fayence-Kachel-Samm-

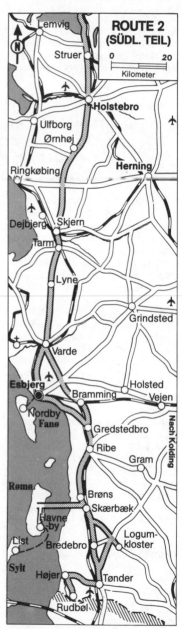

lungen Skandinaviens), bis hin zu den berühmten Klöppelspitzen. In einem an den alten Bau angefügten Neubauflügel ist seit 1972 ein kleines *Kunstmuseum* untergebracht, in dem vor allem Werke zeitgenössischer dänischer Maler zu sehen sind.

Bei einem Stadtbummel wird man eine Vielzahl alter Bürgerhäuser mit mächtigen Portalen und schön gearbeiteten Giebeln entdecken: Am ,,Torvet" steht ein Haus aus dem Jahr 1550, und Ecke Torvet und Østergade liegt die *Große Apotheke (Store Apotek)* mit säulchengeschmücktem Barockeingang und doppeltem Giebel. In der Østergade (Nr. 13) findet man ein großes Haus aus dem Jahr 1668. Die *Lateinschule* am Kirkeplads wurde 1612 erbaut. In der Verstergade liegen das *Haus von Carsten Richter* aus dem Jahr 1777 und schließlich der schöne, 1767 errichtete, *Wohnsitz des Amtmanns,* eine Mischung aus Rokoko und Klassizismus.

An dieser Stelle sei darauf hingewiesen, daß das *Nolde-Museum* nur 10 km von Tønder entfernt liegt, und zwar bei der deutschen Ortschaft Neukirchen. Den Besuch dieses Museums für expressionistische Kunst sollte man nicht versäumen.

Abstecher nach Højer (13 km)

Die Fahrt führt in westlicher Richtung an dem zwischen 1760 und 1770 erbauten schönen *Barockschloß Schakenborg,* das nicht besichtigt werden kann, vorüber nach

*Møgeltønder (800 Einw.; 5 km). Von den lindengesäumten Stra-

ßen und Fachwerkhäusern geht eine Erinnerung an alte Zeiten aus. Die *Kirche* mit der ältesten noch in Betrieb befindlichen Orgel Dänemarks und den Gräbern der Familie Schack ist mit Fresken aus der Zeit der Renaissance geschmückt.

2 km nördlich von Møgeltønder, in *Gallehus,* wurden 1639 und 1734 die berühmten goldenen Hörner gefunden, deren Kopie heute im Kopenhagener Nationalmuseum zu sehen ist. Die beiden kostbaren Stücke, die mit hieroglyphenartigen Motiven verziert waren und aus dem 5. Jahrhundert stammen, wurden 1802 aus der Königlichen Sammlung gestohlen. – Von Møgeltønder geht die Fahrt weiter nach

Højer (1 400 Einw.; 13 km), mit geduckten Häuschen, strohgedecktem Rathaus und romanischer Kirche. Mit Hilfe der *Schleusen* von Højer an der Mündung der *Vidå* in die Nordsee, werden die Küstenebenen nach Art der holländischen Polder bewässert.

8 km südlich von Højer liegt *Rudbøl* (⌂, ⚠), ein kleines Grenzdorf, durch dessen Hauptstraße die Grenze verläuft: Die auf der Ostseite gelegenen Häuser gehören zu Deutschland, die der Westseite zu Dänemark.

*

Von Tønder zieht die A11 nach Norden. Sie verläuft teilweise durch Sumpfland – ein Paradies für Wildenten und Wildgänse –, in dem man relativ selten auf Dörfer trifft. 6 km hinter der Stadt zweigt rechts eine Straße nach Kolding ab, die einen zum 10 km entfernten

**Løgumkloster (2 400 Einw.) bringt. Von dem gleichnamigen im Jahr 1171 gegründeten *Zisterzienserkloster* sind nur noch die Bibliothek und der Kapitelsaal erhalten, dessen Säulen aus glasiertem Backstein neun schöne Kreuzgewölbe tragen. Die **Klosterkirche* ist eines der schönsten Beispiele zisterziensischer Backsteinbauweise in Skandinavien. Mit ihrem Bau wurde 1220 begonnen. Da das Gotteshaus jedoch erst mehr als 150 Jahre später fertiggestellt wurde, entstand hier eine Mischung aus romanischem und gotischem Stil. Das Kircheninnere birgt sehenswertes *Reliquiar sowie andere Kultgegenstände aus dem späten Mittelalter; die Kanzel stammt aus dem Jahr 1580. – In der Østergade 13 liegt das kleine *Kunstmuseum Holmen.*

Wer Løgumkloster besucht hat, kann zur Weiterreise auf der A11 entweder auf kürzestem Wege zum *Bredebro Kro* (14 km der Hauptroute) oder gleich in Richtung

Skærbæk (2 900 Einw.), 26 km der Hauptroute, fahren; diese Ortschaft ist dann der Ausgangspunkt zu einem Besuch der 14 km entfernten Insel Rømø, die durch einen mächtigen 10 km langen Damm mit dem Festland verbunden ist.

Die *Insel Rømø* erlebte ihre Blütezeit, als im 18. Jahrhundert von hier aus mutige Kapitäne zum Walfang aufbrachen. In der eigenartigen Seemannskirche *Sankt Clemens* erinnern fünfzehn Schiffsmodelle an die jahrhundertealte enge Verbundenheit der Inselbevölkerung mit dem Meer. Heute ist jedoch der Tourismus die wichtigste Einnahmequelle der Insel. Der größte Ort auf Rømø (Hotels, ⚓) ist *Kongsmark.*

Nächster Ort nach Skærbæk an der A11 ist

Brøns, 31 km, mit einer großen (es wird behauptet, sie sei die größte dieser Art) romanischen *Dorfkirche.*

Die um 1520 entstandenen Fresken im Innern der Kirche sind historisch recht interessant; sie können als Protest gegen die neue Religion gedeutet werden, denn sie zeigen Christus, wie er die Katholiken ins Himmelreich aufnimmt, während die Protestanten versuchen, sich hineinzuschleichen. Kanzel und Altarwand stammen aus der Renaissance.

Eine bedeutende Stadt an dieser Route ist – 47 km von Tønder – das knapp 7 500 Einwohner zählende

*RIBE

Die älteste dänische Ortschaft überhaupt und zugleich auch eine der reizvollsten, hat tief in ihren Höfen, Gärten und efeuüberwucherten, von niedrigen Fachwerkhäusern gesäumten Gäßchen stellenweise noch den Charme einer Vergangenheit bewahrt, die erst vor einigen Jahrzehnten der Gegenwart Platz gemacht hat. Und doch ist es keine verschlafene Stadt; Ribe und Umgebung leben von einigen mechanischen Betrieben und Industrieunternehmen.

Geschichte

Seit 948 ist Ribe Sitz eines Bischofs. Der durch einen Kanal mit dem Meer verbundene Hafen trug zur Bedeutung dieser Stadt bei, die bald durch eine Festung vor dem Zugriff habgieriger Eroberer geschützt werden mußte. Die Festung wurde während eines Krieges mit Schweden im 17. Jahrhundert zerstört. Doch trotz der Kriege, Feuersbrünste und Überschwemmungen, die über die Stadt hereinbrachen, verlief ihre Entwicklung stetig.

Im 16. Jahrhundert war Ribe ein Zentrum der Buchdruckerkunst. Der bedeutendste Verleger dieser Zeit war Anders Sørensen Vedel (1542–1616), der eine neue Übersetzung der ,,Gesta Danorum" sowie eine Balladensammlung und eine Pontifikalchronik herausgab.

Sehenswürdigkeiten

Das beachtenswerteste Bauwerk in Ribe ist der

**Dom. Mit seiner Errichtung wurde nach Fertigstellung des Domes von Lund im heutigen Schweden (Schonen war zu dieser Zeit dänisch), der lange Zeit als größte Kirche des Nordens galt, im Jahr 1140 begonnen. Vorher stand an dieser Stelle eine einfache Holzkirche, die der Mönch und Prediger Ansgar in den Jahren 850 bis 862 errichten ließ. Die Bauarbeiten gingen nur schleppend voran, weil sie durch Feuersbrünste (1170 und 1224) und Überschwemmungen (1634) immer wieder zum Erliegen kamen. Dies ist der Grund, weshalb das halb aus rheinischem Tuffstein, halb aus Backstein errichtete Bauwerk im großen und ganzen zwar als romanisch bezeichnet werden kann, jedoch auch von der Gotik geprägt wurde. Der hohe *Turm* wurde im 13.

Jahrhundert zu Verteidigungszwecken von den Bürgern der Stadt erbaut.

Das *Portal* des südlichen Querschiffs ist ein Meisterwerk romanischer Bildhauerkunst in Dänemark. Dargestellt ist eine ****Kreuzabnahme**, die dank einer Inschrift mit einem anderen großen Meisterwerk in Verbindung gebracht werden konnte, der Kreuzabnahme an der Kathedrale von Silos (Spanien). Sowohl in Silos als auch in Ribe ist der Satz zu lesen ,,Rex obiit, haec plorat, carus dolet, impius orat" (d. h. ,,Der König stirbt, sie weint, der Freund wehklagt, der Gottlose betet"). Die Bögen des Tympanon (Bogenfeld über dem Türsturz) werden von vier Säulen getragen, die beiden Außensäulen ruhen auf zwei Löwen. Im Wimperg (Ziergiebel) ist das himmlische Jerusalem dargestellt. – Süd- und Westfassade sind mit Reliefs von Anne-Marie Carl Nielsen geschmückt.

Das Innere des aus Haupt-, Seiten- und Querschiff bestehenden Doms ist weit und hell. Über der Vierung wölbt sich eine hohe Kuppel. Man muß dieses Bauwerk besichtigen, wenn die Sonne den Weserstein, mit dem die Mauern des Hauptschiffs verkleidet sind, grau, rosa und purpurfarben erstrahlen läßt. Im 13. Jahrhundert wurden die Balkendecken über dem Hauptschiff, den Seitenschiffen und dem Querschiff durch säulengetragene Gewölbe ersetzt, und oberhalb der Bögen wurde ein schönes Triforium angelegt.

Die *Pfeiler* sind reich mit Skulpturen geschmückt; an zwei Nordwestpfeilern sind Spuren romani-

scher Fresken zu erkennen. An
einem Pfeiler hinter der Kanzel
kann man sehen, wie hoch das
Wasser während der Über-
schwemmung im Jahr 1634 stand.
Mitten im Hauptschiff befindet
sich der Grabstein von Hans Tausen; dieser ehemalige Mönch war
ein begeisterter, mutiger Verfechter der Reformation und
1542 wurde er Bischof von Ribe.
Man kann zahlreiche Grabmäler,
Grabplatten und -inschriften sowie Bildnisse der Bischöfe und
Herren von Ribe besichtigen.

In der Innenstadt von Ribe

Rings um den Dom erstreckt sich
die Altstadt. Das *Hotel Dagmar*
am Marktplatz wurde in einem
Haus aus dem Jahr 1581 eingerichtet, und das hübsche Restaurant *Weiss' Stue* befindet sich in
einem Fachwerkhaus aus der Zeit
um 1600; die Innenausstattung
(Kassettendecken) wurde seit einer Restaurierung im Jahr 1720
kaum verändert; der Besucher
kann hier schön geschnitzte Anrichten, wuchtige Schränke, holländische Geschirrschränke und
eine Uhr, die über 400 Jahre alt
sein soll, bewundern. – Das

Rathaus am *Støckens Plads* wurde 1528 in spätgotischem Stil erbaut. Hier wurde 1619 der Dichter Anders Bording, der Begründer der ersten dänischen Zei-
tung, geboren. In der ersten Etage befindet sich ein kleines *Stadtmuseum*. – Das

*Hans-Tausen-Haus *(Hans Tausens Hus)* in der Skolegade ist
heute ein *Museum für Lokalgeschichte*. Dieses Haus, das Teile
eines älteren Bauwerks (1450)
aufweist, ist von niedrigen, blumengeschmückten Häusern aus
dem 16. Jahrhundert umgeben;
hier steht auch die ehemalige Lateinschule aus dem Jahr 1724.

Der *Puggård* – in der Puggårds-
gade – wurde um 1500 erbaut und
gehört zu den ältesten noch bewohnten profanen Bauwerken
der Stadt. Gleich daneben liegt
die *Domschule,* die älteste Lehranstalt Dänemarks.

Porsborgs Kælder. Auf der Ap-
sisseite des Doms befinden sich
unter einem Bankhaus die
,,Kælder" (Keller), in denen
Kunstsammlungen, Kultgegenstände und kunstgewerbliche Arbeiten aus dieser Gegend ausgestellt werden. – Der

Quedens' Gård ist ein kleines
Museum für Volkskunst und
Brauchtum ab dem Mittelalter.
Das klassizistische Hauptgebäu-
de am *Overdammen* stammt von
1790. – Die

St.-Katharinen-Kirche *(Sankt
Catharinæ Kirke)* in der Dagmargade entstand im Jahr 1230 und
bildete den Nordflügel des Dominikanerklosters von Ribe. Sie
wurde zum größten Teil im 15.
Jahrhundert wieder aufgebaut.
Eingang in der Klostergade.

Am Ende der Dagmargade, Ecke Kurveholmen, steht das kleine *Willumsen-Museum* mit Gemälden, Zeichnungen, Stichen und Plastiken dieses in seinem Land recht bekannten Malers.

Auf der anderen Seite des *Ribe-Flusses* liegen der Bahnhof und die modernen Stadtviertel. Im Westen der Stadt findet man in der Sankt Nicolaigade das *Kunstmuseum*, in dem eine interessante Gemäldesammlung mit Werken von Jens Juel und Malern der Skagener Schule gezeigt wird.

Die an der Skibbro liegende *„Johanne Dan"* gehört zu den Schiffen, die vor Jahrhunderten von Ribe auf dem Fluß in die Nordsee fuhren und der Stadt ein sehr viel maritimeres Aussehen verliehen, als dies heute der Fall ist. In der Johanne Dan wurde ein interessantes kleines Marinemuseum eingerichtet.

Ein wenig weiter steht am Ende der Skibbro eine *Säule,* an der die Wasserstände während der Überschwemmungen der Jahre 1634, 1825, 1904, 1909 und 1911 angegeben sind.

Nordwestlich der Stadt und zwar bereits hinter den neuen Stadtvierteln (der Beschilderung „Slotsbanken" folgen) liegen die Ruinen der mittelalterlichen Burg *Riberhus.* Hier sind derzeit Ausgrabungen des Nationalmuseums im Gange. Es ist die Burg, auf der im Jahr 1212 die junge Königin Dagmar starb, die einige Jahre zuvor ihre böhmische Heimat verlassen hatte, um Waldemar II. zu heiraten. Sie zerbrach an ihrer Ehe und an ihrem Heimweh. Eine von Anne-Marie Carl Nielsen geschaffene Statue hält die Erinnerung an die junge Kö-

nigin wach. Hier starb 1259 auch Christoph I., und 1440 wurde der Neffe von Erich dem Pommern, Christoffer von Bayern, in dieser Burg zum König von Dänemark gekrönt.

*

Hinter Ribe verläuft die A11 weiter in Richtung Norden, und die Herbheit der typisch westjütländischen Landschaft tritt immer deutlicher zutage. Kurz hinter der Stadt führt linker Hand eine Straße zur 3 km entfernten *Kirche von Farup.* Wie der Dom von Ribe wurde auch diese Kirche mit ihren hohen Fenstern und der Holzbalkendecke aus Tuffstein errichtet.

Weiter geht die Fahrt über

Gredstedbro, 55 km, wo rechts eine Straße zur 3 km entfernten *Kirche von Jernved* abzweigt, die ebenfalls aus rheinischem Tuffstein gebaut wurde und den Einfluß des Doms von Ribe erkennen läßt. In der Diözese Ribe gibt es ungefähr 20 Kirchen, die wahrscheinlich von ein und demselben Baumeister stammen. – Wer *Esbjerg* (s. S. 246) besuchen will, geht in Gredstedbro auf die A12 in nordwestlicher Richtung über. Sonst folgt auf der A11 jetzt

Korskroen, 74 km. Man kreuzt hier die E66/A1, die von Esbjerg nach Kopenhagen führt (s. Route 5 auf S. 248).

Varde (17 000 Einw.), 87 km, ist eine typische kleine Provinzstadt, die jahrhundertelang als regionales Handelszentrum galt und sich inzwischen zu einer aktiven Industriestadt entwickelt hat (Stahlwerke, Drahtziehereien und andere mechanische Betriebe).

Die *St.-Jakobi-Kirche (Sankt Jacobi Kirke)* am Marktplatz entstand im 12. und 13. Jahrhundert. Seitdem wurde sie mehrfach wieder aufgebaut. Das Taufbecken stammt von 1437, Kanzel und Altarwand sind aus dem 17. Jahrhundert. Bemerkenswert sind die vier holzgeschnitzten Evangelisten und eine in zwölf Sprachen abgefaßte Inschrift.

Mehrere Häuser, u. a. das *Sillasens Hus* (am Markt), stehen unter Denkmalschutz; in der *Storegade* und *Kræmmergade* findet man Häuser aus dem 18. Jahrhundert.

Das *Stadtmuseum* im Arnbjerg-Park, am Lundvej 4, ist ein Kunstmuseum, enthält jedoch in erster Linie volkskundliche Sammlungen, außerdem regionale Ausgrabungsfunde und Bilder jütländischer Maler, insbesondere Werke von Christian Lyngbo.

Ebenfalls im *Arnbjerg-Park* kann man eine Miniaturausgabe des alten Varde besichtigen. Man muß dazu den Schildern mit der Aufschrift „Minibyen" folgen.

Abstecher nach Westen

10 km westlich von Varde erreicht man die **Kirche von Billum* (🏠), aus dem 13. Jahrhundert mit großen, um das Jahr 1300 entstandenen Fresken; dargestellt sind jütländische Notabeln und Wappen. – Auf derselben Straße gelangt man – 5 km weiter westlich – auch zur ***Kirche von Ål*, deren Nordwand mit Wandmalereien geschmückt ist; ein Fries, auf dem kämpfende

Varde

Reiter dargestellt sind, umrahmt Begebenheiten aus dem Leben des heiligen Nikolaus von Myra.

*

Die A11 durchquert nun weites, flaches und fruchtbares Wiesenland, zu dem die West- und Nordwinde ungehindert Zugang haben, und bringt den Reisenden über *Tarm,* 119 km, nach

Skjern (6000 Einw.), 124 km, einer der jüngsten dänischen Städte (sie erhielt erst 1958 Stadtrechte) mit moderner Industrie inmitten weiter Agrarlandschaft und in der Nähe von Heidegebieten. Empfehlenswert ist der Besuch des kleinen archäologischen *Museums.* Der *Skjern-Bach* gilt als sehr fischreich.

Wer über Skjern fährt, darf einen Abstecher zur *Dejbjerg-Heide* nicht versäumen; rosa- und blaßlilafarbenes Heidekraut blüht dort, so weit das Auge reicht (6 km in nordwestlicher Richtung über die Straße nach Ringkøbing); dies ist auch eine archäologisch bedeutende Gegend.

Später, nach 140 km Fahrt auf der Hauptroute, kreuzt man die A15, die links nach Ringkøbing (16 km) und rechts nach Herning (30 km), Silkeborg und Århus führt (s. Route 3A auf S. 227).

Die Gegend wirkt nun zunehmend verlassener und die Fahrt führt nur an relativ wenigen schmucken Dörfern vorbei, in denen die Farben rot und weiß dominieren.

Holstebro (27 000 Einw.), 167 km, hält für jeden, der kilometerweit durch Heideland, Weiden und Moorgebiet gefahren ist, eine Überraschung bereit. Obwohl ihre Geschichte bis ins 13. Jahrhundert zurückreicht und diese Gegend seit undenklicher Zeit besiedelt ist, kann Holstebro als der Prototyp der modernen dänischen Stadt bezeichnet werden. Diese großzügig angelegte Stadt, in der klare Formen und Linien vorherrschen, lebt von einigen großen Industriefirmen (Maschinenbau-, metallverarbeitende Industrie und Textilindustrie) und ist gleichzeitig ein in ganz Nordeuropa bekanntes Zentrum geistigen Lebens.

Zahllose Kunstwerke schmücken Straßen und Plätze: Malerei, Keramiken und Skulpturen, darunter ,,Die Frau auf dem Karren" von Giacometti in der Nähe der Kirche. Das *Experimentiertheater Odin* steht dem Kunstmuseum an Berühmtheit nicht nach. Und schließlich darf, wenn die Rede von Holstebro ist, nicht unerwähnt bleiben, daß die beiden kleinen Flüsse, die durch diese Stadt fließen, Store Å und Vegen Å, ausgesprochen fischreich sind.

Kunstmuseum. Wenn man über die A11 aus Richtung Skjern kommt, kann man schon, bevor man in die Stadtmitte fährt, dieses Museum am Slugten 1 (in der Nähe vom Sønderport) besuchen. Die Sammlungen erfassen in erster Linie neuzeitliche dänische Kunst und moderne Graphik. Häufig finden hier Ausstellungen ausländischer Künstler statt. Es gibt auch eine kleine Abteilung für afrikanische Kunst. – Das

Dragon- og Frihedsmuseum an der Asylgade 10 enthält Sammlungen zur Geschichte des Holstebroer Dragonerregiments und der Widerstandsbewegung in dieser Gegend.

Marius Larsens Pibesamling in der Skolegade 9 ist eine bemerkenswerte Sammlung von Pfeifen aus allen Epochen und aller Herren Länder. Sie befand sich bis 1970 in Ærøskøbing.

In einem großen, östlich des Stadtzentrums gelegenen Park findet man das *Museum von Holstebro und Umgebung (Holstebro og Omegns Museum)*, ein prähistorisches Regionalmuseum mit Funden aus dem Stein- und vor allem aus der Wikingerzeit, Ausgrabungen von Rydhavn und Gudenå-Kultur. In der Abteilung für westjütländisches Brauchtum und Volkskunst sind alte Wohnungseinrichtungen und eine Goldschmiedewerkstatt aus dem 18. Jahrhundert besonders sehenswert.

Das *Odin-Theater,* ein modernes Experimentiertheater, wurde 1964 in Oslo von dem italienischen Regisseur Eugenio Barba gegründet und später nach Holstebro (Struervej) verlegt.

Man kann Holstebro über die Nørrebrogade verlassen und fährt dann an der *Nordlandkirche (Nørrelandskirke)* – am Beginn des *Døesvej* – vorbei, einem guten Beispiel für gewagte zeitgenössische Architektur. Gleich neben der Kirche befindet sich das *Jens-Nielsen-Kunstmuseum (Jens Nielsens Kunstmuseum;* Nørrebrogade 1) mit Gemälden und religiös inspirierten Kunstgegenständen dieses Künstlers.

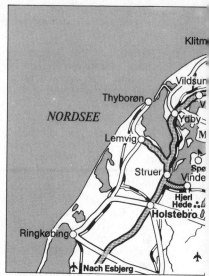

Die Nørrebrogade mündet in die A11, und vor einem erstreckt sich jetzt wieder die gleiche Landschaft wie südlich der Stadt, vielleicht mit dem Unterschied, daß die Gegend, je näher man dem Limfjord kommt, noch unbewohnter wird.

Nach kurzer Fahrt erreicht man die *Venø-Bucht* und damit den *Limfjord.*

Der Limfjord, der die Nordsee mit dem Kattegat verbindet, ist 180 km lang; er trennt Nordjütland (Nørre-Jylland) vom übrigen Teil der Halbinsel. Von Osten nach Westen gesehen, unterscheidet man drei verschiedene Landschaftsformen: das *Langerak,* einen gewundenen Fjordarm zwischen Kattegat und Aalborg, daran anschließend ein von Inseln und Buchten („bredninger") übersätes Binnenmeer und hinter der Insel Mors dann eine weite Lagune, aus der man durch die Fahrtrinne von Thyborøn in die Nordsee gelangt. Der Fjord ist nur begrenzt schiffbar; größere Schiffe können von der Nordsee nur bis Nykøbing auf der Insel Mors fahren.

Für Vogelfreunde ist der Limfjord ein unerschöpfliches Paradies: Möwen, Silbermöwen, alle Arten von Stelzvögeln, ganze Eiderentenkolonien, Seeschwalben und Wildenten leben hier zu Tausenden. Bei den Fremdenverkehrsämtern erhältliche Broschüren enthalten Hinweise über die Nist- und Brutplätze dieser Vögel. Diese Plätze dürfen während der Brutzeit nicht betreten werden.

Struer (11 000 Einw.), 183 km, ist eine junge Stadt und Mittelpunkt dieses Gebiets. Es besitzt Fertigungsstätten für Eisenbahnmaterial, Kanus und Kajaks sowie Drahtziehereien und ist Verwaltungssitz einer international bekannten Firma für Musikgeräte.

Im Hause des Schriftstellers Johan Buchholtz (1882–1940) in der Søndergade 23 wurde ein kleines städtisches *Museum* mit Ausgrabungsfunden, landwirtschaftlichen Geräten, Werkzeugen, regionalen Trachten und

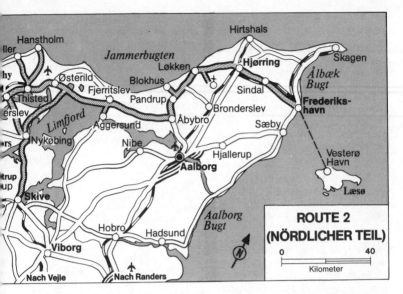

ROUTE 2
(NÖRDLICHER TEIL)

0   40
Kilometer

Schiffsmodellen eingerichtet; einige Räume sind der Erinnerung an den Schriftsteller gewidmet.

Ausflüge von Struer

14 km östlich von Struer liegt *Vinderup* (Hotels, ⚇), eine Ortschaft, die als Ausgangspunkt für interessante Ausflüge geeignet ist:

4 km östlich von Vinderup liegt die *Kirche von Sahl,* die eines der bedeutendsten religiösen Kunstwerke Dänemarks birgt, den im Jahr 1220 von einem Meister aus Ribe geschnitzten **vergoldeten Altar.

16 km nordöstlich von Struer kommt man zur *Kirche von Ejsing.* Schiff und Chor dieser fünfgiebeligen Kirche sind romanischen Ursprungs, weisen jedoch umfangreiches gotisches Beiwerk auf. Die Fresken entstanden um das Jahr 1520. Besondere Auf-

merksamkeit verdient die Darstellung von der Erschaffung des Weibes. Man beachte auch die Grabsteine der Familie Rosenkrantz.

6 km weiter östlich erstreckt sich die *Hjerl-Heide (Hjerl Hede); auf einem mehr als 1000 ha großen Heidegelände kann der Besucher Gebäude aus dem 18. Jahrhundert, Windmühlen, Kirchen, Schmieden, Schulen, Meiereien und die Nachbildung einer Siedlung aus der Steinzeit besichtigen. Vor kurzem wurde hier das *Jütländische Forstmuseum (Jydsk Skovmuseum)* eröffne. Die Hjerl-Heide ist eins der bedeutendsten Naturschutzgebiete Dänemarks.

*

Von der Hauptroute, der A11, zweigt nördlich von Struer nach links eine kleine Straße ab, die

am Südufer des *Nissum Bredning*
entlang nach

Lemvig (7 100 Einw; 18 km von
Struer) führt. Lemvig ist eine reizende kleine Hafenstadt, in die
Leben einkehrt, sobald die Fischer mit ihren Fängen heim-
kommen. Wenn sich die Gelegenheit ergibt, sollte man nicht
versäumen, dort an einer Fischversteigerung teilzunehmen.

Ein kleines *Heimatmuseum im
Vesterhus* in der Vestergade enthält Ausgrabungsfunde, Möbel,
Textilien und Goldschmiedekunst dieser Gegend sowie
Werkstätten, in denen die berühmten Wikinger-,,Hörner'' angefertigt wurden. Interessant ist
auch eine Thøger-Larsen-Litera-
tursammlung. – Die *Kirche* von
Lemvig entstand um 1200. Altarwand und Kanzel und die gesamte schöne Inneneinrichtung stammen aus späterer Zeit und sind
im Rokoko-Stil gehalten.

Heide und Buchenwälder in der
Umgebung der Stadt sind von
zahllosen Vogelarten bevölkert
und laden zu schönen Spaziergängen ein; von den Hügeln bietet sich eine weite Aussicht über
das Meer, den Limfjord und die
Dünen.

*

Kurz hinter der Abzweigung
nach Lemvig führt die A11 über
die große *Limfjord-Brücke,* die
Oddesund-Süd mit Oddesund-
Nord verbindet. Rechts liegt die
Insel *Venø.* Anschließend verläuft die Straße über einen
schmalen, von Heidekraut be-
deckten Landstreifen. Die folgende Gegend ist reich an archäologischen Fundstätten, die
unter Denkmalschutz stehen.

Eine schmale Landzunge trennt
wenig später, nach insgesamt 210
km Fahrt auf der Hauptroute,
den *Nissum Bredning* vom rechts
gelegenen *Skibsted-Fjord.* Das
Bild der Landschaft ist großartig.
Ungehindert weht der Wind vom
Meer den belebenden Geruch
von Jod und Tang ins Land, jedoch ebenso ungehindert können
im Herbst und Winter gewaltige
Stürme über dieses Gebiet hin-
wegbrausen.

Ydby, 215 km, liegt in einem archäologisch besonders interessanten Gebiet. Zur Zeit wird dort
eine Nekropole aus der Bronzezeit freigelegt. Auf Schritt und
Tritt begegnet man in dieser Gegend den Spuren der Wikinger,
die mit ihren Drachenschiffen in
den natürlichen Häfen des Limfjord vor Anker gingen.

In der Höhe von *Hurup* (⌂), 219
km, zweigt nach rechts eine Straße zur Insel *Mors* (s. S. 222) ab (3
km bis zur Fähre), während nach
links die Straße durch Hurup zur
9 km entfernten

*Kirche von Vestervig führt. An
das dortige ehemalige Augusti-
nerkloster erinnert nur noch eine
gewaltige dreischiffige Basilika,
die auch als der ,,Dom von Jütland'' bezeichnet wird. Ein Teil
der Kirche wurde im 14. Jahrhundert zerstört, so daß der rechte Teil romanisch ist, während
der linke Teil im gotischen Stil
wiederaufgebaut wurde. In den
Jahren 1510 bis 1520 entstandene
Fresken zeigen viele kleine Gestalten, über denen sich ein üppi-
ges Blumenmuster hinzieht. Die
Altarwand von 1730 stammt aus
dem Dom von Viborg. Eine
merkwürdige   Orgelanordnung
fällt auf. An den Außenmauern

sieht man zahlreiche Inschriften und Skulpturen. – Auf dem *Friedhof* von Vestervig befinden sich die Gräber von Liden Kirsten (Schwester Waldemars I.) und Prinz Buris, die wie Romeo und Julia Opfer einer Familienfehde wurden; um ihr Schicksal ranken sich zahlreiche Erzählungen.

Links von der Kirche, also auf der anderen Seite des Weges, wurden bei Ausgrabungsarbeiten fünf Häuser aus der Steinzeit freigelegt. Das Grundmauerwerk sowie die Stellen, an denen sich die Feuerstätte befand und an der das Korn gemahlen wurde, sind deutlich zu erkennen.

Zwischen Vestervig und dem *Westmeer (Vesterhavet),* wie die Skandinavier die Nordsee nennen, liegen weite Heidegebiete.

*

Bei der Weiterfahrt auf der A 11 in nördlicher Richtung liegt in einem Feld rechts der Straße auf die *Lundehøi,* 224 km, ein eindrucksvolles Hünengrab aus dem 3. Jahrtausend v. Chr. – Die Gegend trägt von *Villerslev,* 229 km, an – zwischen Meer und Limfjord – den Namen *Thy,* und sie ist zweifellos eine der ursprünglichsten Landschaften Dänemarks. Ihr Hauptort ist

Thisted (12 300 Einw.), 248 km. Aus dem 15. Jahrhundert, denn damals existierte Thisted bereits, ist nur die Kirche übriggeblieben. Heute hat diese Stadt zwei Gesichter, das der kleinen Industrie- und Hafenstadt am Nordufer des Limfjords, in der im Jahre 1866 die erste dänische Genossenschaft gegründet wurde, und das der Provinzstadt aus dem 19. Jahrhundert mit ihren gewundenen Straßen,

teilweise holprigem Pflaster und niedrigen Häuschen.

In Thisted wurde 1847 einer der größten europäischen Schriftsteller, *Jens Peter Jacobsen,* geboren, in einer Landschaft, die in seinem Werk immer wieder zum Ausdruck kommt. Noch bevor er zum Doktor der Naturwissenschaften promovierte und während er für die Neue Dänische Revue die Werke Darwins über-

Die Kirche von Thisted

setzte, veröffentlichte Jacobsen seine ersten Gedichte, doch während eines Aufenthalts in der Toscana (1874) erlitt er einen Blutsturz. Dank seiner Energie und Disziplin gelang es ihm, noch elf Jahre mit dieser unerbittlichen Krankheit zu leben. Er verbrachte diese Zeit in Kopenhagen und im elterlichen Haus in Thisted, wohin er sich zur Erholung zurückzog; er starb 1885.

Sein wissenschaftliches Werk, mit dem er seinen Lebensunterhalt bestritt, und sein kurzes doch gewaltiges, dem Dienste einer Idee geweihtes literarisches Werk lassen ein hohes Maß an geistigem und moralischem Anspruch erkennen. Sein Werk beschreibt Leidenschaft, Wahrheit und Mißachtung christlicher Ta-

bus in einer kleinen gottverlasse-
nen jütländischen Stadt im 19.
Jahrhundert. Seine bekanntesten
Werke sind ,,Mogens" (1872),
,,Fru Maria Grubbe" (1876) und
,,Niels Lyhne" (1880).

Das *Grab Jacobsens* befindet sich
auf dem an die Kirche (s. u.) angrenzenden Friedhof. Bei einem
Spaziergang durch die Stadt entdeckt man zahlreiche *Gedenktafeln* und nördlich der Skovgade
eine Gedenksäule. Am Jacob-
sensplads steht das *Geburts- und
Sterbehaus* des Dichters. Heute
befindet sich in diesem Haus der
Verkehrsverein von Thisted.

Die im gotischen Stil aus gelbem
Stein erbaute *Kirche* in der Vestergade entstand um das Jahr
1500; innen ist in einer Wand des
Turmes ein Runenstein eingelassen. – Das

Museum mit Sammlungen zur
Vorgeschichte (vor allem aus der
Bronzezeit) und Geschichte von
Thy liegt am Store Torv/Jern-
banegade. Es enthält auch Jacob-
sen- und Kristen-Kold-Räume;
Kristen Kold war ein Pädagoge,
der die pädagogischen Grundsät-
ze Grundtvigs in zeitgemäßer
Form in die Tat umsetzte. – Die

Thisted-Bibliothek am Tingstrup-
vej gehört zu den bedeutendsten
Bibliotheken Dänemarks und
enthält Originalausgaben, Manuskripte und Abhandlungen Jacobsens sowie Bibliographien
über sein Werk. – In Thisted
wurde auch der Geograph
und Schriftsteller Malte Konrad
Bruuns geboren.

Abstecher zur Küste (23 km)

17 km nordwestlich von Thisted
liegt *Klitmøller*, (⌂, ⛺), ein kleiner, von Dünen und Tannenwald
umgebener Badeort.

23 km nördlich von Thisted erreicht man

Hanstholm (2300 Einw.), mit
dem 1968 in Betrieb genomme-
nen *Fähr- und Handelshafen*. Er
dient vor allem dem Ausbau der
Wirtschaftsbeziehungen zu Großbritannien und Norwegen. Aufgrund seiner Tiefe (8,50 m) kann
er von Schiffen bis zu 10 000
BRT angelaufen werden. Außer
dem bietet er Platz für eine 500
Boote umfassende Fischfangflot-
te. Vorgesehen ist hier nach und
nach der Bau einer Stadt für
20 000 Menschen. – Das *Vogelschutzgebiet* südlich von Hanstholm kann nur vom 15. Juni bis
15. April betreten werden.

Abstecher nach Mors und Skive (59 km)

Man folgt zunächst der A 11 in
südlicher Richtung und biegt
nach 4 km links ab; diese Straße
führt näher am Wasser entlang
und ist touristisch interessanter
als die A 11. Sie führt nach

Vildsund (10 km) mit bemerkenswertem *Tierpark*. An dieser von
alters her benutzten Übergangs-
stelle zwischen dem Thy-Gebiet
und der Insel Mors sind die Fähren von einer großen Brücke
über den *Vilsund* abgelöst
worden.

MORS

Mors ist die größte Insel des
Limfjords. An seiner längsten
Stelle mißt es etwa 37 km und an
der breitesten 21 km. Die Insel
bietet recht interessante geologische Formationen. Das Hügel-
land fällt insbesondere im nördli-

chen Teil der Insel steil ins Meer ab (Kalkfelsen). Der höchste Punkt von Mors ist die *Sagerhøj* (89 m); von diesem Hügel aus soll man bei klarem Wetter mehr als fünfzig Kirchtürme im Umkreis ausmachen können. An der äußersten Nordspitze zieht sich der *Feggeklit* als schmale Landzunge (die Straße führt darauf entlang) bis zum *Feggesund* (⌂), einer Meerenge zwischen dem *Løgstør Bredning* im Osten und dem *Thisted Bredning* im Westen hin. Das Schichtgestein weist hier auf die vulkanische Vergangenheit der Insel hin; dann und wann trifft man auch auf Formationen aus Kalk- und Kreidefelsen. – Die Straße überquert die von 25 000 Menschen bewohnte Insel an ihrer breitesten Stelle und erreicht nach 29 km *Nykøbing/Mors* (s. unten).

Variante:

Man fährt von Thisted auf der A 11 in Richtung Nordosten bis hinter *Østerild* (⌂; 16 km) und biegt dort rechts auf eine Landstraße nach *Arup* (27 km) ab. Eine Fähre (Überfahrtsdauer 7 Minuten) bringt einen über den *Feggesund* auf das *Feggeklit* (s. o.).

Nach Verlassen der Fähre gelangt man auf eine Straße, die den abwechslungsreichen und von Steilküsten gesäumten Ostteil der Insel durchquert. Hauptort von Mors ist

Nykøbing/Mors (9 100 Einw.; 30 km über Vildsund, 51 km über Feggesund); diese bereits Ende des 13. Jahrhunderts bekannte Stadt entstand rings um das *Kloster der Ritter vom heiligen Johannes,* und im Laufe der Jahrhunderte hat sich der Hafen zu einem wichtigen Heringsfangzentrum entwickelt. Hinzu kamen die entsprechenden fischfangorientierten Industriezweige. Das derzeit bedeutendste Industrieunternehmen ist die Limfjords-Østers Kompani für Austernzucht. Nykøbing ist die Geburtsstadt des norwegischen Schriftstellers Axel Sandemose.

Das *Historische Museum von Mors (Morslande Historiske Museum)* befindet sich im ehemaligen Kloster der Ritter des heiligen Johannes von Dueholm, das 1370 erbaut wurde und heute vollständig restauriert und wieder eingerichtet ist. Die Sammlungen umfassen Ausgrabungsfunde, religiöse Kunstgegenstände, alten Schmuck, Volkskunst, Möbel und Trachten aus dieser Gegend.

Am Stadtrand liegt der *Jesperhus-Blumengarten* (Wintergarten; Cafeteria).

Das *Glomstrup-Herrenhaus,* das zwar in Privatbesitz ist, jedoch zum Teil in ein Freilicht- und Heimatmuseum umgestaltet wurde, zeigt Zimmer und Küche mit altem Mobiliar; im Park stehen einige typische Inselhäuser. Es liegt im Südwesten der Insel (20 km von Nykøbing entfernt) unweit der Straße zum Nees-Sund.

Man verläßt Nykøbing über die 1976 eingeweihte *Sallingsund-Brücke* (⌂; 36 km).

*

3 km nördlich der Brücke liegt – nun schon wieder auf dem jütländischen ,,Festland" – *Glyngøre.* Millionen von Muschel- und Fischkonserven haben den Namen dieses Ortes in der ganzen Welt bekannt gemacht.

Von Sallingsund folgt man einer Straße, die die Limfjord-Halbinsel *Salling* durchquert, nach

Skive (18 700 Einw.; 59 km). Der Ort, der schon im 14. Jahrhundert eine gewisse Bedeutung erlangte, ist heute Industrie-, Hafen- und Garnisonsstadt. Von den Zement- und Holzfabriken Skives lebt die ganze Gegend.

In der Stadt gibt es zwei Kirchen, eine neue und eine sehr alte romanische *Kirche* mit schönen in den Jahren 1550 bis 1552 entstandenen **Fresken. Dargestellt sind Heilige, darunter der heilige Knud und der heilige Olaf, Märtyrer und Propheten, umgeben von einer bemerkenswerten Blumendekoration.

Das *Städtische Museum* liegt in der großen öffentlichen Parkanlage, durch die der *Karup-Bach* fließt. Das Gebäude stammt aus dem Jahr 1942. Man findet hier Sammlungen zur Lokalgeschichte, zur grönländischen Ethnographie und zur zeitgenössischen dänischen Malerei. Das Glanzstück des Museums ist jedoch eine außergewöhnliche Sammlung von Bernsteingegenständen, u. a. eine einzigartige Halskette.

In einem Park in der Nähe des Hafens steht das Herrenhaus *Krabbesholm* aus dem 16. Jahrhundert. Obwohl es heute ein Gymnasium ist, kann es besichtigt werden.

Sehenswürdigkeiten in der Umgebung von Skive

14 km von der Stadt entfernt liegt der *Jenle-Hof*, auf dem der sozialkritische Schriftsteller Jeppe Aakjær (1866—1930) von 1906 bis zu seinem Tod lebte. Heute befindet sich hier ein kleines *Aakjær-Museum*. Von Jenle aus hat man einen wunderschönen Blick über den Skive-Fjord und den Limfjord.

19 km westlich von Skive findet man *Spøttrup*, eine mächtige mittelalterliche Burg, die um 1400 von den Bischöfen von Viborg erbaut wurde. 1937 kaufte der Staat sie dem Bistum ab und renovierte sie so stilgerecht, daß man sie heute als Prototyp für die Bauwerke jener Epoche bezeichnen kann. – Hier gibt es auch ein bekanntes Restaurant.

Wasserburg Spøttrup

20 km westlich der Stadt steht die sehr alte – sie wurde schon vor dem Jahr 1000 aus Granitblöcken erbaut – *Kirche von Lihme* (oder Lime). Das im anglo-normannischen Stil errichtete Bauwerk ist mit Jagdszenen darstellenden **Wandmalereien ausgeschmückt: Ein Jäger verfolgt einen Hirsch, ein anderer durchbohrt einen Löwen, und ein dritter kämpft mit einem geflügelten Drachen. An der Chorwand sieht man Löwenskulpturen. Auch das große, schöne *Taufbecken verdient Beachtung.

18 km weiter südwestlich von
Skive liegt das Naturschutzgebiet
Hjerl Hede (s. S. 219).

*

Auch hinter Thisted fährt man
wieder auf der A 11, die dicht an
den teilweise vorhandenen Buchten des Limfjords verläuft. Vor
dem Hintergrund dieser Gegend
spielen die Werke des volkstümlichen Schriftstellers Johan Skjol-
borg (1861–1936). Es geht über
Østerild (⌂; 262 km) und das am
Ende des Fjords gelegene Ferienzentrum *Øsløs* (⌂, ⌂) weiter. –
Vom alten Verlauf der A 11, der
weiter nördlich ausholt, führen
Straßen zu bekannten Stränden
wie *Skarreklit*, *Grønnestrand* (⌂)
und Slettestrand (Hotels). Beide
Straßenzüge treffen wieder zusammen bei

Fjerritslev (2 600 Einw.), 294 km,
wo rechts eine Straße nach dem
10 km entfernten *Aggersund* und
nach *Aggersborg* abzweigt. Die
Wikingerfestung von Aggersborg
war größer als die in Trelleborg;
(s. S. 253). Zu ihr gehörten 48
Häuser, darunter viele größere,
zu Trelleborg nur 16. Der Grundriß jedoch ist der gleiche, und
die strategische Lage wurde genau so gut gewählt wie die Trelle-
borgs. Da die Festung während
des Bauernaufstands, der mit
dem Mord an König Canut 1086
endete, zerstört wurde, sind die
Überreste dieser Anlage nur
noch vom Flugzeug aus richtig zu
erkennen.

Aggersund (⌂) ist durch eine
Brücke mit West-Himmerland
verbunden, und wenn man am
Ende der Brücke nach rechts am
Sund entlang weiterfährt, gelangt
man nach

Løgstør (4200 Einw.), einem alten von Limfjord und Himmerland geprägten Fischerort mit
kleinem Limfjord-Museum.

Ein wichtiger Straßenknoten-
punkt ist das an der Hauptstrecke
folgende

Åbybro (3 900 Einw.; 324 km),
wo die A 17 nach rechts in Richtung Aalborg abzweigt. Diese
Route aber folgt weiter der hier
fast rechtwinklig nach links ab-
biegenden A 11, nun also in
nördlicher Richtung. Während
die Straße das rechts liegende
Gebiet der *Store-Vildmose-Heide*
umgeht, erblickt man linker
Hand die große romanische
**Kirche von Jetsmark, 329 km,
deren Wände reich mit Fresken
aus dem 15. Jahrhundert geschmückt sind; man sieht u. a.
das Jüngste Gericht und die
Evangelisten. Im Våbenhus, der
Vorhalle, befindet sich ein Runenstein, der etwa um das Jahr
1000 entstanden ist.

Es geht weiter über das Dorf
Pandrup (⌂; 331 km) – siehe auch
Abbildung auf Seite 301. An der
nächsten Kreuzung zweigt links
eine Straße zu dem bekannten
Badeort

Blokhus ab; es ist möglich, von
Blokhus mit dem Auto am
Strand entlang (30 km) nach

Løkken (1400 Einw.) zu fahren,
einem ebenfalls sehr bekannten,
schön am Meer gelegenen Badeort. Hier erreicht auch die A 11
einmal die Küste, 347 km.

Bei der folgenden Kreuzung, 349
km, geht rechts eine Straße zum 4
km entfernten Kloster *Børglum* ab
(s. Abb. S. 104). Dieser ehemalige Königshof (Kongsgård) von

Knud dem Heiligen wurde um 1186 bis 1188 in einen Bischofssitz umgestaltet, doch ein Teil der Gebäude diente bis zur Reformation als Prämonstratenser-Kloster. 1750 wurde der Besitz von Thura, dem Intendanten der königlichen Schlösser, zurückgekauft. Er baute das Kloster zu einem Barockschloß um. In der *Klosterkirche,* die gegen Ende des 12. Jahrhunderts im frühgotischen Stil errichtet worden war und die unverändert blieb, befinden sich das gewaltige Grabmal der Familie Thura und ein schöner Hauptaltar aus dem 17. Jahrhundert.

Hjørring, 336 km, ist Kreuzungspunkt mit der Hauptstraße A 14, die von Aalborg nach *Hirtshals* führt (Ortsbeschreibung s. S. 200). Hirtshals ist Ausgangshafen der Fährverbindung nach Kristiansand in Norwegen.

Über *Sindal* (⌂), 380 km, eine typische Ortschaft des Vendsyssel-Gebietes, erreicht man schließlich

Frederikshavn, 400 km, wo diese Route endet und auf die vorhergehende jütländische Ostküstenroute 1 stößt (s. diese und die Ortsbeschreibung von Frederikshavn auf S. 206).

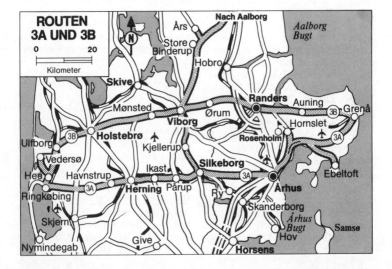

In diesem Kapitel werden zwei Routen vorgestellt, die Jütland von Westen nach Osten und von Osten nach Westen durchqueren. Sie verbinden die einsamen und typischen Heidegebiete im Westen mit dem grünen, fruchtbaren Ostjütland und den Dünen des Kattegat. Die eine durchquert dabei den südlichen und die andere den nördlichen Teil der Halbinsel Djursland. Hügelgräber und Zeugen aus megalithischer Zeit geben der Landschaft hier ihr Gepräge, die alte Stadt Viborg erzählt von ihrer reichen Vergangenheit.

Die beiden Routen sind ziemlich kurz und jeweils an einem Tag zu bewältigen. Allerdings wäre es bei der Route A schade, wenn man das Seengebiet von Silkeborg ausließe, und wer die Route B wählt, der sollte sich mindestens einen halben Tag für Viborg Zeit nehmen.

A: RINGKØBING – HERNING – SILKEBORG – *ÅRHUS – GRENÅ

Ringkøbing (7 100 Einw.) war zwar bereits im Mittelalter bekannt, hat jedoch erst im Zuge der Entwicklung der Hochseefischerei an Bedeutung gewonnen. Die mehrmals durch Überschwemmungen zerstörte Stadt lebt heute vor allem vom Fischfang und den daraus resultierenden Industriezweigen sowie von mechanischen Betrieben. Ihre schöne Lage am Ufer des *Ringkøbing-Fjord*, inmitten einer Umgebung aus Dünen und Heideland, ist der Grund dafür, daß sich diese kleine stets geschäftige Stadt während der Sommersaison in ein vielbesuchtes Touristenzentrum verwandelt (s. auch „Freizeitpark Sommerland. West" auf S. 241).

Die *Kirche* wurde im ausgehenden Mittelalter in spätgotischem Stil erbaut, der die beginnende Renaissance bereits erahnen läßt. Der Kirchturm weist eine besondere Eigentümlichkeit auf, denn er ist oben breiter als unten; die Kanzel ist zu Beginn des 17. Jahrhunderts entstanden.

Das *Ringkøbing-Museum* in der Bregade enthält Ausgrabungsfunde und Sammlungen zur Lokalgeschichte, religiöse Kunst, grönländische Ethnographie und eine Ausstellung über den Polarforscher L. Mylius-Erichsen (1872–1907).

Bei einem Spaziergang durch die Stadt kommt man am ehemaligen *Bürgermeisterhaus* (Torvet 20) vorüber, das im Jahr 1807 in klassizistischem Stil errichtet wurde; an diesem Platz liegt auch das *Hotel Ringkøbing,* ein Fachwerkbau aus dem 17. Jahrhundert. Auf interessante Häuser trifft man ebenfalls in den zum Meer führenden Straßen *Østergade,*

Øster Strandgade und *Mellem-gade.*

Für den, der die Weite liebt, ist Ringkøbing der ideale Ausgangs-punkt für Entdeckungsfahrten entlang dieser auf den Besucher überwältigend wirkenden Küste.

Abstecher nach Nymindegab (45 km)
Es geht auf einer landschaftlich außergewöhnlich schönen Stra-ße, die zwischen dem „Fjord" und dem Meer verläuft, über

Søndervig, ein Fischerdorf, das im Begriff steht, sich in einen Ba-deort zu verwandeln, nach

Nørre Lyngvig (15 km). Hier steht der höchstgelegene Leucht-turm Dänemarks. Wer die 264 Stufen hinaufsteigt, wird dafür mit einer herrlichen Aussicht be-lohnt.

Hvide Sande (2 800 Einw.; 23 km) liegt auf der schmalen Dü-nennehrung *Holmsland Klit;* man sollte es nicht versäumen, hier der allmorgendlich stattfin-denden Fischversteigerung beizu-wohnen.

Nymindegab (45 km) ist Badeort am fast 50 km langen Strand (der bis zur Südspitze der Halbinsel Skalligen reicht und auch *Blå-vand,* den westlichsten Punkt Dä-nemarks, mit einschließt. In die-ser Gegend erstrecken sich meh-rere *Vogelschutzgebiete.* In der Nähe liegt zwischen Meer und Dünen der *Blåbjerg.*

*

Von Ringkøbing fährt man bis Herning durch eine typisch west-jütländische Landschaft, d. h. durch Weideland und vorbei an friedlich grasenden Kühen. Hier und da wird die Landschaft von einem Wäldchen oder – doch das ist noch seltener der Fall – einem Dorf, einem Weiler, einer weiß-getünchten Dorfkirche mit rotem Ziegeldach unterbrochen.

Beim *Brejning Kro,* 16 km, kreuzt man die A 11, die nord-wärts nach Holstebro und Struer führt (s. Route 2 auf S. 217 u. 218). – Über *Havnstrup,* 32 km, mit kleinem Tierpark geht es nach

Herning (31 300 Einw.), 46 km. Herning wird von den Dänen auch heute noch gern als Heide-stadt bezeichnet. 1848 zählte die-se einsam inmitten der Heide-landschaft gelegene Ortschaft ganze 21 Seelen. Seitdem die Heide in fruchtbares Land ver-wandelt wurde, ist auch Herning ständig gewachsen, und nach dem Zweiten Weltkrieg hat die Stadt eine sprunghafte Entwick-lung erfahren. Es gibt dort mehr als 600 Strickwaren- und Jersey-hersteller, große Unternehmen und kleine Familienbetriebe. Au-ßerdem wird behauptet, Herning weise ebensoviele Plastiken auf. Das Bild dieser Stadt wird von modernen Bauwerken geprägt, von denen das *Schwimmbad,* das *Golfrestaurant* und das 16 Stock-werke hohe Wohngebäude der *Hochschule* besonders hervorzu-heben sind. Die *Kongreß- und Messehalle* ist eine der größten Nordeuropas. Das Fabrikgebäu-de der *Angli-Werke,* die zu den größten europäischen Hemden-fabrikanten gehören, ist ein wei-teres Beispiel moderner und küh-ner Architektur. Der Gebäude-schmuck stammt von Carl Hen-ning Pedersen, den Park verschö-nern unzählige Skulpturen, und in der Fabrik selbst gibt es eine

ständige Ausstellung für zeitgenössische Kunst.

Das *Städtische Museum* an der
Museumsgade 1 enthält Ausgrabungsfunde (diese Gegend war
bereits vor 5000 Jahren besiedelt)
und regionale volkskundliche
Sammlungen, außerdem Steen-
Steensen-Blicher-Räume, ein
kleines Freilichtmuseum und ein
Textilmuseum.

Weiter geht es über *Hammerun*,
52 km, wo links eine Straße zur 2
km entfernten *Kirche von Gjellerup* abzweigt, deren Tympanon
in lateinisch folgende Inschrift
trägt: ,,Dieses Haus wurde zur
Ehre Gottes errichtet im Jahre
1140 der Fleischwerdung unseres
Herrn.''

Ikast (10 800 Einw.), 57 km, inmitten von Wald- und Heideland
gelegen, ist ein neugegründetes
Industriezentrum mit Schwer-
punkt Textilfabrikation. – In

Pårup, 69 km kreuzt man die
A 13, die von Vejle nach Viborg
führt (s. Route 1 auf S. 189) und
im

Hørbylunde Bakke, 74 km, erinnert ein grob behauenes Granit-
kreuz daran, daß Kaj Munk hier
in der Nacht vom 4. zum 5. Januar 1944 von der Gestapo umgebracht wurde.

Nach 83 km erreicht man

SILKEBORG,

eine Stadt mit 32 400 Einwohnern. Silkeborg kann nicht auf eine jahrhundertealte Geschichte
zurückblicken und besitzt erst
seit dem Jahr 1900, d. h. seit der
,,industriellen Explosion'', den
Status einer Stadt.

Geschichte

Früher stand hier nur ein Schloß,
das zunächst den Bischöfen von
Århus und nach der Reformation
der dänischen Krone gehörte.
Rings um dieses Schloß hatte sich
inzwischen eine verschlafene
kleine Ortschaft gebildet. Erst in
der Mitte des 19. Jahrhunderts
erkannten der Staatsmann J. H.
Bindesbøll und der Geschäftsmann Michael Drewsen (ein per-
sönlicher Freund Frederiks VII.
und der Gräfin Danner, was vieles erleichterte), welche Vorteile
die geographische Lage dieser
Ortschaft am Zusammenfluß von
Gudenå und einigen aneinander-
gereihten Seen bot. 1845 wurde
die erste Papierfabrik von Michael Drewsen in Betrieb genommen. Das war der Beginn des industriellen Aufschwungs der
Stadt.

Sehenswürdigkeiten

Touristische Anziehungspunkte
von Silkeborg sind zum einen die
nahegelegene herrliche Seen-
landschaft und der *Himmelbjerg,*
zum anderen die beiden Museen
der Stadt. In dem einen befindet
sich der 2000 Jahre alte ,,Tol-
lund-Mann'', das andere ist eins
der interessantesten Museen
Skandinaviens für moderne
Kunst. Außerdem ist Silkeborg
ein bekannter Badeort mit zahlreichen Hotels. – Das

**Kunstmuseum

befand sich bis 1982 an der Ho-
strupsgade in einem großen
Haus, in dem 1909 das erste dänische Mädchenpensionat eingerichtet worden war. Im März
1982 wurde dann am Gudenåvej
7–9, am Rande der Stadt, das
neue Silkeborger Kunstmuseum

eröffnet, in dem über 6000 Werke ihren Platz gefunden haben. Die Fassade des in einem Park gelegenen neuen Gebäudes ist mit einer Keramik von Erik Nyholm nach einem Entwurf des Jorn-Freundes Jean Dubuffet geschmückt. Asger Jorn, einem der Mitbegründer der ,,Cobra"-Gruppe, und dem Konservator ist es zu verdanken, daß diese Sammlung heute zu den bedeutendsten Museen für zeitgenössische Kunst überhaupt zählt. Angesichts der Tatsache, daß Jorn dieses Museum mitgestaltete, nimmt es nicht wunder, daß der ,,Cobra"-Gruppe hier ein ganz besonderer Platz eingeräumt wurde. Doch auch Surrealisten, Symbolisten und einige Kubisten sind vertreten.

Asger Jørgensen (seit 1945 Jorn) wurde am 9. März 1914 im jütländischen Vejrum als Sproß einer Lehrerfamilie geboren. Sehr früh bereits wurde sein künstlerisches Talent gefördert. Während des Parisaufenthalts in den Jahren 1936/37 arbeitete er als Angestellter bei der Spanischen Botschaft.

Er begann bald zu reisen, eine Beschäftigung, der er Zeit seines Lebens weiter nachging und die immer wieder durch Sanatoriumsaufenthalte, die ihm jedoch keine Heilung bringen konnten, unterbrochen wurde. 1947 gründete er mit Karel Appel, Constant, Corneille und Alechinsky die ,,Cobra"-Gruppe. Er lebte in der Schweiz, in Italien und Frankreich, doch immer wieder zog es ihn nach Silkeborg und in seine jütländische Heimat zurück, wo er in Sorring, einem Zentrum der Keramikherstellung, eigene Keramiken fertigte. 1954 gründete er die ,,Bewegung

für ein imaginäres Bauhaus", lehnte 1964 die Entgegennahme des Guggenheim-Preises ab und nahm während all dieser Jahre an zahlreichen Einzel- und Gruppenausstellungen teil, so in Basel, Louisiana und Stedlijk Amsterdam. 1973 wurde in Hannover eine große Retrospektive eröffnet, die anschließend auch in Berlin, Brüssel, Aalborg und Louisiana gezeigt wurde, doch Jorn starb am Abend des 1. Mai 1973. Er wurde in Grötlingbo auf der schwedischen Insel Gotland beigesetzt. – Das sind in groben Zügen die wichtigsten Stationen im Leben des von Ideen sprühenden, voller Widersprüche steckenden, revoltierenden und schöpferisch so kraftvollen Künstlers.

Die ,,Cobra"-Gruppe. Nach dem Zweiten Weltkrieg versuchten die Künstler Nordeuropas, die bestehenden Kunstrichtungen ins Wanken zu bringen. Ihre ausgeprägte Sensibilität und die schmerzlichen Erfahrungen des letzten Konfliktes schufen eine noch heftigere und dramatischere Form des Expressionismus, als man sie von Munch, Nolde und Ensor kennt. Zweimal kam in der ersten Hälfte dieses Jahrhunderts der Anstoß zu einer expressionistischen Kunstrichtung aus dem Norden. Doch im Gegensatz zur ersten Strömung ist ,,Cobra" mehr eine Herausforderung als eine Feststellung. Die neue Kunstrichtung war nicht nur eine Reaktion auf die gesellschaftlichen Zwänge jener Zeit, sondern auch auf die ,,Pariser Schule". ,,Ein Bild, das ist nicht nur ein Gebilde von Linien und Farben sondern ein Tier, ein Schrei, eine Nacht, ein menschliches Wesen", schrieb Constant 1948.

„Cobra" ist eine Zusammensetzung aus den Anfangsbuchstaben der Städte Kopenhagen, Brüssel und Amsterdam, d. h. der Städte, aus denen die Begründer der Gruppe stammten. Die bekanntesten Mitglieder dieser Gruppe waren: Appel, Corneille, Constant, Brands, Rooskens und die Dichter Elburg und Kouvenaar (Niederlande), Alechinsky und der Schriftsteller Christian Dotremont (Belgien), Asger Jorn, Carl Henning Pedersen, Geerup und Jacobsen (Dänemark).

Die Jorn-Sammlung. Jorn hat seine Sammlung, d. h. seine eigenen Werke und die der anderen dort vertretenen Maler, nie als sein persönliches Eigentum betrachtet, er sah sich vielmehr in der Rolle des Treuhänders, dessen Aufgabe darin besteht, diese Werke dem Betrachter näher zu bringen.

Die Jorn-Sammlung umfaßt ungefähr 400 Bilder; sie beginnt mit Odilon Redon und Ensor, enthält Kubin und die Surrealisten und endet bei der „Cobra"-Gruppe.

Die Jorn-Sammlung enthält:

Symbolisten und Surrealisten: Odilon Redon: *Flaubert; *Die Versuchung des heiligen Antonius. – James Ensor:* Die guten Richter. – Alfred Kubin: **Der Pechvogel; Saturn. – Werke von Josephson, Beckmann und Bram van Velde. – Man Ray:* Fortuna Nr. 1. – Francis Picabia: Olyras; Saint-Tropez. – Max Ernst: **Meer und Sonne. – Wilhelm Freddie (der einzige wirkliche und große dänische Surrealist): Psychophotographisches Phänomen (oder die Gefallenen des

Weltkrieges). – Richard Mortensen: Frühlingsporträt. – Jean Dubuffet: Selbstporträt; Chasse peines; La marche à pied; Bédouin au bâton. – Lucio Fontana: Ohne Titel; Concetto Spaziale. – Echauren Matta: Ohne Titel; Les bourreaux des roses; Téléfuite; Les feuilles à la folie d'une marguerite. – Enrico Baj: Tête rouge; Tête; Embrasse-moi bien si tu veux, mais après laisse-moi tranquille.

Cobra-Gruppe: Carl Henning Pedersen, Svavar Gudnason, Appel, Appel und Dotremont (in Zusammenarbeit), Alechinsky und Dotremont (in Zusammenarbeit), Corneille, Constant.

Plastiken von Sonja Farlov Mancoba.

Werke von Asger Jorn: Von den zahlreichen Werken von künstlerisch unterschiedlicher Wert sind besonders hervorzuheben Le Canard inquiétant, Tabou l'intouchable und **Stalingrad, sein wichtigstes Werk und das Ergebnis jahrelanger Arbeit; noch an dem Tag, an dem er 1973 ins Krankenhaus gebracht wurde, hat er daran gearbeitet. Troels Andersen sagte von diesem Bild, daß es „die Zerstörung in Reinkultur" darstelle.

Zum Besitz des Museums gehören auch 5000 *Graphiken,* darunter eine fast vollständige Sammlung der Graphiken von Dubuffet und Matta. Ebenso findet man dort 120 Aquarelle von Henri Michaux, dessen Werke das Museum 1962 in einer Ausstellung zeigte, Stiche und Aquarelle von Alechinsky sowie Werke von Antonio Saura, Alan Davie und Roberto Kitaj.

*Stadtmuseum *(Stadsmuseum)*
Das Stadtmuseum befindet sich in einem 1777 erbauten Silkeborger Herrenhaus am Hovedgårdsvej. Es enthält mehrere zwar kleine, doch recht gut angelegte Abteilungen.

Erdgeschoß: Drewsen-Fabrik; Stiche; Dokumente; Glaswaren-Sammlung; Salon eines Bürgerhauses; Bilder aus dem 19. Jahrhundert; Ausgrabungsfunde.

1. Etage: kleine Sammlung über Kunsthandwerk und Brauchtum in dieser Gegend.

***,,Tollund-Mann"-Raum.* Der ,,Tollund-Mann" wurde 1950 in einem nahegelegenen Torfmoor entdeckt. Die ihn bedeckende 2,50 m dicke Torfschicht hat den Leichnam 2000 Jahre lang vor der Verwesung bewahrt. Untersuchungen des Nationalmuseums haben ergeben, daß der Mann etwa 40 Jahre alt gewesen sein muß und zwölf Stunden vor seinem Tod bestimmte Pflanzen zu sich genommen hat. Er trägt einen Lederhut, und um die Taille ist eine Kordel geschlungen; eine dünne Schnur, die den Hals umschlingt, läßt den Schluß zu, daß der Tod durch Erdrosseln eintrat. Der Kopf mit den feinen Gesichtszügen und der Adlernase – diesem Typ begegnet man auch heute noch recht häufig in dieser Gegend – wirkt erstaunlich lebendig.

Slotsholmen. Die Ruinen des ehemaligen Silkeborger Schlosses liegen in der Nähe der Langesø-Brücke, rechts der Straße nach Viborg.

Auf dem Marktplatz steht vor dem Rathaus eine *Statue* von Michael Drewsen, dem Initiator der Industrialisierung dieser Stadt. Er war mit Ingeborg Collin, der Tochter des Förderers und späteren Freundes von H. C. Andersen verheiratet. Der Dichter weilte häufig in dieser Familie zu Besuch. Er liebte die schöne Landschaft mit den von Hügeln umgebenen Seen. Auf einem dieser Hügel steht heute noch die ,,Andersen-Bank". Bei einer seiner Wanderung in dieser Gegend verfaßte er das Lied, das später zur Landeshymne Jütlands wurde: ,,Jütland, zwischen zwei Meeren . . ."

Die Umgebung von Silkeborg ist ausgesprochen reizvoll; besonders zu empfehlen sind eine Bootsfahrt zum Himmelbjerg und ein Ausflug nach Ry und Gammel Rye.

Ausflug zu den Silkeborger Seen und zum Himmelbjerg

Bei diesem Ausflug kann man auch das im Sommer mehrmals täglich verkehrende Schiff benutzen. Zunächst fährt man dann zwischen den bewaldeten Ufern des *Guden-Flusses (Gudenå)* entlang in den *Brassø.* Gegenüber von *Hattenæs* (⌂) biegt man rechts in den *Kluvers Kanal,* einen wahren Tunnel aus Buschwerk, ein. Dieser mündet in eine idyllisch gelegene Doppelbucht. Dann kommt man in den *Borressø.* Gegenüber von *Svejbæk* (⌂) verbindet eine schmale Wasserstraße den Borressø mit dem großen *Julsø.* Die Fahrt endet vor dem am linken Ufer des Julsø gelegenen *Julsø-Hotels.*

Von dort gelangt man über schöne Wald- und Heidewege (gut 15 Minuten) auf den 147 m hohen

Himmelbjerg. Von dem dort 1874 zu Ehren Frederiks VII. errichteten Turm hat man einen weiten Blick ins Land. Man findet auch mehrere Gedenktafeln und ein Steen-S.-Blicher-Denkmal.

Ausflug nach Gammel Rye und Ry (15 bzw. 20 km)

Die Route führt auf einer sehr schönen ,,grünen" Straße am Südabhang des Himmelbjerg entlang.

Gammel Rye (Hotels; 15 km) ist für seine Holzschuhmacher bekannt. Im Juni 1534 versammelten sich Adel und Klerus in der Kirche dieser Ortschaft, um Christian III. zum König zu wählen. 2 km südlich liegt in der Nähe der Rye-Brücke das *Gudenå-Museum,* dessen mehr als 30 000 Gegenstände ein sehr anschauliches Bild von der Kultur der vom Gundenå durchflossenen Regionen vermitteln.

Ry (20 km) – nicht mit der oben genannten Ortschaft zu verwechseln – ist ein schön gelegenes Dorf. Die Rückfahrt von Ry nach Silkeborg führt 19 km am Nordufer der Seenkette entlang.

*

Auf der A 15 geht die Fahrt von Silkeborg weiter ostwärts über die *Kirche von Linå,* 90 km, mit zwei schönen Säulenportalen, nach

Låsby (⌂), 98 km. Wenn man hier rechts abbiegt, gelangt man nach einer schönen Fahrt durch Tannenwälder nach *Ry* (12 km; s. o.) und nach *Skanderborg* (17 km; s. Route 1 auf S. 192).

Zwischen Silkeborg und Århus ändert die jütländische Land-schaft ihr Gesicht; die Dörfer und Weiler rücken näher zusammen, Wiesen und Wälder wechseln einander ab. Viele Bewohner dieser Gegend arbeiten in Århus, und hier ist der Einfluß des Brauchtums weniger deutlich spürbar als in Westjütland. In

*Århus, 124 km (s. S. 159ff.) wird die Route 1 (s. diese auf S. 193) gekreuzt. Die A 15 verläßt die Stadt nach Norden und biegt dann nach Nordosten ab. Später zweigt (140 km) links eine Straße nach *Hornslet* und Schloß Rosenholm ab.

Die 2 km nördlich gelegene ****Kirche von Hornslet** (⌂) birgt einige Schätze: Der *Taufstein ist das Werk des jütländischen Meisters Horder, und die Altarwand wurde von Claus Berg geschaffen; doch bemerkenswert sind vor allem die **Fresken, u. a. die Kämpfenden Reiter. – 2 km weiter nördlich liegt

**Schloß Rosenholm, das in den Jahren 1559 bis 1567 im Renaissancestil für die Familie Rosenkrantz errichtet wurde. Vollendet wurde das Bauwerk im Jahr 1600. Das schöne, von Wassergräben umgebene Schloß steht in einem französischen Park. Man gelangt in einen von vier leicht asymmetrischen Gebäuden flankierten Innenhof. Rechts vom Eingang führt eine kleine Treppe in die Wohngemächer, von denen ein großer Teil besichtigt werden kann. Man sieht dort französische und flämische Wandteppiche, spanische und maurische Möbel und zahlreiche historische Bilder. Den Wintersalon schmücken vergoldete Ledertapeten aus Cordoba (17 Jh.).

Schloß Rosenholm im Djursland

Auf der Westseite des Schlosses, gegenüber dem Haupteingang, steht der *Holger-Turm,* der den Beinamen ,,erste jütländische Universität" trägt, denn im 17. Jahrhundert versammelten sich hier junge Gelehrte, um über Philosophie zu diskutieren. In der Nähe befindet sich eine Cafeteria.

Die A 15 durchquert nun den südlichen Teil von Djursland.

Abstecher nach Ebeltoft

Rechts biegt in *Rønde* (Hotels), 152 km, eine Straße nach dem 17 km entfernten Ebeltoft ab. Sie führt durch eine landschaftlich noch schönere Gegend.

*Ebeltoft (3400 Einw.), eine bezaubernde Kleinstadt, liegt im Süden der Halbinsel Mols. Das 1576 entstandene *Rathaus* wurde 1789 erweitert und enthält heute ein *Museum* für Vorgeschichte und Volkskunde. In der ehemaligen *Poststation* mit ihrer Einrichtung aus dem 18. Jahrhundert befindet sich ebenfalls ein *Museum,* mit ethnographischen und ar-

chäologische Sammlungen über Siam. Finn Lyngaard, ein bekannter dänischer Glaskünstler, hat in Ebeltoft eine Glashütte eingerichtet, die im Sommer täglich geöffnet ist.

Die Umgebung lädt zu hübschen Spaziergängen ein. Gegenüber der Stadt erheben sich am Westufer des *Ebeltoft Vig* die *Mølle Bjerge,* deren höchster Punkt mit 137 m der *Agri Bavnehøj* ist.

*

Von Rønde führt links auch eine Straße nach *Thorsager;* dort steht die zu Beginn des 13. Jahrhunderts entstandene einzige *Rundkirche Jütlands.

Sonst geht die Fahrt weiter auf der A 15 und am *Flughafen Tirstrup* (⌂), 165 km, vorüber. In der Kirche des gleichnamigen Ortes findet man eine Altarwand von Claus Berg und eine sehr ungewöhnliche *Kanzel.

Grenå [oder Grenaa] (13 000 Einw.), 184 km, ist eine reizende Stadt, die durch einen Waldstreifen vom 8 km langen, im Sommer vielbesuchten Strand am Kattegat getrennt wird. Der Hafen liegt 3 km östlich von der Ortsmitte. Die Stadt lebt vom Fischfang, einigen fischfangorientierten Industriezweigen und Webereien.

Der alte Stadtkern von Grenå mit seinen engen Straßen und verschlungenen Gäßchen, die von niedrigen, bunt bemalten Fachwerkhäuschen gesäumt sind, lädt zu reizvollen Spaziergängen ein. Bemerkenswert sind ein *Fachwerkhaus* aus dem 18. Jahrhundert in der *Lillegade* (Nr. 39) und das ehemalige *Bürgermei-*

sterhaus (Nr. 50), in dem der No-belpreisträger der Medizin und Physiologie, August Krogh (1874–1949), geboren wurde; des weiteren beachte man in der *Søndergade* Haus Nr. 1 (Museum; s. u.) und Haus Nr. 26.

Das *Djursland-Museum* wurde in einem ehemaligen Handelshaus eingerichtet und enthält regionale Antiquitäten, Sammlungen zur Bauernkultur im Djursland, Volkskunst und Brauchtum.

6 km nordöstlich, auf *Kap Fornæs*, steht ein Leuchtturm, den man bereits aus sehr großer Entfernung sieht.

B: GRENÅ – RANDERS – VIBORG – HOLSTEBRO – RINGKØBING

Mit der vorhergehenden West-Ost-Route der A 15, welche Jütland von der Nordseeküste bis zum Kattegat durchzieht, bildet diese nun in Gegenrichtung beschriebene Route der A16 gute Gelegenheit zu einer mitteljütländischen Rundfahrt, auf der man zahlreiche sehenswerte Orte

Straße in Ebeltoft

kennenlernt. Die landschaftlichen Eigenarten dieser Region treten hier unterschiedlich zutage; während das Gebiet zwischen Herning und Århus, vor allem um Silkeborg, durch seine Wälder noch lieblicher wirkt, zeigt sich beiderseits der nur gut 30 km nördlicher verlaufenden Route über Randers, Viborg und Holstebro das Landschaftsbild im allgemeinen schon wesentlich karger.

Man verläßt Grenå in Richtung Randers und kommt nach etwa 30 km in den Løvenholm-Wald, wo Straßen zum *Freizeitpark ,,Djurs Sommerland"* und zum *Schloß Løvenholm* abzweigen. Die beiden Backsteinflügel des in Privatbesitz befindlichen Schlosses stammen aus den Jahren 1576 und 1643, der von Wassergräben umgebene Park kann besichtigt werden. – Bald folgt dann

Auning (2000 Einw.; ⌂,⛺), 33 km. Seine romanische Kirche enthält Fresken von 1562 sowie sakrale Gegenstände aus dem 17. Jahrhundert. 2 km hinter Auning liegt rechts an der Straße inmitten eines großen Parks die 1500 entstandene ehemalige Festung *Gammel Estrup*. Unter der Herrschaft Christians IV. wurde sie in den Jahren 1590 bis 1625 erweitert und verschönert, Ende des 17. Jahrhunderts im Renaissancestil restauriert. Mehr als 600 Jahre war sie im Besitz der Familien Brok und Skeel.

Heute befindet sich hier das **Jyllands Herregårdsmuseum* mit einer Sammlung von Herrenhausmöbeln aus mehreren Jahrhunderten. In einem Nebengebäude ist das *Dänische Landwirtschaftsmuseum* untergebracht.

Das durch die nördliche Hälfte der Halbinsel Djursland verlaufende erste Teilstück der Straße A 16 endet in

Randers, 55 km, dessen ausführliche Beschreibung im Zuge der ostjütländischen Küstenroute auf Seite 194 zu finden ist. Westlich von Randers wird die Autobahnumgehung dieser Stadt gequert und es geht weiter in Richtung Viborg. In *Ørum* (⚓), 80 km, zweigt rechts eine Nebenstraße zum 4 km entfernten

Schloß Tjele ab. Der gotische Bau entstand in den Jahren 1556 bis 1587 an der Stelle eines älteren Schlosses. Er ist mit der Literatur Dänemarks aufs Engste verknüpft, denn hier schrieben Ewald, Blicher und Andersen einige ihrer Werke. Außerdem diente das Schloß als Schauplatz für den Roman ,,Fru Maria Grubbe" von J. P. Jacobsen.

Der Südflügel, der älteste Teil des Schlosses, ist zur Besichtigung freigegeben. Das Mobiliar ist weniger interessant, doch sehenswert sind die 1969 entdeckten Fresken aus dem 16. Jahrhundert. Auch der Park ist für die Öffentlichkeit zugänglich (Cafeteria).

Von Schloß Tjele ist es jetzt nicht mehr weit bis

VIBORG

Die zentral in der nördlichen Hälfte Jütlands im Schnittpunkt der Straßen A 13 und A 16 (106 km von Grenå) gelegene Stadt mit ihren fast 28 000 Einwohnern ist der ehemalige Hauptort von ganz Jütland. Die auf einem Damm nach Viborg hineinführende A 16 teilt den Viborger

See in *Nørresø* und *Søndersø*, die zusammen fast 5 km lang sind.

Dieser zwischen Wäldern und Heideflächen liegenden Stadt haftet auch heute noch eine zentralörtliche Geschäftigkeit an. Trotz mehrerer Feuersbrünste blieben zahlreiche alte, bunt bemalte Fachwerkhäuser erhalten, die Viborg einen besonderen Reiz verleihen.

Geschichte

Es wird behauptet, daß sich bereits vor 3800 Jahren an dieser Stelle eine Siedlung befand. Das ist vielleicht etwas übertrieben, doch steht fest, daß Viborg neben Ribe eine der ältesten Städte Jütlands ist. Der Name Viborg, der von Wibjerg abgeleitet wurde, ist bereits ein Beweis für das Alter dieser Stadt, denn ,,wi" ist das alte Wort für etwas Geheiligtes und ,,bjerg" bezeichnete eine Anhöhe, d. h. Wibjerg war der geheiligte Hügel, auf dem die Götter verehrt wurden, und dies schließt auch das Vorhandensein eines Marktfleckens mit ein.

Das Christentum gelangte höchstwahrscheinlich über den ,,hærvejen" (Heerweg) nach Viborg; die Stadt entwickelte sich zu einem religiösen Mittelpunkt und zählte nicht weniger als zwölf Kirchen, sechs Klöster und eine Domkirche, denn 1060 wurde sie Sitz eines Bischofs. 1160 erhielt Viborg Stadtrechte und war während des gesamten Mittelalters Hauptstadt der Provinz Jütland. Die Stadt gehörte zu den dänischen Thingstätten, an denen Recht gesprochen und Gesetze erlassen wurden. Hier wurde am 26. März 1522 Frederik I. als Nachfolger seines Neffen Chri-

stian II., der das Land verlassen
mußte, zum König gewählt. 1525
verkündete Hans Tausen in Viborg die neue christliche Lehre,
was zur Folge hatte, daß die meisten Kirchen und Klöster aufgehoben wurden. Feuersbrünste –
der Brand des Jahres 1726 wütete
drei Tage lang –, Epidemien und
politische Ereignisse hemmten
die Entwicklung der Stadt, doch
im Lauf des 19. Jahrhunderts
setzte der wirtschaftliche Aufschwung ein, dem Viborg seine
heutige Blüte verdankt.

Viborg ist noch immer Bischofssitz, jetzt auch Sitz der Regional-
verwaltung. Außerdem befinden
sich hier das Midtjylland-Archiv,
eine Garnison, ein Berufungsge-
richt und der Sitz der Danske He-
deselskab. Angefangen von Kin-
dergärten über Gymnasien bis
hin zu verschiedenen Hochschu-
len sind in einem Schulzentrum
alle erforderlichen Ausbildungs-
stätten zusammengefaßt. Doch
Viborg ist auch Industriestadt mit
Zement- und Betonfabriken, der
Asani-Wäschefabrik, Reifenpro-
duktion und Räucherfabriken.

Sehenswürdigkeiten

*Vor Frue Domkirke. Dort, wo
sich heute der große romanische
Liebfrauendom erhebt, haben
bereits mehrere Gotteshäuser ge-
standen. Das erste wurde in den
Jahren 1133 bis 1169 errichtet.
Das heutige Bauwerk entstand
Ende des 19. Jahrhunderts, und
es ist deutlich zu erkennen, daß
die Architekten bemüht waren,
es im romanischen Stil der ersten
Kirche wiederherzurichten.

Von dieser sind nur noch die
dreischiffige *Krypta* mit ihren
wuchtigen eckigen Pfeilern und

die beiden Löwen links und
rechts des Ostfensters erhalten.
Vor dem Hauptaltar befindet
sich das *Grab von Erik IV. Klipping* (1249–1286). Den Dom
schmücken monumentale Fresken von Joachim Skovgaard, dargestellt sind Szenen aus dem Alten und dem Neuen Testament.

Viborg: Blick auf den Dom

*Stiftsmuseum. Das Diözesanmuseum befindet sich im ehemaligen Rathaus aus dem Jahr 1728
am Gammel Torv. Es enthält
Sammlungen zur Vor- und Lokalgeschichte sowie eine Ausstellung über regionales Kunsthandwerk (profane und religiöse
Gold- und Silberschmiedekunst,
Spitzen, Trachten).

Lateinschule *(Latinskole).* Die
schöne Barockfassade der in den
Jahren 1740 bis 1772 erbauten
Schule ist noch erhalten. Im Garten steht eine Büste von Steen
Steensen Blicher. Heute dient
der Bau als Verwaltungsgebäude.

Skovgaard-Museum. In diesem
Museum, an der Sanct Mogens-
gade, werden die Skizzenhefte,
Zeichnungen, Gemälde und

Skulpturen von Joakim Skovgaard (1856—1933), dem berühmtesten Mitglied dieser
Künstlerfamilie, ausgestellt,
doch auch Werke seiner Eltern
und Geschwister sowie von N.
Larsen Stevns sind hier zu sehen.

In der Sanct Mogensgade stehen
mehrere alte Häuser: *Morvilles-
gård* (Nr. 8) aus dem Jahr 1798,
Hauschsgård (Nr. 7), *Willesens-
gård* (Nr. 8) aus dem Jahr 1520,
Karnappen (Nr. 31) aus dem Jahr
1550 und ein *ehemaliges Franzis-
kanerkloster*, in dem sich heute
ein Altersheim befindet.

An der Stelle der ehemaligen
Franziskanerkirche wurde ein öffentlicher *Park* angelegt mit *Statuen* des *Bischofs Gunner,* eines
Mitverfassers des ,,jütländischen
Gesetzes", und *Hans Tausens,*
des berühmten Reformators.

In einem schönen Bauwerk im
dänischen Herrenhausstil am
Stænderplads sind das *Rathaus*
und der *Justizpalast* untergebracht. – 1965 wurde hier zum
Gedenken an Margrethe I. von
Dänemark und ihren Neffen,
Erich den Pommern, ein Denkmal errichtet; es soll daran erinnern, daß zu allen Zeiten dänische Herrscher Viborg besucht
haben. – Im an der *Gamle Vagt*
gelegenen

Garnisonsmuseum vermitteln
Ausstellungsstücke und Dokumente einen Überblick über die
dreihundertjährige Geschichte
des Prinzlichen Leibregiments.

Im Stadtviertel *Søndre Sogn* steht
die Kirche des ehemaligen, im
Jahre 1227 entstandenen *Dominikanerklosters;* 1726 fiel sie einem Brand zum Opfer und wurde
zwei Jahre später wieder aufge-

baut. Sie birgt eine schöne gotische Altarwand (Antwerpen
1522) und mehr als 200 Gemälde
aus dem Jahr 1730. Die bibli-
schen Darstellungen sind das
Werk des Viborger Malers M. C.
Thrane, der hier 1764 starb.

Doch auch die Liebhaber zeitgenössischer Architektur kommen
auf ihre Kosten: 1969 entstanden
am Festplads die *Tinghallen,* in
denen Kongresse, Messen, Theateraufführungen und Konzerte
stattfinden; weiter sind beachtenswert die 1970 eingeweihte
Vestervang-Kirche und das *Ausstellungsgebäude ,,Paradis"* hinter dem Skovgaard-Museum.

In Viborg gibt es noch weitere,
zum Teil recht ungewöhnliche
Museen zu besichtigen: Die
,,*Den Heibergske Fuglesamling"*
in der Vesterbrogade 15 enthält
mehr als 400 meist dänische Vogelarten, und gleich nebenan befindet sich die ,,*Ussings Samling",* in der ebenfalls Vogel-
sammlungen und Sammlungen
zur Meeresbiologie zu sehen
sind.

Die Wege in *Viborgs Hedeplanta-
gen* sind nach botanischen, geologischen und zoologischen Ge-
sichtspunkten ausgeschildert.

Ausflug nach Silkeborg (36 km)

Eins der zahlreichen Ausflugszie-
le, die sich in der Umgebung von
Viborg anbieten, ist die Zweise-
en-Tour nach Silkeborg, die auf
der Landstraße durch typisch
zentraljütländische Landschaft
mit Heide, Tannenwäldern, Hügelgräbern und Dorfkirchen
führt.
Viborg über die Straße nach Århus in südlicher Richtung verlassend und in Höhe des Dorfes

Rind (8 km) nach rechts abbiegend, gelangt man über *Demstrup* (13 km) zur

**Kirche von Sjørslev (1130), einem einschiffigen romanischen Bauwerk aus Granitstein. Innen sind Chor und Rotunde mit spätgotischen und Renaissance-Fresken geschmückt (Christus als König; musizierende Engel). Den *Taufstein* vor dem Chor schmükken die Wappen und die Initialen der Familien Krabbe und Rosenkrantz. Die bunt bemalte *Barockkanzel* stammt von 1771. Den Hauptportalvorbau, das *Våbenhus* (hier wurden vor Betreten des Gotteshauses die Waffen abgelegt) schmücken Fresken aus dem Jahr 1225 und ein Taufstein aus Granit, den Löwen mit Menschenköpfen zieren.

Das an der Straße nach Silkeborg bald folgende

Kjellerup, (3600 Einw., 19 km), liegt im Herzen der Heimat Steen Steensen Blichers. Wenig südlich dieses Ortes zweigt rechts eine Straße zur romanischen

**Granitkirche von Vinderslev ab. Das Frauenportal auf der Nordseite und das Männerportal auf der Südseite sind reich verziert, letzteres u. a. mit einem Löwenkopf. Spätgotische Fresken, die Szenen aus dem Alten und dem Neuen Testament sowie Heiligenlegenden darstellen, schmücken das Gewölbe des Kirchenschiffs. Die *Fresken des Chorgewölbes* (Löwendarstellungen) sind vermutlich nach der Reformation entstanden. Das *Taufbecken* ist romanischen Ursprungs, die *Altarwand* stammt aus der Renaissance. Die meisten *Grabplatten* betreffen die bekannte jütländische Familie

Skeel. – Über den Zielort dieses Ausflugs,

Silkeborg (36 km), erfährt man alles Wissenswerte auf Seite 229, im Zuge der Route 3 A.

Ausflug nach *Aalborg (80 km)

Ein weiterer empfehlenswerter Ausflug von Viborg, führt über die A 13 und die A 10 quer durch das Himmerland nach Aalborg. Hierzu verläßt man Viborg in nördlicher Richtung und geht auf die aus Vejle (s. bei Route 1 ,,Abstecher von Vejle nach Viborg" auf S. 189) kommende A 13. Sie führt in das Land der Kimbern, das schon genannte Himmerland.

Der große Schriftsteller des Himmerlands ist Johannes V. Jensen (1873–1950). Das Werk dieses bodenständigen Jütländers findet internationale Anerkennung. Als Korrespondent mehrerer großer dänischer Zeitungen ist er um die ganze Welt gereist, doch immer wieder zurückgekehrt in dieses eigenartige Land, dessen sandiger, mit Heidekraut und Kiefernwäldern bewachsener Boden reich an archäologischen Schätzen ist. – An der Straße liegt

Bjerregrav (17 km). Östlich des Dorfes erstreckt sich das im Besitz der Stadt Viborg befindliche *Gebiet von Hvolris;* mit Unterstützung des Staates und der Carlsberg-Stiftung finanziert Viborg die im Jahr 1962 begonnenen Ausgrabungen, die alljährlich im Frühjahr und im Herbst fortgesetzt werden. Man schätzt, daß man zur Erforschung des gesamten Gebietes mindestens 40 Jahre benötigen wird. Bereits jetzt sind in Hvolris Rekonstruktionen von Siedlungen aus der Stein-, Bronze- und Eisenzeit zu sehen; hier finden alljährlich auch Aufführungen mittelalterlicher Mysterienspiele statt. – Später folgt

Store Binderup (⌂; 37 km), wo eine Straße zur ehemaligen Kimbernfestung (1 km links) im *Borre-Moor* freigelegt wurde. In den Jahren 1946 bis 1948 hat dieses Moor drei mehr oder weniger gut erhaltene Moorleichen freigegeben, die zahlreiche aufschlußreiche Hinweise gaben; heute befinden sich diese Moorleichen und die vielen bei ihnen gefundenen Gegenstände im Nationalmuseum. Am äußersten Nordzipfel des Moores schließt sich ein weiteres kleineres Moor an, in dem man den einmalig schönen *Gundestrup-Kessel* fand.

Hinter dem Borre-Moor liegt – 4 km entfernt – der Ort

Års (5200 Einw.) mit dem kleinen *Himmerland-Museum;* es enthält in erster Linie Sammlungen über die Zeit der Völkerwanderung und über die Besiedelung des Himmerlandes. Die im 13. Jahrhundert entstandene romanische *Kirche von Års* hat einen *Altar, der aus einem Grabstein von 1651 angefertigt wurde; der Runenstein auf dem Friedhof wurde ,,zur Erinnerung an Valstokke, Sohn Gorms des Älteren" errichtet.

Bei der Weiterfahrt auf der Hauptstraße trifft die A 13 in

Støvring, (3800 Einw.), 60 km, auf die E 3/A 10 (s. Route 1 auf S. 198) und erreicht mit ihr nun

*Aalborg (80 km), dessen ausführliche Stadtbeschreibung auf Seite 150 ff. zu finden ist.

*

Von Viborg geht die Reise quer durch Jütland weiter auf der A 16 in westlicher Richtung über *Ravnstrup* und *Mønsted* nach

Daugbjerg, 114 km, am Fuß des *Daugbjerg Dås,* von dem man einen schönen Ausblick genießt. In der Nähe gibt es *Kalkgruben,* die bereits zur Zeit Gorms des Alten, im 9. Jahrhundert, ausgebeutet wurden und die sich mehrere Kilometer unter der Erde hinziehen. In Daugbjerg kann man nach Süden zum 5 km entfernten

Kongenshus Nationalpark abzweigen. Nach der Annexion Schleswigs im Jahr 1864 durch Deutschland hatte ein dänischer Offizier gesagt: ,,Was wir draußen verloren haben, müssen wir drinnen gewinnen." Systematisch begann er dann mit der Urbarmachung der jütländischen Heidegebiete. Damals waren 1 000 000 ha der Provinz Jütland Heideland; 1963 waren es nur noch 170 000 ha.

Der Kongenshus Nationalpark oder *Mindepark* (Gedenkpark) erstreckt sich über 1200 ha. Die Pflanzen- und Tierwelt der Heidelandschaft steht hier unter Naturschutz. Der große Steinkreis wurde aus Gedenksteinen gebildet, die alle Regionen hierherschickten, aus denen die an der Urbarmachung beteiligten Männer stammten.

Am Nationalpark gibt es ein *Kongenshus-Hotel* und ein *Museum,* das einen Überblick über die Erschließungsgeschichte des Heidelands vermittelt.

Nach der Rückkehr zur A 16 quert die Route beim *Hagebro Kro* (⌂) den auch *Karup-Å* genannten Bach *Skive-Å* und erreicht durch einige kleinere Ortschaften

Holstebro, 147 km, wo die Route 2, die jütländische Westküstenstrecke, gekreuzt wird. Bei dieser wird auch (auf S. 217) die Stadt ausführlich beschrieben. – In *Hee* wurde 1982 ein neuer Freizeitpark, ,,Sommerland West'', eröffnet. Er besteht aus drei Teilen: Im Wikingerland, einem auf einer Insel gelegenen Wikingerdorf, kann der Besucher unter kundiger Anleitung lernen wie ein Wikinger zu bauen, mit Ton zu arbeiten, zu weben und nach alten Rezepten zu kochen und zu backen. Außerdem kann man hier Sportarten der Wikinger wie Bogenschießen und Rudern betreiben. Der zweite Teil des Parks ist das eigentliche Sommerland mit allen hierfür üblichen Sport- und Vergnügungsmöglichkeiten. Im dritten Abschnitt schließlich befindet sich ein Tierpark. – In

Ulfborg, 169 km, schwenkt die Straße dann auf südliche Richtung. 6 km weiter, also nach insgesamt 175 km der Hauptroute, zweigt eine Nebenstraße nach Westen, d. h. zur Küste hin, ab und lädt zu einem Besuch des 6 km entfernten

Vedersø ein, das mit Kaj Munk in die Geschichte Dänemarks eingegangen ist. Der aus Maribo in Lolland stammende und früh verwaiste Kaj Munk (1898–1944) wuchs in einer pietistischen Umgebung auf, und Zeit seines Le-

bens stand der Glaube im Mittelpunkt seines Denkens und Handelns. Er ist auch die Grundlage seines literarischen Werkes und hat ihn zu einem der großen zeitgenössischen Dramatiker gemacht. Wie Blicher verliebt in die jütländische Landschaft, ,,trunken vor Gott'' und voller Verachtung für das moderne Dänemark, hat er die dänische Literatur um ein Werk bereichert, dessen Ausdruckskraft und Leidenschaftlichkeit fast mittelalterlich anmuten.

5 km südlich von Vedersø stößt man in

Stadil am Nordufer des gleichnamigen Fjords, auf eine beachtenswerte Kirche. Sie enthält einen jener berühmten Altaraufbauten mit vergoldeter Bronzeplatte im Mittelfeld, die man noch in manchen anderen jütländischen Kirchen vorfindet. Dieses Kunstwerk stammt ursprünglich aus dem 13. Jahrhundert und wurde später mit einem Renaissance-Altar kombiniert.

Von Stadil kann man südostwärts wieder zur Hauptroute zurückkehren und erreicht dann über Hee (s. linke Spalte), 184 km, wo eine romanische Kirche von 1150 aus Granitstein mit bemerkenswertem Westportal auffällt, bald den Endort dieser jütländischen Querverbindung,

Ringkøbing, 190 km, das als Ausgangsort der Route 3 A schon auf Seite 227 beschrieben ist.

Diese Route durchquert zunächst den ländlichen, bewaldeten Teil Südjütlands sowie hinter Sønderborg die Insel Alsen und führt dann durch Südfünen zur Großen-Belt-Fähre (und damit nach Seeland und Kopenhagen). Unzählige, eng mit der Geschichte des Landes verbundene Schlösser und Herrenhäuser, die die Erinnerung an die großen dänischen Dichter und Schriftsteller wachrufen, säumen diesen Weg.

Tønder (s. Route 2 auf S. 209) über die Søndergade verlassend, gelangt man auf die Hauptstraße A 8 über *Store Jyndevad*, 20 km, nach

Kruså, 36 km, wo die Route die jütländische Ostküstenstrecke kreuzt (s. Route 1 auf S. 182).

Weiter geht die Fahrt in östlicher Richtung. Man durchquert eine reizvolle waldreiche Gegend, die sich entlang der Flensburger Förde hinzieht. An ihr liegen hier zwei hübsche Badeorte, *Kollund* (⌂, ⚲, △) und *Sønderhav* (⌂). Durch *Rinkenæs* (⌂) kommt man nach *Alnor*, 50 km, und zweigt dort linker Hand von der A 8 nach

Gråsten (3200 Einw.), 53 km, ab. Diese hübsche kleine Stadt mit ihren kastaniengesäumten Straßen ist im Sommer ein vielbesuchtes Touristenzentrum. Die Tatsache, daß Schloß Gråsten, wo auch Andersen des öfteren weilte, die Sommerresidenz der Königinwitwe Ingrid ist, verleiht der Stadt eine besondere Note.

Das Schloß (es kann in Abwesenheit der königlichen Familie besichtigt werden) aus dem 16. Jahrhundert brannte 1757 ab und wurde 1759 wieder aufgebaut. 1840 und in den 20er Jahren des 20. Jahrhunderts wurde es restauriert. Von dem ursprünglichen Bauwerk ist nur noch die *Kapelle* erhalten, die heute als Pfarrkirche dient; korinthische Säulen mit vergoldeten Kapitellen stützen eine reich mit Stuck verzierte Decke. Altar, Kanzel und Orgelgehäuse aus dem 18. Jahrhundert sind ebenfalls prunkvoll verziert.

Die 700 ha des *Gråsten-Waldes* sind der Rest des riesigen Waldgebietes, das sich zu Beginn unserer Zeitrechnung über diese ganze Gegend und die Insel Alsen bis hin zum Åbenrå-Fjord erstreckte. Auch zahlreiche Grabhügel sowie Grab- und Opfersteine gibt es in dieser Gegend.

Wer in Alnor auf der A 8 bleibt, lernt die große Brücke kennen, die Alnor mit *Egernsund* (⌂), 53 km, verbindet. 1975 wurde hier beim Bau der Brücke einer der wenigen überhaupt in Skandinavien gefundenen Wikingerprame entdeckt, eine Art Lastkahn, der für Truppen- und Warentransporte verwendet wurde. – An der Hauptstraße liegt auf der Halbinsel *Broager Land* dann der Ort

Broager (2500 Einw.), 58 km, inmitten einer reizvollen Förde- und Waldlandschaft. In der *Kirche*, deren Doppeltürme in frü-

heren Zeiten als Wachttürme
dienten, befinden sich interessante Fresken aus dem 16. Jahrhundert, u. a. Darstellungen des heiligen Georg mit dem Drachen
und des Martyriums des heiligen
Georg. Die Kanzel entstand Ende des 16. Jahrhunderts, die Altarwand im Jahr 1720.

Die Straße von Broager nach
Sønderborg trifft kurz vor
Dybbøl mit derjenigen wieder
zusammen, die von Gråsten aus
nördlich um das Binnengewässer
Nybøl Nor herum weiterführt.

Dybbøl, 64 km, ist mit seiner
Mühle eine Erinnerungsstätte an
kriegerische Ereignisse. Die
Mühle war das Zentrum des Ver-
teidigungskampfes dänischer
Truppen gegen eine zahlenmäßig
weit überlegene deutsche Übermacht bei der Erstürmung der
,,Düppeler Schanzen" im Jahr
1864. Heute befindet sich in der
Mühle ein historisches *Museum*.
In der Umgebung sind noch einige Reste der Verteidigungsanla-
gen zu sehen. Außerdem sieht
man hier zahlreiche Soldatengrä-
ber, Gedenktafeln und ein Denkmal zur Erinnerung an die Offiziere, die während der 34 Tage
dauernden Belagerung, die am
18. April 1864 endete, den Tod
fanden.

Sønderborg (27 300 Einw.), 69
km, liegt zum größten Teil schon
auf der Insel Alsen (dänisch *Als*)
und ist über die Christian-X.-
Brücke, die 1968 erweitert wurde, mit dem Festland verbunden.
Die meisten Bauwerke sind recht
jungen Datums, denn die Stadt
wurde während der Kriege mit
Schweden im 16. und 17. Jahrhundert und während des Krieges mit Preußen im 19. Jahrhun-

dert sehr stark in Mitleidenschaft
gezogen. Industrieniederlassun-
gen haben die kleine, früher etwas verschlafene Provinzstadt in
jüngster Zeit mit neuem Leben
erfüllt.

Sønderborg Slot, das wuchtige
Schloß über dem Sund, ist eine
ehemalige Festung mit Wachttür-
men, Schießscharten und gewaltigen Ringmauern. Hier heiratete
1340 Waldemar Atterdag, und
ungefähr um die gleiche Zeit entstand der massive Südostturm, in
dem Christian II. 17 Jahre lang
gefangengehalten wurde. Im 18.
Jahrhundert wurde der Turm ge-
schleift. Christian III. und nach
ihm seine Witwe, Königin Dorothea, ließen jedoch alles wieder
aufbauen. Königin Dorothea war
es auch, die hier eine zu den ältesten Kapellen Dänemarks gehö-
rende *Renaissance-Kapelle* mit
Kunstwerken aus dem 16. Jahrhundert errichten ließ.

Das *Historische Museum* befindet
sich in den besterhaltenen Räumen des Schlosses von Christian
III. Es enthält in erster Linie
Sammlungen zur Geschichte
Südjütlands, der Deutsch-Dänischen Kriege und der beiden
Weltkriege sowie eine Ausstellung über die lokale Widerstandsbewegung.

Die *Marienkirche* wurde 1962
stark restauriert, enthält jedoch
Holzschnitzereien aus den ersten
Jahren des 17. Jahrhunderts.

Im Südosten der Stadt liegt an
der *Sønderborg-Bugt* der Flensburger Förde der Forst *Sønder-
skov* mit uraltem Baumbestand.

18 km östlich von Sønderborg
liegt am Lille Bælt *Mommark*. Es
hat einen Teil seiner Hafentätig-

keit eingebüßt, seit der Fährbetrieb mit Fåborg zum nördlicher
gelegenen Fynshav (s. rechte
Spalte) verlegt wurde; heute besteht nur noch eine Fährverbindung mit Søby auf Ærø.

5 km südlich von Mommark liegt
die *Kirche von Lysabild.* Sie enthält eine romanische Doppelka-
pelle und die Heiligblut-Kapelle
(Fresko, um 1425).

Wenn man von Sønderborg weiter der A 8 folgt, die die Insel in
nordöstlicher Richtung durchquert, gelangt man bald nach

Augustenborg (2900 Einw.), 76
km. Eine schöne Lindenallee
führt dort zum herzoglichen
Schloß derer von Augustenborg,
einer Seitenlinie der Oldenburger. Das im Barockstil errichtete
Schloß entstand in den Jahren
1770 bis 1778. Jens Baggesen und
Hans Christian Andersen weilten
oft in dieser ehemals königlichen
Residenz, in der sich heute eine
staatliche psychiatrische Klinik
befindet. Die *Kapelle* dient der
Ortschaft als Pfarrkirche.

**Abstecher nach Nordborg
(16 km)**

Durch eine abwechslungsreiche
Landschaft kommt man über
Havnbjerg oder über *Svenstrup* in
den Nordteil der Insel, der sein
Gesicht verändert hat, seitdem
sich hier vor einigen Jahren die
große Industriefirma ,,Danfoss''
(Elektrohaushaltsgeräte)' nieder-
gelassen hat; dadurch hat diese
Gegend viel von ihrem ländlichen
Charakter verloren.

Nordborg (4000 Einw.; 16 km) ist
rings um eine *Festung,* von der
heute nur noch ein Flügel zu sehen ist, entstanden. Die hübsch

gelegene *Kirche* besitzt eine bemerkenswerte Innenausstattung
(sehenswert vor allem das Taufbecken); auch fällt die eigenartige Anbauweise des Turms an die
Südmauer auf.

*

Die Hauptstraße A 8 führt von
Augustenborg weiter über

Notmark, 83 km. Hier zweigt
rechts eine Straße nach *Asserballe* (Δ) ab, dem Geburtsort des
Dichters Hermann Bang (1857
bis 1912). Der Sohn eines Pastors
und Absolvent der Akademie
von Sorø lebte lange Zeit im
Ausland.

Zeit seines Lebens litt er unter
seiner physischen und sexuellen
Schwäche, was nicht ohne Einfluß auf sein Werk blieb. Dieser
bemerkenswerte Schriftsteller,
der ein so feines Gefühl für Stim-
mungen hatte, fühlte sich lange
Zeit zur Schauspielerlaufbahn
berufen, doch seine Bühnenauf-
tritte wurden Mißerfolge. Bang
wurde sterbend in dem Zug gefunden, mit dem er anläßlich einer Vortragsreise durch die Vereinigten Staaten reiste.

Die A 8 endet auf Alsen am Ufer
des Kleinen Belt, in

Fynshav (600 Einw.), 85 km.
Hier nimmt man die Fähre (Dauer der Überfahrt 45 Min.) nach
Bøjden (Δ, ⚠) auf Fünen und
folgt dort weiter derselben
Hauptstraße. Sie führt an der zu
Verteidigungszwecken errichteten *Kirche von Horne* (Δ), der
einzigen Rundkirche Fünens,
vorbei. Danach bleibt

Fåborg (6700 Einw.), das im Zuge der Route 6 auf Seite 258 beschrieben wird, rechts liegen. Die

Fahrt geht durch die fruchtbare fünische Landschaft, in der Gärten, Obstplantagen, Wiesen und Wälder einander ständig ablösen. Von Zeit zu Zeit taucht ein Herrensitz oder ein Schloß auf. So liegt 1 km nördlich von *Korinth* (⚓), 104 km,

*Schloß Brahetrolleborg, ursprünglich ein 1172 gegründetes Zisterzienserkloster, das den Namen *Holmekloster* trug und nach der Reformation in den Besitz der Krone gelangte. 1668 wurde es Sitz der neugeschaffenen Baronie Trelleborg, die Ende des 18. Jahrhunderts in den Besitz der Familie Reventlow überging. Das stark im Renaissance-Stil umgebaute Hauptgebäude weist schöne Söller auf. Die *Kirche* war eine Tochterkirche der Zisterzienserabtei Herrevad in Schonen. Sie wird von hohen gotischen Fenstern erhellt; den Taufstein schuf Thorvaldsen. In den Nebengebäuden finden oft Verkaufsausstellungen für moderne Kunst- und kunsthandwerkliche Gegenstände statt. Der schöne Schloßpark ist öffentlich zugänglich (Cafeteria).

Ebenfalls links der Straße liegt später

**Schloß Egeskov, 116 km. Hier handelt es sich um eine der besterhaltenen, auf Pfählen erbauten Wasserburgen Europas. Der königliche Marschall Frands Brockenhuus ließ den Bau in den Jahren 1524 bis 1554 inmitten eines herrlichen Eichenwaldes (daher auch der Name: eg = Eiche, skov = Wald) errichten. Die

Tochter des Obersten Laurids Brockenhuus wurde hier auf Anweisung Christians IV. fünf Jahre lang gefangengehalten, da sie durch ihre Verbindung mit einem Rosenkrantz einen Skandal bei Hofe verursacht hatte.

Heute gehört das Schloß dem Grafen Ahlefeldt-Laurvig-Bille. Der *Renaissance- und Barockpark* ist öffentlich zugänglich.

Schloß Egeskov

In den Nebengebäuden wurde ein *Veteranmuseum* (Oldtimer-Museum) mit Beförderungsmitteln aller Art, wie Automobilen, Fahrrädern und Flugzeugen eingerichtet (Cafeteria).

Kværndrup, 118 km, ist der Kreuzungspunkt mit der Route 12, die von Svendborg nach Odense führt (s. S. 311). Über *Gislev*, 125 km, gelangt man dann, an Schloß *Ørbæklunde* vorbei, das rechts der Straße liegt, nach

Nyborg (15 100 Einw.), 145 km, am *Nyborg-Fjord* des Großen Belt (s. Route 5 auf S. 251). In der Stadtmitte von Nyborg endet diese Route.

Diese Route durchquert Dänemark von Westen nach Osten in ganzer Länge auf der E 66/A 1. Auf ihr gelangt der Reisende von den großen jütländischen Weiten durch die Obstgärten Fünens in die Ebenen Seelands, von ländlichen Gebieten in urbane Zentren, von alten Wikingerstätten zu gotischen Domen, von einem sehr modernen Hafen zu einigen historisch bedeutenden Städten.

ESBJERG

Mit 70 000 Einwohnern ist Esbjerg die fünftgrößte Stadt, der größte Nordseehafen des Landes und der Transithafen für den Englandverkehr.

Geschichte

Noch vor 100 Jahren hatte Esbjerg ganze 20 Einwohner, die sich auf vier kleine Häuschen verteilten; es war eine gottverlassene Siedlung an einer langen, flachen und sturmgepeitschten Küste. Als Oberst Dalgas daranging, die riesigen unfruchtbaren Weiten Jütlands in fruchtbares Land zu verwandeln, wurde auch der Hafen Esbjerg angelegt; bis dahin waren Agger und Thyborøn, weiter nördlich, die einzigen mit England Handel treibenden jütländischen Hafenorte. Es sollte nur kurze Zeit vergehen, bis Esbjerg unter den dänischen Häfen den dritten Rang einnahm.

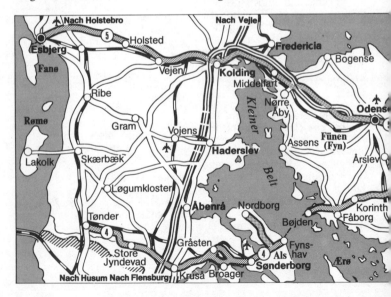

Werften, mechanische Betriebe, Mühlen, Fischkonservenfabriken und Ölraffinerien sind heute die Grundlage für das sehr aktive Leben dieser Stadt.

Sehenswürdigkeiten

In Esbjerg wird der Besucher natürlich vergeblich nach Zeugnissen der Vergangenheit Ausschau halten, doch einige moderne Bauwerke, das bunte Treiben im Hafen, eine Fischauktion und die beiden Museen machen die Stadt trotzdem zu einer interessanten Station.

Hauptanziehungspunkte von Esbjerg sind der *Handelshafen* mit dem Englandkaj – ein Wald von Masten, Kränen und internationalen Schiffahrtsniederlassungen – und der *Fischereihafen (Fiskehavn;* s. Abb. S. 201), wo allmorgendlich um 7 Uhr die Fischauktion beginnt. Die Hafenanlagen sind recht beachtlich, u. a.

befinden sich hier Lagerhäuser für Gefriergut und Milchprodukte. Ein Kraftwerk versorgt den ganzen südlichen Teil Jütlands mit Strom.

In der Nähe des ,,Englandkais`` (,,Englandkaj``) liegt an der Havngade der 1962 eröffnete

Kunstpavillon. Er enthält dänische Malerei von 1920 bis heute und zeigt zahlreiche Wanderausstellungen. Am Eingang sieht man eine große *Skulptur* von Robert Jacobsen.

Esbjerg-Museum. Das städtische Museum an der Finsensgade 1 enthält Sammlungen zur Frühgeschichte dieser Gegend, insbesondere aus der Eisenzeit; eine Abteilung vermittelt einen Überblick über die weltweiten Seehandelsbeziehungen dieser Stadt. – Im Nordwesten der Stadt liegt am Hjertingveg das 1968 eröffnete

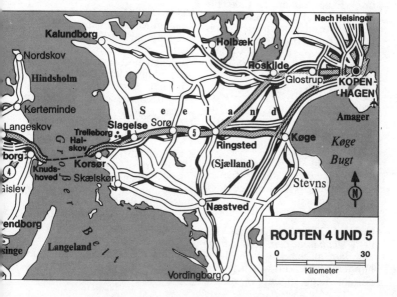

*Fischerei- und Seefahrtsmuseum *(Fiskeri og Søfartsmuseum).* Es enthält beachtliche Sammlungen über die Hochseefischerei und das lokale Fischereiwesen, verkleinerte Modelle verschiedener Fischkutter sowie ein Salzwasseraquarium.

Zu den wichtigsten modernen architektonischen Sehenswürdigkeiten Esbjergs gehören die *Hochschule* (1955) im Vognsbøl-Park, in dem auch ein kleiner *Tierpark* angelegt wurde, die 1968 in der Ribegade entstandene *Grundtvigskirche (Grundtvigskirke)* und die *Dreifaltigkeitskirche (Treenighedskirche* 1961) im Strandby-Viertel.

Ausflug auf die Insel Fanø

Häufig verkehrende schnelle Fähren (Überfahrtsdauer 20 Min.) verbinden Esbjerg mit der von 2700 Menschen bewohnten Insel Fanø, einem Dorado für Touristen und Erholungssuchende. Die Insel gehörte der dänischen Krone, bis die Bewohner sie dem König 1741 im Verlauf einer denkwürdigen Auktion abkauften.

Der innere Teil von Fanø ist bewaldet; entlang der Westküste zieht sich ein endlos langer herrlicher (größtenteils mit dem Auto befahrbarer) Sandstrand hin.

An einer in der Höhe von Esbjerg gelegenen Bucht ducken sich die niedrigen, zum Teil noch strohgedeckten Häuser der größten Ortschaft Fanøs,

Nordby (2200 Einw.), mit kleinem *Heimatmuseum* und *Kirche* aus dem ausgehenden 18. Jahrhundert. – 3 km westlich von Nordby liegt an der Westküste

das Ferienzentrum *Fanø Vesterhavsbad.*

Fährt man 14 km in südöstlicher Richtung, so gelangt man in das an der Südspitze der Insel gelegene, aus bunt bemalten, schmucken Fischerhäusern bestehende Dorf

Sonderhø. In seiner Kirche befindet sich eine Sammlung von *Schiffsmodellen,* die an die große Seefahrertradition dieser Insel erinnern.

*

Man verläßt Esbjerg über die Storegade und kommt auf die große Hauptstraße E 66/A 1, die das Land von West nach Ost durchquert. Nach 11 km kreuzt man die von Tønder nach Frederikshavn führende A 11 (s. Route 2 auf S. 209) und gelangt später über *Holsted* (â), 33 km, nach

Vejen (6800 Einw.), 48 km, mit kleinem *Kunstmuseum.* Der Vergnügungspark *Billingland* enthält auch Sammlungen von Schiffsmodellen und eine naturgetreue Nachbildung der ,,Santa Maria", mit der Christoph Kolumbus Amerika entdeckte. In Vejen kreuzt man den *Heerweg (Hærvejen)* mit seinen Hügelgräbern und Gedenksteinen.

4 km südlich von Vejen liegt die *Kirche von Skodborg* mit einem ungewöhnlichen **Taufbecken.* Das von drei Trägerfiguren gehaltene Becken ziert ein aus Rankenwerk und Rundbildern bestehender Fries.

Kolding (42 000 Einw.), 72 km, ist dann der große Kreuzungspunkt dieser West-Ost-Route mit

der jütländischen Ostküstenstrecke (s. Route 1 auf S. 185 mit
der Ortsbeschreibung von Kolding). Ab Kolding kann man für
die weitere Fahrt zwischen der
Autobahn E 66/A 1 und der alten
Hauptstraße A 1 wählen, die in
Snoghøj (⌂), 88 km, den *Lille
Bælt*, den Kleinen Belt, überquert.

Fredericia (31 000 Einw.),
7 km nördlich davon, ist eine
ehemalige, 1650 von Frederik III.
zum Schutze Jütlands angelegte
Festung. Aufgrund seiner strategischen Lage hat Fredericia in
den Deutsch-Dänischen Kriegen
eine nicht unwesentliche Rolle
gespielt. Hier trugen die dänischen Generäle Bulow und Rye
am 6. Juli 1849 den Sieg über die
deutschen Truppen des Generals
von Bonin davon; dieser Sieg war
ausschlaggebend für den Frieden
von Berlin im Jahr 1850. Doch
die Stadt blieb auch von Zerstörungen nicht verschont – der
Grund dafür, daß sie keinen alten
Stadtkern, sondern ein klar ge-
gliedertes Straßenbild aufweist.
Eine weitere Besonderheit von
Fredericia sind jahrhundertealte
Privilegien, darunter das Asyl-
recht für alle politisch Verfolgten
und Religionsfreiheit. Auffallend
sind die zahlreichen französischen Familiennamen, auf die
man in dieser Stadt stößt. Nach
der Aufhebung des Edikts von
Nantes haben hier viele französische Protestanten Zuflucht gefunden und sich angesiedelt.

Fredericia ist die Geburtsstadt
des großen zeitgenössischen europäischen Schriftstellers Henrik
Pontoppidan (1857–1943). Das
Werk dieses Pastorensohns stellt
eine Art Abrechnung mit seiner
Familie und seiner streng lutherischen Umgebung dar. Gedan-
kenfülle, Forderung nach Wahr-
haftigkeit, Alltagsbezogenheit,
Ablehnung des Idealismus, Ob-
jektivität und eine ungemein
kraftvolle Sprache zeichnen diesen modernen Autor aus. 1917
wurde ihm der Nobelpreis verliehen.

Zu den Sehenswürdigkeiten der
Stadt gehören

am Marktplatz (Torvet) das *Rathaus (Rådhus)* und die *St.-
Knuds-Kirche (Sankt Knudskir-
ke)*. – Einen Besuch lohnt das

Fredericia-Museum an der Jernbanegade. In den fünf Gebäuden
dieses städtischen Museums sind
mehrere Sammlungen untergebracht: Lokalgeschichte, Archive
der Deutsch-Dänischen Kriege,
Silberwaren, Kunsthandwerk,
Inneneinrichtungen sowie Kunst
und Brauchtum in dieser Gegend.
– Die

*Dreifaltigkeitskirche (Trinitatis
Kirke)* in der Kongensgade entstand 1689. Sie hat eine schöne
Barockkanzel. Auf dem benachbarten *Friedhof* liegen vor allem
Opfer aus den Kriegen des 19.
Jahrhunderts. Auf den ehemaligen Wallanlagen kann man heute
spazierengehen; der ,,Tapfere
Landser" (,,Tapre Landsoldat")
von Bissen, in der Nähe von Prin-
sens Port, ist typisch für die
Denkmäler jener Zeit. 3 km
nordöstlich von Fredericia beginnt der *Trelde-Forst (Trelde
Skov)*, der sich bis Trelde – am
Eingang des Vejle-Fjords – hinzieht, eine landschaftlich besonders schöne Gegend.

*

Die E 66/A 1 führt auf der neuen, 1970 eingeweihten Autobahnbrücke über den *Kleinen Belt (Lille Bælt)*. Die Brücke verbindet Jütland mit Fünen *(Fyn)*, d. h. genaugenommen *Lyngsodde* mit *Stavrby Skov*. Sie ist sechsspurig und länger als die 1935 erbaute Eisenbahn- und Straßenbrücke der alten A 1, auf der man jetzt

Middelfart (11 700 Einw.), 93 km, erreicht; es hieß früher *Moethelfart* und hat sich rings um die alte Burg des Königs Gorm ausgebreitet. Aufgrund ihrer Lage kam dieser Ortschaft als Anlegestelle der Fähren schon seit jeher eine besondere Bedeutung zu. – Das an der Brogade 8 in der Nähe des Hafens gelegene städtische

Middelfart-Museum hat mehrere recht unterschiedliche und auch ungewöhnliche Abteilungen: Lokale Frühgeschichte, Felsmalereien aus Westfünen, maritime Sammlungen (Geschichte der Beziehungen zwischen Fünen und Jütland; Meerschweinfang im Gamborg-Fjord), Damenhüte-Sammlung (1870–1930). – Ganz in der Nähe liegt die

St.-Nikolai-Kirche (Sankt Nikolaus Kirke) mit einer Barockaltarwand aus dem Jahr 1650 und einer Kanzel aus dem ausgehenden 16. Jahrhundert. – Im Nordwesten der Stadt, im *Gasklint-Viertel*, findet man eine große öffentliche Parkanlage und außerhalb der Stadt, an der Hindsgavl Allé, das *Byggecentrum Middelfart,* eine Ausstellungshalle für Baumaterial und Ferienhäuser.

3 km westlich von Middelfart liegt am Fanø-Sund *Schloß Hindsgavl,* das bereits als Besitz

Waldemars II. urkundlich erwähnt wurde. 1287 von den Horden Erik Klippings in Brand gesetzt, wurde das inzwischen wieder aufgebaute Schloß 1694 durch eine Sturmflut zerstört. Das heutige Gebäude stammt aus dem Jahr 1784. Der direkt am Wasser angelegte Park ist öffentlich zugänglich. Seit 1924 ist das Schloß im Besitz des Nordischen Vereins, der hier Vorträge und Kolloquien organisiert. – In der Umgebung liegen archäologische Ausgrabungen.

6 km nördlich von Middelfart und gegenüber von Fredericia erreicht man den kleinen Bade- und Wohnort *Strib* (⚓); hier sind schöne Strandspaziergänge bis zu den Klippen von Røjle möglich.

*

Für die Weiterreise von Middelfart nach Odense kann der Autofahrer zwischen drei Möglichkeiten wählen:

Die alte *Königsroute* – sie ist die schönste Strecke – führt in der Nähe des *Langesø-Besitzes* vorüber, dessen Geschichte bis zu Königin Margrethe I. zurückzuverfolgen ist. Das heutige Bauwerk stammt von 1775. Der vor allem während der Tulpenblüte sehenswerte Park ist täglich geöffnet. Rings um diesen Park liegt ein großer Forst.

Autobahn E 66/A 1 und alte Hauptstraße A 1 – die beiden anderen und natürlich am meisten benutzten Möglichkeiten – verlaufen mit zweimaligem Überkreuzen bis kurz vor *Blommenslyst* (🏨, ⚠; hier endet die Autobahn) parallel zueinander. Bei der ersten Kreuzung beider Straßen, 100 km von Esbjerg, dem Ausgangspunkt dieser Route, gelangt man links ab nach dem 1 km entfernten *Asperup*. Die dortige Kirche birgt eine sehr schöne von Claus Berg im Jahr 1520 geschnitzte **Altarwand.

Vom Ende der Autobahn, 130 km, führt die Straße durch westliche Vororte hinein nach

Odense, 138 km, dessen ausführliche Beschreibung auf Seite 167 ff. zu finden ist.

Über *Langeskov* (⚑), 152 km, eine große fünische Ortschaft, und *Ullerslev*, 157 km, geht es dann weiter an den Großen Belt.

Nyborg (15 100 Einw.), 167 km, ist zwar nicht mehr wie im Mittelalter eine der bedeutendsten Städte Dänemarks, doch dank seiner Lage an einer der dänischen Hauptdurchgangsstraßen, die zu den nordischen Hauptstädten führen, ist es auch heute noch eine sehr dynamische und in voller Entwicklung begriffene Stadt.

Die Geschichte Nyborgs ist eng mit der Geschichte Dänemarks verbunden. Mehrfach war es Königsresidenz, außerdem tagte hier der ,,Danehof'', die aus Adel und Klerus bestehende Reichsversammlung. Auch wurde an diesem Ort das erste Grundgesetz verfaßt, mit dem der Adel 1282 Erik Klipping zwang, den Danehof jährlich einmal einzuberufen. Am 14. November 1659 erlitten die Nyborg belagernden Schweden eine schwere Niederlage.

Ende des 19. Jahrhunderts wurden die letzten Befestigungsanlagen abgerissen und durch breite Promenaden ersetzt. Heute ist das Wirtschaftsleben der Stadt

eng mit den Fähren, die sie über den *Großen Belt (Store Bælt)* mit Seeland verbinden, und zahlreichen internordischen Kongressen gekoppelt. – Das

Schloß hat, wie kein anderes dänisches Königsschloß, sein mittelalterliches Gepräge gewahrt. Erik Klipping, der hier 1282 das erste Grundgesetz unterzeichnete, wurde 1287 in ebendiesem Schloß verurteilt. 1481 wurde Christian II. hier geboren. Die Schweden zerstörten es im 17. Jahrhundert, und was übrig blieb, wurde als Speicher und Arsenal verwendet. In den Jahren 1917 bis 1923 wurde das Schloß restauriert.

Schloß Nyborg

Am Torvet liegt sehr schön, auf einer in den Schloßsee ragenden Halbinsel, die *Bibliothek* (1939).

Nyborg og Omegns Museum. Das *Museum für Nyborg und Umgebung* befindet sich an der Slotsgade in einem alten Fachwerkhaus, dem Haus des ehemaligen Bürgermeisters Mads Lerke. Das ursprüngliche Interieur blieb erhalten. Man findet hier Sammlungen zur Lokalgeschichte, Graphiken, Gemälde und Skulpturen. – Die

Liebfrauenkirche (Vor Frue Kirke) ist auch unter dem Namen ,,Königin-Margrethe-Kirche" bekannt, denn sie ist um 1390 auf Veranlassung dieser Königin entstanden. Chor, Glockenturm und Turmspitze stammen aus dem 16. Jahrhundert. Im südlichen Querschiff steht ein hölzernes Taufbecken.

In der *Kongensgade* und in der *Nørregade* sind einige schöne Wohnhäuser aus den ersten Jahren des 19. Jahrhunderts zu sehen. Südlich der Kirche liegt der *Kreuzritterhof (Korsbrødregård)* aus dem Jahr 1396. Dieses Haus, das früher zum Antvorskov-Kloster gehörte, wurde im 16. Jahrhundert erweitert. Die ehemaligen Mönchszellen können besichtigt werden.

Von den Wallanlagen ist nur noch das von Frederik III. errichtete Tor *Landport* erhalten – lange Zeit die einzige Möglichkeit, auf dem Landwege in die Stadt zu gelangen.

Wenn man Nyborg über den Knudshovedvej verläßt, gelangt man wieder auf die E 66/A 1, die hier noch einmal für eine Stadtumgehung von Nyborg als Autobahn ausgebaut ist. Sie folgt dem langen Strand auf die Landspitze der Halbinsel

Knudshoved, 167 km, wo die Autoverladung auf die Fähren erfolgt. Diese laufen Halsskov auf Seeland an; die Überfahrtsdauer beträgt 60 Minuten, und im Hochsommer kann es vorkommen, daß man eine Zeitlang warten muß, bis man einen Platz auf einer der immerhin recht zahlreichen Fähren bekommt.

Sjaelland *(Seeland)* ist mit 7517 km^2 die größte und außerdem auch die fruchtbarste dänische Insel. Das Landschaftsbild – d. h. Ebenen, Wiesen und Wälder – wirkt einmal einheitlicher (die Nordküste einmal ausgenommen) als das in Jütland oder Fünen. Die Bevölkerungsdichte ist hier größer als im restlichen Teil des Landes, und die gesamte Insel profitiert in wirtschaftlicher Hinsicht natürlich von der Tatsache, daß ihre größte Stadt auch gleichzeitig die Landeshauptstadt ist. Was die Schlösser Seelands betrifft, so sind diese nicht nur zahlreicher als in den übrigen Landesteilen, sondern auch reizvoller.

2 km südlich von Halsskov und der E 66/A 1 liegt, gegenüber von Nyborg,

Korsør (15 400 Einw.), 169 km. Es hat genau wie Nyborg jahrhundertelang den Großen Belt bewacht. Der Fährbetrieb (heute auch mit Lohals auf Langeland), Fischfang und einige Industriebetriebe tragen zur Wirtschaftsstruktur der Stadt bei.

Die dem Meer zugewandte ehemalige *Festung (Fæstning)* am Bådhavnsvej, in der Nähe des Hafens, wurde 1150 erbaut, d. h. zu einem Zeitpunkt, als der Fährverkehr über den Belt an Bedeutung gewann. In einem Teil der Festung ist die Jugendherberge von Korsør untergebracht.

Das Fachwerkhaus Nr. 25 in der Adelgade ist der *Kongegård;* hier stiegen die Könige ab, wenn sie auf der Durchreise in der Stadt waren, und manchmal wurden sie tagelang hier festgehalten, bis wieder ein günstiger Wind blies; die Fassaden-Skulpturen symbolisieren die vier Jahreszeiten.

In der Nähe des Hafens steht eine *Statue* des Dichters *Jens Baggesen* (1764–1826), der einen großen Teil seines Lebens im Ausland verbrachte und zwar immer dort, wo sich gerade etwas Bedeutendes ereignete. So kam er z. B. an dem Tag nach Paris, an dem die Bastille gestürmt wurde. Er pries die Revolution und warb um die Gunst der Machthaber. Sein Werk, das eine leichte und nuancenreiche Sprache spricht, verdeutlicht Widersprüche und Unsicherheit eines Intellektuellen zwischen zwei Jahrhunderten und mehreren Kulturkreisen.

Der Strand, die umliegenden Wälder oder auch der wegen seiner vielen Vögel bekannte Binnensee *Korsør-Nor* laden zu schönen Spaziergängen ein.

Um wieder auf die Autobahn zu gelangen, verläßt man Korsør über den Tårnborgvej, der nach *Tårnborg* (6 km vom Stadtzentrum entfernt) führt. Dieses war die erste Festungsanlage, jedoch ist heute nur noch ein Turm aus dem 14. Jahrhundert erhalten.

3 km nördlich der Autobahn liegt die

Wikingerfestung Trelleborg. Diese Anlage bestand ursprünglich aus einer mit Wällen und Gräben umgebenen Vorburg und der eigentlichen, von einem Ringwall (17 m breit und 6 m hoch) umgebenen Burg, die vier den Him-

melsrichtungen genau entsprechende Ausgänge besaß. Die beiden Hauptachsen bildeten die von Nord nach Süd und die von Ost nach West verlaufenden Straßen, die die Festung in Quadrate aufteilten. In jedem dieser Quadrate standen vier ellipsenförmige Häuser mit 29,5 m langen konvexen Mauern. Der Durchmesser des Innenfeldes betrug 170 m, desgleichen der Abstand zwischen dem Mittelpunkt und dem Giebel eines Außenhauses. Trelleborg konnte eine etwa 1200 Mann starke Garnison

Trelleborg (Rekonstruktion)

beherbergen, und in jedem der Gebäude war Platz für die Besatzung eines „Drakkar", eines Kriegsschiffes jener Zeit. Dieser streng geometrische Grundriß legt Zeugnis ab von der Willensstärke und der Macht des Sven Tvesskäg, der seine ganze Kraft auf die Eroberung Englands konzentrierte, über das sein Sohn, Knud der Große, herrschen sollte. Die mathematisch fundierte Bauweise der Wikingerfestungen ist ihrer Zeit weit voraus und beweist auch, daß Dänemark damals das beherrschende Königreich Skandinaviens war.

Die nächste größere Stadt an der Autobahn ist

Slagelse (27 300 Einw.), 187 km. Es war seit jeher eine Handelsstadt, d. h. eine reiche Stadt, die eigentlich nie schlechte Zeiten gekannt hat. Die Stadt und ihre Umgebung leben heute von Konservenfabriken, Tabakmanufakturen, Möbel-, Karton-, Werkzeugfabriken sowie Konfektionsbetrieben. Zu den Schülern der Lateinschule von Slagelse zählten u. a. Jens Baggesen, B. S. Ingemann und Hans-Christian Andersen, der diese Schule in nicht allzu guter Erinnerung behielt. Im Verhältnis zu seinen Mitschülern war er zu alt, zudem schlaksig und ungeschickt, was ihn zum Prügelknaben seiner Klasse machte, und im Hause des Dr. Meisling, bei dem er wohnte, brachte man ihm nicht die nötige Zuneigung entgegen, die diese Wunden hätte heilen können.

In der Nähe der Bredegade und der Stenstuegade liegen die interessantesten Bauwerke von Slagelse:

Die gotische *St.-Michaels-Kirche (Sankt Mikkels Kirke)* wurde, wie eine Inschrift besagt, 1333 errichtet. Gleich gegenüber steht die ehemalige *Lateinschule*. Ein wenig weiter, in der Bredegade/Ekke Herrestræde liegt die ursprünglich romanische *St.-Peters-Kirche (Sankt Peders Kirke)*, die jedoch in der Folgezeit erweitert und stark restauriert wurde. An dieser Kirche wirkte der heilige Anders, der sich um die Entwicklung der Stadt verdient gemacht hat. Er starb 1205, und sein Grab befindet sich in einer der Kapellen. In einem Flügel des alten *Heiliggeisthauses (Helligåndshus)*

– ebenfalls in der Bredegade – ist heute ein Krankenhaus untergebracht (Fresken von Niels Larsen-Stevns).

Eine große öffentliche Parkanlage lädt in Slagelse zu schönen Spaziergängen ein.

2 km südöstlich der Stadt liegt die Ruine des ehemaligen, von Waldemar dem Großen gegründeten *Johanniterklosters*, in dem Frederik II. starb.

Die Autobahn E 66/A 1 und die alte Hauptstraße treffen östlich von Slagelse, am Ende der Ausbaustrecke, erneut zusammen. – Das schön am Ufer des gleichnamigen Sees gelegene

Sorø (6100 Einw.), 202 km, ist mit Absalon und Christian IV. und somit eng mit der Geschichte Dänemarks verbunden, denn hier gründete der baufreudige und kriegslustige Bischof Absalon in den Jahren 1161/62 das Zisterzienserkloster Sorø und zwar dort, wo bereits einige Jahre zuvor eine Benediktinerabtei entstanden war. Hier wurden die Mitglieder der mächtigen Familie Hvide (die Kalundborger Familie, aus der Absalon und Esbern Snare stammten) bestattet. – Die

Kirche des Zisterzienserklosters, die von Absalon nach dem Vorbild von Fontenay in Frankreich errichtet wurde, ist ein romanischer Backsteinbau. Die Gewölbe sind mit Fresken aus dem Jahr 1350 (die Kirche wurde 1861 und 1871 restauriert) geschmückt. Der Leichnam der Königin Margrethe I., die am 28. Oktober 1412 im Hafen von Flensburg an Bord ihres Schiffes starb, wurde zunächst in diese Kirche gebracht, in der bereits ihr Vater und ihr Sohn ruhten; doch der Berater der Königin, der Bischof von Roskilde, ließ sie später in seinem Dom beisetzen.

Gitter, Kanzel und Chorgestühl stammen aus der Zeit der Renaissance; die Altarwand aus dem 16. Jahrhundert ist das Werk des Lübeckers Claus Berg. Hinter dem Altar befindet sich das Grab von Bischof Absalon (1128–1201) mit einem Grabstein aus dem Jahr 1536. Weitere in der Kirche befindliche Gräber: Grabmal König Christophs II. und der Königin Euphemia (†1331) mit Bronzefiguren (um 1530); Gräber der Könige Waldemar Atterdag (1340–1375) und Oluf (1370–1387); Sarkophag des Dichters Ludvig Holberg (1684–1754), geschaffen von Wiedewelt (1776). – Die

Akademie wurde offiziell von Christian IV. in den Gebäuden der ehemaligen Benediktinerabtei gegründet. Da diese im Jahr 1813 teilweise abbrannten, wurden erst in der ersten Hälfte des 19. Jahrhunderts die Gebäude errichtet, die man heute sieht. Die ursprünglichen Klostergebäude, die nach der Reformation jeglichen religiösen Charakter verloren hatten, wurden der Wissenschaft geweiht; Frederik II. verlegte die königliche Schule hierher, und 1623 gründete Christian IV. die berühmte Akademie, die heute noch hohes Ansehen in Dänemark genießt. Seit 1586 werden hier Schüler ausgebildet. Allerdings hat sie seit der Zeit, in der sie nur den Kindern des Adels vorbehalten war, einen deutlichen Demokratisierungsprozeß erfahren.

In dem herrlichen *Garten* stehen die Statuen der berühmtesten Absolventen der Akademie, darunter natürlich auch die Holbergs. Der Dichter Ingemann (1789–1862) besaß hier ein kleines Haus.

1754 vermachte Holberg der Akademie seinen Grundbesitz, sein Vermögen und seine Bibliothek. – Das

Akademie-Museum (der Weg ist ausgeschildert) enthält wissenschaftliche und ethnographische Sammlungen sowie nordische Antiquitäten. – Der

Herrernesgård mit Stadtbibliothek liegt hinter dem Platz Frederik VII. Das schöne Gebäude aus dem Jahr 1620 verdankt seinen Namen ,,Herrenhof" der Tatsache, daß es für die Söhne Christians IV. errichtet wurde, als diese die Akademie besuchten, d. h. es handelt sich um eine Art ,,Studentenwohnung für Königskinder". Heute ist hier, wie schon gesagt, die Stadtbibliothek untergebracht.

Gleich daneben liegt an der Storgade 9 das *Kunstmuseum* mit Skulpturen, Malerei und Kunstgegenständen nach 1300.

Dann gelangt man zum *Sorø Amtsmuseum*, an der Storgade 17, einem Museum mit Sammlungen zur Geschichte der Provinz, Interieurs und dem Arbeitszimmer Ingemanns.

Wenn man Zeit hat, kann man auch eine Bootsfahrt auf den Seen von Sorø unternehmen.

Von der Stadt führen kleine Landstraßen zur **Kirche von Vester Broby* (10 km südöstlich), in der sehr schöne romanische

**Fresken aus dem 12. Jahrhundert zu sehen sind. Die Fresken im Querschiff sind jüngeren Datums; sie sind im 14. Jahrhundert entstanden.

Weiter geht die Fahrt in östlicher Richtung über

Slaglille, 205 km. Auf den Fresken seiner romanischen Kirche sind Würdenträger dieser Gegend und das Lebensrad dargestellt; es handelt sich höchstwahrscheinlich um die älteste dänische Darstellung dieses Themas.

Linker Hand führt eine Straße nach *Bjernede,* wo die einzige seeländische und die besterhaltene der sieben in Dänemark vorhandenen Rundkirchen steht. Das in den Jahren 1150 bis 1175 entstandene Gebäude wurde innen stark restauriert. Es ist ein Backsteinrundbau, dessen Emporen von vier mit würfelförmigen Kapitellen versehenen Rundpfeilern getragen werden. Vorhalle und Altarraum sind quadratische Anbauten; das Altarbild wurde von Christen Dalsgaard gemalt. – In

Fjenneslev (700 Einw.), 208 km, steht rechts eine schöne *Kirche,* ein um 1130 von Asser Rig errichtetes romanisches Bauwerk, an das Ende des 12. Jahrhunderts zwei Backsteintürme angebaut wurden. Die Empore im Kircheninnern wird von zwei Säulen aus poliertem Granit getragen. Der Bau hat den gleichen Grundriß wie der Dom von Roskilde. Man beachte die interessanten Fresken aus dem ausgehenden 12. Jahrhundert. Auf einem von ihnen sind Asser Rig und seine Frau Inge, diese Kirche dem Herrn darbringend, dargestellt. Auf dem Friedhof ist ein

Runenstein mit folgender Inschrift zu sehen: „Sasser errichtet den Stein und baut die Brücke".

Ringsted (16 000 Einw.), 218 km, der nächste Ort an der E 66/A 1, ist heute weitaus weniger bedeutend als im Mittelalter, als diese Stadt – am Schnittpunkt der Seeland durchquerenden Straßen gelegen und daher für den Handel sehr wichtig – zu den großen Städten des Königsreichs gehörte. Durch den Bau der Eisenbahn hat Ringsted dann allerdings neue Impulse erhalten. Bekannt ist auch der Ringsteder Käse.

Die *Tingsteine (Tingstene)* auf dem Rathausplatz erinnern daran, daß hier bis zur Zeit Christians IV. Recht gesprochen wurde. An dieser Stelle fand am Johannistag des Jahres 1170 die Versöhnung zwischen König Waldemar I. und Erzbischof Eskil statt, der dabei dem Prinzip der Erbmonarchie zustimmte. Im 16., 17. und 18. Jahrhundert ging die Bedeutung der Stadt immer weiter zurück, und aus ihrer Blütezeit, dem Mittelalter, sind kaum noch Gebäude erhalten geblieben.

Die *St.-Benedikt-Kirche (Sankt Bendts Kirke)* am Marktplatz gehörte ursprünglich zu einem Benediktinerkloster und barg die sterblichen Überreste des in einem nahegelegenen Wald ermordeten Knut Lavard. Um 1160 bis 1175 wurde diese Tuffsteinkirche um eine Apsis, ein Querschiff und vier Kapellen (mit Apsiden) erweitert. Nach dem Brand im Jahr 1241 erhielt die gesamte Kirche ein Gewölbe. Der Turm entstand 1475. Die Mauern und Pfeiler im Kircheninnern tragen die Wappen der ältesten dänischen Familien. Die ältesten der 27 Königsgräber sind die von Waldemar dem Großen († 1182), Knud VI. († 1202), Erik Menved († 1319) und Waldemar Sejr, dem Siegreichen († 1241). Das mittelalterliche Taufbecken ist ein Werk des Gotländers Sighafr. Das Chorgestühl der Mönche stammt aus dem Jahr 1420, die Fresken sind aus dem 13. und 14. Jahrhundert. Interessante Kunstwerke findet man auch im *Kirchenmuseum*, u. a. wertvolle Urkunden aus dem 15. Jahrhundert. Die *Orgel* dieser Kirche wurde in neuerer Zeit häufig für Plattenaufnahmen gespielt.

Von Ringsted aus kann man für die Fahrt zur Hauptstadt zwischen der E 66, die als Autobahn in östlicher Richtung nach *Køge* führt und dort Anschluß an die von Süden kommende Autobahnstrecke E 4/A 2 (s. Route 7 auf S. 266) findet, und der alten dänischen Hauptstraße A 1 wählen, die Kopenhagen über Roskilde erreicht. Schon von weitem

sieht man die beiden Türme des Doms von

Roskilde, 246 km, aus der Ebene aufragen. Eine ausführliche Beschreibung von Stadt und Dom ist auf Seite 174ff. zu finden.

Südlich von Roskilde geht die alte Straße A 1 in die Autobahn A 1 über, die eigentlich die Fortsetzung der aus Richtung Kalundborg kommenden Autobahn A 4 ist. In *Hedehusene,* einem östlichen Vorort von Roskilde, gilt es dann noch einmal genau auf die Beschilderung zu achten: Hier kann man wählen zwischen der alten Roskildestraße, die durch Glostrup nach *Frederiksberg* hineinführt, und der Autobahn A 1, die Glostrup südlich umfährt und dann mit der Autobahn E 66/A 2 zusammen die Hauptstadt in *Valby* erreicht.

***Kopenhagen** (275 km) ist Endort dieser wichtigen West-Ost-Route. Seine ausführliche Beschreibung beginnt auf Seite 88 dieses Bandes.

Route 6: Middelfart – Assens – Fåborg – Svendborg – Nyborg (131 km)

Über „langsame", doch meist sehr schöne Nebenstraßen führt diese Route entlang der fünischen West-, Süd- und Ostküste. Sie ist daher für alle diejenigen besonders geeignet, die nicht unter Zeitdruck stehen und einen Umweg nicht scheuen.

Von *Middelfart* (s. Route 5 auf S. 250) fährt man in südöstlicher Richtung und kann nach 30 km rechts zur nahegelegenen roma-

nischen *Kirche von Sandager* abzweigen, in der sich eine geschnitzte *Madonna von Claus Berg befindet.

Erster größerer Ort an der Westküste ist

Assens (5400 Einw.), 35 km, mit Fährverbindung zur Insel Bagø (30 Min.). Es wurde zur Zeit der Waldemar-Dynastie gegründet und war bis zum 17. Jahrhundert ziemlich bedeutend, denn hier wurde die Durchfahrt durch den *Kleinen Belt* kontrolliert; außerdem wurden von Assens aus Rinder exportiert. Dann versank die Stadt in einen Dornröschenschlaf, aus dem sie erst gegen Ende des 19. Jahrhunderts wieder erwachte. Inzwischen haben sich hier einige Industriebetriebe angesiedelt: Zuckerraffinerien, Tabakmanufakturen und Werften. Doch vor allem im Sommer erfüllt sich die kleine Stadt mit Leben, denn ihre Lage am Rande des Kleinen Belt und der Charme ihrer alten Sträßchen begeistern viele Touristen.

Die *Liebfrauenkirche (Vor Frue Kirke)* gehört zu den großen Kirchen des Landes; sie entstand im Jahr 1488. Das weit und hell wirkende Kircheninnere birgt mehrere schöne Holzplastiken und ein schmiedeeisernes Gitter. – Unweit der Kirche befindet sich in der Damgade 26 die *Mands Samling,* ein kleines *Museum* für Lokalgeschichte und Archäologie.

Ein weiteres Museum, *Willemoesgårdens Mindestuer,* wurde zur Erinnerung an den berühmten Seefahrer Peter Willemoes in dessen Geburtshaus eingerichtet. Außerdem gibt es in der Stadt noch das *Historische Museum von Assens* und ein kleines Privatmuseum, die *Ernst Samlinger,* Sammlungen von Antiquitäten und Kunstgegenständen aus der ganzen Welt.

Bei einem Stadtbummel fallen auch einige schöne Wohnhäuser aus dem 17. und 18. Jahrhundert auf, so z. B. *Plums Gård, Willemoesgården* (s. o.) und *Postgården.* Der Bildhauer Jerichau

(1816–1883) wurde in der Østergade 23 geboren.

Weiter geht die Fahrt über

Kærum, 38 km, das eine *Kirche* mit schönem Renaissance-Interieur, mehreren Skulpturen und Fresken in den Fensteröffnungen besitzt. – In

Hårby (Hotels, ⚠), 53 km, zweigt links eine Straße nach dem 7 km entfernten *Glamsbjerg* (⌂) ab. Dort kann man ein altes typisches Bauerngehöft besichtigen und ein fünisches Restaurant besuchen. Sonst fährt man auf der küstennächsten Straße inmitten einer nun etwas hügeliger werdenden Landschaft weiter über

Millinge (Hotels), 66 km, wo eine Querstraße die Verbindung zur A 8 nach *Horne* (s. Route 4 auf S. 244) herstellt.

Dann erreicht man das südlich der Hauptstraße A 8 gelegene

Fåborg (6700 Einw.), 71 km. Obwohl Fåborg im Laufe der Jahrhunderte sehr unter Bürgerkriegen, den Schwedenkriegen und Brandkatastrophen gelitten hat, gehört es zu den interessantesten Städten des Landes. Diese am Rande des Kleinen Belt inmitten von Wäldern liegende Stadt mit ihren Straßen, die fast zu alt aussehen, als daß man sie für echt halten könnte – und dennoch sind sie es – und ihren typisch fünischen Häusern hat einen ganz besonderen Reiz.

Das an der Østergade stehende

Fåborg Museum kennt wohl jeder in Dänemark. Es wurde zu Beginn dieses Jahrhunderts von dem Staatsrat Mads Rasmussen

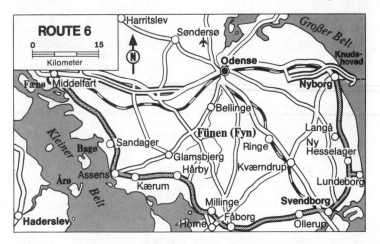

gegründet, der hier ein Museum für die Fünen-Maler schaffen wollte. Internationale Meisterwerke kann der Besucher hier kaum sehen, dafür jedoch eine Gemälde-Sammlung, die ihn nicht unbeeindruckt lassen wird, und sei es nur ihrer Unmittelbarkeit wegen. Sehenswert sind auch die Skulpturen von Anne-Marie-Carl Nielsen und Kaj Nielsen insbesondere aber das von Kaj Nielsen geschaffene Bildnis des Museumsgründers.

,,Den gamle Gård" ist ein in der Holckegade in einem typischen Bauerngehöft eingerichtetes *Museum* für lokales Brauchtum und Lokalgeschichte.

Mehrere interessante Häuser findet man in der *Østergade* (Nr. 17, 25, 27), in der *Strandgade (Packhuset)*, in der *Vestergade* (Nr. 1, 3, 7, 8, 10) und in der schon genannten *Holckegade*, nicht zu vergessen das *Westtor (Vesterport)* mit Glockenturm als einziges Überbleibsel der bereits im Jahr 1229 vorhandenen Stadtbefestigung, und die *Heiliggeistkir-*

che (Helligåndskirke), die um 1500 errichtet wurde.

Im *Stadion* befindet sich eine Skulptur von Gerhard Henning.

Wenige Kilometer nördlich der Stadt liegt an der Straße nach Odense das neue *Landschaftsmuseum ,,Svanninge Bakker";* es ist in einem Aussichtsturm in den Hügeln von Svanninge neben dem Restaurant ,,Skovlyst" eingerichtet.

Von Fåborg folgt man der südlichen Küstenstraße, einer der ,,grünen" Straßen dieses Landes; sie gibt streckenweise großartige Ausblicke auf das Meer frei.

Rechts der Straße liegt bald inmitten eines Sees und umgeben von Wallanlagen das *Herrenhaus Nakkebølle,* 78 km, aus dem Jahr 1559. – Später kommt man durch

Ollerup, 90 km, mit der 1920 von Niels Bukh gegründeten *Hochschule für Leibesübungen,* die sehr schön inmitten von Parkanlagen mit antiken Statuen steht.

Man fährt dann am *Herrenhaus von Hvidkilde*, 93 km, vorüber. Das ursprüngliche Herrenhaus wurde bereits im Jahr 1560 errichtet; in der Folgezeit (1742) wurde es von Philipp de Lange in ein Barockschloß umgebaut. Die 1770 angelegten Gärten sind öffentlich zugänglich.

Die größte Stadt dieser Route ist

Svendborg (23 300 Einw.), 97 km, dessen ausführliche Beschreibung man bei der Route 12 auf Seite 310 findet.

Hinter Svendborg geht es über die zwar nicht direkt entlang der Küste, jedoch küstennah verlaufende Straße in Richtung Nyborg weiter. Links der Straße liegt das *Herrenhaus Broholm*, 110 km, dessen von einer hohen Turmspitze gekrönter Wohntrakt aus dem Jahr 1642 stammt. – Hier zweigt rechts eine Nebenstraße nach dem 3 km entfernten *Lundeborg* mit hübschem kleinem Hafen ab.

Zwischen Lundeborg und dem Ort *Ny Hesselager* (⌂, ⚔), liegt, ebenfalls rechts der Straße,

**Schloß Hesselager. Das prächtige Schloß gehörte früher der dänischen Krone. 1538 ließ Kanzler Johan Friis es im Stil der Nordischen Renaissance neu errichten, aber trotzdem haftet diesem Schloß mit seinen hohen, von Schießscharten durchbrochenen Mauern, dem Rundgang und den Wassergräben noch etwas

Mittelalterliches an. Eine Zeitlang war es im Besitz der Familie der Schriftstellerin Karen Blixen. Dieses Schloß kann nicht besichtigt werden.

Der riesige *Hesselagersten* oder auch *Damesten* (1 km in nordöstlicher Richtung), der mehr als 1000 t wiegt und einen Durchmesser von 46 m hat, gehört zu den wenigen Überbleibseln, die in dieser Gegend an die Eiszeit erinnern.

Bei *Langå* (⌂, ⚔), 120 km, findet man 2 km links der Hauptstraße *Schloß Rygaard*, eine kleine Festung mit Innenhof, wie Schloß Egeskov auf Pfählen erbaut. 2 km nördlich davon liegt das im 16. Jahrhundert von Christoffer Valkendorf errichtete Schloß *Glorup*, das im 18. Jahrhundert barockisiert wurde. Es befindet sich in Privatbesitz und ist nur an bestimmten Wochentagen zugänglich. – Später verläuft die Straße unweit des um 1600 errichteten Schlosses **Holckenhavn*, 127 km, dessen Decken- und Wanddekorationen, insbesondere die des Rittersaales, erhalten sind. In der Kapelle sind **Holzschnitzereien von Hans Dreier (gestorben 1653) zu sehen. Die Besichtigung des Parks und der Kapelle ist möglich.

Die Route endet im Stadtzentrum von

Nyborg (15 100 Einw.), 130 km, am *Nyborg-Fjord* des Großen Belt (s. Route 5 auf S. 251).

Für Autofahrer aus Mittel- und Westeuropa ist dies der einfachste Weg nach Kopenhagen. Es gibt dabei zwei Anreisevarianten: Die meistbenutzte Strecke ist die ,,Vogelfluglinie" Puttgarden – Rødbyhavn, die zweite Möglichkeit ist die über Lübeck-Travemünde – Gedser (s. die folgende Route 8 auf S. 268).

Man lernt hier zwei ziemlich unterschiedliche dänische Inseln kennen. Die erste ist Lolland, eine der reizvollsten Inseln des Landes, mit der Stadt Maribo, deren Häuser eng aneinandergedrängt zwischen roten Mauern stehen. Wenn man über die A 2, d. h. über Gedser, nach Dänemark einreist, muß man eine andere große Insel überqueren: Falster, eine zweifellos herbere Landschaft. Diese beiden Routen 7 und 8 laufen am Rande des Storstrømmen zusammen und führen dann durch den grünsten und lieblichsten Teil Seelands (Sjælland); Schlösser, alte Kirchen und kleine Städte säumen sie und laden zum Verweilen ein.

*

In *Puttgarden* (Zoll) beginnt die sogenannte ,,Vogelfluglinie" *(,,Fugleflugtlinie"),* so genannt, weil dies auch die alljährlich aufs neue beflogene Route der Zugvögel ist.

Sie stellt die Realisierung einer im 19. Jahrhundert geborenen Idee dar und ist eine der schönsten Errungenschaften der modernen Technik. Das Gemeinschaftswerk der Bundesrepublik Deutschland und des Königreichs Dänemark entstand in den Jahren 1959 bis 1963. Durch die Vogelfluglinie konnte die Anreise von Mittel- und Westeuropa in die nordischen Länder erheblich verkürzt werden.

Rødbyhavn (2300 Einw.), der Hafen der Stadt Rødby, ist seit Eröffnung der Vogelfluglinie, die diese alte Ortschaft in einen internationalen Fährhafen verwandelt hat, nach Helsingør der zweitgrößte Transithafen Dänemarks. Man fährt auf der autobahnmäßig ausgebauten E 4 vorbei an

Rødby (2400 Einw.), 6 km. Es war im Mittelalter und bis in die Mitte des 18. Jahrhunderts der Verbindungshafen mit Holstein. Bei heftigen Sturmfluten wurde Rødby damals wiederholt überschwemmt. Die *Kirche* stammt aus der Zeit der Stadtgründung, d. h. aus dem 18. Jahrhundert.

6 km nordwestlich von Rødby liegt die **Kirche von Tirsted.* Das romanische Bauwerk birgt sehr schöne **Fresken aus dem 15. Jahrhundert, ein Werk des Elmelunde-Meisters. – 8 km südöstlich von Rødby stößt man auf die romanische **Kirche von Tågerup* mit kleeblattförmigem Taufstein und Fresken, die ebenfalls vom Elmelunde-Meister stammen.

Der nächste größere Ort an der Autobahn E 4 ist dann

Maribo (5600 Einw.), 19 km, eine der hübschesten dänischen Provinzstädte überhaupt. Außerordentlich reizvoll ist ein Bummel durch die schmalen, von bunt bemalten und blumengeschmückten Häusern gesäumten Straßen, die im Schatten von Kloster und Kirche gewachsen sind und deren Lebensrhythmus jahrhundertelang vom Geläut der Glocken bestimmt wurde. Einige bedeutende Industrieunternehmen im Westen der Stadt, insbesondere chemische Werke, stellen Arbeitsplätze für die Bewohner dieser Gegend. Die Produkte werden über Bandholm (s. S. 264) exportiert.

Der im 15. Jahrhundert erbaute

Dom war ursprünglich die Kapelle des längst verschwundenen Klosters, dessen Ruinen nördlich der Kirche zu sehen sind.

Königin Margrethe I. beschloß kurz vor ihrem Tod (1412), ein Kloster für den von der heiligen Brigitta, mit der sie befreundet war, gegründeten Orden zu bauen. Doch die Verwirklichung dieses Vorhabens erfolgte erst um 1416 durch den Großneffen und Nachfolger der Königin, Erich den Pommern, und erst um 1470 war die ganze Kirche gewölbt. Wie alle Klöster dieses Ordens – von denen nur noch die Klöster Vadstena (in Schweden) und Mariager (s. S. 196) erhalten sind – wurde Maribo nach den persönlichen Vorstellungen der Heiligen erbaut: Das Nonnenkloster lag im Norden und das Mönchskloster im Süden, zwischen beiden die Kirche, deren Chor nach Westen zeigen mußte. Diese bedeu-

tende und wunderschön gelegene Klosteranlage besaß in Bandholm ihren eigenen Hafen. Nach der Reformation durfte das Kloster so lange weiterbestehen, bis der letzte Ordensangehörige gestorben war, d. h. bis zum Jahr 1551. Nach 1556 wurde es in eine Lehranstalt für junge Damen aus adeligen Kreisen umgestaltet, und die Stadt Maribo wurde dem Bistum Sorø zugeteilt. Nach und nach verfielen die Klosteranlagen. Im Laufe der Jahrhunderte ist die *Stiftskirche* des öfteren umgebaut worden; 1924 – in diesem Jahr erfolgte die Bildung der unabhängigen Diözese Lolland-Falster – wurde sie in den Rang einer Domkirche erhoben.

Die merkwürdige Anordnung des Altars in diesem schönen, weiß getünchten, dreischiffigen Bauwerk rührt daher, daß der Chor, der allein von den ursprünglichen Gebäuden übriggeblieben war, als Orientierungspunkt für den Wiederaufbau diente. Die schöne Altarwand stammt aus dem Jahr 1641 und die Renaissance-Kanzel von 1606. Das spätgotische Kruzifix ist um das Jahr 1500 entstanden, der von den vier Evangelisten getragene Taufstein um 1600.

Unter den Grabsteinen findet man auch den der unglücklichen Leonora-Christina, die – nachdem sie 22 Jahre im Kerker von Christiansborg verbracht hatte – ihr unglückliches Leben im Kloster Maribo beendete.

*Stiftsmuseet på Lolland-Falster. Das in der Jernbanegade 22 gelegene *Diözesanmuseum* enthält Kunstgegenstände, Gemälde und Skulpturen dänischer Künstler sowie prähistorische und histori-

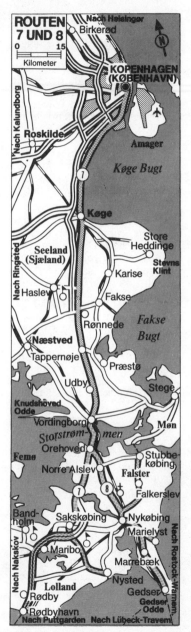

sche Sammlungen. Bemerkenswert sind die beiden schönen
*Runensteine (rote Runen), von
denen einer über und über mit
Zeichen bedeckt ist. Eine ungewöhnliche kleine Abteilung ist
den polnischen Fremdarbeitern
gewidmet. In der umfangreichen
Diözesanbibliothek findet der
Besucher Werke aus dem 16.
Jahrhundert. – An den Ufern eines kleinen, unmittelbar nördlich
des Doms gelegenen Sees liegen
die Ruinen des Nonnenklosters.

Am Rathausplatz *(Rådhusplads)*
steht an der Stelle des heute nicht
mehr vorhandenen Geburtshau-
ses dieses Schriftstellers ein *Kaj-
Munk-Denkmal.* Kaj Munk wurde am 13. Januar 1898 in Maribo
geboren und besuchte hier die
Volksschule. Später zog er in das
einige   Kilometer   entfernte
Opager.

Das *Freilandmuseum (Frilandsmuseum)* am Meinckesvej vermittelt einen Einblick in das bäuerliche Leben um 1800 auf den
Inseln Lolland und Falster. Man
findet dort Gehöfte, Häuser,
Werkstätten, eine Kirche und eine Schule.

**Ausflug nach Knuthenborg und
Bandholm (10 km)**

Biegt man westlich von Maribo
von der A 7 in Richtung Nakskov
nach Norden ab, so kommt man
zum Westeingang des Parks von

*Schloß Knuthenborg (7 km), zu
dem der größte Safaripark des
Landes (600 ha) gehört. Hier leben Elche, Hirsche, Lamas, Ren-
tiere, Mufflons, Zebras und Ti-
ger in relativ freier Wildbahn; eine 16 km lange Fahrstraße durchquert den Park in seiner gesamten Länge.

Es gibt dort auch einen Kinder-
zoo und Ponyreiten sowie sehr
schön angelegte Rhododendron-
beete. Die Seen werden von ro-
safarbenen Flamingos, Schwänen
und Kranichen bevölkert.

Vorbei am Knuthenborg-Park
gelangt man nach

Bandholm (750 Einw.; 10 km),
dem Hafen von Maribo und einer
malerischen Ortschaft mit bunt
bemalten niedrigen Häuschen.

*Museumsbanen Marlbo-Band-
holm:* Dieser kleine, aus alten
Waggons zusammengesetzte Zug
verkehrt an bestimmten Tagen.

*

Sakskøbing (4200 Einw.), 28 km,
ist die nächste Stadt an der Autobahn E 4. Es liegt am Ende eines
engen und tief eingeschnittenen
Fjords. Die Gründung der kleinen Stadt erfolgte im 13. Jahrhundert durch Waldemar den
Siegreichen. Sakskøbing lebt von
Zuckerfabriken und diversen In-
dustrieniederlassungen (Holz,
Maschinenbau). Die in roma-
nisch-gotischem Übergangsstil
errichtete *Kirche* enthält Fresken
aus dem ausgehenden 15. Jahrhundert sowie eine geschnitzte,
bemalte *Altarwand (1500).

4 km nordwestlich steht am Ufer
des Fjords das reizvolle *Schloß
Orebygård.* Die Grundmauern
stammen vom Ende des 16. Jahrhunderts, doch im 19. Jahrhundert wurde das Schloß völlig neu
aufgebaut. Der Schloßpark ist öffentlich zugänglich.

Ausflug nach Nysted (19 km)

Man verläßt Sakskøbing nach Süden. Nach 3 km zweigt links eine

Straße nach *Schloß Krenkerup*
ab. Der schöne Bau ist im Besitz
der bereits zur Zeit der Königin
Margrethe I. bekannten Familie
Gøje. Der Nordflügel stammt
aus dem Jahr 1500, der große
achteckige Turm entstand 1631.
Nur an bestimmten Wochentagen ist der Park öffentlich zugänglich.

Die Hauptstraße führt weiter
nach Süden und erreicht über
*Kartofte, Fjelde, Døllefjelde, Sto-
re Musse* und *Herritslov* schließlich

Nysted (1400 Einw.), 19 km, eine
rings um *Schloß Ålholm* entstandene Ortschaft. Das in sehr schöner Umgebung gelegene *Schloß
entstand im 12. Jahrhundert und
ist seitdem mehrfach umgebaut
worden; der älteste der drei Türme, der Nordturm, stammt aus
dem Jahr 1500. Lange Zeit diente
Schloß Ålholm als königliche Residenz. Obwohl es sich heute in
Privatbesitz befindet, ist der Park
öffentlich zugänglich. In ihm hat
man ein *Oldtimer-Museum* mit
110 verschiedenen Modellen eingerichtet.

*

Hinter Sakskøbing fährt man ent-
weder vom Ende der Autobahn
auf der neuen E 4 oder von der
Stadt auf der alten A7 weiter zum
Guldborg-Sund, der Lolland und
Falster trennt.

Der Ort

Guldborg, 39 km, ist weithin be-
kannt wegen seiner Obst- und
Rosengärten. Hier überquert die
E 4 die Sundbrücke nach Falster.

Bald danach liegt rechts der Straße die spätromanische *Kirche von
Brarup,* 42 km, mit bedeutenden

Schloß Ålholm

**Fresken, die zum Teil im 13. und zum Teil im 14. Jahrhundert entstanden sind. – Es geht dann durch

Øster Kippinge (⌂), 44 km, mit einer Wallfahrtskirche aus dem 14. Jahrhundert, deren Entstehung auf eine wundertätige Quelle zurückgeht (bäuerliche Fresken und Holzschnitzereien). – In

Orehoved (⌂), 51 km, treffen die E 4/A 7 und die E 64/A 2 (s. Route 8 auf S. 270) zusammen und führen als E 4/A 2 nun über die *Storstrømsbro,* die den Storstrømmen überspannt. Das Landschaftsbild ist an dieser Stelle von besonderer Schönheit, denn der Blick geht weit aufs Meer hinaus und über die vorgelagerten Inseln hinweg. Die 1937 eingeweihte Bahn- und Straßenbrücke stellte seinerzeit eine außergewöhnliche technische Leistung dar. Sie ist 3,2 km lang und ruht auf 49 Pfeilern. Sie endet auf der Insel Masnedø; hier befindet man sich bereits in Seeland *(Sjælland)* und wird von

Vordingborg (9300 Einw.), 60 km, begrüßt. Diese alte Stadt ist

ursprünglich rings um die Festung entstanden, die Waldemar der Große im 12. Jahrhundert zum Schutz gegen schwedische Übergriffe errichten ließ und auf der er 1182 starb. Waldemar Atterdag erbaute später eine 700 m lange Ringmauer und den siebenstöckigen **Gänseturm (Gåsetårn),* der gleichzeitig als Wachtturm und als Kerker diente. Einschließlich der Turmspitze mißt er 46 m. Von dieser ganzen wuchtigen Verteidigungsanlage ist nur noch der Gänseturm übriggeblieben, der auch besichtigt werden kann (Eingang durch die Algade).

Auf dem Ruinengelände wurde das *Südseeland-Museum (Sydsjællands Museum)* eingerichtet. Es enthält in erster Linie regionale Altertümer und Sammlungen zur Geschichte der Festung. (Eingang ebenfalls durch die Algade.) Auch der *Historisch-botanische Garten (Historisk-botanisk Have)* befindet sich auf dem ehemaligen Schloßgelände und zwar handelt es sich um eine Wiederherstellung (1921) des alten *Burggartens* nach mittelalterlichem Vorbild. Er enthält mehr als 400 Zierpflanzen, Gewürz- und Heilkräuter.

In der *Kirche* befinden sich eine große **Altarwand* von Abel Schrøder und bedeutende Fresken (Verkündigungsgruppe, Gruppe Jeppe der Maurer und Anders der Schmied).

20 km westlich von Vordingborg erstreckt sich *Knudshoved Odde,* eine landschaftlich sehr schöne, auffallend schmale und spitz zulaufende Landzunge, auf der Wälder mit Wiesen abwechseln.

*

Bei der Weiterfahrt auf der Hauptstraße nach Norden liegt links der E 4/A 2, 68 km, die freskengeschmückte

Kirche von Udby aus dem 13. Jahrhundert. Im Pfarrhaus wurde der Pfarrer, Dichter, Essayist und Soziologe Grundtvig geboren. Heute befindet sich hier ein kleines *Grundtvig-Museum.*

Nikolai Frederik Severin Grundtvig (1783–1872) zählt zu den größten Psalmendichtern der Welt. Sein kulturelles Wirken ist jedoch mindestens genauso bedeutend, führte es doch zur Gründung der berühmten Volkshochschulen. Er war zwar nicht der erste, der Unterweisung, Wissen und das Leben in der Gesellschaft als ein Ganzes betrachtete, doch es war dann ein anderer Pädagoge, nämlich Kristen Kold, der die pädagogischen Grundsätze Grundtvigs in die Praxis umsetzte.

Später kreuzt man bei *Rønnede* (â), 90 km, die Straße von Næstved nach Fakse und kann hier (2 km links ab) auf die Autobahn E 4/A 2 nach Kopenhagen übergehen.

Man gelangt jetzt in eine leicht hügelige und bewaldete Landschaft, in der die Wälder jedoch oft von weiten Wiesen unterbrochen werden. Die Fahrt auf der alten Hauptstraße führt vorbei an Herrenhäusern und weißgrünen Gehöften.

Alternativstrecke über Gisselfeld und Bregentved

Ab *Rønnede* bietet sich eine kleine Variante an, die zwei der schönsten seeländischen Schlösser mit einschließt. Man fährt dazu

von *Rønnede Kro* links ab zur am Autobahnbeginn gelegenen *Kirche von Kongsted* (2 km). Sie birgt Fresken aus dem Jahr 1450. Dargestellt sind vor allem Personen in zeitgenössischen Trachten. Der Grabstein der Eheleute Grubbe aus Lystrup verkündet den nachfolgenden Generationen, daß ,,sie glücklich waren und 17 Kinder miteinander hatten''. – Nach insgesamt 4 km geht es dann rechts ab zum

*Schloß Gisselfeld (7 km). Es wurde im Jahr 1547 im Renaissance-Stil für den Hofmarschall Peder Oxe errichtet. Der prächtige Park mit seinen von Karpfen bevölkerten Seen und Teichen sowie Vogel- und Gewächshäusern, in denen seltene Pflanzen wachsen, ist öffentlich zugänglich. – Das folgende

*Schloß Bregentved (10 km), wurde im 18. Jahrhundert für den Grafen Moltke errichtet. Es ist noch heute im Besitz der Familie Moltke und wurde Ende des 19. Jahrhunderts im Rokoko-Stil restauriert. Andersen weilte oft als Gast auf Bregentved. Sonntags ist auch der Park von Bregentved öffentlich zugänglich.

Nach 14 km Alternativstrecke gelangt man bei km 96 der Hauptroute wieder auf die alte A 2 und folgt ihr zunächst bis

Køge (27 100 Einw.), 114 km. Diese bereits im 11. Jahrhundert bekannte Stadt ist heute dank ihrer günstigen Lage an einer Bucht des Øresund ein bedeutendes Handelszentrum.

In der *Køge-Bucht (Køge Bugt)* fanden mehrere große Seeschlachten statt: 1677 besiegte hier Admiral Niels Juel an der

Spitze der dänischen Flotte die schwedische Seemacht; 1710 rettete der Norweger Ivar Huitfeld die dänisch-norwegische Flotte, indem er sein Schiff, die ,,Danebrog", und die 700köpfige Besatzung in die Luft sprengte; schließlich griff die britische Admiralität Dänemark im Jahr 1807 an dieser Stelle an, um zu verhindern, daß sich die dänische Flotte in den Dienst Napoleons stellte.

Die *St.-Nikolai-Kirche (Sankt Nicolai Kirke)* ist dem heiligen Nikolaus von Myra, dem Patron der Seefahrer, geweiht und entstand wahrscheinlich 1324. Der hohe, mit Giebeln versehene Glockenturm diente als Leucht- und Wachtturm. Von ihm aus verfolgte Christian V. im 17. Jahrhundert die Schlacht zwischen Niels Juel und der schwedischen Flotte. Innen birgt die durch das hohe Hauptschiff recht eindrucksvoll wirkende Kirche eine Renaissance-Kanzel, eine 1624 vom Holbæk-Meister geschaffene Altarwand sowie gotisches und barockes Chorgestühl. Das Gehäuse der großen Orgel (sie stammt aus der Zeit Frederiks III.) schmückt naive Malerei.

Das *Museum* befindet sich in der Nørregade 4 in einem schönen Haus aus dem Jahr 1659; es enthält Sammlungen über Volkskunst und Brauchtum sowie eine gute Dokumentation über die Besatzungsjahre 1940 bis 1945.

Man sollte sich in Køge Zeit für einen Stadtbummel nehmen, bei dem man auf einige alte Fachwerkhäuser und klassizistische Bauwerke stoßen wird. Angeb-

lich befindet sich in der *Store Kirkestræde* 20 das älteste Haus Dänemarks; es trägt die Jahreszahl 1527. In derselben Straße (Nr. 13) liegt *der Hof des Schmieds (Smedegården),* und am Marktplatz (Torvet) steht das im 16. Jahrhundert erbaute *Rathaus (Rådhus),* das in den ersten Jahren des 19. Jahrhunderts im klassizistischen Stil umgebaut wurde; Haus Nr. 21 stammt aus dem Jahr 1634. Sehenswert sind auch die *Nørregade* und die *Vestergade.*

Zwischen Køge und dem Meer liegt ein langer, von einigen Hotels, Cafés und Restaurants gesäumter Strand.

1 km westlich der Innenstadt liegt an der Straße nach Ringsted die große öffentliche Parkanlage *Gammelkøgegårdpark.* Der 1791 errichtete Gammelkøgegård selbst liegt auf der anderen Seite des Flusses.

*

Man verläßt Køge über den Københavnvej und geht wieder auf die alte A 2, die nun bis zu den Vororten der Hauptstadt mehr oder weniger dicht entlang der Køge-Bucht verläuft und zahlreiche Badeorte bzw. kleine Wohnstädte wie *Solrød Strand, Greve Strand* (🏠), *Brøndby Strand* und *Hvidøvred Valby* durchquert.

Die große Anfahrtroute der ,,Vogelfluglinie" endet in der dänischen Hauptstadt

***Kopenhagen,** 150 km, deren ausführliche Beschreibung auf Seite 88 beginnt.

Diese Route ist bis Vordingborg fast genauso lang wie die vorstehend beschriebene von Rødbyhavn durch Lolland und schließt die Fahrt über die Ostsee von Lübeck-Travemünde (oder Rostock-Warnemünde) nach Gedser mit ein; die Überfahrt dauert gut 3 bzw. knapp 2 Stunden. Von Gedser durchquert man die Insel Falster in ganzer Länge auf der E 64 und trifft in Orehoved – 8 km südlich von Vordingborg – mit der E 4 (Route 7) zusammen.

Gedser (1200 Einw.) liegt fast an der Südspitze der flachen und sehr fruchtbaren Insel Falster, die etwa die Form eines gleichseitigen Dreiecks hat. *Gedser Odde,* 3 km südlich des Ortes, ist der südlichste Punkt Dänemarks. Im Herbst, wenn unzählige Vogelschwärme über dieses Gebiet gen Süden ziehen, ist die Landspitze ein idealer Beobachtungsplatz für Vogelfreunde.

Kurz hinter *Marrebæk,* 12 km, zweigt rechts eine Straße nach dem 4 km entfernten

Marielyst ab, einem bekannten und wegen seines herrlichen Strandes vielbesuchten Seebad.

Nykøbing/Falster (19 400 Einw.), 25 km, ist die größte Stadt der Insel und über die *Frederik-IX.-Brücke* mit Lolland verbunden.

Im 13. Jahrhundert ist Nykøbing erstmals urkundlich erwähnt, und die zur Zeit der Wendenkriege erbaute Festung wurde im 16. Jahrhundert Residenz der Königinwitwe Sophie, der Gemahlin Frederiks II. 1667 fand hier die Trauung von Christian V. und Charlotte-Amalie statt. Dieses Schloß, und auch das später an seiner Stelle erbaute, wurde inzwischen abgerissen. – Heute ist Nykøbing/Falster ein für diesen Teil Dänemarks bedeutendes Industriezentrum.

Die gotische *Kirche* ist der einzige Überrest des ehemaligen *Franziskanerklosters.* Seit 1532 dient sie als Pfarrkirche. Auf der Südostseite des hohen, roten Backsteinbaus mit den gezackten Giebeln und hohen Fenstern erhebt sich ein Glockenturm mit kupferbedeckter Zwiebelkuppel.

Im Innern ist der 1627 im Auftrag der Königin Sophie angefertigte *Stammbaum des Hauses Mecklenburg* zu sehen, und zwar mit Vorfahren sowohl mütterlicher- als auch väterlicherseits. Bemerkenswert ist auch ein Gemälde von Lukas Cranach d. Ä. aus dem Jahr 1540.

In dem ursprünglich schon von den Franziskanermönchen angelegten Kräutergarten bei der Kirche wachsen seit 1971 wieder 300 verschiedene Heilkräuter, darunter auch das bekannte Zauberkraut „Alraune".

Das *Falstermuseum (Museet Falsters Minder)* befindet sich in einem schönen Fachwerkhaus, das auch, weil Peter der Große sich einmal hier aufhielt, „Zarenhaus" *(Czarens Hus)* genannt wird. Hier findet man Sammlungen zur Geschichte der Insel Falster und über das Leben der Landbevölkerung, d. h. verschiedene Geräte und Werkzeuge sowie die Nachbildung eines Bauernhofs, einer Goldschmiedewerkstatt und eines Ladens. Außerdem enthält das Museum Fayence-, Zinn- und Kupfersammlungen.

Die Straßen von Nykøbing/Falster mit ihren erkergeschmückten Fachwerkhäusern haben ein ganz besonderes Gepräge. Das älteste Haus der Stadt steht in der *Langgade* (Nr. 18); *Ritmestergården* in der Store Kirkestræde ist um 1620 entstanden. Bemerkenswert ist die *alte Kornhandlung* in der Slotsgade 30.

Ausflug nach Stubbekøbing (20 km)

Über *Falkerslev* (14 km) und *Maglebrænde* (17 km) mit spätgotischer Kirche und Fresken aus derselben Zeit kommt man nach

Stubbekøbing (2200 Einw.; 20 km), einer sehr alten Ortschaft am *Grønsund,* der die Insel Falster von der Insel Møn trennt. Die kleine Ortschaft hatte sehr unter den Schwedenkriegen zu leiden, vor allem im Jahr 1658. Die typisch dänische dreischiffige *Kirche* mit dem gezackten Turm entstand um 1200. Die Altarwand stammt von 1618 und die geschnitzte Kanzel aus dem Jahr 1634. Von der Kirchturmspitze bietet sich ein schöner Rundblick.

*

Hinter Nykøbing/Falster verläuft die E 64/A 2 weiter nach Norden und zieht an *Stubberup* (ⅲ)

vorbei. Hier zweigt rechts eine Straße zur 2 km entfernten **Kirche von Tingsted* ab. Sie wurde aus großen rosafarben gekalkten Steinplatten im romanischen Stil errichtet. Innen sind **Fresken* aus dem 15. Jahrhundert zu sehen; besonders beachtenswert ist die Darstellung, auf der der Teufel beim Buttern sein Unwesen treibt (1475−1500).

Bei einer weiteren Kreuzung, 36 km, biegt rechts eine Straße zur ebenfalls 2 km entfernten *Kirche von Eskilstrup* ab, deren romanischer Stil dem der norddeutschen Romanik entspricht (Fresken aus dem ausgehenden 15. Jh). – Der nächste Ort an der E 64/A 2 ist

Nørre Alslev (1700 Einw.), 40 km, ein Dorf mit gotischer *Backsteinkirche,* die die Wappen Holsteins und Dänemarks zieren. Im Innern sind ein *Fresko* von 1300 und ein *Wappenfiguren-Fries* sehenswert, die geschnitzte Altar-

Die Storstrømsbro

wand entstand 1646. An der turmseitigen Wand (hinter dem · Altar) zieht ein Fresko aus der Zeit um 1500 mit der Darstellung eines ,,Totentanzes" den Blick auf sich. – In

Orehoved, 45 km, treffen die aus Rødbyhavn kommende E 4 (s. Route 7 auf S. 265) und die E 64 zusammen; sie erreichen zusammen über die *Storstrømsbro*

Vordingborg, 53 km.

Route 9: ***Kopenhagen – Rungsted – Humlebæg – Helsingør – Hornbæk – Gilleleje – Tisvildeleje – Hillerød – Kopenhagen (145 km)

Hinter Klampenborg verläuft die Straße streckenweise dicht an der Küste entlang und durchquert eine Reihe von im Grünen gelegenen Ortschaften, in denen fast ohne Unterbrechung bis Humlebæk und Helsingør mehr oder weniger schöne Villen, Hotels, Restaurants, Teestuben und Strände einander abwechseln. Man passiert auf dieser Fahrt auch zwei Museen, von denen eins, nämlich Louisiana, sehr bedeutend ist.

Über die A 3/E 4 kann man von ***Kopenhagen auch schneller nach Helsingør gelangen, doch ist diese Strecke touristisch weniger interessant. Auf der Küstenstraße erreicht man hinter *Klampenborg,* 12 km, nacheinander *Springforbi, Skodsborg* und *Vedbæk* (⌂), drei Badeorte, die im Sommer stark frequentiert sind. Es folgt

Rungsted, 26 km. Im Herrenhaus *Rungstedlund* kam 1885 die Schriftstellerin Karen Blixen zur Welt. Sie verbrachte viele Jahre auf Rungstedlund und starb hier auch im Jahr 1962. Heute ist das Herrenhaus Sitz der Dänischen Akademie; der Park und das Grab von Karen Blixen sind jedoch frei zugänglich.

Karen Blixen (1885–1962), Sproß einer alten dänischen Adelsfamilie und mit einem schwedischen Baron verheiratet, war eine fremdartige und faszinierende Persönlichkeit. Sie, die man gerne als große Dame der dänischen Literatur bezeichnet, vollzieht den Übergang zwischen der Dichtkunst, den Symbolen zu Beginn dieses Jahrhunderts und den Menschen von morgen. Ihr bedeutendstes Werk ist ,,Afrika, dunkel lockende Welt", das als Hollywood-Verfilmung (,,Out of Africa"/,,Jenseits von Afrika") 1986 in unsere Kinos kam. Hier schildert sie ihre Erfahrungen auf einer großen Kaffeeplantage in Kenia. Es handelt sich um ein sowohl autobiographisches als auch anthrophologisches Werk.

3 km westlich von Rungsted, in *Hørsholm* (⌂), nahe dem Sjælsø, stand früher das 1734 von L. Thura erbaute ,,Herrenhaus von Hirschholm." Das Schloß ist heute zerstört. Die Wirtschaftsgebäude und Stallungen wurden jedoch in ein *Forst- und Jagdmuseum* umgewandelt. Auf der Insel im See steht eine hübsche kleine Kirche im klassizistischen Stil.

Unter der Herrschaft Christians VII. diente das Schloß als Rahmen einer Affäre, die als Tragödie endete: Königin Caroline Mathilde traf sich hier mit Johann Friedrich Struensee, dem Leibarzt ihres Mannes. Struensee, der sich den Schwachsinn des Königs zunutze machte, wurde Minister (1770−1772) und erwirkte in dieser Eigenschaft eine Flut von Reformen für das vom König autokratisch regierte Land. Doch der Adel nahm die Verbindung zwischen der jungen Königin und dem Minister zum Vorwand, um diesen zu beseitigen und die Bestrafung der Schuldigen durchzusetzen. Die Königin wurde nach Deutschland ins Exil geschickt, Struensee gefoltert und öffentlich hingerichtet.

*

Der nächste Ort an der Øresund-Küste ist

Nivå (1300 Einw.), 31 km. Hier kann man die *Nivågaards Malerisamling* besichtigen; es handelt sich um eine kleine, aber gute Privatsammlung von Werken der italienischen Renaissance sowie flämischer und holländischer Meister (Rembrandt, Steen, Bellini, Luini, Rubens u. a.). Außerdem enthält dieses Museum dänische Kunstwerke aus den Anfängen des 19. Jahrhunderts.

Das zwischen Øresund und Wäldern gelegene

Humlebæk (7500 Einw.), 37 km, ist heute Kunstkennern aus aller Welt ein Begriff und zwar wegen seines nachfolgend beschriebenen Museums für moderne Kunst.

**LOUISIANA

Das Museum Louisiana (Gamle Strandvej 13) ist die Verwirklichung eines Traumes, den Knud W. Jensen träumte, weil er sein Vermögen in den Dienst der Schönheit stellen wollte, und zwar nicht nur in den Dienst der Kunst, sondern in den der Synthese von Natur und Kunst. So wird es dem Besucher nicht möglich sein, das Stabile von Calder vom Hintergrund des Wassers oder die Bronzeplastik von Moore von den sie umgebenden Bäumen und Rasenflächen zu trennen. Louisiana ist eine verschwenderische Fülle von Kunstwerken inmitten einer großartigen Umgebung.

Louisiana, das ist zunächst einmal eine schöne *Patriziervilla* aus dem 19. Jahrhundert, die ein Aristokrat nach den Vornamen seiner drei Frauen, die alle Louise hießen, benannte, und vor der seit 1982 die 1,80 m hohe Bronzeskulptur ,,Liebende Frau" des spanischen Künstlers Joan Miro die Besucher begrüßt. Das von Klematis und Rosen überwucherte weiße Herrenhaus mit seinen holzgeschnitzten Balkonen enthält heute die *Museumshalle,* Verkaufsstände für Plakate, Stiche und Postkarten, einen Malraum für Kinder und einen Verkaufsraum für kunstgewerbliche Gegenstände.

Dann beginnt das Labyrinth der Ausstellungsgebäude, in denen die private Sammlung von Knud W. Jensen und Wanderausstellungen untergebracht sind. Klinker, Glas und Holz waren die Werkstoffe, aus denen die Architekten Jørgen Bo (geb. 1919) und Vilhelm Wolhert (geb. 1920) eine Reihe von Galerien und Ausstel-

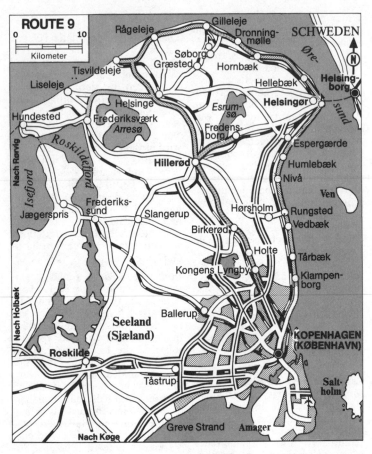

lungsräumen schufen, die sich quer durch den Park bis an den Sund erstrecken, eine Integration von Architektur und umgebender Landschaft. Durch die Glasverkleidung sind das Drinnen und Draußen aufgehoben, das Blickfeld des Besuchers ist unverstellt. Es umfaßt die unter alten Bäumen aufgestellten Kunstwerke, weite Rasenflächen und im Hintergrund das graugrüne Wasser des Øresundes. Am Ende

der Ausstellungsgebäude gibt es eine Cafeteria, von der der Blick über das Wasser bis zur schwedischen Küste reicht.

Seit seiner Gründung im Jahr 1958 nimmt das Museum Louisiana aufgrund seiner zahlreichen Aktivitäten eine Sonderstellung nicht nur im Kunstleben Dänemarks, sondern ganz Nordeuropas ein. Knud W. Jensen hat es verstanden, ein Museum zu schaffen, in dem vieles enthalten ist, was die Alte und die Neue Welt unserer Tage an Kunst hervorgebracht haben.

Louisiana wird von einem Treuhänderrat verwaltet, dessen Vorsitzender Knud Jensen ist, seit 1968 wird das Museum staatlich subventioniert.

Es ist nicht möglich, an dieser Stelle eine erschöpfende Beschreibung sämtlicher Kunstwerke vorzunehmen, denn die Ausstellungsstücke wechseln zum Teil auch manchmal ihren Platz, und Sonderausstellungen folgen in kürzeren Zeiträumen aufeinander.

Beschränken wir uns darauf, zu sagen, daß der Besucher hier Bilder und Skulpturen der berühmtesten internationalen Künstler, d. h. der Künstler, die nach dem Ersten Weltkrieg die zeitgenössische Kunst geprägt haben, zu sehen bekommt. Auch auf die bedeutende Giacometti-Sammlung sei an dieser Stelle hingewiesen.

Die *Sonderausstellungen* sind vielfältig und können recht unterschiedliche Themenkreise behandeln: Fünftausend Jahre ägyptische Kunst, Goldschätze Perus, mexikanische Meisterwerke oder zeitgenössische italienische Kultur, isländische Kunst, zeitgenössische englische Malerei, zeitgenössische spanische Malerei, amerikanische Kunst von 1950 bis 1970 u. a. m.; sie können auch ein bestimmtes Thema wie Documenta, Kunst aus Beton, Cobra, Nordische Biennale, Sechs Surrealisten, Wort und Bild oder auch Amsterdam, das Munch-Museum in Oslo, das Peggy-Guggenheim-Museum in Venedig, das Nationale Museum

für Moderne Kunst in Paris behandeln. Was die zahlreichen Ausstellungen moderner Maler betrifft, so kann man sagen, daß wohl kein bedeutender Künstler der Gegenwart noch nicht in Louisiana ausgestellt wurde.

Auch das *Kunsthandwerk* ist mit Schmiedeeisen, Holz, Keramik, Web- und Töpferarbeiten hier reichlich vertreten, und es besteht die Möglichkeit, in Louisiana solche Arbeiten zu kaufen.

Regelmäßig finden Film- und Konzertwochen statt. Es gibt einen ungefähr 10 000 Mitglieder zählenden Louisiana-Club und einen Jugendclub, dem 700 Mitglieder angehören. Außerdem wird in Louisiana eine Monatszeitschrift, die ,,Louisiana Revy", herausgegeben.

*

Wenn man die kleinen Badeorte *Espergærde,* 38 km, und *Snekkersten* (⌂), 42 km, durchquert hat, erblickt man bereits die grünen Dächer von Schloß Kronborg.

HELSINGØR

Die heute 45 000 Einwohner zählende und 45 km von Kopenhagen entfernte Hafenstadt am Øresund verdankt ihre Berühmtheit auch dem Prinzen Hamlet, obwohl dieser niemals hierherkam.

Geschichte

Helsingør hieß früher Ørekrog. Es war eine kleine Ortschaft, die rings um die von Erich dem Pommern erbaute Festung entstanden war und der 1425 kommunale Sonderrechte eingeräumt wur-

den. Die Stadt entwickelte sich
rasch, denn der Handel blühte
und zudem mußte jedes Schiff,
das den Øresund durchfuhr, einen Sundzoll an die Stadt entrichten. Dieser Zoll wurde durch
das Abkommen vom 14. Mai
1857 abgeschafft. Der Handel,
der ununterbrochene Fährverkehr mit Schweden, die Schiffs-
werften und mehrere bedeutende
Industriezweige haben die ehemals unbedeutende kleine Ortschaft zu einer der geschäftigsten
Städte des Landes gemacht.
Rings um den alten Kern aus
dem 16. und 17. Jahrhundert hat
sich die sehr moderne Neustadt
entwickelt.

Sehenswürdigkeiten

Keine andere dänische Stadt hat
so viele Häuser aus dem 17. und
18. Jahrhundert aufzuweisen wie
Helsingør. Sie stehen vorwiegend
in den Fußgängerstraßen *Strandgade, Stengade* und *Sankt Olaiga-
de;* dieses Viertel wurde vor einiger Zeit vollständig restauriert.

Die kleinen interessanten Straßen verlaufen fast alle senkrecht
zur Strandgade und zum Axeltorv, auf dem man das Denkmal
Erichs des Pommern sieht. – Die

St.-Marien-Kirche des Karmeli-
terklosters (*Sankt Mariæ Kirke*),
Eingang Sankt Annagade, ist
ein interessantes, reich geschmücktes Bauwerk aus rotem
Backstein. Im Kloster (1430), das
zu den besterhaltenen Klöstern
Skandinaviens gehört, können
die *Kreuzgänge,* der *Kapitelsaal*
und der *Konzertsaal* (mit Fresken
aus dem Jahr 1550; Buxtehude
wirkte hier von 1660 bis 1668 als
Organist) besichtigt werden.

Bis 1851 wurde in dieser Kirche
deutsch gepredigt.

Hier befindet sich auch das Grab
der Mätresse Christians IV. – Die

St.-Olai-Kirche (*Sankt Olai Kirke*), Dom seit 1961, liegt ebenfalls an der Sankt Annagade. Mit
ihrem Bau wurde bereits im Jahr
1200 begonnen, doch völlig fertiggestellt wurde sie erst 1559.
Die *Turmspitze* entstand unter
der Regierung Christians IV. Im
Innern befinden sich zahlreiche
Grabschriften reicher Händler
und Reeder dieser Stadt. In der
Taufkapelle hängen Gemälde von
Joachim Skovgaard.

An der Strandpromenade zeigt
das *Øresund-Aquarium* Fische
und andere Wasserbewohner dieses Meeresarmes; angeschlossen
ist ein Labor für Meeresbiologie.

Die 11,75 m hohe *Säule am Hafen* wurde 1947 als Zeichen der
Dankbarkeit für die während des
Krieges Dänemark von Schweden geleistete Hilfe errichtet.

Vom Hafen kann man zu Fuß in
20 bis 30 Minuten nach Schloß
Kronborg (s. S. 275) gelangen.
Dieser Weg führt an den weitläu-
figen Werftanlagen vorbei.

Schließlich sei darauf hingewiesen, daß der berühmte Komponist Buxtehude (1637–1707) seine Kindheit und Jugend in Helsingør (Sankt Annagade 6) verbrachte und Andersen hier ein
Jahr lang zur Schule ging; er behielt dieses Jahr in nicht minder
schlechter Erinnerung als seine
Schulzeit in Slagelse.

Fast außerhalb der Stadt, d. h.
am Rande des Stadtteils *Marienlyst,* liegt am Nordre Strandvej 23

Dänemarks Technisches Museum

(Danmarks Tekniske Museum).
Anhand mehrerer Sammlungen
vermittelt dieses bedeutende Museum einen Überblick über die
Entwicklung der angewandten
Wissenschaften, der Industrie
und der Kommunikationsmittel
im Wandel der Jahrhunderte bis
in die Gegenwart. Hier sind der
älteste Zug Dänemarks, Nimbus-
Motorräder, die ersten ,,Flugma-
schinen", alte Omnibusse u.a.m.
zu sehen.

**Schloß Kronborg

Schloß Kronborg, die Hauptse-
henswürdigkeit von Helsingør,
liegt auf einer an der engsten
Stelle des Sundes (4,5 km) in die
Ostsee ragenden Halbinsel.
Wenn man mit dem Schiff nach
dem am schwedischen Ufer gegenüberliegenden Helsingborg
fährt, bietet sich ein sehr schöner
Blick auf Kronborg.

Geschichte

Frederik II. ließ das mächtige
Schloß in den Jahren 1574 bis
1585 errichten und zwar an der
Stelle einer Festung, die der König der Kalmarer Union, Erich
der Pommer, im Jahr 1420 hatte
bauen lassen. Das Schloß brannte
1629 ab, wurde aber schon 1635
bis 1640 wieder aufgebaut. Es
war von 1785 bis 1922 Kaserne
und wurde 1924 renoviert.
Im 5. Jahrhundert spielte sich auf
der Insel Mors (s. S. 223) die Tragödie des jütländischen Prinzen
Amled ab, der Wahnsinn vor-
täuschte, um den Geliebten seiner Mutter, der seinen Bruder,
den König, umgebracht hatte, tö-
ten zu können. Erst Shakespeare
verlegte den Schauplatz nach
Kronborg. Dieses Schloß hat
prunkvolle Feste erlebt, doch es
diente auch als Gefängnis der unglücklichen Königin Caroline
Mathilde, bevor diese aus dem
Land gewiesen wurde.

Sehenswürdigkeiten

Das grüne Kupferdach des
Schlosses schmücken drei auf eleganten achteckigen Türmchen
aufgebrachte vergoldete Turmspitzen.
Man betritt das Schloß über zwei
Zugbrücken und gelangt dann
über eine andere Brücke in ein
niedriges Gewölbe (Verkauf von
Eintrittskarten, Souvenirs, Dias,
Postkarten und Katalogen); es
öffnet sich auf den weiten, vornehmen Schloßhof, den ein Re-
naissancebrunnen schmückt. –
Die
Kapelle überstand den Brand von
1629 und ist ein typischer Renaissancebau: Man sieht dort Holzschnitzereien sowie Wappen der
dänischen Städte und der großen
Familien des Landes.

Das *Schlossinnere* wirkt streng
und imposant. Im allgemeinen
werden nicht alle Räume – denn
es sind einfach zu viele – besichtigt. Von den in die manchmal 4
m dicken Mauern eingelassenen
Fenstern genießt man einen herrlichen Blick auf das Meer und die
schwedische Küste. – Der 60 m
lange
*Rittersaal ist der größte Saal dieser Art in Nordeuropa; die für
das Gebälk verwendeten Fich-
tenstämme wurden aus Pommern
bezogen, und der größte Teil
des herrlichen Marmorbodens
stammt noch aus der Bauzeit des
Schlosses.

Der *Gästesaal* entstand im 17.
Jahrhundert. Den *Gobelin-Raum*

schmücken sieben *Brüsseler
Wandteppiche, auf denen die dänischen Könige dargestellt sind.
Mobiliar und Wandteppiche der
königlichen Gemächer sind erhalten geblieben. Beachtung verdienen auch die zahlreichen historischen Gemälde und königlichen
Porträts.

Schloß Kronborg in Helsingør

Bevor man auf den großen Wall
gelangt, auf dem ein junger,
manchmal langhaariger dänischer
Soldat Wache hält, kommt man
an einer *Shakespeare-Gedenkta-
fel* vorüber. Auf diesem mit alten Bronzekanonen bestandenen
Wall erschien Hamlet (bei Shakespeare) der Geist seines Vaters.

In einer der *Kasematten,* die das
Fundament des Schlosses bilden,
befindet sich die monumentale
Kopie des schlafenden Helden
Holger Dansk (Holger der Däne), der nach der Überlieferung
erst in der Stunde größter Gefahr
aufwachen wird.

Der Nordflügel des Schlosses beherbergt seit 1915 das

Handels- und Seefahrtsmuseum
(Handels og Søfarts Museum) mit

Sammlungen zur Geschichte
Kronborgs und des Øresund sowie Porträts angesehener dänischer Handelsherren der letzten
Jahrhunderte. Eine Abteilung ist
Grönland und den ehemaligen
dänischen Niederlassungen an
der Küste von Guinea und in
West- und Ostindien gewidmet.
Doch der größte Teil des Museums ist der Schiffahrt vorbehalten: Entwicklung skandinavi-
scher Schiffstypen; berühmte
Seefahrer; Abteilung für Kriegs-
marine; Abteilung für Astrono-
mie mit Erinnerungen an Tycho
Brahe.

*

Der nächste Teil der abwechslungsreichen Route führt an der
herben Nordküste mit ihren endlosen Stränden entlang, durch
Tannenwälder, Heidelandschaften, Fischerdörfer und kleine
Städte, in denen die Zeit stillzustehen scheint. Beim näheren
Hinsehen allerdings merkt man,
daß dieser Schein trügt.

Man verläßt Helsingør in nördlicher Richtung und kommt dabei
am schon erwähnten *Technischen
Museum* vorüber.

Marienlyst ist heute ein Vorort
von Helsingør. Das hübsche
Schloß (1587) ist ein Geschenk
Christians VII. an die Königinwitwe Juliane Marie; ursprünglich handelte es sich um einen
einfachen Pavillon, der um 1760
von Nicolas Jardin erweitert wurde. Nach 1858 wurde das Schloß
in ein Hotel umgewandelt. Heute
befindet sich hier das *Städtische
Museum* mit Sammlungen zur
Geschichte von Helsingør und
dieser Region, Antiquitäten,
Skulpturen, Louis-XVI.-Möbeln

sowie Sammlungen zur Person Hamlets. Der sehr schöne *Schloßpark* ist während des ganzen Tages geöffnet. Im Park sieht man ein Gedenkgrab Hamlets mit einem Steinsarkophag von Utzon Frank sowie Statuen des dänischen Prinzen und Ophelias von R. Tegner.

Man fährt nun durch die kleinen Badeorte *Julebæk, Hellebæk* und *Ålsgårde* (⌂), die im Herbst gleichsam in Winterschlaf versinken und erst bei Anbruch der schönen Jahreszeit zu neuem Leben erwachen.

Hornbæk (2600 Einw.), 57 km, ist ein Hafen- und Fischerort, der im Sommer zu den bekanntesten dänischen Badeplätzen gehört und zwar mit Recht, denn der weit ins Landesinnere reichende Wald, herrliche Sandstrände und zahlreiche Familienpensionen sind Garanten für einen schönen und erholsamen Aufenthalt.

Dronningmølle, 62 km, ist ein weiterer Badeort an dieser Küste; beachtenswert ein kleines *Tegner-Museum* (Skulpturen). – Das folgende

Gilleleje (3300 Einw.), 68 km, liegt in einer zauberhaften Landschaft und besitzt einen ausgedehnten, dünengesäumten Sandstrand. Dieser Ort ging mit dem ,,Tagebuch" Kierkegaards in die Literaturgeschichte ein. Kierkegaard kam häufig in diese wilde, grandiose Gegend, um seine angegriffene Gesundheit zu stärken. Heute haben Urlauber und vor allem Jugendliche, die Gilleleje im Sommer bevölkern, die Atmosphäre dieses großen Fischerdorfes verändert. Jeden Morgen findet am Hafen eine öffentliche Fischversteigerung statt. In einem Fischerhaus nahe der Schule wurde ein kleines *Fischereimuseum* eingerichtet.

4 km landeinwärts liegen die Ruinen von *Schloß Søborg,* das dem Erzbischof Eskil gehörte. Der Grundriß der Kapelle (12. Jahrhundert) weist angeblich Parallelen zur sakralen Architektur jener Zeit in der Pfalz auf.

Die Straße verläuft nun weiter in Küstennähe, führt am Strand von *Smidstrup* vorbei und erreicht dann *Rågeleje* (⌂, ⚠), einen Badeort, der von Jahr zu Jahr größer wird (kleines Oldtimer-Museum). Dann verläßt man die Küste etwas und fährt landeinwärts über *Vejby* (⌂, ⚠), nach

Tisvildeleje, 88 km, einem an der seeländischen Nordwestküste gelegenen ebenfalls bekannten Badeort mit sehr schönem Sandstrand, Dünen und Tannenwäldern, der im Sommer sehr belebt ist.

Der Eichen- und Buchenwald *Tisvilde Hegn* entlang des Kattegats bedeckt mehr als 1400 ha Land. Er wurde zu Beginn des 18. Jahrhunderts angelegt, um die Wanderdünen, die diese Gegend verwüsteten, zu befestigen.

Kapelle von Søborg

Die Wege sind markiert; u. a. führt eine Wanderung zur *Helenenquelle;* einige Stellen in diesem Wald, in dem sich das Grab der heiligen Helena von Skövde (Schweden) befindet, tragen interessante Bezeichnungen wie *Troldeskoven* (Zauberwald).

3 km südlich von diesem Wald liegt *Tibirke,* eine frühere Stadt, die vom Sand begraben wurde; übriggeblieben ist nur noch die Kirche mit ihrem bemerkenswerten Chor.

In Tisvildeleje verläßt man die Küste endgültig und wendet sich dem Landesinneren, Richtung Helsinge und Hillerød, zu.

Helsinge (5300 Einw.), 98 km, ist ein Dorf am Kreuzungspunkt mehrerer Straßen, von dem aus man einen 15 km weiten

Abstecher nach Frederiksværk

machen kann. Vorbei am Nordzipfel des *Arresø* (Arresee) gelangt man nach *Asserbo* (ᴬ) mit Ruinen des Schlosses von Bischof Absalon, das, nachdem es den Bischöfen von Roskilde gehört hatte, in den Besitz der Krone überging. – 3 km nordwestlich von Asserbo liegt am Kattegat inmitten einer Landschaft voll herber Schönheit der kleine Badeort *Liseleje* (Hotels).

Frederiksværk (11 300 Einw.; 15 km), ein günstig gelegener Hafen am Roskildefjord, ist durch einen im 18. Jahrhundert unter der Herrschaft Frederiks IV. angelegten Kanal mit dem Arresø verbunden.

1776 erhielt Major J. F. Classen vom Staat die Genehmigung, eine Pulverfabrik, eine Eisengieße-rei und eine Kanonengießerei zu gründen, die bald den Reichtum dieser kleinen Stadt ausmachten; in seinem Testament verfügte er, daß seine Einkünfte und sein Besitztum wohltätigen Zwecken zugute kommen sollten; die Munitionsfabrik wurde verstaatlicht.

Über dem Hauptportal der *Kirche* (1909) ist ein großes Mosaik von Niels Skovgaard zu sehen. Das *Historische Museum* am Torvet enthält Sammlungen zur industriellen Entwicklung der Stadt.

Über den ,,bakkestien‘‘, einen entlang dem Fjordufer angelegten Wanderpfad, kann man auf einem schönen Spaziergang von 5 km nach *Kregme* gelangen. Auch die umliegenden Hügel stellen reizvolle Wanderziele dar: *Norske Bakke* (52 m), *Højbjerg* (55 m) und *Maglehøj* (72 m), man hat von dort eine sehr schöne Aussicht auf das Meer, den Fjord und den See. Am Fuß der Hügel liegt *Brederød;* hier kann man noch die Überreste der *Festung Dronningholm* sehen. 3 km nördlich liegt am Ufer des Arresø das Dorf *Vinderød,* in dessen Kirche der Sarkophag des Generalmajors J. F. Classen (s. oben) steht. – Nach drei Kilometern in westlicher Richtung kommt man zur **Kirche von Melby.*

Westlich der Stadt liegt die Halbinsel Halsnæs, die den Roskildefjord im Süden vom Kattegat im Norden trennt, und an der Spitze dieser Halbinsel der Fischer- und Badeort

Hundested (6100 Einw.). Zwischen Hundested und *Rørvig* am gegenüberliegenden Ufer des *Isefjords* besteht eine Fährverbindung. Außerdem verkehren

Fährschiffe von Hundested nach *Grenå* in Jütland und *Sandefjord* in Norwegen.

Das Haus des Polarforschers *Knud Rasmussen* (s. S. 343—344) ist heute ein *Museum* und enthält Erinnerungen an diesen Forscher, grönländische Bekleidungsstücke, Fischfanggeräte, Eskimobilder und Fotos.

*

Hinter Helsinge fährt man über die „grüne Straße", wie die Dänen sie nennen, nach

Hillerød (24 400 Einw.), 111 km. Die im 16. Jahrhundert gegründete Stadt ist rings um das gewaltige Schloß entstanden, über dessen Berühmtheit man manchmal den reizenden kleinen Ort selbst fast vergißt. Der Rahmen ist so idyllisch, daß man kaum glauben möchte, wie hochindustrialisiert diese Stadt ist.

**SCHLOSS FREDERIKS-BORG

Nahe dem See stand einst das Herrenhaus *Hillerødsholm*. Es gehörte zur Mitgift der Brigitte Gøye. 1560 erwarb Frederik II. das Haus und die dazugehörigen Ländereien, die fortan den Namen Frederiksborg trugen, und von diesem Zeitpunkt an ließ der König dieses Schloß unaufhörlich erweitern und verschönern. Sein ältester Sohn, der spätere Christian IV., wurde 1577 hier geboren. Der große nordische Baumeister liebte diese Gegend so sehr, daß er, als er den Thron bestieg, das väterliche Schloß abreißen und auf der vorderen der drei Inseln das mächtige Schloß, das man dort heute sieht, errichten ließ.

Der im Stil der nordischen Renaissance errichtete Bau besteht aus drei Flügeln: in der Mitte der *Königsflügel*, den das Königspaar bewohnte, links der *Kirchenflügel* und rechts der *Prinzessinnenflügel*. Der Architekt aus Leidenschaft, Christian IV., nahm den Ausbau gemeinsam mit den Architekten Steenwinckel (Vater und Sohn) vor. Im Laufe der Jahrhunderte diente das Schloß als Rahmen für offizielle Empfänge, darunter das große Diner zu Ehren des schwedischen Königs Karl X. Gustav. Unter Christian V. wurde die Krönungszeremonie hierher verlegt. Dies änderte sich erst mit der Gründung des dänischen Parlaments.

In Frederiksborg wurde 1720 der Friede unterzeichnet, mit dem die endlosen dänisch-schwedischen Kriege beendet wurden. Nachdem Frederiksborg für das dänische Volk zum Symbol der Monarchie geworden war, machte Frederik VI. das Schloß 1812 zu einer Art Pantheon, in dem er die königliche Porträtsammlung und historische Gemälde unterbrachte. Nach dem großen Brand

Schloß Frederiksborg in Hillerød

des Jahres 1859, von dem nur die Mauern verschont blieben – das Äußere ist so geblieben, wie es der königliche Baumeister entworfen hat –, wurde das Schloß dank einer nationalen Spendenaktion sowie der Unterstützung durch die Staatskasse und die Privatschatulle des Königs in seiner ursprünglichen Pracht wieder aufgebaut.

Dem Interesse, das der Brauer Carl Jacobsen der Kunst und der Geschichte seines Landes entgegenbrachte sowie seiner Kampagne gegen die öffentliche Meinung und die zuständigen Behörden ist es zu verdanken, daß das Schloß seit dem 5. April 1878 ein

Nationalhistorisches Museum ist. Die Sammlungen umfassen den Zeitraum von der Einführung des Christentums in Dänemark bis zur Moderne. Verwaltungstechnisch stellt das Schloßmuseum eine unabhängige Sektion des Carlsberg-Fonds dar.

Frederiksborg ist das Versailles Dänemarks, allerdings ein strengeres Versailles, und aufgrund dieser Strenge wirkt es imposanter. Die gesamte Schloßanlage erstreckt sich über drei kleine Inseln, von denen die beiden ersten als Vorhof angelegt und durch Brücken verbunden sind.

Die Vorhöfe

Am ersten Vorhof liegen die Wirtschaftsgebäude. Durch ein *Schloßportal* (1736) gelangt man auf eine Brücke. Der zweite Vorhof, auf den man über die Brücke und durch ein in einen mächtigen Kuppelturm eingelassenes Tor gelangt, bildet einen herrlichen Vordergrund für den eigentlichen Schloßhof. Die säulenge-

schmückte Steinbrücke im Hintergrund, ein Werk des Architekten Hans Steenwinckel d. J. (1587–1639), führt zu einem in eine Umfassungsmauer eingelassenen *Renaissanceportal* mit reich geschmücktem Giebel. Der *Neptun-Brunnen* ist die Nachbildung eines Werkes des Bildhauers Adrien de Vries, das 1620 in Prag entstand.

Der gewaltige *Schloßhof* wird von den drei Flügeln des Schlosses – mit Volutengiebeln und kleinen eckigen Säulen – begrenzt, deren Sandsteinverzierungen sich gegen den Backsteinhintergrund abheben. Links erheben sich auf einem mächtigen Turm vier Obelisken und ein Glockenturm, die, da sie auf goldenen Kugeln ruhen, über dem darunter liegenden Bauwerk zu schweben scheinen. Im Westflügel befindet sich die Schloßkapelle und darüber der Rittersaal.

Das Schloßinnere

Eintrittskarten, Ansichtskarten, Dias sowie historische Erinnerungen oder Kunstgegenstände werden in der Eingangshalle verkauft. – Im

Raum 19: Ritter- oder Rosensaal genannt, stehen geschnitzte Truhen und Anrichten aus der Zeit Christians IV. Man beachte die sehr schöne Decke.

Raum 21: Die Turmtreppe führt zur Loggia und zur Loge der Königin über der Schloßkapelle.

Die mit zwei Arkadenreihen ausgestattete **Renaissancekapelle** ist reich geschmückt: Kanzel und Hauptaltar sind aus Ebenholz und Silber gefertigt und das Chorgestühl schmücken Intarsien. Die 1610 gebaute Orgel auf der Empore über dem Altar ist ein Geschenk des Herzogs Heinrich-Julius von Braunschweig-Wolfenbüttel an seinen Schwager Christian IV. Dieses Instrument, dessen Klaviatur aus massivem Ebenholz besteht und dessen Vorderseiten mit ziseliertem Silber belegt sind, ist ein Werk von Esaias Compenius. Gegenüber der Kanzel befindet sich die königliche Loge, deren auf den Schloßhof hinausgehende Fenster ein schmiedeeisernes Gitter aus dem Jahr 1617 ziert.

In der Kapelle wurden mit Ausnahme von Christian IV. alle dänischen Monarchen getauft, und nach wie vor werden hier sonntags Gottesdienste abgehalten. Das *Glockenspiel* ist ein Geschenk von J. C. Jacobsen.

Der berühmteste Organist in Frederiksborg war Heinrich Schütz. Anläßlich der Hochzeit Christians, des ältesten Sohnes Christians IV., mit Magdalena-Sybilla von Sachsen kam Schütz im Dezember 1633 nach Dänemark. Er hielt sich wiederholt hier auf und führte die Kunst des Rezitativs ein.

Raum 22: Von der bemalten Decke dieses sog. ,,Sommerzimmers" hängt eine Nachbildung der Seeflagge (Danebrog) aus der Regierungszeit Erichs des Pommern herab; das Original, das in der Lübecker Frauenkirche hing, wurde während des Zweiten Weltkriegs zerstört. Hier hängen mehrere historische Gemälde.

Raum 23: Der ,,Rotunde" oder ,,Münzturm" genannte Raum enthält eine Münzen- und Medaillensammlung mit Stücken aus

der Regierungszeit Christians I. bis zu der Christians X.

Raum 24: Geheimer Zugang, der auch als Ratskorridor bezeichnet wird; italienische und dänische Malerei.

Bei der Brandkatastrophe des Jahres 1859 blieb der Ratssaal unzerstört, so daß er heute als eines der besten Beispiele dänischer Barockausstattung betrachtet wird. Die Möbel stammen aus der Zeit Christians V. Neben schöner allegorischer Malerei (das Deckengemälde in der Kuppel stellt den Wahlspruch des Königs dar: ,,Pietate et Justitia", d. h. ,,Mit Gottesfurcht und Gerechtigkeit") findet man hier Porträts von Mitgliedern des Hauses Oldenburg; sowie ein Porträt Christians V. von Jacob d'Agar. Sehenswert ist auch die Stuckdekoration.

Raum 25: Dieser Raum ist der Dynastie der Oldenburger gewidmet, die seit Christian I. (1448–1481) über Dänemark herrscht. – Zahlreiche Porträts; erste dänische Übersetzung des 1524 in Leipzig gedruckten Neuen Testaments mit Holzschnitten von Lucas Cranach.

Raum 26: Die Reformation in Dänemark. In Dänemark wurde die Reformation durch Hans Tausen eingeführt. 1536 wurde die neue Religion in Dänemark und Norwegen offiziell anerkannt. Man sieht mehrere Porträts berühmter Männer und Frauen aus diese Epoche, darunter Bilder der Meister von Hillerødsholm, Brigitte Gøyes und Herluf Trolles, Hans Tausens, des Kanzlers Johan Friis und ein Porträt der Königin Dorothea. Das interessanteste Stück in diesem Raum aber ist zweifellos die sogenannte **Bibel Christians III., eine vollständige Bibelübersetzung aus dem Jahr 1550; sie ist das Werk des Humanisten Christiern Pedersen.

Raum 27: Regierungszeit Frederiks II. (1559–1588). In dieser glanzvollen Epoche waren Reichtum und humanistisches Denken oft in einer Person verkörpert, wie im Fall des Grafen Henrik Rantzau. Königliche Porträts und Bildnisse berühmter Zeitgenossen wie des Astronomen Tycho Brahe und des Humanisten Anders Sørensen Vedel.

Räume 28 und 29: Christian IV. und seine Zeit. Der Name dieses Königs ist mit einer glanzvollen Regierungszeit, mehreren nordischen Städten und zahlreichen Bauwerken verbunden, die die Jahrhunderte überdauert haben. Man sieht eine Sammlung von Porträts und Miniaturen, die den König und seine Umgebung darstellen.

Raum 30 („Winterzimmer"): Zeit Christians IV.

Raum 31: Der Raum ist Leonora Christina, der Lieblingstochter Christians IV., gewidmet, die Opfer des Hasses seiner Nachfolger wurde. Sie wurde 22 Jahre lang im Blauen Turm von Christiansborg gefangengehalten. Hier ist das Originalmanuskript der „Schmerzlichen Erinnerungen", die sie im Gefängnis schrieb, zu sehen. Außerdem enthält der Saal Kunstgegenstände, eine astronomische Uhr und verschiedene Porträts.

Zweiter Stock des Königsflügels

Räume 35, 36, 37: Regierungszeit Frederiks III. (1648–1670). Ne-

ben Mobiliar aus dieser Zeit sind hier Porträts dänischer, aber auch schwedischer Herrscher (Königin Christine, Königin Ulrika-Eleonora) sowie historische Gemälde zu sehen.

Raum 38 (*„Ehrensaal"): Zur Zeit Christians IV. war dieser Raum mit prächtigen Möbeln ausgestattet; er wurde jedoch durch die Brandkatastrophe des Jahres 1859 vollständig zerstört. Nur einige Details und die Kassettendecke wurden wiederhergestellt; die Wandteppiche wurden nach den Originalentwürfen neu gearbeitet.

Raum 39: Kunst, Wissenschaft und Literatur im 16. und 17. Jahrhundert: der Grammatiker Erik Pontoppidan, der Anatom Bartholin, die Forscher Vitus Bering und Adam Olearius, der Arzt und Archäologe Ole Worm u. a.

Raum 40, 41, 42: Der Adel im ausgehenden 17. Jahrhundert: Schaukästen mit Miniaturen zweier Künstler französischer Abstammung, Paul Prieur und Josie Barbette; mehrere Bildnisse von Hyacinthe Rigaud, der sich jedoch nie in Dänemark aufhielt.

Raum 43 und 44: Die Regierungszeit Frederiks IV. (1699 bis 1730). Es ist dies die Zeit des großen Nordischen Krieges, der durch den Frieden von Frederiksborg (1720) beendet wurde, die Zeit, in der der König nach Fredensborg übersiedelte. Man sieht Porträts des Königs und Bildnisse berühmter Persönlichkeiten, darunter Nicodemus Tessin d. J., der Erbauer des königlichen Schlosses in Stockholm und Berater am dänischen Hof.

Zweiter Stock des Prinzessinnenflügels

In dieses Stockwerk gelangt man über den Raum 45.

Raum 46: Regierungszeit Christians VI. (1730–1746): Porträts des Königs; Kunstgegenstände; Porträts Holbergs; Porträts von Largillière und Nattier; prunkvoller Tisch aus schwarzem Marmor.

Räume 48 und 49: Regierungszeit Frederiks V. (1746–1766). Es war dies eine glanzvolle Epoche, in der Handel und Gewerbe sich entfalteten; so erfolgte die Gründung der Indischen Handelsgesellschaft. Der Amalienborg-Platz, die Akademie der Schönen Künste, an der Saly und Jardin lehrten, das Mobiliar und die Porträts von Tocqué lassen den dominierenden Einfluß Frankreichs erkennen.

Räume 50, 51, 52: Regierungszeit Christians VII. (1766–1808). Diese Epoche ist von tragischen Ereignissen überschattet, so vom Aufstieg und Fall des Arztes Struensee, der unter Ausnutzung der Geistesgestörtheit Christians VII. einige Reformen durchsetzte. Der Adel nahm das Liebesverhältnis Struensees mit der jungen Königin Caroline Mathilde zum Vorwand, um ihn in Ungnade fallen zu lassen und seine Hinrichtung zu erwirken. – Die drei Räume enthalten Möbel, Miniaturen, Pastellgemälde der königlichen Familie und der einflußreichen Mitglieder des Adels sowie verschiedene Kunstgegenstände.

Räume 54 und 55: Regierungszeit Frederiks VI. (1808–1839): Thorvaldsen, Oehlenschlæger, Baggesen, Ingemann, Ørsted u. a. Ungeachtet der politischen Schwierigkeiten – England ließ Dänemark während der Napoleonischen Kriege seine Neutralität und die spätere Allianz teuer bezahlen – ist diese Epoche als das goldene Zeitalter der dänischen Kunst und Literatur zu bezeichnen.

Raum 56: Regierungszeit Christians VIII. (1839–1848), des letzten absoluten Monarchen Dänemarks. Dieser gebildete Herrscher, dessen künstlerischer Geschmack sehr ausgeprägt war, lehnte eine Liberalisierung der Monarchie ab, obwohl er es gewesen war, der Norwegen zu einer eigenen Verfassung verholfen hatte. – Der Raum enthält u. a. Porträts der königlichen Familie und anderer berühmter Persönlichkeiten sowie Werke von Thorvaldsen.

Räume 57 und 58: Regierungszeit Frederiks VII. (1848–1863). Gleich nach seiner Thronbesteigung berief der König eine auf der Basis des allgemeinen Wahlrechts gewählte verfassungsgebende Nationalversammlung ein. Seine morganatische Ehe mit der Gräfin Danner, einer einfachen, in den Adelsstand erhobenen Bürgerlichen, trug ihm die Sympathien des Volkes ein. Man sieht hier Porträts der königlichen Familie, des Hofes und einiger Künstler, Miniaturen von Isabey sowie ein Andersen-Porträt.

Erster Stock des Prinzessinnen-Flügels

Raum 60: Oehlenschlæger-Raum: Porträts, Gegenstände und Möbel aus dem Besitz des Dichters.

Raum 61: Die verfassungsgebende Nationalversammlung; Politiker und Wissenschaftler.

Raum 62: Dieser Raum ist zum größten Teil der Erinnerung an den jütländischen Pfarrer, Dichter und Pädagogen N. F. S. Grundtvig gewidmet.

Räume 63, 64, 65: Die deutsch-dänischen Kriege und die Regierungszeit Christians IX.

Raum 67: Schleswig kommt wieder an Dänemark. – Volkshochschulen. – Porträt des Schriftstellers Henrik Pontoppidan (Literaturnobelpreis 1917).

Raum 68: Carl Jacobsen, seine Familie und seine Freunde. – Der Wiederaufbau von Frederiksborg.

Raum 69: Die Familien Christians IX., Frederiks VIII., Christians X. und Frederiks IX., des letzten Königs, dem Margrethe II., verheiratet mit Henri de Laborde de Monpezat, auf den Thron folgte.

Die Besichtigung endet mit den letzten Räumen des Erdgeschosses; sie betreffen die derzeitige königliche Familie. In einem Korridor ist eine Nachbildung der Wikingerfestung Trelleborg zu sehen, des weiteren ein Fries, auf dem die Eroberung Englands durch die von Svend Tveskæg (Svend mit dem geteilten Bart) und Knud dem Großen angeführten Dänen dargestellt ist; außerdem befindet sich hier die Kopie (in den Originalabmessungen) eines Teils des Wandteppichs von Bayeux – bei dem es sich eigentlich um eine Stickerei handelt – mit der Darstellung der Eroberung Englands durch die Normannen Wilhelm des Eroberers.

Abstecher nach Fredensborg (9 km)

Nach der Besichtigung von Schloß Frederiksborg fährt man auf der A 6 in Richtung Helsingør nach

Fredensborg (5900 Einw.). Der Ort ist berühmt durch sein schönes, in den Farben weiß und grün gehaltenes Schloß.

*Schloß Fredensborg

Das ,,Friedensschloß" wurde zur Erinnerung an den 1720 zwischen Dänemark und Schweden geschlossenen Frieden erbaut. Alljährlich im Frühjahr und im Herbst kommt die königliche Familie nach Fredensborg.

Das in den Jahren 1720 bis 1722 im italienischen Stil erbaute Schloß gilt, obwohl Jardin, Thura und Eigtved einige Änderungen vorgenommen haben, als eins der schönsten Beispiele nordischer Barockkunst.

Das Schloß ist von einem bezaubernden *Park* umgeben. Er wurde 1760 nach Entwürfen des Architekten Jardin umgestaltet; die Blumenbeete schmücken Vasen und Statuen. Besonders bemerkenswert sind die ,,Vier Jahreszeiten" und – in der Nähe des Schloßeingangs – die beiden Dänemark und Norwegen symbolisierenden monumentalen Standbilder von J. Wiedewelt; weitere Statuen befinden sich im sogenannten *Marmorhaven* (Marmorgarten), der der königlichen Familie vorbehalten ist. Die 69 Sandsteinstatuen im *Nordmandsdal* sind ein Geschenk von Bauern aus Norwegen, Island und den Färöer-Inseln.

(Wenn die Königin nicht im Schloß weilt, kann der Park besichtigt werden.)

Der Park ist umgeben von Büsten der königlichen Familie: Man sieht hier die Plastiken Christians IX. und der Königin Louise, Alexanders III. von Rußland (Schwiegersohn von Christian IX.), Frederiks VIII., König Georgs von Griechenland und der Königinwitwe. Der *Russische Pavillon* wurde, nachdem er auf der Kopenhagener Ausstellung von 1888 gezeigt worden war, 1889 hier aufgestellt. Das 1924 eingeweihte *Olaf-Poulsen-Museum* enthält Erinnerungen an den großen dänischen Schauspieler (1849–1923), insbesondere eine Sammlung von Originalhandschriften.

Im Nordwesten führt eine hübsche Allee zum königlichen Anlegesteg am *Esrum Sø* (schöne Aussicht). Die Seeoberfläche beträgt 1730 ha, und von der Südspitze zur Nordspitze sind es etwa 9 km. Wenn man dem südlichen Seeufer folgt, gelangt man zum *Skipperhus* (Motor- und Ruderbootsverleih). Von der Nordspitze des Sees führt ein in den Jahren 1802 bis 1805 gebauter Kanal über Esrum (☖), ein großes Dorf, zum Kattegat, in das er westlich von *Dronningmølle* mündet.

*

Für die Rückfahrt von diesen interessanten Schloßbesichtigungen nach Kopenhagen wählt man am besten die direkte Strecke über die A 5. Sie verläßt Hillerød in südöstlicher Richtung durch größere Waldgebiete und erreicht vor der Stadtgrenze von Groß-Kopenhagen noch

Birkerød, 124 km. Obwohl dieser Ort in der Nähe der Hauptstadt liegt, hat er bis heute nichts von seinem provinziellen Reiz eingebüßt. Hier treffen Stadt und Natur aufeinander. Zahlreiche moderne Sportanlagen sowie eine der ältesten dänischen Kirchen erwarten den Besucher. Diese *Kirche* birgt hier bemerkenswerte *Fresken, u. a. Darstellung eines Lebensrades, eines Jüngsten Gerichts und von Fabelwesen; hinter der Kanzel sind noch die schweren Ketten zu sehen, die Pastor Henrik Gerner als Gefangener der Schweden trug.

Mit schönem Ausblick auf den *Furesø* geht es weiter nach

Holte (4000 Einw.), 127 km, einer inmitten von Seen und Wäldern gelegenen Vorstadt. In einer Parkanlage wurde hier ein Haus für Studenten aus den Entwicklungsländern errichtet. – Bei der Fahrt durch die eigentlichen Vororte von Kopenhagen nimmt die Industrialisierung weiter zu und die Waldgebiete werden sichtbar weniger. Hinter *Kongens Lyngby* geht die A 5 in die autobahnmäßig ausgebaute A 3 über und führt über *Lyngbyvej* und *Nørre Allé* von Nordwesten hinein nach

***Kopenhagen,** 145 km.

Route 10: (***Kopenhagen –) **Roskilde – Holbæk – Kalundborg (105 km)

Dieser Teil Seelands unterscheidet sich von dem, den wir bereits kennengelernt haben und vor allem vom Süden der Insel. In den weiten Ebenen werden Zuckerrüben oder Weizen angebaut, und durch das sichtlich fruchtbare Land bahnen sich kleine Flüsse ihren Weg. Größere Städte gibt es wenige, doch eine von ihnen, nämlich das mit der Geschichte des Landes eng verbundene Kalundborg, ist eine Besichtigung wert; hinzu kommen sehenswerte Kirchen wie die von Tveje Merløse, die mit prachtvollen Fresken ausgeschmückt sind.

Von ***Kopenhagen nach

Roskilde, 34 km, kann man entweder die Autobahn A 1 oder die fast gleichlange alte Roskildestraße benutzen. Die Strecke wird in Gegenrichtung bei der Route 5 auf Seite 257 beschrieben; eine ausführliche Stadtbeschreibung von Roskilde findet man auf den Seiten 174ff.

Während die A 1 Roskilde nach Südwesten verläßt, geht diese Route jetzt auf die A 4 oder nach einer Stadtbesichtigung zunächst auf die A 4a über. Nach etwa 8 km Fahrt (von der Stadtperipherie) sieht man linker Hand Schloß Lindholm liegen. – Zuvor empfiehlt sich aber ein Abstecher (links ab) zum um 1744 im Barockstil erbauten Schloß Ledreborg. Das Schloß ist in Privatbesitz, doch Park und Kapelle sind öffentlich zugänglich. In der Nähe von Ledreborg liegen die archäologischen *Ausgrabungsstätten von Lejre* (dem Hinweis „Oldtidsbyen" folgen), ein Beispiel angewandter Archäologie.

Abstecher nach Frederikssund (31 km)

Kurz hinter Gevninge (⌂), 41 km, besteht die Möglichkeit zu einem Abstecher in nördlicher Richtung. Er führt über

Skibby (14 km). Seine *Dorfkirche* enthält eine interessante *Freskengruppe,* die zwischen 1175 und 1200 in einem an die Mosaiken von Ravenna erinnernden Stil entstand. Dargestellt sind Jäger und gekrönte Skelette, ein in Seeland häufig aufgegriffenes Thema, außerdem gotische Inschriften; auf einem Pfeiler befindet sich eine gegen Hans Tausen, der die Reformation in Dänemark einführte, gerichtete Inschrift.

3 km östlich von Skibby liegt am Ufer eines Sees *Schloß Selsø.* Der im 16. Jahrhundert errichtete und 1734 wiederaufgebaute Bau enthält prachtvolle stuck- und marmorgeschmückte Barocksäle, die zum Teil große Wandmalereien zieren. Die im Empire-Stil ausgestatteten Räume zeigen noch die Originaltapeten. Das Schloß ist als *Herregårdsmuseet* während der Schulzeit werktags und auch an einigen Wochenenden geöffnet.

Die kleine ländliche *Kirche* von Selsø weist ein reiches Renais-

sance-Interieur auf. Sehenswert
ist auch das große Triptychon.

Von der Straße nach Frederikssund zweigt später rechts eine
Straße nach *Skuldelev* (3 km) ab.
In der Höhe von Skuldelev wurden im Roskildefjord die fünf
heute in Roskilde ausgestellten
Wikingerschiffe gefunden. Links
gelangt man nach 4 km zur *Kirche von Kyndby;* sie enthält eine
bedeutende *romanische Freskengruppe aus der Zeit zwischen
1200 und 1225.

Über die Kronprinz-Frederik-
Brücke (Kronprins Frederiks
Bro), die den Roskildefjord an
seiner schmalsten Stelle überspannt, kommt man nach

Frederikssund (12 600 Einw.; 31
km; ⚠). Die reizvolle Stadt ist in
ganz Dänemark wegen ihrer Wi-
kingerfestspiele bekannt. Hier ist
der Wikinger König, und die ganze Bevölkerung spielt mit. Abgesehen davon hat die Stadt noch
einige kleine Industriebetriebe zu

bieten, von denen diese Gegend
lebt. Das *Willumsen-Museum*
wurde im Haus des Malers, der in
Pont-Aven bei Emile Bernard,
Sérusier und Gauguin arbeitete,
eingerichtet. Es enthält Gemälde, Stiche, Aquarelle, Zeichnungen und Skulpturen. Außerdem
befinden sich hier mehrere Ge-
mäldegalerien.

6 km nordwestlich der Stadt steht
auf der Halbinsel *Hornsherred*
(wieder über die Brücke fahren)
das mächtige *Schloß Jægerspris*.
Bis 1677 war es unter dem Namen ,,Abrahamstrup" bekannt
und bis zum 19. Jahrhundert gehörte es der dänischen Krone.
Anschließend diente es Frederik
VII. als Privatresidenz. Der König schenkte es der Gräfin Danner, mit der er eine morganatische Ehe eingegangen war. Nach
dem Tod Frederiks VII. richtete
die Gräfin in diesem Schloß die
,,Stiftung König Frederiks VII.
für junge alleinstehende und mittellose Mädchen" ein; diese Stif-

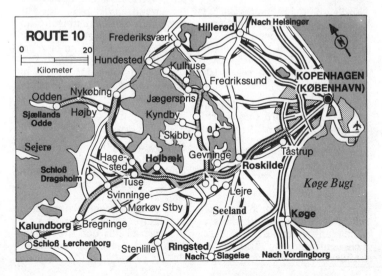

tung wurde 1874 eingeweiht. Das Schloß hat drei Flügel. Über der langen, zweigeschossigen Fassade erhebt sich ein mit drei Zwiebeltürmchen geschmücktes Kupferdach. Der älteste Flügel, der Nordflügel, stammt aus dem 14. Jahrhundert. Der Südflügel entstand im 17. Jahrhundert während der Regierungszeit Christians IV.; hier befinden sich die Privatgemächer des Königs und der Gräfin Danner, die noch in ihrem ursprünglichen Zustand erhalten sind; dieser Flügel kann in den Sommermonaten besichtigt werden. In dem unter Christian VI. im 18. Jahrhundert erbauten Mitteltrakt ist ein Heim untergebracht.

Das Grab der Gräfin Danner befindet sich im *Schloßpark,* der mit Statuen, Denkmälern und Gedenktafeln zur Erinnerung an berühmte Dänen reich geschmückt ist. Die meisten sind das Werk des Bildhauers Johannes Wiedeveldt.

Nördlich von Jægerspris (im Ort ⌂ und ⚲) liegt der schöne *Nordskov-Forst* mit seinen drei tausendjährigen Eichen: *Snøgen* (die Schiefe), *Storkeegen* (die Storcheneiche) und *Kongeegen* (die Königseiche).

Am äußersten Ende der Halbinsel, da, wo Isefjord und Roskildefjord sich vereinen, liegt inmitten einer eigenen Welt aus Klippen, Gischt und Seevögeln der kleine Badeort *Kulhuse.*

*

Die A 4, die nun durch eine hübsche busch- und waldreiche Gegend führt, verläuft für kurze Zeit entlang der Bucht von *Bramsnœsvig.* Wer Holbæk umgehen will, gelangt auf der Autobahn nach

Tveje Merløse. Die *******Kirche* dieses Ortes wurde um 1100 im romanischen Stil erbaut und ist damit eine der ältesten Kirchen Dänemarks. In vielerlei Hinsicht gehört sie auch zu den interessantesten Gotteshäusern des Landes: Sie profitierte von der ungewöhnlichen Freigebigkeit der reichen Familie Hvide sowie von Absalon und Esbern Snare. Zwei massive Türme rahmen die Vorhalle dieser Kirche ein, deren Inneres bedeutende Fresken vom Anfang des 13. Jahrhunderts birgt.

In einer in der Apsis angebrachten Mandorla ist Christus als Pantokrator dargestellt. In der einen Hand hält er die Heilige Schrift und mit der anderen segnet er die Erde. Ringsherum sind die Symbole der vier Evangelisten zu erkennen. Der Frauenkopf im Chor ist wahrscheinlich eine Mariendarstellung. An der Nordwand, in der Nähe der Tür, sieht man den ungläubigen Thomas und zwei Apostel. Die Westwand schmücken Kampfszenen bewaffneter Krieger. Diese Darstellung ist von einer im griechischen Stil gehaltenen Bordüre umgeben.

*

Holbæk (19 900 Einw.), 62 km, entstand rings um die alte, von Waldemar dem Sieger errichtete Burg, von der jedoch nur noch spärliche Überreste vorhanden sind. Rings um den kleinen alten Stadtkern schießen ständig neue Stadtviertel aus der Erde, denn Holbæk hat eine bedeutende industrielle Entwicklung erfahren:

Neben Werften gibt es hier Ma-
schinen- und Werkzeugmaschinenfabriken. Außerdem ist
Holbæk Garnisonsstadt.

Im Zentrum sind noch zahlreiche
alte Häuser und Handwerkerläden anzutreffen. Das *Städtische
Museum* in der Klosterstræde ist
in mehreren Gebäuden untergebracht. Im Hauptgebäude (17.
Jh.) werden Bauernmöbel und
bürgerliche Interieurs aus dem
17. und 18. Jahrhundert gezeigt,
während das ,,Gelbe Haus" *(Gule Hus)* verschiedene archäologische und lokalhistorische Sammlungen enthält.

Von der Anlage des *ehemaligen
Dominikanerklosters,* die ursprünglich wesentlich größer war,
stehen an der Klosterstræde noch
einige Gebäude, die die Zeit
überdauert haben. Sie wurden inzwischen restauriert und beherbergen heute ein religiöses Zentrum. (Eingang: Klosterporten,
Kirkestræde.)

Aufgrund der zahlreichen Strände entlang des Fjords ist Holbæk
im Sommer ein vielbesuchter Fe-
rienort.

**Abstecher nach Nykøbing/
Sjælland (33 km)**

Die Fahrt durch die Landschaft
Odsherred führt zunächst durch

Hagested (3 km). Seine *Kirche*
schmücken schöne Fresken aus
dem 13. Jahrhundert. Sie zeigen
u. a. das Porträt eines Stifters
und Vögelfriese.

Kurz vor dem Zielort kann man
links nach *Højby* [ᴅ; 2 km] abzweigen, dessen romanische Kirche (um 1150) nach einer Mord-
tat jahrhundertelang verschlos-

sen blieb. Sie wurde vor einigen
Jahren restauriert. Mauern und
Gewölbe zieren Fresken vom Ende des 14. Jahrhunderts. Dargestellt sind u. a. der heilige Georg
mit dem Drachen sowie der junge Mann und der Tod (in zeitgenössischer Kleidung). Weitere
Fresken aus dem späten 15. Jahrhundert sieht man inmitten einer
üppigen Blumendekoration: Der
heilige Jakob zeigt mit seinem
Stab auf die abgeschlagene Hand
einer knienden Frau; rechts um-
armt diese Frau zärtlich einen
jungen Mann, während der Teufel ihr etwas ins Ohr flüstert.

Fährt man auf derselben Straße
weiter, dann gelangt man nach
Odden. Hinter Højby durchquert
die Straße einen schmalen wind-
gepeitschten Landstreifen, dessen Riffe sich unter einem oft
wolkenschweren Himmel, der jedoch manchmal auch fremdartig
und klar sein kann, im Meer verlieren: Hier ist man auf *Sjællands
Odde,* wo nur vereinzelt Siedlungen anzutreffen sind. Odden (ᴅ)
ist der größte Ort in dieser an
Nordjütland erinnernden Gegend (Fährverbindung nach Jütland).

Nykøbing/Sjælland (4800 Einw.;
33 km), ein bereits im Mittelalter
bekannter kleiner Fischerhafen
(Heringsfang), hat sich zu einer
modernen Stadt entwickelt, die
im Sommer von Touristen viel
besucht wird. Nykøbing wurde
im Lauf der Jahrhunderte von
Feuersbrünsten heimgesucht, so
daß heute kaum noch etwas an
die Vergangenheit dieser Stadt
erinnert. Es ist eine typische moderne dänische Stadt, bunt und
belebt, ein von jungen Leuten
viel besuchter Badeort. Das *Ods-
herreds Folkemuseum* befindet

sich in der Klosterstræde, nahe der Kirche. Der Besucher findet dort in Bauern- und Fischerhaus-interieurs des 19. Jahrhunderts volkskundliche Sammlungen. Außerdem befindet sich hier eine Kopie des berühmten Sonnenwagens von Trundholm, der im Nationalmuseum zu sehen ist, jedoch in dieser Gegend gefunden wurde.

Anneberg-Samlingerne ist eine der großen nordeuropäischen Privatsammlungen antiker Glasbläserkunst; Skulpturen von Viggo Jarl.

Von *Rørvig* (⚓; 9 km östlich) besteht Fährverbindung über den Isefjord nach *Hundested* (s. S. 278, Route 9).

*

Von Holbæk geht die Fahrt auf der A 4 weiter über

Tuse, 68 km. Die romanische *Kirche (um 1200) dieses Ortes gehört zu den schönen dänischen Dorfkirchen. Die *Fresken sind um 1450 entstanden und sehr gut erhalten, u. a. die Darstellung des Memento Mori. Zu sehen sind hier drei lebende Könige, die drei toten Königen begegnen, ein in dieser Gegend häufig aufgegriffenes Thema. Außerdem sind Teufel dargestellt, die den Bäuerinnen beim Buttern helfen. Biblische Szenen wurden zum Teil mit Alltags-Szenen vermischt.

Biegt man an einer der folgenden Kreuzungen, in *Svinninge,* 79 km, oder in *Snertinge* (⚓), 84 km, rechts ab nach Nykøbing, so erreicht man nach etwa 10 km das schöne Schloß *Dragsholm* (♜), auf dem sehr wahrscheinlich der dritte Mann der Königin Maria Stuart, Graf Bothwell, starb;

heute befindet sich in diesem Schloß ein Hotel. – Sonst kommt man auf der A 4 nach

Bregninge, 90 km. Die Fresken der romanischen *Kirche* des Ortes stammen aus mehreren Epochen. Die ältesten (um 1300) stellen einen Schiffsuntergang und Jagdszenen dar. In der Sakristei sieht man Darstellungen aus dem Leben der heiligen Katharina.

Endort der Route und der Straße ist schließlich nach 105 km

KALUNDBORG

Kalundborg ist eine der ältesten dänischen Städte. Es entwickelte sich rings um das alte Schloß und die Kirche, die der berühmte Esbern Snare errichten ließ. Heute hat die Stadt etwa 15 300 Einwohner.

Geschichte

Esbern Asserson, genannt Snare, war der Sohn des Asser Rig, eines Mitgliedes der mächtigen Familie Hvide, deren Besitzungen bei Fjenneslev, in der Nähe von Sorø, lagen. Esbern war der Bruder Absalons und wurde mit Waldemar, dem Sohn König Knuds des Großen, zusammen erzogen. Dieser mächtige Lehnsherr betrieb Politik auf internationaler Ebene; er begleitete König Waldemar nach Dôle im Jura, wo dieser mit Friedrich Barbarossa zusammentraf. Esbern Snare fand seine letzte Ruhestätte in Sorø; seine in der Kirche beigesetzten sterblichen Überreste konnten dank einer erlittenen Armverletzung identifiziert werden.

Wie man sieht, war Kalundborg im Mittelalter eine recht bedeutende Stadt, in der ein Danehof, eine Sitzungsperiode des Reichstages, abgehalten wurde. Königin Margrethe I. und König Hans residierten häufig in Kalundborg; König Christian II. wurde hier von 1549 bis 1559 gefangengehalten. Vom 17. bis zum 19. Jahrhundert fiel die Stadt am Fuße ihrer großen Kirche in eine Art Dornröschenschlaf, doch die industrielle Entwicklung gegen Ende des 19. Jahrhunderts erweckte sie zu neuem Leben. Diese Entwicklung hat ihren Fortgang genommen, und heute leben die Stadt und ihre Umgebung vor allem vom Erdöl (große Erdölraffinerie ,,Dansk Esso S. A."), vom Superphosphat – die ,,Dänische Schwefelsäure- und Superphosphatfabrik" ist der größte Hersteller chemischer Düngemittel in Nordeuropa – und von der Motorenfabrik ,,Diesel Bukh", deren Produkte in alle Welt exportiert werden. Der geschützte Hafen am Ende des Fjords steht in ständiger Fährverbindung mit Jütland und der Insel Samsø.

Sehenswürdigkeiten

So wie alle Wege nach Rom führen, führen alle Straßen der Kalundborger Altstadt zu der berühmten Kirche, deren fünf Türme Meer und Ebene beherrschen.

Den Wagen sollte man am Marktplatz (Torvet) stehenlassen. Hier befindet sich auch das *Neue Rathaus,* das an der Stadtfahne zu erkennen ist. An diesem Platz, der an der Stelle ehemaliger Festungsanlagen angelegt wurde, endete im Mittelalter die Stadt. Eine *Gedenktafel* kennzeichnet das Geburtshaus Gyttesgård der norwegischen Schriftstellerin Sigrid Undset am Torvet 12. Der Vater der Autorin von ,,Christine Lavrensdatter" war ein bekannter Archäologe, der mehrere Jahre in Dänemark lebte.

Man biegt nun in die leicht ansteigende *Adelgade* ein, eine sehr alte Straße, deren Buckelpflaster niedrige, bunt bemalte Häuschen säumen. Diese erst kürzlich restaurierten und ein wenig modernisierten Häuser sind im allgemeinen älteren Bürgern vorbehalten. Die kleinen an den Fenstern angebrachten Spiegel halten sie über das Leben und Treiben in ihrer Straße auf dem laufenden. Dann kommt man am *Alten Rathaus* vorüber. Es wurde ebenfalls restauriert und dient jetzt als Versammlungsort der Stadtverwaltung.

Das unmittelbar daneben gelegene gelbe Haus war die Residenz der Bischöfe von Seeland, wenn diese Kalundborg besuchten.

Die Adelgade endet an der Liebfrauenkirche, die früher, eingezwängt zwischen den Stadtwällen, mit ihrer ganzen Länge zur westlichen Stadtbegrenzung gehörte. – Die

**Liebfrauenkirche *(Vor Frue Kirke)* ist berühmt, und jeder kennt ihre fünf Türme; man kann sie als Zwillingskirche der Kirche von Tournai in Belgien bezeichnen, nicht nur was die absolut identische Konstruktion betrifft, sondern auch in bezug auf das Alter: Beide Kirchen hatten 1972 ihre 800-Jahr-Feier.

Esbern Snare ließ die Liebfrauenkirche zur gleichen Zeit errichten, in der er die Stadt befestigen und in der sein Bruder Absalon

Christiansborg erbauen, Slotsholmen befestigen, den Dom von Roskilde errichten und das Kloster von Sorø fertigstellen ließ, wo er eine Grabstätte für seine Familie anlegte. Waldemar der Große ließ die Klosterkirche von Ringsted erbauen. Es ist erstaunlich, was diese drei Baumeister, denen auch so manche Dorfkirche ihr Entstehen verdankt, geleistet haben.

Im Laufe der Jahrhunderte wurde die Kirche von Kalundborg wiederholt ein Raub der Flammen; doch die größte Katastrophe geschah am 7. September 1827, als das Zentralgewölbe und der zentrale eckige Turm, der dann 1866 wieder aufgebaut wurde, einstürzten.

Der Grundriß der Kirche hat die Form eines griechischen Kreuzes mit vier gleichlangen Armen. Jedes Kreuzende wird durch einen achteckigen Turm begrenzt, und in der Mitte ragt ein viereckiger Turm auf, der noch wuchtiger als die anderen ist. Diese fünf *Türme* machen die Kirche zu einem der originellsten Bauwerke des Landes. Sie stammen aus der Zeit des Kirchenbaus, und vier von ihnen haben einen Namen: Sankt Gertrud, Sankt Katharina, Sankt Anna und Sankt Magdalena.

Aus der Ferne wirken sie sehr imposant, doch beim Betreten des Gotteshauses ist der Besucher überrascht über dessen Enge: Die Kirche faßt maximal 230 Personen. Wie bereits gesagt, ist Esbern Snare viel in Europa herumgekommen, und das ist wohl der Grund für die schon erwähnte griechische Kreuzform des Kirchengrundrisses, die ungewöhnliche Form der Pfeilerenden

im Innern des Baus, und den Fuß des Taufbeckens – byzantinische Reminiszenzen, auf die man manchmal in Norditalien stößt. So schmückt den aus der Zeit des Kirchenbaus stammenden *Taufstein* aus Seelandgranit ein Palmenmotiv, das auch auf norditalienischen Taufsteinen und insbesondere in der Mailänder Kirche San Ambrogio zu finden ist. Die *Altarwand* entstand 1650 in volkstümlichem Barockstil in der Werkstatt des Holbæker Meisters Lorenz Jørgensen. In einer Fensteröffnung sind Spuren von Wandmalereien zu erkennen.

Ganz in der Nähe der Kirche, in der Adelgade, steht das alte Haus *Lindegård,* das im 17. Jahrhundert als Wohnhaus für den Schwiegersohn Christians IV., Hans Lindenhov den Jüngeren, erbaut und im 18. Jahrhundert umgebaut wurde. Heute befindet sich hier das *Kalundborg og Omegns Museum* (lokale Altertümer, Modell der Stadt im 17. Jh., die mittelalterliche Stadt, das religiöse Leben, Kunsthandwerk und Interieurs). – Hinter dem Museum sind die spärlichen Überreste des alten *Kalundborger Schlosses* zu sehen.

Man geht jetzt durch die *Præstgade,* in der der *Königin-Margrethe-Turm* steht und die ebenfalls kleine, buntgetünchte und blumengeschmückte, auf den ehemaligen Befestigungsanlagen errichtete Häuschen säumen. Kleine Straßen und Gäßchen führen zum Hafen von manchen Stellen hinunter, und man hat eine herrliche Aussicht auf das Meer; bei klarem Wetter soll man bis Fünen sehen können. Alte Häuser sind auch in der

Skibbrogade und in der *Lindegade* zu sehen.

Wer Zeit und einen Wagen hat, sollte es nicht versäumen, ein sehr interessantes modernes Bauwerk zu besichtigen, die **Kirche von Nyvang;* sie wurde 1974 von Holger Jensen als Gotteshaus und Pfarrzentrum erbaut.

Møllebakken-Viertel. Auf diesem bewaldeten Areal sind in den letzten Jahren zahlreiche Villen entstanden; die Anlage kann als typisch skandinavisches Wohnviertel bezeichnet werden, denn die Häuser sind nur durch Bäume voneinander getrennt; hier gibt es weder Hecken noch Gitter. – Südlich des Hafens liegt die große, von Paul Getty gebaute, *Erdölraffinerie.*

Umgebung von Kalundborg

Auf der kleinen Halbinsel *Gisseløre* steht ein dänischer Rundfunksender.

5 km weiter westlich und südlich des Fjords gelangt man nach

Schloß Lerchenborg, das in den Jahren 1743 bis 1753 in schönem Barockstil für den General Ler-

che erbaut wurde. In einem Schloßflügel sind zwei Räume dem Dichter Hans Christian Andersen gewidmet, der häufig hier als Gast weilte. Zum Schloß gehören ein großer französischer Park und englische Gärten sowie ein herrlicher Rosengarten.

Im *Rokoko-Rittersaal* werden im Sommer Kammermusikkonzerte veranstaltet, und von Mai bis September werden Wanderausstellungen, Brauchtumsabende und Parkbesichtigungen organisiert. Es ist ratsam, sich über Programme und Öffnungszeiten bereits in Kalundborg zu informieren, denn Lerchenborg ist Privatbesitz.

Hinter Lerchenborg erstreckt sich die landschaftlich schöne *Halbinsel Asnæs* mit zahlreichen Hügelgräbern und Dolmen. Asnæsverket ist ein großes Kraftwerk.

20 km südöstlich von Kalundborg liegt *Gørlev,* von dem eine Landstraße nach Sæby (3 km) führt. Das Chorgewölbe und die Wände der Kirche von Sæby schmükken schöne, um 1200 entstandene Fresken im byzantinischen Stil.

Route 11: (*Kopenhagen–) Køge – Præstø – [Insel Møn–] Vordingborg – Næstved – Korsør – (187 km ohne Insel Møn)**

Auf dieser Route kann man nun den Süden der Insel Seeland kennenlernen. Kleine Provinzorte, deren Industrialisierung jedoch unaufhaltsam zunimmt, Dorfkirchen und große, mit der Literatur Dänemarks verbundene Schlös-

ser säumen die Strecke, die wie geschaffen scheint für alle, die gerne Umwege machen und mit Muße reisen. So wie Nordseeland an Jütland erinnert, weckt Südseeland Assoziationen mit Fünen. Die Insel Møn jedoch, die so nahe bei Seeland liegt, ist mit keiner anderen dänischen Insel zu vergleichen.

***Kopenhagen verläßt man dazu im Süden über *Kalvebod* oder den *Enghavevej* und fährt dann auf der alten, aber auch sehr gut ausgebauten A 2 nach

Køge, 39 km, dessen Ortsbeschreibung im Zuge der Route 7 auf Seite 266 zu finden ist.

Von Køge folgt man der Richtung Store-Heddinge und Fakse bis zur Straßengabelung bei *Strøby Egede,* an der es rechts (praktisch geradeaus) nach Fakse, links abbiegend nach Store Heddinge geht. An der Straße nach Fakse liegt als nächster Ort

Valløby, 45 km, wo rechts ab eine Straße nach **Schloß Valló* (1 km) führt, einem der mächtigsten Schlösser des Landes, zu dem man über eine mit heraldischen

Schloß Valló bei Køge

Löwen geschmückte Steinbrücke gelangt. 1285 wurde es zum ersten Mal als Königsschloß erwähnt, und mit seinen runden und achteckigen Türmen sowie den drei Renaissancestockwer-

ken bietet es ein wahrhaft majestätisches Bild. Erworben hat es Frederik IV.; Königin Sophia Magdalena richtete hier 1738 ein Altersheim für adelige Fräulein ein. 1893 wurde das Schloß durch eine Brandkatastrophe zum Teil zerstört; die Restaurationsarbeiten wurden sehr sorgfältig ausgeführt. Der Schloßpark ist eine schöne englische Parkanlage mit hundertjährigen Bäumen; außerdem befindet sich hier der größte Tulpengarten Dänemarks (Blumenverkauf).

Abstecher nach Store Heddinge – Højerup/Rødvig (15 bzw. 19 km)

An der nächsten Kreuzung (54 km) biegt links eine Straße nach *Hellested* (2 km) und *Store Heddinge* (2800 Einw.; ⌂; △; 12 km) in der Landschaft Stevns ab, wo die Küste an die von Møn (s. S. 296) erinnert und hohe Steilufer zum Meer hin abfallen. Die achteckige Kirche von Store Heddinge wurde im 13. Jahrhundert als befestigte Kirche erbaut, und die Überlieferung berichtet, in ihren mächtigen Mauern seien Treppen und Geheimzimmer verborgen.

3 km südöstlich von Store Heddinge liegt *Højerup.* Seine gotische Steinkirche stand zu nahe am Rand der Steilküste, so daß sie am 20. März 1928 durch einen gewaltigen Erdrutsch stark zerstört wurde. In dem noch erhaltenen Teil befindet sich das *Stevns Museum,* das seit 1958 eine prähistorische Sammlung sowie Sammlungen zur regionalen Volkskunst enthält.

Nördlich dieser Ortschaft erheben sich über dem Meer auf einer Länge von fast 15 km hohe weiße

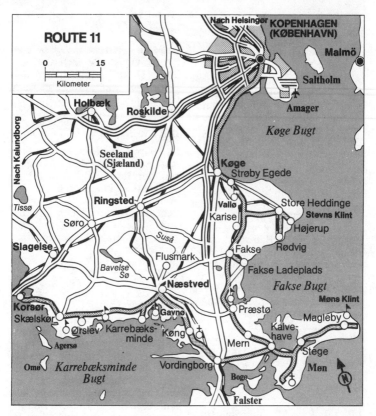

Kreidefelsen *(Stevns Klint)* mit ausgewaschenen Steilhängen (s. Abb. S. 303).

Fährt man von hier 6 km weiter in nördlicher Richtung, gelangt man zum Herrenhaus *Gjorslev,* das einen kreuzförmigen Grundriß aufweist. Es handelt sich um das einzige während der Regierungszeit von Margrethe I. errichtete profane Bauwerk, ein besonderer Gunstbeweis gegenüber dem Bischof von Roskilde, der Freund und Vertrauter der Königin war. Nur der Park ist öffentlich zugänglich.

7 km südlich von Store Heddinge liegt *Rødvig* (⌂), ein kleiner Hafen und bekannter Badeort.

*

Über *Karise* (⌂), 58 km, gelangt man auf der Hauptstrecke nach

Fakse (3000 Einw.), 66 km, einer Ortschaft, deren Gesicht durch den überall zutage tretenden kreidehaltigen Kalkstein (Ausgangsmaterial verschiedener Erwerbszweige) geprägt wird. In der mit gotischen Fresken geschmückten *Kirche* befindet sich

ein interessanter Taufstein, und
die Holzschnitzereien stammen
aus der Werkstatt des Næstveder
Meisters Abel Schrøder.

An der Küste, 6 km südöstlich
von Fakse, liegt *Fakse Ladeplads,* ebenfalls ein bekannter
Badeort. – In *Bækkeskov Strand*
gelangt man wieder an die Küste
und fährt nun einige Kilometer
am *Præstø-Fjord* entlang.

Præstø (2800 Einw.), 86 km, ist
eine hübsche alte Stadt, deren religiöse Bedeutung in früheren
Zeiten wesentlich größer war als
heute. Die *Kirche* ist ein recht
ungewöhnliches Bauwerk, denn
sie besteht aus drei nebeneinan-
der stehenden Kapellen, deren
gezackte Giebel die Südwand bilden. Die Altarwand ist das Werk
von Abel Schrøder dem Jüngeren. Am Ufer des Fjords erstreckt sich der *Frederiksminde-
park* mit Rasenflächen, Statuen
und von hundertjährigen Bäumen gesäumten Alleen.

Nordwestlich der Stadt (1 km)
gelangt man nach **Schloß Nysø.*
Im Jahr 1671 ließ ein reicher Bürger aus Prestø diesen hübschen
Bau im Stil des holländischen
Barock errichten. Zur Zeit der
Baronin Stampe gingen zahlreiche Schriftsteller und Künstler
hier ein und aus. Vor allem Thorvaldsen hielt sich häufig in diesem Schloß auf. Das Atelier, das
die Baronin für den berühmten
Bildhauer einrichten ließ, ist
noch erhalten und kann besichtigt werden. Eine Thorvaldsen-
Sammlung ist im Südflügel des
Schlosses untergebracht. Auch
Oehlenschläger, Ingemann, N. F.
Grundtvig und Andersen, der
hier mehrere Märchen schrieb

(1838, 1843, 1845), waren Gäste
im Schloß.

In *Mern* (⌂), 94 km, läßt man
die direkte Straße nach Vordingborg [11 km] rechts liegen und
fährt über *Kalvehave* und seine
Brücke über den Ulvsund zur Insel Møn.

DIE INSEL MØN

Die durch den *Ulvsund* von Seeland und durch den *Grønsund*
von der Insel Falster getrennte
Insel ist 30 km lang und 6 km
breit. Møn, dessen Kreidefelsen
sich am Ostufer in den Himmel
recken, ist, wie schon gesagt, mit
keiner anderen dänischen Insel
vergleichbar.

Hauptort der Insel ist

Stege

Der 3700 Einwohner zählende
Ort ist auf drei Seiten von Wasser
umgeben. *Mølleporten* und ein
weiterer Turm sind die einzigen
Überreste der Befestigungsanlagen, die Waldemar zum Schutz
gegen die von der Ostsee aus an-
greifenden Feinde errichten ließ.
An der Stelle dieser Befestigungsanlagen ist heute eine öffentliche Parkanlage. Ein kleines
Museum mit Sammlungen zur In-
selgeschichte findet man in der
Storegade 75, nahe beim Mølle-
port. Rings um die *St.-Hans-Kir-
che* stehen noch mehrere Häuser
im klassizistischen Stil.

Ausflüge von Stege

Der Besuch der Insel darf sich
nicht auf Stege beschränken,
denn Møn birgt viele Kostbarkeiten, die es zu entdecken gilt. Sie
sind teils geographischer, teils
künstlerischer Natur. Die Sehenswürdigkeiten im Bereich der

Kunst sind, wenn es sich um Kirchen handelt, meist das Werk des Meisters von Elmelunde (um 1480), der mehrere Bauwerke ausschmückte und von dem einige seiner bemerkenswertesten Arbeiten in der

**Kirche von Fanefjord (12 km in südwestlicher Richtung) zu sehen sind. Diese große Kirche ist gleichsam ein einziges wunderschönes ,,Bilderbuch". Die acht Gewölbe sind vollständig mit Fresken bedeckt, deren subtile Farbnuancierung und Wechselfolge ungemein beeindrucken.

Chor: St. Christoph mit dem Jesuskind; St. Georg mit der Lanze; vier Medaillons mit den Symbolen der vier Evangelisten; St. Martin von Tours, seinen Mantel mit dem Bettler teilend.

Hauptschiff und nördliches Seitenschiff: Diese Wandmalereien stammen vom Meister von Elmelunde: St. Georg der Drachentöter mit der knienden Prinzessin; die Heilige Muttergottes als Fürsprecherin; Verkündigung; Heimsuchung Mariä; Geburt Jesu; zwei Frauen, die die Jungfrau Maria und die heilige Anna darstellen könnten (in einem Bogen ist das Zeichen des Elmelunder Meisters zu sehen); Anbetung der heiligen drei Könige; Darstellung im Tempel; Taufe Jesu; Kindermord zu Bethlehem; Herodes erteilt seine Befehle; Flucht nach Ägypten; Judas, dessen Seele von zwei Teufeln davongetragen wird; Joab tötet Abner; Abraham und Isaak; das Opfer des Isaak; die Seelenwaage.

Hauptschiff: Christkönig, umgeben von der Gottesmutter und dem heiligen Paulus (links) sowie dem heiligen Johannes und dem heiligen Petrus, der die Schlüssel trägt (rechts); Erschaffung der Eva; Sündenfall; Vertreibung aus dem Paradies; Adam und Eva weinend: ,,Im Schweiße Deines Angesichtes sollst Du Dein Brot verdienen"; Gott erschafft Sonne, Mond und Sterne; Gott erschafft das Pferd, den Hirsch, das Rind und den Hasen; Auferstehung des Lazarus; Jesus wird dem Hohenpriester vorgeführt; der blutende Christus vor Pilatus; David und Goliath; Lazarus und der Reiche; Samson und der Löwe. – Außer den Heiligen sind auf den Pfeilern mehrere Personen dargestellt, bei denen es sich vermutlich um dänische Lehnsherren handelt.

In der Nähe der Kirche liegen alte *Grabsteinreihen,* in denen noch 130 Steine aufrecht stehen.

*

Zu den Klippen von Møn (18 km)

Die Fahrt geht von Stege nach Osten, zunächst nach

Keldby (4 km), dessen **Kirche um 1200 bis 1250 aus Backstein erbaut wurde. Aufgrund ihres reichhaltigen Freskenschmucks gehört diese Kirche wie auch die von Fanefjord (s. o.) zu den bedeutenden Baudenkmälern Dänemarks. Die beiderseits des Altars befindlichen Freskenfragmente stellen die Apostel, Christus und die Symbole der vier Evangelisten dar. Die Wände des Chors schmücken zwei Freskenreihen; unten sind Szenen aus dem Neuen und oben Begebenheiten aus dem Alten Testament dargestellt. Thema der Südwand ist die Schöpfungsgeschichte: Joseph, sein Kinn in die Hand stützend, denkt nach. Auf dem Chorbogen: das himmlische Jerusalem; Adam und Eva; der Sündenfall. Auf der Nordwand sind die Wappen (um 1400) der aus Spejlby (einige km nördlich von Keldby) stammenden Familie Fikkesen zu sehen, ferner der Einzug in Jerusalem, St. Petrus mit den Schlüsseln zum Himmelreich sowie Kain und Abel.

Das Kirchenschiff (die Fresken sind um 1325 entstanden) zeigt auf der Südwand das Jüngste Gericht, die Heilige Dreifaltigkeit, das Schwert der Gerechtigkeit, verschiedene Heilige mit ihren Symbolen, Engel sowie die Kreuzigung.

Auf der Nordwand sieht man eindrucksvolle Wandmalereien in fünf Reihen. Die Fresken der obersten Reihe konnten bislang noch nicht endgültig interpretiert werden; darunter sind Szenen aus dem Alten Testament und die Legende der heiligen Anna zu sehen. 4. und 5. Reihe: Geburt Christi; die Unterweisung Jesu; ein Mann mit Doktorhut liest oder schreibt; die Geschichte Moses; die Engel und Joachim; Verkündigung; Heimsuchung; eine zweite Darstellung der Geburt Christi; die Hirten mit ihren Herden; der erste Märtyrer: St. Stephanus. – In einem Gewölbe steht: ,,Gemalt vom Meister von Elmelunde, 1480.''

Weiter sind zu sehen: das Jüngste Gericht; Christkönig; die Heilige Jungfrau und Johannes der Täufer betend; auf einem der Fresken gehen einige Verstorbene auf den heiligen Petrus zu, der in der Nähe der Pforte zum Paradies steht, andere wiederum werden in die Hölle hinabgestürzt; je eine weitere Darstellung von Verkündigung, Heimsuchung und von der Geburt Christi; die Heiligen Drei Könige; Heilige Jungfrau und heiliger Joseph; Herodes befiehlt den Kindermord zu Bethlehem; Flucht nach Ägypten; Erschaffung Evas; Sündenfall; Verstoßung aus dem Paradies; der heilige Martin mit dem Bettler; der Arme und der Reiche.

*

Der nächste Ort auf der Fahrt von Stege nach Osten ist *Elmelunde* (8 km). Von hier stammt der Künstler, der die Kirchen von Møn und Falster – und zum Teil auch auf Seeland – mit seinen Wandmalereien schmückte, nicht zuletzt auch die um 1300 errichtete Kirche seines Heimatdorfes, deren Inneres fast vollständig mit Fresken aus verschiedenen Epochen (vorwiegend dem ausgehenden 15. Jh.) bedeckt ist: Bemerkenswerte Blatt-, Blumen-, Ranken-, Vogel- und Sternmotive füllen den Raum zwischen den Szenen aus dem Alten und dem Neuen Testament aus.

Im Chor: Gottvater; Petrus mit den Schlüsseln zum Himmelreich; Paulus mit dem Schwert; Geißelung Christi; Einzug in Jerusalem (stark stilisiert).

Im Kirchenschiff: Jüngstes Gericht; Christkönig (auf grünem Grund); Petrus öffnet die Pforten des Himmelreichs, ein Engel spielt auf der Laute und auf einem Spruchband steht ein Willkommensgruß; großer, prachtvoll geschmückter Engel; Verkündigung; Geburt Christi; Anbetung der Heiligen Drei Könige;

Kindermord zu Bethlehem;
Flucht nach Ägypten.

Auf dem Bogen zwischen dem
zweiten und dritten Gewölbejoch
sind drei Zeichen zu sehen, u. a.
das des Meisters von Elmelunde.

Weitere Fresken sind: der Reiche
und der Arme vor dem gekreu-
zigten Christus kniend, die Erschaffung von Adam und Eva,
der Sündenfall und schließlich
die Verstoßung aus dem Paradies.

*

In *Borre* (⌂, △; 14 km) zweigt bei
der Weiterfahrt links eine Straße
nach *Schloß Liselund* ab, das
man nach 5 km erreicht. Dieses
reizende kleine strohgedeckte
Schloß wurde 1792 von dem emi-
grierten französischen Grafen
Antoine Bosc de La Calmette,
der Inselvogt geworden war, errichtet und innen für Lise, die der
Baron liebte und deren Grab sich
im Schloßpark befindet, ganz im
Rokoko-Stil ausgestattet.

Hinter dem Park liegt ein großes
Ferienzentrum, in dem sich all-
jährlich Jugendliche aus aller
Welt ein Stelldichein geben.

Hält man sich in Ny Borre rechts,
so gelangt man zunächst in die
Ortschaft *Magleby,* und fährt
dann durch den schönen Buchenwald *Store Klinteskov* nach

Møns Klint (18 km), zu den
Klippen von Møn. Dabei handelt
es sich um eine Kreideformation,
deren strahlendes Weiß sich kräftig gegen das Meer, über dem sie
steil aufragt, und die dunkle Mas-
se des bis an die Klippen reichen-
den Buchenwaldes abhebt. Ero-
sionsvorgänge haben diese Steil-

küste in Blöcke gespalten und bi-
zarre Felsformen geschaffen.
Von Süd nach Nord verläuft ein
etwa 6 km langer Weg, auf dem
man nacheinander an folgenden
Felsen vorüberkommt: Store
Klint (großer Felsen) mit Som-
merspir (Sommerspitze, 102 m),
Dronningestol (Königinnenstuhl,
128 m), Hylledals Klint (128 m),
Taler (Redner, 100 m) und Lille
Klint (kleiner Felsen) mit dem
Slotsgavl. Lille Klint liegt etwa
auf der Höhe von Schloß Liselund (s. linke Spalte), wo man diesen Ausflug beenden könnte.

Die Kreidefelsen ,,Møns Klint"

Waldwege und Wege entlang der
Klippen sind beschildert; auf den
Tafeln ist eine blaue (6 km), eine
grüne (8 km) und eine rote (10
km) Route angegeben.

*

Wir kehren wieder nach Seeland
zurück und fahren ab Kalvehave
durch die Ebene in Richtung

Vordingborg, 121 km, dessen Beschreibung bei der Route 7 auf
Seite 265 zu finden ist.

Von Vordingborg folgt man dann einer Landstraße nach Nordwesten und kann von einer Kreuzung, 130 km, nach rechts zur Kirche von *Sværdborg* (3 km) abzweigen, deren Inneres interessante spätgotische Fresken birgt. Sonst geht es über *Køng*, 133 km, weiter nach Næstved, 150 km.

Næstved. Der an der Mündung der Suså ins Meer gelegene Ort (37 400 Einw.), ist eine jener jetzt kleinen, ehemals ,,großen" dänischen Städte. Von seiner einstigen kommerziellen und religiösen Bedeutung künden noch die zahlreichen Fachwerkhäuser mit Erkern und geschnitzten Giebeln. Heute ist Næstved eine aktive Industriestadt; der moderne Hafen sowie Papier-, Keramik- und Werkzeugmaschinenfabriken sind wesentliche Bestandteile seiner Wirtschaft. Außerdem ist es Garnisonsstadt, in der ein Husarenregiment stationiert ist.

Die große gotische *St.-Peters-Kirche (Sankt Peders Kirke)* entstand zwischen dem 13. und 15. Jahrhundert. Auf einigen Fresken sind König Waldemar und Königin Hedvig betend dargestellt; man beachte auch die schöne Kanzel. Die *St.-Martins-Kirche (Sankt Mortens Kirke)* wurde ebenfalls im gotischen Stil errichtet. Abel Schrøder (Vater), einer der großen dänischen Bildhauer, der in Næstved geboren wurde und dort auch starb, und sein gleichnamiger Sohn haben Kanzel und Altarwand geschaffen; ein Fresko stellt den heiligen Martin dar, der seinen Mantel mit einem Bettler teilt.

Das *Næstved Museum* befindet sich in der Ringstedgade 4 in ei-

nem ehemaligen *Helligåndshuset (Heiliggeist-Haus)* einem Wohltätigkeitshaus aus dem 15. Jahrhundert; es zeigt lokale Sammlungen von Altertümern, Brauchtum und Volkskunst.

In den *Stenboderne,* am Sankt Peders Kirkeplads, befindet sich ein Nebengebäude dieses Museums, das *Museet i Boderne,* mit Kunstgewerbe, Silber- und Goldschmiedekunst, Töpferwaren und Keramiken.

Bei einem Bummel durch die Straßen der Stadt wird man eine Reihe schöner Häuser entdecken, vor allem rings um die St.-Peters-Kirche; bei dem *Henrik Gottschalcks Stenhus* handelt es sich um das ehemalige katholische Pfarrhaus. In der Riddergade ist besonders der *Apostelgården* bemerkenswert; auf den Hausmauern sind Christus und die Apostel dargestellt, daher der Name. Das *Kompagnihuset* in der Kompagnistræde gehörte früher einmal der Hanse.

In der Umgebung von Næstved

2 km nördlich von Næstved liegt am Ufer der Suså die ehemalige Benediktinerabtei

Herlufsholm. Im Jahr 1560 ging sie in den Besitz des ruhmreichen Admirals Herluf Trolle über, und 1567 wurde sie zu einem Kolleg ,,für die Kinder des Adels und anderer vornehmer Persönlichkeiten des Königreichs" umgebaut. Heute befindet sich hier ei-

Markante Punkte in der jütländischen Landschaft sind auch die meist gut erhaltenen alten Mühlen, wie diese in Pandrup bei Blokhus.

In der Wikingerschiffshalle von Roskilde sind Schiffe aus der Zeit um 1000 ausgestellt, die ab 1962 im Roskildefjord gehoben wurden.

Als Eisenzeitsiedlung präsentiert sich bei Roskilde die „Oldtidsbyen" von Lejre mit rekonstruierten prähistorischen Häusern und Hütten.

Natursehenswürdigkeiten besonderer Art sind die Kreidesteilufer von Stevns Klint (unser Bild) an der Ostküste von Seeland und von Møn.

Fußgängerzonen nach dem Vorbild des Kopenhagener „Strøget" entstanden auch in anderen dänischen Städten, wie hier in Køge auf Seeland.

ne sehr moderne Lehranstalt, zu deren zahlreichen Einrichtungen auch ein *Zoologisches Museum* gehört. Von dem schönen Kreuzgang aus dem Jahr 1502 ist nicht mehr sehr viel zu sehen.

In der gut erhaltenen *Kapelle* aus dem 13. Jahrhundert befinden sich ein Taufstein und ein Marmorchristus von J. A. Jerichau (1816–1883). Man beachte auch das **Elfenbeinkruzifix* über dem Altar, dessen Balken aus Walroßzähnen geschnitzt wurden, eine französische Arbeit aus dem Jahr 1225 von großem Seltenheitswert. Weitere Sehenswürdigkeiten sind der Grabstein des Historikers Arild Huitfeldt (1546–1609), des Neffen von Brigitte Gøye, das Grabmal des Marcus Gøye (1635–1698) von Quellin sowie der Sarkophag von Herluf Trolle und Brigitte Gøye aus weißem und schwarzem Marmor. Auf dem Deckel sieht man die liegenden Figuren der beiden Verstorbenen, und an den Ecken sind die vier Evangelisten dargestellt. Dieser Sarkophag ist das Werk des flämischen Künstlers Cornelius Floris de Vriendt.

In der Sakristei kann man Rüstungen und Schwerter von Herluf Trolle und seinem Bruder Børge besichtigen.

Über *Appenæs* (4,5 km) und einen Deich gelangt man nach 7 km Fahrt in südwestlicher Richtung zur Insel

Gavnø, auf der das gleichnamige Schloß steht. 1402 gründete Königin Margrethe I. auf dieser Insel ein Nonnenkloster, das der heiligen Agnes geweiht war. 1737 ging die Anlage in den Besitz des Rats Otto Thott (1703–1785) über. Er ließ hier ein eindrucksvolles Schloß mit drei Flügeln errichten, in dem er seine Bücher sowie eine bedeutende Sammlung von Bildern der italienischen, deutschen und flämischen Schule unterbrachte.

Ein Teil des Schlosses, die *Gemäldegalerie* und die *Klosterkapelle,* sind öffentlich zugänglich. Im Park (15 ha; täglich geöffnet) befinden sich Gewächshäuser und ein Rosengarten (Ausstellung und Verkauf von Blumen und Pflanzen). In der Nähe des Schlosses liegen ein Gasthaus und ein Parkplatz.

Eine weitere Sehenswürdigkeit in der Umgebung von Næstved ist das

*Holmegaard Glasværk in Fensmark, 7 km nordöstlich der Stadt. Diese weltbekannte Glasbläserei wurde 1825 von Gräfin Henriette Danneskiold-Samsoe gegründet und beschäftigt heute mehr als 1100 Mitarbeiter.   gård gehört den ,,Kastrup og Holmegaard Glasværker A/S", die Filialen in Hellerup, Kastrup und Odense unterhalten. – Restaurant.

*

Man verläßt Næstved über den Karrebækvej in Richtung Südwesten und fährt nun im Abstand von etwa 5 km von der südseeländischen Küste weiter. Abstecher (7 u. 6 km) führen zum Strandort

Weite Strände, kleine Fischerhäfen und das ewig rauschende Meer kennzeichnen Dänemarks Küste auch an der Jammerbugt.

Karrebæksminde (⌂, ⚓) und später zur **Kirche von Ørslev* mit ihrem ungewöhnlichen Freskenschmuck (Sänger, Bauerntänze). – 5 km südöstlich von Ørslev liegt an der Küste *Schloß Holsteinborg.* Es entstand in den Jahren 1598 bis 1649 an der Stelle einer Festung, die zum Verteidigungswerk des Waldemar gehörte. Der Schloßpark mit seinen schönen Alleen und hundertjährigen Bäumen ist täglich geöffnet.

Skælskør (5 200 Einw.), 169 km, ist eine kleine Provinzstadt, die im Mittelalter im Schatten zweier Klöster entstand. In früheren Zeiten bildeten die üppigen Obstgärten den ganzen Reichtum dieser Stadt, doch inzwischen ist auch sie industrialisiert, wie das bis auf die Halbinsel Stigsnæs reichende Industriegebiet unschwer

erkennen läßt. Die Gegend ist für die Vielzahl ihrer Wildentenarten bekannt. – Die *St.-Nikolaus-Kirche* des Ortes weist eine Besonderheit auf: Schiff und Chor sind gleich breit.

Nach 2,5 km Fahrt in südlicher Richtung erreicht man **Schloß Borreby,* eines der schönsten dänischen Renaissance-Schlösser. Es wurde 1556 für Johan Friis, den Kanzler Christians III., erbaut. Andersen, der oft als Gast auf Schloß Borreby weilte, schrieb hier sein berühmtes Märchen ,,Waldemar Daae und seine Töchter". Auch der große Park dieses Schlosses ist öffentlich zugänglich.

Die Route endet in

Korsør, 187 km, siehe Route 5 auf Seite 252.

Route 12: Maribo – Nakskov – Tårs – Rudkøbing/ Langeland – Tåsinge – Svendborg – **Odense (108 km)

Die letzte Route dieses Bandes stellt eine Querverbindung zwischen den beiden Hauptanreisewegen von Deutschland nach Kopenhagen in Süddänemark her. Sie verläßt die ,,Vogelfluglinie" im lolländischen Maribo und überquert zwischen Tårs auf Lolland und Spodsbjerg auf Langeland den Langelandsbælt mit einer Fähre. Von Rudkøbing, dem Hauptort von Langeland, geht es dann auf Brücken weiter zur Insel Tåsinge und von ihr zur Südküste Fünens bei Svendborg. Die Route erreicht schließlich in der

fünischen Hauptstadt Odense die Route 5.

Von Maribo (s. S. 262) oder der gleichnamigen Anschlußstelle der Autobahn E 4 geht die Fahrt auf der Hauptstraße A 7 über *Stokkemarke* (⌂) und *Halsted* westwärts. Das *Halstedkloster* wurde 1130 gegründet und im 16. Jahrhundert von Lübecker Truppen zum größten Teil zerstört; über den Ruinen entstand 1849 ein Schloß im Stil der italienischen Renaissance. – Von Halsted führt die Straße hinein nach

Nakskov (16 400 Einw.), 28 km, der größten Stadt der Insel Lolland. Nakskov war bereits im 13. Jahrhundert, zur Zeit Waldemars des Siegreichen, bekannt. 1420 durch eine Brandkatastrophe zerstört, 1510 von Lübecker Truppen geplündert und 1658 von den Schweden Carl Gustavs belagert, ist dieser Ort immer wieder aus Trümmern auferstanden. Heute ist Nakskov eine sehr lebendige Industrie- und Handelsstadt (Schiffsbau und bedeutende Zuckerfabriken).

Die gotische *Sankt Nicolai Kirke* aus dem Mittelalter ist dem heiligen Nikolaus von Myra, dem Schutzheiligen der Seefahrer, geweiht. Schiff und Chor sind von eindrucksvollem Ausmaß. Im Innern verdient vor allem die schön gearbeitete Altarwand Beachtung. Bei einem Spaziergang durch die Stadt trifft man auf mehrere alte Häuser, darunter ein Gebäude aus dem Jahr 1589 in der Dronningens Stræde sowie *Theisengård,* ein Kaufmannshaus von 1786, und die alte Apotheke *(den gamle Apotek)* am Axeltorv (= Marktplatz).

In der Nähe von Nakskov besteht eines der bedeutendsten *Vogelschutzgebiete* Dänemarks; da es nur zu bestimmten Zeiten im Jahr betreten werden darf, sollte man sich vorher beim Verkehrsverein nach den Sperrzeiten erkundigen.

14 km nordöstlich der Stadt liegt *Schloß Pederstrup,* heute ein Museum zur Erinnerung an den Staatsrat C. D. F. Reventlow, dessen Einsatz für die Lebens- und Ausbildungsbedingungen der ländlichen Bevölkerung richtungweisend war.

Die Hauptstraße A 7 ist von Nakskov bis zum neuen Fährhafen von

Tårs, 38 km, verlängert worden. – Mit dem mehrmals täglich verkehrenden Fährschiff gelangt man nach einer dreiviertelstündigen Fahrt zur Ostküste von Langeland; der kleine Fährort dort ist *Spodsbjerg* (Hotels; ⚓). Man kann die hier 8 km breite Insel natürlich als schneller Reisender einfach queren und bei Rudkøbing schon wieder verlassen. Es empfiehlt sich aber, etwas mehr Zeit für diese durchaus interessante Insel aufzuwenden.

LANGELAND

Schon der Name weist auf die langgestreckte Gestalt der Insel hin; sie ist 50 km lang und nur 4 bis 11 km breit. Langeland ist nicht so lieblich wie Tåsinge (s. S. 309) oder Ærø (s. S. 312), und auch die Vegetation ist hier weniger üppig, doch gerade diese ein wenig keltisch anmutende Strenge – Heideland und Zeugen aus megalithischer Zeit – ist sehr reizvoll.

Hauptort der Insel ist Rudkøbing.

Rudkøbing

Mit 4600 Einwohnern ist diese Stadt auch die größte Gemeinde der Insel.

Wie Ærøskøbing auf Ærø ist Rudkøbing eine Stadt der ,,Idylle" im nordischen Sinn des Wortes. Niedrige, blumengeschmückte Häuser, zu denen hundertjährige Stufen hinaufführen, krumme Straßen mit holprigem Pflaster und vor allem einer Atmosphäre, die man nur auf dänischen Inseln antrifft, prägen das

Ortsbild. Man findet hier Annehmlichkeiten des modernen Lebens gepaart mit altmodischem Liebreiz, gediegener Gemächlichkeit und einem reizvollen Hauch von Nostalgie.

Die ältesten Teile der *Kirche* stammen aus dem Jahr 1100, doch die vier Giebel wurden erst während der Renaissance angefügt.

Das *Langelands Museum* enthält Sammlungen zur Vorgeschichte und Geschichte dieser Insel. Bemerkenswert sind die silberbeschlagenen Schwerter und Rüstungen, die in Wikingergräbern gefunden wurden. Auch schöne Fayencen und Bauernmöbel sind zu sehen.

In der Smedgade Nr. 12 befindet sich das *Søfartsmuseum (See-*

fahrtmuseum) mit Schiffsmodellen, vorwiegend aus dem 18. Jahrhundert.

Rudkøbing bietet zahlreiche malerische Straßen mit hübschen Fachwerkhäusern aus dem 18. Jahrhundert. Die sehenswertesten werden nachfolgend genannt: Wenn man vom Hafen kommt *Strandgården,* Brogade 25, und in der Brogade 15 die *Apotheke,* in der die Brüder *Ørsted* geboren wurden (der Physiker H. C. Ørsted und der Jurist Anders S. Ørsted); das katholische Pfarrhaus am Gåsetorvet; die den *Kirkepladsen* säumenden niedrigen Häuser, die alle einander gleichen; die gut erhaltenen Häuser in der *Smedgade,* die alten Häuser in der *Nørregade,* insbesondere Haus Nr. 12; in der

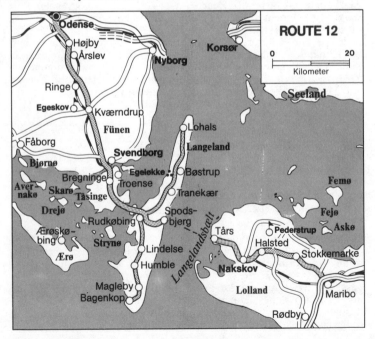

Østergade besonders bemerkenswert die Häuser Nr. 4 und 24; in
der *Strandgade,* die zum Hafen
zurückführt, das denkmalge-
schützte ehemalige Haus des
Bürgermeisters.

**Abstecher von Rudkøbing nach
Bagenkop (25 km)**

Die Fahrt in den Südteil der Insel
führt über

Lindelse (10 km), mit einer hübschen kleinen mittelalterlichen
Kirche, nach

Humble (⚰; 14 km). Auf der
Nordseite der dortigen Kirche
befindet sich das *Grab des Königs
Humble,* eine eindrucksvolle, aus
77 Steinen und einer Grabkammer bestehende ,,langdysse", ein
Hünengrab.

Magleby (20 km) hat eine *Kirche,*
deren Grundsteinlegung im Mittelalter erfolgte und die im 17.
Jahrhundert wieder aufgebaut
wurde. Auf dem Friedhof steht
ein *Denkmal* zur Erinnerung an
die während des Zweiten Weltkrieges über der Insel abgeschos-
senen englischen, amerikanischen und kanadischen Piloten.

Bagenkop (25 km) ist die südlichste Ortschaft der Insel mit Fährverbindung nach Kiel.

**Abstecher von Rudkøbing nach
Lohals (30 km)**

In nördlicher Richtung über

Tranekær (13 km), dessen
Schloßpark öffentlich zugänglich
ist, geht es nach

Bøstrup (17 km). Seine romanische Kirche birgt eine Kanzel aus
dem Jahr 1634. – Links zweigt eine Straße nach *Schloß Egeløkke*
(3 km) ab, dessen Ursprünge

zwar auf das Jahr 1426 zurückge-
hen, das aber 1845 fast vollständig neu aufgebaut wurde. Hier
unterrichtete der Pastor und
spätere Bischof V. F. S. Grundtvig (1783–1872) die Kinder des
Schloßherrn, und Kaj Munk
(1898–1944) schrieb auf Egeløkke das Schauspiel ,,Egelykke",
dessen Thema die Liebe des
Hauslehrers zu Baronin Constan-
ce Leth ist.

Lohals (650 Einw.; 30 km), ist ein
Segelhafen und Badeort am
Nordende von Langeland; es hat
Fährverbindung mit Korsør auf
Seeland.

Die *Tom-Knudsen-Sammlung* im
Ortsteil Hov ist eine kleine
Sammlung aus der afrikanischen
Tierwelt.

                    *

Man verläßt die Insel Langeland
von Rudkøbing aus auf der 1962
erbauten Brücke zur kleinen
Zwischeninsel *Siø,* von der dann
ein Damm durch den Siøsund
nach

Tåsinge hinüberführt, das heute
5200 Einwohner hat und zumindest in seinem nördlichen Teil zu
einem Vorort von Svendborg geworden ist. Dank der Brücken-
verbindungen mit Fünen (Svendborg) und Langeland wurde die
von der Hauptstraße A 9 durchzogene Insel auch zu einem wichtigen Glied im Verkehr zwischen
den südfünischen Inseln.

Die größte Ortschaft auf Tåsinge
ist das im Nordosten der Insel,
Thurø gegenüberliegende

Troense. Die von typischen Häusern dieser Landschaft gesäumte
Grønnegade führt zum Valde-

mars Slot, einem Schloß, das eine Zeitlang dem berühmten Admiral Niels Juel gehört hat. Es ist heute Domizil des Schloß- und Marinemuseums (Orlogsmuseet), wo man neben Interieurs des im 17. und 18. Jahrhundert ursprünglich für den Sohn König Christians IV., den Grafen Waldemar Christian, erbauten Schlosses auch einen Niels-Juel-Saal und die Schaluppenhalle besichtigen kann; sie zeigt vollausgerüstete Königsschaluppen aus dem 18. und 19. Jahrhundert sowie Modelle von königlichen Jachten. – In den alten Schloßgewölben befindet sich die Cafeteria „Admiralen".

Auf einer Anhöhe im Nordteil der Insel steht, unweit der Straße A 9, die *Kirche von Bregninge; sie birgt einen schönen, um 1200 aus Eichenholz geschnitzten Christuskopf. In einem benachbarten Haus aus dem Jahr 1826 wurde ein kleines *Museum* für Lokalgeschichte eingerichtet; hier sind die Erinnerungsstücke an ein Paar zu sehen, das einmal im Mittelpunkt der Gesellschaftschronik stand, den schwedischen Grafen Sixten Sparre und die dänische Zirkustänzerin Elvira Madigan. Sie kamen auf diese idyllische Insel, um ihrer unglücklichen Liebe durch Selbstmord ein Ende zu setzen. Ihre Gräber auf dem Friedhof von *Landet* (3 km weiter südlich) sind stets mit Blumen geschmückt.

Vemmenæs (⚓) im Südosten und *Skovballe* im Südwesten der Insel sind hübsche und ruhig gelegene Dörfer.

Jenseits des Svendborgsundes erreicht man die Insel Fünen und die Stadt

Svendborg (23 300 Einw.), 43 km. Sie ist vor allem Hafenstadt und Ausgangspunkt für die Inselfähren nach Drejø, Skarø und Ærøskøbing auf Ærø sowie für Ausflugsfahrten durch die südfünische Inselwelt.

Svendborg war bereits zur Zeit Waldemars des Siegers bekannt und wurde wiederholt von Ostseepiraten, von den Schweden, von Bürgerkriegen und Feuersbrünsten zerstört. Doch geduldig hat man in der zum Sund hin abfallenden Stadt die Fachwerkhäuser, die die gewundenen und steilen Straßen säumen, immer wieder aufgebaut. Der Hafen ist der Mittelpunkt geschäftigen Treibens und der langgestreckte Sund ein Seglerparadies; es gibt auch mehrere Segelschulen.

Die alten Straßen Brinken, Fruestræde, Mælergade, Tinghusgade, Bagergade und Gaasestræde wirken fast südländisch, denn selten sind nordische Straßen von so viel Leben erfüllt. Die *St.-Niko-lai-Kirche (Sankt Nicolaj Kirke)* in der Gerritsgade wurde zwar vor 1200 errichtet, doch Ende des 19. Jahrhunderts stark restauriert.

Die am Torvet und an der Stelle der alten Swineburg gelegene *Liebfrauenkirche (Vor Frue Kirke)* war ursprünglich romanisch, wurde jedoch sehr rasch gotisiert; sie hat ein holländisches Glockenspiel mit 27 Glocken.

Das *Bymuseum (Stadtmuseum)* oder *Svendborg Amts Museum* wurde in einem der schönsten Häuser von Svendborg, im *Anne Hvidesgård* (aus dem Jahr 1560) eingerichtet. Es enthält archäologische Sammlungen und Sammlungen zur Geschichte der Hafenstadt Svendborg.

Der in Svendborg geborene Bildhauer Kaj Nielsen (1882–1924) hat seine Geburtsstadt mit mehreren seiner Werke geschmückt: „En lille Pige" (Ein junges Mädchen) vor der St.-Nikolai-Kirche; „Leda uden Svanen" (Leda ohne Schwan) vor der Bibliothek und „Venus med æblet" (Venus mit Apfel) vor dem Schwimmbad. – Auch der Autor der Chronik des Holger Danske, Christer Pedersen (1484–1554), wurde in Svendborg geboren.

Das im Norden der Stadt (Dronningemæn 30) gelegene *Zoologische Museum* enthält eine bedeutende Sammlung nordeuropäischer Vögel.

Sehr schöne Ausflüge kann man entlang dem *Svendborg-Sund* bis zum Wald von *Christiansminde* mit Blick auf die fünische Inselwelt machen. Die größten der zahlreichen Inseln und Inselchen von West nach Ost sind Bjørnø, Avernakø, Drejø (⛴), Skarø, Hjørtø und dahinter Aerø, Tåsinge, Strynø, die lange Insel Langeland und Thurø (⛺, ⛆).

Von Svendborg kann man nun auf die südfünische Küstenroute (s. Route 6 auf S. 260) übergehen – entweder in Richtung Nyborg zur Großen-Belt-Fähre nach Seeland oder entgegengesetzt über Fåborg zur Kleinen-Belt-Brücke bei Middelfart –, wenn man nicht, wie hier, erst der fünischen Hauptstadt Odense einen Besuch abstatten will. In diesem Fall folgt man weiter der Hauptstraße A 9, kreuzt in *Kværndrup,* 80 km, unweit des bekannten Schlosses Egeskov, die Straße A 8 Fåborg – Nyborg (s. Route 4

auf S. 245) und fährt östlich vorbei an

Ringe (4 100 Einw.), 87 km, einem Industrieort, den man inmitten des großen fünischen Gartens und in der Nähe so vieler Schlösser (8 in einem Radius von weniger als 20 km) gar nicht vermutet hätte. Die *Kirche* mit ihrem eckigen Turm und den vier gezackten Giebeln ist schon von weitem zu erkennen. Einen Besuch lohnt das kleine *Museum* für Lokalgeschichte sowie Volkskunst und Brauchtum. – Von

Årslev, 95 km, führt eine Straße zur in. 11. Jahrhundert aus Kalkstein erbauten **Kirche von Sønder Nærå* (3 km). In ihrem Innern befinden sich bedeutende ***Fresken:* Auf der Nordwand des Hauptschiffes ist der dänische Kreuzzug im Jahr 1219 nach Estland dargestellt, in dessen Verlauf Bischof Theodoric getötet wurde; einige Kunsthistoriker sind jedoch der Meinung, daß es sich hier um die Darstellung der Ermordung des heiligen Thomas von Canterbury handelt. Die anderen Fresken zeigen Honoratioren und die Monate des Jahres.

Bei der Weiterfahrt auf der Hauptstraße erblickt man hinter *Højby* rechts die drei Türme von *Schloß Hollufsgård* aus dem 16. Jahrhundert, das sich jetzt im Besitz des dänischen Kultusministeriums befindet. Von Süden wird schließlich die fünische Hauptstadt

**Odense, 108 km, erreicht, deren ausführliche Beschreibung auf Seite 167ff. zu finden ist. Wer hier auf die Route 5 Jütland – Kopenhagen übergehen will, findet diese auf Seite 246ff.

DÄNISCHE INSELN

Nachdem die Routen dieses Bandes auf der Halbinsel Jütland und auf den größeren Inseln Fünen und Langeland (durch Brücken miteinander und mit Jütland verbunden) sowie Seeland, Lolland und Falster (ebenfalls durch Brücken verbunden) verlaufen – man könnte diese Gebiete zusammenfassend fast als das dänische „Festland" bezeichnen –, bleiben noch viele kleinere Eilande des Inselreiches erwähnenswert.

Während nach Rømø und Fanø an der jütländischen Westküste sowie auf die Insel Mors im Limfjord Abstecher von der Route 1 führen und die Insel Alsen von der Route 4 durchzogen wird, soll Læsø im Kattegat zwischen der Ostküste Jütlands und Schweden hier ebenso genannt werden wie Samsø, das zwischen Jütland und Seeland liegt. Zu den Inseln, die von den großen Routen naturgemäß nicht berührt werden können, gehören auch Ærø südlich von Fünen sowie das „abseits" zwischen der schwedischen Südküste und der deutschen Insel Rügen gelegene Bornholm.

Die Anreisewege zu diesen Inseln sind unter den Schiffs- und Fährverbindungen (s. S. 26) aufgeführt.

Ærø

Aerø ist wohl die idyllischste der süddänischen Inseln. Man wird sie als ungemein reizvoll in Erinnerung behalten, obwohl sie kein bedeutendes Bauwerk aufzuweisen hat, keine berühmte Stätte, keine Historie – es sei denn die Tatsache, daß die Insel vor ihrer Eingliederung in das Königreich Dänemark am 1. Januar 1750 zum Herzogtum Schleswig-Holstein gehörte. Sie ist hügeliger als Tåsinge oder Langeland, und zweifelsohne wird der Reiz des einheitlichen architektonischen Bildes, das alle ihre mit Geduld restaurierten und gepflegten Häuschen aus dem 16. und 17. Jahrhundert bieten, durch die Strohdächer und Unmengen von Rosen, Klematis und Hortensien noch erhöht. All dies schafft eine ganz eigenartige Atmosphäre. Die Insel zählt 9200 Bewohner.

Ærøskøbing (1100 Einw.) ist die „Hauptstadt" der Insel. Fast alle Häuser aus der Zeit der nordischen Renaissance und dem Klassizismus, meist rosa oder gelb getünchte Fachwerkhäuser, sind noch erhalten. 36 davon stehen unter Denkmalschutz. In den schmalen, oft gewundenen und von Blumenbeeten gesäumten Gassen ist die Vergangenheit noch gegenwärtig, obwohl heute Tourismus, Seehandel, Fischfang und der damit verbundene Verkehr in der Stadt auch ein Bild der Gegenwart zeigen.

Es ist unmöglich, hier alle sehenswerten Häuser dieser Ortschaft, einer der reizvollsten Dänemarks, aufzuzählen; stellvertretend seien nur einige alte Fischerhäuser in der Nørregade erwähnt: Nr. 1, 41, 47, 49. Bemerkenswert sind auch die schönen Haustüren von Nr. 45, 47 und 55 sowie schöne Barocktüren in der Søndergade 42 und in der Vestergade 22. Das *Haus des Priors (Priorshuset)* gehört zu den unter Denkmalschutz stehenden Gebäuden.

In der Brogade befindet sich im Hammerichshaus das *Ærø Museum* mit Sammlungen zur Geschichte und zum Leben auf der Insel im 18. und 19. Jahrhundert, in der Smedegade ein sehenswertes *Flaschenschiffmuseum* mit rund 400 in Flaschen eingebauten Schiffsmodellen.

Das *Hammerichs-Haus (Hammerichs Hus)*, Gyden Nr. 22, ist das ehemalige Wohnhaus des Bildhauers Hammerich (Ende des 19. Jh.); es enthält Gegenstände, Möbel, Kleider und Fotos der Familie des Künstlers.

Die sehr harmonisch proportionierte *Kirche* stammt aus dem Jahr 1756 (reichverzierte Kanzel, mehrere Schiffsmodelle).

Nördlich von Ærøskøbing liegt die kleine Insel *Dejrø*.

Von Ærøskøbing nach Westen

Über *Tranderup*, 5 km, ein typisches Inseldorf mit spätgotischer Kirche, erreicht man

Bregninge, 9 km. Die aus großen Steinplatten errichtete romanische *Kirche* des Ortes birgt eine geschnitzte **Altarwand* von Claus Berg und Wandmalereien.

Søby, 16 km, ist ebenfalls ein typisches Inseldorf, das rings um ein altes, der dänischen Krone gehörendes Schloß entstanden ist. Beim Wärter kann man die Erlaubnis zur Besichtigung der Keller, Kasematten und Kerker einholen.

Von Søby verkehrt im Sommer eine ,,Oldtimer-Fähre" nach Mommark auf Alsen.

Von Ærøskøbing nach Osten

Die kleine Stadt

Marstal (3000 Einw.), 13 km – in Wirklichkeit sind ihr nie Stadtrechte verliehen worden –, gehörte einst zu den bedeutendsten Hafenstädten des dänischen Königreichs. Ihr Handelsaufkommen war, heute unvorstellbar, einmal größer als das von Kopenhagen. Von dieser Hafentradition ist der Ort, der zu allen Ost- und Nordseehäfen Handelsver-

bindungen unterhält, noch heute geprägt.

Alles in dieser Stadt ist meerbezogen; auch die *Kirche* mit ihren von der Decke hängenden Schiffsmodellen und den Votivbildern ist eine typische „Seefahrerkirche".

Im *Museum von Marstal und Umgebung (Marstal og Omegns Museum),* dem Stadtmuseum, das zwei Häuser in der Prinsensgade umfaßt, befindet sich eine außergewöhnliche *Sammlung von Schiffsmodellen, von den berühmtesten, den ausgefallensten, den geschichts- oder schatzträchtigsten.

Außerdem sind dort von Seefahrern heimgebrachte Souvenirs aus fremden Ländern (ausgestopfte Tiere, Schmuck, Waffen, Bekleidungsstücke), nautische Instrumente, eine Kostümsammlung, lokale Ausgrabungsfunde, Aquarelle, alte Stiche, Zeichnungen und Fotografien zu sehen.

Bornholm

Bornholm, die Insel der tausend Gesichter, weckt Assoziationen an die Mittelmeerküste, dann wieder erinnert es an herbe Nordseelandschaften oder auch an die lieblichen Seen und Wälder Seelands. Im Norden wirkt diese Insel rauh und unwegsam, überall treten Granit und Gneis zutage; die Küste ist wild und zerklüftet, übersät mit steilen Klippen, Riffen, Spalten und Grotten. Im Süden erstrecken sich riesige Sanddünen. Im Innern der Insel wachsen Tannen und Buchen, laden grüne Wiesen, reizvolle Seen und heidekrautüberwachsene Hügel zum Verweilen ein. Im Frühjahr künden unzählige Nachtigallen einen Sommer an, der mit großer Verspätung anbricht und relativ schnell in der Prachtentfaltung des Herbstes seinen Abschluß findet.

Verständlich, daß es die Künstler hierherzieht und diese manchmal für immer bleiben. Und überall stößt man auf Spuren der Vergangenheit: Dolmen, Ganggräber, Steinsetzungen und Runensteine. „Idylle" sind die Ortschaften und Dörfer mit ihren niedrigen bunt getünchten Häuschen, „Spezialitäten" der Insel hingegen Rundkirchen und geräucherte Heringe („Bornholmer"), recht unterschiedliche Dinge also, wie man sieht.

GESCHICHTE

Im Mittelalter, nachdem Bornholm – 37 km vor der schwedischen Küste und 96 km von der Insel Rügen entfernt gelegen – fast 400 Jahre lang der Oberhoheit der Erzbischöfe von Lund unterstellt war, gelangte es 1522 in den Besitz der dänischen Könige. Ungeachtet der vorübergehenden Trennung von Dänemark während des Dänisch-Schwedischen Krieges im Jahr 1658 hat die Insel seitdem allen fremden Eroberungsversuchen getrotzt. Sowohl aus geographischer als

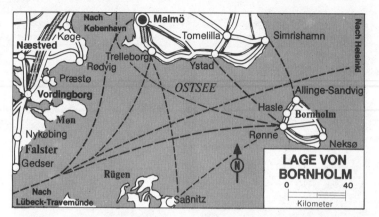

auch aus geologischer Sicht gehört das auf 55° nördlicher Breite gelegene und 587 km² große Bornholm zur skandinavischen Halbinsel, als deren Ausläufer die Ostseeinsel bezeichnet werden kann. Im 12. Jahrhundert begann man mit dem Bau der charakteristischen Rundkirchen, deren oberes Stockwerk zu Verteidigungszwecken benutzt wurde.

Auf dieser Insel wurde nämlich der originellste Beitrag zu der im 12. und 13. Jahrhundert in Nordeuropa ziemlich verbreiteten Bauweise, die sakrale und verteidigungspolitische Elemente vereinte, geleistet. In Schweden, insbesondere in Schonen und Småland, sind noch einige weitere Beispiele hierfür zu sehen.

In früheren Zeiten dienten die Rundkirchen als Festungen, in denen sich die Bewohner der umliegenden Ortschaften, Dörfer und Weiler in der Stunde der Gefahr verbarrikadierten. Von hier aus leisteten sie den anstürmenden Esten, Wenden oder anderen Feinden erbitterten Widerstand. Der strengen Architektur

dieser Bauten steht eine fast noch nüchternere Innenausstattung zur Seite, doch der manchmal mit Fresken verzierte Mittelpfeiler ist von einer so durchdachten architektonischen Konzeption, daß man unwillkürlich an bestimmte byzantinische Bauwerke erinnert wird.

*

RØNNE

Die Hauptstadt der 47 500 Einwohner zählenden Insel ist Rønne. Die Handelsbeziehungen dieser Hafenstadt mit 14 500 Einwohnern beschränken sich nicht auf Dänemark, sondern reichen auch nach Schweden, Deutschland und Finnland.

Die Stadt ist rings um die Kirche, die noch Spuren romanischer Bauweise erkennen läßt, entstanden. Das Theater (1829) gehörte zu den ersten dänischen Provinztheatern. Bei einem Stadtbummel entdeckt der Besucher mehrere charakteristische Häuser, insbesondere in der *Storegade* und in der *Søndergade. Hovedvagten,* die Hauptwache, in der

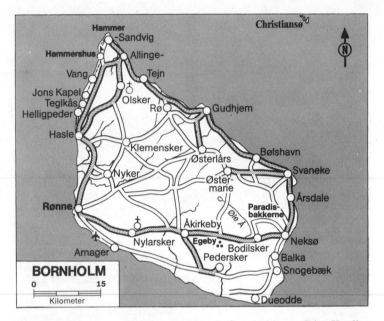

Søndergade entstand 1744, also zur Zeit des Barocks; für den Bau wurden die Steine des alten Schlosses Hammershus (s. S. 318) verwendet. Im *Erichsensgård* (Mitte des 19. Jh.) in der Laxegade wurde ein kleines *Kräutermuseum* eingerichtet. Das sehenswerte *Bornholm-Museum (Bornholms Museum)* mit Sammlungen von Antiquitäten, historischen Erinnerungen und Werken Bornholmer Maler liegt in der St. Mortensgade 27 und ist täglich, außer an Sonn- und Feiertagen, zu besichtigen.

Das *Kastell* am südlichen Stadtrand ist ein ehemaliger Burgfried, der heute als Munitionslager dient. Das *Zeughaus* aus dem Jahr 1689 enthält ein historisches Verteidigungsmuseum.

Zur Industrie gehören mehrere Fischräuchereien sowie Kaolin- und Granitabbau. Die Kaolinvorkommen erklären die ausgeprägte Entwicklung der Töpferkunst in dieser Stadt; der Verkehrsverein organisiert Besichtigungen in Töpferwerkstätten.

Im Osten der Stadt liegt das „Schwedische Viertel"; die Häuser wurden nach der Bombardierung von Bornholm im Jahr 1945 von der schwedischen Regierung errichtet.

Zur näheren Umgebung von Rønne gehört *Nyker* (8 km nordöstlich), dessen Kirche die kleinste Rundkirche (s. S. 315) Bornholms ist. Das Kirschenschiff ist noch in seinem ursprünglichen Zustand erhalten, und man nimmt an, daß sich über dem Schiff noch ein Stockwerk befand, das zu Verteidigungszwecken benutzt wurde. Die um 1290 bis 1300 entstandenen Fresken stellen dreizehn Stationen aus der Leidensgeschichte dar.

INSELRUNDFAHRT RØNNE – ALLINGE-SANDVIG – NEKSØ – RØNNE (94 km)

Die landschaftlichen und kulturellen Sehenswürdigkeiten Bornholms haben wir im Rahmen einer in drei Etappen unterteilten Rundfahrt zusammengestellt, die in der Inselhauptstadt beginnt und endet.

Von Rønne nach Allinge-Sandvig (25 km)

Die erste Etappe der folgenden Rundfahrt über die rund 150 Kilometer Küstenlinie messenden Insel führt zunächst nach Hasle, Allinge-Sandvig und zu den Ruinen von Schloß Hammershus. Man verläßt Rønne dazu in nördlicher Richtung und gelangt in den *Blykobbe-Forst,* durch den der gleichnamige Fluß fließt, und dann in den *Hasle-Forst.*

Hasle (1700 Einw. im Ortskern, 7000 im Gemeindebereich), 11 km, ist ein kleiner, malerischer Hafenort mit einer Reihe von landschaftstypischen Häusern. Die *Kirche* wurde um 1400 aus Findlingen errichtet; auf der geschnitzten Altarwand sind Szenen aus der Leidensgeschichte dargestellt; sehenswert ist auch die Renaissance-Kanzel. – Die Inschrift des großen Runensteines *Marevadstenen* auf dem Friedhof besagt: ,,Olak errichtete den Stein in Erinnerung an seinen Vater, einen begüterten Bauern". Ein hier errichtetes *Denkmal* erinnert an das Ende der schwedischen Besatzung im Jahr 1658.

2 km östlich von Hasle findet man einen weiteren Runenstein, den *Brogårdssten,* dessen Inschrift lautet: ,,Svenger ließ diesen Stein zur Erinnerung an seinen Vater Toste, seinen Bruder Alvlak, seine Mutter und seine Schwester errichten".

Von Hasle aus kann man über zwei verschiedene Straßen nach Allinge gelangen. Von der küstennächsten Straße zweigen zahllose Nebenstraßen zu den kleinen, aber immer beliebter werdenden Badeorten ab: *Helligpeder* (km 14), *Teglkås* (km 15) und *Jons Kapel* (⌂; km 17). Wer keine Anstrengung scheut, kann in Jons Kapel über 108 in die Felsen geschlagene Stufen zum Meer hinabsteigen und von dort über einen entlang der Küste und über Hammershus führenden Pfad nach Allinge gelangen.

*

Die von Hasle mehr durch das Innere der Insel nach Allinge führende Straße bietet den Vorteil, daß man in ihrem Verlauf in Olsker (⌂) die erste der vier bedeutenden Bornholmer Rundkirchen kennenlernen kann.

Olsker besitzt mit der *Olskirken die höchste dieser Rundkirchen. Die im 12. Jahrhundert errichtete und dem heiligen Olaf geweihte Kirche besteht aus drei Etagen; in das zweite Stockwerk sind neun große, rechteckige Schießscharten eingelassen. Der große Chor hat einen quadratischen Grundriß. Man beachte die Altarwand aus Keramik. Diese Straße trifft kurz vor Allinge wie-

der auf die zuerst beschriebene
Küstenstraße.

Allinge-Sandvig besteht aus zwei
zu einer Gemeinde zusammenge-
schlossenen Orten. Der Doppel-
ort hat in normalen Zeiten 1 900
Einwohner. Doch im Sommer
steigt die Bewohnerzahl sprung-
haft an, denn die Strände und
Häfen erfreuen sich ständig
wachsender Beliebtheit.

Die *Kirche von Allinge* stammt
aus dem Jahr 1550. In *Sandvig*
kann man die kleine *Rådstue*
(Ratsstube, nicht Rathaus) sowie
das *Volkskunde-Museum* im
Tømmerhuset (Vestergade 3) besichtigen. Zu *Felszeichnungen*
führen Schilder mit der Aufschrift „helleristningfelt". Der
Russische Friedhof stammt aus
dem Zweiten Weltkrieg.

Nordwestlich des Doppelortes
erhebt sich im nördlichsten Teil
der Insel das 175 ha große Fels-
massiv *Hammer,* dessen höchste
Erhebung der *Stejlebjerg* (82 m)
ist. Von der Höhe des Leuchtturms (91 m über dem Meer) bietet sich dem Betrachter ein weiter
Ausblick. Südwestlich des
Leuchtturms befindet sich die *Sa-
lomons-Quelle (Salomons Kilde)*
mit den Überresten einer Kapelle, die ein Erzbischof aus Lund
errichten ließ. Weiter im Süden,
in der Nähe des Sees, liegen bedeutende Steinbrüche.

Von Allinge-Sandvig führt eine
Straße, die den kleinen *Hammersø* (Hammersee) und die
Steinbrüche rechts liegen läßt,
nach Südwesten zu den eindrucksvollen Ruinen von

**Schloß Hammershus (*Hammershus Slot;* 3 km), einer Festung aus dem 13. Jahrhundert,

Schloß Hammershus

die Corfitz und Leonora-Christina Ulfeldt als Wohnsitz zugewie-
sen wurde (s. Slotsholmen in Kopenhagen, S. 114). Die malerischen Schloßruinen liegen 74 m
über der Ostsee. Ihr Verfall hatte
1624 nach einer teilweisen Zerstörung begonnen; schon seit
1822 stehen die Reste von Hammershus unter Denkmalschutz.
Vor der Schloßbrücke fällt eine
Säule zur Erinnerung an die Befreiung Bornholms im Jahr 1658
auf.

Wenn man von hier in Richtung
Süden durch das schöne *Finnetal
(Finnedalen)* und den kleinen
Hafenort *Vang* wandert, kommt
man an wildzerklüfteten Granit-
klippen, z. B. den *Ringebakker,*
vorbei, die eine Höhe von 93 m
erreichen.

**Von Sandvig-Allinge nach Neksø
(39 km)**

Man folgt der Küste in südöstlicher Richtung. Die Kette der
Sandstrände wird nun hier und da
durch einige Felsgruppen unterbrochen.

Gudhjem (900 Einw.), 15 km, ist
ein reizvoller kleiner Fischerhafen mit steilen Sträßchen. Die

Fachwerkhäuser mit ihren roten Dächern versinken in einem Meer von Hortensien, Stockrosen und Klematis, vor denen Feigenbäume wachsen. Zu den Stränden führen zahlreiche Pfade und Wege. Das frühere Bahnhofsgebäude wurde in ein *Heimatmuseum* umgestaltet. In der Nähe des Hafens befinden sich *Heringsräucherfabriken*.

Vom *Bokul-Felsen* hat man eine herrliche Aussicht auf das Meer und die Stadt. Der 593 ha große Forst *Røplantage* steht unter Naturschutz.

Elf Meilen vor der Küste liegt die *Insel Christiansø*. Auf diesem östlichsten Vorposten Dänemarks leben 100 Einwohner. Die Befestigungsanlagen stammen aus dem Jahr 1684. *Frederiksø* war in früheren Zeiten eine Gefangeneninsel. Auf der noch kleineren Insel *Græsholmen* befindet sich ein Vogelschutzgebiet.

6 km südlich von Gudhjem liegt

Østerlars. Seine *St.-Laurentius-Kirche des Ostens (Øst Sct. Laurentii Kirke)* ist die größte und besterhaltene Rundkirche von Bornholm. Sie wurde im 12. Jahrhundert erbaut. Die mächtigen Strebepfeiler sind zu einem späteren Zeitpunkt entstanden.

Wie bei allen diesen Rundkirchen, so bildet auch hier der große Turm das Kirchenschiff, und auf dem Mittelpfeiler ruht ein Rundbogengewölbe. In Østerlars ist dieser Pfeiler hohl; sein durch sechs Bögen mit dem übrigen Gebäude verbundener und von einer Kuppel überdachter Hohlraum stellt den Kern der Burgfried-Kirche dar; hier steht auch

das Taufbecken. Im ersten Stockwerk führt ein gewölbter Umgang rings um den runden Kern. In der dritten Etage, d. h. auf der Spitze des Burgfrieds, war die Galerie der Bogenschützen mit der oberen Etage des Chores verbunden; heute jedoch sind diese Öffnungen zugemauert. Die um 1350 entstandenen *Fresken* auf dem Mittelpfeiler stellen die Geburt Christi, die Kreuzigung, die Auferstehung und das Jüngste Gericht (hier sollen mehr als 150 Personen zu erkennen sein) dar. Im *Våbenhus*, dem Vorraum, sind zwei *Runensteine* aus dem 11. Jahrhundert zu sehen.

Svaneke (1200 Einw.) 29 km, ist die kleinste Stadt Dänemarks. Der an einer sehr felsigen Küste gelegene Ort lebt im wesentlichen und seit alters her vom Fischfang, von der Heringsräucherei und von der Reparatur der Boote und Netze. Doch neben diesen seit Generationen ausgeübten Berufen gewinnen das Töpferhandwerk und der Tourismus in jüngerer Zeit mehr und mehr an Bedeutung. Beachtenswert sind ein *Runenstein* auf dem Friedhof und mehrere alte Häuser.

3 km westlich liegt *Brændesgårdshaven*, ein von 9 bis 21 Uhr geöffneter riesiger Vergnügungspark. – Weiter landeinwärts, 8 km in Richtung Westen, stehen in *Østermarie* (⌂) an der Stelle einer alten romanischen Kirche noch vier Runensteine.

Neksø (3600 Einw.), 39 km, ist die zweitgrößte Stadt der Insel. Von hier stammt der Vater des großen Arbeiterschriftstellers Martin Andersen Nexø, der seine

Kindheit in der Ferskesøstræde 36 verbrachte. Das Stadtzentrum war 1945 durch russische Bombenangriffe stark zerstört worden; im Osten der Stadt wurde nach dem Krieg ein ganzes Viertel als Geschenk des schwedischen Staates neu errichtet. Der sehr moderne Hafen wurde 1964 angelegt. In der Nähe des Hafens liegt das *Heimatmuseum.*

Die nahegelegenen *Paradieshügel (Paradisbakkerne),* ein von kleinen Seen bedecktes Granitplateau, auf dem Birken und Heidekraut wachsen, sind heute Naturschutzgebiet. Es gibt dort markierte Radwanderwege.

Südlich von Neksø erstrecken sich bis *Balka* und *Snogebæk,* vor allem aber beiderseits von *Dueodde* weite Badestrände und Dünen; der Leuchtturm von Dueodde kann bestiegen werden.

Von Neksø nach Rønne (30 km)

Dieser Rückweg quer über die Insel führt über

Åkirkeby (1800 Einw.), 14 km. Die ****Kirche von Å (Å Kirke)** ist die größte mittelalterliche Kirche von Bornholm; früher wurde sie als die Kathedrale der Insel bezeichnet.

Die Kirche wurde um 1150 erbaut, und das Schiff ist romanisch. Chor und Apsis sind in hellem und dunklem Sandstein gehalten. Das bemerkenswerte ****Taufbecken** trägt das Runenzeichen des Meisters Sigraf, des letzten der auf der Insel Gotland ausgebildeten romanischen Meister; ihm verdankt man ungefähr 20 Werke von einer strengen Schönheit, die in Schweden, Dänemark und auf Bornholm verstreut sind. Die Skulpturen der Kirche stellen Szenen aus dem Alten und aus dem Neuen Testament dar, und eine lange Reneninschrift – es ist die längste, die man in Dänemark finden kann – erläutert die dargestellten Themen. Die Altarwand, der Hauptaltar und die Kanzel stammen aus der Werkstatt des Lunder Meisters Jacob Kremberg. Im Kirchenvorraum (Våbenhus) befinden sich zwei Runensteine.

Die katholische *Rosenkranzkirche (Rosenkranskirke)* in der Gregersgade gilt als die schönste katholische Kirche Dänemarks.

7 km südlich von Åkirkeby liegt die hübsche romanische *Peterskirche (Pederskirke).* Auf dem Gelände ihrer Pfarrei, an der Mündung des Øle-Flusses (Øle Å), liegt *Slusegård,* eine große archäologische Fundstätte, an der auch Königin Margrethe II. Ausgrabungen unternommen hat. – Weiter in Richtung Rønne folgt etwa auf halbem Wege zwischen Åkirkeby und der Inselhauptstadt

Nylarsker, 23 km. Die rechts der Straße gelegene dreistöckige Rundkirche wurde 1180 nach dem gleichen Grundriß wie die Kirche von Østerlars errichtet, allerdings ist der Chor oval und der Mittelpfeiler nicht hohl. Er verbreitert sich nach oben ganz beachtlich und trägt den Wachturm. Die Kirche hat einen mit Schießscharten versehenen Umgang. Auf einigen Fresken ist die Erschaffung von Adam und Eva dargestellt. – In

Rønne, 30 km (insgesamt 94 km), endet diese Bornholm-Rundfahrt. Die Insel Bornholm eignet sich übrigens auch besonders gut für Radtouren.

Læsø

Das knapp 25 km vor der jütländischen Ostküste auf der Höhe von Sæby und südöstlich von Frederikshavn – dem Ausgangsort für die Schiffs- und Flugverbindung zur Insel – im Kattegat gelegene Læsø bietet herrliche Badestrände mit feinem Sand und Dünen, Birken-, Eichen- und Kiefernwäldern, weite Kornfelder, aber auch Heidelandschaften und unberührte Moorflächen. Ein großer Teil der Insel steht unter Naturschutz.

Man kann hier aber nicht nur Badeferien verbringen, sondern hat auch Möglichkeiten zum Angeln (Aale, Flundern, Garnelen), zu Fahrten mit Pferdewagen, zum Wandern und zum Beobachten einer reichhaltigen Vogelwelt (viele Möwenarten, Eiderenten, Säbelschnäbler und zur Zugzeit auch Reiher und Kraniche). Botanisch Interessierte können in den Waldlichtungen seltene Orchideenarten und unter den Eichen zahlreiche Farnarten finden.

Die Hauptorte der von 2700 Menschen bewohnten und 101 km² großen Insel sind der Fährort *Vesterøhavn*, das zentral gelegene *Byrum* und *Østerby* am Ostende. Die bis zu 100 Jahre alten Häuser der idyllischen Inseldörfer sind zum Teil noch mit 1 m dickem Tang bedeckt. Eines dieser charakteristischen Læsø-Häuser ist heute *Heimatmuseum*.

Samsø

Mit 112 km² ist diese Insel kaum größer als das zuvor beschriebene Læsø, mit 5 200 Einwohnern jedoch wesentlich dichter besiedelt. Man kann Samsø mit Fährschiffen sowohl von der jütländischen Ostküste (Hov – Sælvig) als auch von Seeland (Kalundborg – Kolby Kås) aus erreichen. Von den malerischen Hafenorten führen gute Straßen durch die 28 km lange und sechs bis sieben km breite Insel mit Zufahrten zu schönen Badestränden.

Verwaltungssitz ist das zentral gelegene *Tranebjerg,* wo man auch eine gotische Kirche und das in einem alten Bauernhaus eingerichtete *Inselmuseum* mit geschichtlichen und volkskundlichen Sammlungen findet. Weitere Ferienorte sind der Fischerort und Jachthafen *Ballen* (⚓) an der Ostküste sowie vor allem das im äußersten Norden der Insel liegende *Nordby* (⌂) mit zahlreichen schönen Fachwerkhöfen und einer Kirche aus dem 16. Jahrhundert. Die *Nordby-Heide* und die hier im *Ballebjerg* mit 64 m ,,gipfelnden" Inselhöhen gehören ebenso zu den Sehenswürdigkeiten von Samsø wie der Schloßpark von *Brattingsborg* im Südosten von Samsø.

DIE *FÄRÖER-INSELN

Die Gruppe der auf halber Strecke zwischen den Shetland-Inseln und Island – auf 62° 24′ nördlicher Breite – im Nordatlantik gelegenen 18 Färöer-Inseln (färöisch *Føroyar*, dänisch *Færøerne*, isländisch *Færeyar*) ist 575 km von der norwegischen Küste und 1333 km von Kopenhagen entfernt.

Die Inseln sind die zusammen 1400 km² messenden, aus dem Meer ragenden Spitzen eines Basaltmassivs, das wahrscheinlich vor Millionen von Jahren Island mit Schottland verbunden hat. Dieser schwarze oder graue Basalt, Eruptivgestein aus dem Tertiär, das mit rotem Tuff ebenfalls vulkanischen Ursprungs durchsetzt ist, verleiht den Inseln ihr charakteristisches Aussehen. Die Bergkämme verlaufen von Nordwest nach Südost. Pyramidenförmige Massive mit zum Teil sanft ansteigenden, grasbewachsenen Hängen, zum Teil aber auch völlig vegetationslos, fallen zum Atlantik hin in steilen Klippen ab. Im Durchschnitt sind sie 400 m hoch, stellenweise jedoch auch 800 bis 900 m.

Das durch die Breitenlage beeinflußte *Klima* ist infolge eines Golfstromarmes, der hier entlangfließt, sehr gemäßigt. Heftige Stürme sind zwar keine Seltenheit, doch klirrende Kälte ist so gut wie unbekannt. Auch auf den Färörn gibt es jene faszinierenden nordischen ,,weißen Nächte".

Die Vegetation ist trotz aller Anstrengungen dürftig – die Schafe weiden alles ab. Der bescheidene Kartoffel- und Rübenanbau reicht nicht aus, um den eigenen Bedarf zu decken, doch das Gras, dessen Grün hier besonders intensiv ist, verleiht den Inseln eine bezaubernde Frische.

GESCHICHTE

Wie die Orkney-Inseln, die Hebriden und Island, gehörten auch die Färöer-Inseln, die im 6. Jahrhundert von irischen Mönchen christianisiert und im 9. Jahrhundert von norwegischen Wikingern kolonisiert wurden, zum norwegischen Königreich. Als Norwegen 1380 im Rahmen der Kalmarer Union unter dänische Herrschaft geriet, ereilte die norwegischen Besitzungen das gleiche Schicksal. Damals gab es hier bereits ein ,,Lagting", das mit dem isländischen ,,Thingvellir" zu den ältesten Parlamenten Europas gehört. Das im Jahr 900 gegründete Parlament wurde 1816 abgeschafft, zwei Jahre nachdem Norwegen durch den Kieler Vertrag zu einer schwedischen Provinz geworden war; die Färöer waren dänisch geblieben. Das Lagting wurde 1851 wieder eingesetzt, und heute entsendet die Inselgruppe zwei Abgeordnete in das Kopenhagener Parlament.

Während des Zweiten Weltkrieges waren die Färöer von Dänemark abgeschnitten und verwalteten sich selbst; auf den färöi-

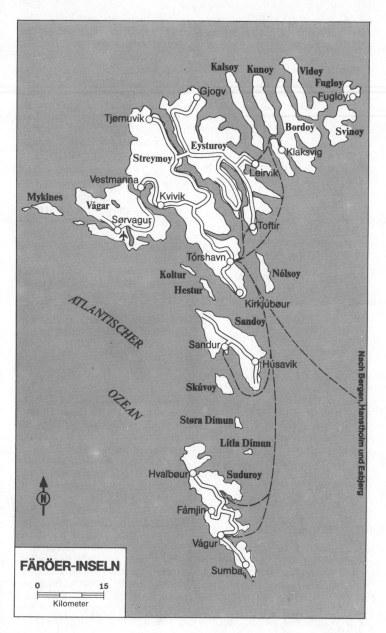

FÄRÖER-INSELN

0 — 15

Kilometer

schen Schiffen wehte ihre rot-
blau-weiße Flagge. Bei den Lag-
ting-Wahlen im Herbst 1945 erhielt die Volkspartei, die eine gemeinsame Außenpolitik mit Dänemark anstrebte, elf Sitze; die
Unionspartei, die sich für eine
engere Bindung an Dänemark
aussprach, brachte es auf sechs
Sitze; ebenfalls sechs Sitze erhielt
die sozialdemokratische Partei,
welche die Autonomie, ein eigenes Parlament sowie die Anerkennung der färöischen Sprache
und der färöischen Flagge gefor-
dert hatte.

Am 27. Mai 1948 wurde eine
Teilautonomie proklamiert. Die
gesetzgebende Gewalt des Lagting bezieht sich danach im wesentlichen auf wirtschaftliche
Fragen. Das Lagting ist als Ver-
waltungsorgan (unter der Leitung
eines ,,Lagtingsmand") mit der
Verwaltung der Inseln beauf-
tragt. Was jedoch die Außenpolitik, die Gerichtsbarkeit und die
Rechtsprechung, Sozialfürsorge,
Kultur und Unterricht betrifft, so
ist hierfür weiterhin die Regierung in Kopenhagen zuständig.
Der oberste dänische Regie-
rungsbeamte auf den Inseln ist
der ''Rigsombudsmand'', d. h.
der Königliche Kommissar in
Tórshavn. Seit dem 1. April 1976
verfügen die Färöer über eine
selbständige Postverwaltung, die
eigene Briefmarken herausgibt.

DIE SPRACHE

Das Färöische hat sehr viel Ähn-
lichkeit mit den westnorwegischen Dialekten, doch in bezug
auf Deklination und Konjugation
ist es archaischer. Es stellt eine
Art Verbindungsglied zwischen
dem Westnorwegischen und der

isländischen Sprache dar. Dänisch wurde im Zuge der Reformation eingeführt. Nur wenige
alte Dokumente (einige Runeninschriften und einige Per-
gamenturkunden) sind bis in
unsere Zeit erhalten. Geblieben
aber ist die mündliche Überlieferung, die sich in zahlreichen Balladen ausdrückt. Diese werden,
wie schon im Mittelalter, gesungen, getanzt und gespielt.

Mitte des 19. Jahrhunderts haben
Sprachforscher – insbesondere
Pastor V. U. Hammershaimb –
die Lieder und Sagen dieser Inselgruppe gesammelt und anhand
dieses Materials die Schriftspra-
che geschaffen, die heute in den
Schulen gelehrt wird. Im Verhältnis zu der geringen Bevölkerungszahl ist die färöische Literatur ausgesprochen umfangreich.
Von den zeitgenössischen Autoren, deren Werke in mehrere
Sprachen übersetzt wurden, sei-
en vor allem Jørgen Frantz
Jørgensen, William Heinesen
und Richard B. Thomsen genannt.

Inzwischen gibt es an der Kopenhagener Universität einen Lehr-
stuhl für Färöisch. In färöischer
Sprache erscheinen regelmäßig
einige Zeitungen und Illustrierte,
und jährlich werden in dieser
Sprache 50 Buchtitel produziert.

WIRTSCHAFT

Viehzucht. Von den Schafen, die
hier gezüchtet werden, haben die
Färöer-Inseln ihren Namen –
,,fær" oder ,,før" bedeutet Schaf.
Die Schafzucht (70 000 Tiere) ge-
winnt ständig an Bedeutung, sowohl für die Ernährung als auch
für die Bekleidungsindustrie und
das berühmte Kunsthandwerk.

Fischfang. Die Hochseefischerei ist der wichtigste Faktor der färöischen Wirtschaft. Doch immer seltener werden die typischen langen und spitz zulaufenden Fischerboote, die direkt von den Wikingerschiffen „abstammen", denn heutzutage verwendet man zum größten Teil mit Schleppnetzen ausgerüstete große Fangschiffe, und die rationellen und mechanischen Methoden zielen auf eine ständige Leistungssteigerung hin. Die färöische Fangflotte gehört zu den modernsten der Welt. Fanggründe sind die Gewässer um Island, Grönland, Neufundland und die Bäreninsel in der Barents-See.

Im Laufe der letzten 30 Jahre hat der Fischfang auch eine Fischverarbeitungsindustrie nach sich gezogen, die ständig neue Arbeitsplätze für die Inselbewohner schafft; der größte Teil der 44 000 Menschen zählenden Bevölkerung lebt so vom Fischfang und vom Export der Fischprodukte; während der letzten Jahre sind 16 fischverarbeitende Fabriken entstanden. Zu den wichtigsten Abnahmeländern gehören u. a. Griechenland, Italien, Spanien und sogar Brasilien.

Es gibt nur noch eine einzige Walfangstation; sie liegt im Norden der Inselgruppe. Nach jahrhundertealter Methode wird hier die Grindwaljagd betrieben, und die Verteilung der einzelnen Stücke erfolgt ebenfalls nach Kriterien und Bräuchen, die seit Jahrhunderten dieselben geblieben sind.

DIE FÄRÖER HEUTE

Vorsicht und Respekt sind geboten, wenn man sich den Färöern nähert. Hohe, senkrecht abfallende Klippen, windgepeitschte Plateaus hoch über den weißen Schaumkronen des Ozeans, unergründliche, geheimnisvolle Grotten und eine – wie die Nordländer sagen – „dramatische" Landschaft lassen gleich bei der Ankunft erkennen, wie schwer das Leben ist in diesen gleichsam geduckt im Schutz der Küste stehenden oder zäh an die Hänge unwirtlicher Klippen geklammerten Häusern. Das typische „Bygd" besteht gewöhnlich aus einer Gruppe von fünf oder sechs Häusern – manchmal sind es bis zu dreißig –, deren farbenfrohe Anstriche eine heitere Note in die Grau- und Schwarztöne des Basaltgesteins und die lange Dunkelheit des Winters bringen.

Hier gibt es auch einen Laden, in dem man sowohl alle handelsüblichen Plastikartikel als auch Konserven, Hausschuhe, Werkzeug, Stockfisch, dänische Salami, amerikanischen Obstsaft und die berühmten Strickwaren erstehen kann; hier trifft man sich auch zu einem kleinen Schwatz.

Allerdings hat der Bau der fischverarbeitenden Fabriken und einiger Werften sowie eine umfangreiche Baukampagne zu einer überaus starken Entvölkerung der im Innern der Inseln gelegenen Dörfer geführt. Heute befürchten die Färinger, es könne in den wenigen Städten bzw. großen Ortschaften zu einer zu vollständigen Bevölkerungskonzentration kommen, wodurch das Binnenland naturgemäß stark in Mitleidenschaft gezogen würde. Bereits jetzt gibt es dort Dörfer, die vollständig verlassen sind.

Auf den Färöern findet der Reisende keine Idylle im nordischen

Sinn des Wortes; dazu ist die Landschaft zu herb. Und doch ist diese Landschaft ungemein reizvoll, schön und oft großartig. Man ist versucht, die Herbheit der Natur als ein Echo des Innenlebens der Bewohner, das immer noch von besonderen Ehrbegriffen geprägt ist, zu begreifen.

Die „große Liebe" der Färinger gilt dem Volkstanz. Diese Liebe der Inselbewohner aller Altersgruppen zu ihren Volkstänzen, insbesondere dem „Kædedans", wird bei jeder sich bietenden Gelegenheit sichtbar. Allerdings tanzt die Inseljugend, wenn sie unter sich ist, auch nach Popmusik und anderen modernen Tanzrhythmen.

ANREISE AUF DIE FÄRÖER

Mit dem Flugzeug

SAS-Direktflüge *Kopenhagen – Vágar*, 2 Stunden

SAS-Direktflüge *Bergen – Vágar*, 2 Stunden

Icelandair-Direktflüge *Egilstadir (Island) – Vágar*, 1½ Stunden.

Hierzu muß gesagt werden, daß wegen der schwierigen Wetterbedingungen die planmäßigen Flugzeiten manchmal nicht eingehalten werden können.

Mit dem Schiff

(Autofähren)

Esbjerg (Dänemark) – Tórshavn: Fahrzeit 34 Std. / einmal wöchentlich (DFDS)

Hanstholm (Dänemark) – Bergen (Norwegen) – Tórshavn: Fahrzeit 16 + 24 = 40 Std. / einmal wöchentlich (Smyril Passenger Dep.)

Schiffsverbindungen zwischen den Inseln

Zahlreiche Dörfer und Städte an den Küsten der einzelnen Inseln werden regelmäßig von Postschiffen angelaufen. Für den Touristen bietet sich hier eine einmalige Möglichkeit, die Färöer in ihrer ganzen Ausdehnung und die dort lebenden Menschen kennenzulernen, denn auf diese Weise gelangt er von Insel zu Insel, von Gasthof zu Gasthof.

UNTERKUNFT UND VERPFLEGUNG

In den Städten und größeren Ortschaften gibt es inzwischen einige Hotels, die zwar nicht luxuriös, doch zum Teil recht komfortabel sind. Außerdem findet man auch einige gute Gasthäuser, die Zimmer vermieten. Auskünfte erteilen das Dänische Fremdenverkehrsamt (s. S. 14) oder Føroya Ferdamannafelag, DK-3800 Tórshavn, Postbox 368.

Die färöische Küche

Fisch und Lammfleisch sind die Grundbestandteile der Küche dieser Inseln, hinzu kommen verschiedene Sorten von Wildgeflügel. Frischer Fisch schmeckt ausgezeichnet, Stockfisch ist nicht jedermanns Sache. Höchstwahrscheinlich wird man auch Gelegenheit haben, ein Walsteak zu essen. Fleisch wird manchmal gebraten, doch meist gekocht oder getrocknet. Das Wort „Rast" bedeutet, daß es sich um ein getrocknetes Produkt handelt.

Getränke

Die Bestimmungen in bezug auf Alkohol sind sehr streng, und es wird empfohlen, in der Öffent-

lichkeit keinen Alkohol zu trinken. Bier, von Wein und Whisky
ganz zu schweigen, ist nicht in
Geschäften erhältlich. Wer auf
seinen Whisky nicht verzichten
kann, muß ihn im voraus entweder auf dem Schiff oder im Flugzeug kaufen.

KLEIDUNG

Ein oder zwei dicke Pullover, ein
Regenmantel, Stiefel und festes
Schuhwerk sind unbedingt erfor-
derlich.

JAGD UND FISCHFANG

In erster Linie werden hier Forellen geangelt. Was die ,,Jagd" betrifft, so findet sie ebenfalls auf
dem Meer statt. Beim Verkehrsverein in Tórshavn erhält man
die nötigen Ausweise.

WÄHRUNG

Die Färöer haben eigene Banknoten (nur Papiergeld), doch
kann auch mit dänischem Geld
bezahlt werden. Die Preise sind
ungefähr die gleichen wie in Dänemark.

SEHENSWÜRDIGKEITEN

Nachfolgend werden die wichtigsten landschaftlichen, architektonischen und kulturellen Sehenswürdigkeiten der Inselgruppe
kurz beschrieben.

Auf der Insel Streymoy

Tórshavn

Der 12 800-Einwohner-Ort ist
die Hauptstadt der Färöer-Inseln. Die Zahl seiner Einwohner
hat sich zwischen 1950 und 1970
verdoppelt. Der Name (dän.
Thorshavn) kommt von Thor,
dem Gott des Donners und der

Macht, den die Wikinger ver-
ehrten.

Die bunten Häuser der Stadt steigen stufenförmig um die beiden
durch eine Landzunge getrennten
Hafenbecken an, die rechts durch
eine dunkle, am Fuß eines kleinen Leuchtturms verlaufende
Steinmole gegen das Meer abgegrenzt sind.

Die geraden Straßen säumen alte, niedrige und oft geteerte
Holzhäuser mit weiß gestrichenen Fensterrahmen; die größeren
Häuser haben vielfach einen Sok-
kel aus Mauerwerk, und die ele-
ganteren, neuen einstöckigen
Häuser sind in verschiedenen
Farben getüncht. Einige Gärten
und eine städtische Parkanlage –
einer der wenigen Orte, an denen
hier Bäume wachsen – bilden einen schönen Kontrast zu der ve-
getationsarmen Umgebung.

Der älteste Teil der Stadt ist *Tin-
ganes* mit Häusern aus dem 17.
und dem 18. Jahrhundert; hier
befindet sich seit dem Jahr 900
das Parlament der Färöer.

Über dem Fjord liegt *Skansin*, eine kleine Festung, die Magnus
Heinasøn um 1580 erbauen ließ.
Magnus Heinasøn war jener mutige Wikinger, der sich aufmach-
te, um die verschollenen grönländischen Siedler der Westkolonie
(s. das Kapitel Grönland, S. 330)
zu suchen.

Das *Nationalmuseum* der Färöer,
das man unbedingt besuchen sollte, ist in der ersten Etage eines
großen Steinhauses – Steinhäuser
sind hier sehr selten – untergebracht. Im Erdgeschoß befindet
sich die *Nationalbibliothek*. Das
Museum enthält sehr interessante Sammlungen über Volkskunst

und Brauchtum sowie archäologische Funde.

Das *Naturgeschichtliche Museum* besitzt eine herrliche Vogelsammlung, während das *Marinemuseum* das Leben der färöischen Seefahrer im Wandel der Zeiten illustriert. Im Jahr 1970 wurde das *Museum für Moderne Kunst* eröffnet. Es ist den färöischen Künstlern gewidmet. Besonders interessant ist seine Abteilung für graphische Kunst.

Die neue *Vesturkirkjan* wurde 1975 von Königin Ingrid eingeweiht.

Der 29. Juli ist das Fest des heiligen Olaf, des Schutzpatrons von Tórshavn. Diesen Tag feiert man mit zahlreichen Veranstaltungen und Umzügen; in den Straßen wird gesungen und getanzt, und für die Dauer eines Tages legt man die herrlichen Nationaltrachten an.

Tórshavn ist die Geburtsstadt des Nobelpreisträgers für Medizin (1903) Robert Finsen (1860–1904), der das Finsen-Heilverfahren zur Lichtbehandlung entwickelte. – Das staatliche Krankenhaus von Tórshavn liegt, ebenso wie der Rundfunksender, im Osten der Stadt.

Von Tórshavn nach Kirkjubøur (15 km)

Die schmale und steinige Straße führt in westlicher Richtung zunächst durch ein breites, grünes Tal, das – obwohl in Meereshöhe gelegen – mit den Hochtälern der Alpen zu vergleichen ist. Man durchquert ein von großen grauen Steinblöcken übersätes Weideland, ein ehemaliges Gletschertal mit Findlingsblöcken.

Nach der Überquerung der Brücke über einen Wildbach, dessen Felsenbett von den Eismassen abgeschliffen worden ist, erreicht man in 120 m Höhe einen Paß; hier oben hat man jedoch den Eindruck, sich in weitaus größerer Höhe zu befinden.

Die auf halber Hanghöhe verlaufende Straße fällt dann zur Westseite der Insel ab. Hinter dem ziemlich schmalen Hestur-Fjord erkennt man die kleine kegelstumpfförmige *Insel Koltur* (478 m), die einem Vulkan nicht unähnlich sieht, und in der Verlängerung die langgestreckte *Insel Hestur,* die an ihrem höchsten Punkt 421 m hoch liegt und die zum Südosten hin abfällt. – Die Straße zieht sanft zur Küste hinab und weiter nach

Kirkjubøur (15 km), das heute nur eine bescheidene, von Akkerland umgebene Siedlung ist. Doch im 11. Jahrhundert wurde dieser Ort zu einem recht bedeutenden religiösen Mittelpunkt, in dem vom 12. bis zum Ende des 16. Jahrhunderts 39 Bischöfe residierten. 1772 wurde ein großer Teil von Kirkjubøur unter einer riesigen Lawine begraben.

In einem der typischen, auf der Ostseite schwarz gestrichenen Holzhäuser mit grasbewachsenem Dach befindet sich ein Heimatmuseum mit volkstümlichen Schnitzarbeiten aus dieser Gegend. Die weiß getünchte, am Meer gelegene Pfarrkirche ist die ehemalige Mönchskirche, die auch *St.-Olafs-Kirche (Munka-* oder *Olafskirkjan)* genannt wird; sie stammt aus dem 12. Jahrhundert und wurde 1874 wieder aufgebaut. Das Kircheninnere schmückten bemerkenswerte

Skulpturen, die heute in den Museen von Kopenhagen und Tórshavn gezeigt werden.

Beim ,,unvollendeten Dom" handelt es sich um die *Magnuskirche (Magnuskirkjan)*, mit deren Bau wahrscheinlich unter dem Episkopat des Bischofs Erlend (1269–1308) begonnen wurde. Für den Bau der dicken Mauern wurden grobe Basaltsteine verwendet. Die Gewölbe wurden bei der Lawinenkatastrophe des Jahres 1772 zerstört. Auf der dem Meer zugewandten Seite befinden sich fünf schöne Lanzettbogenfenster und zwei Eingänge. Auch die Apsis hat ein Fenster, und in die Westwand wurde eine sehr hohe und enge Öffnung eingelassen.

*

Wenn man der Küste von Streymoy in südöstlicher Richtung folgt, gelangt man zu den Ruinen der *Marienkirche (Mariukirkjan)*, die Gaeza, die Tochter eines reichen Grundbesitzers, zu Beginn des 12. Jahrhunderts erbauen ließ. In der Folgezeit wurde sie als Grabkirche benutzt; unter der Kirche befinden sich zahlreiche Grabstätten.

In der Nähe der Kirche liegt ein aus großen Steinblöcken bestehender Unterschlupf *(Steinovnur)*, in dem König Sverre sich vor seinen Feinden versteckt haben soll.

Das ebenfalls auf der Insel Streymoy gelegene *Vestmanna*(Fährhafen zur Insel Vágar) ist ein bedeutendes Fischfangzentrum. Von hier kann man sehr leicht die von Seevögeln bevölkerten Klippen und die Grotten, die zum Teil das Ausmaß von großen Domen aufweisen, erreichen.

Auf der Insel Eysturoy

Eysturoy, durch eine Brücke mit Streimoy verbunden, ist die Färöerinsel mit der größten Bevölkerungsdichte. Die ,,bygdinar" (Ortschaften) liegen alle am Rand der Fjorde. Hier wurde eine Schiffswerft errichtet.

Auf der Insel Bordoy

Auf *Bordoy,* einer der unfruchtbaren und rauhen im Norden gelegenen Färöer-Inseln, liegt *Klaksvik,* die zweitgrößte Stadt der Färöer. Hier ist der Kontrast zwischen den großen Anlagen der fischverarbeitenden Industrie und der sie umgebenden noch unberührten Natur besonders groß. Die Kirche von Klaksvik besteht aus Holz und Basalt.

Die anderen Inseln

Auf *Vágar* liegt der Flughafen der Färöer. Die Inselbewohner leben hier vor allem von der Schafzucht.

Mykines hingegen, westlich von Vágar gelegen, mit seinem kleinen Hafen Mykineshølmur und den von Papageitauchern, Basstölpeln, Kormoranen, Lummen und Möwen wimmelnden Klippen wirkt wie ein in den Atlantik vorgeschobener Wachposten. Im Süden der Inselgruppe liegt – Tórshavn am nächsten – *Sandoy* mit dem Hauptort Sandur. Auf *Suduroy* liegen die kleinen aktiven Fischerorte Tvóroyi und Vágur. Die Funkstation Loran in der Nähe von Vágur ist Teil des für den nordatlantischen Flug- und Schiffsverkehr errichteten Funknetzes.

**GRÖNLAND

Ein Aufenthalt in Grönland, das bedeutet zunächst einmal, sich in Geduld zu üben. Geduldig das nächste Schiff abwarten, das in ein paar Stunden oder auch erst in ein paar Tagen anlegen wird, oder darauf warten, daß die verspäteten Waren oder Lebensmittel eintreffen, hoffen, daß der Nebel aufreißt oder der Schneesturm nachläßt, warten auf das Flugzeug oder den Hubschrauber, weil ein Krankentransport oder der Rettungsdienst vorgeht. In diesem Land, dessen Küste genauso lang ist wie etwa die zwischen Riga im Baltikum und La Rochelle in Frankreich, in dem der den Bewohnern klimatisch wohlgesonnene Teil winzig klein ist und in dem die Beziehungen zur Natur nur vom Kampf geprägt sein können, bleibt der Mensch meistens deshalb Sieger, weil er es gelernt hat zu warten. Wer diese Geduld aufbringt, und wer diesem Land und diesem Volk mit Respekt begegnet, für den wird Grönland zu einem großartigen Erlebnis werden.

GEOGRAPHIE

Der größte Teil (84%) dieses riesigen, 2 176 000 km^2 großen Territoriums ist von einer Eisschicht, dem „Inlandeis", bedeckt, deren Dicke zwischen 2500 und 3000 m schwankt. Die Vegetation ist auf ein schmales, eisfreies Küstenband beschränkt, von dem die Insel ihren Namen hat: Grünes Land. Der Name stammt von dem Normannen Erik dem Roten (s. S. 333). In dieser Küstenregion haben sich auch die Handelsniederlassungen angesiedelt, aus denen heute zum Teil kleine Städte geworden sind. Die Gletscher schieben sich in das Meer vor und zerbersten unter gewaltigem Getöse in Eisberge, die auf die offene See hinaustreiben.

Die grönländische Südküste liegt auf demselben Breitengrad wie Oslo, doch mit den Polarströmen, die riesige Eismassen aus dem Polarmeer an die Ostküste und um das Cap Farvel treiben, kommen arktische Temperaturen ins Land. Die Sommertemperaturen schwanken zwischen 25° C im Süden und – 5° C im Norden. Im Winter sinkt das Thermometer im Süden selten unter – 20° C, im Norden werden bis zu – 50° C gemessen. Die mittleren Temperaturen liegen um – 40° C. In der Disko-Bucht und an den Fjorden ist das Klima etwas milder.

Geologisch ist Grönland dem kanadischen Präkambrium sowie dem Felsboden Islands, Nordenglands und Schottlands zuzuordnen, mit Gebirgen, deren Kuppen durch Gletschererosion abgerundet wurden; es ist eine zerklüftete, dramatische Landschaft.

GESCHICHTE

Es scheint, daß die ersten Menschen, die mit ihren Hunden westgrönländischen Boden betraten, vor 4000 Jahren aus dem Westen, d. h. aus Kanada, über

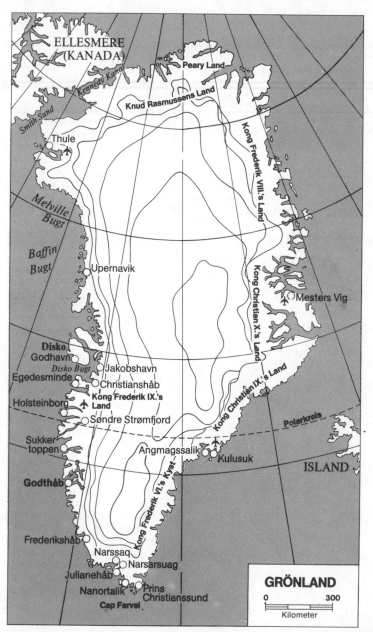

ELLESMERE
(KANADA)

Peary Land

Kennedy Kanal

Knud Rasmussens Land

Smith Sund

Thule

Kong Frederik VIII's Land

Melville
Bugt

Baffin
Bugt

Upernavik

Kong Christian X's Land

Mesters Vig

Disko
Godhavn

Disko Bugt   Jakobshavn

Egedesminde   Christianshåb

Kong Frederik IX's
Land

Holsteinborg

Kong Christian IX's Land

Søndre Strømfjord

Polarkreis

Sukker-
toppen

Angmagssalik
Kulusuk

ISLAND

Godthåb

Kong Frederik VI's Kyst

Frederikshåb

Narssaq
Narsarsuag

Julianehåb

Nanortalik   Prins
Christianssund

Cap Farvel

GRÖNLAND

0   300

Kilometer

die Smith-Meerenge kamen, die die Nordwestspitze Grönlands von der Insel Ellesmere trennt. Die Ankunft dieser Menschen war die Fortsetzung jener großen Völkerwanderung, die Jahrtausende vorher in Sibirien ihren Anfang nahm. Zu Beginn unserer Zeitrechnung kam, ebenfalls aus dem Westen, das Volk der Dorset nach Grönland.

Jahrhundertelang lebten die Menschen, die man heute als Eskimos bezeichnet, in den Gebieten um den Smith-Sund. Sie drangen nur langsam nach Süden vor, wo sie um das 10. Jahrhundert herum mit den Normannen zusammenstießen, die aus Island oder noch entfernteren Ländern hierher gelangt waren.

Die Wikingerzeit

Die Zeit, zu der diese größte Insel der Welt von Europäern besiedelt wurde, ist ziemlich schwer zu bestimmen. Doch während der letzten Jahre wurden Wikingerruinen (von denen einige nicht mit Sicherheit authentisiert werden konnten) gefunden, und erst in allerjüngster Zeit ist man auf Dokumente gestoßen, in denen von einem Land die Rede ist, das als „Vinland" bezeichnet wurde. Die Funde bestätigen, daß die Wikinger um das Jahr 1000 von den Küsten Grönlands zur Entdeckung Amerikas aufgebrochen sind. Man weiß, daß diese Entdeckung und die Seeroute in Vergessenheit gerieten. Es wurde niemals bezweifelt, daß diese Männer von Grönland aus aufbrachen, doch was man nicht weiß, ist, wo sie an Land gingen. An der Hudson-Bai? Auf Labrador? Jeder Wissenschaftler, der sich mit den Wikingern befaßt,

hat seine eigene Theorie hierzu und führt seine Argumente ins Feld; doch bislang gibt es keinen entscheidenden Hinweis dafür, daß die eine Meinung zugunsten der anderen geändert werden müßte.

Über das Grönland des 10. Jahrhunderts besitzt man nur wenige Dokumente. Allerdings wurden anhand maritimer Gegebenheiten umfangreiche Untersuchungen durchgeführt. Heute weiß man, daß die Wikinger, die an den Küsten Grönlands anlegten, keine „Drakkars" – speziell für Wettfahrten oder zu Kriegszwecken gebaute Schiffe –, sondern „Knarrs" benutzten. Diese waren weniger elegant, gedrungener, runder und langsamer, aber auch robuster. Man konnte die Geschwindigkeit dieser Knarrs, die sich einen unsicheren Weg zwischen zwei ausgesprochen unwirtlichen Küsten bahnen mußten, ermitteln und somit auch die Entfernungen, die zurückzulegen sie in der Lage waren, sei es nun in Richtung Nordwesten, Westen oder Südwesten. Deshalb wird auch bezweifelt, daß die Grönländer jemals bis an die Küsten Neuenglands vorgedrungen sind.

Die Sagas

Abgesehen von den oben genannten technischen Fakten geben auch die Sagas einigen Aufschluß über die Wikinger. Zweifellos handelt es sich hierbei um fiktive Erzählungen, aber dennoch steckt, was die Entdeckungsfahrten jener Epoche betrifft, ein Körnchen Wahrheit darin.

Im allgemeinen ging der Wikinger nur dann allein auf Entdekkungsfahrt, wenn er von den Seinen verbannt worden war. Da es faszinierend ist, dieser Stimme aus einem fernen Jahrhundert zu lauschen, seien hier einige Zeilen aus einem norwegischen Werk, dem „Kongespejlet" („Königsspiegel", 13. Jh.) zitiert: „Da Du aber wissen möchtest, was man in diesem Land sucht und weshalb man diese Überfahrt trotz derartiger Risiken unternimmt, werde ich Dir sagen, daß es hierfür drei Gründe gibt, deren Ursachen in der menschlichen Natur verankert sind. Der erste ist das Bedürfnis des Kräftemessens und das Trachten nach Ruhm, denn viele Menschen sind so geartet, daß sie, um Berühmtheit zu erlangen, bereit sind, die größten Risiken einzugehen. Der zweite ist der Wissensdurst, denn die Natur des Menschen strebt danach, zu forschen und die Dinge, von denen man ihm irgendwann einmal erzählt hat, mit eigenen Augen zu sehen, um feststellen zu können, ob die Wirklichkeit mit dem Erzählten übereinstimmt. Der dritte ist die Hoffnung auf Reichtum, denn die Menschen suchen ihn überall dort, wo sie hören, daß es etwas zu gewinnen gibt, ganz gleich, wie groß die Gefahren sind."

Es soll der Wikinger Gudbjørn gewesen sein, der, als er im Jahr 900 von Norwegen nach Island fuhr, während eines Sturms vom Kurs abkam und die eisbedeckte unwirtliche ostgrönländische Küste sichtete, wo es ihm nicht möglich war zu landen.

Einige Jahre später stach Erik der Rote auf der Suche nach den „Gudbjørn-Felsen" in See. Doch dies war nicht der einzige Grund für seine Reise, denn er soll einen Nachbarn getötet haben und deshalb in die Verbannung geschickt worden sein. Auch er entdeckte die berühmten Felsen. Nachdem er die Westküste erforscht hatte, stieß er endlich auf eine etwas weniger unwirtliche Gegend, der er den Namen „Grünes Land" (Grøn Land) gab. Kurz darauf fuhr Erik nach Island und traf dort die Vorbereitungen für eine neue Fahrt, die er im Jahr 985 unternahm. Und die Sage berichtet: „Im nächsten Sommer kehrte er für immer dorthin zurück und blieb in Brattahlid am Erikfjord. Man sagt, daß in selbigem Sommer 35 Schiffe vom Bredefjord und vom Borgefjord in Richtung Grünes Land in See stachen, doch nur 14 dort ankamen; die anderen kamen vom Kurs ab oder erlitten Schiffbruch. Dies geschah 15 Winter, bevor das Christentum kraft Gesetzes in Island eingeführt wurde."

Man stelle sich 300 oder 400 Menschen vor, die mit ihrem Vieh und den bei ihnen gebräuchlichen Geräten versuchten, auf diesem rauhen Boden das zu errichten, was man später als „Ostsiedlung" und 400 Kilometer weiter nördlich als „Westsiedlung" bezeichnet hat.

Einführung des Christentums

Von dieser Epoche, die durch immer weiter nach Westen ausgedehnte Entdeckungsfahrten gekennzeichnet ist, haben uns „Die Geschichte der Grönländer" und „Die Saga Eriks des Roten" berichtet. Drei Namen ragen aus der großen Zahl der Pioniere hervor: Erik der Rote, dessen Sohn Leif Eriksson, genannt der Glückliche, und Thorfinn Karlsefni.

Wie bereits gesagt, hatten sich die Siedler in Brattahlid niedergelassen. Von hier unternahmen sie ihre Entdeckungsfahrten nach Westen, nach Labrador, Neufundland und „Vinland", Entdeckungsfahrten, in deren Verlauf die Nordländer Indianern und Eskimos begegneten. Die Sage Eriks des Roten berichtet, daß Leif, der Sohn Eriks, im Jahr 1000 nach Norwegen fuhr, um die Taufe zu empfangen und von dort mit dem Auftrag zurückkehrte, Grönland zu christianisieren. Des weiteren berichtet die Saga, daß er – nachdem er zahlreiche Abenteuer und Stürme überstanden hatte – Schiffbrüchige rettete, die ihm den Beinamen „der Glückliche" gaben, und daß schließlich, als bereits die Küste des Grünen Landes in Sicht war, ein Sturm ihn an die Küsten eines Landes, das „Vinland" genannt wurde, verschlug. Als Leif wieder nach Brattahlid kam, fand er dort seinen Vater und seine Mutter vor. Erik der Rote lehnte es jedoch ab, sich zum Christentum zu bekehren, seine Frau Thjodhilde hingegen ließ sich taufen und eine Kirche errichten. Da sich Thjodhilde ihm von da an verweigerte, trat schließlich auch Erik dem neuen Glauben bei.

Die obengenannte Kirche, das erste christliche Bauwerk Grönlands, wurde 1961 bei Ausgrabungsarbeiten entdeckt. Der Bau ist klein, niedrig und künstlerisch recht anspruchslos; auf dem angrenzenden Friedhof wurden 130 Gräber der ersten Wikingergene-rationen gefunden. Man nimmt an, daß auch die Söhne Eriks hier bestattet wurden: Thorstein, der an der Pest starb, und Leif, der seine Tage auf dem Hof von Brattahlid beendete.

Über das 12. Jahrhundert weiß man nur wenig, da über diese Zeit keinerlei schriftliche Dokumente vorliegen. Man weiß lediglich, daß in Gardar – in der Ostsiedlung – ein Bischofssitz errichtet wurde (Bischof Arnal ist die Hauptfigur der Einar-Sokkason-Saga) und daß ein anderer Bischof, nämlich Eirik Upsi Gruppson, bis an die Küsten „Vinlands" vorgedrungen ist; der Beweis hierfür soll die 1965 von der Yale-Universität entdeckte und veröffentlichte Karte sein, die Eirik Upsi Gruppson von dieser Gegend erstellt hatte. Auch weiß man nichts von den Entdeckungsfahrten, die die Siedler in Richtung Norden unternahmen. Allerdings wurde 1824 am 73. nördlichen Breitengrad, auf der Disko-Insel, ein Runenstein entdeckt. Die Inschrift besagt, daß „Erling Sighvatsson, Bjarni Thordason und Einridi Jonsson die Cairns am Samstag vor Rogate errichtet haben . . .". Diese Inschrift ist wohl um das Jahr 1300 einzuordnen. – Nach seiner Rückkehr nach Norwegen schrieb Bischof Ivar Bårson, der von 1341 bis 1364 Bischof von Gardar war, praktische und geographische Hinweise über die Ostsiedlung nieder; dank seiner weiß man, daß die Eskimos langsam in den Süden Grönlands vordrangen. Bei einer Reise in die „Westsiedlung" fanden er und seine Begleiter „keine Menschenseele, weder Christen noch Heiden, sondern nur wildlebendes Vieh und ungezähmte Schafe vor." 1350 wurde die Westsiedlung aufgegeben. Die Ostsiedlung bestand bis 1410; man weiß nämlich, daß 1408 in Gardar eine Hochzeit stattfand und daß die Gäste, so wie es Brauch war, mehrere Monate blieben. Was aus diesen Siedlern wurde, deren Verschwinden niemals geklärt werden konnte, weiß man nicht. Hier kann man sich nur auf Vermutungen stützen. Sicher ist, daß fünf Jahrhunderte Wikingerbesiedlung abgeschlossen waren. Von diesem Zeitpunkt an blieb Grönland drei Jahrhunderte lang ohne offizielle Verwaltung, und die Eskimos, die nur ihren ungeschriebenen Gesetzen und ihren Schamanen gehorchten und Jagd auf den Wal machten, waren die einzigen Herren auf dieser größten Insel der Welt.

Die dänische Epoche

Die zweite Besiedlungsphase, die dänische, begann 1721 mit der Missionsarbeit des norwegischen Pastors Hans Egede, der unter dem Namen ,,Apostel der Grönländer" bekannt ist. Egede war auf der Suche nach Nachfahren der Normannen nach Grönland gekommen. Er fand dort jedoch nur Eskimos vor. Nach anfänglicher Enttäuschung widmete er sich intensiv deren Bedürfnissen. Er predigte nicht nur das Christentum, sondern pflegte die Kranken und gründete Schulen und Handelsniederlassungen. Langsam wurden die Eskimos mit der europäischen Zivilisation konfrontiert, lebten jedoch weiterhin unter denkbar ungünstigsten materiellen Bedingungen. Jahrhundertelang wütete hier die Tuberkulose.

Der Streit um Grönland mit Norwegen wurde 1933 vom Haager Gerichtshof zugunsten Dänemarks entschieden; doch als die Deutschen im Zweiten Weltkrieg Dänemark besetzten, wurde die Insel unter den Schutz der Vereinigten Staaten gestellt, die für die Versorgung und die Verteidigung Grönlands zuständig waren. Dieses Abkommen wurde nach Kriegsende im Hinblick auf die Errichtung amerikanischer Militärbasen in anderer Form und im Rahmen der NATO erneuert. Während des Krieges wurde Grönland über Rundfunk an seine Nachbarn angeschlossen; Radio-Godthåb wurde im Januar 1942 in Betrieb genommen.

Grönland heute

Nach der dänischen Verfassung von 1953 hat Grönland seit diesem Jahr nicht mehr den Status einer dänischen Kolonie, sondern ist gleichberechtigter Bestandteil des Königreichs Dänemark. Aus zwei Wahlkreisen, dem Norden und dem Süden der Insel, wählt die Bevölkerung zwei Abgeordnete für das Folketing in Kopenhagen. Politische Parteien fassen hier nur langsam Fuß; im allgemeinen sind die grönländischen Abgeordneten nicht parteigebunden. 1976 wurde jedoch ein der sozialistischen Volkspartei nahestehender Abgeordneter gewählt.

Was die inneren Angelegenheiten Grönlands betrifft, so waren die Befugnisse des Grönländischen Rates in Godthåb, der dem Grönländischen Ministerium in Kopenhagen unterstellt war, lange Zeit fast ausschließlich beratender Natur. Erst 1979 wurde

Grönland eine langerstrebte Teilautonomie zuerkannt. Der Grönländische Rat wurde aufgehoben.
An seine Stelle trat eine Landes-
regierung sowie ein Landting mit
beschlußfähiger Befugnis im sozialen, kulturellen und erzieheri-
schen Bereich.

Trotz der gewährten Teilautonomie gibt es aber in Grönland auch
heute noch zahlreiche Stimmen,
die für eine vollständige Trennung von Dänemark eintreten.
Nach einer Volksabstimmung
1984 trat Grönland 1985 aus der
EG (s. S. 79) aus.

WIRTSCHAFT

Die grönländische Wirtschaft ist
natürlich erst im Aufbau begriffen, sowohl auf der Basis tau-
sendjähriger Faktoren wie Fischfang und Jagd als auch, über kurz
oder lang, mit Hilfe der Bodenschätze.

Im Gegensatz zu dem, was man
vielleicht glauben möchte, war
Grönland bislang nicht für den
kommerziellen Hochseefischfang
ausgerüstet. Die Fischereiflotte
umfaßte in erster Linie kleine
Privatboote; deshalb ist der Ka-
beljaufang in der Barentssee,
rings um Spitzbergen und um die
Bäreninsel doppelt so produktiv
wie in den Gewässern um Grönland. Das erklärt den relativ kleinen Anteil der grönländischen
Wirtschaft am internationalen
Fischfang. Demgegenüber waren
die internationalen Fangflotten in
den grönländischen Gewässern
um so aktiver. Allein deutsche
Schiffe hatten in manchen Jahren
den dreifachen Fang der grönländischen Flotte vorzuweisen. Aus
diesem Grund plant die Regierung eine beträchtliche Erweite-
rung der Fischereiflotte sowie die

Einrichtung von Industrieanlagen, in denen die Meeresproduk-
te verarbeitet werden können.
Einige fischverarbeitende Fabriken wurden bereits in Betrieb genommen. Die Ausdehnung der
Fischereizone trug das ihre zum
Schutz der grönländischen Gewässer bei und war für die Wirtschaft des Landes lebensnotwen-
dig. Durch den in größerem Umfang betriebenen Fischfang wurden zahlreiche neue Arbeitsplätze geschaffen; es entstanden
Konservenfabriken,   Werften,
Reparaturbetriebe,   Beschaf-
fungsstellen, aber auch ein bis
dahin in Grönland unbekanntes
Phänomen, ein Proletariat.

Grönland ist reich an Boden-
schätzen. Neueste Untersuchungen machten im Nordosten der
Insel riesige Erdöl- und Erdgas-
vorräte aus. Nahe der Stadt Narssaq in Südgrönland wurde mit
dem Abbau von Uran begonnen.

Unterdessen sieht der Regie-
rungsplan den Bau von Maschinenfabriken und gleichzeitig die
Entwicklung der Bergbauindu-
strie vor. Außerdem ist der Bau
von technischen Schulen und Instituten geplant, um so dem
Wachstum eines Unterproleta-
riats, das durch die unzureichen-
de technische Ausbildung des
grönländischen Arbeiters entstanden ist, Einhalt zu gebieten.
– Parallel zu diesem Plan hat man
damit begonnen, Krankenhäuser, Schulen, Straßen und mehrere Hotels zu bauen.

Außerdem mußten die verstreut
liegenden Siedlungen mit Elek-
trizität versorgt werden, was zu
einer urbanen Konzentrationspolitik geführt hat. Die etwa 50 000
Inselbewohner   verteilen   sich

heute auf gut 100 Ortschaften entlang der Süd- und südlichen Westküste, die nach wie vor die wirtschaftlich aktivste Region Grönlands sind; aufgrund dieser Konzentrationspolitik ist die Bevölkerungszahl in den nördlichen Distrikten um 30% gesunken. Es mehren sich allerdings die Stimmen gegen die Bevölkerungskonzentration, denn es nützt niemandem, wenn zufriedene Eskimos in abgelegenen Siedlungen zu unzufriedenen Neubürgern steriler Fertigbaustädte werden.

Darüber hinaus stößt diese Politik auch auf natürliche Hindernisse: Klimabedingungen, sehr kurze Tage, Mangel an Arbeitskräften und Kommunikationsmitteln. Das Gelände muß eingeebnet werden, und hierbei ist die Tatsache zu berücksichtigen, daß der Boden sehr oft Eisstücke einschließt, die, wenn sie schmelzen, zu Bodensenkungen führen. Außerdem müssen dazu sowohl Arbeitskräfte als auch Material importiert werden.

*

Die Erforschung Grönlands

In großen Abständen erinnerten sich die dänischen Könige dieser eisbedeckten Insel. Im 17. Jahrhundert entsandten sie mehrere Expeditionen (1605, 1606 und 1607). Während des darauffolgenden Jahrhunderts näherten sich holländische Walfänger sowie englische, norwegische und dänische Seeleute den grönländischen Küsten, kehrten jedoch sehr schnell wieder um. Erst Mitte des 19. Jahrhunderts begannen Wissenschaftler und Forscher im heutigen Sinne des Wortes, sich

für die Erforschung Grönlands zu interessieren. Einer der ersten war Henrich Johannes Rink, der um 1850 Erzählungen und Legenden sammelte und die Gesellschaftsordnung der Eskimos studierte. Vor ihm waren bereits andere mutige Seeleute zur Suche nach der Nordwestpassage aufgebrochen. Nach ihm führte Peary (1856–1920) sieben Expeditionen durch, in deren Verlauf er 1909 in die Nähe des Pols vorstieß. An der Spitze einer ,,Literatur-Expedition" (1902–1904) studierte Louis Mylius-Erichsen (1872–1907) Sprache und Brauchtum der Inselbevölkerung. Dem Dänen Lauge Koch (1892–1964) schließlich ist die erste analytische und geologische Karte der grönländischen Nord- und Ostküste zu verdanken.

Was die Cook-Expedition betrifft, so hat sie große Kontroversen ausgelöst, die eigentlich auch heute noch nicht beigelegt sind; einige Wissenschaftler – und nicht die unbedeutendsten – sind davon überzeugt, daß er den Pol erreichte, andere wiederum bezweifeln das.

Die Eskimos

Grönland, das sind auch die Eskimos. Die heutigen Grönländer sind direkte Nachfahren der Thuleeskimos, vermischt mit europäischem Blut. 1975 zählte man in Grönland 50 000 Einwohner, die sich aus Grönländern, den Abkömmlingen aus Verbindungen zwischen Eskimos und Dänen oder Norwegern – sie werden als Kalatdlit bezeichnet –, Eskimos, die sich Inuit nennen, und Weißen, den Qraslunaq, zusammensetzen. Heute gibt es in Grönland nur noch wenige Hundert reinrassige Eskimos, überwiegend im äußersten Norden und an der Ostküste.

Das Volk der Eskimos hat zwar keine Geschichte im üblichen Sinne aufzuweisen, jedoch besitzt es eine hyperboreische Kultur, deren Spuren in Sibirien bis 50 000 Jahre vor unserer Zeitrechnung zurückreichen. Es würde zu weit führen, ginge man an dieser Stelle näher auf die jahrtausendalte Kultur der Eskimos ein. Deshalb wird dieses Thema hier nur grob umrissen.

Jahrhundertelang lebte das Volk der Eskimos friedlich mit ungeschriebenen Gesetzen. Ihre einzigen Führer waren die Schamanen. Sie erfüllten in den Sippen die Funktion von Häuptlingen, waren aber weniger Führer als Zauberer, die zur Lösung unerklärbarer Erscheinungen, zur Heilung von Krankheiten und zur Entscheidung von Streitigkeiten herangezogen wurden. Durch wilden, lang andauernden Tanz zum Klang der Handtrommel versetzte sich der Schamane in Trancezustand, in dem er sich den guten und bösen Geistern nahe glaubte und deren Willen erfüllte. Jahrhundertelang wurden Rechtsstreitigkeiten durch Wettbewerbe oder, in schweren Fällen, durch Einzelkämpfe beigelegt. Als die Priester ins Land kamen, untersagten sie diese Praktiken, die in ihren westlichen Augen ungesetzlich und primitiv erschienen; außerdem machten sie aus ihrer Feindseligkeit gegenüber den Schamanen kein Hehl. Doch bis in die heutige Zeit konnten diese fundamentalen Institutionen nicht zufriedenstellend ersetzt werden. Zum anderen stellt die jahrtausendalte

Seehundjagd nicht nur ein vitales wirtschaftliches Element dar – von ihr hängen Nahrung und Kleidung ab –, sondern sie ist ein wesentlicher Faktor auch im Hinblick auf die gesellschaftliche Stellung des Jägers und seiner Familie. In diesem arktischen Kampf um Leben und Tod duldet das Volk der Eskimos keine Schwäche; noch vor nicht allzu langer Zeit galt hier das Gesetz der Spartaner: Feigheit und Schwäche wurden verachtet, denn man mußte überleben. Seit undenklichen Zeiten ist das Volk der Eskimos stolz darauf, die Indianer, die Wikinger, Kälte, Nacht und Eiswüste überlebt zu haben. ,,Wir Inuit leben im Außergewöhnlichen", sagte dazu ein Polareskimo.

Grönländische Realität

Das Leben mit dem Rücken zum Inlandeis und mit dem Gesicht zum Polarmeer ist kein leichtes Schicksal. Grönland gehört zu den unwirtlichsten Landstrichen dieser Erde, und die Bevölkerung konnte nur überleben, indem sie täglich aufs neue den Kampf mit den gnadenlosen Naturgewalten aufnahm und dank der jahrhundertealten Kenntnis, die Eskimos und Grönländer über die Welt der Arktis besitzen. Natürlich haben sich die Lebensbedingungen seit Beendigung des Zweiten Weltkrieges erheblich verändert.

Die wenigen mehr oder weniger bedeutenden Siedlungen sind nur mit dem Küstenschiff oder dem Hubschrauber zu erreichen, denn das Straßennetz beschränkt sich auf einige mehr schlecht als gut befahrbare Wege rings um die einzelnen Ortschaften. Somit ist es offensichtlich, daß in diesem großen und schwierigen Land keine einheitliche Lösung für die Probleme, welche die Entwicklung der Bevölkerung und des Landes aufwirft, gefunden und die Wahl der Prioritäten nur mit sehr viel Geschick getroffen werden kann. Heute ist die Situation in Grönland mehr als schwierig.

Die strategische Lage ist günstig für den Bau ausländischer Militärbasen und die Bodenschätze, deren Ausmaß man derzeit nur erahnen kann, werden im Laufe der kommenden Jahrzehnte die Interessen ausländischer Mächte an diesem riesigen eisbedeckten und faszinierenden Land auf den Plan rufen. Schon werden auch die Annehmlichkeiten der modernen Zivilisation verführerisch. Man fragt sich jedoch, ob dieses heroische Volk, das unter Aufbietung aller Kräfte den schlimmsten Naturgewalten getrotzt und so tausende von Jahren überlebt hat, auch eine importierte Zivilisation überleben wird; ob es die unerläßlichen, hiermit verbundenen Veränderungen hinnehmen kann, ohne seine Identität und seine unschätzbar wertvolle Kultur zu verlieren. Man fragt sich, ob die Grönländer sich nicht fremd vorkommen werden in den Städten, die sie nicht selbst gebaut haben, ob sie der Fortschritt interessiert, ob diese kleine Gemeinde in der Lage sein wird, dem, was auf sie zukommt, die Stirn zu bieten, ohne ihre Integrität und ihren Zusammenhalt einzubüßen. Erst die Zukunft wird zeigen, ob nach der Konfrontation einer jahrtausendealten Kultur mit der amerikanischen Zivilisation Grönland grönländisch geblieben ist.

ANREISE NACH GRÖNLAND

Wenn man weder als Wissenschaftler noch als Forscher reist, ist es empfehlenswert, daß man sich an ein auf den Grönlandtourismus spezialisiertes Reisebüro wendet, das Reisen entsprechend der Hotelkapazität – die noch nicht sehr groß ist, obwohl sie in den letzten Jahren ständig erweitert wurde –, nach den Wünschen und finanziellen Möglichkeiten jedes Einzelnen zusammenstellt.

Diese Reisebüros bieten mehrwöchige Aufenthalte in den Bergen oder einen kombinierten Küsten- und Bergurlaub an, d. h. Alpinismus und Hubschrauberflüge oder Fahrten mit dem Küstenboot von einem Hafenort zum anderen. In den Angeboten wird auch berücksichtigt, daß z. B. bis zum Monat Juni nördlich der Disko-Bucht wegen des Packeises kein Schiffsverkehr möglich ist und daß die „Eisberge" im Süden die Navigation erschweren.

Wer allerdings über etwas Improvisationstalent verfügt, kann ohne Schwierigkeiten auch auf eigene Faust eine Reise nach Grönland planen und durchführen. Der Zeitplan sollte nicht zu straff sein, denn man muß, vor allem im Winter, im Land mit Transportverzögerungen rechnen.

Beste Reisezeit

Im Sommer steigen die Temperaturen bis 20° an, doch im Winter fällt die Quecksilbersäule auf –40° und tiefer. Im Sommer scheint die immer wieder aufs neue faszinierende Mitternachtssonne, im Winter regiert die Polarnacht.

Für eine Rundreise, einen Wanderurlaub oder eine Küstenschiffahrt kommt nur der Sommer, d. h. die Monate Juni bis August/September in Betracht, denn im Winter kommt der Schiffsverkehr total zum Erliegen, viele Orte aber sind nur per Schiff zu erreichen.

Die Hubschrauber verbinden nur größere Städte miteinander, Fahrten mit dem Hundeschlitten sind hingegen nur im Winter und nur nördlich von Holsteinsborg möglich.

Die Freuden des Alpinismus kann man vor allem im Innern der Fjorde genießen, wo Wanderrouten von unterschiedlicher Länge und Schwierigkeit bewältigt werden können. Das Landesinnere kann man nur per Sommer-Expedition über das Inlandeis erreichen. Sie ist bei Temperaturen von etwa −20° auch im Sommer sehr strapaziös. Derartige Vorhaben müssen außerdem beim Grönland-Ministerium in Kopenhagen (Hausergade 3, Kopenhagen-K.) angemeldet werden. Das Ministerium kann eine solche Expedition untersagen, sofern sie unverantwortlich erscheint.

Mit dem Flugzeug

Zwischen Europa und Grönland verkehren die SAS ab Dänemark und die Icelandair.

Kopenhagen – Søndre Strømfjord: im Sommer wöchentlich 5–6 Direktflüge, im Winter 1–2 Flüge (SAS; Flugdauer 4½ Std.)

Kopenhagen – Narssarsuaq: über Reykjavik; wöchentlich 2 Flüge (SAS; ebenfalls 4½ Std.)

Reykjavik – Narssarsuaq mit der Icelandair;

Reykjavik – Kulusuk mit der Icelandair.

Mit dem Schiff

Es ist möglich, ab Aalborg eine Mitfahrgelegenheit auf einem Frachter zu bekommen, doch die Fahrt dauert 9–15 Tage, und die Kosten sind vermutlich höher als die für ein Flugticket. Außerdem muß man ziemlich seefest sein.

REISEN INNERHALB GRÖNLANDS

Grönländische Transportmittel sind Flugzeug, Hubschrauber, Küstenschiff und im Winter nördlich von Holsteinsborg, der sog. „Hundeschlittengrenze", Hundeschlitten.

Hubschrauber

Hubschrauber der Greenlandair sind die wichtigsten Verkehrsmittel der Insel; sie befördern Passagiere, Post und Frachtgut. Sie unterhalten einen Zubringerdienst nach Søndre Strømfjord, wo die Maschinen aus Dänemark landen, und von Godthåb aus versorgen sie regelmäßig die gesamte Küste von Upernavik im Norden bis Nanortalik im Süden. Außerdem fliegt die Greenlandair etwa alle 14 Tage mit einer DC 6 von Søndre Strømfjord im Westen nach Kulusuk im Osten, und verkehrt, ebenfalls mit einer DC 6, zwischen Søndre Strømfjord und Narssarssuaq.

Bezüglich der Platzreservierung für Binnenflüge der Greenlandair gibt es ganz besondere Vorschriften, denn z. B. bei den Flügen, die Søndre Strømfjord mit den übrigen grönländischen Städten verbinden, muß der Flugplan eine gewisse Flexibilität aufweisen, da dem Sanitäts- und jedem anderen Rettungsdienst Vorrang einzuräumen ist.

Küstenschiffe

Die modernen und komfortablen, jedoch ziemlich teuren Küstenschiffe laufen von April bis November die Häfen zwischen Upernavik im Norden und Nanortalik im Süden an; bis zum Juni gefährden Eisberge im Süden und Packeis in der Disko-Bucht die Schiffahrt an einigen Stellen.

Lokale Schiffahrtslinien verbinden Städte, Dörfer und kleinere Ortschaften miteinander. Sie nehmen auch Passagiere mit – eine ausgezeichnete Möglichkeit, das Leben der Grönländer aus der Nähe zu betrachten. Im allgemeinen kehren diese Schiffe am selben Tag zu ihrem Ausgangspunkt zurück. An Bord wird eine Mahlzeit serviert.

Hundeschlitten

Obwohl seine Bedeutung zurückgegangen ist, dient der Hundeschlitten auch heute noch als wichtiges Transportmittel während der Wintermonate. Kleinere Ortschaften, die nicht durch Helikopter bedient werden und im Winter auch nicht mit dem Küstenschiff oder dem Motorboot erreicht werden können, sind nach wie vor dringend auf dieses Verkehrsmittel angewiesen. Ebenso wichtig ist der Hundeschlitten für die Jäger, die damit in großem Tempo über das Eis jagen, um ihre gewöhnlich

weit außerhalb der Dörfer gelegenen Jagdreviere zu erreichen.

Auch der nördlich der ,,Hundeschlittengrenze" weilende ,,winterharte" Grönlandtourist kann sich dieses wichtigen und erlebnisreichen Beförderungsmittels bedienen. – Ein Erlebnis besonderer Art sind die Skiwanderungen mit Hundeschlittenbegleitung.

Unterkunft und Verpflegung

In den größten Städten gibt es inzwischen Hotels im europäischen Sinn des Wortes, insbesondere in den Flugtransit-Städten. In den anderen Siedlungen handelt es sich meist um kleine, doch stets saubere Pensionen.

In den Hotel- oder Flughafenrestaurants werden herkömmliche dänische oder skandinavische Gerichte angeboten. Hinzu kommen einige typisch grönländische Gerichte wie Wal- oder Seehundsteaks. Doch in den Pensionen und Cafés bietet sich eher die Möglichkeit, ,,grönländisch" zu essen, was meistens auch preiswerter ist.

Spirituosen

Der Verkauf von Spirituosen erfolgt nur an bestimmten Tagen und zu bestimmten Uhrzeiten, meist nicht vor 18 Uhr.

Um dem übermäßigen Alkoholkonsum Herr zu werden, wurde in ganz Grönland ein Bezugscheinsystem eingeführt. Jeder, auch der Tourist, erhielt pro Monat eine 72-Punkte-Bezugskarte. Beim Kauf alkoholischer Getränke waren dann neben dem Kaufpreis eine entsprechende Anzahl von Punkten abzugeben (eine

Flasche Bier = 1 Punkt, eine Flasche Schnaps = 24 Punkte usw.). Das System wurde inzwischen jedoch als ungeeignet bereits wieder aufgegeben.

SEHENSWÜRDIGKEITEN IN GRÖNLAND

Es liegt auf der Hand, daß man Grönland nicht so durchqueren kann wie z. B. Fünen. Deshalb werden im Folgenden nur die Orte berücksichtigt, die man entweder mit dem Schiff oder mit dem Flugzeug erreichen kann.

Godthåb

In der Sprache der Eskimos heißt diese Stadt *Nuuk,* das bedeutet „Landzunge". Die 1728 von Hans Egede gegründete Hauptstadt Grönlands hat heute gut 9500 Einwohner, von denen etwa zwei Drittel auf der Insel geboren wurden.

Bagger und Bulldozer bestimmen seit einigen Jahren das Bild Godthåbs, und wenn die Einwohnerzahl weiter steigt, wird man sich eine Lösung einfallen lassen müssen, wie diese auf steilem Fels erbaute Stadt zu erweitern ist.

In Godthåb befinden sich der Sitz der höchsten politischen Instanzen, die Niederlassungen der meisten Schiffahrtsgesellschaften sowie die zentrale Verwaltung der Insel.

Kürzlich wurde das Landesmuseum für Ethnologie, Archäologie und Eskimo-Kunst (am Ende des Søndre Herrnhutvej) eröffnet.

Godthåb ist Ausgangspunkt für Fahrten in den *Godthåb-Fjord,* der bei Kennern als die schönste Gegend Grönlands gilt. Das Klima im Innern des Fjordes ist angenehm mild, die Hänge sind grün und blumenreich, während draußen auf dem kristallklaren Wasser mächtige Eisberge dem offenen Meer zu treiben.

Südlich von Godthåb

Frederikshåb wurde 1742 gegründet. Die Eskimos nennen diese Stadt *Pâmiut,* die „Stadt, in der der Lachs König ist."

Narssaq. Hier wurde vor langer Zeit eine bescheidene Handelsniederlassung errichtet, die den Handel mit Seehundjagdartikeln erleichtern sollte. Heute klammern sich kleine bunt bemalte Holzhäuschen an die Felsen von Narssaq. Außerhalb der Stadt wurde mit dem Abbau ergiebiger Uranlager begonnen.

Julianehåb wurde 1742 gegründet. Der Eskimoname, *K'ak'ortok',* bedeutet „Weiße Stadt". Am Ende des Julianehåb-Fjords stößt man auf die Spuren der ersten Wikinger: *Igaliko* erhebt sich an der Stelle des ehemaligen Bischofssitzes Gardar, und in der Nähe der heutigen Ortschaft *Quagssiarssuk* kann man die Überreste von *Brattahlid,* dem Gehöft Eriks des Roten, sehen.

Die *Alte Kirche (Gamle Kirke)* wurde 1832 eingeweiht und steht heute unter Denkmalschutz. Gottesdienste werden hier nur noch bei seltenen, festlichen Gelegenheiten abgehalten. – Die auf einem Felsen errichtete *Gertrud-Rask-Kirche* stammt aus dem Jahr 1973. Gertrud Rask war die Frau des Missionars Hans Egede.

Julianehåb besitzt eine der beiden *Volkshochschulen* Grön

lands. (Die andere ist in Holsteinsborg, s. rechte Spalte.)

Die in der Nähe am Ufer des Fjords gleichen Namens gelegene *Hvalsey Kirke* stammt wahrscheinlich aus dem 14. Jahrhundert; die Ruinen sind gut erhalten.

Nanortalik ist eine ehemalige, 1797 eingerichtete Handelsniederlassung. Der Name bedeutet „Bärenort". – Auf der Insel *Unartoq* entspringt eine von Grönlands 25 heißen Quellen; schon die Normannen schätzten die heilende Wirkung ihres angenehm warmen Wassers.

Prins Christianssund (20 Einw.) liegt inmitten einer einzigartigen Landschaft und ist der südlichste bewohnte Punkt Grönlands.

Nördlich von Godthåb

Søndre Strømfjord. Der *Flughafen* von Søndre Strømfjord wurde 1944 gebaut, und sein Verkehrsaufkommen steigt von Jahr zu Jahr. Hier starten und landen die nach Dänemark fliegenden bzw. aus Dänemark kommenden Maschinen. Doch dieses Kommen und Gehen scheint die Moschusochsen, die manchmal auf den Landebahnen herumspazieren, überhaupt nicht zu stören. Von den 20 000 Moschusochsen, die es heute noch gibt, leben mehr als die Hälfte in Westgrönland. – Vor dem Flughafengebäude befindet sich ein Richtungsanzeiger, der die jeweilige Flugzeit mit angibt.

Von Søndre Strømfjord kann man in einer zweitägigen Wanderung das Inlandeis erreichen. Wer diese Mühe scheut, ersteigt einen der umliegenden Hügel und sieht dann am Horizont den langgestreckten weißen Streifen ewiges Eises.

Holsteinsborg ist ein sehr aktiver Fischerhafen, der inzwischen auch eine Werft aufzuweisen hat. Eine der beiden *Volkshochschulen* Grönlands wurde in Holsteinsborg eingerichtet. (Die zweite befindet sich in Julianehåb, s. S. 342.)

Christianshåb. Vielleicht wird der Krabbenfang einmal den Reichtum von Christianshåb ausmachen. 1960 entstand hier eine der modernsten Konservenfabriken der Welt. Die 1948 in der Disko-Bucht entdeckten Krabbenbänke sind heute einer der bedeutendsten Wirtschaftsfaktoren der Westküste.

Jakobshavn (*Ilulissat*, der grönländische Name von Jakobshavn, bedeutet „Eisberg") wurde 1741 gegründet. Die Stadt liegt am Rande des größten aktiven Gletschers der nördlichen Erdhalbkugel. Täglich schieben sich hier riesige Eisberge in den Fjord vor, und bei einem Tempo von 30 m pro Tag sieht man das Eis förmlich wandern.

Seit Jahrhunderten wurde die Gegend von Eskimostämmen besiedelt, die an diesem Punkt der Küste, in der Nähe ihrer Jagdgründe, Handelsniederlassungen eingerichtet hatten.

Doch der Name Jakobshavn ruft vor allem die Erinnerung wach an einen der berühmtesten Einwohner dieser Ortschaft, an Knud Rasmussen und seinen Ausspruch: „Gebt mir den Winter, gebt mir Hunde und behaltet den Rest".

Knud Rasmussen wurde 1879 als Sohn eines dänischen Pastors und einer grönländischen Mutter geboren. Er, der beide Sprachen gleich gut sprach und sich sehr für die Kultur der Eskimos interessierte, nahm an der Mylius-Erichsen-Expedition (1902 bis 1904), der ,,Literatur-Expedition", teil und lebte bei den Polar-Eskimos am York-Kap. Von 1906 bis 1908 kehrte er dorthin zurück, um Legenden und Überlieferungen der Eskimos zusammenzutragen. 1910 gründete er mit seinem Freund Peter Freuchen eine private Handelsniederlassung, der er den legendären Namen Thule gab; später wurde Thule der Ausgangspunkt für Rasmussens Expeditionen in den Norden Grönlands. In den Jahren 1921 bis 1924 leitete er die fünfte der sogenannten ,,Thule-Expeditionen" (s. auch S. 345), wissenschaftliche Expeditionen, deren Ziel es war, die Einwanderung zentraler Eskimostämme, die zwischen Hudson-Bai und Bering-Straße zu Hause waren, nach Grönland zu erforschen. Sie war die längste Expedition Rasmussens; die Eskimos bezeichnen sie als ,,die lange Reise mit dem Schlitten" oder ,,die Reise zu den neuen Menschen", den Menschen von der anderen Seite des Meeres. Bei dieser Expedition wurde Rasmussen von Qavigarssuaq, auch ,,Eider" genannt, sowie Arnarulungguaq, der ,,kleinen Frau", und 24 Hunden begleitet. Die ,,kleine Frau" war die erste Frau, welche die Nordwestpassage bezwang.

1933 erkrankte Knud Rasmussen während einer Reise durch Ostgrönland und starb im selben Jahr in Dänemark. Die Eskimos,

die ihn gekannt haben, trauern noch heute um ihn.

In der *Disko-Bucht* liegt die

Disko-Insel. In der größten Siedlung, *Godhavn*, hat die Universität Kopenhagen die *Arktische Forschungsstation* eingerichtet, wo Fachleute aus aller Welt rassenbiologische, physiologische, ökologische, pflanzenanatomische u. a. Untersuchungen vornehmen. 1966 wurde diese Station um einige Gebäude erweitert.

Godhavn war früher ein bedeutender Stützpunkt für Walfänger aus aller Welt. Noch heute zeugen im Hafenbecken liegende Knochen von jener Zeit, als das Blut 30 m langer Wale den Fjord rot färbte.

Nordgrönland

Thule. Obwohl der Besuch Thules dem Touristen kaum möglich ist, wäre eine Beschreibung Grönlands unvollständig, ohne ein paar Worte über diesen Distrikt und die kleine Siedlung im äußersten Nordwesten der Insel. Es ist dies das ,,Ultima Thule", das Ende der bekannten Welt, von dem Pytheas von Massilia im 4. Jahrhundert v. Chr. träumte, das er in die Nähe von Spitzbergen verlegte und niemals zu Gesicht bekam. ,,Gegen die Kälte ist hier nicht anzukommen" sagte bereits 1618 Pierre Bertius, der Kosmograph Ludwigs XIII., von dieser Gegend.

Es ist immer noch kalt hier oben, und die Eskimos des Thule-Distrikts sind die am weitesten nördlich lebenden Menschen. Es sind die Polar-Eskimos. Der arktische Winter ist hier so lang, daß der Eskimo für Winter und Jahr nur ein und dasselbe Wort, „oukiok" kennt. Die Haupteinnahmequelle der Thule-Eskimos stellt nach wie vor die Jagd dar. Gejagt werden Füchse, Eisbären, Seevögel, Robben und Wale. Die Lebensbedingungen hier oben sind zwar hart, doch die kleine Gemeinde von Thule ist nicht arm. Der Thule-Distrikt, dessen Verwalter Rasmussen von 1910 bis 1933 war, hat die sieben ethnologischen und archäologischen sogenannten „Thule-Expeditionen" (s. auch S. 344) finanziert; ein einzigartiger Fall, in dem ein Naturvolk in der Lage war, ein Programm zur Erforschung seiner eigenen Geschichte selbst zu finanzieren.

Thule ist nur erreichbar über den dort 1945 eingerichteten amerikanischen Luftstützpunkt, der wiederum nur mit dänischer und amerikanischer Sondergenehmigung besucht werden darf.

Ostgrönland

Wer diesen Teil Grönlands besuchen will, muß besonders abgehärtet sein, denn das Klima ist hier noch rauher als in den übrigen Teilen der Insel. Außerdem führt der Polarstrom große Eismengen aus Nordgrönland heran und behindert den Schiffsverkehr. Eine Reise auf eigene Faust in dieses Gebiet sollte man lieber nicht wagen.

Die Hotelkapazität in Ostgrönland ist noch besonders gering. Es gibt ein einziges kleines Hotel in *Angmagssalik*. Der nahebei liegende Flughafen *Kulusuk* wird international nur durch Icelandair von Reykjavik (Flughafen Keflavik) angeflogen.

Einen zweiten Flugplatz gibt es weiter nördlich, in *Mesters Vig* am *Kong Oscar Fjord*. Er dient jedoch allein dem innergrönländischen Flugverkehr. Von hier besteht Hubschrauberverbindung mit Søndre Strømfjord.

SPEZIELLE
PRAKTISCHE HINWEISE

In diesem Kapitel werden Hinweise auf alle in den Stadt- bzw. Routen- und Inselbeschreibungen genannten Orte gegeben, die für den Touristen entweder ihrer Sehenswürdigkeiten wegen oder aber als Ferienorte von Bedeutung sind.

Auf den Namen der Stadt oder des Ortes folgen die Insel bzw. die Halbinsel Jütland, auf welcher der Ort liegt, und die dänische Postleitzahl.

Das Zeichen ⇔ bedeutet, daß der Ort an einer Eisenbahnlinie liegt.

Das Zeichen ⇔ weist darauf hin, daß der Ort mit einer Schiffslinie zu erreichen ist.

Besitzt der Ort einen Flugplatz, so folgen das Zeichen ✈ und der Name des Flughafens bzw. der Name des nächstgelegenen Ortes mit Flugplatz sowie die Entfernungsangabe dorthin.

In der Rubrik ,,Information" (*Inf.*) wird die offizielle Touristeninformationsstelle genannt.

Bei den Angaben über die Unterkunftsmöglichkeiten werden folgende Zeichen verwendet:

🏨 Sehr gute Hotels
🏨 Gute Hotels
🛏 Einfache Hotels, Gasthöfe und Pensionen
⚠ Campingplätze
⚠ Jugendherbergen

ÅBENRÅ/Jütland (DK-6200)

⇌ nächste Station Rødekro (6 km).

Inf.: H. P. Hanssens Gade 5.

🏨 „Hotel Hvide Hus", Flensborgvej 50.

🏨 „Missionshotellet", Klinkbjerg 20.

🏠 „Solyst Kro", Flensborgvej 164; „Hotel Garni Bøgen", Haderslevvej 48.

In der Umgebung:

🏨 „Lundsbjerg Kro", Flensborgvej 260.

🏠 „Gæstgivergården i Bovrup", Bovrup; „Tumbøl Kro", Tumbøl.

⚠ „Åbenrå Camping", Sønderskovvej 100 (mit Hütten). – „Loddenhøj Camping", Løjt Kirkeby; „Lundtoft Skovcamping", Kliplev; „Sandskær Camping", Sandskær; „Skarrev Camping", Løjts Skovby.

△ Vandrerhjemmet, Sønderskovvej 100.

ÅBYBRO/Jütland (DK-9440)

🏨 „Hotel Søparken".

🏠 „Biersted Kro", Biersted; „Birkelse Kro", Birkelse; „Gjøl Kro", Fjordgade 18, Gjøl.

ÅKIRKEBY/Bornholm (DK-3720)

⇌ Rønne (16 km) / ✈ Rønne.

Inf.: Jernbanegade 1.

🏨 „Dams på Bakken", Haregade. – „Rosengården", Boderne (nur im Sommer).

🏠 „Boderne", Bodernevej (nur im Sommer); „Breidablik", Grammegårdsvej 12 (nur im

Sommer); „Limensgade Mølle", Limensgade 130. – „Det gamle Mejeri", Pederske.

⚠ „Åkirkeby Camping", Haregade.

ÅLBÆK/Jütland (DK-9982)

⇌.

Inf.: Stationsvej 1.

🏨 „Hotel Mygind", Centralvej 29; „Ålbæk Gamle Kro", Skagensvej 42.

⚠ „FDM-Camping Albæk Strand"; „Skiveren Camping".

AALBORG/Jütland (DK-9000)

⇌ / ✈ in Aalborg-Nordwest (5 km).

Inf.: Østeraagade 8.

🏨 „Hotel Hvide Hus", Vesterbro 2; „Hotel Phønix", Vesterbro 77; „Limfjordshotellet", Ved Stranden 14–16; „Slots Hotellet", Rendsburggade 5; „Scandic Hotel", Hadsundvej 200.

🏨 „Central Hotel", Vesterbro 38; „Park Hotel", Banegårdspladsen; „Scheelsminde", Scheelsmindevej 35; „Hotel Hafnia", J. F. Kennedys Plads 2; „Hotellet Ansgar", Prinsensgade 14–16.

🏠 „Sømandshjem", Østerbro 27; „Turist-Hotellet", Prinsensgade 36; „Missionshotellet Krogen", Hasseris, Skibstedvej 4.

⚠ „Strandparkens Camping", Skydebanevej.

△ Aalborg Vandrerhjem, Fjordparken, Skydebanevej 50.

ÅRHUS/Jütland (DK-8000)

⇌ /⇌ / ✈ in Tirstrup (38 km nordöstlich).

Inf.: Rådhuset (Verkehrsbüro).

🏨 „Royal", Store Torv 4; „Hotel Atlantic", Europaplads; „Hotel Marselis", Strandvejen 25; „Hotel Ritz", Banegårdsplads 12. - „Scanticon", Højbjerg; „Mercur", Viby; „Kong Christian X.", Viby.

🏨 „Missionshotellet Ansgar", Banegårdsplads 14; „Motel La Tour", Randersvej 139; „Hotel Windsor", Skolebakken 17. - „Kongres Hotellet", Risskov; „Årslev Kro og Motel", Årslev-Brabrand, Silkeborgvej 900.

🏨 „Eriksens Hotel", Banegårdsgade 6; „Park Hotel", Sønder Allé 3.

⚠ „Blommehaven", Ørneredevej 35; „Århus Nord", Randersvej 400 (ganzj., mit Hütten); „Stautrup Camping", Stautrup, Ormslevvej 295 (ganzj.).

⚠ „Pavillonen", in Risskov, Østre Skovvej.

ÅRØSUND/Jütland (DK-6100)
🚢.

🏨 „Årøsund Badehotel", Ved Færgegården.

⚠ „Gammelbro Camping", Gammelbrovej 70 (mit Hütten); „Årøsund-Camping", Gammelbrovej 64 (ganzj., mit Hütten). - „Årø Camping", Insel Årø.

ÅRS/Jütland (DK-9600)
Inf.: Himmerlandsgade 103.

🏨 „Års Hotel", Himmerlandsgade 111; „St. Binderup Kro og Hotel", Store Binderup.

⚠ „Års Camping", Tolstrup Byvej 17 (mit Hütten).

Ærø siehe Ærøskøbing und Marstal.

ÆRØSKØBING/Ærø (DK-5970)
🚢.

Inf.: Torvet.

🏨 „Hotel Ærø Marina"; „Hotel Ærøhus", Vestergade 38.

🏨 „Hotel Damgården", Borgnæsvey 4; „Dunkær Kro", Dunkærvej 1; „Det lille Hotel", Smedegade 33; „Bregninge Kro", Øster Bregninge 36. - „Søby Kro"; „Vindeballe Kro".

⚠ „Ærøskøbing Camping", Sygehusvej 40 (mit Hütten).

⚠ „Ærøskøbing Vandrerhjem", Smedeveijen 13.

ALLINGE-SANDVIG/Bornholm (DK-3770)
🚢 in Rønne (27 km) / ✈ Rønne.

Inf.: Kirkegade 6.

🏨 „Abildgård", Sandkås, Tejnvej 100; „Friheden", Sandkås, Brunekulvej 5; „Hammersø", Sandvig; „Boes-Vang", Tejnvej 25.

🏨 *in Allinge:*

„Hotel Sandvig", Strandvej 99; „Grønbechs Hotel", Vinkelstræde 2.

🏨 *in Sandvig:*

„Strandhotellet", Strandpromenaden 7; „Pepita", Langebjergvej 1; „Grethas Pension", Nygade 7; „Hotel Nordland", Strandpromenaden 5.

🏨 *in Sandkås:*

„Hotelpension Nøddebo", Ndr. Strandvej 125; „Hotelpension Det Hvide Hus", Tejnvej 52; „Pension Store Lærkegård", Lærkegårdsvej 5.

⌂⌂ *in Tejn:*
„Østersøens Perle", Sdr. Strandvej 9.
⌂ *in Allinge:*
„Pension Sandbogård", Landemærket 3; „Pension Mary", Strandvejen 49; „Pension Ludesdal", Hammersøvej 1; „Næsgården", Løsebækgade 20.
⌂ *in Sandkås:*
„Bobakken", Ndr. Strandvej 131.
⌂ *in Sandvig:*
„Feriekoloni Kolgården", Bredgade 2; „Pension Langebjerg", Langebjergvej 7; „Pension Holiday", Strandvejen 82.
⌂ *in Tejn:*
„Store Lærkegård"; „Birkelund". Sehr viele Häuser sind nur im Sommer geöffnet.

⛺ „Sandkås Camping", Sandkås; „Sandvig Familie Camping", beim Østersøbad in Sandvig; „Lyngholt Familiecamping", Allinge, Borrelyngvej 43; „Tejn Camping", Kåsvej 5.

⛺ „Sjøljan", Allinge, Hammerhusvej 94.

ASSENS/Fünen (DK-5610)
⛴ nach Bogø.

Inf.: Østergade 57.

⌂⌂ „Marcussens Hotel", Strandgade 22. – „Stubberup Kro", Stubberup.

⛺ „Camping Willemoes", Næsvej 15.

⛺ „Ungdommens Hus", Adelgade 26.

ASSERBALLE/Alsen (DK-6440)

🚗 nächste Station Sønderborg.
✈ Sønderborg.

Inf.: in Sønderborg.

⌂ „Voigt Strand", Asserballeskov, Græskobbel 21 (nur im Sommer).

AUGUSTENBORG/Alsen (DK-6440)

🚗 nächste Station Sønderborg.

✈ Sønderborg.

Inf.: Storegade 28.

⌂⌂ „Fjordhotellet", Langdel 2.

⛺ „Hertugbyens Camping", Ny Stavnsbøl 1.

BAGENKOP/Langeland (DK-5935)

⛴ mit Kiel.

Inf.: in Rudkøbing.

⌂ „Bagenkop Kro".

⛺ „Færgevejens Camping"; „Strandgårdens Camping", Vestervej.

BILLUM ST./Jütland (DK-6852)

🚗.

⌂⌂ „Billum Kro", Vesterhavsvej 25.

BILLUND/Jütland (DK-7190)

✈ / 🚌.

Inf.: Legoland.

⌂⌂⌂ „Hotel Vis-A-Vis", Åstvej 10; „Hotel Propellen", Nordmarksvej 3.

⌂⌂ „Hotel Gasterhof", Vejlevej 10; „Motel Svanen", Nordmarksvej 8.

⌂ „Billund Kro", Buen 6.

⛺ „Billund Camping".

BIRKERØD/Seeland (DK-3460)

🚗.

Inf.: Stationsvej 36.

⌂ „Birkerød", Kongevejen 102.

BLOKHUS/Jütland (DK-9492)

Inf.: Aalborgvej 17.

⌂ „Hotel Karnappen", Strand-vejen 14.

⌂ „Feriehotel Nordsøen", Hö-kervej 5; „Egons Motel", Gennem Granerne 2. – „Motel Turistgården", Hune, Vester-havsvej 59,

⚠ „Blockhus Camping", Aalborgvej 62 (ganzjährig, mit Hütten). – Mehrere Plätze in Hune und Salbum.

⚠ „Hune Vandrerhjem", Kirke-vej 26.

BØJDEN/Fünen (DK-5641)

⛴.

⌂ „Bøjden Kro".

⚠ „Bøjden Camping".

BOGENSE/Fünen (DK-5400)

Inf.: Adelgade 28.

⌂ „Bogense Hotel", Adelgade 56; „Bogense Kyst", Grønnevej 8.

⌂ „Guldbjerg Hus", Guldbjerg-vej 32.

⚠ „Havnens Camping"; „Kirke-bakkens Camping".

BORNHOLM siehe Åkirkeby, Allinge-Sandvig, Gudhjem, Hasle, Neksø, Østermarie und Rønne.

BREDEBRO/Jütland DK-6261)

⛴.

Inf.: Storegade 13.

⌂ „Den Gamle Kro", Brogade 10.

BROAGER/Jütland (DK-6310)

Inf.: Storegade 23.

⌂ „Strandkroen", Vemmingbund Strandvejen 52.

⚠ „Gammelpark Camping", Dynt Strand; „Spar Es Camping", Skeldebro; „Vemmingbund Camping", Vemmingbund Strandvej 5.

BRØNDERSLEV/Jütland (DK-9700)

⛴.

Inf.: Bredgade 88.

⌂ „Hotel Atlas", Kornum-gårdsvej 16; „Hotel Phønix", 43. Bredgade 17. – „Jerslev Kro", Jerslev.

⌂ „Hellum Kro", Hellum; „Luneborg Kro", Luneborg.

⚠ „Brønderslevhallen", Knuds-gade 15 (ganzj.).

BRUNDBY/Samsø (DK-8791)

⛴ in Kolby Kås und in Sælvig.

Inf.: In Tranebjerg.

⌂ „Brundby Hotel", Hovedga-den 63.

CHRISTIANSFELD/Jütland (DK-6070)

Inf.: Kongensgade 5.

⌂ „Brødremenighedens Hotel", Lindegade 25.

⌂ „Den Gamle Gænsekro", Kol-dingvej 51.

DAUGBJERG/Jütland (DK-8800)

⇌ nächste Station Stoholm.

⌂ „Kongenshus Hotel".

DRAGSHOLM/Seeland
(DK-4534)

⇌ nächste Station Hørve.

🏠 „Dragsholm Slot".

DRAGØR/Seeland (DK-2791)

⇌ Kopenhagen / ⛴ / ✈ Kopenhagen-Kastrup.

🏠 „Færgegård", Drogdensvej 43.

DRONNINGLUND/Jütland
(DK-9330)

🏠 „Dronninglund Slot", Slotsgade 8.

🏠 „Dronninglund Hotel", Slotsgade 78.

⌂ „Flauenskold Kro", Flauenskjold; „Hjallerup Kro", Hjallerup; „Klokkerholm Hotel", Klokkerholm.

DYBBØL/Jütland (DK-6400)

⇌ nächste Station Sønderborg.

✈ Sønderborg.

Inf.: in Sønderborg.

🏠 „Hotel Dybbøl Banke", Dybbøl Banke 22.

EBELTOFT/Jütland (DK-8400)

⛴ / ✈ in Tirstrup (16 km).

Inf.: Torvet 9–11.

🏠 „Hotel Hvide Hus", Strandgårdshøj; „Ebeltoft Parkhotel", Vibæk Strandvej 4; „Ebeltoft Strandhotel", Ndr. Strandvej 3; „Hotel Vigen" Adelgade 5.

🏠 „Molbohus Hotel", Jernbane-

gade 5, 🏠. – „Molskroen", Femmøller Strand; „Hotel Vægtergården", Femmøller Strand; „Øer Maritime Feriestadt", Øer.

⌂ „Blushøjgård", Elsegårdevej 58. – „Øvermøllen", Femmøller; „Ritel Perlen", Egsmark.

🏕 „Blushøj Camping", Elsegårde; „Dråby Strand Camping", Dråby Strand (mit Hütten); „Krakær Camping", Gl. Krakævej 18; „Rugaard Camping", Hyllested;

„Vibæk Camping", Ebeltoft (ganzj.; mit Hütten) „Mols Camping", Ebeltoft (ganzj., mit Hütten); „Elsegårde Camping", Ebeltoft (mit Hütten); „Sølystgaard Camping".

🏕 Søndergade 43.

EGTVED/Jütland (DK-6040)

🏠 „Egtved Gamle Kro", Vestergade 4.

⌂ „Egtved Hotel", Dalgade 16. – „Aagaard Kro", Aagaard.

🏕 „Egtved Camping" (mit Hütten).

ESBJERG/Jütland (DK-6700)

⇌ / ⛴ / ✈ 9 km nordöstlich.

Inf.: Skolegade 33.

🏠 „Hotel West", Spangsbjerg Kirkevej 110; „Scandic Hotel Olympic", Strandbygade 3; „Hotel Britannia", Torvet; „Hermitage Hotel West", Søvej 2.

🏠 „Ansgar Hotel", Skolegade 36; „Palads Hotel", Skolegade 14; „Hotel Bell-Inn", Skolegade 45. – „Korskroen", Hovedvej A 1 / A 11.

⌂ „Parkhotel", Torvegade 31. –

„Hjerting Sø", Hjerting; „Olufvad Kro", Olufvad.

⚠ „Strandskovens Camping"; „Sjelborg Camping" (beide mit Hütten).

⚠ Vandrerhjemmet, Gammel Vardevej 80.

FÅBORG/Fünen (DK-5600)

🚢.

Inf.: Havnegade 2.

🏨 „Fåborg Fjord", Svendsborgvej 175.

🏨 „Ferienhotel Klinten", Klinteallé. – „Korinth Kro", Korinth, Rewentlowsvej 10.

🏠 „Landmandshotellet", Torvet 15; „Færgegarden", Christian IX's Vej 31; „Pension Mosegård", Nabgyden 31. – „Lyø Kro", Insel Lyø.

⚠ „Svanninge Camping", Odensevej 140; „Holms Camping", Odensevej 54; „Sinebjerg Camping", Sinebjergvej 57 (alle mit Hütten). – „NAB Camping", Kildegårdsvej 8, Åstrup; „Diernæs Camping", Bjørregård.

⚠ Vandrerhjemmet, Grønnegade 72.

FAKSE/Seeland (DK-4640).

🚢.

Inf.: in Fakse Ladeplads.

🏠 „Hotel Faxe", Torvegade 6.

⚠ „Fakse Campingplads", Gammel Strandvej.

⚠ Vandrerhjemmet, Kalkbrudsvej 7.

FAKSE LADEPLADS/Seeland (DK-4654)

🚢.

Inf.: Thorsvej 8.

🏨 „Musikpension Samklang", Klintevej 19.

🏠 „Hotel Fakse Ladeplads", Postvej 2.

⚠ „Fakse Ladeplads Camping", Hovedgaden 87.

FANØ/Fanø (DK-6720)

🚢 nächste Station Esbjerg / 🚢 / ✈ Esbjerg.

Inf.: in Nordby, Havnen.

In Fanø-Bad:
🏨 „Feriehotel Vesterhavet"; „Hotel Kongen af Danmark", Strandvejen 59, „Kellers Hotel", Strandvejen 48.

Weitere Unterkünfte gibt es in *Nordby* und *Sønderho* (s. diese Orte).

⚠ „Feldberg Familie Camping"; „Feldberg Strand Camping"; „Ro-Land Camping"; „Rødegård Camping" (alle in Rindby, alle mit Hütten).

FEGGESUND/Jütland (DK-7900)

🏠 „Feggesund Kro", Feggesundvej 61.

FJERRITSLEV/Jütland (DK-9690)

Inf.: Østergade 1.

🏨 „Missionshotel Sanden Bjerggård", Hjortdal.

🏠 „Fjerritslev Kro", Østergade 2.

In der Umgebung:

🏨 „Svinkløv Badehotel"; „Badepension Grønnestrand" (beide nur im Sommer).

🏠 in Brøndum: „Pension Lyngbjerggård". – In Hjortdal: „Pens. Højgården"; „Pens. Grøn-højgård"; „Pens. Hødal". – In Thorup: „Thorup Hotel".

&. „Svinkløv Camping".

△ Brøndumvej 14–16.

FREDENSBORG/Seeland
(DK-3480)

&.

Inf.: Slotsgade 6.

⚏ „Hotel Store Kro", Slotsgade 6.

⚏ „Country House", Holmes-kovvej 5.

◊ „Pension Bondehuset", Sørup-vej 14.

& „Højsager Camping", Hum-blebækvej 31 (mit Hütten).

FREDERICIA/Jütland
(DK-7000)

&.

Inf.: Axeltorv.

⚏ „Hotel Kronprinds Frede-rik", Vestre Ringvej 96; „Kryb-i-Ly Kro", Taulov Kolding Lande-vej 160.

⚏ „Hotel Landsoldaten", Nor-gesgade 1; „Hotel Hybylund", Fælledvej 58; „Hotel Post-gården", Oldenborggade 4. – „Hotel Peter Åge Gården", Er-ritsø; „Hejsekro", Hejse.

◊ „Fredericia Sømandshjem", Oldenborggade 13; „Motel Studsdal", Kolding Landevej. – „Hejse Kro", Hejse; „Hotel Snoghøjgård", Snoghøj, Gammel Færgevej 2.

& „Camping Kernehuset", Søn-derskov Strand; „Camping Trel-de Næs", Trelde Næsvej 297.

△ „Pro Pace", Skovløbervænget 9.

FREDERIKSHAVN/Jütland
(DK-9000)

&/&.

Inf.: Brotorvet 1.

⚏ „Hotel Frederikshavn", Tor-denskjoldsgade 14; „Hotel Jut-landia", Havnepladsen 1.

⚏ „Hoffmanns Hotel", Tor-denskjoldsgade 3; „Motel Lis-boa", Søndergade 248; „Park Hotel", Jernbanegade 7; „Turist-hotellet", Margrethevej 5.

◊ „Sømandshjemmet", Torden-skoldsgade 15 B; „Hotel Marie-hønen", Danmarksgade 40.

& „Nordstrand Camping", Apholmenvej 40 (mit Hütten).

△ „Fladstrand", Buhlsvej 6.

FREDERIKSVÆRK/Seeland
(DK-3300)

&.

Inf.: Gjethusgade 5 und Nørre-gade 19.

⚏ „Frederiksværk Hotel", Tor-vet 6.

& „Frederiksværk Camping", Strandgade 30.

△ „Strandbo", Strandgade 30.

FYNSHAV/Alsen (DK-6440)

& nächste Station Sønderborg.

&/✈ Sønderborg.

Inf.: in Sønderborg.

◊ „Færgegården", Færgevei 1.

& „Lillebælt Camping"; „Fyns-hav Camping"; „Naldmose Cam-ping" (mit Hütten).

GEDSER/Falster (DK-4874)

⇕ / ⇔.

Inf.: Langgade 61.

⌂ „Gedser Hotel", Langgade 59. – „Højvang Petit Motel", Gedesby, Strandvejen. – Ferienpark mit Hallenbad und ⚠, Vestre Strandvej 2.

GENNER/Jütland (DK-6200)

⌂ „Lyngtofte Kro", Sønderballevej 11.

⚠ „Genner Hotel Camping", Haderslevvey 462 (mit Hütten).

GENTOFTE/Seeland (DK-2820)

⇔ Kopenhagen / ✈ Kopenhagen-Kastrup.

⌂ „Gentofte Hotel", Gentoftegade 29.

GEVNINGE/Seeland (DK-4000)

⇔ nächste Station Roskilde.

⌂ „Lindenborg Kro", Lindenborgvej 90.

GILLELEJE/Seeland (DK-3250)

⇔.

Inf.: Hovedgade 6 F.

⌂ „Strand", Vesterbrogade 4 B.

⚠ „Gilleleje Camping", Bregnerødvej 21 (ganzj.); „Nakkehoved Camping", Fyrvej 20 (mit Hütten).

GLAMSBJERG/Fünen (DK-5620)

⌂ „Glamsbjerg Hotel".

⚠ „Hjanstavnsgården Camping", Gummerup.

GLYNGØRE/Jütland (DK-7870)

⌂ „Pinen Kro", Sallingsundvej 129. – „Durup Hotel", Durup; „Roslev Hotel", Roslev.

⚠ „Glyngøre Camping", Sundhøj 20.

⚠ Roslev.

GRÅSTEN/Jütland (DK-6300)

⇔ / ✈ Sønderborg.

Inf.: Ahlefeldvej 4.

⌂ „Hotel Axelhus", Borggade 16. – „Alnor Kro", Alnor; „Rinkenæshus", Rinkenæs.

⚠ „Lærkelunden", Rinkenæs; „Rinkenæshus Camping".

GRAM/Jütland (DK-6510)

Inf.: Torvet 13.

⌂ „Motel Den Gamle Kro", Slotsvej 47; „Hotel Gram", Kongevej 1; „Gram Slotskro", Slotsvej 52.

⚠ „Enderupskov Camping", Ribelandevej 30 (mit Hütten).

⚠ „Enderupskov Lejrskole og Vandrerhjem", Ribelandevej 30; „Vesteramtshallen", Stadionvej 15.

GREDSTEDBRO/Jütland (DK-6771)

⇔.

⌂ „Gredstedbro Hotel", Vestergade 2.

GRENÅ/Jütland (DK-8500)

⇔ / ⇔ / ✈ in Tirstrup (25 km).

Inf.: Torvet 1.

⌂ „Hotel du Nord", Kystvej 25.

⌂ „Motel Grenå", Trekanten 30; „Hotel Grenå Strand", Havneplads 1. – „Gjerrild Kro-Motel", Gjerrild, Bygaden 16; „Hotel Jægergården", Gjerrild, Dyrehavevej 28.

⌂ „Sostrup Slot", Gjerrild.

⚠ „Fornæs Camping", Stensmarksvej 36 (mit Hütten); „Polderrev Camping", Fuglsangsvej; „Gjerrild Nordstrand Camping", Langholmvej 26.

△ „Idrætscenter", Ydesvej 4; „Gjerrild Vandrerhjem", Gjerrild, Dyrehavevej 9.

GRØNNESTRAND/Jütland
(DK-9690)

⌂ „Badepension Grønnestrand", Grønnestrandsvej 230.

GUDHJEM/Bornholm
(DK-3760)

🚢 in Rønne (24 km) / ✈ Rønne.

Inf.: Ejnar Mikkelsensvej 28.

🏨 „Therns Hotel", Brøddegade 31; „Hotel Stammershalde"; „Hotel Casa Blanca", Kirkevej 10; „Jantzens Hotel", Brøddegade 33; „Gudhjem Hotel og Feriepark", Meldstedvej. – „Helligdommen", Sdr. Strandvej 95.

⌂ „Pension Ellebæk", Melstedvej 26; „Pension Koch", Melstedvej 15; „Feriegården", Brøddegade 14; „Pension Holkarenden", Malkestien 24; „Mølleglimt Feriecenter", Gudhjemvej 111.

Die meisten Häuser sind nur von Mai bis Oktober geöffnet.

⚠ „Camping Sletten", Sletten; „Kongens Mark Camping", Melstedvej 39 (mit Hütten).

△ Sct. Jørgens Gård.

GULDBORG/Lolland (DK-4862)

Inf.: in Nakskov.

⌂ „Guldborg Motel", Guldborgvej 282.

⚠ „Guldborg Camping", Guldborgvej 147 (mit Hütten); „Strandhavens Camping", Guldborgvej 310.

HADERSLEV/Jütland
(DK-6100)

🚌 nächste Station Vojens (12 km) / ✈ in Skydstrup (15 km).

Inf.: Apotekergade 1.

🏨 „Hotel Norden", Damparken; „Motel Haderslev", Damparken.

🏨 „Hotel Harmonien", Gåskærgade 19.

⌂ „China Gården", Storegade 72. – „Hotel Viktoriabad", Kelstrup.

⚠ „Haderslev Camping" (mit Hütten).

△ „Erlevhus", Erlevvej 34.

HADSUND/Jütland (DK-9560)

Inf.: Storegade 23 und Øster Hurup, Kystvej 34.

🏨 „Hotel Hadsund", Vestergade 4.

⌂ „Torrehotellet", Torvet 8. – „Øster Hurup Hotel", Kystvej 57; „Skelund Hotel", Stationsvej 2; „Als Kro", Als.

⚠ „Himmerlandsgården Camping", Als Oddevej 71; „Toft Camping" in Øster Hurup (beide mit Hütten).

△ Stationsvej.

HAMMEL/Jütland (DK-8450)

Inf.: Hammel-Centret.

ⓐ „Ortveds Hotel", Østergade 1; „Sika Hotel", Østergade 24; „Pøt Mølle", Pøt Møllevej 80:

HANSTHOLM/Jütland (DK-7730)

⇔ nächste Station Thisted (20 km) / ⇔ / ✈ Thisted (8 km).

Inf.: Centervej 33.

🏠 „Hotel Hanstholm", Byvej 2.

🏠 „Sømandshjemmet", Kaj Lindbergs Gade 71.

ⓐ „Pension Vigsø Bugt", Vigsøvej 50.

⚠ „Hanstholm Camping", Hamborgvej 95.

HASLE/Bornholm (DK-3790)

⇔ in Rønne (11 km) / ✈ Rønne.

Inf.: Grønnegade 3.

🏠 „Hasle Badehotel/Feriepark", H. C. Sierstedsvej 2 (nur im Sommer).

🏠 „Hotel Herold", Vestergade 65.

ⓐ „Svalhøj Pension", Simblegårdsvej 28; „Vendelbogård", Grønnegade 3.

⚠ „Hasle Camping", Fælledvej 30 (mit Zeltverleih).

⚠ Vandrerhjemmet, Fælledvej 28.

HATTENÆS/Jütland (DK-8600)

⇔.

ⓐ „Hotel Ny Hattenæs".

HAVNEBY/Rømø (DK-6792)

⇔.

Inf.: Tvismark, Havnebyvej 30.

🏠 „Hotel Færgegården", Vestergade 1; „Hotel Kommandørgården", Mølby.

🏠 „Kalmarland Rømø", Vestergade 3–5.

ⓐ „Havneby Kro", Østergade, „Feriecenter Rim", Vestergade.

⚠ „Kommandørgårdens Camping", Mølby (ganzj., mit Hütten).

⚠ „Poppelgården", Mølby.

HEJLS/Jütland (DK-6094)

ⓐ „Hejls Kro", Vargårdevej 1.

⚠ „Hejlsminde Strand Camping".

HELLERUP/Seeland (DK-2900)

⇔ Kopenhagen / ✈ Kopenhagen-Kastrup.

🏠 „Hellerup Park Hotel", Standvejen 203.

HELSINGØR/Seeland (DK-3000)

⇔ / ⇔ mit Helsingborg (Schweden).

Inf.: Havnepladsen 3.

🏠 „Hotel Marienlyst", Nordre Strandvej 2; „Hotel Hamlet", Bramstræde 5; „Scanticon", Nørrevej 80.

🏠 „Hotel Skandia", Bramstræde 1; „Kystenperle", Strandvej 130.

⚠ „Grønnehave Camping", Sundtoldvej 9 (ganzjährig).

⚠ „Villa Moltke", Ndr. Strandvej 24.

HERNING/Jütland (DK-7400)

⇔ / ✈ in Karup (20 km).

Inf.: Bredgade 2.

⌂ „Hotel Regina", Fonnes-bechsgade 20; „Hotel Eyde", Torvet 1; „Hotel Herning", Sdr. Messevej. – „Hotel Birkegården", Birk; „Hotel Lynggården", Lind.

⌂ „Hotel Corona", Skolegade 1; „Hotel Princess", Østergade 32; „Uldjydekroen", Lind.

⌂ „Hotel Inge Marie", Arnborg; „Arnborg Kro", Arnborg.

⚑ „Herning Campingplads", Ringkøbingvej 86.

⚑ „Ungdomsgården", Dalgasgade 11.

HESSELAGER/Fünen (DK-5874)

⌂ „Hesselager Hotel", Langgade 22.

⚑ „Lundeborg Strand Camping"; „Lundeborg Ny Camping" (beide mit Hütten).

HILLERØD/Seeland (DK-3400)

⛴.

Inf.: Slotsgade 52, Rosenhaven.

⌂ „Hotel Hillerød", Milnersvej 41.

⚑ „Hillerød Kommunes Campingplads", Dyrskuepladsen (mit Hütten).

HIRTSHALS/Jütland (DK-9850)

⛴ / ⛴.

Inf.: Vestergade 32.

⌂ „Danland; Hirtshals-Feriehotel Fyrklit", Kystvejen 10; „Hirtshals Kro", Havnegade 2; „Skagerak Hotel" Nørregade 4.

⌂ „Sømandshjemmet", Havnegade 24. – „Hotel Strandlyst", Tornby; „Munch's Badehotel",

Tornby Strand (beide nur im Sommer).

⚑ „Hirtshals Camping", Kystvejen (mit Hütten); „Kjul-Camping", Kjulvej 12; „Tornby Strand Camping", Strandvej 13 (ganzj., mit Hütten).

⚑ Kystvejen 53.

HJALLERUP/Jütland (DK-9320)

⌂ „Klokkerholm Hotel", Klokkerholm, Borgergade 8.

⌂ „Hjallerup Kro", Søndergade 1.

HJØRRING/Jütland (DK-9800)

⛴.

Inf.: Akseltorv 5.

⌂ „Hotel Phønix", Jernbanegade 6.

⌂ „Hotel Garni", Østergade 66–70.

In Lonstrup:

⌂ „Hotel Kirkedal", Mårup Kirkevej. – „Pension Ugiltlund", Ugilt.

⌂ „Motel Nygård", Strandvejen 8 (nur im Sommer). – „Feriebyen Skallerup Klit", Sønderlev (nur im Sommer).

⚑ „Hjørring Camping", Gl. Løkkensvej 9. – „Lønstrups Campingplads"; „Egelunds Campingplads", Lønstrup.

⚑ Thomas Morilds Vej.

HOBRO/Jütland (DK-9500)

⛴.

Inf.: Adelgade 26.

⌂ „Hotel Alpina", Aalborgvej.

⌂ „Pension Bramslevgård", Valsgård, Bramslev Bakker 4.

⚠ „Gattenborg Camping", Gattenborg 2.

⚠ „Hobro Youth and Family Hostel", Amerikavej 24.

HØJBY/Seeland (DK-4573)

⛺.

🏠 „Højby Kro", Hovedgaden 28.

HØJER/Jütland (DK-6280)

Inf.: Storegade 21.

🏨 „Emmerlev Klev Strandhotellet", Emmerlev Klev.

⚠ „Vadehavs-Camping", Emmerlev Klev.

HØRSHOLM/Seeland (DK-2970)

Inf.: Usserød Kongevej 31.

⛺.

🏨 „Kollektivbyen Ådalsparken", Ådalsparkvej 63.

HOLBÆK/Seeland (DK-4300)

⛺ / ⛺.

Inf.: Nygade 8.

🏨 „Hotel Strandparken", Kalundborgvej 58; „Hotel Kongstrup Møllekro", Roskildevej 264.

🏨 „Orø Kro", Insel Orø.

🏠 „Jernbanehotellet", Jernbanevej 1.

⚠ „Holbæk Camping", Stormøllevej 14. – „Paradisfjordens Camping", Ågerup; „Orø Camping", Orø.

HOLSTEBRO/Jütland (DK-7500)

⛺.

Inf.: Brostræde, Færch-Huset.

🏨 „Hotel Bel Air", Den Røde Plads.

🏨 „Hotel Schaumburg", Nørregade 27; „Krabbes Hotel", Stationsvej 18.

🏠 „Borbjerg Mølle", Borbjerg.

⚠ „Mejdal Camping" (mit Hütten).

⚠ „Østergaard", Søvej 2.

HORNBÆK/Seeland (DK-3100)

⛺.

🏨 „Hotel Trouville", Kystvej 20.

🏨 „Motel Friis", Kystvej 2.

🏠 „Søbakkehus", Hornebyvej 8 (nur im Sommer); „Ewaldsgården", Johs. Ewaldsvej 5.

⚠ „Hornbæk Camping", Planetvej 4.

HORNSLET/Jütland (DK-8543)

⛺.

🏨 „Den gamle Kro", Rosenholmvej 3.

HORSENS/Jütland (DK-8700)

⛺.

Inf.: Søndergade 26.

🏨 „Bygholm Parkhotel", Schüttesvej 6; „Jørgensens Hotel", Søndergade 17; „Hotel Danica", Ove Jensens Allé 28.

🏨 „Hotel Postgården", Gammel Jernbanegade 6; „Hotel Dagmar", Smedegade 68; „Thorsvang Motel", Vejlevej 58. – „Snaptun Færgegård", Snaptun. – „Hjarnø Kursus- og Feriecenter", Insel Hjarnø.

🏠 „Søvind Kro", Søvind. – „Gæstgiveri", Endelave (Insel), Kongevejen 41.

⚓ „Bygholm Camping". – „Camping Husodde", Stensballe (mit Hütten); „Hjarnø Familiecamping", Hovedvej 29.

⚠ Flintebakken 150.

HUNDESTED/Seeland
(DK-3390)

⛴ / ⛴.

Inf.: Nørregade 22.

🏨 „Hundested Kro & Hotel", Nørregade 10.

🏚 „Strandgården", Lynæs; „Lynæs Kro", Lynæs.

⚓ „Byaasgaard Camping" (ganzj.); „Rosenholm Camping" (ganz.); „Lynæs Camping" (ganzj.); „Sølager Camping".

HVIDE SANDE/Jütland
(DK-6960)

⛴ nächste Station Ringkøbing (23 km).

Inf.: Troldbjergvej 4.

🏨 „Hotel Holmsland Klit", Nørregade 2.

🏚 „Sømandshjemmet", Bredgade 5. – „Hotel Skodbjerge", Skodbjerge; „Motel Sømærke", Sdr. Haurvig.

⚓ „Beltana Camping"; „Fiskerøgeriets Camping" (mit Hütten); „Holmsland Klit – FDM Camping" (mit Hütten); „Nørre Lyngvig Camping"; „Nordsø Camping" (mit Hütten).

⚠ „Hvide Sande Vandrerhjem", Numitvej 5 (ganzj.).

IKAST/Jütland (DK-7430)

⛴.

Inf.: Strøget 28.

🏚 „Hotel Medi", Torvet.

JELLING/Jütland (DK-7300)

⛴.

Inf.: Gormsgade 19.

🏚 „Skovdal Kro", Fårupvej 23.

⛩ „Tøsby Kro", Bredsten Landevej 12.

⚓ „Friluftsbadets Camping"; „Fårup Sø Camping", Fårupvej 58 (mit Hütten).

JØRLUNDE/Seeland (DK-3550)

⛴ nächste Stationen Gørløse und Ølstykke.

🏨 „Skjalm Hvide Motorhotel".

JUELSMINDE/Jütland
(DK-7130)

Inf.: Odelsgade 17.

⛩ „Hotel Juelsminde", Odelsgade 22.

⚓ „Juelsminde Campingplads"; „As-Vig Campingplads", Kirkholm; „Løgballe Camping", Løgballevej 12 (mit Hütten).

⚠ Rousthøjallé 1.

KALUNDBORG/Seeland
(DK-4400)

⛴ / ⛴.

Inf.: Volden 12.

🏚 „Ole Lunds Gård", Kordilgade.

⚓ „Saltbæk Camping", Saltbækvej 88 (ganzj.); „Kalundborg Camping", Lundemarken 64 A.

KALDEHAVE/Seeland
(DK-4771)

Inf.: Ny Vordingborgvej 75.

🏚 „Hotel Færgegården".

KARISE/Seeland (DK-4653)
&.

&. „Karise Camping", Gimlingevej 1; „Lægaardens Camping", Vemmetoftevej 5 A (ganzj.).

KARREBÆKSMINDE/Seeland (DK-4736)

Inf.: Alleen 36 (Mitte Juni – August).

&. nächste Station Næstved (10 km).

&. „Dansk Folkeferie"; „Smålandshavet".

&. „De Hvide Svaner Camping" (ganzj.); „Camping Enø", Longshave.

KARUP/Jütland (DK-7470)
+.

Inf.: Ved Banen 7.

&. „Hotel Centrum", Viborgvej 1. – „Frederiks Kro og Hotel", Frederiks, Søndergade 2.

&. „Hesselund Søcamping", Hesselundvej 12 (mit Hütten).

KELDBY/Møn (DK-4780)

Inf.: in Stege.

&. „Hotel Præstekilde".

&. „Møns Familiecamping" (mit Hütten).

KERTEMINDE/Fünen (DK-5300)

Inf.: Strandgade 5 a.

&. „Tornøes Hotel", Strandgade 2; „Hotel Strandnæs", Havnegade 43.

&. „Kerteminde Camping", Hindsholmvej 80 (mit Hütten); „Enebjerg Camping", Bøgebjerg Strand.

KJELLERUP/Jütland (DK-8620)

Inf.: Søndergade 9.

&. „Knudstrup Kro", Knudstrup.

KØGE/Seeland (DK-4600)

&. / + Kopenhagen.

Inf.: Vestergade 1.

&. „Hotel Hvide Hus", Strandvejen 111.

&. „Hotel Niels Juel", Tolbodvej. – „Søvilla Kro-Motel", Københavnsvej 255.

&. „Centralhotellet", Vestergade 3.

&. „Køge Sydstrand"; „Vallø Camping" (mit Hütten).

&. „Lille Køgegaard", Vamdrupvej 1.

KOLDING/Jütland (DK-6000)
&.

Inf.: Helligkorsgade 18.

&. „Scanticon", Skovbrynet; „Saxildhus Hotel", Banegårdspladsen; „Hotel Tre Roser", Grønningen 2.

&. „Hotel Kolding", Axeltorf 5; „Henico Hotel Garni", Strandvej 12. – „Gulf Motel", Bramdrupdam.

&. „Hotel Lattakia", Munkegade 7; „Bramdrupdam Kro", Vejlevej 332.

&. „Vonsild Camping og Feriecenter", Vonsildvej 19 (ganzj., mit Hütten); „Camping Ndr. Ringvej", Ndr. Ringvej 71.

&. Ørnsborgvej 10.

KOLLUND/Jütland (DK-6340)

&. „Fjordhotellet"; „Kollund Standhotel", Molevej 9.

⚐ „Kollund Frigaard Camping" (ganzj., mit Hütten); „FDM-Camping Kollund" (mit Hütten).

△ „Grænsehjemmet".

KONGSMARK/Rømø (DK-6791)

⛺ Havneby.

Inf.: Tvismark, Havnebyvej 30.

🏨 „Hotel-Motel Rømø", Gl. Færgevej 1.

⌂ „Hotel Nordly", Vestervej 1; „Genz Apartments", Småfolksvej 10.

⚐ „Lakolk Camping", Lakolk; „Rømø Familiecamping", Toftum (mit Hütten).

KOPENHAGEN/Seeland (verschiedene Postleitzahlen)

⚒ Bahnknotenpunkt für den internationalen Verkehr zwischen Mitteleuropa und Skandinavien.

⛺ Schiffs- bzw. Fährverbindungen mit Schweden, Norwegen, der Insel Bornholm und Polen.

✈ Internationaler Flughafen in Kopenhagen-Kastrup auf der Insel Amager. Lufttaxidienst vom Flugplatz Skovlunde.

Inf.: H. C. Andersens Boulevard 22.

Hotels in der Innenstadt:

🏨 „Scandinavia" (DK-2300), Amager Boulevard 70; „Sheraton-Copenhagen" (DK-1601) Vester Søgade 6; „Copenhagen Admiral" (DK-1253), Tolbodgade 24; „Royal" (DK-1611), Hammerichsgade 1; „Imperial" (DK-1606), Vester Farimagsgade 9; „Hilton-International" (DK-1550), Rådhuspladsen 57; „Sophie-Amalie" (DK-1250), St. Annæ Plads 21; „D'Angleterre" (DK-1050), Kongens Nytorv 34; „Richmond" (DK-1625), Vester Farimagsgade 33; „Kong Frederik" (DK-1552), Vester Voldgade 23; „Mercur" (DK-1625), Vester Farimagsgade 17; „Grand Hotel" (DK-1620), Vesterbrogade 9 A; „Cosmopole" (DK-1652), Colbjørnsensgade 5; „Royal Classic Hotel Plaza" (DK-1577), Bernstorffsgade 4; „Astoria" (DK-1570), Banegårdspladsen 4; „Alexandra" (DK-1553), H. C. Andersen Boulevard 8; „71 Nyhavn Hotel" (DK-1501), Nyhavn 71; „Kong Arthur" (DK-1370), Nørre Søgade 11; „Opera" (DK-1055), Tordenskjoldsgade 15; „Danmark" (DK-1552), Vester Voldgade 85.

🏨 „Absalon" (DK-1653), Helgolandsgade 15; „Ladbroke Komfort Hotel" (DK-1468), Løngangsstræde 27; „Triton" (DK-1653), Helgolandsgade 7−11; „Missionshotellet Hebron" (DK-1653), Helgolandsgade 4; „The Mayfair Hotel" (DK-1653), Helgolandsgade 3; „Selandia" (DK-1653), Helgolandsgade 12; „Viking" (DK-1260), Bredgade 65; „Weber's Hotel" (DK-1620), Vesterbrogade 118; „Østerport" (DK-2100), Oslo Plads 5; „Avenue" (DK-1960), Aaboulevard 29; „Parkhotel" (DK-1551), Jarmers Plads 3; „Dania" (DK-1650), Istedgade 3; „Neptun" (DK-1250), Skt. Annæ Plads 18; „Saga" (DK-1652), Colbjørnsensgade 20; „Exelsior" (DK-1652), Colbjørnsensgade 4; „Vestersøhus" (DK-1601), Vestersøgade 58; „Ascot" (DK-1554), Studiestræde 57; „Christian IV." (DK-1302), Dr. Tværgade 45; „Sonne" (DK-2300), Egilsgade 33.

◊ „City" (DK-1054), Peder Skramsgade 24; „Missionshotellet Ansgar" (DK-1652), Colbjørnsensgade 29; „Missionshotellet Nebo" (DK-1650), Istedgade 6; „Savoy" (DK-1620), Vesterbrogade 34; „Hotel du Nord" (DK-1652), Colbjørnsensgade 14; „Centrum" (DK-1653), Helgolandsgade 14; „Esplanaden" (DK-1260), Bredgade 78; „Carlton" (DK-1700), Halmtorvet 14; „Søfolkens Mindehotel" (DK-1054), Peder Skramsgade 19; „København" (DK-1666), Vesterbrogade 41; „Ibsens Hotel" (DK-1363), Vendersgade 25; „Amager" (DK-2300), Amagerbrogade 29; „West" (DK-1661), Westend 11; „Skt. Jørgen" (DK-1632), Julius Thomsensgade 22; „Turisthotellet" (DK-1701), Reverdilsgade 5; „Copenhagen Capriole Hotel" (DK-1621), Frederiksberg Allé 7.

Hotels in Groß-Kopenhagen:

🏨 „Sara Hotel Dan" (DK-2770), Kastrup, Kastruplundgade 15; „Scandic Hotel" (DK-2650), Hvidore, Kettevej 4; „SAS Globetrotter Hotel" (DK-2300), Engvey 171; „Tre Falke" (DK-2000), Frederiksberg, Falkoner Allé 9; „Eremitage" (DK-2800), Lyngby, Lyngby Storcenter 62; „Gentofte Hotel" (DK-2820), Gentofte, Gentoftegade 29; „Hellerup Parkhotel" (DK-2900), Hellerup, Strandvejen 203; „Glostrup Parkhotel", (DK-2600), Glostrup, Hovedvejen 4; „Skovshoved Hotel" (DK-2920), Charlottenlund, Strandvejen 267.

🏨 „Bel Air" (DK-2770), Kastrup, Løjtegårdsvej 99; „Marina" (DK-2950), Vedbæk,Vedbæk Strandvej 391; „Schæffergården" (DK-2820), Jægersborg Al-

lé 166; „Kollekolle" (DK-3500), Værløse, Frederiksborgvej 105; „Frederiksdal" (DK-2800), Lyngby, Frederiksdalsvej 360; „ISS-Center" (DK-2840), Holte Kongevejen 195; „Ishøj Hotel" (DK-2635), Ishøj, Ishøj Nørregade 1; „Motel Svalen" (DK-2640), Hedehusene, Roskildevej 333; „Skovriderkroen" (DK-2920), Charlottenlund, Strandvejen 235; „Dragør Færgekro" (DK-2791), Dragør, Drogdensvej 43; „Josty" (DK-2000), Frederiksberg, Pile Allé 14 A.

◊ „Wittrup Motel" (DK-2620), Albertslund, Roskildevej 251; „Bella Danica" (DK-2770), Kastrup, Kongelundsvej 292; „Frydenlund" (DK-1850), Frederiksberg, Gl. Kongevej 176; „Flyverbo" (DK-2770), Kastrup, Alleen 73; „Fortunen" (DK-2800), Lyngby, Ved Fortunen 33; „Værebro Parkhotel" (DK-2880), Bagsværd, Værebrovej 72.

🔺 „Absalon Camping", Rødovre, Kordalsvej; „Bellahøj", Hvidkildevej; „Nærum Camping", Ravnebakken; „Strandmøllen", Skodsborg; „Ishøj Havn", Tangloppen 2; „Hundinge Camping", Hundinge Strandvej 72; „Undinegårdens Camping", Gamløse; „Tåstrup Metropolitan", Gregersensvej 1.

🔺 „Københavns Vandrerhjem", Brønshøj, Herbergvejen 8; „Copenhagen Hostel", Sjællandsbroen 55; „Vandrerhjemmet", Lyngby, Rådvad 1; „Vesterbro Ungdomsgård", Absalonsgade 8.

KORSØR/Seeland (DK-4220)

🚢 / 🚢.

Inf.: Nygade 7.

🏨 „Klarskovgård", Korsør Lystskov; „Tarnborg Parkhotel", Ør-numvej.

⌂ „Hotel Skovhuset", Skovvej 120.

⚿ „Halsskovhavn Camping", Revvej 125; „Lystskov Camping", Skovvej 120—122 (beide mit Hütten).

⚠ „Svanegården", Tovesvej 30 F.

KRUSÅ/Jütland (DK-6340)

🏨 „Herregårdshotellet Kruså-gård", Flensborgvej 13.

⌂ „Skovkroen", Rønshoved, Strandvej 1.

⚿ „Grænse Camping", Åbenrå-vej 7; weitere Plätze siehe Kollund.

⚠ „Grænsehjemmet", Kollund.

KVÆRNDRUP/Fünen (DK-5772)

🛳.

⌂ „Kværndrup Kro", Bøjdenvej 1.

LÆSØ siehe Vesterø Havn.

LANGELAND siehe Bagenkop, Lindelse, Lohals, Rudkøbing und Tranekær.

LEMVIG/Jütland (DK-7620)

🛳.

Inf.: Toldbodgade 4.

🏨 „Industrihotellet", Vasen 11; „Scandinavian Holiday Center", Vinkelhagevej. – „Hotel Nørre Vinkel", Vinkelhage.

⌂ „Flatring Ferieby", Flatring.

⚿ „Lemvig Camping", Vinkel-hagevej 6.

LINDELSE/Langeland (DK-5900)

🛳 in Bagenkop, Lohals und Spodsbjerg.

Inf.: in Rudkøbing.

⌂ „Landevejskroen".

LISELEJE/Seeland (DK-3360)

🛳 nächste Station Melby.

🏨 „Lisegården", Lisegårdsvej 10.

⌂ „Liselængen", Liselejevej 62.

LØGSTØR/Jütland (DK-9670)

Inf.: Sønderport 2 A.

🏨 „Hotel Toftebjerg", Tofte-bjergallé 6.

🏨 „Hotel du Nord", Havnevej 38.

⌂ „Motel Krogagergård", Len-drup; „Himmerland Golf & Holiday Center", Gatten, Centervej 1.

⚿ „Løgstør Campingplads", Granlyvej 6; weitere Plätze in der Umgebung.

LØGUMKLOSTER/Jütland (DK-6240)

🛳 nächste Station Bredebro (8 km).

Inf.: in Tønder.

🏨 „Løgumkloster Refugium", Refugievej; „Hotel Løgumklo-ster", Markedsgade 37.

⌂ „Hotel Postgården", Vesterga-de 7; „Central-Hotel", Markedsgade 5; „Pension Åkjær", Åkjær-vej 2.

⚠ „Forsamlingshuset", Vænget 28.

LØKKEN/Jütland (DK-9480)

Inf.: Vrenstedvej 6.

🏨 „Vesterhavs-Klubben-Løkken Badehotel", Torvet 8; „Hotel Klitbakken", Nørregade 3; „Hotel Litorina", Søndergade 15 (nur im Sommer); „Løkken Strandgård Feriecenter", Søndergade 83 (nur im Sommer). – „Hotel Lyngby Mølle", Nørre Lyngby; „Feriehotel Grønhøj Strand", Ingstrup (nur im Sommer).

🏠 „Kallehavegård Badehotel", Søndergade 80; „Pension Sommerlyst", Damgårdsvej 15; „Motel Skovly", Munkensvej 26; „Furreby Motel", Løkkensvej 910 (nur im Sommer); „Hotel Løkkenshus", Søndergade 21; „Vittrup Motel", Løkkensvej 892 (nur im Sommer); „Ledetgård Motel", Løkkensvej 898; „Petima House", Anton Bast Vej 4; „Garni Strada", Nørregade 24; „Garni Vestkysten", Carl Jensens Vej 1; „Motel Nordstrand", Furrebyvej 5 (nur im Sommer).

⚠ „Gl. Klitgård Camping", Lyngbyvej 331; „Hvorup Klit Camping", Hvorup Klit; „Kallehavegård Camping", Søndergade 82; „Kallehavegård Campingcenter", Søndergade 69; „Strandvejens Camping", Søndergade 99; „Furreby Motel og Camping", Løkkensvej 910; „Ledetgård Feriecenter", Løkkensvej 898; „Josefines Camping", Søndergade 57; „Gartner Aage's Camping", Jyllandsgade 2; „Kystvejens Camping", Kystvejen 47; „FDM-Camping Løkken", Furreby; „Camping Rolighed", Grønhøj Strandvej 35; „FDM-Camping Grønhøj", Ingstrup; „Grønhøj Strandcamping", Ingstrup (davon mehrere Plätze mit Hütten).

LØNSTRUP siehe Hjørring.

LOHALS/Langeland (DK-5953)

⛴ mit Korsør.

Inf.: Søndergade 13 (nur im Sommer).

🏨 „Hotel Færgegården", Søndergade 4.

🏠 „Pension Bøgely" (April bis November); „Pension Concordia", Østerhusevej 24.

⚠ „Lohals Camping", Birkevej 11.

LYNGBY/Seeland (DK-2800)

🚃 Kopenhagen / ✈ Kopenhagen-Kastrup.

🏨 „Hotel Eremitage", Lyngby Storcenter; „Hotel Frederiksdal", Frederiksdalsvej 360.

🏠 „Hotel Fortunen", Ved Fortunen 33.

⚠ Rådvad (ganzjährig).

MARIAGER/Jütland (DK-9550)

🚃 nächste Station Hobro (13 km).

Inf.: Torvet 4.

🏨 „Hotel Postgården", Torvet 6.

🏨 „Motel Landgangen", Oxendalen 1.

🏠 „Hotel Postgården", Torvet 6.

⚠ „Mariager Camping", Ny Havnevej 5 A.

MARIBO/Lolland (DK-4930)

⛴ / ⛴ Rødby Havn (15 km).

Inf.: Torvet 1 A.

🏨 „Hotel Hvide Hus", Vestergade 27.

🏨 „Ebsens Hotel", Vestergade 32.

ô „Jernbanehotellet", Jernbanegade 20; „Dana Hotel", Suhrsgade 13. – „Femøkro", Insel Femø.

⚠ „Maribo Camping", Bangshavevej 25.

⚠ Skelstrupvej 19.

MARIELYST (Væggerløse)/Falster (DK-4873)

⛟ Væggerløse.

Inf.: Marielyst (Mai–September).

🏨 „Hotel Nørrevang", Marielystvej 26.

🏨 „Hotel Ivanna", Strandvejen 1.

ô „Laxenborg Feriecenter", Laxenborgvej 20; „Kjørups Kro", Bøtø Møllevej 2 (nur im Sommer).

⚠ „Marielyst Familiecamping", Bøtø Møllevej; „Smedegårdens Camping", Bøtøvej; „Marielyst Ny Camping", Sildestrup Øvej.

MARSTAL/Ærø (DK-5960)

⛴.

Inf.: Kirkestræde 29.

🏨 „Hotel Ærø", Torvet 1; „Hotel Danmark", Kirkestræde 26.

ô „Hotel Marstal", Dronningestræde 1 A. – „Mejerigården", Vestergade.

⚠ „Marstal Camping", Havnegade (mit Hütten).

⚠ „Vandrerhemmet", Fargestræde 29.

MIDDELFART/Fünen (DK-5500)

⛟.

Inf.: Havnegade 10.

🏨 „Byggecentrums Kursuscenter", Hindsgavl Allé 2; „Hindsgavl Kursuscenter", Hindsgavl Allé 7.

ô „Grimmerhus", Kongebrovej 42; „Kongebrogården", Kongebrovej 3; „Pension Lillebælt", Nørreallé 47; „Feriecenter", Oddevej.

⚠ „Hindsgavl FDM-Camping", Søbadvej 10; „Gals Klint Camping", Gals Klint.

MØGELTØNDER/Jütland (DK-6270)

⛟ nächste Station Tønder (5 km).

Inf.: in Tønder.

🏨 „Schackenborg Slotskro", Slotsgaden 42.

⚠ „Møgeltønder Camping plads".

MØN siehe Møns Klint und Stege.

MØNS KLINT/Møn (DK-4780)

Inf.: in Stege.

🏨 „Danland på Møn/Feriehotel Østersøen", Klintholm Havneby. ô „Hotel Store-Klint" (nur im Sommer); „Klintholm Søbad".

⚠ „Camping Møns Klint", Klintevej 544.

⚠ „Vandrerhjemmet Møns Klint", Langebjergvej.

NÆSTVED/Seeland (DK-4700)

⛟.

Inf.: Købmagergade 20 A.

🏨 „Hotel Vinhuset", Sanct Peders Kirkeplads 1.

🏨 „Hotel Kristine", Købmagergade 20. – „Hotel Mogenstrup Kro", Mogenstrup; „Menstrup Kro & Gæstgiveri", Menstrup.

⌂ „Hotel Axelhus", Axeltorvet 9.

⚠ „Bag Bakkerne", Frejavej.

⚠ Frejasvej.

NAKSKOV/Lolland (DK-4900)

⛴/⛴ (Tårs).

Inf.: Axeltorv, Rådhuset.

🏠 „Skovridergården", Svingelen.

🏠 „Hotel Harmonien", Nybrogade 2.

⌂ „Thomsen Hotel Garni", Tilegade 53; „Krukholm Motel", Maribovej 134.

⚠ Branderslev.

⚠ „Albuen Camping", Vesternæsvej 70 (mit Hütten); „Hestehovedet", Hestehovedet 2.

NEKSØ/Bornholm (DK-3730)

⛴ in Rønne (30 km) / ✈ Rønne.

Inf.: Aasen 4.

🏠 „Holms Hotel", Torvegade 5; „Nexø Sømandshjem", Købmagergade 27.

⚠ „Nexø Camping", Stenbrudsvej 26.

In Dueodde (nur im Sommer):

🏠 „Hotel Bornholm", Pilegårdsvejen.

🏠 „Dueodde Badehotel", Sirenevej 2.

⚠ – ⚠.

In Balka (nur im Sommer):

🏠 „Hotel Balka Søbad", Vestre Strandvej 25; „Hotel Balka

Strand", Boulevarden 9. – ⚠ „FDM-Camping Balka-Strand".

In Poulsker (von März bis November):

🏠 „Dueodde Motel og Ferieby".

In Snogebæk (nur im Sommer):

⌂ „Linds Pension", Ellegade 9: „Pension Plummahuzed", Hovegaden 9.

NIBE/Jütland (DK-9240)
Inf.: Koldsmindevej 5.

⌂ „Hotel Phønix", Torvet; „Hotel Nibe", Mellemgade 19.

⚠ „Sølyst Camping", Løgstørvej 4.

NØRRE ALSLEV/Falster (DK-4840)

⛴.

Inf.: in Nykøbing/Falster.

🏠 „Motel Volieren", Øster Kippinge.

NØRRE LYNDELSE/Fünen (DK-5792)

🏠 „Nørre Lyndelse Kro", Albanivej 22.

NØRRE NEBEL/Jütland (DK-6830)

🚌 von Varde.

⌂ „Kjærs Hotel", Bredgade 27. – „Lunde Kro", Lunde; „Strandfogedgården", Lønne.

Weitere Unterkünfte siehe Nymindegab.

⚠ „Houstrup Camping", Hustrupvej 90 (mit Hütten).

NØRRESUNDBY siehe *Aalborg.*

NORDBORG/Alsen (DK-6430)

▲ nächste Station Sønderborg.

✈ Sønderborg.

Inf.: Storegade 16–18.

⌂ „Hotel Nørherredhus", Mads Clausens Vej 101.

⌂ „Nordborg Gæsthehjem", Storegade 85; „Havnbjerg Stationskro", Skolegade.

▲ „Augustenhof Camping"; „Lavensby Strand Camping"; „Nord-Als-Camping" (mit Hütten).

NORDBY/Fanø (DK-6720)

▲ nächste Station Esbjerg /

↵ / ✈ Esbjerg.

Inf.: Havnen.

⌂ „Krogården", Langelinie 11.

▲ „Tempo Camping", Strandvejen (mit Hütten); „Schmidts Camping", Strandvejen 37.

Weitere Unterkünfte auf der Insel Fanø siehe *Fanø* und *Sønderho.*

NORDBY/Samsø siehe Tranebjerg.

NYBORG/Fünen (DK-5800)

↵ / ↵.

Inf.: Torvet 9.

⌂ „Hotel Nyborg Strand", Østerøvej 2; „Hotel Hesselet", Christianslundsvej 119.

⌂ „Missionshotellet", Øster Voldgade 44.

▲ „Nyborg Kommunes Campingplads", Hjejlevej; „Æblehavens Camping", Refs-Vindinge (mit Hütten).

△ „Storebæltcentret", Østersøvej 121.

NYKØBING FALSTER/Falster (DK-4800)

▲.

Inf.: Østergade 2.

⌂ „Hotel Falster", Skovalléen; „Teaterhotellet", Torvet 3. – „Liselund Motel", Sundby.

▲ „Nykøbing F. Camping", Østre Allé 112 (mit Hütten und Zeltverleih).

△ Østre Allé 110.

NYKØBING MORS/Jütland (DK-7900)

Inf.: Havnen 4.

⌂ „Hotel Pakhuset", Havnen.

⌂ „Sallingsund Færgekro", Sallingsundvej 104.

⌂ „KFUM & K", Skovagade 17. – „Gullerup Strandkro", Flade.

▲ „Jesperhus Camping", Legindvej (mit Hütten); „Sallingsund Camping", Skræppedalsvej 1; „Morsø Campingplads", Pavillonvej; „Gerlis Camping", Sejerslev; „Dragstrup Camping", Erslev.

△ „Østerstrand".

NYKØBING SJÆLLAND/Seeland (DK-4500)

▲ / ↵ Sjællands Odde (25 km).

Inf.: Algade 52.

⌂ „Rørvig Motel", Bystedvej 10 (nur im Sommer). – „Klintekroen", Klint.

⌂ „Hotel du Vest", Algade 1.

▲ „Skærby Camping", Skærbyvej (mit Hütten); „FDM-Camping".

NYMINDEGAB/Jütland (DK-6830)

⌂ „Nymindegab Kro".

⚠ „Nymindegab Camping", Lyngtoften; „Vesterlund Camping", Vesterlundvej (mit Hütten).

NYSTED/Lolland (DK-4880)

Inf.: Adelgade 65.

⌂ „The Cottage", Skansevej 19. – „Hotel den Gamle Gård", Stubberup (nur im Sommer); „Stubberup Kro", Stubberup.

🏠 „Bogtrykkeriets Motel", Adelgade 16. – „Den Gamle Skole", Stubberup.

⚠ „Nysted Camping", Skansevej.

ODDER/Jütland (DK-8300)

🚂 / 🚢 nach Samsø und Tunø von Hov.

Inf.: Banegårdsplads 3.

🏠 „Centralhotellet", Rosengade 18. – „Færgekroen", Hov, Søndergade 3.

⚠ „Saksild Strand Camping", Kystvejen 5; „Spøttrup Camping", Spøttrup Strandvej 35.

ODENSE/Fünen (DK-5000)

🚂 / 🚢 Beldringe (12 km nordwestlich).

Inf.: Rådhuset.

⌂ „Hotel H. C. Andersen", Claus Bergsgade 7; „Grand Hotel", Jernbanegade 18; „Scandic Odense", Hvidkærvej 25; „Odense Plaza", Østre Stationsvej 24; „Hotel Windsor", Vindegade 45.

– „Motel Brasilia/Blommenlyst Kro", (DK-5491) Blommenlyst.

⌂ „Motel Munkeris" (DK-5220), Munkerisvej 161; „Frederik VIs Kro" (DK-5210), Rugårdsvej 590; „Motel Odense" (DK-5230), Hunderupgade 2; „City Hotel", Hans Mulesgade 5; „Motel Næsbylund Kro", Bogensevej 105; „Missionshotellet Ansgar", Østre Stationsvej 32; „Ydes Hotel", Hans Tausens Gade 11.

🏠 „Ansgarhus Motel", Kirkegård Allé 17; „Hotel Kahema", Dronningensgade 5; „Turisthotellet", Gerthasminde 64; „Hotel Garni Staldgården", Rugårdsvej 8.

⚠ „Odense Camping", Odensevej 102; „Blommenslyst", Middelfartsvej 494 (beide mit Hütten).

⚠ „Kragsbjerggården", Kragsbjergvej 121.

ØSTERILD/Jütland (DK-7700)

🚂 nächste Station Thisted (12 km).

🏠 „Østerild Kro", Østerild Byvej 65.

ØSTERMARIE/Bornholm (DK-3751)

🚢 in Rønne / ✈ Rønne.

Inf.: in Rønne.

🏠 „Hotel Østermarie", Godthåbsvej 34; „Hotel Randkløvegård", Randkløvevej 26 (nur im Sommer).

OLLERUP/Fünen (DK-5761)

🚂 nächste Station Svendborg.

🏠 „Højskolehjemmet", Svendborgvej 9.

PÅRUP/Jütland
(DK 7442)
⇔ (Engesvang).

⌂ „Pårup Kro", Ringkøbingvej 1.
⚠ Engesvag.

PRÆSTØ/Seeland (DK-4720)

Inf.: Adelgade 91.

⌂ „Strandhotellet Frederiksminde", Klosternakken 8. – „Kirsebærkroen", Hestehaven, Kirsebærvej 1.

⚠ „Præstø Camping", Spangen 2; Campinggården, Hovedvejen 57.

RÅGELEJE/Seeland (DK-3210)
⇔ nächste Station Tisvilde.

⌂ „Rågeleje Kro", Strandvejen.

⚠ „Rågeleje Camping Heatherhill", Hostrupsvej.

RANDERS/Jütland (DK-8900)
⇔.

Inf.: Erik Menveds Plads 1.

⌂ „Scandic Hotel Kongens Ege", Hadsundvej 2; „Hotel Randers", Torvegade 11.

⌂ „Hotel Kronjylland", Vestergade 53; „Det Ny Missionshotel", Østervold 42; „Motel Hornbæk", Viborgvej 100.

⌂ „Hotel Viking", Jernbanegade 6.

⚠ „Fladbro Camping", Hedevej 9 (mit Hütten).

⚠ Gethersvej 1.

RIBE/Jütland (DK-6760)
⇔.

Inf.: Torvet 3–5.

⌂ „Hotel Dagmar", Torvet 1.

⌂ „Kalvslundkro", Koldingvej 105; „Hotel Sønderjylland", Sønderportsgade 22; „Weis Stue", Torvet 2; „Backhaus", Grydergade 12. – „Hviding Kro", Hviding. – „Mandø Kro", Insel Mandø.

⚠ „Ribe Campingplads", Farupvej (mit Hütten).

⚠ „Ribehallen", Sct. Pedersgade 16.

RINGE/Fünen (DK-5750)
⇔.

Inf.: Algade 42.

⌂ „Hotel Ringe", Algade 13.

⚠ „Midtfyns Fritidscenter Camping", Floravej 19.

⚠ „Midtfyns Fritidscenter", Floravej 19.

RINGKØBING/Jütland (DK-6950)
⇔ / ✈ Stauning (14 km südlich).

Inf.: Torvet.

⌂ „Hotel Fjordgården", Vesterkær 28.

⌂ „Hotel Garni", Torvet; „Hotel Ringkøbing", Torvet 18.

⚠ „Ringkøbing Camping", Vellingvej 56 (mit Hütten); „Æblehavens Camping", Herningvej 105 (ganzj., mit Hütten).

⚠ „Vesterhavshallerne", Kongevejen 52 (nur im Sommer).

RINGSTED/Seeland (DK-4100)
⇔.

Inf.: Sct. Bendtsgade 10.

⌂ „Scandic Hotel Ringsted", Nørretorv.

ⓜ „Sørup Herregård", Sørup; „Slimminge Kro og Hotel", Slimminge.

⚠ „Camping Skovly", Ortved; „Grønnegårde Camping", Gørslev (mit Hütten).

△ „Amtsstuegården", Sct. Bendtsgade 18.

RØDBY/Lolland (DK-4970)

⇄ / ⇐ Rødbyhavn.

Inf.: Vestergade 1.

ⓜ „Euro-Motel E 4", Sædinge.

û „Eggerts Hotel", Østergade 61; „Landemandshotellet", Vestergade 6.

⚠ „Campingpladsen Rødby Lystskov" (mit Hütten).

RØDBYHAVN/Lolland (DK-4970)

⇄ / ⇐ „Vogelfluglinie"

Inf.: siehe Rødby.

ⓜ „Danhotel", Havnegade 2.

⚠ „Rødbyhavn Strand Camping", Hagesvej 1A (mit Hütten)

RØDVIG/Seeland (DK-4673)

⇄.

ⓜ „Rødvig Kro".

RØMØ siehe *Havneby* und *Kongsmark.*

RØNNE/Bornholm (DK-3700)

⇐ / ✈.

Inf.: Havnen.

ⓜ „Hotel Griffen", Kredsen 1; „Hotel Ryttergården", Strandvejen 79 (nur im Sommer); „Hotel Fredensborg", Strandvejen 116;

„Hotel Skovly", Nyker Strandvej 40.

ⓜ „Hotel Hoffmann", Kystvejen.

⚠ „Galløkken Camping" (Zeltverleih); „Nordskovens Camping (mit Hütten).

△ „Galløkken", Sdr. Allé 22.

RØRVIG/Seeland (DK-4581)

⇄ nächste Station Nykøbing (9 km) / ⇐.

û „Lodsoldermandsgården", Rørvig Havn.

ROSKILDE/Seeland (DK-4000)

⇄ / ✈.

Inf.: Fondens Bro 3.

ⓜ „Hotel Prindsen", Algade 13.

ⓜ „SR-Hotel og Kursuscenter", Maglegårdsvej 10; „BP-Motellet", Motelvej 28. – „Svogerslev Kro", Svogerslev; „Lindenborg Kro", Gerninge.

⚠ „Vigen Strandpark Camping", Baunehøjvej 7–9 (mit Hütten).

△ „Hørgården", Hørhusen 61.

RUDBØL/Jütland (DK-6280)

⇄ nächste Station Tønder.

ⓜ „Rudbøl Grænsekro Feriecenter".

⚠ „Rudbøl Camping", Rudbølvej 1 (mit Hütten).

△ „Rudbøl Vandrerhjem", Højer.

RUDKØBING/Langeland (DK-5900)

⇐.

Inf.: Bystrædet.

ⱦ „Rudkøbing Skudehavn Kongrescenter", Havnegade 21; „Hotel Skandinavien", Brogade 13.

ɑ „Degnehaven", Nr. Lohnelse.

⚐ „Rudkøbing Camping", Bagveien; „Skolds Camping", Ristingevej 104.

⚠ Dyrskuepladsen.

RY/Jütland (DK-8680)

⇔.

Inf.: Klostervej 3.

ⱦ „Ry Parkhotel – Midtjyskkursuscenter", Kylmsvej 2.

ⱦ „Gammel Ry Kro", Gl. Rye; „Hotel Laasby Kro", Laasby; „Motel Lynghytten", Gl. Rye.

ɑ „Motel Birkhede", Lyngvej 14; „Hotel Julsø", Gl. Rye (beide nur im Sommer); „Galgebakken", Gl. Rye.

⚐ „Birkhede Camping", Lyngvej; „Holmes Camping", Klostervej 148; „Sønder Ege Campingplads", Søkildevej (alle mit Hütten).

⚠ „Knudhule", Randersvej 90.

SÆBY√/Jütland (DK-9300)

⇔ nächste Station Frederikshavn (12 km).

Inf.: Krystaltorvet 1.

ⱦ „Hotel Viking", Europavej 3; „Motel Oda", Aalborgvej 26 A (nur im Sommer); „Syvsten Kro", Aalborgvej 247. – „Gæstgiveriet Engholm", Lyngså Engvej 50 (nur im Sommer).

ɑ „Pension Åhøj", Hans Abels Vej 1. – „Hørby Kro", Hjørringvej 103.

⚠ „Hedebo Strand", Frederikshavnvej 108 (ganzj.); „Sæby Strand", Frederikshavnvej; „Gustavs Campingplads", Aalborgvej 60; „Svalereden", Frederikshavnvey 112 (alle mit Hütten).

⚠ Sæbygårdsvej 32.

SAKSKØBING/Lolland (DK-4990)

⇔.

Inf.: Torvet.

ɑ „Motel Guldborg", Guldborgvej 284. – „Otel Våbensted", Våbensted.

⚠ „Sakskøbing Kommunes Campingplads", Saxes Allé (mit Hütten).

⚠ Saxes Allé 10.

SAMSØ siehe Brundby und Tranebjerg.

SILKEBORG/Jütland (DK-8600)

⇔.

Inf.: Torvet 9.

ⱦ „Hotel Dania", Torvet 5; „Hotel Impala", Vester Ringvej; „Hotel Louisiana", Christian d. 8's Vej 7.

ⱦ „Gammel Skovridergård", Marienlundsvej 36; „Hotel Prinsen", Drewsensvej 30; „Silkeborg Bad", Gjessøvej 40; „Hotel Scandinavia", Christian d. 8's Vej 7. – „Hotel Silkeborgsøerne", Søpladsen, Laven St.; „Resenbro Kro", Resenbro, Skærbækvej 54.

ɑ „Linå Kro", Linåvej 57. – „Signesmindekro", Skægkær, Viborgvej 145; „Svostrup Kro", Svostrup; „Motel Svejbæklund", Virklund.

⚠ „Århusbakkens Campingplads", Århusvej; „Indelukkets

Campingplads"; „Hesselhus Camping", Funder (ganzj.); „Skyttehuset Camping", Virklund; „Jyllands-Ringens Camping", Resenbro; weitere Plätze in Laven, Sejs und Virklund.

⚠ Aahavevej 55.

SINDAL/Jütland (DK-9870)

⛺.

Inf.: Østergade 9.

⌂ „Hotel Sindal", Jernbanegade 4.

⌂ „Mosbjerg Kro", Mosbjergvej 425; „Tolne Kro", Kirkevej 300.

⚠ „Sindal Camping", Hjørringvej 125 (mit Hütten).

SKÆLSKØR/Seeland (DK-4230)

⛺ nächste Station Korsør (13 km) / ⛴ Korsør.

Inf.: Havnepladsen.

⌂ „Hotel Kobæk Strand", Kobækvej 85.

⌂ „Hotel Postgården", Strandgade 4–6. – „Agersø Kro", Insel Agersø.

⚠ „Campinggården Boeslunde", Rennebjergvej; „Kildehuset", Kildehusvej 1 (mit Hütten).

⚠ „Kildehuset", Kildehusvej 1.

SKÆRBÆK/Jütland (DK-6780)

⛺.

Inf.: in Tvismark auf Rømø.

⌂ „Åblings Hotel", Jernbanegade 1. – „Landevejskro", Døstrup.

⌂ „Frifelt Kro", Frifelt, Roagervej 1; „Rejsby Kro", Rejsby.

⚠ „Skærbæk Camping", Tøndervej 47.

SKAGEN/Jütland (DK-9990)

⛺.

Inf.: Sct. Laurentiivej 18.

⌂ „Hotel Skagen", Gammel Landevej.

⌂ „Brøndums Hotel", Anchersvej 3; „Skagen Sømandshjem", Østre Strandvej 2; „Hotel Norden", Holstvej 4. – „Skagen Strand", Hulsig.

⌂ „Strandly Skagen", Østre Strandvej 35; „Pension Marienlund", Fabriciusvej 8. – „Hotel Inger", Hulsig.

In Gammel Skagen:

⌂ „Strandhotel", Jeckelsvej (nur im Sommer); „Ruths Hotel", Ruthsvej; „Jeckels", Jeckelsvej 5; „Traneklit", Chr. Møllersvej 10.

⚠ „Poul Eegs Camping", Batterivej 31; „Grenen Camping", Fyrvej 16 (mit Hütten); „Østerklit Camping", Flagbakkevej 53; „Råbjerg Mile Camping", Kandestedvej 55 (mit Hütten).

⚠ in Gammel Skagen, Højensvej 32.

SKANDERBORG/Jütland (DK-8660)

⛺.

Inf.: Bibliotekstorvet 2.

⌂ „Skanderborghus", Dyrehaven.

⌂ „Hotel Slotskroen", Adelgade 23. – „Landsbykroen", Nørre Vissing, Låsbyvej 122.

⌂ „Motel Oasen", Horndrup.

⚠ „Vrold Mølle Camping", Horsenvej 21.

⚠ Dyrehaven.

SKIVE/Jütland (DK-7800)

⇌.

Inf.: Østerbro 7.

🏨 „Hotel Gammel Skivehus", Østertorv/Sdr. Boulevard 1.

🏨 „Hotel Hilltop", Søndre Boulevard. – „Hagebro Kro", Hagebro, Viborgvej 125.

⌂ „Det gamle Apotek", Haderup, Åbakkevej 4; „Hørkjærdam", Mogenstrup, Herningvej 64.

SKJERN/Jütland (DK-6900)

⇌ / ✈ Stauning.

Inf.: Østergade 8.

🏨 „Hotel Vestjyden", Bredgade 58; „Hotel Skjern", Bredgade 48.

⌂ „Bundgårds Hotel", Borris. – „Astrup Hotel", Astrup, Højevej 39.

⚠ „Skjern Å Camping", Birkevej (mit Hütten).

SKØRPING/Jütland (DK-9520)

⇌.

Inf.: Torvet.

🏨 „Hotel Rebild Bakker".

🏨 „Rold Stor-Kro", Rebild, Vælderskoven13; „Hotel Rebild Park", Rebild Jyllandsgade 4.

⌂ „Skørping Kro", Sverrigårdsvej 4.

⚠ „Safari Camping", Rebild (ganzj.).

⚠ „Cimbrergården", Rebild.

SKULDELEV/Seeland (DK-4050)

🏨 „Skuldelev Kro", Østergade 2.

SLAGELSE/Seeland (DK-4200)

⇌ /⛴ Korsør (18 km).

Inf.: Løvegade 7.

🏨 „Hotel Antvorskov", Anholtvej 3; „Hotel E2", Idagardsvej 1.

🏨 „Hotel Slagelse", Sdr. Stationsvej 19.

⌂ „Hotel Regina", Sct. Mikkelsgade 22. – „Skipperkroen", Mullerup Havn.

⚠ „Slagelse Kommunes Campingplads", Bjergbygade 78. – „Bildsø Campingplads", Drøsselbjergsvej 42 A.

⚠ Bjergbygade 78.

SLANGERUP/Seeland (DK-3550)

⇌ nächste Station Gørløse (4 km).

🏨 „Skjalm Hvide Motorhotel", Jørlunde.

SLETTESTRAND/Jütland (DK-9690)

🏨 „Hotel Klitrosen", Slettestrandvej 130.

⌂ „Hotel Slettestrand" (nur im Sommer); „Pension Havblik", Slettestrandvej 60 (Juni–November); „Rønnes Pension", Laksevej 8.

SNEKKERSTEN/Seeland (DK-3070)

⇌.

🏨 „Brinkly Pension", Strandvejen 258.

SØBY/Ærø (DK-5985)

⛴.

Inf.: in Ærøskøbing.

⌂ „Søby Hotelog Kro", Østerbro 2.

⚠ „Søby Camping", Vitsø 10.

SØNDERBORG/Alsen (DK-6400)

🚢 / ✈ 6 km nördlich.

Inf.: Rådhustorvet 7.

🏨 „Interscan Hotel Sønderborg". Ellegårdvej 27; „Scandic Hotel", Rosengade.

🏨 „Hotel Ansgar", Nørretorv 2; „Hotel Garni", Kongevej 96; „Hotel City", Kongevej 64; „Hotel Strandpavillonen", Strandvej 25.

⌂ „Hotel Arnkilhus", Arnkilgade 13; „Hotel Baltic", Høruphav. – „Ballebro Færgekro", Blans, Færgevej 5.

⚠ „Sønderborg Camping", Ringgade; „Madeskov Camping".

⚠ Kærvej 70. – „Abildgården", Vollerup, Mommarksvej 22.

SØNDERHAV/Jütland (DK-6340)

⌂ „Hotel Fjordhøj", Sønderhavvej 28.

SØNDERHO/Fanø (DK-6720)

🚢 nächste Station Esbjerg / ✈ Esbjerg /🚢 in Nordby.

Inf.: in Nordgy.

🏨 „Sønderho Kro".

⌂ „Hotel Sønderho".

⚠ „Camping Klitten", Strandvej; „Sønderho Camping".

SØNDERVIG/Jütland (DK-6950)

🚢 nächste Station Ringkøbing (8 km).

Inf.: in Hvide Sande.

🏨 „Ferienhotel Damland", Lobjergsvej 245 (nur im Sommer); „Strandkroen", Nordsøvej 2.

⚠ „Søndervig Camping", Solvej 2.

SORØ/Seeland (DK-4180)

🚢 (Frederiksberg, 2 km).

Inf.: Rolighed 5 C.

🏨 „Hotel Postgården", Storgade 27; „Krebshuset", Ringstedvej 87. – „Kongskilde Friluftsgård", Lynge Eskildrup.

⚠ „Udbyhøj Camping", Udbyhøj (mit Hütten, ganzj.).

SPENTRUP/Jütland (DK-8981)

🚢 nächste Station Randers (8 km).

⌂ „Spentrupkro", Stationsvej. – „Hvidsten Kro", Hvidsten, Mariagervej 450.

SPODSBJERG/Langeland (DK-5900)

🚢.

Inf.: in Rudkøbing.

⌂ „Spodsbjerg Badehotel", Spodsbjergvej 317; „Degnehaven", Spodsbjergvej 277.

⚠ „Billevænge Camping". – „Degnehavens Camping", Nr. Longelse (mit Hütten).

STEGE/Møn (DK-4780)

Inf.: Storegade 5.

🏨 „Hotel Stege Bugt", Langelinie.

⚠ „Møn Ulvshale", Ulvshalevej 227; „Mønbroen", Ulvsundbrükke; „Vestmøn", Harbøllevej.

STØVRING/Jütland (DK-9530)

⛴.

🏠 „Motel Støvring Kro", Jernbanegade 1.

STORE HEDDINGE/Seeland (DK-4660)

⛴.

Inf.: Algade 32.

🏠 „Hotel Stevns", Algade 2.

🏕 Munkevænget 1.

STRUER/Jütland (DK-7600)

⛴.

Inf.: Fiskergade 2.

🏠 „Grand Hotel", Østergade 24.

🏠 „Humlum Kro", Humlum, Vesterbrogade 4.

🏕 „Bremdal Camping", Fjordvejen 12 (mit Hütten).

🏕 Bremdal, Fjordvejen 12.

STUBBEKØBING/Falster (DK-4850)

⛴.

Inf.: Havnegade 9.

🏠 „Elverkroen", Vestergade 39.

🏕 „Stubbekøbing Camping", Gammel Landevej.

STUBBERUP/Lolland (DK-4880)

⛴ (Nysted).

Inf.: in Nysted.

🏠 „Den Gamle Gård", Stubberupvej 17.

SVANEKE/Bornholm (DK-3740)

⛴ in Rønne (30 km) / ✈ Rønne.

Inf.: Postgade 15.

🏠 „Hotel Siemens Gård", Havnebryggen 9 (nur im Sommer).

🏠 „Hotel Munken", Storegade 12.

🏠 „Pension Solgården", Årsdale; „Pension Bølshavn", Bølshavn 9 (nur im Sommer).

🏕 „Møllebakken"; „Hullehavn Camping".

🏕 „Hullehavn", Reberbanevej 5.

SVEJBÆK/Jütland (DK-8600)

⛴.

🏠 „Ludvigslyst Hotel". – „Pension Svejbæklund", Svejbæklund.

SVENDBORG/Fünen (DK-5700)

⛴ / ⛴.

Inf.: Møllergade 20.

🏠 „Hotel Christiansminde" Christiansmindevej 16; „Hotel Svendborg", Centrumpladsen.

🏠 „Hotel Tre Roser", Fåborgvej 90; „Hotel Royal", Toldbodvej 5; „Missionshotellet Stella Maris", Kogtvedvænge 3: „Villa Strandbo", Børges Allé 13 (nur im Sommer).

🏠 „Hotel Ærø", Brogade 1.

🏕 „Aabyskov Strandcamping", Skaarupøre Strandvej 74; „Rantzausminde Camping", Rantzausmindevej 215.

🏕 „Villa Søro", Christiansmindevej 6.

TÅSINGE siehe Troense, Vemmenæs und Vindeby.

THISTED/Jütland (DK-7700)

⛴ / ✈ 13 km nördlich.

Inf.: Det Gamle Rådhus, Store Torv 6.

🏨 „Hotel Limfjorden", Oddesundvej 39; „Aalborg Hotel", Storegade 29; „Hotel Thisted", Frederiksgade 16. – „Missionshotellet Vildsund Strand", Vildsund, Ved-Stranden 2.

🏠 „Klitmøller Kro", Krovej 15; „Hotel Nordsøen", Nørre Vorupør; „Nors Kro", Nors; „Hinding Dås", Nors.

🏕 „Thisted Camping", Iversensvej 3 (mit Hütten); „Vester Vandet Camping", Søholtvej 4; „Hausgård Camping", Klittmøller (mit Hütten); „Nordsø Camping", Klitmøller (mit Hütten); „Nystrup Camping", Klitmøller (mit Hütten); „Strandgårdens Camping", Nørre Vorupør (mit Hütten); „Vildsund Camping", Vildsund.

△ „Skinnerup", Kongemøllevej 8.

THURØ BY/Thurø (DK-5700)

🚌 nächste Station Svendborg.

Inf.: in Svendborg.

🏨 „Hotel-Pension Røgeriet", Maroddevej 22.

🏕 „Grasten Camping"; „FDM-Camping" (mit Zeltverleih).

THYBORØN/Jütland (DK-7680)

🚢 /🚢.

Inf.: Nordsøkai 41.

🏨 „Hotel Thyborøn", Harboørevej 2.

🏠 „Sømandshjemmet", Havnegade 20.

🏕 „Thyborøn-Harboøre Kommunes Campingplads", Idrætsvej.

TINGLEV/Jütland (DK-6360)

🚌.

Inf.: Hovedgaden 100.

🏨 „Hotel Tinglevhus", Jernbanegade 1.

🏠 „Hansens Gæstgivergård", Hovedgaden 108.

△ „Jyndevadhus", St. Jyndevad, Julianehåbvej 70.

TISVILDELEJE/Seeland (DK-3220)

🚌.

Inf.: Hovedgaden 33.

🏨 „Helenekilde Hotel og Badepension", Strandvejen 25 (nur im Sommer).

🏠 „Pension Kildegård", Hovedgaden 52 (nur im Sommer).

TØNDER/Jütland (DK-6270)

🚌.

Inf.: Østergade 2 A.

🏨 „Tønderhus Hotel", Jomfrustien 1; „Motel Apartments", Vestergade 87.

🏨 „Hostrups Hotel", Søndergade 30.

🏠 „Hotel Abild", Ribe Landevej 66.

🏕 „Tonder Campingplads", Holmevej 2 A.

△ „Kogsgården", Ved Sønderport 4.

TRANEBJERG/Samsø (DK-8791)

✈ Taxiflüge von Roskilde.

🚢 Kolby Kås und Sælvig.

Inf.: Langgade 32.

🏨 „Ballen Hotel", Ballen, Åvej;

„Nordby Kro", Nordby, Hovedgaden 8.

â „Flinchs Hotel", Langgade 23; „Pension Glimt", Strandvejen 11 (nur im Sommer); „Onsbjerg Hotel", Stadionvej 4; „Sølyst", Vesterløkken 16. – „Hotel Færgekroen", Kolby Kås; „Pension Verona", Nordby.

⚠ „Strandskovens Camping", Strandkoven 7. – „Camping Klitgård", Nordby, Campingvej 7; „Sælvigbugtens Camping", Stauns, Staunsvej 2; „Samsø Familie Camping", Kolby Kås, Vestermarksvej 72 (alle mit Hütten).

△ „Samsø Vandrerhjem", Ballen, Klintevej 8.

TRANEKÆR/Langeland (DK-5953)

Inf.: in Lohals.

♙ „Tranekær Gjæstgivergård", Slotsgade 74. – „Dageløkke Feriecenter".

â „Dageløkke Kro", Dageløkkevej 48. – „Tullebølle Kro", Tullebølle.

⚠ „Emmerbølle Strand Camping" (mit Hütten); „Hov-FDM-Camping" (mit Zeltverleih).

TROENSE/Tåsinge (DK-5700)

😊 nächste Station Svendborg.

Inf.: in Svendborg.

♙ „Hotel Troense", Strandgade 5.

â „Motel Troense", Badstuen 15.

⚠ „Brovejens Camping", Sundbrovej 120; „Carlsberg Camping", Sundbrovej 19 (mit Hütten); „Hegnet Camping", Hegnet 1.

TYLSTRUP/Jütland (DK-9380)

😊.

♙ „Gl. Vrå/Nordjyllands Kursuscenter", Gl. Vråvej 66.

ULFBORG/Jütland (DK-6990)

😊.

Inf.: Bredgade 11.

♙ „Ulfborg Gæstgivergård", Bredgade 1.

â „Thorsminde Hotel", Thorsminde.

⚠ „Vestjysk Fritidscenter"; „Nees Camping", Nees; „Thorsminde Camping", Thorsminde (ganzj., mit Hütten).

VARDE/Jütland (DK-6800)

😊.

Inf.: Torvet 5.

♙ „Hotel Arnbjerg", Arnbjergallé 2.

â „Hotel Højskolehjemmet", Storegade 56; „Pension Astrid Christensen", Storegade 38; „Tangs Gæstehjem", Lundvej 7; „Jernbanehotellet", Sønderbro 15.

△ „Ungdomsgården", Pramstedvej 10.

VEDBÆK/Seeland (DK-2950)

😊.

♙ „Hotel Marina", Vedbæk, Strandvej 391.

VEDERSØ KLIT/Jütland (DK-6990)

😊 nächste Station Ulfborg.

♙ „Hotel Vedersø Klit".

⚠ „Vedersø Klit Camping" (mit

Hütten); „Campinggården Vedersø Klit" (ganzj.).

VEJBY/Seeland (DK-3210)

⇌ nächste Station Tisvilde.

⌂ „Pension Havgården".

⚠ „FDM-Camping Heatherhill".

VEJEN/Jütland (DK-6600)

⇌.

Inf.: Banegårdspladsen.

🏨 „Scandic Hotel Vejen", Askovvej 50.

🏨 „Hotel Skibelundkrat", Askov.

⚠ „Vejen Camping", Vorup Vænget 2 (mit Hütten und Zeltverleih).

VEJLE/Jütland (DK-7100)

⇌ / ✈ Billund (28 km westlich).

Inf.: Søndergade 14.

⇌ „Munkebjerg Hotel", Munkebjergvej 125; „Scandic Hotel", Dæmmingen 6.

🏨 „Vejle Center Hotel", Vestre Engvej; „Hotel-Motel-Hedegården", Valdemar Poulsens Vej 4; „Hotel Vejle", Dæmmingen 52; „Park Hotel", Orla Lehmannsgade 5.

⌂ „Grejsdalens Hotel & Kro", Grejsdalsvej 384.

⚠ „Vejle Camping", Helligkildevej 5.

△ Gammel Landevej 80.

VEMB/Jütland (DK-7570)

⇌.

⌂ „Vemb Gæstgivergård", Stationsvej 1.

⚠ „Nees Camping", Skalstrupvej 107 (mit Hütten).

VEMMENÆS/Tåsinge (DK-5700)

⇌ nächste Station Svendborg.

Inf.: in Svendborg.

⌂ „Ny Vemmenæs Sommerpension", Stenoddevej 39 (nur im Sommer).

VESTERVIG/Jütland (DK 7770)

⇌ nächste Station Hurup (7 km).

🏨 „Hotel Agger Tange", Agger.

⌂ „Feriehotel Krig Vig", Agger, Havnevej 1; „Agger Badehotel", Agger, Vesterhavsvej 10.

⚠ „Krik Vig Camping", Krikvej 112 (mit Hütten).

VESTERØ HAVN/Læsø (DK-9950)

✈ Byrum (Taxiflüge).

⛴ mit Frederikshavn.

Inf.: Havnegade 39.

⌂ „Strandgården", Strandvejen 8 (nur im Sommer); „Læsø Ferieby". – „Østerby Sømandshjem", Industrievej 2.

⚠ „Laesø Camping", Agersigen 18 A (mit Hütten und Zeltverleih); „Østerby Camping", Østerby Havn, Campingpladsvej 8 (mit Hütten).

△ „Læsø Vandrerhjem", Lærkevej 6.

VIBORG/Jütland (DK-8800)

⇌.

Inf.: Nytorv 5.

🏨 „Golf Hotel Viborg", Randersvej 2; „Missionshotellet", Sct. Mathias Gade 5; „Motel Viborg", Århus Landevej.

⌂ „Hotel Viborg", Gravene 18−20; „Niels Bugges Kro", Ravnsbjergvej.

⌂ „Rindsholm Kro", Gl. Århusvej 323. − „Kongenshus Hotel", Daugbjerg.

⚠ „Viborg Sø Camping", Vinkelvej (mit Hütten); „Viborg West-Mønsted Camping", Østermarksvej 4; „Vammen Camping", Vammen; „Tjele Langsø Camping", Hobro Landevej (mit Hütten); „Midtjysk Sommerland & Camping", Hjarbæk (mit Hütten).

⚠ „Søndersø", Vinkelvej 36.

VINDEBY/Tåsinge (DK-5700)

⇔ nächste Station Svendborg.

Inf.: in Svendborg.

⌂ „Øret", Vindebyøre (nur im Sommer).

⚠ „Vindebyøre Camping" (mit Hütten).

VINDERUP/Jütland (DK-7830)

⇔.

Inf.: Søndergade 20.

⌂ „Vinderup Hotel", Nørregade 2.

⌂ „Sevel Kro", Sevel.

⚠ Sevelvej 75 (mit Zeltverleih); „Ejsing Camping", Ejsingholmvej 13 (mit Hütten).

VOJENS/Jütland (DK-6500)

⇔ / ✈ Skrydstrup (4 km westl.).

Inf.: Rådhuscentret 5.

⌂ „Tørning Kro", Hammelev

Bygade 63; „Hotel Vojens", Nørregade 2. − „Hotel Over Jerstal", Over Jerstal; „Slukefter Kro", Vedsted.

⌂ „Hotel Pauli", Vestergade 5.

⚠ Overgårdsvej 5.

VORDINGBORG/Seeland (DK-4760)

⇔.

Inf.: Glamsbæksvej 3.

⌂ „Hotel Kong Valdemar", Algade 101; „Hotel Prins Jørgen", Algade 1.

⌂ „Nyråd Kro", Nyråd Hovedgade 66.

⚠ „Ore Strand Camping", Orevej 145 (mit Hütten, ganzj.).

⚠ „Platangården", Præstegårdsvej 8.

VRADS SANDE/Jütland (DK-8654)

⌂ „Vrads Sande Feriecenter", Bryrup.

⚠ in Bryrup.

*

FÄRÖER-INSELN (dänisch *Færøerne*, färöisch *Føroyar*)

Eigene internationale Telefon-Vorwahlnummer 00298.

⇔ von Esbjerg und Hanstholm/Nordjütland.

✈ von Kopenhagen (2 Std.).

Inf.: Føroya Ferdamannafelag.

(Tourist-Information), Postfach 368, Tórshavn.

⌂⌂ „Hotel Borg" (FR-110), Tórshavn/Stremoy; „Hotel Hafnia" (FR-100), Tórshavn/Stremoy; „Hotel Vagar" (FR-380), Sørvágur/Vagar.

ⓗ „Hotel Nord" (FR-750), Vidareidi/Vidoy.

ⓗ „Sjømansheimi" (FR-700), Klaksvik/Bordoy; „Hotel Bella" (FR-730), Norddepil/Bordoy; „Hotel Tvøroyri" (FR-800), Tvøroyri/Suduroy; „Hotel Bakken" (FR-900), Vågur/Suduroy; „Ladangandur" (FR-520), Leirvik/Eysturoy; „Hotel Isansgradur" (FR-210), Sandur/Sandoy.

⚠ Camping ist auf den Inseln erlaubt; es gibt nur wenige Zeltplätze, aber Einzelzelten ist mit Genehmigung des Eigentümers fast überall möglich.

⚠ „Vandrerhjemmet Gardavegur", Klaksvik; „Gjaargardur", Gjogo (beide ganzjährig); „Fjallsgardur", Oyndarfjørdur (Juni bis August).

GRÖNLAND (Grønland)

✈ Søndre Strømfjord und Narssarsuaq von Kopenhagen.

Inf.: in den Orten: Ilulissat, Narssaq, Narssarsuaq, Nuuk, Qasortoq, Sisimiut und Søndre Strømfjord.

ⓗ „Hotel Grønland" (DK-3900), Nuuk (Godthåb); „Hotel Hans Egede" (DK-3900), Nuuk (Godthåb); „MFG-Transithotel" (DK-3910), Kangerlussuaq (Sdr. Strømfjord), Lufthavnen; „Arctic Hotel" (DK-3952), Ilulissat (Jakobshavn), Lufthavnsvejen; „Hotel Hvide Falk" (DK-3952), Ilulissat (Jakobshavn), Segehusvej 18; „Hotel Sisimiut" (DK-3911), Sisimiut (Holsteinsborg), Hovedvejen 86; „Hotel Qaqortoq" (DK-3920), Qaqortoq (Julianehåb).

ⓗ „Sømandshjemmet" (DK-3912), Maniitsoq (Sukkertoppen); „Sømandshjemmet" (DK-3950), Aasiaat (Egedesminde); „Hotel Perlen" (DK-3921), Narsaq; „Hotel Godthåb" (DK-3900), Nuuk (Godthåb).

ⓗ „Hotel Angmagssalik" (DK-3913), Ammassalik (Angmagssalik).

Anhang: Kleines dänisches Vokabular

Im folgenden sind einige wichtige Wörter und Sätze aufgeführt, die man bei einem Aufenthalt in Dänemark zur Hand haben sollte, wenn man niemanden trifft, der deutsch oder englisch spricht. Eine ausführlichere Hilfe findet der Reisende im Polyglott-Sprachführer ,,Dänisch".

Zahlen und Geld

1	en
2	to
3	tre
4	fire
5	fem
6	seks
7	syv
8	otte
9	ni
10	ti
11	elleve
12	tolv
13	tretten
14	fjorten
15	femten
16	seksten
17	sytten
18	atten
19	nitten
20	tyve
30	tredive
40	fyrre
50	halvtreds
60	tres
70	halvfjerds
80	firs
90	halvfems
100	hundrede
150	hundrede og halvtreds
200	to hundrede
300	tre hundrede
500	fem hundrede
1000	tusind
2000	to tusind
1 000 000	en million

erster	forste
zweiter	anden
dritter	tredie
vierter	fjerde
fünfter	femte
sechster	sjette
siebter	syvende
achter	ottende
neunter	niende
zehnter	tiende
elfter	ellvte
zwölfter	tolvte
zwanzigster	tyvende
hundertster	hundrede
tausendster	tusinde

Geld	mønt
Geldstück	pengestykke
Gold	guld
Silber	sølv
Kupfer	kobber
Nickel	nikkel
Banknote	pengeseddel

Zeit und Wetter

Montag	mandag
Dienstag	tirsdag
Mittwoch	onsdag
Donnerstag	torsdag
Freitag	fredag
Samstag	lørdag
Sonntag	søndag

Januar	januar
Februar	februar
März	marts
April	april
Mai	maj
Juni	juni
Juli	juli
August	august
September	september

Oktober	oktober
November	november
Dezember	december
Jahreszeit	årstid
Frühling	forår
Sommer	sommer
Herbst	efterar
Winter	vinter
Woche	uge
Wochentag	hverdag
Feiertag	helligdag
Witterung	vejr
feucht	fugtig
kalt	kold
frisch	kølig
heiß	varm
schönes Wetter	godt, smukt vejr
schlechtes Wetter	dårligt vejr
Stunde	time
eine Stunde	en time
eine Minute	en minut
Mittag	middag
Mitternacht	midnat

Redewendungen

Guten Tag	goddag
Guten Abend	godaften, godnat
Auf Wiedersehen	farvel
heute	idag
gestern	igår
Morgen, Vormittag	morgen
Nachmittag	eftermiddag
Abend	aften
morgen	imorgen
Achtung!	Giv agt!
ja	ja
nein	nej
Entschuldigung	undskyld
bitte	vær saa god
danke	tak

Sprechen Sie deutsch?	Taler De tysk?
Was wünschen Sie?	Hvad ønsker De?
Ich verstehe nicht	Jeg forstår ikke
Ich weiß nicht	Jeg ved ikke
Geben Sie mir	Giv mig

Auf Reisen

Flugzeug	flyvemaskine
Flughafen	lufthavn
Zoll	told
Zollbüro	toldkontor
Wechselstube	vekselkontor
Schiff	båd
Dampfer	dampskib
Kabine	kahyt
Fähre	færge
Hafen	havn
Eisenbahn	jernbane
Bahnhof	banegård
Fahrkarte	billet
Hin- und zurück	tur og retur
Fahrkartenschalter	billethul
Gepäck	rejsegods
Koffer	kufferten
Gepäckträger	drager
Gepäckaufbewahrung	garderobe (for rejsegods)
Zug	tog
Schnellzug	iltog
Schlafwagen	sovevogn
Speisewagen	spisevogn
Bahnsteig	perron
Raucherabteil	rygere
Zugfahrplan	togplan
Ankunft	ankomst
Abfahrt	afrejse
Eingang	indgang
Ausgang	udgang
Wartesaal	ventesal

In der Stadt, Einkauf

Stadt	by
Vorort	forstad
Viertel	kvarter
Umgebung	omegn
Straße	gade
Platz	plads
Avenue	allé
Brücke	bro
Haus	hus
Rathaus	rådhus
Kirche	kirke
Botschaft, Gesandtschaft	ambassade, gesandtskab
Schloß	slot
Friedhof	kirkegård
Post	postkontor
Briefmarke	frimærke
Brief	brev
Wagen	vogn
Straßenbahn	sporvogn
Geschäft	butik
Schuster	skomager
kaufen	kobe
verkaufen	sælge
wieviel?	hvor meget?
teuer	dyr
billig	billig
bezahlen	betale
Preis	pris
Rechnung	regning
Qualität	kvalitet
Farbe	farve
weiß	hvid
schwarz	sort
rot	rod
grün	gron
offen	aben
geschlossen	lukket

Unterwegs

Ist das die Straße nach X?	Er det vejen til X?
Wohin führt diese Straße?	Hvor forer denne vejen?

Ist das weit von hier?	Er det langt herfra?
Sackgasse	blindvej
Wieviele Kilometer sind es bis?	Hvormange kilometer er der til?
Kann man hier entlangfahren?	Kan man komme denne vej?
nach rechts	til højre
nach links	til venstre
Muß ich rechts oder links abbiegen?	Skal jeg dreje til højre eller til venstre?
viel weiter	det er længere væk
Gefälle	nedkørsel
Steigung	opkørsel
Kurve	vejsving
Aufpassen!	Pas på!
Hügel	højde
Dorf	landsby
Wald	skov
See	sø
Berg	bjerg
Tal	dal
langsam	langsomt
schnell	hurtigt

Im Hotel

s. auch S. 385

Hotel	hotel
Gasthaus	værtshus, kro
Portier	portner
Kellner	tjener
Stubenmädchen	stuepige
Aufzug	elevator
Treppe	trappe
Schlüssel	nøgle
Zimmer	værelse
Bett	seng
Matratze	madras
Laken	lagen
Bettdecke	sengetæppe
Stuhl	stol
Tisch	bord
Wasser	vand
Becken	vandfad

Toilette	toilet	Fisch	fisk
Heizung	opvarming	Languste	languster
Bad	bad	Hummer	hummer
Badezimmer	badeværelse	Krabben	rejer
Handtuch	handklæde	Gemüse	grønsager
Badetuch	badehandklæde	Salat	salat
Salon	dagligstue	Früchte	frugt
Speisesaal	spisestue	Kuchen	kage
Rauchsalon	rygesalon	Kaffee	kaffe
Rechnung	regning	Kakao	chokolade, kakao
Bitte wecken Sie mich.	Vil de vække mig.	Tee	the
		Brot	brød
Ist die Bedienung inklusive?	Er betjeningen iberegnet?	Weißbrot	franskbrød
		wenig	lidt
		(noch) mehr	mere
		weniger	mindre

Im Restaurant

Das Auto

Restaurant	restaurant	Werkstatt	værksted
Frühstück	morgenmad	Tankstelle	benzintank, servicestation
Mittagessen	frokost		
Abendessen	middag (s. S. 31)	Garage	garage
Speisekarte	spisekort	Gaspedal	speeder
Tagesgericht	dagens ret	Stoßdämpfer	støddæmper
Serviette	serviet	Achse	aksel
Glas	glas	Zündkerze	tændrør
Teller	tallerken	Motorhaube	motorhjelm
Gabel	gaffel	Vergaser	karburator
Löffel	ske	Wagenheber	dunkraft
Messer	kniv	Reifen	bildæk
Krug	karaffel	Reifenpanne	punktering
Flasche	flaske	Kühler	køler
eine halbe Flasche	halvflaske	Benzintank	benzintank
Bier	øl	Ventil	ventil
helles Bier	pilsner	Motor	motor
Wein	vin	Beleuchtung	lys
Wasser	vand	Bremsen	bremser
Fleisch	kød	Kupplung	kobling
Ochsenfleisch	oksekød	Benzinzufuhr	benzintilførsel
		Öldruck	olietrykket
Kalbfleisch	kalvekød	Kühler auffüllen	fylde vand pa køleren
Hammelfleisch	fårekød	Öl prüfen	kontrollere oliestanden
Schweinefleisch	svinekød		
Huhn	kylling	dieses Rad wechseln	udskifte dette hjul
Ente	and	Zündkerzen reinigen	rensetændrørene
Ei	æg		

Batterien aufladen	oplade batteriet
(Reifen)panne reparieren	reparare denne punktering
Auto waschen	vaske vognen
Für Mopeds (Mofas) verboten	Knallerter forbudt
Parken jeweils an geraden oder ungeraden Tagen	Datoparkering
Parken außerhalb der dafür vorgesehenen Stellen verboten	Parkering forbudt uden for stativerne

Auf Zimmersuche (s. auch ,,Im Hotel", S. 383)

Kennen Sie ein gutes (billiges) Hotel?	Kender De et godt (billigt) hotel?
Haben Sie ein freies (nicht zu teures) Zimmer?	Har De et ledigt (ikke for dyrt) værelse?
Wir haben nur noch ein Zimmer zu . . .	Vi har kun et værelse tilbage til . . .
Wir haben nichts frei.	Vi har ikke noget ledigt.
Vielleicht wird morgen etwas frei.	Måske er der noget ledigt imorgen.
Hat es Zweck, daß ich später wiederkomme?	Kan det nytte, at jeg kommer igen senere?
Wieviel kostet ein Zimmer mit Vollpension (mit Frühstück)?	Hvor meget koster et værelse med fuld pension (med morgenmad)?
Mit Frühstück?	Med frokost?
Ohne Frühstück?	Uden frokost?
Mit (ohne) Bedienung?	Med (uden) drikkepenge?
Haben Sie ein Zimmer mit Bad (Balkon)?	Har De et værelse med bad (altan)?
Hat es fließendes (warmes) Wasser?	Er der rindende (varmt) vand?
Kann ich das Zimmer ansehen?	Må jeg se på værelset?
Ich möchte ein anderes (billigeres) Zimmer sehen.	Jeg ville gerne se på et andet (billigere) værelse.
Ich bleibe eine Nacht (. . . Tage, . . . Wochen).	Jeg bliver en nat (. . . dage, . . . uger).
Haben Sie einen Parkplatz (eine Garage)?	Har De parkeringsplads (garage)?
Mein Gepäck ist am Bahnhof (im Auto).	Min bagage er på stationen (i bilen).
Kann ich auf dem Zimmer frühstücken?	Kan jeg få morgenmad på værelset?

Wann gibt es Frühstück?

Hvornår er der morgenmad?

Wie ist hier die Stromspannung?

Hvilken slags strøm har De her?

Ist Post für mich da?

Er der post til mig?

Ich bin in einer Stunde (zwei Stunden) zurück.

Jeg kommer tilbage om en time (to timer).

Ich reise heute abend (morgen früh) ab.

Jeg rejser i aften (imorgen tidlig).

Ich möchte um . . . Uhr geweckt werden.

Jeg vil gerne vækkes kl. . . .

Schicken Sie meine Post bitte nach.

Vær så venlig at eftersende min post.

Anmeldung	anmeldelse	Gepäck	bagage
Anzahlung	forskudsbeta-ling	Gepäckträger	drager
		Handtuch	håndklæde
Balkon	altan	Hausschlüssel	gadedørsnøgle
Bedienung	betjening	Hotelnachweis	hotelformidling
Beschwerde	klage	Jugendher-berge	vandrerhjem
Briefmarke	frimærke		
Briefpapier	brevpapir	Kleiderbügel	klædebøjle
Briefumschlag	konvolut	Kleiderbürste	klædebørste
Direktor	direktør	Parkplatz	parkerings-plads
Doppelbett	dobbeltseng		
Doppelzimmer	dobbeltværelse	Pension	pensionat
Einzelbett	enmandsseng	Schlafsack	sovepose
Einzelzimmer	enkeltværelse	Stück Seife	stykke sæbe
Frühstücks-zimmer	frokostrum	Stockwerk	etage
		Trinkgeld	drikkepenge
Garage	garage	Waschbecken	vandfad

Erholung, Unterhaltung, Vergnügen

Wo bekommt man Karten für . . .?

Hvor kan man få billetter til . . .?

Wann beginnt der Vorverkauf?

Hvornår åbner forsalget?

Wann beginnt die Vorstellung?

Hvornår begynder forestillingen?

Wie lange dauert die Veranstaltung?

Hvor længe varer programmet?

Gibt es noch Karten für . . .?

Er der endnu billetter til . . .?

Haben Sie noch gute Plätze für . . .?

Er der endnu nogle gode pladser til . . .?

Welche sind die besten Plätze?

Hvilke pladser er bedst?

Geben Sie mir bitte . . . Karten für . . .!

Jeg ville gerne have . . . billetter til . . .

Ich möchte . . . Karten für . . . vorbestellen.

Jeg ville gerne bestille . . . billetter til . . .

Bis wann muß ich die Karten abholen?

Hvornår skal billetterne være afhentede?

Sind die Plätze numeriert?

Er pladserne nummererede?

Ich möchte diese Karten umtauschen (zurückgeben).

Jeg ville gerne bytte (tilbagelevere) disse billetter.

Läuft der Film in Originalfassung?

Er filmen i originaludgave?

Ist der Film synchronisiert?

Er filmen men synkroniseret?

Hat der Film Untertitel?

Kan man læse teksten på lærredet?

Es gibt nur noch Karten für (zu)
. . .

Der er kun billetter tilbage til
. . .

Es ist alles ausverkauft.

Der er udsolgt.

Kann man (hier) einen Badeanzug (eine Badehose, ein Handtuch) leihen?

Kan man låne en badedragt (et par badebukser, et håndklæde) (her)?

Wie tief (warm) ist das Wasser?

Hvor dybt (varmt) er vandet?

Wie weit darf man hinausschwimmen?

Hvor langt må man svømme ud?

Badestrand	badestrand	(Theater-)Platz	plads
Bademeister	bademester	Platzanweiser(in)	(kvindelig) kontrollør
Bar	bar		
Beiprogramm	ekstra nummer	Programm	program
Boxkampf	boksekamp	Rang	etage
Freilichtbühne	friluftsteater	Rennbahn	væddeløbsbane
Fußballplatz	fodboldbane	Rettungsring	redningsbælte
Fußballspiel	fodboldspil	Revue	revy
Garderobe	garderobe	Ringkampf	brydekamp
Golfplatz	golfbane	Ruderboot	robåd
Hockeyspiel	hockeyspil	Sandstrand	sandstrand
Kabarett	kabaret	Schauspiel	skuespil
Kartenverkauf	billetsalg	Schwimmbad	svømmebassin
Kasse	kasse	Schwimmweste	svømmebælte
Kino	biograf	Segelboot	sejlbåd
Konzert	koncert	Skier	ski
Kulturfilm	kulturfilm	Sonnenschirm	parasol
Liegestuhl	liggestol	Spielkasino	spillekasino
Loge	loge	Spielplan	repertoire
Lustspiel	komedie	Stadion	stadion
Nachtlokal	natklub	Start	start
Oper	opera	Strandkorb	strandkurv
Operette	operette	Tanzbar (-restaurant)	dansebar (-restaurant)
Opernglas	teaterkikkert		
Orchestersitz	orkesterplads	Tennisplatz	tennisbane
Paddelboot	kano	Textbuch	tekstbog
Parkett	parket	Umkleidekabine	omklædningsrum
Pferderennen	hestevæddeløb		

Untertitel	filmtekst	Ziel	mål
Vorverkauf	forsalg	Zirkus	cirkus
Wertsachen	værdigenstande	Zoologischer	zoologisk
Wochenschau	ugerevy	Garten	have

Erste Hilfe

Können Sie mir einen guten Arzt (Spezialisten für . . .) empfehlen?	Kan De anbefale mig en god læge (specialist i . . .)?
Wo ist die nächste Apotheke (Unfallstation)?	Hvor er nærmeste apotek (skadestue)?
Welche Beschwerden haben Sie?	Hvad er De kommet til?
Ich habe hier Schmerzen.	Det gør ondt her.
Ich leide an . . .	Jeg har . . .
Ich möchte (brauche dringend) ein Mittel gegen . . .	Jeg ville gerne have (trænger meget til) et middel mod . . .
Wann soll ich wiederkommen?	Hvornår skal jeg komme igen?
Wann (wie oft) muß ich das einnehmen?	Hvornår (hvor ofte) skal jeg tage det?
Kann der Zahn plombiert werden?	Kan tanden plomberes?
Muß der Zahn gezogen werden?	Skal tanden trækkes ud?

Krankheiten	*Sygdomme*
Beinbruch	benbrud
Blinddarm- entzündung	blindtarms- betændelse
Blutung	blødning
Durchfall	diarré
Gallensteine	galdesten
Gelbsucht	gulsot
Geschwür	byld
Gicht/Ischias	gigt/iskias
Grippe	influenza
Halsschmerzen	ondt i halsen
Husten	hoste
Insektenstiche	insektstik
Kopfschmerzen	hovedpine
Lungenent- zündung	lungebetæn- delse
Magenkrämpfe	mavekrampe
Magen- schmerzen	ondt i maven
Nasenbluten	næseblod
Ohnmacht	besvimelse
Prellung	kontusion

Rheumatismus	reumatisme
Schlaganfall	slagtilfælde
Schnupfen	snue
Sodbrennen	halsbrand
Sonnenbrand	solskoldethed
Sonnenstich	solstik
Verbrennung	forbrænding
Vereiterung	betændelse
Vergiftung	forgiftning
Verrenkung	forstuvning
Verstopfung	forstoppelse
Zahn- schmerzen	tandpine
Zucker- krankheit	sukkersyge
Abführmittel	afføringsmiddel
Apotheke	apotek
Arznei	medicin
Binde	bind
Blase	vable
Blinddarm	blindtarm
Blutdruck	blodtryk

Darm	tarm	Nieren	nyre
Drüse	kirtel	Operation	operation
Entzündung	betændelse	Pflaster	plaster
Fieber	feber	Plombe	plombe
Galle	galde	Puls	puls
Heftpflaster	hæfteplaster	Röntgen-	røntgenbillede
Herz	hjerte	aufnahme	
Infektion	infektion	Salbe	salve
Klinik	klinik	Schilddrüse	skjoldbrusk-
Knochen	knogle		kirtel
Krankenhaus	sygehus	Schlafmittel	sovemiddel
Krankenwagen	ambulance	Temperatur	temperatur
(Zahn-)Krone	(tand-)krone	Thermometer	termometer
Leber	lever	Umschlag	omslag
Luftröhre	luftrør	Unterleib	underliv
Lunge	lunge	Urin	urin
Magen	mave	Verband	forbinding
Muskel	muskel	Verbandwatte	sygevat
Nerv	nerve	Verletzung	kvæstelse

Ein wenig Grammatik

Wer ein Land und seine Menschen wirklich kennenlernen möchte, sollte sich auch mit der Sprache dieser Menschen befassen. Er sollte sich daher zumindest mit einigen Grundregeln dieser Sprache bekanntmachen.

Geschlecht

Im Dänischen unterscheidet man nur zwei Geschlechter: Das „gemeinsame" (männlich und weiblich) und das sächliche.

Geschlechtswörter und Hauptwörter (Artikel und Substantive)

Der bestimmte Artikel wird angehängt und heißt für die Einzahl des gemeinsamen Geschlechts *-(e)n*, für die Einzahl des sächlichen *-(e)t*. In der Mehrzahl lautet der Artikel *-ne* für die Wörter der beiden Geschlechter. Bei Verbindung des Hauptwortes mit einem Eigenschafts-, Zahl- oder Mittelwort wird der bestimmte Artikel vorgestellt und heißt für die Einzahl des gemeinsamen Geschlechts *den*, z. B. *den store gård* (der große Hof), für die Einzahl des sächlichen Geschlechts *det*, z. B. *det store hus* (das große Haus) und für die Mehrzahl der beiden Geschlechter *de*, z. B. *de store skove* (die großen Wälder). Der unbestimmte Artikel wird vorgestellt und heißt *en, et*.

Eigenschaftswörter (Adjektive)

Die Formen des Eigenschaftswortes werden von dem dazugehörigen Hauptwort und der Art des Artikels bestimmt; z. B. *en stor gård* (ein großer Hof); *den store gård* (der große Hof); *et stort hus* (ein großes Haus); *det store hus* (das große Haus); *de*

store skove (die großen Wälder).
Die Steigerung geschieht 1. durch
Anhängen der Endung *-(e)re* und
-(e)st; 2. durch Vorsetzen von
mere (mehr) und *mest* (meist);
nach dieser Steigerungsart gehen
die Eigenschaftswörter auf *-en,
-et, -sk* und die Mittelwörter.

Fürwörter (Pronomen)

Persönlich: *jeg* (ich), *du* (du), *De*
(Sie), *han* (er), *hun* (sie), *den* (er,
sie), *det* (es), *vi* (wir), *I* (ihr), *de*
(sie); besitzanzeigend: *min, mit,
mine* (meine), *din, dit dine* (dei-
ne), *hans hendes, dens, dets, de-
res* (sein, ihr, sein, ihr); rückbe-
züglich: *sin, sit, sine* (sein, ihr);
bezüglich: *der, som* (der, die,
das, die); *hvilken, hvilket, hvilke*
(welcher, welche, welches, welche); fragend: *hvem* (wer), *hvad*
(was); hinweisend: *den, det, de*
(der, die, das, die), *denne, dette,
disse* (dieser, diese, dieses,
diese).

Zeitwörter (Verben)

Die Zeitwörter haben eine
schwache und eine starke Beugung (Konjugation). Sie werden
hier in Nennform, Gegenwart,
Vergangenheit und Mittelwort
angeführt. In der schwachen
Beugung bleibt der Stammvokal
des Zeitwortes erhalten, wird
aber in der starken Beugung geändert. Die Endungen sind in
den drei Personen (Einzahl und
Mehrzahl) dieselben; sie werden
an den Stamm des Wortes angehängt und lauten: Nennform *-e,*
Gegenwart *-(e)r,* Vergangenheit
-ede oder *-te* (in der schwachen
Beugung) und Mittelwort *-(e)t;*

z. B. *handle, handler, handlede,
handlet* (handeln); *købe, køber,
købte, købt* (kaufen). Von den
Zeitwörtern der starken Beugung
können wir nur einige Beispiele
geben:

bede, beder, bad, bedt (bitten);
drikke, drikker, drak, drukket
  (trinken);
finde, finder, fandt, fundet
  (finden);
flyve, flyver, fløj, fløjet (fliegen);
få, får, fik, fået (bekommen);
give, giver, gav, givet (geben);
gå, går, gik, gået (gehen);
hedde, hedder, hed, heddet
  (heißen);
komme, kommer, kom, kommet
  (kommen);
ligge, ligger, lå, ligget (liegen);
se, ser, så, set (sehen);
sidde, sidder, sad, siddet (sitzen);
skrive, skriver, skrev, skrevet
  (schreiben);
sove, sover, sov, sovet (schlafen);
stå, står, stod, stået (stehen);
tage, tager, tog, taget (nehmen);
vide, ved, vidste, vidst (wissen).

Die Modalverben sind:

burde, bør, burde, burdet
  (müssen);
kunne, kan, kunne, kunnet
  (können);
måtte, må, måtte, måttet (dürfen
  od. müssen);
skulle, skal, skulle, skullet (sollen
  od. müssen);
turde, tør, turde, turdet (wagen
  od. dürfen);
ville, vil, ville, villet (wollen).

Die Hilfsverben sind:

have, har, havde, haft (haben);
være, er, var, været (sein);
blive, bliver, blev, blevet
(werden).

Man beachte:

ist gewesen heißt auf Dänisch *har været.*

Das Passiv wird auf zweierlei Weise gebildet:

1. Durch die „s-Form", z. B. købes (gekauft werden). Die Endung *-(e)s* ersetzt in der Gegenwart die Aktiv-Endung *-(e)r,* wird aber in den anderen Formen und Zeiten den Aktiv-Endungen angehängt.

2. Durch Umschreibung mit *blive* (werden); z. B. *blive købt* (gekauft werden).

REGISTER

Sind hinter dem Namen eines Ortes oder einer Sehenswürdigkeit mehrere Seitenzahlen genannt, so weist die fettgedruckte Zahl auf die Seite hin, auf der die ausführliche Beschreibung des Ortes oder der Sehenswürdigkeit beginnt. Die dänischen Sonderbuchstaben sind in die deutsche alphabetische Reihenfolge eingegliedert (Å, å = Aa, aa; Æ, æ = Ä, ä; Ø, ø = Ö, ö).

Polyglott führt – wohin Sie auch reisen. Für mehr als 250 Feriengebiete und Reiseziele in aller Welt gibt es Polyglott-Reiseführer: Länderführer, Gebietsführer, Städteführer, Inselführer. Dazu kommen Reiseführer für spezielle Zielgruppen, z. B. für Familien. Sie können also den für Sie passenden Reiseführer auswählen, mit genau der gewünschten Informationsmenge.

Wenn Ihre Reise über die Grenzen des deutschen Sprachraums hinausgeht – nutzen Sie die 37 Polyglott-Sprachführer von „Afrikaans" bis „Ungarisch" (inklusive „Bairisch für Nichtbayern"). Ergänzend für die wichtigsten Reiseländer gibt es die Polyglott-Menü-Sprachführer. Auto-Sprachführer und Reisewörterbücher. (Das gesamte lieferbare Polyglott-Programm ist umseitig aufgeführt.)

Wollen Sie Ihre Sprachkenntnisse weiter vertiefen, empfiehlt Polyglott das umfangreiche Fremdsprachenprogramm des Langenscheidt-Verlages für Urlaub und Reise. Es gibt Reisesprachkurse, Schnellkurse (beide mit Buch und Cassette), Wörterbücher für unterwegs, Sprachführer für mehr als 26 Sprachen und viele weitere Angebote.

Ihr Buchhändler berät Sie gerne – fragen Sie nach „Polyglott" und „Langenscheidt".

Polyglott-Reiseführer Bundesrepublik Deutschland

Aachen/Dreiländereck · Allgäu/Bayerisch Schwaben · Bayerische Alpen · Bayerischer Wald/Donauebene · Berlin · Bodensee/Oberschwaben · Deutsche Weinstraße · Düsseldorf · Eifel · Franken · Frankfurt/Rhein-Main-Gebiet · Hamburg · Harz/Hannover/Lüneburger Heide · Heidelberg/Nördliches Baden-Württemberg · Hessen · Hunsrück · Köln · Mosel · München · Münster/Münsterland · Niederrhein/Ruhrgebiet · Nordrhein-Westfalen · Nordschwarzwald · Nordseeküste und Inseln · Nürnberg/Mittelfranken/Altmühltal · Oberbayern* · Oberbayern Ost · Oberbayern West · Ostseeküste · Pfalz/Saarland · Regensburg/Oberpfalz · Rhein · Romantische Straße · Sauerland · Schwarzwald · Spessart/Rhön · Stuttgart/Schwäbische Alb · Südschwarzwald · Weserbergland · Würzburg/Unterfranken · Travel Guide Berlin · Travel Guide Munich

Polyglott-Reiseführer Europa

*Belgien** · Brüssel · *Bulgarien* · *Dänemark** · Bornholm · Dänische Inseln · Jütland · Kopenhagen · *Deutsche Demokratische Republik* · Leipzig, Dresden, Erfurt, Weimar · *England** · London* · Mittelengland/Wales · Nordengland/Lake Distrikt · Schottland · Südengland · *Finnland* · *Frankreich** · Auvergne-Limousin · Bretagne · Burgund · Côte d'Azur · Elsaß und Lothringen · Französische Alpen · Französische Atlantikküste · Französische Pyrenäen · Ile de France · Korsika · Languedoc-Roussillon · Nordfrankreich · Normandie · Paris* · Provence · Straßburg/Vogesen · Südfrankreich* · Tal der Loire · *Griechenland** · Ägäische Inseln · Athen · Attika · Griechische Inseln · Korfu/Ionische Inseln · Kreta · Kykladen · Mittelgriechenland · Nordgriechenland · Peloponnes · Rhodos · *Irland** · *Island* · *Italien** · Apulien/Kalabrien · Elba · Florenz · Gardasee · Italienische Adriaküste · Italienische Riviera · Mailand · Mittelitalien* · Neapel/Capri/Ischia · Oberitalien* · Oberitalien östlicher Teil · Oberitalien westlicher Teil · Rom* · Sardinien · Sizilien · Süditalien* · Südtirol/Dolomiten* · Toskana · Venedig · *Jugoslawien** · Istrien/Slowenien · Jugoslawische Küste · Nord- und Mitteldalmatien · Süddalmatien/Montenegro · *Malta* · *Niederlande* · Amsterdam · Holland* · *Norwegen** · *Österreich** · Burgenland · Kärnten · Niederösterreich · Oberösterreich · Salzburg · Steiermark · Tirol · Vorarlberg · Wachau · Wien* · *Polen* · *Portugal** · Lissabon · Madeira/Azoren · Algarve · *Rumänien* · *Schweden** · Südschweden · *Schweiz** · Graubünden · Nordschweiz/Zentralschweiz/Berner Oberland · Ostschweiz/Graubünden · Tessin · Westschweiz/Wallis · Zürich · *Skandinavien** · *Sowjetunion* · Krim/Sowj. Schwarzmeerküste · Leningrad · Moskau/Leningrad* · Moskau und Umgebung · *Spanien** · Balearen · Costa Blanca · Costa Brava · Costa del Sol · Gran Canaria · Ibiza · Kanarische Inseln · Madrid/Zentralspanien · Mallorca* · Menorca · Nordspanische Atlantikküste · Südspanien · Teneriffa · *Tschechoslowakei* · Prag · *Ungarn* · Budapest · Plattensee (Balaton)

Polyglott-Schiffsführer

Nordland-Schiffsreisen · Östliches Mittelmeer/Schwarzes Meer · Ostsee-Schiffsreisen · Westliches Mittelmeer/Östlicher Atlantik

Polyglott-Reiseführer Afrika

*Ägypten** · Kairo · *Algerien* · *Kenia/Nordtansania* · *Marokko** · *Ostafrika** · *Seychellen/Madagaskar/Mauritius* · *Sahara** · *Südafrika* · *Tunesien** · *Westafrika*

eführer-Programm

Polyglott-Reiseführer Amerika

Nordamerika · **Kanada*** · Kanada östlicher Teil · Kanada westlicher Teil · **USA*** · Boston/Neuengland-Staaten · Florida · Große Seen und Chicago · Hawaii · Kalifornien · New Orleans/Mississippi · New York · Rocky Mountains · Texas · USA östlicher Teil · USA westlicher Teil · Washington und die Ostküste der USA **Karibische Inseln*** · **Mexiko*** · Mexico City · **Südamerika** · **Argentinien/Uruguay/Paraguay** · **Brasilien** · Rio de Janeiro/São Paulo · **Kolumbien/Venezuela** · **Peru/Bolivien/Ecuador**

Polyglott-Reiseführer Asien

Nahost: **Israel*** · Jerusalem · **Jordanien** · **Saudi-Arabien/Emirate/Jemen** · **Syrien/Jordanien/Irak** · **Türkei*** · Istanbul · Türkische Mittelmeerküste · Türkische Westküste · **Zypern** · Fernost: **Ceylon** (Sri Lanka) mit Malediven · **China** · Peking · **Hongkong/Macao** · **Indien*** · **Indonesien** · Bali · **Japan*** · Tokio · **Malaysia** · **Nepal** · **Philippinen** · **Singapur** · **Südkorea** · **Taiwan** · **Thailand** · Bangkok

Polyglott-Reiseführer Australien und Ozeanien

Australien · **Hawaii** · **Neuseeland** · **Pazifische Inseln** · **Südsee-Inseln**

Polyglott-Familienreiseführer

Costa Brava · Dänemark · Holland · Italienische Adriaküste · Kärnten · Ostseeküste · Südtirol/Dolomiten

Polyglott-Drei-Sterne-Sehenswürdigkeiten Europas

Polyglott-Städteführer Europa

Polyglott-Städteführer Österreich

Polyglott-Städteführer Schweiz

Polyglott-Welt-Reiseführer

Polyglott-Straßenatlas USA

Beachten Sie bitte auch die **Polyglott-Sprachführer** für 37 Sprachen (von Afrikaans bis Ungarisch), die **Polyglott-Wörterbücher** Englisch, Französisch, Italienisch, Spanisch, die **Polyglott-Menü-Sprachführer** Englisch, Französisch, Italienisch, Spanisch und die **Polyglott-Auto-Sprachführer** Französisch, Italienisch, Spanisch, Serbokroatisch.

Die mit einem * gekennzeichneten Titel erhalten Sie auch bzw. als „Der Große Polyglott".

Polyglott
Familien-Reiseführer

Hier finden Eltern neben dem bewährten Polyglott-Reiseführer über 100 spezielle Tips und Informationen für einen spannenden und abwechslungsreichen Urlaub mit den Sprößlingen.

Auf einer vierfarbigen lustigen Übersichtskarte finden Sie vielfältige Anregungen für Unternehmungen. Die Art der Darstellung wird auch Ihren Kindern Spaß machen.

Südtirol/Dolomiten   512
Holland   513
Costa Brava/Barcelona/
  Costa Dorada   514
Kärnten   515
Dänemark   516
Ostseeküste   517
Italienische
  Adriaküste   518

Format 11,7 x 20,0 cm.

eführer-Programm

Polyglott-Reiseführer Amerika

Nordamerika · *Kanada** · Kanada östlicher Teil · Kanada westlicher Teil · *USA** · Boston/Neuengland-Staaten · Florida · Große Seen und Chicago · Hawaii · Kalifornien · New Orleans/Mississippi · New York · Rocky Mountains · Texas · USA östlicher Teil · USA westlicher Teil · Washington und die Ostküste der USA *Karibische Inseln** · *Mexiko** · Mexico City · *Südamerika* · *Argentinien/Uruguay/Paraguay* · *Brasilien* · Rio de Janeiro/São Paulo · *Kolumbien/Venezuela* · *Peru/Bolivien/Ecuador*

Polyglott-Reiseführer Asien

Nahost: *Israel** · Jerusalem · *Jordanien* · *Saudi-Arabien/Emirate/Jemen* · *Syrien/Jordanien/Irak* · *Türkei** · Istanbul · Türkische Mittelmeerküste · Türkische Westküste · *Zypern* · Fernost: *Ceylon* (Sri Lanka) mit Malediven · *China* · Peking · *Hongkong/Macao* · *Indien** · *Indonesien* · Bali · *Japan** · Tokio · *Malaysia* · *Nepal* · *Philippinen* · *Singapur* · *Südkorea* · *Taiwan* · *Thailand* · Bangkok

Polyglott-Reiseführer Australien und Ozeanien

Australien · *Hawaii* · *Neuseeland* · *Pazifische Inseln* · *Südsee-Inseln*

Polyglott-Familienreiseführer

Costa Brava · Dänemark · Holland · Italienische Adriaküste · Kärnten · Ostseeküste · Südtirol/Dolomiten

Polyglott-Drei-Sterne-Sehenswürdigkeiten Europas

Polyglott-Städteführer Europa

Polyglott-Städteführer Österreich

Polyglott-Städteführer Schweiz

Polyglott-Welt-Reiseführer

Polyglott-Straßenatlas USA

Beachten Sie bitte auch die **Polyglott-Sprachführer** für 37 Sprachen (von Afrikaans bis Ungarisch), die **Polyglott-Wörterbücher** Englisch, Französisch, Italienisch, Spanisch, die **Polyglott-Menü-Sprachführer** Englisch, Französisch, Italienisch, Spanisch und die **Polyglott-Auto-Sprachführer** Französisch, Italienisch, Spanisch, Serbokroatisch.

Die mit einem * gekennzeichneten Titel erhalten Sie auch bzw. als „Der Große Polyglott".

Neu:

Polyglott
Familien-Reiseführer

Hier finden Eltern neben dem bewährten Polyglott-Reiseführer über 100 spezielle Tips und Informationen für einen spannenden und abwechslungsreichen Urlaub mit den Sprößlingen.

Auf einer vierfarbigen lustigen Übersichtskarte finden Sie vielfältige Anregungen für Unternehmungen. Die Art der Darstellung wird auch Ihren Kindern Spaß machen.

Südtirol/Dolomiten 512
Holland 513
Costa Brava/Barcelona/
 Costa Dorada 514
Kärnten 515
Dänemark 516
Ostseeküste 517
Italienische
 Adriaküste 518

Format 11,7 x 20,0 cm.